Ullstein

ÜBER DAS BUCH:

Dieses Werk aus dem Nachlaß des Verfassers von »Nachtflug«, »Wind, Sand und Sterne« und »Der kleine Prinz« bildet nach seinen eigenen Worten den Schlußstein im großen Gewölbe seines Gesamtwerks. Weder Roman noch Tatsachenbericht, läßt die visionäre Dichtung ihrer äußeren Form wegen an Nietzsches »Also sprach Zarathustra« denken; die Botschaft freilich, die hier übermittelt wird, handelt nicht vom übermenschlichen, sondern vom »auf Gott hin« geschaffenen Menschen. Schauplatz der Begebenheit ist die arabische Wüste – eine Landschaft von grandioser Monotonie, die der Autor als Pilot im Dienst der zivilen Luftfahrt unzählige Male überflogen hat.

DER AUTOR:

Antoine de Saint-Exupéry, geboren am 29. 6. 1900 in Lyon, im Zweiten Weltkrieg von einem am 31. 7. 1944 unternommenen Aufklärungsflug nicht zurückgekehrt, trat 1921 in die französische Luftwaffe ein und ging später zur zivilen Luftfahrt. Hauptthema seiner Romane und Erzählungen ist das Abenteuer des Fliegens, doch das Flugzeug ist nicht allein Maschine, sondern Mittel zur Analyse des modernen Lebens. Für seinen Roman »Wind, Sand und Sterne« (»Terre des hommes«) erhielt Saint-Exupéry 1939 den Grand Prix der Académie Française.

Antoine de Saint-Exupéry

Die Stadt in der Wüste
»Citadelle«

Ullstein

ein Ullstein Buch
Nr. 23859
im Verlag Ullstein GmbH,
Frankfurt/M – Berlin
Französischer Originaltitel:
CITADELLE
Deutsche Übersetzung
von Oswald von Nostitz

Ungekürzte Ausgabe

Umschlagentwurf:
Vera Bauer
Foto: G + J Fotoservice
Photonica/Shigeru Ueki

Taschenbuchausgabe mit
freundlicher Genehmigung der Karl
Rauch Verlag GmbH, Düsseldorf

Printed in Germany 1996
Gesamtherstellung:
Ebner Ulm
ISBN 3 548 23859 9

Juni 1996
Gedruckt auf alterungs-
beständigem Papier mit
chlorfrei gebleichtem Zellstoff

Die Deutsche Bibliothek –
CIP-Einheitsaufnahme

Saint-Exupéry, Antoine de:
Die Stadt in der Wüste = (Citadelle) /
Antoine de Saint-Exupéry. [Dt.
Übers. von Oswald von Nostitz]. –
Ungekürzte Ausg. – Frankfurt/M ;
Berlin : Ullstein, 1996
(Ullstein-Buch ; Nr. 23859)
ISBN 3-548-23859-9
NE: GT

Der Text der französischen Ausgabe stellt die getreue Wiedergabe des Manuskripts dar, wie Antoine de Saint-Exupéry es hinterlassen hat. Die Übersetzung bemüht sich um möglichst wörtliche Genauigkeit.

VORWORT

DER FRANZÖSISCHEN HERAUSGEBER

Die ersten Seiten dieses Werkes wurden im Jahre 1936 geschrieben. Sie begannen wie folgt: »Ich war Fürst der Berber und kehrte nach Hause zurück. Ich hatte der Schur der tausend Schafe meines Stammgutes beigewohnt. Sie tragen dort nicht jene Glöckchen, die vom Hang der Hügel bis hinauf zu den Sternen ihre Segnung spenden. Sie ahmen nur das Rauschen des fließenden Wassers nach, und uns, die der Durst bedroht, vermag allein diese Musik zu beruhigen . . .« Der Rahmen des Werkes ist der gleiche geblieben, wenn auch sein Tod nicht mehr die gleiche Ferne aufweist.

Drieu La Rochelle und Crémieux, denen Saint-Exupéry die ersten Seiten vorlas, zeigten sich zurückhaltend. Für sie war Saint-Exupéry ein Dichter der Aktion, ein mannhafter Schriftsteller, von dem die Welt Schilderungen neuer Abenteuer erwartete. Saint-Exupérys Bescheidenheit machte ihn für Kritik empfänglich, und durch diese Lesung wurde er sehr niedergeschlagen; es beunruhigte ihn, ob er sich nicht etwa auf einem Wege verirrt habe, der ihm unangemessen war, ihm, den allein das geistige Abenteuer beschäftigte. Die Erinnerung an sein Leben in der Sahara diente seinem Denken als Ansporn und veranlaßte ihn, die Wüste als Einheit des Ortes seiner Meditation zu wählen.

Betrachten wir das Werk Saint-Exupérys als Ganzes, so erstaunt uns die Beharrlichkeit der Gedankenführung, die ihn von der Romanform des »Südkurier« bis zu der allen Beiwerks entkleideten Form der »Citadelle« gelangen läßt. Die Vertiefung der moralischen Probleme, wie sie dem Autor eigen ist, ergreift nach und nach von seinen Schriften Besitz und verscheucht alle literarischen Effekte. Die Personen aber bleiben. Saint-Exupéry erkennt das Gleichnis als notwendig an, freilich – in ebendem Maße, wie dieser Begriff mit dem »Neuen Testament« verbunden ist – das unmittelbare Gleichnis, ohne Zwischenschaltung von Bild und Beschwörung.

Sein ethisches Vorstellungsvermögen, dem es niemals an Fleisch und Blut fehlt, trachtet nur innerhalb einer schon geschaffenen »Sprache« danach, zu sich selber zu kommen. Niemals stellt er die Notwendigkeit der Welt in Frage, die diesen bestimmten Typ Mensch geformt hat: den Menschen, der als ein Glied dieser Welt seinen Mitmenschen gegenüber verantwortlich ist. Denn wenn er auch die Unabhängigkeit des Geistes wünscht, so entläßt er den Menschen doch keinesfalls aus der Verantwortung gegenüber der Gemeinschaft:

»Denn du willst wie ein schöner Baum gepflanzt sein, reich an Rechten und Pflichten und verantwortlich; aber du übernimmst im Leben niemals eine menschliche Aufgabe auf die gleiche Weise, wie der Maurer auf dem Bauplatz die Anordnung eines Aufsehers befolgt. Es wird leer in dir, wenn du dir selber abtrünnig wirst.«

Da er die Voraussetzungen eines von Inbrunst erfüllten Lebens zu ergründen sucht, erforscht Saint-Exupéry die entscheidenden Etappen, die den einzelnen mit Gott verbinden: die Familie, das Haus, den Beruf, die menschliche Gemeinschaft und deren Transzendenz durch das Streben nach einer Größe, die sie übersteigt. »Der Mensch will seinem Hackenschlag einen Sinn geben.« Aber was bietet er dem Menschen, damit sein Hackenschlag sinnvoll werde? Er bietet nichts anderes als eine Bewegung der Transzendenz, die den Menschen Gott entgegenführt, unter Mißachtung aller Bindung an Besitz und Genuß. Schon im »Nachtflug« hat er seinen Gedanken geprägt: Es gilt, seinen vergänglichen Leib auszutauschen! Er wiederholt ihn hier: »›Was ist es, Flickschuster, was dich so fröhlich stimmt?‹ – Aber ich hörte nicht auf seine Antwort, denn ich wußte genau, daß er sich täuschte und daß er mir von dem Gelde, das er verdient hatte, oder von der Mahlzeit, auf die er wartete, oder von seinem Feierabend erzählen würde. Er wußte ja nicht, daß sein Glück darin bestand, sich in goldene Pantoffeln zu verwandeln.« – Dieses Bild des Austausches und der Verwandlung kehrt ständig wieder: »So haben sie sich ihr Leben lang für eine Bereicherung ohne Nutzen abgemüht, sich ganz und gar gegen die unzerstörbare Stickerei ausgetauscht . . .«

Allein schon durch diese Vorstellung verurteilt Saint-Exupéry jedes System, dem das materielle Wohlbefinden als alleinige Zielsetzung gilt.

Sein Humanismus hatte es Menschen, die auf der politischen und sozialen Ebene die entgegengesetzten Auffassungen vertreten, gestattet, sich in ihrer Polemik auf ihn zu berufen oder ihn zur Bekräftigung ihrer Parolen zu zitieren.

Künftig werden derartige gedankliche Annäherungen nicht mehr möglich sein. Im Buche »Citadelle« nimmt Saint-Exupéry unermüdlich seine Themen wieder auf, als fürchtete er, es könnte bei der Auslegung seiner Anschauungen ein Mißverständnis bestehenbleiben. Um seine Lehre darzulegen, mischt er all die Fülle von Beispielen in sie hinein, die er zu finden vermag. Er tut das so gründlich, daß man zwar ein Zitat, wenn man es verwenden will, aus seinem Zusammenhang herauslösen und wie einen Leitspruch als Waffe verwenden kann; aber da Saint-Exupéry keine seiner Überzeugungen im unklaren gelassen hat, können ihm solche Zitate zur Erhärtung irgendwelcher politischer oder sozialer Forderungen nicht mehr so leicht entlehnt werden.

Das Werk, das Saint-Exupéry hinterlassen hat, ist in einem Zustand verblieben, den er als »Gangstein« bezeichnete. Wenn ihn einer nach dem Erscheinungstermin dieses Werkes fragte, antwortete er lachend: »Ich werde es niemals beenden . . . Es ist mein posthumes Werk!«

Als er im Dezember 1940 nach den Vereinigten Staaten aufbrach, nahm er einige mit der Maschine geschriebene und andere handgeschriebene Seiten mit, die etwa fünfzehn Kapitel des vorliegenden Buches umfaßten. Manche dieser durchkorrigierten Kapitel hatten eine nahezu endgültige Fassung erhalten, insbesondere die Abschnitte »Der Palast meines Vaters«, »Die Verurteilten«, »Die Frauen«, aber sie besaßen nicht die didaktische Kraft jener Kapitel, die folgen sollten. Sie waren in einer unbeschwerten Epoche konzipiert worden, in der die geistige Unordnung noch weniger offensichtlich war und ihn noch nicht mit solcher Gewalt die Notwendigkeit spüren ließ, seinen moralischen Überzeugungen Ausdruck zu verleihen.

Der Krieg, die Niederlage, die er durchlebt hat, die Aufspaltung seiner Landsleute und die Begebenheiten, deren Zeuge er in den Vereinigten Staaten geworden ist, geben seinen Gedankengängen eine andere Richtung und festigen seine Ethik im Sinne eines sozialen Aufbaus.

Anfang 1941 verläßt Saint-Exupéry New York und begibt sich nach Kalifornien in ärztliche Behandlung. Während seiner Rekonvaleszenz macht er sich Notizen und arbeitet am Plan der »Citadelle«.

Nach New York zurückgekehrt, schreibt er den ersten Teil vom »Flug nach Arras«, dann hält er inne.

In einer Zeit, in der der Parteigeist die Ideenverwirrung noch steigert, in der die meisten nach Schlagworten, nach Kriegsparolen verlangen, will Saint-Exupéry den Überzeugungen, die sein Denken und Handeln bestimmen, eine klare und verständliche Form verleihen.

Das »Credo« am Schluß des »Flug nach Arras« kennzeichnet den Übergang seiner früheren Schreibweise zu dem Stil, der ihm fortan am natürlichsten ist, dem seines posthumen Werkes.

Die Verständnislosigkeit, der er bei gewissen Franzosen begegnet, die Verleumdungen, denen er ausgesetzt ist, machen die Zeit der Verbannung zur grausamsten seines Lebens.

Ohne Bitterkeit und ohne Zorn überträgt Saint-Exupéry seine eigene Position auf die Dichtung: »Jener Sänger, dem man vorwarf, daß er falsch singe, da er in einem zerfallenen Reiche ergreifende Weisen sang und auf diese Weise einen toten Gott verherrlichte . . .« Er wird niemals etwas gegen seine Feinde vorbringen, aber von den Flüchtlingen in der Berberei reden: »Sie überwachen sich gegenseitig wie Hunde, die den Trog umkreisen« – und von sich selber wird er sagen: »Wenn ich mich in meinem unwiderruflichen Exil derart außerhalb aller falschen Streitigkeiten stelle und weder für die einen gegen die anderen, noch für die zweiten gegen die ersteren eintrete; wenn ich über den Sippschaften, den Klüngeln und Parteiungen stehe und allein um des Baumes willen gegen die

Bestandteile des Baumes und um der Bestandteile des Baumes willen im Namen des Baumes kämpfe – wer könnte dann wider mich sein?«

Auf diese Weise bringt dieses Werk, obwohl es den Leser nicht durch den vertraulichen Ton des »Kleinen Prinzen« erreicht – der die Seelenzartheit Saint-Exupérys offenbart – und trotz seiner Form, uns den Autor nicht weniger nahe, und wer Saint-Exupérys Entwicklung aus der Nähe verfolgt hat, wird auf diesen Seiten die Begebenheiten, die Zusammenstöße und die Konstanten seines Lebens wiederfinden.

Die Einheit der »Citadelle« wird hergestellt durch die Stimme der Hauptperson, die sich darin äußert. Im Lauf seiner ersten Gesänge unterrichtet sich der junge Prinz an der Seite seines Vaters, des Herrn des Reiches, über die Führung der Menschen. Demütig hört er zu und läßt sich belehren von dem, der einmal die Macht in seine Hände legen wird. Nachdem er selber die Herrschaft angetreten hat, erforscht er, was sein Volk mit Inbrunst erfüllt oder was es enttäuscht, was sein Reich festigt und was es zersetzt.

Der Zusammenhang des Werkes wird mehr durch den Ton als durch den Ablauf der Geschehnisse aufrechterhalten. Manche werden diesem Text eben seine Form zum Vorwurf machen, die sich vielleicht als biblisch kennzeichnen läßt. Wir glauben nicht, daß man deswegen auf den Einfluß orientalischer Schriften schließen dürfte, den Saint-Exupéry erfahren hätte. Eine natürliche Regung seines Herzens ließ ihn sich diesem Stil zuwenden. Wenn die Begeisterung ihn überkam, suchte er sich nach Art eines lyrischen Rezitativs auszudrükken, und wenn er eine seiner Lieblingsvorstellungen erläuterte (beispielsweise die Erhaltung der Qualität), nahm er gegenüber seinem Gegenstand die Distanz des Herrschers der »Citadelle« ein, der sein Volk betrachtet.

Dieses Werk, das die *Summa* Saint-Exupérys darstellt und seine über mehrere Jahre sich erstreckenden Meditationen zusammenfaßt, wurde uns in Gestalt von unvollständigen und größtenteils unleserlichen Konzepten und von neunhundertfünfundachtzig Schreibmaschinenseiten hinterlassen.

Saint-Exupéry arbeitete bis tief in die Nacht hinein; bevor er sich schlafen legte, sprach er dann das Arbeitsergebnis des Abends in sein Diktaphon. Die Stenotypistin holte am Morgen die Rollen ab und übertrug das, was sie gehört hatte, so genau wie möglich. Aber von diesen neunhundertfünfundachtzig Seiten sah Saint-Exupéry nur wenige wieder durch. Er war der Auffassung, daß er noch viel zu sagen habe, bevor er ans Kürzen und Korrigieren gehen könne. Der Text ist nicht komprimiert und weist überdies zahlreiche, auf phonetischem Wege entstandene Fehler auf: Homonyme, irrtümliche Wortverbindungen usw. Der Leser wird somit im Laufe seiner Lektüre zahlreiche Sätze finden, deren Sinn dunkel ist, sowie Kapitel, die nur verschiedene Fassungen des gleichen Themas darstellen. Wir haben es nicht für angängig gehalten, uns an die Stelle Saint-Exupérys zu setzen, um eine Auswahl der Kapitel zu treffen oder den Sinn und die Formulierung mancher Sätze zu korrigieren.

Saint-Exupéry war im März 1943 in Nordafrika eingetroffen. Im August des gleichen Jahres wurde er der Offiziersreserve zugeteilt. Alsbald setzte er alles in Bewegung, um wieder in den aktiven Dienst übernommen zu werden, aber erst im Februar 1944 bot sich hierzu eine Gelegenheit: Als er von der Anwesenheit des Generals Eaker in Neapel erfahren hatte (der amerikanische General Eaker befehligte die Luftstreitkräfte im Mittelmeerraum, denen die Gruppe 2/33 unterstellt war), wollte Saint-Exupéry um jeden Preis mit ihm zusammentreffen. Ein Freund ermöglichte ihm, daß er von »Maison Blanche« aus starten konnte; so begab er sich nach Neapel. Er spielte seine letzte Karte aus: alles andere lieber als eine Rückkehr nach Algier!

In Neapel wartete er im Hauptquartier des Generals darauf, vorgelassen zu werden, und bewies dabei jene Geduld und Beharrlichkeit, deren er allein fähig war, wenn er etwas mit allen Kräften herbeiwünschte. Der Oberbefehlshaber bereitete dem hochgewachsenen, kahlköpfigen Burschen mit den ergrauenden Schläfen, der ihn wie ein Kind anflehte, ihn fliegen zu lassen, einen freudigen Empfang.

So gelang es ihm mit Hilfe der Amerikaner, zur Gruppe 2/33 zurückkehren zu dürfen. Der General Eaker hatte ihm fünf

Flüge zugebilligt. Ende Juli hatte er bereits acht durchgeführt und meldete sich immer wieder freiwillig, was seine Kameraden in Sorge versetzte. Um ihn zu schützen, hatte sein Kommodore zusammen mit anderen Offizieren eine Verschwörung ausgeheckt: »Saint-Ex« sollte in die bevorstehende Landung in Südfrankreich eingeweiht werden, um ihn am Fliegen zu hindern. Diese Unterredung war für den Abend des 31. Juli vorgesehen. Aber am 31. vormittags startete Saint-Exupéry zu einem Aufklärungsflug über dem Gebiet von Grenoble und Annecy, nahe der Gegend, in der er seine Kindheit verbracht hatte. Er hatte so sehr darauf gedrungen, daß man ihm diesen Auftrag erteilte . . .

Er startete in bester Laune; er hatte sein Flugzeug gut in der Hand, und das Wetter war prächtig. Da kein Funkspruch von ihm aufgefangen wurde, besteht Grund zur Annahme, daß sein Absturz plötzlich erfolgte und durch den Angriff eines deutschen Jägers bewirkt worden ist. Aber er war bereit und vollkommen ruhig: »Daigne faire l'unité, pour ta gloire, en m'endormant aux creux de ces sables déserts où j'ai bien travaillé.«*

* Die deutsche Übersetzung dieses Textes steht am Ende des Abschnittes 213

1

Allzuoft habe ich gesehen, wie das Mitleid irregeht. Doch wir, die wir über die Menschen herrschen, haben ihr Herz zu ergründen gelernt, damit sich unsere Fürsorge einem Gegenstand zuwende, der der Betrachtung würdig ist. So versage ich dieses Mitleid den eitel zur Schau getragenen Wunden, die den Frauen das Herz zerreißen, wie auch den Sterbenden und den Toten. Und ich weiß, warum.

In meiner Jugend gab es eine Zeit, da hatte ich Mitleid mit den Bettlern und ihren Geschwüren. Ich warb Heilkundige für sie an und kaufte Balsam. Die Karawanen brachten mir von einer Insel goldhaltige Salben, die die Haut über dem Fleisch wieder flicken. Also tat ich bis zu dem Tage, da ich einsah, daß sie auf ihren Gestank Wert legten wie auf einen seltenen Schatz, denn ich hatte sie dabei ertappt, wie sie ihre Wunden kratzten und mit Mist befeuchteten, so wie einer das Erdreich düngt, um ihm die purpurne Blume zu entreißen. Stolz zeigten sie einander ihre Fäulnis und brüsteten sich mit den empfangenen Almosen, denn wer am meisten von ihnen einnahm, kam sich im stillen vor wie der Oberpriester, der das schönste Götterbild zur Schau stellt. Wenn sie sich herbeiließen, meinen Arzt zu Rate zu ziehen, so geschah es in der Hoffnung, ihre Geschwüre würden ihn staunen machen durch ihren Pestgeruch und ihre Fülle. Und sie schwenkten ihre Stümpfe, um ihren Platz in der Welt zu behaupten. So nahmen sie die Pflege wie eine Huldigung entgegen und hielten ihre Glieder den Waschungen hin, die ihnen schmeichelten. Doch kaum war ihr Übel getilgt, da entdeckten sie ihre Unwichtigkeit, weil sie nun nichts mehr aus sich nährten; sie kamen sich wie überflüssig vor und widmeten sich fortan dem Wiedererwecken jenes Geschwürs, das von ihnen lebte. Und sobald sie sich durch ihr Leiden wieder herausgeputzt hatten, zogen sie abermals, eitel und prahlerisch, den Napf in der Hand, auf der Karawanenstraße dahin und forderten im Namen ihrer unsauberen Götter Tribut von den Reisenden.

Es gab auch eine Zeit, da ich Mitleid mit den Toten empfand. Denn ich glaubte, einer, den ich in seiner Wüste hinopferte, versinke in einer verzweifelten Einsamkeit – ahnte ich doch noch nicht, daß die Sterbenden niemals einsam sind. Ihre Willfährigkeit hatte mir noch nicht zu denken gegeben. Aber ich sah den Selbstsüchtigen oder den Geizhals – selbst den, der sich mit lauter Stimme gegen jede Vergeudung verwahrt hatte –, wie sie alle, wenn ihr letztes Stündlein herannahte, die Angehörigen ihres Hauses um sich versammelten, um dann ihre Habe mit verächtlicher Großzügigkeit unter sie zu verteilen, als ob sie Kindern nutzloses Spielzeug reichten. Ich sah den Verwundeten in seiner Verzagtheit, den gleichen, der in einer unbedeutenden Gefahr wohl gar geschrien hätte, um Hilfe herbeizurufen; war er dann aber zu Tode getroffen, wies er jeden Beistand zurück, wenn sich zeigte, daß er dadurch seine Kameraden irgendwie hätte gefährden können. Wir rühmen solche Selbstverleugnung. Doch auch hierin fand ich wiederum nur ein verstecktes Zeichen der Verachtung. Ich kenne manchen, der seine Kürbisflasche weiterreicht oder seine Brotrinde teilt, wenn der Hunger am größten ist. Und es geschieht vor allem, weil er selber keine Bedürfnisse hat und in wahrhaft königlicher Gleichgültigkeit diesen Knochen einem anderen zum Abnagen überläßt.

Ich habe die Frauen gesehen, wie sie die toten Krieger beklagten. Doch wir selber haben sie hintergangen. Du sahst sie ja heimkehren, die ruhmredigen und lästigen Überlebenden, wie sie viel Lärm um ihre Heldentaten machten und als Unterpfand für das bestandene Wagnis auf den Tod der anderen verwiesen, einen Tod, den sie schrecklich nannten, denn er hätte sie selber treffen können. Auch ich habe in meiner Jugend jenen Strahlenkranz der von anderen empfangenen Säbelhiebe um meine Stirn geliebt. Ich kam zurück und brüstete mich mit meinen toten Kameraden und ihrer furchtbaren Verzweiflung. Aber der allein, den der Tod erkoren hat und dem es auferlegt wurde, sein Blut auszuspeien und seine E… zuhalten, entdeckt die Wahrheit: daß nämlich de… Schrecken hat. Der eigene Körper erscheint ihm a… nutzloses Werkzeug, das seine Schuldigkeit getan h… er wegwirft. Als ein Körper, der aus den Fugen ging u… Abnutzung enthüllt. Und hat er Durst, dieser Körper, s… der Sterbende nichts weiter in ihm als einen Anlaß zum… sten, wovon er gern befreit sein möchte. Und nutzlos wer… nun alle die Güter, die einst dazu dienten, dieses halbfrem… Fleisch zu schmücken, zu nähren und zu feiern; es ist nur noch ein häusliches Besitzstück wie der an seinen Pflock angebundene Esel. Dann beginnt der Todeskampf, der nur noch aus den Schwankungen des Bewußtseins besteht, das die Gezeiten der Erinnerung abwechselnd leeren und füllen. Sie kommen und gehen wie Ebbe und Flut, wiederum anschwemmend, was sie schon fortgespült hatten: alle die Vorräte an Bildern, alle die Schneckenhäuser der Erinnerung, alle die Muschelschalen der einmal gehörten Stimmen. Sie steigen wieder hoch, sie überströmen von neuem die Algen des Herzens, und so werden alle Zärtlichkeiten noch einmal wach. Doch die Tagundnachtgleiche bereitet sich zu ihrer entscheidenden Ebbe, das Herz wird leer, die Gezeiten mit ihren Schätzen kehren heim zu Gott.

Gewiß habe ich Menschen den Tod fliehen sehen, die schon im voraus über die Begegnung bestürzt waren. Doch laßt euren Irrtum fahren: Noch nie sah ich einen Sterbenden von Furcht befallen!

Warum also sollte ich sie beklagen? Warum sollte ich meine Zeit damit verlieren, ihre Vollendung zu beweinen? Allzugut lernte ich die Vollkommenheit der Toten kennen. Streifte mich jemals ein leichterer Hauch als der Tod jener Sklavin, mit der man meine sechzehn Jahre erfreute und die sich schon anschickte zu sterben, als man sie mir brachte; sie atmete in so kurzen Stößen und verbarg ihr Röcheln in den Leinentüchern, am Ziel ihres Laufes, wie die Gazelle, schon zu Tode gehetzt, aber ohne davon zu wissen, denn sie liebte es, zu lächeln. Doch dieses Lächeln war Windhauch überm Flusse, Fährte eines Traumes, Kielspur eines Zeichens; und von Tag zu Tag läu-

ter…
zu…
w…

e es sich und wurde immer kostbarer, immer schwerer festalten, bis es zu jener ganz einfachen und so reinen Linie urde, als das Zeichen erloschen war.

Da war auch der Tod meines Vaters. Meines Vaters, der sich vollendet hatte und zu Stein geworden war. Die Haare des Täters bleichten, so erzählt man, als sein Dolch diesen vergänglichen Körper, statt ihn zu leeren, mit solch einer Majestät erfüllt hatte. Den Mörder, der sich im königlichen Gemach verborgen hielt, Auge in Auge – nicht mit seinem Opfer, sondern mit dem gewaltigen Granit eines Sarkophages, in der Schlinge eines Schweigens gefangen, von dem er selber die Ursache war: ihn fand man beim Morgengrauen in Anbetung hingesunken, überwältigt allein durch die Reglosigkeit des Toten.

So hat mein Vater, von einem Königsmörder mit einem Schlag in die Ewigkeit versetzt, nachdem er seinen letzten Atemzug getan hatte, drei Tage lang den Atem aller anderen angehalten. So fest, daß sich die Zungen erst wieder lösten und die Schultern wieder aufrichteten, als wir ihn zu Grabe getragen hatten. Doch er schien uns so viel zu bedeuten – er, der nicht mehr regierte, sondern Gewicht hatte und uns seine Spur tief einprägte –, daß wir nicht einen Leichnam zu begraben, sondern einen Schatz aufzuspeichern meinten, als wir ihn mit ächzenden Stricken in die Grube senkten. Er wog, als er so niederschwebte, wie der erste Stein eines Tempels. Und wir begruben ihn nicht, wir siegelten ihn in den Boden ein, wo er schließlich zu dem wurde, was er nun ist: zu diesem Fundament.

Er lehrte mich den Tod kennen, und als ich jung war, nötigte er mich, dem Tod voll ins Antlitz zu blicken, denn er selbst senkte niemals die Augen. Mein Vater war vom Geblüte der Adler.

Es war während des unseligen Jahres, dem man den Beinamen »Das Festmahl der Sonne« gegeben hatte, denn in jenem Jahre dehnte die Sonne die Wüste aus. Sie strahlte auf die Sandflächen, inmitten der Gebeine, der trockenen Dornen, der durchsichtigen Häute toter Eidechsen und jenes fahlgelben Grases, das sich in Roßhaar verwandelt hatte. Die Sonne, durch die sich die Stengel der Blumen bilden, hatte ihre Geschöpfe verschlungen und thronte über deren hingesäten Kadavern wie ein Kind inmitten des Spielzeugs, das es zerstört hat.

Sie zehrte sogar die unterirdischen Vorräte auf und trank das Wasser der spärlichen Brunnen. Sie zehrte selbst die Vergoldung der Sandflächen auf, die so leer, so weiß wurden, daß wir diesen Landstrich »den Spiegel« tauften. Denn auch ein Spiegel enthält nichts, und die Bilder, mit denen er sich füllt, haben weder Dauer noch Gewicht. Und mitunter versengt er wie ein Salzsee die Augen.

Wenn sich die Kameltreiber verirren und in diese Schlinge geraten, die noch nie ihre Beute wieder hergegeben hat, erkennen sie sie nicht von vornherein, denn sie hat keinerlei Kennzeichen, und so schleppen sie, wie einen Schatten ins Sonnenlicht, ihre gespenstische Gegenwart mitten hinein. Festgeklebt auf dieser Leimrute des Lichtes, glauben sie zu gehen; schon von der Ewigkeit verschlungen, glauben sie noch zu leben. Sie treiben ihre Karawane weiter voran, dorthin, wo keine Anstrengung mehr gegen den stummen Widerstand der Weite aufkommt. Während sie einem Brunnen entgegenziehen, den es nicht gibt, freuen sie sich über die Frische der Abenddämmerung, die doch fortan nur ein nutzloser Aufschub ist. Vielleicht klagen sie über die Länge der Nächte – die Einfältigen! –, da doch die Nächte gar bald über sie hinwegziehen werden wie das Auf- und Niederschlagen der Augenlider. Noch schmähen sie sich in kehligen Lauten wegen kleiner Ungerechtigkeiten und wissen nicht, daß für sie die Gerechtigkeit schon ihren Lauf genommen hat.

Glaubst du, daß hier eine Karawane dahineilt? Laß zwanzig Jahrhunderte vergehen und komm zurück, um nachzuschauen!

Eingeschmolzen in die Zeit und in Sand verwandelt, als Schattenbilder, die der Spiegel verschluckte, so fand ich sie selber, als mich mein Vater hinter sich aufsitzen ließ und mit mir fortritt, um mich den Tod zu lehren.

– Sieh dort, sagte er mir, dort war ein Brunnen.

Auf dem Grund eines jener senkrechten Schächte, die nur

einen einzigen Stern widerspiegeln – so tief sind sie –, hatte sich sogar der Schlamm verhärtet, und der darin eingefangene Stern war erloschen. Doch das Fehlen eines einzigen Sterns genügt, um eine Karawane aus ihrer Bahn zu werfen; das wirkt ebenso sicher wie ein Hinterhalt.

Rings um die enge Öffnung wie um eine zerrissene Nabelschnur hatten sich vergebens Menschen und Tiere angeklammert, um ihren Lebenssaft aus dem Leib der Erde zu empfangen. Umsonst aber hatten die bewährtesten Arbeiter, die man bis zum Boden dieses Abgrunds hinabseilte, an der harten Kruste geschabt. Gleich dem lebendig aufgespießten Insekt, das in seinen Todeszuckungen die Seide, den Blütenstaub und das Gold seiner Flügel um sich ausbreitet, begann schon die Karawane zu bleichen, die ein einziger leerer Brunnen an den Boden genagelt hatte; sie war erstarrt inmitten der Unbeweglichkeit der zusammengebrochenen Gespanne, der aufgeplatzten Felleisen, der wie Schutt ausgeschütteten Diamanten und der Goldbarren, die der Sand bedeckte.

Während ich all das betrachtete, sagte mein Vater:

– Du weißt, wie ein Hochzeitsmahl aussieht, sobald die Hochzeitsgäste und die Liebenden aufgebrochen sind. Der Tagesanbruch enthüllt die Unordnung, die sie zurückließen. Zerschlagene Krüge, umgestürzte Tische, die erloschene Kohlenglut – all das bewahrt den Abdruck eines wilden Treibens, das nun erstarrt ist. Doch wenn du diese Spuren abliest, wirst du nichts über die Liebe erfahren.

– Wenn der Analphabet das Buch der Propheten wiegt und wendet, sagte er mir weiter, wenn er bei der Zeichnung der Buchstaben und dem Golde der ausgemalten Bilder verweilt, verfehlt er das Wesentliche; denn dieses besteht nicht im nichtigen Gegenstand, sondern in der göttlichen Weisheit. So ist das Wesentliche einer Kerze nicht das Wachs, das seine Spuren hinterläßt, sondern das Licht.

Da mich aber ein Zittern befiel, weil ich in der Weite des wüsten Hochlandes diesen Überresten vom Mahle Gottes begegnet war, die den Opfertischen aus alter Zeit glichen, sagte mein Vater noch:

– Das Wesentliche zeigt sich nicht in der Asche. Halte dich nicht länger mit diesen Kadavern auf! Hier gibt es nichts außer Karren, die für alle Ewigkeit festgefahren sind, da ihnen die Lenker fehlen.

– Wer wird mich dann aber lehren? rief ich ihm zu.

– Das Wesentliche der Karawane entdeckst du, wenn sie sich abnutzt. Vergiß den eitlen Lärm der Worte und schau: Wenn der Abgrund ihrem Wege widersteht, umgeht sie den Abgrund; wenn der Fels sich erhebt, weicht sie ihm aus; wenn der Sand zu fein ist, sucht sie anderswo festen Sand, doch stets schlägt sie wieder die gleiche Richtung ein. Wenn eine verborgene Salzschicht unter dem Gewicht ihrer Lasten knirscht, siehst du sie unruhig werden, die Tiere aus dem Schlamm zerren, sich vortasten, um einen sicheren Untergrund zu finden, aber bald ordnet sie sich von neuem und zieht wieder in der ursprünglichen Richtung weiter. Wenn ein Tragtier zusammenbricht, wird angehalten; man sammelt die zerbrochenen Kisten auf, belädt ein anderes Tragtier damit und reißt am Knoten des ächzenden Stricks, um sie gut zu verschnüren; dann nimmt man den gleichen Weg wieder auf. Zuweilen stirbt einer, der als Führer diente. Man umringt ihn. Man verscharrt ihn im Sande. Man streitet sich. Dann bestellt man einen anderen zum Führer und richtet abermals den Kompaß auf das gleiche Sternbild. So bewegt sich die Karawane notwendig in einer Richtung, die sie beherrscht; sie gleicht einem Stein, der einen unsichtbaren Hang hinabrollt.

Eine junge Frau, die irgendein Verbrechen begangen hatte, verurteilten die Richter der Stadt einstmals dazu, die zarte Hülle ihrer Haut in der Sonne abzustreifen; so ließen sie sie einfach in der Wüste an einen Pfahl binden.

– Ich werde dich lehren, sagte mein Vater, worauf das Streben der Menschen gerichtet ist.

Und abermals nahm er mich mit sich.

Während wir unterwegs waren, zog ein ganzer Tag über sie hin, und die Sonne trank ihr warmes Blut, ihren Speichel und den Schweiß ihrer Achselhöhlen. Sie trank das Wasser des Lichtes aus ihren Augen. Mit ihrer kurzen Barmherzigkeit sank die Nacht herab, als wir, mein Vater und ich, an die verbotene Schwelle der Hochebene gelangten, wo sich weißer und nackter Leib vom felsigen Boden abhob – zarter als ein Blumenstengel, der sich von Feuchtigkeit nährt, nun aber abgeschnitten ist von den Vorräten des schwerfälligen Wassers, die unter der Erde ihr dichtes Schweigen bilden. So wand sie die Arme wie eine Rebe, die schon in der Feuersglut prasselt, und flehte Gott um Erbarmen an.

– Höre sie, sagte mein Vater. Sie entdeckt das Wesentliche ...

Ich aber war noch ein Kind und wollte verzagen:

– Vielleicht leidet sie, antwortete ich, und vielleicht hat sie auch Angst ...

– Sie ist über das Leiden und die Angst hinaus, antwortete mein Vater, das sind Stallkrankheiten für das niedrige Herdenvieh. Sie entdeckt die Wahrheit.

Und ich hörte ihre Klage. In dieser Nacht ohne Grenzen gefangen, rief sie die abendliche Lampe in ihrem Hause herbei und die Kammer, in der sie sich hätte sammeln können, und die Tür, die sich fest hinter ihr geschlossen hatte. Dem gesamten Weltall preisgegeben, das keinerlei Gesicht zeigte, rief sie nach dem Kinde, das man vor dem Einschlafen küßte und das die Welt in sich zusammenfaßt. Auf dieser wüsten Ebene dem Vorüberzug des Unbekannten unterworfen, besang sie des Gatten Schritt, der des Abends auf der Schwelle ertönt und der vertraut ist und beruhigt. Der Unendlichkeit zur Schau gestellt, in der es nichts Greifbares mehr für sie gab, flehte sie, man möge ihr die festen Dämme zurückgeben, ohne die sich nicht leben läßt: jene Lage Wolle zum Kämmen, jenen Napf zum Abspülen – eben nur diesen da –, jenes Kind, um es in den Schlaf zu wiegen, und kein anderes. Sie rief nach der Ewigkeit des Hauses, das mit dem ganzen Dorfe unter dem gleichen Abendgebet geborgen ist.

Mein Vater ließ mich wieder hinter sich aufsitzen, als der Kopf der Verurteilten auf ihre Schulter gesunken war. Und das Wehen des Windes war um uns.

– Heute abend wirst du sie hören, sagte mein Vater, wie sie unter den Zelten aufsässig grollen und mir meine Grausamkeit vorwerfen. Aber ich werde sie zwingen, ihre Empörungsgelüste hinunterzuschlucken: Ich schmiede den Menschen.

Ich erriet jedoch meines Vaters Güte.

– Ich will, so schloß er, daß sie die lebendigen Wasser der Brunnen liebgewinnen. Und die einheitliche Fläche der grünen Gerste, unter der sich die Risse des Sommers wieder geschlossen haben. Ich will, daß sie die Wiederkehr der Jahreszeiten preisen. Ich will, daß sie sich reifenden Früchten gleich von Stille und Langsamkeit nähren. Ich will, daß sie lange ihre Verstorbenen beweinen und lange die Toten ehren, denn das Erbe geht nur langsam von einem Geschlecht auf das andere über, und ich möchte nicht, daß sie unterwegs ihren Honig verlieren. Ich will, daß sie dem Ölzweig gleichen. Ihm, der erwartet. Dann werden sie beginnen, den großen Pendelschlag Gottes in sich zu spüren; denn Gott kommt wie ein Hauch, um den Baum zu erproben. Er führt sie und geleitet sie heim, von der Morgenröte zur Nacht, vom Sommer zum Winter, von der sprießenden Saat zur geborgenen Ernte, von der Jugend zum Alter und vom Alter sodann zu neuen Kindern.

Denn so wenig wie vom Baum weißt du vom Menschen, wenn du ihn in seiner Dauer ausbreitest und ihn nach seinen Unterschieden einteilst. Mitnichten ist der Baum zuerst Same, dann Sproß, dann biegsamer Stamm, dann dürres Holz. Man darf ihn nicht zerlegen, wenn man ihn kennenlernen will. Der Baum ist jene Macht, die sich langsam dem Himmel vermählt.

– So steht es mit dir, du kleiner Mensch. Gott läßt dich geboren werden und aufwachsen, er erfüllt dich nacheinander mit Wünschen und Klagen, mit Freuden und Leiden, mit Zorn und Vergebung; dann nimmt er dich heim zu sich. Du bist indessen weder dieser Schüler noch dieser Gatte, weder dieses Kind noch dieser Greis. Du bist einer, der sich vollendet. Und wenn du dich als ein wiegender Zweig zu entdecken weißt, der fest mit dem Ölbaum verwachsen ist, wirst du in deinen Bewegungen die Ewigkeit kosten. Und alles um dich her wird ewig werden. Der Brunnen wird ewig sein, der sein Lied singt und schon deine Väter gelabt hat; das Licht der Augen wird ewig sein, wenn dir deine Geliebte zulächelt; die Kühle der Nacht wird ewig sein. Die Zeit ist dann nicht mehr ein Stundenglas, das seinen Sand verbraucht, sondern eine Schnitterin, die ihre Garbe bindet.

2

So entdeckte ich, als ich auf dem höchsten Turme der Zitadelle stand, daß weder das Leid noch der Tod in Gottes Schoß und nicht einmal die Beweinung der Toten beklagenswert ist. Denn wenn das Andenken des Entschwundenen geehrt wird, ist er gegenwärtig und mächtiger als der Lebende. Und ich begriff die Angst der Menschen, und sie dauerten mich.

Und ich beschloß, sie zu heilen.

Der allein erregt mein Mitleid, der in der großen patriarchalischen Nacht erwacht, da er sich unter Gottes Sternen geborgen glaubte, und sich plötzlich auf Reisen sieht.

Ich verbiete, ihn zu befragen, denn ich weiß, daß es keine Antwort gibt, die den Durst stillt. Einer, der fragt, sucht vor allem den Abgrund.

Ich verdamme die Unruhe, die die Diebe zum Verbrechen treibt, denn ich lernte in ihnen zu lesen und weiß, daß es für sie keine Rettung ist, wenn ich sie aus ihrem Elend errette. Sie täuschen sich, wenn sie glauben, sie begehrten eines anderen Gold. Doch das Gold glänzt wie ein Stern. Jene Liebe, die sich selber nicht kennt, ist allein auf ein Licht gerichtet, das sie nie einfangen können. Sie eilen von Widerschein zu Widerschein und entwenden nutzlose Güter; so wie der Narr das schwarze Wasser der Brunnen schöpfen möchte, um den Mond zu greifen, der sich darin spiegelt. Sie werfen die nichtige Asche, die sie geraubt haben, in das kurze Feuer der Orgien. Dann stehen sie wieder des Nachts auf der Lauer, blaß wie auf der Schwelle eines Stelldicheins, regungslos aus Angst, sie könnten jemanden aufscheuchen, und meinen, hier sei etwas zu finden, was vielleicht eines Tages ihr Glück machen werde.

Ließe ich solch einen frei laufen, bliebe er doch seinem Kult treu, und morgen würden meine Kriegsleute aus dem

Gebüsch hervorbrechen und ihn in einem fremden Garten ertappen, während er klopfenden Herzens zu spüren glaubte, das Glück werde ihm diese Nacht zu Willen sein.

Und gewiß, zunächst hülle ich sie in meine Liebe ein, denn ich weiß, daß ihnen mehr Inbrunst innewohnt als den Tugendsamen in ihren Kramläden. Doch ich bin Städtebauer. Ich habe beschlossen, hier den Grundstein für meine Zitadelle zu legen. Ich habe die Karawane auf ihrem Wege angehalten. Sie war nur Samen im Treiben des Windes. Der Wind führt den Samen der Zeder wie einen Duft mit sich fort. Ich aber widerstehe dem Wind und vergrabe den Samen, damit die Zedern zum Ruhme Gottes emporwachsen.

Die Liebe muß ihren Gegenstand finden. Den allein rette ich, der liebt, was ist, und den man sättigen kann.

Deshalb schließe ich auch die Frau in die Ehe ein und gebiete, daß die Ehebrecherin gesteinigt werde. Und gewiß begreife ich ihren Durst und die Gewalt der Stunde, auf die sie sich beruft. Ich weiß in ihr zu lesen, wenn sie sich im dämmernden Abend, der allen Wundern geöffnet ist, auf die Brüstung der Terrasse stützt, ringsum wie auf hoher See von der Weite des Horizontes umschlossen und einsam, wie in der Hand des Henkers, der Marter ihres zärtlichen Verlangens preisgegeben.

Ich spüre sie zucken und beben, gleich einer auf den Sand geworfenen Forelle; wie diese die flutende Woge erwartet sie den blauen Mantel des Kavaliers. Ihr Ruf durchdringt die ganze Tiefe der Nacht. Wer aus ihr auftaucht, der wird sie erhören. Doch vergebens wird sie von Mantel zu Mantel wandern, denn kein Mann kann sie völlig befriedigen. So ruft eine Küste zu ihrer Labsal die Brandung des Meeres herbei, und ewiglich folgen sich die Wogen. Eine verebbt nach der anderen. Wozu den Wechsel der Gatten gutheißen? Wer vor allem das Nahen der Liebe liebt, lernt nie die Begegnung kennen.

Sie allein rette ich, die zu werden weiß, die den Kreis um den inneren Hof zu ziehen vermag, so wie sich die Zeder rings um ihr Samenkorn aufbaut und sich in den ihr gesteckten Grenzen entfaltet. Sie rette ich, die nicht so sehr den Frühling liebt wie das Gebilde einer bestimmten Blume, in der der Frühling beschlossen liegt. Die nicht vor allem die Liebe liebt, sondern ein ganz bestimmtes Gesicht, von dem die Liebe Besitz ergriff.

Jene Frau merze ich daher aus, die sich im Abend verflüchtigt, oder ich zwinge sie, sich zu sammeln. Ich stelle das Kohlenbecken, den Kochkessel, die Messingschale wie lauter Grenzpfähle um sie auf, damit sie nach und nach durch all diese Dinge hindurch ein erkennbares, vertrautes Gesicht, ein Lächeln, das nur von hier stammt, entdecke. Und langsam wird ihr so Gott erscheinen. Dann wird das Kind schreien, damit es gestillt werde; die Wolle, die es zu kämmen gilt, wird die Finger locken, das Kohlenfeuer wird sein Teil an ihrem Atem begehren. So wird sie fortan gefangen sein und bereit zu dienen. Denn ich bin es, der den Duft in der Urne verschließt, damit er dauere. Ich bin die Fertigkeit durch Gewöhnung, die den Sinn der Frucht erfüllt. Ich zwinge die Frau, ihr Gesicht zu gewinnen und zu *sein*, damit ich später in ihrem Namen nicht jenen Seufzer, der im Winde verweht, sondern diese Inbrunst, diese Zärtlichkeit, dieses besondere Leid vor Gott bringe.

So habe ich lange den Sinn des Friedens bedacht. Er kommt nur durch die Kinder, die geboren werden, die geborgene Ernte, das endlich geordnete Haus. Er kommt von der Ewigkeit, in die die vollendeten Dinge eingehen. Friede der vollen Scheuern, der schlafenden Schafe, des gefalteten Linnens, Friede, der von allem ausgeht, das Gottes Geschenk wurde, sobald es wohlgetan ist.

Denn ich wurde gewahr, daß es mit dem Menschen ganz ähnlich steht wie mit der Zitadelle. Der Mensch reißt die Mauern nieder, um sich seine Freiheit zu wahren, aber nun ist er nur noch eine geschleifte Festung, die sich den Sternen öffnet. Dann beginnt die Angst vor dem Nichtsein. Möge er doch den Duft der Rebe, die in der Sonne dörrt, oder das Schaf, das er scheren soll, zu seiner Wahrheit machen. Die Wahrheit gräbt sich wie ein Brunnen. Wenn der Blick sich zerstreut, verliert er die Anschauung Gottes. Mehr als die Ehebrecherin, die sich den Verheißungen der Nacht öffnet, weiß jener Weise von Gott, der nur das Gewicht seiner wollenen Decken kennt.

Zitadelle, ich werde dich im Herzen des Menschen errichten.

Denn es gibt eine Zeit, da es unter dem Samen zu wählen gilt; aber, wenn die Wahl ein für allemal vollzogen wurde, gibt es auch eine Zeit, da man sich am Wachstum der Ernte erfreuen soll. Es gibt eine Zeit für die Schöpfung, aber es gibt auch eine Zeit für das Geschöpf. Es gibt eine Zeit für den purpurnen Blitz, der die Dämme des Himmels aufreißt, aber es gibt auch eine Zeit, in der sich die durchgebrochenen Wasser wieder in der Zisterne sammeln. Es gibt eine Zeit der Eroberung, aber es kommt auch die Zeit für die Festigung der Reiche: und mir, der ich Gottes Diener bin, steht der Sinn nach der Ewigkeit.

Ich hasse den Wechsel. Den erwürge ich, der sich in der Nacht erhebt und seine Prophezeiungen in den Wind hinausschleudert, gleich dem Baume, der, vom Blitzstrahl des Himmels getroffen, krachend niederbricht und mitsamt dem Walde in Brand gerät. Ich erschrecke, wenn Gott sich bewegt. Möge er doch in der Ewigkeit wieder zur Ruhe kommen, der Unwandelbare. Denn es gibt eine Zeit für die Erschaffung der Welt, aber es gibt auch eine Zeit, eine glückliche Zeit, die das Überlieferte bewahrt.

Es gilt zu befrieden, zu pflegen, zu glätten. Ich bin es, der die Spalten des Bodens wieder schließt und den Menschen die Spuren des Vulkans verbirgt. Ich bin der Rasen über dem Abgrund. Ich bin die Kammer, in der die Früchte golden reifen. Ich bin die Fähre, die eine ihr von Gott anvertraute Generation vom einen Ufer zum anderen bringt. Gott wird sie wiederum aus meiner Hand empfangen, so wie er sie mir übergeben hat; gereifter vielleicht und weiser, vielleicht besser geübt in der Kunst, silberne Krüge zu ziselieren, aber doch nicht verändert. Ich habe mein Volk eingeschlossen in meiner Liebe.

Deshalb schütze ich den, der in der siebenten Generation die Biegung eines Schiffskiels oder die Wölbung eines Schildes wieder aufgreift, um sie für sein Teil der Vollendung entgegenzuführen. Ich schütze den, der von seinem Ahnen, dem Sänger, das namenlose Gedicht ererbt und es seinerseits weitergibt und sich dabei irrt und seinen eigenen Lebenssaft, seinen Schliff, seine Prägung hinzufügt. Ich liebe die Frau, die schwanger ist oder ihr Kind stillt, ich liebe die Herde, die sich fortpflanzt, ich liebe die Jahreszeiten, die wiederkehren. Denn vor allem bin ich einer, der ein Heim hat. O Zitadelle, meine Bleibe, ich werde dich vor den Plänen des Sandes schützen und dich mit Kriegshörnern umkränzen, damit sie gegen die Barbaren erschallen.

3

Ich habe eine große Wahrheit entdeckt. Diese: daß die Menschen ein Heim haben und daß sich der Sinn der Dinge für sie wandelt, je nach dem Sinn ihres Hauses. Und daß der Weg, das Gerstenfeld und die Wölbung des Hügels für den Menschen verschieden sind, je nachdem, ob sie zu einem Landgut gehören oder nicht. Denn dann wird dieser unzusammenhängende Stoff auf einmal zu einer Einheit und gewichtig fürs Herz. Und einer gehört nicht dem gleichen Weltall an, je nachdem, ob er im Reiche Gottes wohnt oder nicht. Und wie sehr täuschen sich die Ungläubigen, die über uns spotten und greifbaren Gütern nachzulaufen glauben, da es doch solche nicht gibt. Denn wenn sie jene Herde dort begehren, geschieht es schon aus Hoffart. Und die Freuden der Hoffart sind selber nicht greifbar.

So ist es mit denen, die mein Land zu entdecken glauben, indem sie es zerlegen. Es gibt darin, sagen sie, Hammel und Ziegen, Gerste und Häuser – und was denn sonst noch? Und sie dünken sich arm, da sie nicht mehr besitzen. Und es friert sie. Und ich habe entdeckt, daß sie einem Mann gleichen, der einen Leichnam zerstückelt. Das Leben, spricht er, zeige ich euch in aller Klarheit; es ist nur ein Gemisch aus Blut, Knochen und Eingeweiden. Während doch das Leben jenes Licht der Augen ist, das sich nicht aus ihrer Asche ablesen läßt. Während doch mein Land etwas ganz anderes ist als diese Hammel und Felder, diese Häuser und Berge; nämlich das, wodurch all das beherrscht und verknüpft wird: das Vaterland meiner Liebe! Und glücklich ist, wer darum weiß, denn er bewohnt mein Haus.

Und die Riten sind in der Zeit, was das Heim im Raume ist. Denn es ist gut, wenn uns die verrinnende Zeit nicht als etwas erscheint, das uns verbraucht und zerstört wie die Handvoll Sand, sondern als etwas, das uns vollendet. Es ist gut, wenn die Zeit ein Bauwerk ist. So schreite ich von Fest zu Fest, von Jahrestag zu Jahrestag, von Weinlese zu Weinlese, so wie ich als Kind vom Saal des Rates in den Saal der Ruhe ging, im festgefügten Palast meines Vaters, wo alle Schritte einen Sinn hatten.

Ich habe mein Gesetz auferlegt, und es gleicht der Form der Mauern und der Anordnung meines Heims. Der Törichte kam zu mir und sagte: »Befreie uns von deinem Zwang; dann werden wir größer werden.« Ich wußte aber, daß sie dadurch zunächst kein Gesicht mehr erkennen und sodann – weil sie ein solches nicht mehr liebten – auch sich selber nicht mehr erkennen würden, und ich habe beschlossen, sie – wenn auch gegen ihren Willen – durch ihre Liebe reicher zu machen. Denn sie schlugen mir vor, ich solle, damit man sich dort bequemer ergehen könne, die Mauern von meines Vaters Palast niederreißen, wo alle Schritte einen Sinn hatten.

Es war ein weitgestreckter Bau mit seinem den Frauen vorbehaltenen Flügel und dem verschwiegenen Garten, in dem der Springbrunnen sang. (Und ich gebiete, dem Hause ein solches Herzstück zu geben, damit etwas darin sei, dem man sich nähern und von dem man sich entfernen kann. Damit man darin ein und aus zu gehen vermag. Denn sonst ist man nirgendwo mehr. Und nicht zu sein heißt mir nicht frei sein.) Es gab dort auch Scheuern und Ställe. Und zuweilen standen die Scheuern leer, und die Ställe waren nicht belegt. Doch mein Vater ließ nicht zu, daß man die einen für die Zwecke der anderen benutzte. Die Scheuer, sagte er, ist vor allem eine Scheuer, und du bewohnst kein Haus, wenn du nicht weißt, wo du dich befindest. Es kommt nicht darauf an, sagte er weiter, ob die Nutzung mehr oder weniger ergiebig ist. Der Mensch ist kein Mastvieh, und die Liebe zum Menschen gilt mehr als die Nutzung. Du kannst nicht ein Haus lieben, das ohne Gesicht ist und in dem deine Schritte keinen Sinn haben.

Es gab dort den Saal, der allein den großen Gesandtschaften vorbehalten blieb und den man der Sonne nur an den Tagen öffnete, da die von den Reitern hochgewirbelten Sandwolken aufstiegen und sich am Horizont die großen Königsstandarten zeigten, die wie das Meer im Winde wogten. Ihn ließ man leerstehen, wenn kleine Fürsten ohne Bedeutung kamen. Es gab einen Saal, wo Recht gesprochen wurde, und einen anderen, in den man die Toten hineintrug. Es gab die leere Kammer, deren Bestimmung keiner je kannte – und die vielleicht gar keinem Zweck diente –, es sei denn, den Sinn des Geheimnisses zu lehren und darzutun, daß sich niemals alle Dinge ergründen lassen.

Und die Sklaven durcheilten mit ihren Lasten die Flure und schoben die schweren Vorhänge zurück, die auf ihre Schultern niederfielen. Sie stiegen Stufen hoch, stießen Türen auf, gingen auf anderen Stufen wieder hinab, und je nachdem, ob sie dem mittleren Springbrunnen näher oder ferner waren, wurden sie mehr oder weniger schweigsam, bis sie sich wie unruhige Schatten bewegten, wenn sie sich den Rändern des Frauenbereiches näherten, denn dessen irrtümliche Kenntnis hätte sie das Leben gekostet. Und die Frauen selber wurden ruhig oder anmaßend oder scheu, je nach der Stelle des Hauses, an der sie sich eben befanden.

Ich höre des Törichten Stimme: »Wieviel Platz ist hier vergeudet, was für ein Reichtum ist hier nicht ausgenutzt, wie viele Annehmlichkeiten sind hier aus Nachlässigkeit versäumt worden! Einreißen sollte man diese nutzlosen Mauern, einebnen diese Treppenstufen, die nur das Gehen erschweren. Dann wird der Mensch frei sein.« Und ich antworte: Dann werden die Menschen zu Vieh auf dem Markte werden, und aus Angst vor der Langeweile werden sie törichte Spiele erfinden, die zwar noch von Regeln bestimmt werden, aber von Regeln ohne Größe. Denn der Palast kann Gedichte fördern. Doch was für ein Gedicht soll man über die Albernheit ihres Würfelspiels schreiben? Lange Zeit werden sie vielleicht noch vom Schatten der Mauern leben, da ihnen die Gedichte die Sehnsucht nach ihnen zutragen; schließlich wird auch der Schatten vergehen, und sie werden die Gedichte nicht mehr begreifen.

Und woran sollten sie sich fortan erfreuen?

So steht es mit dem Menschen, der sich verliert in einer Woche ohne Tag oder einem Jahr ohne Fest, das kein Gesicht zeigt. So ist es auch mit dem Menschen, der keine Rangordnung mehr kennt und auf seinen Nachbarn neidisch ist, wenn dieser ihn in etwas übertrifft; und so bemüht er sich, ihn auf sein eigenes Maß zurückzuführen. Welche Freude können sie aus dem trägen Pfuhl schöpfen, den sie dann gebildet haben?

Ich aber schaffe neue Kraftfelder. Ich baue Wehre in den Bergen, um die Wasser zurückzuhalten. So widersetze ich mich ungerecht dem natürlichen Gefälle. Ich stelle die Rangordnung dort wieder her, wo die Menschen wie die Wasser zusammenflossen, sobald sie sich erst im Pfuhl vermischten. Ich spanne den Bogen. Aus der Ungerechtigkeit des Heute schaffe ich die Gerechtigkeit des Morgen. Dort, wo sich ein jeder an Ort und Stelle einrichtet und diese Fäulnis Glück nennt, stelle ich die Richtungen wieder her. Ich mißachte die faulenden Gewässer ihrer Gerechtigkeit und befreie den, der aus einer schönen Ungerechtigkeit hervorgegangen ist. Und so veredle ich mein Reich.

Denn ich kenne ihre Überlegungen. Sie bewunderten den Menschen, zu dem mein Vater den Grund gelegt hatte. »Wie kann man es anstellen«, sagten sie sich, »ein so vollkommenes Gelingen zuschanden zu machen?« Und im Namen dessen, der aus solch einem Zwange hervorgegangen war, zerbrachen sie diesen Zwang. Und solange der Zwang im Herzen fortdauerte, übte er noch seine Wirkung aus. Dann vergaß man ihn allmählich. Und der Mensch, den man retten wollte, war gestorben.

Deswegen hasse ich die Ironie, die nicht dem Menschen eignet, sondern dem Taugenichts. Denn der Taugenichts sagt ihnen: »Anderswo hat man andere Bräuche als die euren. Warum solltet ihr sie nicht verändern?« Ebenso hätte er ihnen sagen können: »Wer zwingt euch denn, die Ernte in die Scheuern und die Herden in die Ställe zu bringen?« Doch er selber ist es, der sich durch Worte betören ließ, denn er weiß nichts von den Dingen, die Worte nicht erfassen können. Er weiß nicht, daß die Menschen ein Haus bewohnen.

Und seine Opfer, die das Haus nicht mehr zu erkennen wissen, beginnen es abzutragen. So vergeuden die Menschen ihr kostbares Gut: den Sinn der Dinge. Und sie kommen sich an den Festtagen recht groß vor, weil sie nicht die Bräuche befolgen, weil sie ihre Überlieferungen verraten und ihren Feind feiern. Und freilich empfinden sie eine gewisse innere Bewegung bei ihrem tempelschänderischen Vorgehen. Solange sie sich noch gegen etwas aufbäumen, das auf ihnen lastet. Und sie leben davon, daß ihr Feind noch atmet. Der Schatten der Gesetze stört sie noch genügend, um sie gegen die Gesetze aufzubringen. Doch bald verschwindet auch der Schatten. Dann empfinden sie nichts mehr, denn sogar die Siegesfreude ist vergessen. Und sie gähnen. Sie haben den Palast in einen Marktplatz umgewandelt, aber sobald ihnen erst die Lust daran vergangen ist, auf dem Marktplatz mit dem Dünkel eines Maulhelden einherzustolzieren, wissen sie nicht mehr, was sie auf diesem Jahrmarkt noch tun sollen.

Und sieh, so hängen sie unbestimmten Träumen nach, wie sie ein Haus wieder bauen können mit tausend Pforten, mit Vorhängen, die auf die Schulter niedersinken, mit Vorgemächern, die man langsam durchschreitet. So träumen sie von einer verborgenen Kammer, die den ganzen Bau mit Geheimnis erfüllt. Und ohne davon zu wissen, denn sie hatten ihn ja vergessen, beweinen sie den Palast meines Vaters, in dem alle Schritte einen Sinn hatten.

Da ich das alles wohl verstanden habe, stelle ich meinen freien Willen diesem Abbröckeln der Dinge entgegen und höre nicht auf jene, die mir vom natürlichen Gefälle reden. Denn ich weiß nur zu gut, daß das natürliche Gefälle die Lachen des Gletscherwassers anschwellen läßt, die Schroffen der Berge einebnet und die Bewegung des Stromes durchbricht, wenn er sich in tausend widerstrebenden Strudeln ins Meer ergießt. Ich weiß nur zu gut, daß das natürliche Gefälle die Macht sich verteilen und die Menschen einander gleich werden läßt. Ich aber herrsche und wähle aus. Ich weiß wohl, daß auch der Zederbaum über das Wirken der Zeit triumphiert, die ihn in Staub verwandeln sollte, und daß er von Jahr zu Jahr gegen ebendie Kraft, die ihn niederzieht, den stolzen Tempel seines Blattwerks aufbaut. Ich bin das Leben und ich füge zusammen. Ich baue die Gletscher entgegen den Absichten der Wasserlachen. Wenig kümmert es mich, ob die Frösche über die Gerechtigkeit quaken. Ich gebe dem Menschen wieder Waffen, auf daß er *sei.*

Deshalb achte ich nicht des törichten Schwätzers, der dem Palmenbaum vorwirft, daß er keine Zeder ist, und der Zeder, daß sie kein Palmenbaum ist, und der derart, indem er die Rollen vertauscht, dem Chaos zustrebt. Und ich weiß wohl, daß der Schwätzer mit seiner unsinnigen Wissenschaft recht hat, denn außerhalb des Lebens würden sich Zeder und Palmenbaum vereinigen und sich als Staub ausbreiten. Doch das Leben widersetzt sich der Unordnung und dem natürlichen Gefälle. Aus dem Staub bringt es die Zeder hervor.

Die Wahrheit meiner Gebote ist der Mensch, der daraus entstehen soll. Und die Bedeutung der Bräuche und der Gesetze und der Sprache meines Reiches suche ich nicht in ihnen selber. Ich weiß nur zu gut, daß man durch das Aneinanderfügen von Steinen Stille erzeugt. Und diese läßt sich nicht aus den einzelnen Steinen ablesen. Ich weiß nur zu gut, daß man mit Schminke und Bändern die Liebe belebt. Ich weiß nur zu gut, daß der nichts begriffen hatte, der den Leichnam zerlegte und seine Knochen und Eingeweide abwog. Denn Knochen und Eingeweide sind als solche zu nichts nütze, ebensowenig wie Tinte und Kleister des Buches. Nur die Weisheit zählt, die das Buch vermittelt, und diese gehört nicht zu deren Wesen.

Und ich lehne eine Erörterung ab, denn es gibt hier nichts, was sich beweisen ließe. Sprache meines Volkes, ich werde dich vor dem Verfaulen bewahren. Ich gedenke jenes Unglücklichen, der meinen Vater aufsuchte:

– Du gebietest, man solle bei dir mit Gebetsschnüren beten, die dreizehn Perlen haben. Wieso gerade dreizehn Perlen? sagte er. Bleibt sich das Seelenheil denn nicht gleich, wenn man die Zahl verändert?

Und er machte scharfsinnige Gründe dafür geltend, daß die Menschen Gebetsschnüre mit zwölf Perlen verwenden sollten. Ich aber, der ich jung war und für eine gewandte Rede empfänglich, schaute auf meinen Vater und zweifelte an der Durchschlagskraft seiner Antwort; so sehr hatten mir die angeführten Argumente eingeleuchtet.

– Sage mir, fuhr der andere fort, inwiefern wiegt die Schnur mit dreizehn Perlen schwerer . . .?

– Die Schnur mit dreizehn Perlen, antwortete mein Vater, wiegt das Gewicht all der Köpfe, die ich schon in ihrem Namen abgeschlagen habe . . .

Gott erleuchtete den Ungläubigen, der sich bekehrte.

4

Heimstatt der Menschen, wer könnte dich auf Überlegungen gründen? Wer wäre imstande, dich im Einklang mit der Logik zu bauen? Du bist und bist nicht. Du bist aus unzusammenhängenden Stoffen gemacht, aber man muß dich ersinnen, um deiner gewahr zu werden. Genauso besitzt einer, der sein Haus zerstörte, weil er den Ehrgeiz hatte, es kennenzulernen, nur noch einen Haufen Steine, Schiefer und Ziegel; er findet weder den Schatten noch die Stille, noch die Vertraulichkeit wieder, denen sie dienten, und weiß nicht, welchen Nutzen er von diesem Haufen von Steinen, Schiefern und Ziegeln erwarten könnte, denn es fehlt ihnen die Erfindungskraft, die sie beherrscht: Herz und Seele des Baumeisters. Denn dem Stein mangeln Herz und Seele des Menschen.

Doch Überlegungen lassen sich nur über den Schiefer, den Stein und den Ziegel anstellen, nicht über Seele und Herz, die jene beherrschen und durch ihre Macht in Stille verwandeln, denn Seele und Herz entziehen sich den Regeln der Logik und den Gesetzen der Zahl. So trete ich denn hervor, um nach meinem Ermessen zu schalten. Ich, der Baumeister. Ich, der ich ein Herz und eine Seele besitze. Ich, der ich allein über die Macht gebiete, den Stein in Stille zu verwandeln. Ich komme und knete diesen Teig, der nur erst Rohstoff ist, nach dem schöpferischen Bilde, das mir allein durch Gott und außerhalb der Wege der Logik zuteil wurde. Ich baue meine Kultur, begeistert von der Einzigartigkeit, die ihr innewohnen wird, so wie andere ihre Gedichte bauen und hier einen Satz umstellen, dort ein Wort abändern, ohne daß sie genötigt wären, die Umstellung oder Abänderung zu rechtfertigen, auch sie begeistert von der Einzigartigkeit, die dem Gedicht innewohnen wird und die sie mit der Kraft des Herzens erkennen.

Denn ich bin der Gebieter. Und ich schreibe die Gesetze und setze die Feste fest und ordne die Opfer an; und aus ihren Schafen, ihren Ziegen, ihren Häusern, ihren Bergen gewinne ich jene Kultur, die dem Palaste meines Vaters gleicht, in dem alle Schritte einen Sinn haben.

Denn was hätten sie ohne mich aus dem Steinhaufen gemacht, den sie von rechts nach links befördern? Doch nur einen anderen, noch weniger gut geordneten Steinhaufen. Ich aber herrsche und wähle aus. Und ich herrsche allein. Und so können sie ihr Gebet in der Stille und in dem Schatten sagen, die sie meinen Steinen verdanken. Meinen Steinen, die nach dem Bilde meines Herzens geordnet sind.

Ich bin der Gebieter. Ich bin der Herr. Ich bin verantwortlich. Und ich treibe sie an, mir zu helfen. Denn ich habe eingesehen, daß es nicht Sache des Führenden ist, die anderen zu retten, sondern sie anzutreiben, sich selber zu retten. Denn durch mich, durch das Bild, das in mir ist, wird der Grund gelegt zu der Einheit, die ich allein aus meinen Hammeln, meinen Ziegen, meinen Häusern, meinen Bergen gewonnen habe; und siehe, sie sind in sie verliebt wie in eine junge Gottheit, die ihre kühlen Arme in der Sonne ausbreitet und die sie zunächst nicht erkannt haben. Nun lieben sie das Haus, das ich ersonnen habe, wie es meine Sehnsucht mir eingab. Und durch das Haus hindurch lieben sie mich, den Baumeister. So wie einer, der eine Statue liebt, nicht den Lehm liebt oder den Ton oder die Bronze, sondern das Werk des Bildhauers. Und ich kette die Leute meines Volkes an ihr Heim, damit sie es zu erkennen wissen. Und sie werden es erst dann erkennen, wenn sie es mit ihrem Blut genährt haben. Und mit ihren Opfern ausgeschmückt haben. Es wird alles von ihnen abverlangen, sogar ihr Fleisch und ihr Blut, denn das Heim wird der eigentliche Sinn seiner Bewohner sein. Dann werden sie es nicht mehr verkennen: dieses göttliche Gefüge, das die Züge eines Antlitzes trägt. Dann werden sie Liebe zu ihm empfinden. Und ihre Abende werden voller Inbrunst sein. Und die Väter werden sich vor allem Mühe geben, ihren Söhnen, sobald diese Augen und Ohren öffnen, den Sinn des Heimes zu erschließen, damit es nicht in der Zusammenhanglosigkeit der Dinge versinke.

Und sofern ich mein Heim weit genug zu bauen wußte, um ihm einen Sinn zu verleihen, der bis zu den Sternen reicht, werden sie – wenn sie sich des Nachts auf ihre Schwelle getrauen und das Haupt heben – Gott Dank sagen, daß er so gut seine Schiffe führt. Und wenn ich es so dauerhaft gebaut habe, daß es das Leben in seiner Dauer enthält, werden sie von Fest zu Fest schreiten, wie von Vorhof zu Vorhof, denn durch die Vielfalt des Lebens hindurch werden sie Gottes Antlitz entdecken.

Zitadelle! So habe ich dich denn wie ein Schiff gebaut! Ich habe dich genagelt, betakelt, dann ließ ich dich in die Zeit hinaus, die nur noch ein günstiger Wind ist.

Schiff der Menschen, ohne das sie die Ewigkeit verfehlen würden!

Doch ich kenne die Gefahren, die mein Schiff bedrohen. Ständig wird es durch das dunkle Meer der Außenwelt bedrängt werden. Und durch die anderen Bilder, die möglich sind. Denn es ist immer möglich, den Tempel niederzureißen und von ihm Steine für einen anderen Tempel zu entnehmen. Und der andere ist weder wahrer noch falscher, weder gerechter noch ungerechter. Und niemand wird von dem Unheil erfahren, denn der Wert der Stille schreibt sich nicht in den Steinhaufen ein.

Deshalb wünsche ich, daß sie die Tragrippen des Schiffes gut abstützen. Um sie zu bewahren, von Geschlecht zu Geschlecht, denn ich werde den Tempel nicht verschönern, wenn ich ihn jeden Augenblick neu beginne.

5

Deshalb wünsche ich, daß sie die Tragrippen des Schiffes gut abstützen. Es ist Menschenwerk. Denn rings um das Schiff west die blinde Natur, noch nicht in Worte gefaßt und gewaltig. Und wer die Gewalt des Meeres vergißt, läuft Gefahr, sich in übertriebener Ruhe zu wiegen.

Er glaubt, daß das Heim, das den Menschen geschenkt wurde, auf sich selber beruhe, sobald sich ihm erst einmal der Augenschein gezeigt hat. Wer in einem Schiff haust, sieht das Meer nicht mehr. Oder wenn er es wahrnimmt, hält er es doch nur für ein Ornament des Schiffes. So groß ist die Macht des Geistes. Das Meer scheint ihm dazu geschaffen, das Schiff zu tragen.

Aber er täuscht sich. Ein bestimmter Bildhauer hat den Menschen durch den Stein hindurch ein bestimmtes Gesicht gezeigt. Aber ein anderer hätte ein anderes Gesicht gezeigt. Und du hast es selber bei den Sternbildern gesehen: dieses dort ist ein Schwan. Doch ein anderer hätte dir dort eine liegende Frau gezeigt. Er kommt zu spät. Wir werden uns niemals mehr vom Schwan frei machen. Der erdachte Schwan läßt uns nicht mehr los.

Aber wenn man ihn irrtümlich für absolut hält, denkt man nicht mehr daran, ihn zu schützen. Und ich weiß wohl, wodurch mich der Törichte bedroht. Und auch der Gaukler. Jener, der mit behenden Fingern Gesichter modelt. Die seinem Spiel zusehen, verlieren den Sinn für ihr Eigentum. Deswegen lasse ich ihn greifen und vierteilen. Aber sicher nicht um meiner Rechtsgelehrten willen, die mir nachweisen, daß er unrecht hat. Denn er hat gar nicht unrecht. Er ist aber auch nicht im Recht, und ich verwehre es ihm hinwiederum, sich für klüger und gerechter als meine Rechtsgelehrten zu dünken. Und er glaubt zu Unrecht, daß er im Recht sei. Denn auch er gibt seine neuen Figuren, die wie ausschwärmende Bienen gleißend aus seinen Händen hervorgingen, für unbedingt aus, doch es fehlt ihnen das Gewicht, die Zeit, die uralte Aufeinanderfolge der Religionen. Sein Gefüge ist noch nichts Gewordenes. Das meine war es. Und deshalb verdamme ich den Gaukler und bewahre so mein Volk vor der Fäulnis.

Denn einer, der nicht mehr darauf achtet und nicht mehr weiß, daß er in einem Schiff lebt, ist im voraus wie wehrlos und wird bald das Meer einströmen sehen, dessen Woge seine törichten Augen wäscht.

Denn, eben dieses Bild meines Reiches trat mir vor Augen, als ich mich einst mit einigen meines Volkes im Verlauf einer Pilgerfahrt auf hoher See befand.

Sie waren also eingeschlossen an Bord eines Schiffes auf hoher See. Zuweilen ging ich schweigend zwischen ihnen umher. Sie hockten rings um ihre Eßschüsseln, stillten ihre Kinder oder waren eingespannt in das Triebwerk ihrer Gebetsschnur; so waren sie jetzt Bewohner des Schiffes. Das Schiff war ihr Heim geworden.

Aber da erhob sich eines Nachts ein Sturm. Und als ich sie in der Stille meiner Liebe besuchte, sah ich, daß nichts sich verändert hatte. Sie ziselierten ihre Ringe, spannen ihre Wolle oder sprachen leise miteinander und woben ohne Unterlaß an jener Gemeinschaft der Menschen, an jenem Netz von Beziehungen, welches bewirkt, daß einem jeden etwas entrissen wird, wenn denn einer von ihnen stirbt. Und ich hörte ihnen zu in der Stille meiner Liebe, ohne auf den Inhalt ihrer Worte, auf ihre Geschichten über Kochtöpfe und Krankheiten zu achten, denn ich wußte, daß der Sinn der Dinge nicht im Gegenstand liegt, sondern im Verhalten. Und dieser dort, der so ernst lächelte, wußte nicht, ob es geschah, weil er Gott fürchtete oder ihm fern war. So betrachtete ich sie im Schweigen meiner Liebe.

Und währenddessen durchdrang sie die schwere Schulter des Meeres – die sich jeder Erkenntnis entzog – mit ihren langsamen und furchtbaren Bewegungen. Es kam vor, daß auf dem Gipfel eines Wellenberges alles ins Schwanken geriet, als ob es entschwinden wollte. Dann erbebte das ganze Schiff, als wäre es schon aus den Fugen gegangen und auseinandergebrochen; und solange das Versagen dieser Wirklichkeiten währte, unterbrachen sie ihre Gebete und ihre Reden, das Stillen der Kinder oder das Ziselieren des blanken Silbers. Doch jedesmal durchfuhr ein einziges Krachen das Holz von oben bis unten wie ein reißender Blitz. Das Schiff fiel wie auf sich selbst zurück, so daß es in all seinen Streben zu bersten schien, und wenn es so niederstürzte, zwang es die Menschen, sich zu erbrechen.

So drängten sie sich wie in einem knarrenden Stall unter dem ekelerregenden Schwanken der Öllampen. Besorgt um ihre Ängste, ließ ich ihnen sagen:

– Diejenigen, die das Silber bearbeiten, sollen mir einen Krug ziselieren. Wer das Mahl für die anderen richtet, soll sich dabei mehr Mühe geben. Die Gesunden sollen sich um die Kranken kümmern. Die Beter mögen sich tiefer in ihr Gebet versenken. Und zu einem, den ich gewahr wurde, wie er leichenblaß gegen einen Balken lehnte und durch die dicht verteerten Fugen hindurch auf den ausgesperrten Gesang des Meeres lauschte, sagte ich:

– Geh hinunter in den Kielraum und zähle mir die toten Schafe. Es kommt vor, daß sie einander in ihrem Schrecken erdrücken . . .

Er antwortete:

– Gott pflügt das Meer. Wir sind verloren. Ich höre die Tragrippen des Schiffes krachen. Sie dürfen sich nicht offenbaren, denn sie sind Taue und Strebewerk. So ist es auch mit den Grundfesten der Erde, denen wir unsere Häuser anvertrauen und die langen Reihen der Ölbäume und die zärtlichen Schafe mit ihrem Wollhaar, die langsam das Gras Gottes wiederkäuen, wenn es Abend wird. Es ist gut, wenn wir uns um die Ölbäume und die Schafe und das Mahl und die Liebe in unserem Hause zu kümmern haben. Es ist aber schlecht, wenn uns auch der Rahmen der Dinge plagt. So daß wieder zur Mühsal wird, was schon getan war. So meldet sich auch hier zu Wort, was schweigen sollte. Was soll aus uns werden, wenn die Berge zu stammeln beginnen? Ich habe dieses Gestammel gehört und kann es nicht mehr vergessen . . .

– Welches Gestammel, fragte ich ihn.

– Herr, ich wohnte einstmals in einem Dorfe, das auf den sanften Hang eines Hügels gebaut war; es war gut in die Erde und ihren Himmel gefügt – ein Dorf, das für die Dauer geschaffen schien und dauerte. Durch den langen Gebrauch lag ein wunderbarer Glanz auf dem Rande unserer Brunnen, auf dem Stein unserer Schwellen, auf der geschwungenen Brustwehr unserer Brunnen. Aber da erwachte etwas eines Nachts in den unterirdischen Grundfesten. Wir erkannten, daß sich unter unseren Füßen die Erde wieder zu regen und zu formen begann. Was schon getan war, wurde wieder zur Mühsal. Und wir fürchteten uns nicht so sehr um uns selber als um den Gegenstand unserer Mühen. Um all das, wogegen wir uns im Lauf unseres Lebens ausgetauscht hatten. Ich selber war Silberschmied und bangte um den großen silbernen Krug, an dem ich seit zwei Jahren arbeitete. Für den ich zwei durchwachte Jahre hingegeben hatte. Ein anderer zitterte um seine Teppiche aus langhaariger Wolle, die er in Freuden gewebt hatte. Jeden Tag breitete er sie in der Sonne aus. Er war stolz darauf, daß er etwas von seiner schwieligen Haut für diese Woge hingegeben hatte, die anfangs so tief zu sein schien. Wieder ein anderer war in Angst wegen der Ölbäume, die er gepflanzt hatte. Und ich behaupte, daß keiner von uns den Tod fürchtete; doch wir alle bangten um kleine törichte Dinge. Wir wurden gewahr, daß das Leben nur dann einen Sinn hat, wenn man sich nach und nach austauscht. Im Tod des Gärtners liegt nichts, was einen Baum verletzt. Bedrohst du aber den Baum, so stirbt der Gärtner einen zwiefachen Tod. Und es gab unter uns einen alten Märchenerzähler, der die schönsten Geschichten der Wüste kannte. Und der sie noch ausgeschmückt hatte. Und er war der einzige, der sie kannte, denn er hatte keinen Sohn. Und während der Boden zu schwanken begann, bangte er um seine armen Geschichten, die nun niemals einer mehr singen würde. Aber das Erdreich regte und formte sich weiter, und ein großer gelblicher Strom begann sich zu bilden und sich den Berg hinabzubewegen. Und was soll man von sich zum Tausch hergeben, um einen wandernden Strom zu verschönen, der sich langsam fortwälzt und alles verschlingt? Was läßt sich auf dieser Bewegung aufbauen? Unter dem Druck kamen die Häuser langsam ins Wanken, und eine fast unsichtbare Zerrung ließ die Balken plötzlich wie Fässer mit Schwarzpulver zerspringen. Oder aber die Mauern begannen zu zittern, bis sie jählings auseinanderbarsten. Und die es von uns überlebten, verloren ihre Bedeutung. Außer dem Märchenerzähler, der, in Wahnsinn verfallen, seine Mären sang.

Wo führst du uns hin? Dieses Schiff hier wird untergehen mit den Früchten unserer Arbeit. Draußen spüre ich die Zeit vergebens verrinnen. Ich spüre die Zeit, die verrinnt. Sie darf nicht so spürbar verrinnen, sie soll härten und reif machen und alt werden lassen. Nach und nach soll sie die geleistete Arbeit aufsammeln. Was aber wird sie fortan härten, das von uns kommt und bleiben wird?

6

Und ich begab mich unter mein Volk und dachte an den Austausch, der nicht mehr möglich ist, wenn die Generationen nichts Beständiges überdauert, und an dic Zeit, die dann nutzlos wie eine Sanduhr verrinnt. Und ich dachte: Jenes Heim ist noch nicht weiträumig genug, und das Werk, gegen das es sich austauscht, müßte noch beständiger sein. Und ich gedachte der Pharaonen und der großen, unzerstörbaren und verwinkelten Grabstätten, die sie sich bauen ließen und die dahinziehen im Ozeane der Zeit, bis sie langsam zu Staub zermahlen werden. Ich gedachte der großen jungfräulichen Sandflächen der Karawanen, aus denen zuweilen ein halb versunkener Tempel aus alter Zeit auftaucht, den schon der unsichtbare blaue Sturmwind gleichsam entmastete; so macht er noch halbe Fahrt, ist aber dem Untergang geweiht. Und ich dachte: Er ist nicht beständig genug, dieser Tempel mit seiner Fracht von Vergoldungen und Kostbarkeiten, die lange Menschenleben erfordert haben; mit diesem Honig, den so viele Geschlechter aufspeicherten, diesem Goldfiligran, diesen priesterlichen Kleinodien, gegen die sich alte Handwerker langsam austauschten, und jenen bestickten Tüchern, über denen sich alte Frauen ihr ganzes Leben hindurch langsam die Augen ausbrannten, bis sie, die Hände voll Schwielen, hüstelnd und schon vom Tode gezeichnet, diese königliche Schleppe, dieses sich entfaltende Wiesenland zurückließen. Und wer sie heute erblickt, sagt sich: »Welch eine schöne Stickerei! Wie schön ist sie doch! . . .« Ich aber sehe daran, daß jene Alten ihre Seide abspannen, während sie sich verwandelten, ohne zu wissen, wie so Wunderbares in ihnen vorging . . .

Doch es gilt den großen Schrein zu bauen, der all das aufnehmen kann, was von ihnen zurückbleibt. Und das Gefährt, um es mitzuführen. Denn ich achte vor allem das, was länger währt als die Menschen. Und so rette ich den Sinn ihres Austausches. Und errichte das große Tabernakel, dem sie alles anvertrauen, was von ihnen stammt.

So finde ich sie abermals, jene langsamen Schiffe der Wüste. Noch sind sie unterwegs. Und ich erkannte, worauf es ankommt: Vor allem gilt es, das Schiff zu bauen und die Karawane zu rüsten und den Tempel zu errichten, der den Menschen überdauert. Und fortan siehst du sie sich in Freuden gegen etwas austauschen, was kostbarer ist als sie selbst. Und es entstehen die Maler, die Bildhauer, die Kupferstecher und Goldschmiede. Aber erwarte dir nichts vom Menschen, wenn er für sein eigenes Leben und nicht für die Ewigkeit arbeitet. Denn es ist dann ganz nutzlos, ihm die Baukunst und ihre Regeln beizubringen. Wem zuliebe sollten sie ihr Leben gegen ihr Haus austauschen, wenn sie sich ein Haus bauen, um darin zu leben? Da es doch nur ihrem Leben und nichts anderem dienen soll. Und sie nennen ihr Haus nützlich und betrachten es nicht um seiner selbst willen, sondern sehen allein auf seine Bequemlichkeit. Es nützt ihnen und sie bemühen sich, sich darin zu bereichern. Doch wenn sie sterben, sind sie von allem entblößt. Denn sie hinterlassen keine gestickten Gewänder oder priesterlichen Kleinodien, die in einem Schiffe aus Stein geborgen sind. Es erging der Ruf an sie, sich auszutauschen, doch sie wollten bedient sein. Und wenn sie von hinnen gehen, bleibt nichts mehr zurück.

So betrachtete ich sie, als ich im Delta des Abends, in dem alles sich auflöst, unter meinem Volke einherging; ich sah sie, wie sie sich in ihren alten, abgetragenen Kleidern auf den Schwellen ihrer ärmlichen Hütten von ihrem Bienenfleiß erholten; und dabei war es mir weniger um sie selber zu tun als um die Vollendung der Honigwaben, an der sie den ganzen Tag lang mitgewirkt hatten. Und ich blieb sinnend vor einem von ihnen stehen, der blind war und überdies sein Bein verloren hatte. Er war schon so alt, so nahe am Tode und ächzte wie eine alte Windmühle bei jeder Bewegung; er antwortete langsam, denn er war sehr hoch in den Jahren und verlor die Klarheit der Worte, doch gerade in dem Gegenstand seines Austausches wurde er immer lichtvoller und klarer und einsichtiger. Denn mit zitternden Händen noch stichelte er seine Arbeit, die zu einem immer erleseneren Elixier geworden war. Und während er auf so wunderbare Weise seiner alten, schwieligen Haut entschlüpfte, wurde er immer glücklicher, immer unantastbarer. Immer unvergänglicher. Und er starb und wußte es nicht, die Hände voller Sterne ...

So haben sie sich ihr Leben lang für eine Bereicherung ohne Nutzen abgemüht, sich ganz und gar gegen dic unzerstörbare Stickerei ausgetauscht ... Nur einen Teil der Arbeit verwandten sie für den Nutzen und alles Übrige für die Ziselierung, die nutzlose Schönheit des Metalls, die Vollkommenheit seiner Zeichnung, den sanften Schwung seiner Wölbung – was alles nur dazu dient, den ausgetauschten Teil aufzunehmen, der den Leib überdauert.

So wandele ich des Abends langsamen Schrittes unter meinem Volke und schließe es ein in das Schweigen meiner Liebe. Nur der allein macht mir Sorge, der sich in einem eitlen Lichte verzehrt: der Dichter, der von Liebe zu den Gedichten erfüllt ist, aber nicht das seine schreibt; die Frau, die in die Liebe verliebt ist, aber nicht zu werden vermag, da sie nicht zu wählen weiß. Sie alle sind voller Angst, und ich weiß, daß ich sie von dieser Angst heilen könnte, wenn ich ihnen jene Gabe verschaffte, die Opfer und Wahl und Vergessen der Welt erfordert. Denn diese Blume hier ist vor allem eine Absage an alle anderen Blumen. Und eben nur unter dieser Bedingung ist sie schön. So ist es auch mit dem Gegenstand des Austausches. Und der Törichte, der daherkommt und jener alten Frau wegen ihrer Stickerei Vorwürfe macht, weil er meint, sie habe auch etwas anderes weben können – er zieht somit das Nichts der Schöpfung vor. So wandele ich und spüre über den Gerüchen des Lagerplatzes das Gebet aufsteigen, in dem alles reift und im Schweigen Gestalt gewinnt, langsam, fast ohne daß man daran denkt. In die Fluten der Zeit muß erst eintauchen, was Frucht werden soll, Stickerei oder Blume.

Und im Laufe meiner langen Wanderungen habe ich klar erkannt, daß der Wert der Kultur meines Reiches nicht auf der Güte der Nahrung beruht, sondern auf der Höhe der gestellten Forderungen und der Inbrunst der Arbeit. Sie ist nicht aus dem Besitz, sondern aus dem Geschenk entstanden. Kultur hat zunächst der Handwerker, von dem ich hier rede, der sich selbst in den Dingen neu erschafft und im Ausgleich dafür sich verewigt; so fürchtet er sich nicht mehr zu sterben. Kultur hat auch der Kämpfer, der sich gegen das Reich austauscht. Aber der andere dort hüllt sich ohne Gewinn in den von Händlern gekauften Überfluß – auch wenn er sein Auge nur an Vollkommenem weidet –, wenn er nicht zuvor etwas geschaffen hat. Und ich kenne jene verkümmerten Rassen, die keine Gedichte mehr schreiben, sondern nur lesen: die ihren Boden nicht mehr bebauen, sondern sich vor allem auf ihre Sklaven verlassen. Gegen sie rüsten die Sandwüsten des Südens in ihrem schöpferischen Elend immer wieder die lebensstarken Stämme, die zur Eroberung ihrer toten Vorräte ausziehen werden. Ich liebe nicht die Seßhaften des Herzens. Alle, die nichts austauschen, werden zu nichts. Und das Leben hat nicht dazu gedient, sie reifen zu lassen. Und die Zeit verrinnt für sie wie das Häuflein Sand und läßt sie verderben.

Und was vermöchte ich Gott zu übergeben in ihrem Namen? So habe ich ihr Elend kennengelernt, wenn das Gefäß zerbrach, bevor es gefüllt war. Denn der Tod der Ahnen, der zu Erde wurde, nachdem er sich völlig ausgetauscht hatte, ist wie ein Wunder, und man begräbt nur das fortan nutzlose Werkzeug. Ich sah unter meinen Volksstämmen jene vom Tod bedrohten Kinder, die wortlos außer Atem kamen und mit halbgeschlossenen Augen einen Rest der Glut unter ihren riesigen Wimpern bargen. Denn es kommt vor, daß Gott dem Schnitter gleich Blumen mäht, die in die reine Gerste gemischt sind. Und wenn er seine körnerreiche Garbe heimbringt, findet er darunter diese nutzlose Pracht.

Der Knabe Ibrahims stirbt, sagte das Volk. Und ohne daß sie mich erkannten, begab ich mich langsamen Schrittes in Ibrahims Heim; ich wußte, daß man durch die Trugbilder der Sprache hindurch zu begreifen vermag, wenn man sich einschließt ins Schweigen der Liebe. Und sie beachteten mich nicht, denn sie waren damit beschäftigt, den Knaben Ibrahims sterben zu sehen.

Man sprach leise im Hause, man bewegte sich auf gleitenden Filzschuhen, als wäre da einer gewesen, der große Angst hatte und den der leiseste, etwas hellere Ton verscheuchen konnte. Man wagte es nicht, die Türen zu bewegen oder zu öffnen oder zu schließen, als gäbe es da eine zitternde, über dünnem Öl entzündete Flamme zu hüten. Als ich den Knaben Ibrahims erblickte, erkannte ich deutlich, daß er auf der Flucht war: Ich sah es an seinem kurzen Atem, an seinen kleinen geballten Fäusten – denn er klammerte sich an den Galopp seines Fiebers –, an seinen beharrlich geschlossenen Augen, die nicht mehr sehen wollten. Und ich sah sie rings um den Knaben stehen, wie sie ihn zu zähmen suchten, so wie man die kleinen wilden Tiere zu zähmen sucht. Wie unter Zagen reichte man ihm die Schale mit Milch. Vielleicht verlangte ihn nach Milch und er würde, von ihrem guten Geruch angelockt, innehalten und trinken. Könnte man nicht mit ihm Umgang pflegen wie mit der Gazelle, die aus der Hand frißt? Doch er blieb so ernst und so unbewegt. Nein, es war nicht Milch, was er brauchte. Da begannen die alten Frauen sachte, ganz sachte – so wie sie zu Turteltauben reden – mit leiser Stimme sein Lieblingslied zu singen – jenes Lied von den neun Sternen, die sich im Springbrunnen baden –, aber er war wohl zu fern, er hörte es nicht. Er wandte sich nicht einmal um auf seiner Flucht. So untreu durch sein Sterben. Da bettelten sie, um wenigstens von ihm jene Gebärde, jenen Blick zu erhaschen, den der Wanderer, ohne darum seinen Schritt zu verlangsamen, dem Freunde zuwirft . . . Sie bettelten nur um ein Zeichen, daß er sie wiedererkannte. Man wendete ihn in seinem Bett um, man wischte sein schweißgebadetes Gesicht ab, man zwang ihn zu trinken – und tat das alles, um ihn womöglich gar vom Tod zu erwecken.

Und ich verließ sie, während sie sich derart abmühten, ihm Schlingen zu legen – Schlingen, die dieser neunjährige Knabe so leicht auflösen konnte – und ihm Spielsachen hinzuhalten, um ihn durch das Glück anzuketten. Aber die kleine Hand stieß alles zurück, was man ihm zu nahe brachte, so wie einer das Buschwerk aus dem Wege räumt, das seinen Galopp aufhalten will.

Und ich ging und wandte mich noch einmal um nach der Schwelle. Es war das nur ein Augenblick, ein Aufleuchten, ein Bild aus dem Leben der Stadt wie andere auch. Ein versehentlich angerufenes Kind hatte gelächelt, hatte auf den Anruf geantwortet. Nun kehrte es sich wieder der Wand zu. Gegenwart eines Kindes, die schon flüchtiger war als die Gegenwart eines Vogels. Und ich überließ es ihnen, die Stille zu bereiten, um das sterbende Kind zu zähmen.

Ich schritt die Gasse entlang. Ich hörte sie durch die Türen hindurch ihre Mägde schelten. Man brachte das Haus in Ordnung, man richtete im Haus das Gepäck für die Überfahrt durch die Nacht. Es kümmerte mich wenig, ob das Schelten gerecht oder ungerecht war. Ich hörte nur die Inbrunst heraus. Und als ich weiterging, weinte ein kleines Mädchen am Brunnen; es hatte die Stirn ganz vergraben in seinem Ellbogen. Ich legte ihm sanft die Hand aufs Haar und bog sein Gesicht zu mir hin, aber ich fragte es nicht nach der Ursache seines Kummers, denn ich wußte wohl, daß es sie nicht kennen konnte. Denn Kummer entsteht stets aus der verrinnenden Zeit, die ihre Frucht nicht ausgereift hat. Es ist Kummer über die Flucht der Tage, Kummer über das verlorene Armband, der nichts anderes ist als Kummer über den Leerlauf der Zeit. Kummer über den Tod des Bruders, der nichts anderes ist als Kummer über die Zeit, die zu nichts mehr dient. Und wenn jenes Mädchen einst eine alte Frau sein wird, wird ihr Kummer dem Abschied des Geliebten gelten; und ohne davon zu wissen, wird sie dann darum trauern, daß sie den Weg zum Wirklichen verfehlt hat – den Weg zum Kochkessel, zum wohlumhegten Haus, zu den Kindern, die es zu stillen gilt. Und auf einmal wird die Zeit nutzlos durch sie hindurchrinnen wie durch eine Sanduhr.

Dort aber trat strahlend eine Frau auf die Schwelle und blickte mir in der Fülle ihrer Freude geradewegs ins Gesicht, vielleicht wegen ihres Kindes, das eingeschlafen war, oder wegen der duftenden Suppe oder wegen einer alltäglichen Heimkehr. Und auf einmal gehörte ihr die Zeit. Und ich ging an meinem einbeinigen Flickschuster vorüber, der daran arbeitete, seine Pantoffeln mit Goldfäden zu verzieren. Und ich verstand sehr wohl, daß er sang, obwohl er keine Stimme mehr hatte.

»Was ist es, Flickschuster, was dich so fröhlich macht?«

Aber ich hörte nicht auf seine Antwort, denn ich wußte genau, daß er sich täuschte und daß er mir von dem Geld, das er verdient hatte, oder von der Mahlzeit, auf die er wartete, oder von seinem Feierabend erzählen würde. Er wußte ja nicht, daß sein Glück darin bestand, sich in goldene Pantoffeln zu verwandeln.

7

Ich wurde eine andere Wahrheit gewahr. Die nämlich, daß die Seßhaften in eitlem Wahn befangen sind, die glauben, sie vermöchten ihr Heim in Frieden zu bewohnen, denn jedes Heim ist bedroht. So hat sich der Tempel, den du auf den Berg bautest, wo er dem Nordwind ausgesetzt ist, allmählich wie ein alter Schiffssteven abgenutzt, so daß er schon zu sinken beginnt. Und von jenem anderen Tempel werden die Sandflächen, die ihn umlagern, allmählich Besitz ergreifen. Du wirst über seinen Grundmauern eine Wüste wiederfinden, die sich wie das Meer ausbreitet. So ist es mit jedem Bauwerk und namentlich mit meinem unteilbaren Palast, der aus Hammeln und Ziegen und Häusern und Bergen besteht, zunächst aber aus meiner Liebe hervorgegangen ist; wird er sich doch, wenn der König stirbt, der ihm sein Gesicht verleiht, abermals in Berge, Ziegen, Häuser und Hammel auflösen. Und fortan wird er, in der Zusammenhanglosigkeit der Dinge verloren, nur noch ein Durcheinander von Baustoffen bilden, die sich neuen Bildhauern darbieten. Sie werden kommen, die Bewohner der Wüste, und ihnen wieder ein Gesicht geben. Sie werden kommen und mit jenem Bild, das sie im Herzen tragen, die alten Lettern des Buches so ordnen, wie es der neue Sinn verlangt.

So habe ich selber gehandelt. Herrliche Nächte meiner Kriegsfahrten, nicht genug vermag ich euch zu preisen! Wenn ich mein dreieckiges Zeltlager auf dem jungfräulichen Sand gebaut hatte, stieg ich auf eine Anhöhe, um das Herabsinken der Nacht zu erwarten; und während ich den schwarzen Flekken, auf dem ich meine Kriegsleute, meine Reittiere und meine Waffen gelagert hatte und der kaum größer war als ein Dorfplatz, mit den Augen abmaß, sann ich vor allem über ihre Gebrechlichkeit nach. Gab es in der Tat etwas Elenderes als diese Handvoll Männer, die halbnackt unter ihren blauen Schleiern lagen? Der Nachtfrost bedrohte sie, der schon die Sterne ergriffen hatte; der Durst bedrohte sie – denn man mußte mit den Schläuchen haushalten, bis man am neunten Tag den Brunnen erreichte; der Sandwind bedrohte sie, der einen Aufruhr entfesselt, wenn er sich erhebt, und die Säbelhiebe bedrohten sie, die das Fleisch der Menschen wie faulendes Obst aufplatzen lassen. Und der Mensch taugt dann nur noch zum Wegwerfen. Gab es Elenderes als diese blauen Stoffbündel, die, kaum durch den Stahl der Waffen gehärtet, schutzlos in eine Weite hineingestellt waren, die sie bestürzte?

Doch was kümmerte mich ihre Gebrechlichkeit? Ich verknüpfte sie alle miteinander und bewahrte sie vor Zerstörung und Untergang. Allein dadurch, daß ich sie während der Nacht zu einer Dreiecksfigur zusammenfügte, unterschied ich diese von der Wüste. Mein Feldlager schloß sich wie eine Faust. So sah ich die Zeder im Felsgestein Fuß fassen und ihr weites Gezweig vor der Zerstörung bewahren; denn auch für die Zeder gibt es keinen Schlaf mehr, die Tag und Nacht innerhalb ihrer eigenen Dichte im Kampfe steht und sich inmitten einer feindlichen Welt eben von den Gärstoffen nährt, die sie zerstören sollen. Die Zeder gründet sich jeden Augenblick neu. So gründe ich mein Heim jeden Augenblick neu, damit es dauere. Und aus jener Ansammlung, die nur durch einen Windhauch zerstoben wäre, gewann ich jenes eckige Fundament, das unbezwingbar wie ein Turm und beständig wie ein Schiffssteven war. Und da ich fürchtete, mein Lager könnte einschlafen und sich im Vergessen auflösen, umgab ich es mit Wachtposten, die das Raunen der Wüste auffingen. Und gleichwie die Zeder das Felsgestein aufsaugt, um es in

Zeder zu verwandeln, nährte sich mein Lager von den Bedrohungen, die von draußen kommen. Gesegnet sei der nächtliche Austausch, seien die schweigenden Boten, die keiner kommen hörte und die plötzlich rings um die Feuer auftauchen; sie kauern sich nieder und erzählen von dem Marsche jener, die im Norden vorrücken, oder vom Durchzug der Stämme im Süden, die ihren geraubten Kamelen nachjagen, oder von der Unruhe, die bei anderen wegen eines Mordes herrscht, und vor allem von den Plänen derer, die in ihren Zelten stumm über die kommende Nacht nachsinnen. Du hast sie gehört, die Boten, wie sie von deren Schweigen erzählen! Sie seien gesegnet, die plötzlich rings um unsere Feuer mit so unheilschwangeren Worten auftauchen, daß die Feuer sofort im Sande erstickt werden und sich die Männer über ihren Gewehren platt auf den Bauch werfen und das Lager mit Pulverdampf umkränzen.

Denn kaum ist die Nacht angebrochen, ist sie schon Quelle von Wunden.

Jeden Abend betrachtete ich so mein Heer, das wie ein Schiff in der Weite gefangen war; es war aber beständig, denn ich wußte wohl, im Tageslicht würde es sich unversehrt und den Hähnen gleich vom Jubel des Erwachens erfüllt, den Blikken darbieten. Während die Reittiere angeschirrt werden, hört man dann jene hellen Stimmen, die im kühlen Morgen wie Hörner erschallen. Wie trunken vom Wein des anbrechenden Tages blähen die Männer ihre ausgeruhten Lungen und kosten die herbe Freude der Weite.

Ich führte sie zu der Oase, die es zu erobern galt. Wer die Menschen nicht kennt, der mag wohl den Kult der Oase in der Oase selber suchen. Doch die Bewohner der Oase kennen ihr Heim nicht. So bedarf es eines sandgepeinigten Beutezuges, um es zu entdecken. Denn ich lehrte sie diese Liebe.

Ich sagte ihnen: Ihr werdet dort duftende Gräser finden und den Gesang der Springbrunnen und Frauen mit langen bunten Schleiern; sie werden vor euch fliehen wie eine Herde flinker Hindinnen, aber süß ist es, sie zu greifen, denn sie sind zum Einfangen gemacht.

Ich sagte ihnen: Sie meinen euch zu hassen und werden

Zähne und Nägel gebrauchen, um euch abzuwehren. Doch um sie zu zähmen, wird es genügen, wenn ihr eure Faust mit den schwarzblauen Locken ihres Haares umwickelt!

Ich sagte ihnen: Es wird genügen, daß ihr eure Kraft in aller Sanftheit ausübt, um sie reglos festzuhalten. Sie werden noch die Augen schließen, um euch nicht sehen zu müssen; aber euer Schweigen wird auf ihnen lasten wie der Schatten eines Adlers. Zuletzt werden sie dann ihre Augen zu euch aufschlagen, und ihr werdet sie mit Tränen füllen.

Ihr werdet ihnen die Unendlichkeit bedeutet haben; wie sollten sie euch je vergessen?

Und ich sagte ihnen zum Schluß, um sie nach diesem Paradies trunken zu machen:

In jenem Land werdet ihr also Palmenhaine kennenlernen und Vögel aller Farben . . . Die Oase wird sich euch ergeben, weil ihr den Kult der Oase im Herzen tragt, während jene, die ihr aus ihr verjagt, ihrer nicht mehr würdig sind. Sogar ihre Frauen, die im Bach, der über kleine und runde Steine dahinplätschert, ihre Wäsche waschen, glauben damit nur eine traurige allgemeine Pflicht zu erfüllen, während sie doch in Wahrheit ein Fest feiern. Doch ihr, die ihr euch im Sand eure Schwielen holtet, die ihr ausgetrocknet seid in der Sonne und verkrustet von brennenden Salzlaugen – ihr werdet sie heimführen; die Fäuste in die Hüften gestemmt, werdet ihr ihnen zusehen, wie sie im blauen Wasser ihre Wäsche waschen, und so euren Sieg auskosten.

Nach Art der Zeder dauert ihr heute im Sand fort, dank euren Feinden, die euch umringen und härten; nach der Eroberung der Oase werdet ihr auch in ihr fortdauern, wenn sie euch nicht nur eine Zuflucht bedeutet, in der man sich einschließt und in der man vergißt, sondern ein bleibender Sieg über die Wüste. Jene dort habt ihr besiegt, weil sie sich in ihre Selbstsucht einschlossen, zufrieden mit ihren Vorräten. In dem Kranz des Sandes, der sie umschnürte, sahen sie nur einen Schmuck für ihre Oase und lachten über die lästigen Mahner, die sie zu bewegen suchten, an der Schwelle dieser Heimat der Brunnen die eingeschlafenen Wachtposten abzulösen.

Sie verdarben am Trugbild eines Glückes, das sie aus ihren

Besitztümern gewannen. Während doch das Glück nur auf der Glut der Taten und der Befriedigung über die schöpferische Leistung beruht. Alle die, die nichts Eigenes mehr austauschen, die ihre Nahrung von anderen empfangen – mag sie auch noch so fein und auserlesen sein –, ja selbst die Feinsinnigen, die fremden Gedichten lauschen, ohne ihre eigenen zu schreiben; die die Oase genießen, ohne sie mit Leben zu erfüllen, und die fremden Lobgesänge verwenden, die man ihnen fertig geliefert hat – sie alle binden sich selbst an der Raufe ihres Stalles fest und sind reif für die Sklaverei, da sie sich mit dem Dasein des Herdenviehs begnügen.

Ich sagte ihnen: Wenn ihr die Oase erst einmal erobert habt, wird sich nichts Wesentliches für euch ändern. Sie ist nur ein Feldlager anderer Art inmitten der Wüste. Denn mein Reich ist von allen Seiten bedroht. Es besteht nur aus der gewohnten Ansammlung von Ziegen, Hammeln, Häusern und Bergen; doch sobald der Knoten reißt, der sie miteinander verknüpft, bleibt nichts als ein Durcheinander von Stoffen zurück, das sich der Plünderung darbietet.

8

Ich wurde gewahr, daß sie sich über die Ehrfurcht täuschten. Denn ich selber habe mich ausschließlich um die Rechte gekümmert, die Gott durch den Menschen hindurch zustehen. Und freilich habe ich im Bettler, ohne seine Bedeutung zu überschätzen, allzeit den Sendboten Gottes gesehen.

Niemals aber habe ich die Rechte des Bettlers und seines Geschwürs und seiner Häßlichkeit anerkannt, wenn sie um ihrer selbst willen als Götzen geehrt wurden. Nie habe ich etwas Abstoßenderes kennengelernt als jenen Stadtteil, der auf dem Hang eines Hügels gebaut war und wie eine Kloake ins Meer hinunterrann. Die Hausflure, die auf die Gassen mündeten, strömten in feuchtwarmen Schwaden einen Pesthauch aus. Wenn das Gesindel aus diesen schwammigen Tiefen auftauchte, geschah es nur, um sich mit verbrauchten Stimmen und ohne wahrhaften Zorn zu beschimpfen; so glich es den schleimigen Blasen, die regelmäßig auf der Oberfläche der Pfuhle zerplatzen.

Ich habe dort jenen Aussätzigen gesehen, der eine fette Lache anstimmte und sich das Auge mit einem schmierigen Lappen wischte. Er war vor allem gemein und machte sich in seiner Verkommenheit über sich selbst lustig.

Mein Vater beschloß, den Stadtteil anzuzünden. Da begann es in diesem Haufen zu gären, der an seinen schimmligen Schlupflöchern hing; er erhob Einspruch im Namen seiner Rechte: seines Rechtes auf Aussatz inmitten der Fäulnis.

– Das ist ganz natürlich, sagte mir mein Vater, denn wenn es nach ihnen ginge, wäre Gerechtigkeit die Verewigung des Bestehenden.

Und sie verkündeten ihr Recht auf Fäulnis. Da die Fäulnis sie hervorgebracht hatte, waren sie für die Fäulnis.

– Und wenn du zuläßt, daß die Schaben sich vermehren, sagte mir mein Vater, so entstehen die Rechte der Schaben. Sie liegen ja klar zutage. Es werden auch Sänger aufkommen, um sie zu preisen. Und sie werden dir vorsingen, wie ergreifend das Schicksal der Schaben ist, denen Vertilgung droht.

– Gerecht sein . . ., sagte mir mein Vater, da gilt es zu wählen. Soll man gerecht sein zum Erzengel oder gerecht zum Menschen? Gerecht zur Wunde oder zum gesunden Fleische? Warum sollte ich mir einen anhören, der zu mir kommt, um im Namen seiner Pestilenz zu sprechen?

Doch Gott zuliebe werde ich ihn pflegen. Gott wohnt auch in ihm. Nicht aber, um seinem Verlangen zu genügen, denn darin kommt nur das Verlangen des Geschwürs zum Ausdruck.

Habe ich ihn dann erst gereinigt und gewaschen und belehrt, wird er auch nach anderem verlangen; er wird dann verleugnen, was er bisher gewesen ist. Und warum sollte ich dem als Verbündeter dienen, den er dann selber verleugnen wird? Warum sollte ich ihn, wie es der verkommene Aussätzige verlangt, daran hindern, zu gedeihen und schöner zu werden?

Warum sollte ich Partei ergreifen für das, was ist, gegen das, was sein wird – für das, was vegetiert, gegen das, was als Möglichkeit bestehen bleibt?

– Für mich, sagte mein Vater, heißt Gerechtigkeit, den Verwalter um des ihm anvertrauten Gutes willen zu ehren. Darin ehre ich zugleich mich selbst. Denn er spiegelt das gleiche Licht wider. Sowenig es in ihm sichtbar sein mag. Gerechtigkeit heißt, ihn als Weg und Gefährt betrachten. Meine Nächstenliebe besteht darin, ihm zur Geburt seines eigenen Wesens zu verhelfen.

Doch in dieser zum Meer abfließenden Kloake überkommt mich Trauer wegen solch einer Fäulnis. Gott ist darin schon so sehr verdorben . . . Ich erwarte von ihnen ein Zeichen, das mir den Menschen zeigen soll, und ich empfange es nicht.

– Indessen habe ich dort den einen oder anderen gesehen, sagte ich meinem Vater, wie er sein Brot teilte oder einem noch Verkommeneren seinen Sack abladen half, oder sich eines kranken Kindes erbarmte . . .

– Sie werfen alles in einen Topf, antwortete mein Vater, und aus diesem Mischmasch entsteht ihre Nächstenliebe. Das, was sie so nennen. Sie teilen miteinander. Aber durch diesen Pakt, zu dem auch die Schakale rings um einen Kadaver fähig sind, wollen sie ein großes Gefühl verherrlichen. Sie wollen uns glauben machen, es gehe dabei um ein Geschenk. Doch der Wert des Geschenkes hängt von dem ab, den man damit bedenkt. Hier also vom Verkommensten. Es ist das wie Schnaps für den Trunkenbold. Das Geschenk ist somit Krankheit. Wenn ich aber Gesundheit schenke, schneide ich in dieses Fleisch . . . und so haßt es mich.

– In ihrer Nächstenliebe gelangen sie dazu, die Fäulnis vorzuziehen, sagte mir mein Vater weiter. Wenn ich nun aber die Gesundheit vorziehe?

– Sollte man dir einmal das Leben retten, sagte er wiederum, so bedanke dich niemals. Übertreibe ja nicht deine Dankbarkeit. Wenn nämlich dein Lebensretter Dankbarkeit von dir erwartet, ist er von niederer Art. Was glaubt er denn? Daß er dir einen Dienst erwies? Da er doch Gott dadurch diente, daß er dich erhielt, sofern du etwas taugst. Und wenn du allzu heftig deine Dankbarkeit bekundest, fehlt es dir zugleich an Stolz und Bescheidenheit. Denn das Wichtigste, das er gerettet hat, ist nicht dein kleines persönliches Glück, sondern nur das

Werk, an dem du mitarbeitest und das auch auf deiner Person ruht. Und da er dem gleichen Werk untertan ist, brauchst du ihm nicht zu danken. Er wurde schon durch die Mühe belohnt, die er aufwandte, um dich zu retten. Darin besteht seine Mitarbeit am Werke.

Es fehlt dir auch an Stolz, wenn du dich seinen gewöhnlichsten Regungen willfährig zeigst und seiner Kleinheit dadurch schmeichelst, daß du dich zu seinem Sklaven machst. Denn wäre er edlen Sinnes, wiese er deine Dankbarkeit zurück.

– Mir geht es dabei nur um eines, sagte mein Vater, um die wunderbare Zusammenarbeit, an der der eine durch den anderen teilhat. Ich gebrauche dich oder den Stein. Wer aber dankt es dem Stein, daß er dem Tempel als Fundament diente?

Ihre Zusammenarbeit aber ist nur auf ihr eigenes Ich gerichtet. Und jene zum Meer abfließende Kloake ist weder Nährboden für Lobgesänge noch Ursprung von Marmorstatuen, noch Kaserne für Eroberungszüge. Es kommt ihnen nur auf einen Handel an, durch den sie soviel wie möglich aus ihren Vorräten herausholen können. Aber laß dich dadurch nicht irreführen. Vorräte sind notwendig, aber auch gefährlicher als eine Hungersnot.

Sie haben alles in zwei Phasen eingeteilt, die keinerlei Sinn haben: in die Eroberung und den Genuß.

Hast du je einen Baum wachsen gesehen, der sich dann, als er ausgewachsen war, auf sein Baumsein etwas zugute getan hätte? Der Baum wächst ganz einfach. Ich sage dir: Wer sich nach der Eroberung seßhaft macht, ist schon gestorben. Nächstenliebe im Sinne meines Reiches besteht in Zusammenarbeit.

Dem Wundarzt gebiete ich, bei der Durchquerung einer Wüste alle Mühsal auf sich zu nehmen, wenn er einem, der dort in der Ferne weilt, den Gebrauch seiner Glieder wieder verschaffen kann; und das sogar dann, wenn es sich um einen gewöhnlichen Steinklopfer handelt, der aber seine Muskeln zum Steinklopfen nötig hat. Und das sogar dann, wenn der Wundarzt ein Meister seines Faches ist. Denn es geht nicht darum, die Mittelmäßigkeit zu ehren, sondern das Gefährt auszubessern.

Und sie haben beide den gleichen Lenker. So ist es auch mit denen, die den schwangeren Frauen helfen und beistehen. Anfangs nahmen diese um des Sohnes willen ihre Schmerzen und ihr Erbrechen auf sich. Und nur im Namen ihres Sohnes schuldeten sie Dank. Doch heutzutage beanspruchen sie Hilfe, indem sie sich auf ihre Schmerzen und ihr Erbrechen berufen. Und ginge es um sie allein, so würde ich sie ausmerzen, denn ihr Erbrechen ist häßlich. Denn nur das ist wichtig an ihnen, was sich ihrer bedient, und sie sind nicht befugt, dafür zu danken. Denn sie selbst und ihre Helfer sind nur Diener der Geburt, und ihre Danksagungen haben keinen Sinn.

So bekam auch der General, der meinen Vater aufsuchte, die Worte zu hören:

– Du selbst bist mir völlig gleichgültig. Groß bist du nur wegen des Reiches, dem du dienst. Ich lasse dir Ehrfurcht erweisen, damit durch deine Person hindurch dem Reiche Ehrfurcht bezeigt werde.

Aber ich empfand auch die Güte meines Vaters. Ein jeder, der auf hohem Posten stand, sagte er, ein jeder, der geehrt worden ist, darf nicht erniedrigt werden. Ein jeder, der regiert hat, darf nicht seiner Herrschaft enthoben werden; du darfst nicht den in einen Bettler verwandeln, der die Bettler beschenkte, denn so verdirbst du gleichsam die Ausrüstung und Form deines Schiffes. Darum bemesse ich Züchtigungen je nach den Schuldigen. Wenn jene gefehlt haben, die ich zu adeln für richtig hielt, lasse ich sie hinrichten, aber ich versetze sie nicht in den Sklavenstand. Ich begegnete eines Tages einer Prinzessin, die zur Wäscherin gemacht worden war. Und ihre Gefährtinnen lachten sie aus: »Nun, Wäscherin, wo ist deine Königswürde? Du konntest Köpfe rollen lassen, und jetzt endlich können wir dich ungestraft mit unseren Schmähungen besudeln . . . So will es die Gerechtigkeit!« Denn unter Gerechtigkeit verstanden sie Ausgleich.

Und die Wäscherin schwieg. Vielleicht fühlte sie sich um ihrer selbst willen gedemütigt, vor allem aber einer Idee wegen, die größer war als sie selber. Und die Prinzessin neigte sich ganz steif und blaß über ihren Waschtrog. Und die Gefährtinnen stießen sie ungestraft mit den Ellenbogen. Dabei forderte nichts an ihr solchen Übermut heraus, denn sie war schön von Angesicht, zurückhaltend in ihren Bewegungen und schweigsam. Ich begriff, daß ihre Gefährtinnen nicht die Frau verspotteten, sondern ihre Erniedrigung. Denn wenn einer unter deine Klauen gerät, den du beneidet hast, so zerfleischst du ihn. Ich ließ sie daher vor mir erscheinen:

– Ich weiß von dir nur, daß du regiert hast. Vom heutigen Tag ab wirst du über Leben und Tod deiner Gefährtinnen auf dem Waschplatz gebieten können. Ich setze dich wieder in deine Herrschaft ein. Nun geh!

Und als sie ihren Platz über den gemeinen Haufen wieder eingenommen hatte, verschmähte sie es gerechterweise, sich der Kränkungen zu erinnern. Und selbst die Wäscherinnen, die nun ihre Seelenregungen nicht mehr an ihrer Erniedrigung zu nähren vermochten, nährten sich fortan an ihrer Vornehmheit und verehrten sie. Sie veranstalteten große Feste, um ihre Rückkehr in das Königtum zu feiern, warfen sich vor ihr nieder, wenn sie vorüberzog, und fühlten sich selbst geadelt, weil sie sie einstmals mit der Hand berührt hatten.

Aus diesem Grunde, sagte mir mein Vater, werde ich die Fürsten niemals den Kränkungen des Pöbels oder der Roheit der Kerkermeister aussetzen. Ich werde ihnen vielmehr in einer großen Arena unter dem Klange goldener Hörner den Kopf abschlagen lassen.

Wer je einen anderen erniedrigt, sagte mein Vater, zeigt damit, daß er niedrig ist.

Niemals, sagte mein Vater, darf ein Gebieter durch seine Untergebenen gerichtet werden.

9

So sprach mein Vater zu mir:

– Zwinge sie, zusammen einen Turm zu bauen; so wirst du sie in Brüder verwandeln. Willst du jedoch, daß sie sich hassen, so wirf ihnen Korn vor.

Er sagte mir weiter:

– Erst sollen sie mir die Frucht ihrer Arbeit bringen. Sie sollen den Strom ihrer Ernten in meine Scheuern leiten. Sie sollen in mir ihre Speicher bauen. Ich will, daß sie meinem Ruhme dienen, wenn sie ihr Korn dreschen und ringsum die goldene Hülle zerspringt. Denn dann wird die Arbeit, die nur als Verrichtung für die Ernährung geschah, zum Lobgesang. Denn sieh, jene sind nicht so sehr zu bedauern, deren Rücken sich unter den schweren Säcken krümmt, wenn sie sie zur Mühle tragen. Oder wenn sie sie mehlbestäubt zurückbringen. Die Last des Sackes steigert sie wie ein Gebet. Und so lachen sie fröhlich, wenn sie die Garbe mit ihren schimmernden Spitzen wie einen Kandelaber von Körnern tragen. Denn eine Kultur beruht auf dem, was von den Menschen gefordert wird, und nicht auf dem, was sie geliefert erhalten. Und gewiß nähren sie sich alsdann von diesem Korn, wenn sie erschöpft heimkehren. Aber diese Seite der Dinge ist für die Menschen nicht entscheidend. Ihr Herz nährt nicht das, was sie vom Getreide empfangen, sondern was sie ihm schenken.

Denn nochmals sei es gesagt: Jene Völkerschaften verdienen Verachtung, die fremde Gedichte aufsagen und fremdes Korn essen oder Baumeister kommen lassen, die sie bezahlen, damit sie ihnen Städte bauen. Sie nenne ich die Seßhaften. Und ich gewahre nicht mehr den Goldstaub des gedroschenen Korns um sie her gleich einem Strahlenkranz.

Denn es ist gerecht, daß ich zugleich empfange, während ich schenke – vor allem, weil ich dadurch im Schenken fortfahren kann. Ich segne diesen Austausch zwischen Gabe und Gegengabe, der es gestattet, auf dem Wege weiterzuschreiten und noch weiterhin zu schenken. Und wenn es die Gegengabe dem Fleische erlaubt, sich zu erneuern, so ist es die Gabe allein, die dem Herzen Nahrung gibt.

Ich habe Tänzerinnen zugesehen, wie sie ihre Tänze gestalteten. Und sobald einmal der Tanz geschaffen und getanzt ist, trägt gewiß niemand die Frucht dieser Arbeit fort, um damit Vorräte anzulegen. Der Tanz zieht wie eine Feuersbrunst vorüber. Und doch sage ich, daß ein Volk Kultur hat, wenn es seine Tänze gestaltet, obwohl es für Tänze weder Ernte noch Speicher gibt. Hingegen nenne ich ein Volk ungesittet, das auf seinen Regalen aus fremder Arbeit entstandene Gegenstände aufreiht, selbst wenn sie zum Auserlesensten gehören und man sich an ihrer Vollkommenheit zu berauschen vermag.

– Der Mensch ist vor allem schöpferisch, sagte mein Vater. Und allein die Menschen, die zusammenarbeiten, sind Brüder. Und nur die leben, die nicht in aufgespeicherten Vorräten ihren Frieden gefunden haben.

Eines Tages machte man ihm einen Einwand:

Was nennst du schöpferisch? Denn wenn es sich dabei um eine bemerkenswerte Erfindung handelt, sind nur sehr wenige dazu imstande. Und so sprichst du nur von einigen, aber was ist mit den anderen?

Mein Vater antwortete ihnen:

Schöpferisch sein heißt vielleicht einen bestimmten Tanzschritt verfehlen. Es heißt, einen bestimmten Meißelschlag gegen den Stein verkehrt ausführen. Dabei kommt es nicht so sehr auf den Erfolg der Bewegung an. Solch eine Bewegung erscheint dir unfruchtbar, du Blinder, der du deine Nase allzu dicht darauf drückst; aber gewinne erst einmal Abstand! Betrachte das Treiben in diesem Stadtteil aus größerer Entfernung! Dann ist dort nur noch eine große Inbrunst und der goldene Staub der Arbeit. Und die mißlungenen Bewegungen bemerkst du nicht mehr. Denn dieses Volk, das sich über sein Werk beugt, baut schlecht und recht seine Paläste oder seine Zisternen oder seine großen hängenden Gärten. Wie naturnotwendig entstehen seine Werke aus der Zauberkraft seiner Hände. Und ich sage dir: Sie entstehen ebensosehr durch jene, denen ihre Bewegungen gelingen, wie durch die anderen, denen sie mißlingen; denn du kannst den Menschen nicht teilen, und wenn du nur die großen Bildhauer förderst, wirst du bald keine großen Bildhauer mehr haben. Wer wäre so närrisch, einen Beruf zu wählen, der so geringe Lebensmöglichkeiten bietet? Der große Bildhauer gedeiht auf dem Humus von schlechten Bildhauern. Sie dienen ihm als Treppe und tragen ihn empor. Und der schöne Tanz entsteht aus der Inbrunst, die zum Tanzen treibt. Und die Inbrunst erfordert, daß alle tanzen – auch jene, die schlechte Tänzer sind –, sonst entsteht keine Inbrunst, sondern eine verknöcherte Akademie und ein sinnloses Schauspiel.

Verdamme nicht ihre Irrtümer nach Art eines Geschichtsschreibers, der über eine schon abgeschlossene Epoche richtet. Wer wird denn der Zeder Vorwürfe machen, weil sie erst nur ein Samenkorn oder ein schief gewachsenes Stämmchen ist? Laß sie nur gewähren. Aus Irrtum über Irrtum wird der Zedernwald emporwachsen, der dann an den Tagen des großen Windes den Weihrauch seiner Vögel ausstreut.

Und abschließend sagte mein Vater:

Ich habe es dir schon gesagt. Irrtum des einen, Erfolg des anderen – beunruhige dich nicht über solche Einteilungen. Nur die große Zusammenarbeit ist fruchtbar, an der der eine durch den anderen teilhat. Und die mißlungene Bewegung dient der gelungenen Bewegung. Und die gelungene Bewegung weist dem, dem die seine mißlang, das Ziel, das sie gemeinsam verfolgen. Wer den Gott findet, findet ihn für alle. Denn mein Reich gleicht einem Tempel, und ich habe die Menschen angespornt. Ich habe sie dazu angehalten, ihn zu bauen. So ist es ihr Tempel. Und aus der Entstehung des Tempels erwächst ihnen selber ihr höchster Sinn. Und sie erfinden das Vergolden. Auch der erfindet es, der danach gesucht hat, ohne daß es ihm gelang. Denn die neue Vergoldung ist vor allem aus dieser Inbrunst entstanden.

Ein andermal sagte er:

– Ersinne dir nur kein Reich, in dem alles vollkommen ist! Denn der gute Geschmack ist eine Tugend von Museumswärtern. Und wenn du den schlechten Geschmack verachtest, wirst du weder Malerei noch Tanz, weder Paläste noch Gärten haben. Du wirst die Nase rümpfen, weil dich die schmutzige Erdarbeit abstößt. Du wirst all dessen beraubt sein durch die

Leere deiner Vollkommenheit. Ersinne ein Reich, in dem schlechthin alles von Inbrunst erfüllt ist!

10

Meine Heere waren müde, als hätten sie eine schwere Last getragen. Meine Hauptleute suchten mich auf:

– Wann kehren wir heim? Die Genüsse, die uns die Frauen der eroberten Oasen zu bieten haben, reichen nicht an die Genüsse unserer Frauen daheim heran.

Einer sagte mir:

– Herr, ich träume von ihr, die aus dem gleichen Stoff gemacht ist wie meine Zeit, meine Zwistigkeiten. Ich möchte heimkehren und in Ruhe meine Beete bepflanzen. Herr, es gibt eine Wahrheit, die ich nicht mehr zu vertiefen vermag. Laß mich gedeihen in der Stille meines Dorfes! Ich verspüre das Bedürfnis, über mein Leben nachzusinnen.

Und ich erkannte, daß sie die Stille nötig hatten. Denn nur in der Stille kann die Wahrheit eines jeden Früchte ansetzen und Wurzeln schlagen. Vor allem bedarf es der Zeit, wie beim Kinde, das an der Mutterbrust trinkt. Und auch die Mutterliebe erfüllt sich zunächst beim Stillen des Kindes. Und wer könnte das Kind sogleich wachsen sehen? Niemand. Jene, die von auswärts kommen, sagen: »Wie tüchtig es schon gewachsen ist!« Aber weder Vater noch Mutter haben es wachsen gesehen. Im Schoße der Zeit ist es geworden. Und in jedem Augenblick war es das, was es sein mußte.

So brauchten auch meine Soldaten Zeit, selbst wenn es nur darum ging, einen Baum zu begreifen. Sie brauchten sie, um sich Tag für Tag auf die Stufe vor der Haustür zu setzen, den gleichen Baum mit seinen gleichen Zweigen vor Augen. Und so offenbart sich allmählich der Baum.

Denn eines Abends in der Wüste am Lagerfeuer erzählte jener Dichter die schlichte Geschichte seines Baumes. Und meine Soldaten, von denen viele nie etwas anderes als gelbliches Gras und Zwergpalmen und Dornen gesehen hatten, hörten ihm zu. »Ihr wißt nicht«, sagte er ihnen, »was ein Baum ist.

Ich habe einen gesehen, der von ungefähr in einem verlassenen Hause, einem fensterlosen Gemäuer, gewachsen war und der sich aufgemacht hatte, das Licht zu suchen. Wie der Mensch Luft um sich haben muß und der Karpfen Wasser, braucht der Baum Helle. Denn da er mit seinen Wurzeln in die Erde und mit seinen Zweigen in die Gestirne gepflanzt ist, ist er der Weg des Austausches zwischen uns und den Sternen. Dieser blindgeborene Baum hatte also in der Finsternis seine mächtigen Wurzeln ausgedehnt; er war von Wand zu Wand getappt, er war hin und her geschwankt, und dieser Kampf hatte sich in die Windungen seines Stammes eingezeichnet. Sodann hatte er in der Richtung der Sonne ein Mauerloch aufgebrochen und war hochgeschossen, aufrecht wie ein Säulenschaft, und so bin ich – mit dem Abstand des Geschichtsforschers – Zeuge der Bewegungen seines Sieges geworden. Er unterschied sich aufs herrlichste von den Knoten, mit deren Schürzung sich der in seinen Sarg eingeschlossene Rumpf abgemüht hatte, und entfaltete sich in aller Ruhe; wie eine große Tafel, auf der die Sonne bedient wurde, breitete er sein Blattwerk aus, und so wurde er vom Himmel selbst gesäugt und von den Göttern mit köstlicher Speise bewirtet.

Und ich sah, wie er jeden Morgen bei Tagesanbruch vom Wipfel bis zum Fuße erwachte. Denn er war beladen mit Vögeln. Und sobald es dämmerte, begann er zu leben und zu singen; wenn dann die Sonne aufgegangen war, ließ er seine Schätze in den Himmel hinaus wie ein nachsichtiger alter Hirte – mein Baum, der ein Haus, der ein Schloß war und leer blieb bis zum Abend . . .«

So erzählte er, und wir wußten, daß man den Baum lange anschauen muß, damit er ebenso in uns gedeihe. Und ein jeder beneidete ihn um diese Fülle von Blättern und Vögeln, die er in seinem Herzen trug.

– Wann, fragten sie mich, wann wird der Krieg aussein? Auch wir möchten von alldem etwas begreifen. Es ist Zeit für uns, zu werden . . .

Und wenn einer von ihnen einen noch jungen Wüstenfuchs fing, den er mit den Händen füttern konnte, so fütterte er ihn – es geschah das zuweilen auch mit Gazellen, wenn sie sich herbeiließen, nicht gleich zu sterben –, und der Wüstenfuchs wurde ihm von Tag zu Tag kostbarer, denn er weidete sich an seinem seidigen Fell und seinen Schelmereien und vor allem an seinem Bedürfnis nach Nahrung, das so gebieterisch nach der Fürsorge des Kriegers verlangte. Und dieser lebte in dem eitlen Wahn, es könne etwas von ihm selber auf dieses kleine Tier übergehen, als wäre es durch seine Liebe genährt und geformt und gebildet worden.

Dann entlief der Fuchs eines Tages in die Wüste, seinem Liebestrieb folgend, und ließ im Herzen des Mannes auf einmal eine Leere zurück. Und solch einen habe ich sterben gesehen, weil er sich während eines Überfalls nur nachlässig verteidigt hatte. Und als wir seinen Tod erfuhren, entsann ich mich wieder der geheimnisvollen Worte, die er nach der Flucht seines Fuchses gesprochen hatte, als ihm seine Kameraden, seine Schwermut erratend, zuredeten, er solle sich doch einen anderen fangen. »Man braucht zuviel Geduld«, hatte er geantwortet, »nicht, um ihn zu greifen, sondern um ihn zu lieben.«

Nun waren sie freilich der Füchse und Gazellen müde geworden, da sie die Sinnlosigkeit ihres Austausches eingesehen hatten: Denn ein Fuchs, der um seiner Liebe willen entläuft, nimmt nichts von ihnen mit, wodurch die Wüste reicher würde.

– Ich habe Söhne, sagte mir ein anderer, sie wachsen heran, und ich habe ihnen nichts beigebracht. Ich kann ihnen deswegen nichts von mir übergeben. Und was wird aus mir, wenn ich einmal tot bin?

Und ich schloß sie in die Stille meiner Liebe ein und betrachtete mein Heer, das im Sande dahinzuschwinden und sich zu verlieren begann, gleich jenen aus Gewittern entstandenen Flüssen, die der lehmige Untergrund nicht zu bewahren vermag und die unfruchtbar sterben, da sie sich nicht entlang ihrer Ufer in Bäume, in Gras, in Nahrung für die Menschen verwandelt haben.

Es war der Wunsch meines Heeres gewesen, sich zum Besten des Reiches in Oasen zu verwandeln und meinen Palast durch jene fernen Heimstätten zu verschönern, damit man, wenn die Rede auf ihn kam, von ihm sagen könnte: »Welch einen Zauber verleihen ihm doch nach Süden zu diese Palmen, diese neuen Palmenhaine, diese Dörfer, darin man das Elfenbein schnitzt . . .«

Aber wir kämpften, ohne ihrer habhaft zu werden, und jeder dachte an Heimkehr. Und das Gesicht des Reiches verblaßte in ihnen wie ein Gesicht, das man nicht mehr anzuschauen weiß und das sich in der Wirrnis der Welt verliert.

– Was schert es uns, sagten sie, ob wir etwas mehr oder weniger von den Schätzen dieser unbekannten Oase erhalten! Welchen Zuwachs kann sie uns denn schon bringen? Wodurch könnte sie uns bereichern, wenn wir uns nach unserer Heimkehr in unseren Dörfern verschließen? Sie wird nur dem zugute kommen, der sie bewohnt, der die Datteln ihrer Palmen erntet oder seine Wäsche im strömenden Wasser ihrer Flüsse wäscht . . .

11

Sie täuschten sich, aber was vermochte ich dagegen zu tun? Wenn der Glaube erlischt, stirbt Gott und erweist sich fortan als unnötig. Wenn ihre Inbrunst versiegt, bedeutet das den Zerfall des Reiches, denn es besteht aus ihrer Inbrunst. Nicht etwa, daß es ein Trugbild wäre. Wenn ich aber jene langen Reihen der Ölbäume, jene Hütte, die Obdach gewährt, ein Landgut nenne und wenn einer, der all das betrachtet, von Liebe erfüllt wird und es in seinem Herzen vereinigt – wie könnte dann das Gut vor Verkauf und Aufteilung bewahrt bleiben, wenn dieser Betrachter dazu gelangte, darin nur noch irgendwelche beliebigen Ölbäume und dazwischen eine abgelegene Hütte zu sehen, die allein den Sinn hätte, vor Regen zu schützen? Denn dieser Verkauf würde ja nichts verändern, weder an der Hütte noch an den Ölbäumen.

Seht dort den Gutsherrn, wie er ganz allein im Morgentau die Wege entlanggeht und nichts von seinem Vermögen bei sich führt! Wie er keinen seiner Vorteile ausnützt! Er ist gleichsam seiner Güter enteignet, da sie ihm im Augenblick nicht von Nutzen sind; wenn es gerade geregnet hat, kämpft sich sein Fuß durch den Schlamm wie der Fuß eines Feldarbeiters, und mit seinem Stocke schiebt er die nassen Dornsträucher beiseite wie der ärgste Landstreicher. Da er in einem Hohlweg geht, kann er nicht einmal sein Gut mit den Augen umfangen; er weiß nur, daß er hier Gebieter ist. Begegnest du ihm aber, und er schaut dich an, weißt du, wen du vor dir hast. Gelassen und selbstgewiß stützt er sich auf die grundlegende Sicherheit, die ihm doch im Augenblick zu nichts dient. Er macht von nichts Gebrauch, aber es fehlt ihm an nichts. Mit dem Weideland, den Gerstenfeldern und Palmenhainen, die sein sind, hat er festen Grund unter den Füßen. Auf den Feldern ist es still. Die Scheuern schlafen. Die Drescher lassen noch nicht den Glanz ihres Kornes fliegen. Aber er umschließt dieses alles in seinem Herzen. Hier geht nicht irgendwer: Der Herr wandelt hier langsam in seinen Luzernen . . .

Der ist wahrhaftig blind, der den Menschen nur in seinen Taten gewahr wird und glaubt, nur die Tat mache ihn kund oder die greifbare Erfahrung oder die Ausnutzung eines bestimmten Vorteils. Für den Menschen ist nicht entscheidend, worüber er im Augenblick verfügt, denn mein Spaziergänger verfügt kaum über eine Handvoll Ähren, die er in den Händen zerreiben, oder eine Frucht, die er pflücken kann. Jener, der mit mir ins Feld zieht, ist ganz vom Gedanken an seine Geliebte erfüllt, die er weder sehen noch berühren, noch in seine Arme schließen kann und die nicht einmal an ihn denkt; denn in dieser frühen Morgenstunde, in der er die Weite einatmet und jene Anziehung verspürt, nimmt sie auf ihrem so fernen Lager überhaupt nicht lebendigen Anteil an der Welt. Vielmehr ist sie wie abwesend, wie tot. Sie schläft. Und doch ist der Mann von ihrem Dasein erfüllt; ihn erfüllt eine Zärtlichkeit, für die er keine Verwendung hat und die, sich selbst vergessend, wie die Körner im Speicher schläft; ihn erfüllen Düfte, die er nicht einatmet; ihn erfüllt das Geplätscher des Springbrunnens, der den Mittelpunkt seines Hauses bildet und den er nicht hört, und auch er trägt an dem Gewicht eines Reiches, das ihn von den anderen unterscheidet.

Oder denke an den Freund, dem du begegnest und der sein krankes Kind mit sich herumträgt. Sein krankes Kind in der

Ferne. Seine Hand fühlt nicht, wie es fiebert, und er hört nicht seine Klagen. Und im Augenblick ändert es nichts an seinem Leben. Und doch kommt es dir vor, als sei er wie erdrückt durch das Gewicht dieses Kindes, das er in seinem Herzen trägt.

So ist es mit jenem, der dem Reiche angehört; er vermöchte es nicht mit einem Blick zu umspannen, er kann nicht seine Schätze verwenden oder den leisesten Vorteil daraus ziehen, aber er ist dadurch innerlich gewachsen wie der Gutsherr oder der Vater des kranken Kindes oder jener, den die Liebe reich macht, während die Geliebte fern ist und überdies schläft. Für den Menschen kommt es allein auf den Sinn der Dinge an.

Ich weiß freilich von einem Dorfschmied, der zu mir kommt und sagt:

– Mich kümmert wenig, was mich nichts angeht. Wenn ich meinen Tee, meinen Zucker habe, wenn mein Esel wohlgenährt ist und meine Frau mir zur Seite steht, wenn meine Kinder an Alter und Tugend zunehmen, dann bin ich vollkommen glücklich und habe keinen anderen Wunsch mehr. Wozu all diese Leiden?

Und wie könnte er glücklich sein, wenn er in seinem Hause allein auf der Welt wäre? Wenn er mit seiner Familie ein abgelegenes Zelt in der Wüste bewohnte? Ich zwinge ihn daher, sich zu berichtigen:

– Wenn du nun aber am Abend deine Freunde unter anderen Zelten wiedersiehst, wenn sie dir etwas zu erzählen haben und dir die Neuigkeiten der Wüste vermelden? . . .

Denn ich habe euch gesehen, vergeßt es nicht! Ich habe euch rings um die nächtlichen Feuer gesehen, als ihr eure Hammel oder Ziegen am Spieß drehtet, und ich habe den Schall eurer Stimmen gehört. So trat ich langsamen Schrittes und in der Stille meiner Liebe zu euch heran. Gewiß spracht ihr von euren Söhnen, von dem, der heranwächst, und dem, der krank ist; gewiß spracht ihr von zu Hause, aber ohne allzusehr dabei zu verweilen. Und es kam erst Leben in euch, als sich der Reisende zu euch setzte, der mit einer Karawane aus fernen Ländern angelangt war; als er euch ihre Wunder schilderte und von dem weißen Elefanten eines Fürsten berichtete oder von der Hochzeit eines euch kaum dem Namen nach bekannten Mädchens in tausend Meilen Entfernung. Oder von dem Durcheinander bei den Feinden. Vielleicht erzählte er auch von dem neuen Kometen oder einer Kränkung oder einer Liebschaft oder einer todesmutigen Tat oder dem Haß, den man gegen euch hegte, oder der großen Fürsorge, mit der man euch bedachte. Dann erfüllte euch die Weite, und ihr wart mit so vielen Dingen verbunden; dann erhielt euer Zelt seinen Sinn: das geliebte und gehaßte, das bedrohte und behütete. Dann wart ihr in einem Wundernetz gefangen und wurdet dadurch in etwas verwandelt, das euch überstieg . . .

Denn ihr bedürft einer Weite, die allein die Sprache in euch auslöst.

Ich entsinne mich, was mit den dreitausend Flüchtlingen aus der Berberei geschah, als sie mein Vater in einem Lager nördlich der Stadt unterbrachte. Er wollte nicht, daß sie sich mit den Unseren vermischten. Da er gütig war, speiste er sie und versah sie mit Stoffen, mit Zucker und Tee. Als Entgelt für seine großmütigen Gaben verlangte er jedoch keine Arbeit von ihnen. So brauchten sie sich nicht mehr um ihren Unterhalt zu kümmern, und ein jeder hätte sagen können: »Was mich nichts angeht, kümmert mich wenig. Wenn ich meinen Tee, meinen Zucker habe, wenn mein Esel wohlgenährt ist und meine Frau mir zur Seite steht, wenn meine Kinder an Alter und Tugend zunehmen, dann bin ich vollkommen glücklich und habe keinen anderen Wunsch mehr. Warum all diese Leiden?«

Wer hätte sie aber für glücklich halten können? Wir besuchten sie zuweilen, wenn mich mein Vater zu belehren wünschte.

»Sieh nur«, sagte er, »sie werden zu Vieh und beginnen sachte zu faulen . . ., nicht in ihrem Fleisch, aber in ihrem Herzen.«

Denn alles verlor für sie seinen Sinn. Wenn du nicht um dein Vermögen würfelst, ist es doch gut, wenn dir die Würfel in deinen Träumen Landgüter und Herden, Goldbarren und Diamanten bedeuten – Dinge, die du nicht besitzt. Die anderswo sind. Doch es kommt eine Zeit, da du mit den Würfeln keine Vorstellung mehr verbinden kannst. Und dann ist kein Spiel mehr möglich.

Und so geschah es, daß sich unsere Schützlinge nichts mehr zu sagen hatten. Ihre Familiengeschichten, die sich allesamt ähnlich waren, hatten sie aufgebraucht. Sie konnten einander nicht mehr ihre Zelte beschreiben, da sich alle Zelte gleich waren. Sie konnten nicht mehr fürchten und hoffen und erfinden. Die Sprache benutzten sie nur noch für dürftige Zwecke. »Leihe mir dein Kohlenbecken«, konnte da einer sagen. »Wo ist mein Sohn?« sagte ein anderer. Was hätte dieser Menschenhaufen, der auf seiner Streu unter der Krippe lag, sich noch wünschen können? Wofür hätten sie sich schlagen können? Für das Brot? Sie empfingen genug. Für die Freiheit? Aber in den Grenzen ihrer Welt waren sie unendlich frei. Sie ertranken schier in dieser maßlosen Freiheit, die manchem Reichen die Eingeweide aushöhlt. Um über ihre Feinde zu triumphieren? Aber sie hatten keine Feinde mehr.

Mein Vater sagte mir:

– Du kannst mit einer Peitsche kommen und allein durch das Lager gehen, während du sie ins Gesicht schlägst. Du wirst sie nicht mehr erregen als eine Hundemeute, die knurrend zurückweicht und gerne beißen möchte. Doch keiner opfert sich auf, und du wirst nicht gebissen. Und du kreuzt die Arme vor ihnen. Und du verachtest sie . . .

Er sagte mir noch:

– Die dort sind lebende Leichname. Der Mensch aber steckt nicht mehr in ihnen. Sie können noch einen Meuchelmord begehen, wenn du den Rücken kehrst, denn die Unterwelt hat ihre Gefahren. Aber deinem Blick werden sie nicht standhalten.

Mittlerweile nistete sich die Zwietracht wie eine Krankheit bei ihnen ein. Eine unzusammenhängende Zwietracht, die sie nicht in zwei Lager aufspaltete, sondern alle gegeneinander aufwiegelte; denn jeder beraubte sie, der seinen Teil an den Vorräten verzehrte. Wie Hunde, die den Trog umkreisen, überwachten sie sich gegenseitig, und so begingen sie Morde im Namen ihrer Gerechtigkeit, denn ihre Gerechtigkeit bedeutete vor allem Gleichheit. Und wenn sich irgendeiner auf beliebige Weise unter ihnen hervortat, wurde er durch die Zahl erdrückt.

– Die Masse haßt das Bild des Menschen, sagte mir mein Vater, denn die Masse ist ohne Zusammenhang, sie drängt gleichzeitig nach allen Richtungen und macht das schöpferische Bemühen zunichte. Gewiß ist es von Übel, wenn der Mensch die Herde erdrückt. Nicht dort aber suche die große Versklavung: Sie zeigt sich, wenn die Herde den Menschen erdrückt. Und im Namen dunkler Rechte mehrten also die Dolche, die die Bäuche aufschlitzten, Nacht für Nacht die Leichen. Und ebenso wie man die Abfälle entfernt, schleifte man sie in der Morgendämmerung an die Grenzen des Lagers, wo sie wie bei einer Abdeckerei auf unsere Bretterkarren geladen wurden. Und ich gedachte der Worte meines Vaters:

»Wenn du willst, daß sie Brüder sein sollen, zwinge sie, einen Turm zu bauen. Willst du aber, daß sie sich hassen, so wirf ihnen Korn vor . . .«

Und nach und nach stellten wir fest, daß sie den Gebrauch von Worten verloren, die ihnen nicht mehr zu Gebote standen. Und mein Vater führte mich unter diesen gleichsam abwesenden Gesichtern umher, die uns stumpfsinnig und leer ansahen, ohne uns zu erkennen. Sie bildeten nur noch jene unbestimmten Grunzlaute, mit denen man nach Nahrung verlangt. Sie vegetierten wunschlos und ohne zu klagen, ohne Haß und ohne Liebe. Und so kam es bald dazu, daß sie sich nicht mehr wuschen und nicht mehr ihr Ungeziefer vernichteten. Es nahm überhand. Da breiteten sich Eiterbeulen und Geschwüre aus. Und so begann das Lager die Luft mit Gestank zu erfüllen. Mein Vater befürchtete ein Auftreten der Pest. Und gewiß dachte er auch über den Zustand der Menschen nach.

– Ich werde mich dazu entschließen, den Erzengel zu wekken, der erstickt unter ihrem Unrat schläft. Denn ich achte zwar nicht sie selbst, aber durch sie hindurch achte ich Gott . . .

12

– Denn hier zeigt sich wahrhaftig ein großes Geheimnis des Menschen, sagte mein Vater. Sie verlieren das Wesentliche und wissen nicht, was sie verloren haben. Auch die seßhaften

Oasenbewohner, die über ihren Vorräten hocken, wissen das nicht von selber. In der Tat läßt sich ihr Verlust nicht aus den Stoffen ablesen, die sich nicht verändern. Und die Menschen in den Häusern und Bergen, wenn diese nicht mehr ein Landgut bilden . . .

Wenn ihnen der Sinn für das Reich verlorengeht, werden sie nicht gewahr, daß sie verknöchern und ihre Substanz einbüßen und den Dingen ihren Wert rauben. Die Dinge bewahren ihre äußere Erscheinung, aber was ist eine Perle oder ein Diamant, wenn sie niemand begehrt? Sie haben den gleichen Wert wie geschliffenes Glas. Und das Kind, das du in den Schlaf wiegst, hat etwas von seinem Wesen verloren, wenn es nicht mehr ein Geschenk für das Reich ist. Anfangs erkennst du das nicht, denn sein Lächeln hat sich nicht verändert.

Sie sehen nicht ihre Verarmung, denn die Gegenstände, die sie gebrauchen, bleiben die gleichen. Aber worin besteht der Gebrauch eines Diamanten? Und was ist ein Geschmeide, wenn kein Fest gefeiert wird? Und was ist das Kind, wenn kein Reich besteht und du nicht davon träumst, aus diesem Kinde einen Eroberer, einen großen Herrn oder einen Baumeister zu machen? Wenn es darauf beschränkt bleibt, ein Häuflein Fleisch zu sein?

Sie kennen nicht mehr die unsichtbare Mutterbrust, die sie Tag und Nacht stillte, denn das Reich nährt das Herz, so wie dich die Geliebte mit ihrer Liebe nährt und den Sinn der Dinge für dich verwandelt, obwohl sie fern von dir entschlummert ist und wie eine Tote ruht. Dort in der Ferne ist nur ein schwacher Hauch, und du kannst ihn nicht einmal spüren, und doch ist die ganze Welt für dich ein einziges Wunder.

So birgt der Gutsherr sogar den Schlaf seiner Kätner in seinem Herzen, wenn er im Tau des anbrechenden Tages durch seine Felder geht.

Es ist aber ein Geheimnis des Mannes, der verzweifelt, wenn ihn die Geliebte verläßt, daß er nichts von seiner eigenen Verarmung ahnt, wenn er selber die Freundin nicht mehr liebt oder das Reich nicht mehr verehrt. Er sagt sich einfach: Sie war doch nicht so schön wie in meinem Traume oder weniger liebenswert . . ., und so geht er befriedigt von dannen, wohin ihn der Wind treibt. Doch die Welt ist für ihn kein Wunder mehr. Und die Morgenröte ist nicht mehr die Morgenröte der Heimkehr oder des Erwachens in ihren Armen. Die Nacht ist nicht mehr das große Heiligtum der Liebe. Sie ist nicht mehr, dank der Geliebten, die im Schlafe atmet, der große Hirtenmantel. Aller Glanz ist erloschen. Alles hat sich verändert. Und der Mann, der nichts von dem Unheil merkt, beweint nicht seine verlorene Fülle. Er ist zufrieden mit seiner Freiheit: der Freiheit, nicht mehr zu sein. So ist es mit einem, in dem das Reich erstarb. »Meine Inbrunst war eine törichte Verblendung«, sagt er sich. Und er hat freilich recht. Es gibt ja außerhalb seiner selbst nur eine wirre Ansammlung von Ziegen, Hammeln, Häusern und Bergen. Das Reich war eine Schöpfung seines Herzens.

Was kannst du aber mit der Schönheit einer Frau anfangen, wenn kein Mann da ist, den sie ergreift? Und mit dem Zauber des Diamanten, wenn ihn keiner zu besitzen begehrt? Und mit dem Reiche, wenn es keine Diener des Reiches mehr gibt?

Denn wenn einer, der das Bild zu lesen weiß und es in seinem Herzen trägt, der ihm so verbunden ist wie das kleine Kind der Mutterbrust und dem das Bild Schlußstein des Gewölbes ist: Sinn, Bedeutung und Anlaß der Größe, Raum und Fülle – wenn solch einer von seinem Quell abgeschnitten wurde, so ist er wie wehrlos, wie gespalten und stirbt den Erstickungstod gleich einem Baume, dem man die Wurzeln abhackte. Er wird sich nicht wieder zurechtfinden. Und trotzdem leidet er nicht, während ihn das Bild, das in ihm zugrunde geht, selber zugrunde richtet; er paßt sich seiner eigenen Mittelmäßigkeit an, ohne von ihr zu wissen.

Deswegen soll man alles, was Größe hat, stets im Menschen wachhalten und ihn zu seiner eigenen Größe bekehren.

Denn die entscheidende Nahrung empfängt er nicht von den Dingen, sondern von dem Knoten, der die Dinge verknüpft. Was ihn speist, ist nicht der Diamant, sondern eine bestimmte Beziehung zwischen der Sandwüste und den Stämmen, die sie bewohnen; nicht die Worte des Buches, sondern eine bestimmte Beziehung zwischen den Worten des Buches, die Liebe, Gedicht und Weisheit Gottes bedeuten.

Und wenn ich euch auffordere, zusammenzuarbeiten und zusammenzuhalten und ein großes Ganzes zu bilden, zu dem jeder beitragen soll und das einen jeden, der daran teilhat, um alle anderen reicher macht; wenn ich wünsche, daß ihr zu Kindern des Reiches werdet; wenn ich euch in den Bereich meiner Liebe einschließe – wie solltet ihr dadurch nicht gedeihen und wie könntet ihr dann widerstehen? Die Schönheit eines Gesichtes besteht nur in dem Zusammenklang seiner Teile. Und es überwältigt euch durch seine Erscheinung. So ist es auch mit jenem Gedicht, das euch Tränen entlockt. Ich habe Sterne und Brunnen und Klagen verwandt. Und es ist nichts anderes darin. Ich habe sie aber geformt, wie mein Geist es mir eingab. So dienten sie als Schemel einer Gottheit, die sie beherrscht, doch in keinem von ihnen enthalten ist.

Und mein Vater entsandte einen Sänger zu jenem faulenden Menschenhaufen. Der Sänger setzte sich des Abends auf den Lagerplatz und begann zu singen. Er besang die Dinge in ihrem Zusammenklang. Er besang die wunderschöne Prinzessin, zu der du nur nach einem Marsch von zweihundert Tagen durch eine Wüste ohne Brunnen und unter der brennenden Sonne gelangst. Und das Fehlen der Brunnen wird Opfer und Liebestrunkenheit. Und das Wasser der Schläuche wird Gebet, denn es führt zu der Vielgeliebten. Er sang: »Ich trug Verlangen nach dem Palmenhain und dem milden Regen . . . Vor allem aber nach ihr, von der ich hoffte, sie würde mich in ihr Lächeln aufnehmen . . . und ich wußte mein Fieber nicht mehr von meiner Liebe zu unterscheiden . . .«

Und es dürstete sie nach dem Durste, und sie reckten ihre Fäuste nach meinem Vater hin: »Ruchloser! Du hast uns den Durst geraubt, diese Trunkenheit des Opfers um der Liebe willen!«

Er besang das Drohende, das herrscht, wenn der Krieg erklärt ist, und das die Wüste in ein Schlangennest verwandelt. Jeder Sandhügel schwillt dann durch eine Macht, die über Tod und Leben gebietet. Und es dürstete sie nach der Todesgefahr, die die Wüste beseelt. Er besang den Zauber, der von einem Feinde ausgeht, den man von allen Seiten erwartet und der sich unter dem Horizont – gleich einer Sonne, von der man nicht weiß, wo sie aufgehen wird – von einem Himmelsrande zum anderen bewegt. Und es dürstete sie nach einem Feinde, der sie mit seinen Heerscharen umringen sollte wie ein Meer.

Und als sie nach der Liebe dürsteten, die wie ein Antlitz vor ihnen aufleuchtete, fuhren die Dolche aus der Scheide. Und da weinten sie vor Freude, als sie ihre Säbel liebkosten! – Ihre vergessenen, verrosteten, geschändeten Waffen, die ihnen nun aber wie ein Zeichen der verlorenen Manneskraft erschienen, denn allein mit ihrer Hilfe vermag der Mensch die Welt zu erschaffen. Und das war das Signal für den Aufruhr, der schön war wie eine Feuersbrunst!

Und sie starben alle als Männer!

13

Ebenso versuchten wir auch die Dichter vor jenem Heer, das sich aufzulösen begann, singen zu lassen. Doch es geschah das Erstaunliche, daß die Dichter keine Wirkung ausübten und von den Soldaten verlacht wurden.

– Man soll unsere Wahrheiten singen, antworteten sie. Den Springbrunnen unseres Hauses und den Duft unserer Abendsuppe. Was schert uns dieses Geschwätz?

So habe ich jene andere Wahrheit kennengelernt, die besagt, daß sich die dahingeschwundene Macht nicht wieder einstellt. Und daß meine Macht ihre Fruchtbarkeit, das Bild des Reiches, eingebüßt hatte. Denn die Bilder sterben wie die Pflanzen, wenn ihre Kraft aufgebraucht ist; sie sind dann nur noch wie tote Stoffe, die vor der Auflösung stehen, Humus für neue Pflanzen. Und ich ging abseits, um über dieses Rätsel nachzudenken. Denn nichts ist wahrer oder weniger wahr. Sondern nur mehr oder weniger wirksam. Und ich hatte nicht mehr den wunderbaren Knoten in Händen, der ihre Vielfalt zusammenhielt. Er war mir entglitten. Und mein Reich fiel wie von selbst auseinander, denn wenn das Unwetter die Äste der Zeder bricht und der Sandwind sie austrocknet, bis sie der Wüste weicht, so geschieht das keineswegs, weil die Wüste stärker geworden wäre, sondern weil sich die Zeder schon selber aufgab und den Barbaren Einlaß gewährte.

Wenn ein Sänger sang, warf man ihm vor, er übertreibe seine Ergriffenheit. Und in der Tat klang sein Pathos falsch und schien uns einer anderen Zeit anzugehören. »Glaubt er denn selber an die Liebe«, sagte man, »die er für Ziegen, für Hammel, für Häuser und Berge ausdrückt, die doch nur unzusammenhängende Dinge sind? Glaubt er denn selber an die Liebe, die er für die Windungen der Flußläufe äußert? Dabei bedrohen sie doch nicht das Kriegsglück und sind es nicht wert, daß man sein Blut für sie vergießt!« Und freilich zeigten die Sänger selber ein schlechtes Gewissen, als hätten sie Kindern, die nicht mehr leichtgläubig genug waren, allzu plumpe Lügenmärchen erzählt.

In ihrer hartnäckigen Dummheit beschwerten sich meine Generäle bei mir über meine Sänger. »Sie singen falsch«, sagten sie. Doch ich wußte, wie sich ihr falscher Ton erklärte, da sie ja einen toten Gott priesen.

In ihrer hartnäckigen Dummheit fragten mich meine Generäle sodann: »Warum wollen sich unsere Soldaten nicht mehr schlagen?« Als hätten sie von Berufs wegen Anstoß genommen und gesagt: »Warum wollen sie nicht mehr das Korn schneiden?« Und ich veränderte die Fragestellung, denn auf diese Weise führte sie zu nichts. Es ging nicht um eine Berufsangelegenheit. Und ich fragte mich in der Stille meiner Liebe: »Warum wollen sie nicht mehr sterben?« Und meine Weisheit suchte nach einer Antwort.

Denn man stirbt gewiß nicht für Hammel und Ziegen und Häuser und Berge. Denn die Dinge bleiben bestehen, ohne daß man etwas für sie zu opfern braucht. Doch man stirbt, um den unsichtbaren Knoten zu erhalten, der sie verknüpft und sie in ein Gut, ein Reich, ein erkennbares und vertrautes Gesicht verwandelt. Gegen diese Einheit tauscht man sich aus, denn man baut auch im Tode an ihr weiter. Um der Liebe willen lohnt sich der Tod. Und einer, der langsam sein Leben gegen ein wohlgelungenes Werk, das das Leben überdauert, austauscht: gegen einen Tempel, dessen Weg durch die Jahrhunderte führt – solch einer ist auch bereit zu sterben, wenn seine

Augen den Palast in der Zusammenhanglosigkeit der Baustoffe zu gewahren vermögen; wenn er von seiner Pracht geblendet wird und in ihm aufgehen möchte. Denn hier empfängt ihn etwas, was größer ist als er selber: So gibt er sich seiner Liebe hin.

Wie hätten sie jedoch bereit sein können, ihr Leben gegen niedrige Interessen auszutauschen? Das Interesse gebietet vor allem, zu leben. Meine Sänger mochten sich noch so sehr bemühen: Sie boten meinen Soldaten im Austausch gegen ihre Opfer nur falsche Münze. Denn das Gesicht, das sie befeuert hätte, konnten sie ihnen nicht weisen. Meinen Soldaten wurde nicht das Recht zuteil, in der Liebe zu sterben. Weshalb sollten sie also sterben?

Und jene von ihnen, die trotzdem in einer harten Pflichterfüllung – die sie bejahten, ohne sie zu verstehen – in den Tod gingen – auch sie starben armselig, starr und mit harten Augen, wortkarg und streng in ihrem Abscheu.

Und deshalb suchte ich in meinem Herzen nach einer neuen Lehre, die sie zu ergreifen vermochte; als ich dann eingesehen hatte, daß keine Überlegung und keine Weisheit zu ihr hinführen – denn wie bei dem Bildhauer, der dem Stein das Gewicht seiner freien Entscheidung auferlegt, geht es darum, ein Gesicht zu gestalten –, betete ich zu Gott, er möge mich erleuchten.

Und während der ganzen Nacht beobachtete ich meine Soldaten im Grieseln des Sandes, der sich erhob und quer über das Land lief, um die Dünen abzuspulen und an ein wenig entfernterer Stelle wieder neu zu bilden. Es war eine zeitlose Nacht, in der der Mond aufleuchtete und wieder im rötlichen Dunste verschwand, den die Winde hinter sich herschleppten. Und ich hörte, wie die Wachtposten von den höchsten Punkten des dreieckigen Lagers einander riefen, aber ihre Stimmen waren nur noch langgezogene Schreie, aus denen kein Glaube sprach; sie klangen ergreifend in ihrer Verlassenheit.

Und ich sprach zu Gott: »Es ist nichts da, um sie aufzunehmen . . . Ihre alte Sprache ist verbraucht. Die Gefangenen meines Vaters waren zwar Ungläubige, aber von einem starken

Reiche umhegt. Mein Vater sandte ihnen einen Sänger, aus dem dieses Reich antwortete. Der bekehrte sie daher in einer einzigen Nacht durch die Allgewalt seines Wortes. Seine Macht stammte aber nicht von ihm, sondern vom Reiche.«

– Mir aber fehlt es an einem Sänger, und ich habe keine Wahrheit und keinen Mantel, um zum Hirten zu werden. Muß es nun dahin kommen, daß sie einander umbringen und des Nachts zu verwesen beginnen von jenen Messerstichen, die den Bauch durchstoßen und so sinnlos wie Aussatz sind? In wessen Namen soll ich sie wieder sammeln?

Und hier und da standen falsche Propheten auf, die einige Anhänger um sich scharten. Und obwohl es nur wenige Gläubige waren, begeisterte sie ihr Glaube, und sie waren bereit, für ihn zu sterben. Doch hatten ihre Glaubenslehren keinen Wert für die anderen. Und alle Glaubenslehren bekämpften einander. Und so bildeten sich kleine Gemeinden, die sich haßten, denn sie pflegten alles in Irrtum und Wahrheit zu scheiden: Und wenn etwas nicht Wahrheit war, war es Irrtum, und wenn etwas nicht Irrtum war, war es Wahrheit. Ich aber wußte wohl, daß der Irrtum nicht das Gegenteil der Wahrheit ist, daß er nur eine andere Anordnung darstellt, einen aus anderen Steinen gebauten Tempel, und daß er nicht wahrer oder falscher ist, sondern nur anders. Und als ich gewahr wurde, daß sie bereit waren, für trügerische Wahrheiten zu sterben, blutete mir das Herz. Und ich sprach zu Gott: »Kannst Du mich nicht eine Wahrheit lehren, die alle ihre besonderen Wahrheiten beherrscht und sie alle in ihrem Schoße vereinigt? Denn wenn ich aus diesen Gräsern, die sich gegenseitig zerstören, einen Baum bilde mit einer einzigen Seele, so wird der eine Zweig wachsen, wenn der andere gedeiht, und der ganze Baum wird von einer wundervollen Zusammenarbeit beseelt sein und sich in der Sonne entfalten.

Sollte mein Herz nicht weit genug sein, um sie alle zu umschließen?«

Es zeigte sich auch die Lächerlichkeit der Tugendhaften, während die Krämer triumphierten. Man verkaufte. Man bot

Jungfrauen feil. Man plünderte die Getreidevorräte, die ich für den Fall einer Hungersnot angelegt hatte. Man mordete. Ich war aber nicht so einfältig zu glauben, das Ende des Reiches sei auf jenen Verfall der Tugend zurückzuführen; ich wußte ja nur zu gut, daß der Bankrott der Tugend auf dem Ende des Reiches beruhte.

– Herr, sagte ich, schenke mir jenes Bild, gegen das sie sich in ihrem Herzen auszutauschen vermögen! Dann werden sie alle, durch jeden einzelnen hindurch, an Kraft zunehmen. Und die Tugend wird Zeichen dessen sein, was sie *sind.*

14

In der Stille meiner Liebe ließ ich eine große Zahl von ihnen hinrichten. Jeder Tod aber nährte die unterirdische Lava der Empörung. Denn man fügt sich dem Augenschein. Den gab es jedoch hier nicht. Es war schlecht zu erkennen, im Namen welcher einleuchtenden Wahrheit wiederum einer gestorben war. Da geschah es, daß ich durch Gottes Weisheit über die Macht belehrt wurde.

Denn die Macht erklärt sich nicht aus der Strenge, sondern aus der Einfachheit der Sprache. Und gewiß bedarf es der Strenge, um eine neue Sprache einzuführen; denn es gibt für diese keine Beweise, und sie ist nicht wahrer oder falscher, sondern nur anders. Wie vermöchte man jedoch mit Hilfe der Strenge eine Sprache einzuführen, die durch ihre eigene Natur die Menschen aufspaltet und sie einander widersprechen läßt? Denn eine solche Sprache einführen heißt die Spaltung einführen und die Strenge entwaffnen.

Ich kann es nach meinem freien Ermessen, wenn ich vereinfache. Dann gebiete ich dem Menschen, sich zu verändern und gelöster und klarer, hochherziger und inbrünstiger zu werden, damit er sein Streben mit seinem Wesen in Einklang bringe; und hat er sich derart gewandelt, verleugnet er die Larve, von der er entdeckt, daß er sie bisher verkörperte, so erstaunt er über seinen eigenen Glanz; in seinem Staunen wird er dann zu meinem Verbündeten und zum Soldaten meiner Strenge. Und meine Strenge hat keinen anderen Rückhalt als die Rolle, die er so spielt. Die Strenge ist das mächtige Tor, durch das die Herde vielleicht mit Peitschenhieben hindurchgetrieben wird, damit sie sich häute und wandle. Aber sie alle werden nicht gezwungen; sie werden bekehrt.

Die Strenge aber führt nicht zum Ziel, wenn die Menschen nicht spüren, daß sich in ihnen Flügel öffnen, sobald erst das Tor durchschritten wurde und sie sich selber abstreiften und ihrer Verpuppung entschlüpften – wenn sie nicht das Leiden preisen, das sie begründet hat, und sich statt dessen verkrüppelt und armselig vorkommen und zu dem anderen Ufer zurückkehren möchten, das sie verlassen haben.

Dann füllt das Blut der Menschen die Flüsse in trauriger Sinnlosigkeit.

Die Hingerichteten bewiesen mir, daß ich sie nicht zu bekehren vermocht hatte, und zeigten mir so meinen Irrtum. Da ersann ich dieses Gebet:

– Herr, mein Mantel ist zu kurz, und ich bin ein schlechter Hirte, der sein Volk nicht zu behüten vermag. Ich befriedige die Bedürfnisse der einen und benachteilige dabei die anderen.

Herr, ich weiß, daß jedes Streben schön ist. Das Streben nach Freiheit und das nach Zucht. Das Streben nach Brot für die Kinder und nach dem Opfer des Brotes. Das Streben nach der prüfenden Wissenschaft und nach der Ehrfurcht, die bejaht und erschafft. Das Streben nach der geheiligten Ordnung, die vergöttlicht, und nach der Aufspaltung, die ausgleicht. Das Streben nach der Zeit, die das Nachsinnen ermöglicht, und nach der Arbeit, die die Zeit ausfüllt. Das Streben nach der Liebe durch den Geist, der das Fleisch züchtigt und den Menschen wachsen läßt, und nach der Barmherzigkeit, die die Wunden verbindet. Das Streben nach der Zukunft, die es zu bauen, und nach der Vergangenheit, die es zu bewahren gilt. Das Streben nach dem Kriege, der die Samenkörner aussät, und nach dem Frieden, der die Ernte einbringt.

Ich weiß aber auch, daß jene Streitigkeiten nur Streitigkeiten der Sprache sind und daß sie der Mensch jedesmal, wenn er sich aufschwingt, von einer etwas höheren Warte aus sieht. Und dann ist kein Streit mehr.

Herr, leihe mir ein Stück Deines Mantels, damit ich alle Menschen mit der Last ihrer großen Sehnsucht darunter berge! Ich bin es müde, aus Furcht, daß sie mein Werk zerstören, alle die zu erwürgen, die ich nicht zu bedecken vermag. Denn ich weiß, daß sie ihre Mitmenschen und die umstrittenen Wohltaten meiner vorläufigen Wahrheiten gefährden, aber ich weiß zugleich, daß auch sie edel sind und Wahrheiten zu künden haben.

Herr, ich will, daß meine Krieger edel werden, ich will die Schönheit meiner Tempel begründen, gegen die sich die Menschen austauschen können und die ihrem Leben einen Sinn geben. Doch als ich heute abend in der Einöde meiner Liebe einherging, begegnete ich einem kleinen Mädchen in Tränen. Ich bog seinen Kopf zurück, um in seinen Augen zu lesen. Und sein Kummer hat mich geblendet. Wenn ich es ablehne, Herr, ihn kennenzulernen, lehne ich einen Teil der Welt ab und habe mein Werk nicht vollendet. Es geht nicht darum, daß ich mich von meinen großen Zielen abwende, aber es gilt, dieses kleine Mädchen zu trösten! Denn nur dann geht alles gut in der Welt. Auch das kleine Mädchen ist Sinnbild der Welt.

15

Der Krieg ist ein schwieriges Unterfangen, wenn er nicht mehr dem natürlichen Triebe entspricht und kein Verlangen mehr ausdrückt. In ihrer hartnäckigen Dummheit studierten meine Generäle die Möglichkeiten einer gewandten Taktik; sie erörterten die Vollkommenheit und suchten sie, bevor sie zur Tat schritten. Denn sie waren nicht von Gott erleuchtet, sondern bieder und arbeitsam. So scheiterten sie. Und ich rief sie zusammen, um ihnen ins Gewissen zu reden.

– Ihr werdet nicht siegen, denn ihr trachtet nach der Vollkommenheit. Sie ist aber ein Museumsstück. Ihr verbietet den Irrtum, und bevor ihr handelt, wartet ihr die Feststellung ab, ob der Erfolg der Tat, die gewagt werden soll, wirklich nachgewiesen ist. Aber wo habt ihr von einem Nachweis der Zukunft gelesen? So wie ihr verhindern würdet, daß Maler und Bildhauer und fruchtbare Erfinder jeder Art in eurem Lande gedeihen, werdet ihr auch den Sieg verhindern. Denn ich sage euch hiermit: Der Turm, der Staat, das Reich wachsen wie der Baum. Sie sind Äußerungen des Lebens, da sie zu ihrer Entstehung des Menschen bedürfen. Und der Mensch glaubt zu rechnen. Er glaubt, der Aufbau seiner Steine werde von der Vernunft beherrscht, während der Aufstieg dieser Steine vor allem aus seinem Verlangen entstanden ist. Und in ihm selber – in dem Bilde, das er in seinem Herzen trägt – ist schon der Staat enthalten, so wie der Baum in seinem Samenkorn enthalten ist. Und mit seinen Berechnungen umkleidet er nur sein Verlangen. Und erläutert es. Denn ihr erklärt nicht den Baum, wenn ihr dartut, was für Wasser er getrunken hat, was für Salze er aus dem Boden zog und wie die Sonne ihm Kraft verlieh. Und ihr erklärt nicht die Stadt, wenn ihr sagt: »Da haben wir's, weshalb dieses Gewölbe nicht einstürzt. Seht hier die Berechnungen der Architekten . . .!« Denn wenn eine Stadt entstehen soll, wird man immer Rechenmeister finden, die richtig rechnen. Sie sind nur Dienende. Räumt ihr ihnen den ersten Platz ein, weil ihr meint, daß die Städte aus ihrer Hand hervorgingen, so wird keine einzige Stadt aus dem Sande emporwachsen. Sie wissen, wie die Städte entstehen, aber sie wissen nicht, warum. Versetzt jedoch den unkundigen Eroberer mit seinem Volke auf unebenen Boden und Felsgestein und kehrt später zurück, so wird die Stadt mit den dreißig Kuppeln in der Sonne leuchten . . . Und die Kuppeln werden standhalten wie die Zweige der Zeder. Denn inzwischen ist das Verlangen des Eroberers zur Stadt mit den vielen Kuppeln geworden, und er hat außer den Mitteln, den Wegen und Straßen alle Rechenmeister gefunden, deren er bedurfte.

So werdet ihr den Krieg verlieren, sagte ich ihnen, weil ihr nach nichts Verlangen tragt. Keine Neigung spornt euch an. Und ihr arbeitet nicht zusammen, sondern richtet euch mit euren unzusammenhängenden Entscheidungen gegenseitig zugrunde. Seht den Stein, wie er lastet. Er rollt dem Grunde der Schlucht zu. Denn er besteht aus der Zusammenarbeit all der Staubkörner, aus denen er geformt ist und die alle dem gleichen Ziel zustreben. Seht das Wasser im Behälter. Es drückt gegen die Wände und wartet eine Gelegenheit ab. Denn es kommt der Tag, an dem sich die Gelegenheiten darbieten. Und das Wasser drückt unermüdlich Tag und Nacht. Äußerlich scheint es zu schlafen und ist doch lebendig. Denn bei dem geringsten Spalt setzt es sich schon in Bewegung, sickert hindurch, stößt auf ein Hindernis, umgeht es, wenn das möglich ist, und versinkt wieder in seinen vermeintlichen Schlaf, wenn sein Weg nicht in einen weiteren Spalt einmündet, der ihm eine andere Bahn eröffnet. Niemals verpaßt es die neue Gelegenheit. Und auf unergründlichen Wegen, die kein Rechenmeister hätte ausrechnen können, läßt ein bloßer Druck die Wasservorräte aus eurem Behälter ausfließen.

Eure Armee gleicht einem Meere, das nicht gegen seinen Deich drückt. Ihr seid ein Teig ohne Hefe. Eine Erde ohne Samenkorn. Ein wunschloser Haufen. Ihr verwaltet, anstatt zu führen. Ihr seid nur stumme Zeugen. Und die dunklen Kräfte, die ihrerseits gegen die Wände des Reiches drücken, werden es auch ohne Verwaltungsbeamte fertigbringen, euch in ihren Fluten zu ertränken. Hinterher werden dann eure Geschichtsschreiber, die noch dümmer sind als ihr selber, die Ursachen der Katastrophe erklären. Sie werden die Mittel des Gegners, die zum Erfolge führten, Weisheit, Berechnung und Wissenschaft nennen. Ich aber sage euch, daß dem Wasser weder Weisheit noch Berechnung noch Wissenschaft eignen, wenn es die Deiche durchbricht und die Städte der Menschen verschlingt.

Ich aber werde die Zukunft wie der schaffende Künstler gestalten, der sein Werk mit Meißelschlägen aus dem Marmor hervorholt. Und so fallen nacheinander die Splitter, die das Gesicht des Gottes verbargen. Und die anderen werden sagen: Der Marmor enthielt diesen Gott. Er hat ihn gefunden. Und sein Tun war ein Mittel hierzu. Ich aber sage, daß er nicht berechnete, sondern den Stein formte. Das Lächeln des Gesichtes besteht nicht aus einer Mischung von Schweiß, Funken, Meißelschlägen und Marmor. Das Lächeln stammt nicht vom Stein, sondern vom Schöpfer der Statue. Befreie den Menschen, so wird er das Werk erschaffen!

In ihrer hartnäckigen Dummheit versammelten sich meine Generäle: »Es gilt zu verstehen«, sagten sie, »weshalb sich unsere Soldaten entzweien und hassen.« So ließen sie sie vor sich erscheinen. Und sie hörten die einen und die anderen; sie suchten ihre Behauptungen miteinander in Einklang zu bringen und ein gerechtes Urteil zu fällen und dem einen zurückzugeben, was ihm zukam, und dem anderen fortzunehmen, was er unrechtmäßig in Besitz hatte. Und wenn ihr Haß auf Eifersucht beruhte, suchten die Generäle festzustellen, wer recht und wer unrecht hatte. Und bald verstanden sie überhaupt nichts mehr; so sehr verwickelten sich die Probleme ineinander, so sehr zeigte die gleiche Tat ein verschiedenes Gesicht: Sie war edel unter dieser Beleuchtung und niedrig unter jener und grausam und großherzig zugleich. Und ihre Beratungen dauerten die Nacht über an. Und da sie sich keinen Schlaf mehr gönnten, nahm ihre Dummheit noch zu. So suchten sie mich auf: »Es gibt nur eine Lösung für diesen Wirrwarr«, sagten sie, »und das ist die Sintflut der Hebräer!«

Ich gedachte jedoch meines Vaters: »Wenn das Korn zu schimmeln beginnt, suche den Schimmel außerhalb des Korns und wechsle den Speicher! Wenn sich die Menschen hassen, so höre nicht auf die törichte Aufzählung der Gründe, aus denen sie sich zu hassen glauben! Denn sie haben noch ganz andere Gründe als die, die sie anführen und an die sie nicht gedacht haben. Sie haben ebenso viele, um sich zu lieben. Und ebenso viele, um gleichgültig nebeneinander her zu leben. Und ich, der ich nie die Worte beachte, da ich weiß, daß das, was hinter ihnen steckt, nur ein schwer zu entzifferndes Zeichen darstellt – genau so wie die Steine des Gebäudes nicht den Schatten und die Stille offenbaren, genau so wie die Baustoffe des Baumes nicht den Baum erklären –, warum hätte ich die Bausteine ihres Hasses beachten sollen? Sie bauten ihn wie einen Tempel und verwandten dazu die gleichen Steine, mit denen sie ihre Liebe gebaut hätten.«

Ich betrachtete somit lediglich diesen Haß, den sie mit ihren schlechten Gründen verkleideten, und bildete mir nicht ein, sie durch die Gewährung einer fruchtlosen Gerechtigkeit heilen zu können. Denn diese hätte ihnen Nachteile oder Vorteile gebracht und sie dadurch nur in ihren Gründen bestärkt. Und zugleich hätte sie den Groll derer hervorgerufen, denen ich unrecht gab, und den Dünkel der anderen hochgezüchtet, denen ich recht gab. Und so hätte ich die Kluft noch vertieft. Ich aber gedachte der Weisheit meines Vaters.

Er hatte einst Generäle in neu eroberte Gebiete entsandt, da diese noch unsicher waren; dort sollten sie den Statthaltern zur Seite stehen. Da geschah es, daß die Reisenden, die zwischen den neuen Provinzen und der Hauptstadt hin- und herreisten, von dort zurückkamen, um meinen Vater zu warnen:

– In jener Provinz, sagten sie ihm, hat der General den Statthalter beleidigt. Sie sprechen nicht mehr miteinander.

Ein anderer kam von einer anderen Provinz:

– Herr, der Statthalter hat einen Haß auf den General geworfen.

Und ein dritter kehrte von anderswoher zurück.

– Herr, man erbittet dort deinen Schiedsspruch, um einen ernsten Streitfall zu schlichten. Der General und der Statthalter liegen im Streit miteinander.

Und mein Vater hörte sich zunächst die Gründe dieser Zerwürfnisse an. Und diese Gründe waren jedesmal einleuchtend. Bei solchen Kränkungen hätte sich ein jeder dazu entschlossen, sie zu rächen. Es gab da nichts als schändlichen Verrat und unversöhnbare Rechtshändel. Und Beschimpfungen und Entführungen. Und stets mußte es ganz offensichtlich einen geben, der recht hatte, und einen anderen, der im Unrecht war. Dieses Geschwätz aber langweilte meinen Vater.

– Ich habe Besseres zu tun, sagte er mir, als ihre törichten Streitereien zu untersuchen. Sie entstehen an allen Ecken des Landes, sind jedesmal verschieden und trotzdem einander gleich. Durch welch ein Wunder sollte ich jedesmal Statthalter und Generäle ausgewählt haben, die sich nicht vertragen können? Wenn du Tiere in einem Stall unterbringst und eines nach dem anderen stirbt, so brauchst du nicht die Tiere zu untersuchen, willst du die Ursache des Übels ergründen. Untersuche den Stall und verbrenne ihn!

Er ließ daher einen Boten kommen.

– Ich habe ihre Vorrechte nicht klar genug festgelegt. Sie

wissen nicht, wem von ihnen beiden bei den Banketten der erste Platz gebührt. So überwachen sie sich gereizt. Und sie gehen beide nebeneinanderher, bis der Augenblick kommt, da man sich niedersetzt. Dann trägt der größere Grobian oder auch der weniger Dumme dadurch den Sieg davon, daß er Platz nimmt. Der andere beginnt ihn zu hassen. Und er gelobt sich, er werde das nächste Mal bestimmt klüger sein und seinen Schritt beschleunigen, um sich zuerst setzen zu können. Und so ist es nur natürlich, daß sie sich in der Folge ihre Frauen entführen, ihre Herden plündern oder sich beschimpfen. Und es sind das nicht belanglose Albernheiten, sondern sie leiden darunter, weil sie daran glauben. Ich werde mir aber nicht den Lärm anhören, den sie vollführen.

Du willst, daß sie sich lieben sollen. Wirf ihnen nicht das Korn der Macht vor, damit sie sich darin teilen! Vielmehr diene der eine dem anderen! Und der andere diene dem Reiche! Dann werden sie einander liebgewinnen, weil sie einander helfen und gemeinsam bauen.

Und er bestrafte sie streng, weil sie mit ihren Zwistigkeiten eine so unnötige Unruhe verursacht hatten. »Das Reich«, sagte er ihnen, »hat mit euren Skandalen nichts zu schaffen. Der General hat ganz offensichtlich dem Statthalter zu gehorchen. Deshalb werde ich diesen züchtigen, weil er nicht zu befehlen verstand, und den anderen, weil er nicht zu gehorchen wußte. Und ich rate euch gut, euch still zu verhalten.«

Und an allen Enden des Reiches versöhnten sich die Männer wieder. Die gestohlenen Kamele wurden zurückerstattet. Die ehebrecherischen Gattinnen wurden zurückgegeben oder verstoßen. Die Beleidigungen wurden zurückgenommen. Und jener, der gehorchte, zog den Hut, weil er sich durch die Lobsprüche des anderen, der ihm befahl, geschmeichelt fühlte. Und es erschlossen sich ihm Quellen der Freude. Und jener, der befehligt, war glücklich, seine Macht dadurch zeigen zu können, daß er seinen Untergebenen auszeichnete. Und an den Tagen der Bankette drängte er ihn nach vorn, damit er sich als erster setzen sollte.

– Und sie waren keineswegs dumm, sagte mein Vater. Aber in den Worten der Sprache steckt freilich nichts, was Beachtung verdiente. Lerne, nicht nur auf den Wind der Worte und die Überlegungen zu achten, die ihren Irrtum ermöglichen! . . . Lerne, darüber hinaus zu blicken! Denn ihr Haß war keineswegs widersinnig. Wenn nicht jeder Stein seinen richtigen Platz einnimmt, kommt auch kein Tempel zustande. Und wenn jeder Stein an seinem Platze ist und dem Tempel dient, zählt allein die Stille, die aus den Steinen erwachsen ist, und das Gebet, das aus ihr aufsteigt. Und wer hat je gehört, daß man von den Steinen redet?

Deswegen kümmerte ich mich nicht um die Probleme meiner Generäle, die zu mir kamen, um mich zu bitten, ich solle die Handlungen meiner Soldaten nach den Gründen ihrer Zwistigkeiten durchforschen und sodann durch meine Gerechtigkeit unter ihnen Ordnung schaffen. Doch in der Stille meiner Liebe durchschritt ich das Lager und sah, wie sie sich haßten. Dann zog ich mich zurück, um mein Gebet vor Gott zu bringen.

»Herr, Du siehst, wie sie sich entzweien, weil sie nicht mehr am Reiche bauen. Denn es ist ein Irrtum, zu glauben, sie stellten das Bauen ein, weil sie sich entzweit hätten. Erleuchte mich und zeige mir den Turm, den ich sie bauen lassen soll und der es ihnen ermöglichen wird, sich mit ihren mannigfaltigen Strebungen in ihm auszutauschen. So wird er alles in ihnen wachrufen und eines jeden Sehnsucht erfüllen, denn er wird sie alle als ganze Menschen und in ihrer vollen Größe am Werk beteiligen. Mein Mantel ist zu kurz, und ich bin ein schlechter Hirte, der sie nicht zu hüten weiß. Und sie hassen sich, weil sie frieren. Denn der Haß ist immer nur Unbefriedigtsein. Jeder Haß hat einen Sinn, tief und doch beherrschend. Und die verschiedenen Pflanzen hassen sich und verzehren sich gegenseitig, nicht aber der einzelne Baum, bei dem jeder Zweig durch das Gedeihen des anderen wächst. Leihe mir ein Stückchen deines Mantels, damit ich meine Krieger- und Ackersleute, meine Weisen und Ehemänner und Ehefrauen darin sammle, und dazu auch die weinenden Kinder . . .«

16

So ist es auch mit der Tugend. In ihrer hartnäckigen Dummheit kamen meine Generäle, um mir von der Tugend zu reden:

– Fürwahr, sagten sie mir, ihre Sitten verwildern. Und deshalb zerfällt das Reich. Es ist nötig, die Gesetze zu verschärfen und grausamere Strafen zu ersinnen. Und denen die Köpfe abzuschlagen, die gefehlt haben.

Ich dachte bei mir: Vielleicht ist es wirklich nötig, Köpfe abzuschlagen. Die Tugend ist aber vor allem Folgeerscheinung. Die Fäulnis der Menschen ist in erster Linie Fäulnis des Reiches, auf dem die Menschen sich gründen. Denn wenn es gesund und lebendig wäre, würde es ihren Edelmut steigern.

Und ich gedachte der Worte meines Vaters:

– Die Tugend ist die Vollkommenheit im Zustand des Menschen und nicht ein Mangel an Fehlern. Wenn ich eine Stadt bauen will, nehme ich das Lumpenpack und das Gesindel und adle sie durch die Macht. Ich biete ihnen andere Rauschmittel als den minderen Rausch des Raubes, des Wuchers oder der Notzucht. Sieh, da bauen sie mit ihren starken Armen. Ihr Dünkel wird zu Türmen und Tempeln und Wällen. Ihre Grausamkeit wird zu Größe und Strenge in der Manneszucht. Und so dienen sie einer Stadt, die aus ihnen selber entstanden ist und gegen die sie sich in ihren Herzen ausgetauscht haben. Und sie werden auf den Wällen dieser Stadt sterben, um sie zu schützen. Und du wirst bei ihnen nur noch die leuchtendsten Tugenden finden.

Du aber, der du über die Gewalt der Erde, über die Grobheit des Humus, seine Fäulnis und seine Würmer die Nase rümpfst, du verlangst vor allem von den Menschen, daß sie nicht existieren und keinen Geruch ausströmen sollen. Du tadelst an ihnen den Ausdruck ihrer Kraft. Und du stellst Entmannte an die Spitze deines Reiches. Und diese machen Jagd auf das Laster, das nur aus der Kraft besteht, die keine Betätigung findet. Sie machen Jagd auf die Kraft und das Leben. Und so werden sie ihrerseits zu Museumswärtern und wachen über ein totes Reich.

– Die Zeder nährt sich vom Dreck der Erde, sagte mein Vater, aber verwandelt ihn in dichtes Blattwerk, das sich seinerseits von der Sonne nährt.

– Die Zeder, sagte mein Vater auch zuweilen, ist die Vervollkommnung des Erdendrecks. Sie ist der Dreck, der zur Tugend geworden ist. Wenn du dein Reich retten willst, schaffe ihm seine Inbrunst. Sie wird die Regungen der Menschen fruchtbar machen. Und die gleichen Taten, die gleichen Anstrengungen werden deine Stadt bauen, statt sie zu zerstören.

Und jetzt sage ich dir:

– Deine Stadt wird daran sterben, daß sie vollendet ist, denn sie lebten nicht von dem, was sie empfingen, sondern von dem, was sie gaben. Und sie werden wieder zu Wölfen in ihren Höhlen werden, um sich die angesammelten Vorräte streitig zu machen. Und wenn es deiner Grausamkeit gelingt, sie zu bändigen, werden sie statt dessen zu Vieh im Stalle werden. Denn eine Stadt vollendet sich nicht. Ich sage lediglich, mein Werk sei vollendet, wenn es mir an Inbrunst fehlt. Sie sterben dann, weil sie schon gestorben sind. Die Vollkommenheit ist aber kein Ziel, das sich erreichen ließe, sondern nur der Austausch in Gott. Und niemals habe ich meine Stadt vollendet.

Deswegen zweifelte ich, ob es genügte, die Köpfe abzuhauen. Denn es liegt auf der Hand: Wenn einer verdorben ist, muß man ihn ausmerzen, denn es steht zu befürchten, daß er die anderen anstecken kann; so entfernt man auch das mulsche Obst aus der Kammer oder das kranke Vieh aus dem Stalle. Es ist aber besser, wenn man die Kammer oder den Stall wechselt, denn diese vor allem sind schuld daran.

Warum den züchtigen, den man bekehren kann? Deshalb richtete ich dieses Gebet an Gott: »Herr, leihe mir ein Stückchen deines Mantels, auf daß ich alle Menschen mit der Last ihrer großen Sehnsucht darunter berge. Ich bin es müde, aus Furcht, daß sie mein Werk zerstören, alle die zu erwürgen, die ich nicht zu bedecken vermag. Denn ich weiß, daß sie ihre Mitmenschen und die umstrittenen Wohltaten meiner vorläufigen Wahrheit gefährden, aber ich weiß zugleich, daß auch sie edel sind und Wahrheiten zu künden haben.«

17

Deswegen habe ich auch immer den Wind der Worte verachtet und als eitel angesehen. Und den Ränken der Sprache mißtraut. Und wenn meine Generäle in ihrer hartnäckigen Dummheit zu mir kamen und sagten: »Das Volk wird aufsässig, wir raten dir, geschickt zu sein«, so entließ ich meine Generäle. Denn Geschicklichkeit ist nur ein leeres Wort. Und wenn du ein Werk erschaffst, sind keine Umwege möglich. Man begründet das, was man macht, und nicht mehr. Und wenn du ein Ziel verfolgst und vorgibst, du erstrebtest ein anderes, und dieses ist vom ersteren verschieden, so wird dich nur einer für geschickt halten, der sich durch Worte betören läßt. Denn du begründest am Ende nur das, worauf du zunächst zugehst, und nicht mehr. Du erschaffst nur das, womit du dich gerade befassest. Selbst dann, wenn es geschieht, um dagegen anzukämpfen. Ich begründe meinen Feind, wenn ich gegen ihn Krieg führe. Ich schmiede und härte ihn. Und wenn ich vergebens vorgebe, ich verstärkte meinen Zwang im Namen der künftigen Freiheit, so begründe ich Zwang. Denn das Leben verträgt keine Winkelzüge. Man täuscht nicht den Baum, man läßt ihn so wachsen, wie man ihn biegt. Der Rest ist nur Wind der Worte. Und wenn ich vorgebe, ich opferte meine Generation für das Glück der kommenden Generationen, so opfere ich die Menschen. Nicht diese hier oder andere, sondern alle. Ich schließe sie schlechthin alle ins Unglück ein. Der Rest ist nur Wind der Worte. Und wenn ich Krieg führe, um Frieden zu erlangen, so schaffe ich Krieg. Der Friede ist nicht ein Zustand, der sich mit Hilfe des Krieges erreichen ließe. Wenn ich an den durch Waffen erstrittenen Frieden glaube und die Waffen niederlege, so wird das mein Tod sein. Denn ich kann den Frieden nur herstellen, wenn ich Frieden stifte. Das bedeutet, daß in meinem Reiche ein jeder den Ausdruck seiner besonderen Wünsche findet, daß ich sie alle darin empfange und aufnehme. Denn das Bild, das ein jeder nach seiner Art lieben mag, kann das gleiche sein. Nur eine unzureichende Sprache läßt die Menschen sich entzweien; ihre Wünsche sind voneinander nicht verschieden. Noch nie bin ich einem begegnet, der

Unordnung oder Niedertracht oder Zerstörung gewünscht hätte. Vom einen Ende der Welt bis zum anderen gleicht sich das Bild, das ihnen vorschwebt und das sie erschaffen möchten; nur die Wege sind verschieden, auf denen sie es zu erreichen suchen. Der eine glaubt, die Freiheit werde den Menschen sich entfalten lassen, der andere, der Zwang werde ihn groß machen, und beide wünschen sie seine Größe. Der eine glaubt, die Liebe werde die Menschen zusammenführen, der andere verachtet die Güte, die nur Achtung vor dem Geschwür ist, und zwingt sie, einen Turm zu bauen, damit sich einer im anderen begründe. Und beide arbeiten sie für die Liebe. Der eine glaubt, der Wohlstand bewältige alle Probleme, denn der Mensch, der all seiner Bürden ledig sei, werde die Zeit finden, sein Herz, seine Seele und seinen Verstand zu pflegen. Der andere aber glaubt, der Wert ihres Herzens, ihres Verstandes und ihrer Seele beruhe nicht auf den Speisen, die man den Menschen reicht, und nicht auf den Erleichterungen, die man ihnen vergönnt, sondern auf den Opfern, die man von ihnen verlangt. Er glaubt, daß allein jene Tempel schön seien, die auf Gottes Geheiß entstehen und ihm zur Tilgung einer Schuld übergeben werden. Alle beide wünschen sie jedoch die Seele, den Verstand und das Herz zu verschönen. Und beide sind sie im Recht, denn wer gedeiht in der Versklavung, unter dem Druck einer grausamen und vertierenden Arbeit? Wer aber gedeiht in Zügellosigkeit, in Achtung vor Fäulnis und sinnloser Arbeit, die nur noch einen Zeitvertreib für Müßige darstellt?

Sieh, da greifen sie wegen unzureichender Worte im Namen der gleichen Liebe zu den Waffen. Und so ist Krieg, der Seuche und Kampf und unzusammenhängende Bewegung bedeutet und sich gebieterisch in einer Richtung bewegt, wie der Baum meines Dichters, der, blind geboren, gegen die Mauern seines Kerkers stieß, bis er ein Mauerloch ausbrach, um, endlich aufrecht und herrlich, der Sonne entgegenzuwachsen.

Den Frieden erzwinge ich nicht. Ich begründe meinen Feind und seinen Groll, wenn ich mich damit begnüge, ihn zu unterwerfen. Nur Bekehren ist groß und Bekehren bedeutet Empfangen. Es heißt, einem jeden ein Kleid nach seinen Maßen anbieten, damit er sich darin wohl fühle. Und es heißt, allen das gleiche Kleid geben. Denn jeder Widerspruch ist nur Mangel an Geist.

Ich wiederhole daher mein Gebet:

– Erleuchte mich, Herr. Laß mich an Weisheit zunehmen, damit ich versöhne: Laß mich dabei nicht, wie es die einen oder die anderen verlangen, irgendeinen Wunsch ihrer Inbrunst preisgeben, sondern ihnen ein neues Gesicht zeigen, das ihnen als ein gleiches erscheint. So ist es auch mit dem Schiff, o Herr. Die einen ziehen die Taue nach Backbord, ohne daß sie's verstünden, und kämpfen gegen die anderen, die nach Steuerbord ziehen. In ihrer Unwissenheit würden sie sich hassen. Wenn sie jedoch voneinander wissen, arbeiten sie zusammen und dienen beide dem Winde.

Der Friede ist ein Baum, der eines langen Wachstums bedarf.

Gleich der Zeder müssen wir noch vieles Gestein aufsaugen, um ihm seine Einheit zu schaffen . . .

Den Frieden bauen heißt den Stall weit genug bauen, damit die ganze Herde darin schlafe. Es heißt den Palast weit genug bauen, damit sich alle Menschen in ihm vereinen können, ohne etwas von ihrem Gepäck preiszugeben. Es geht nicht darum, sie zu verstümmeln, damit sie darin Platz haben. Den Frieden bauen heißt von Gott erlangen, daß er seinen Hirtenmantel herleiht, damit er die Menschen in der ganzen Weite ihrer Wünsche umfange. Genauso wie die Mutter, die ihre Söhne liebt. Auch den, der schüchtern und zart ist. Und den anderen, der vor Lebenslust glüht. Und den, der vielleicht bucklig und schwächlich und unwillkommen ist. Aber sie alle in ihrer Verschiedenheit bewegen sein Herz. Und alle in der Verschiedenheit ihrer Liebe dienen seiner Herrlichkeit.

Aber der Friede ist ein Baum, der sich nur langsam aufbaut. Er braucht dazu mehr Licht, als ich habe. Und nichts ist noch offenbar. Und ich erwähle oder verwerfe.

Es wäre zu leicht, Frieden zu stiften, wenn sie sich alle schon gleich wären.

So scheiterte die Geschicklichkeit meiner Generäle, denn in ihrer hartnäckigen Dummheit kamen sie zu mir, um mir ihre Überlegungen vorzutragen. Und ich entsann mich der Worte meines Vaters:

»Die Kunst der Überlegung, die dem Menschen den Irrtum gestattet . . .«

– Wenn unsere Soldaten die Bürden des Reiches nicht mehr tragen wollen, so ist ihre Verweichlichung schuld daran. Wir werden ihnen daher Hinterhalte bereiten. So werden sie sich abhärten, und das Reich wird gerettet werden.

So sprechen die Professoren, die von Schlußfolgerung zu Schlußfolgerung schreiten. Aber das Leben *ist*. Genau wie der Baum. Und der Stiel ist nicht etwa das Mittel, das der Keim gefunden hat, um Zweig zu werden. Stiel, Keim und Zweig sind nur ein und dieselbe Entfaltung.

Ich berichtigte sie also:

Unsere Soldaten verweichlichen, weil das Reich in ihnen erstorben ist, das ihre Lebenskraft nährte. So steht es auch mit der Zeder, wenn sie ihre Lebensfähigkeit aufgebraucht hat. Sie verwandelt dann nicht mehr das Felsgestein in Zeder. Und sie beginnt sich in der Wüste aufzulösen. Man muß unsere Leute daher anfeuern, um sie zu bekehren . . . Da mich die Generäle in meiner Nachsicht aber nicht zu verstehen vermochten, ließ ich sie ihre Pläne ausführen, und so entsandten sie Soldaten, damit sich diese im Kampfe um einen Brunnen umbringen ließen, einen Brunnen, der von niemand begehrt wurde, da er trocken war, doch hatte sich zufällig der Feind an ihm gelagert.

Der Feuerkampf um einen Brunnen, dieser Tanz rings um die Blume, ist gewiß etwas Schönes, denn jeder, der den Brunnen gewinnt, vermählt sich der Erde; so kehrt ihm die Siegesfreude zurück. Und gleich wie die Raben, die dein Fuß aufgescheucht hat und die ihren Schwarm bilden, um erst dort wieder niederzugehen, wo sie sich nicht mehr zu fürchten brauchen, macht der Feind eine große Rückwärtsbewegung. Dann bedeckt sich der Sand, der ihn hinter dir verschluckt, mit Pulver. Und du spielst ein männliches Spiel um Leben und Tod. Und du tanzt rings um eine Mitte, und da ist etwas, von dem du dich entfernst und dem du dich näherst.

Und wenn sich dort nur ein versiegter Brunnen befindet, ist das Spiel nicht mehr das gleiche. Du weißt ja, daß dieser Brunnen keinen Nutzen hat, daß er sinnlos ist wie die Würfel beim Spiel, wenn du nicht dein Vermögen auf sie gesetzt hast. Meine Generäle haben an die Würfel geglaubt, als sie sahen, wie die Soldaten würfelten und sich wegen eines Betrugs dabei umbrachten. Und so haben sie mit dem Brunnen wie mit einem Würfel ohne Einsatz gespielt. Aber niemand bringt einen anderen wegen eines Betrugs um, der für ein Würfelspiel ohne Einsatz begangen wurde.

Meine Generäle haben niemals recht verstanden, wie es sich mit der Liebe verhält.

Denn sie sehen, wie den Verliebten das Morgenrot begeistert, da es ihm beim Erwachen seine Liebe zurückbringt. Und sie sehen, wie den Krieger das Morgenrot begeistert, da es ihm beim Erwachen seinen Sieg zurückbringt – den Sieg, der bevorsteht, der sich schon in ihm reckt und ihn lachen macht. Und sie glauben, das Morgenrot sei mächtig und nicht die Liebe.

Ich aber sage, daß nichts ohne die Liebe geschehen kann. Denn der Würfel verdrießt dich, dem nicht ein wünschenswerter Sinn innewohnt. Und das Morgenrot verdrießt dich, wenn es dich bloß wieder in dein Elend zurückversetzt. Und der Tod für einen nutzlosen Brunnen verdrießt dich. Gewiß, je härter die Mühen sind, mit denen du dich um der Liebe willen aufreibst, um so mehr feuern sie dich an. Je mehr du gibst, um so mehr wächst du. Es muß aber einer dasein, der empfangen kann. Und es ist kein Geben, wenn man dabei nur verliert.

Als meine Generäle sahen, wie mit Freuden gegeben wurde, hatten sie durchaus nicht den ganz einfachen Schluß gezogen, daß auch einer da war, der die Gabe empfing. Und sie begriffen nicht, daß man den Menschen nicht begeistern kann, wenn man ihn nur beraubt.

Ich überraschte aber einen Verwundeten, wie er sich seiner Bitterkeit überließ. Und er sagte mir:

– Herr, ich werde sterben. Ich habe mein Blut hingegeben. Und ich habe nichts im Austausch dafür empfangen. Den Feind, den ich mit einer Kugel in den Bauch hinstreckte, bevor ihn ein anderer rächte, habe ich sterben gesehen. Er schien sich in seinem Tode zu vollenden, denn er war völlig seinem Glauben hingegeben. Und sein Tod hat sich gelohnt. Ich aber habe einen Befehl ausgeführt, der von meinem Feldwebel ausging – nicht von einem anderen, durch den er einen höheren Sinn erhalten und sich gelohnt hätte. So sterbe ich würdig, aber mit Verdruß.

Was die anderen anging – sie waren geflohen.

18

Und deshalb betrachtete ich an diesem Abend mein Kriegslager von der Höhe des schwarzen Felsens, den ich erklommen hatte; ich sah seine Zelte wie schwarze Flecken in der Weite des Raumes. Noch immer hatte es seine Dreiecksgestalt, noch immer schmückten es Wachtposten auf seinen drei Anhöhen, noch immer war es mit Flinten und Pulver versehen, und doch konnte es jederzeit wie ein abgestorbener Baum weggeweht und verstreut und aufgeteilt werden. Und ich verzieh den Menschen.

Denn ich begriff: Die Raupe stirbt, wenn sie ihre Puppe bildet. Die Pflanze stirbt, wenn sie in Samen schießt. Wenn es sich häutet, lebt jedes Geschöpf in Trauer und Angst. Alles wird an ihm nutzlos. Wenn es sich häutet, ist jedes Geschöpf nur ein Friedhof und voller Klage. Und diese Menge hier erwartete die Mauser, da das alte Reich verbraucht war, das keiner mehr zu verjüngen vermochte.

Man heilt weder die Raupe noch die Pflanze, die sich wandeln, und auch das heranwachsende Kind, das ins Kinderland zurückkehren möchte, um sein verlorenes Glück wiederzufinden, und es am liebsten sähe, wenn die Spiele, die es langweilen, wieder ihren alten Glanz erhielten, wenn die Mutterarme so weich wie früher wären und die Milch ihren Geschmack zurückgewönne – aber die Spiele haben ihren Glanz eingebüßt, die Mutterarme sind keine Zuflucht mehr, und die Milch hat ihren Geschmack verloren. Und so geht es traurig von dannen. Als das alte Reich verbraucht war, verlangten die Menschen nach dem neuen Reich, ohne davon zu wissen. Der Knabe, der heranwuchs und sich der Mutter entwöhnte, wird so lange keine Ruhe kennen, bis er die Frau gefunden hat. Sie allein wird ihn sich wieder sammeln lassen. Wer aber könnte den Menschen ihr Reich zeigen? Wer könnte in der Zusammenhanglosigkeit der Welt allein durch die Kraft seines Geistes ein neues Gesicht formen und die Menschen dazu zwingen, daß sie ihm ihr Auge zuwenden und es erkennen? Und es lieben, indem sie es erkennen? Es ist nicht das Werk eines Logikers, sondern eines schöpferischen Geistes, das Werk eines Bildhauers. Denn der allein formt den Marmor, der niemandem Rechenschaft schuldig ist und der dem Marmor die Macht verleiht, Liebe zu wecken.

19

Ich habe also die Baumeister kommen lassen und ihnen gesagt:

– Von euch hängt die künftige Stadt ab, nicht in ihrem geistigen Gehalt, aber in dem Gesicht, das sie zeigen und das ihren Ausdruck bestimmen wird. Und ich denke genau wie ihr, daß die Menschen gut wohnen sollen. Damit sie über die Annehmlichkeiten der Stadt verfügen und nicht ihre Kräfte durch eitle Verwicklungen und unnötige Ausgaben vergeuden. Ich habe aber stets gelernt, das Wichtigste vom Notwendigen zu unterscheiden. Denn gewiß muß der Mensch essen, da er aufhört, Mensch zu sein, wenn er nicht mehr ernährt wird, und dann stellen sich keine Probleme mehr. Doch die Liebe und der Sinn für das Leben und das Erfühlen Gottes sind wichtiger. Und eine Menschensorte, die an Verfettung leidet, hat für mich keinen Wert. Ich stelle mir nicht die Frage, ob der Mensch glücklich und wohlhabend und bequem untergebracht sein wird. Ich frage mich vor allem, *welcher* Mensch wohlhabend, gut untergebracht und glücklich sein wird. Meinen reichgewordenen Krämern, die das Gefühl ihrer Sicherheit aufbläht, ziehe ich den Nomaden vor, der ewig auf der Flucht ist und dem Winde nachjagt, denn der Mensch wird Tag für Tag schöner dadurch, daß er einem so großzügigen Herrn dient. Wenn man mich vor die Wahl stellte und ich erfahren sollte, daß Gott dem ersteren seine Größe versagt und sie nur dem letzteren gewährt, würde ich mein Volk in die Wüste hinausschicken. Denn ich liebe es, wenn der Mensch sein Licht spendet. Und es kommt mir nicht auf die dicke Kerze an. Allein nach ihrer Flamme bemesse ich ihren Wert. Ich habe jedoch nicht beobachtet, daß der Fürst dem Fuhrknecht oder der General dem Feldwebel oder der Herr den Taglöhnern unterlegen wären, obwohl sie ungehemmter im Gebrauch ihrer Güter sind. Und jene, die ihre Schutzwehr aus Erz bauen, fand ich denen nicht unterlegen, die ihre Mauern aus Dreck aufrichten. Ich verwerfe keineswegs die Stufen der Eroberungen, die es dem Menschen erlauben, höher aufzusteigen. Aber ich habe nie das Mittel mit dem Ziel, nie die Treppe mit dem Tempel verwechselt. Es ist notwendig, daß eine Treppe den Zugang zum Tempel ermöglicht, denn sonst bliebe er leer. Doch der Himmel allein ist wichtig. Es ist notwendig, daß der Mensch fortbesteht und ringsum die Mittel findet, durch die er wachsen kann. Es ist das freilich nur die Treppe, die zum Menschen führt. Die Seele, die ich ihm bauen werde, wird die Basilika sein, denn sie allein ist wichtig.

So mißbillige ich euch nicht, wenn ihr die Dinge des Gebrauchs fördert. Ihr dürft sie aber nicht als Ziel ansehen. Denn gewiß sind die Küchen des Palastes notwendig, aber im Grunde kommt es allein auf den Palast an, dem die Küchen zu dienen haben. Und ich rufe euch zusammen, um euch zu fragen:

»Zeigt mir den wichtigen Teil eurer Arbeit!« Und ihr verharrt vor mir in Schweigen.

Und ihr sagt mir: »Wir sorgen für die Bedürfnisse der Menschen. Wir geben ihnen ein Obdach.« Ja. So wie man für die Bedürfnisse des Viehs sorgt, das man im Stall auf seiner Streu unterbringt. Und gewiß braucht der Mensch Mauern, um sich darin zu vergraben und Same zu werden. Er bedarf jedoch auch der großen Milchstraße und der Weite des Meeres, selbst wenn ihm die Gestirne und der Ozean im Augenblick nicht von Nutzen sind. Denn was heißt: von Nutzen sein? Und ich kenne manche, die in langem und beschwerlichem Anmarsch einen Berg ersteigen; die sich Knie und Hände aufschürfen und sich auf ihrem Aufstieg verausgaben, damit sie noch vor Anbruch der Morgendämmerung den Gipfel erreichen und an der Tiefe der blauen Ebene ihren Durst stillen können, so wie man das Wasser eines Sees begehrt, um daraus zu trinken. Und sobald sie oben angelangt sind, setzen sie sich nieder und blikken um sich und holen tief Atem. Und das Herz pocht ihnen fröhlich, und sie finden darin ein unfehlbares Mittel gegen allen Verdruß.

Und ich kenne andere, die das Meer suchen, wenn sie langsam mit ihren Karawanen dahinziehen, und denen das Meer ein Bedürfnis ist. Und sobald sie das Vorgebirge erreicht haben und jene Weite überblicken, die von einer dichten Stille erfüllt ist und die Schätze ihrer Algen und Korallen dem Auge verbirgt, atmen sie den kräftigen Salzgeruch und erstaunen über ein Schauspiel, das ihnen im Augenblick zu nichts dient, denn das Meer läßt sich nicht greifen. Auf diese Weise aber wird die Knechtschaft von ihren Herzen fortgewaschen, in der sie die kleinen Dinge gefangenhielten. Vielleicht erlebten sie, angewidert wie hinter Gefängnisgittern, den Kochkessel, das Küchengerät, die Klagen ihrer Frauen: jene Schlacken des Alltags, die den Sinn der Dinge entschleiern können, wenn man durch sie hindurchschaut, die zuweilen aber auch zu einem Grabe werden, wenn sie sich verhärten und abschließen.

Dann nehmen sie die Schätze der Weite mit sich und bringen die Seligkeit heim, die sie hier gefunden haben. Und ihr Haus ist verwandelt, weil es irgendwo in der Welt das Meer und die Ebene in der Morgendämmerung gibt. Denn alles öffnet sich einem anderen, das weiter ist als es selber. Alles wird Weg, Straße und Fenster, die zu jenem anderen hinführen.

So sagt mir nur ja nicht, eure üblichen Mauern genügten dem Menschen; nehmen wir an, er hätte niemals die Sterne gesehen und es stünde in eurer Macht, ihm mit gewaltigen Jochbögen eine Milchstraße zu bauen, würdet ihr – falls man bei der Errichtung einer solchen Kuppel ein Vermögen opferte – mir dann erklären, jenes Vermögen sei durch solch eine Verwendung vergeudet?

Und darum sage ich euch: Wenn ihr den Tempel baut, der nutzlos ist, weil er nicht für das Kochen, die Erholung, die Versammlungen der Würdenträger oder die Aufspeicherung von Wasservorräten bestimmt ist, sondern allein der Erhebung des Menschenherzens, dem Frieden der Sinne und der Zeit dienen soll, die alles reifen läßt, denn er gleicht in jeder Hinsicht einer Vorratskammer des Herzens, in der man sich aufhält, um einige Stunden in Frieden und Billigkeit, in die Besänftigung der Leidenschaften und die ausgleichende Gerechtigkeit einzutauchen – wenn ihr also einen solchen Tempel baut, in dem der Schmerz, den die Geschwüre erregen, zu Opfergabe und Hymnus wird, in dem sich die Todesfurcht in einen Hafen verwandelt, den man auf den endlich geglätteten Wogen erahnt – glaubt ihr dann etwa, ihr hättet euch vergeblich abgemüht?

Wenn es möglich sein sollte, die Seefahrer, die sich die Hände abschinden, um an Sturmtagen die Segel zu bedienen, die Tag und Nacht mit ihrem Schiff auf schwerer See stampfen und nur noch ein vom Meersalz ausgelaugtes Stück rohes Fleisch sind, von Zeit zu Zeit in den stillen und klaren Wassern eines Hafens aufzunehmen – dort, wo es keine Bewegung, keine Zeit, keine Härte des Kampfes mehr gibt, sondern nur noch das stille Wasser, das sich kaum bei der Ankunft kräuselt, während das große Schiff seinem Ankerplatz zustrebt –, glaubst du dann etwa, du hättest deine Arbeit umsonst getan? Denn wie süß erscheint ihnen das Wasser der Zisternen nach all dem Schaumgelock, das über die sich bäumenden Wogen läuft, nach all diesen Mähnen des Meeres.

Und das ist es, was du den Menschen zu bieten vermagst und was nur von deinem Geiste abhängt. Denn allein durch die Anordnung deiner Steine erschaffst du die Freude am Wasser des Hafens und an der Stille und läßt wunderbare Hoffnungen aufkeimen.

So ruft sie der Tempel, und sie erproben seine Stille. Und in ihr entdecken sie sich selbst. Sonst würden sie nur durch die Kramläden angelockt werden. Die Händler sprächen nur den Käufer in ihnen an. Und sie wüchsen nicht auf zu ihrer wirklichen Größe. Sie würden nicht die Weite erkennen, die in ihnen ist.

Freilich wirst du mir sagen: »Jene fetten Krämer sind durchaus glücklich und tragen nach nichts anderem Verlangen.« Es ist jedoch leicht, einen zu befriedigen, dessen Herz ohne Weite ist.

Und gewiß stellt eine törichte Sprache eure Arbeiten als nutzlos hin. Es liegt aber auf der Hand, daß das Verhalten der Menschen ihre Überlegungen Lügen straft. Ihr seht sie, die Besucher aus allen Ländern der Erde, wie sie sich aufmachen, um jene Wunder aus Stein, jene Speicher für Seele und Herz zu suchen, die nicht mehr von euch gebaut werden. Wo habt ihr je gesehen, daß der Mensch das Bedürfnis verspürt hätte, in der Welt umherzureisen, um Lagerhäuser zu besuchen? Gewiß braucht der Mensch die Waren des Kaufmanns, er bedarf ihrer aber, um sein Leben zu erhalten, und täuscht sich über sich selber, wenn er meint, daß er sie mehr als alles andere begehre. Denn ihre Reisen haben andere Ziele. Du hast die Menschen gesehen, wenn sie von Ort zu Ort wandern. Hast du dabei auf ihre Ziele achtgegeben? Gewiß lockt sie zuweilen eine glückliche Bucht oder ein schneebedeckter Berg oder ein Vulkan, den sein Kot aufbläht; vor allem aber zieht es sie zu jenen versunkenen Schiffen, die als einzige irgendwohin führten.

Sie machen in ihnen die Runde, besichtigen sie, und ohne es recht zu wissen, träumen sie, daß sie auf ihnen reisten. Denn ihre eigene Fahrt geht nirgendwohin. Und jene Tempel empfangen nicht mehr die Menschenmassen; sie vermögen sie nicht mehr mitzureißen und sie wie durch Verpuppungen in edlere Geschöpfe zu verwandeln. Alle jene Auswanderer haben kein Schiff mehr. Sie können nicht mehr sich wandeln und aus zunächst armen und schwachen Seelen während der Überfahrt an Bord des steinernen Schiffes zu reichen und großzügigen Seelen werden. Deshalb umwandern alle diese Burschen den versunkenen Tempel und besichtigen und suchen; sie schreiten über die großen leuchtenden Fliesen, die durch die Abnutzung der vielen Schritte ihren Glanz erhielten; sie hören allein ihre eigenen Stimmen in der mächtigen Stille widerhallen; sie verlieren sich im Walde der granitenen Pfeiler und vermeinen sich nur wie Geschichtsforscher zu unterrichten, während ihnen doch ihr klopfendes Herz sagen müßte, daß sie in

Wahrheit von Pfeiler zu Pfeiler, von Halle zu Halle, von Schiff zu Schiff nur einen suchen: den Kapitän. Ihnen allen zittert das Herz vor Kälte – ohne daß sie davon wissen –, sie rufen nach einer Hilfe, die nicht kommt, sie erwarten eine Wandlung, die sich ihnen versagt, da sie ganz in sich selbst zurückgedrängt sind: Denn es gibt nur noch tote und halb versandete Tempel; es gibt nur noch gestrandete Schiffe, deren Vorrat an Stille und Schatten schlecht behütet ist; sie sind überall leck, mit jenen großen Jochbögen blauen Himmels, der durch die verfallenen Gewölbe hindurchscheint, oder mit dem Sande, der durch die Risse der Mauern rieselt. Und so werden diese Menschen getrieben von einem Hunger, der nicht gestillt werden wird . . .

Ihr werdet also bauen, sage ich euch, weil der tiefe Wald und die Milchstraße und die blaue Ebene, die sich unter den Gipfeln der Berge breitet, dem Menschen wohltun. Was bedeutet aber die Weite der Milchstraße und der blauen Ebene neben jener Weite, die die Nacht inmitten der Steine erfüllt, wenn sie der Baumeister mit Stille zu füllen verstand? Und ihr selber, ihr, die Baumeister, werdet dadurch wachsen, wenn ihr die Lust an den gewöhnlichen Dingen verliert. Ihr werdet erst zu euch selbst kommen, wenn ihr das wahre Werk verwirklicht; es wird euch fruchtbar machen, denn es wird euch nicht mehr dienen, sondern euch selber zwingen, ihm zu dienen . . . Und es wird euch über euch hinauswachsen lassen. Denn wie sollten große Baumeister durch Werke ohne Größe entstehen?

Ihr werdet erst groß werden, wenn die Steine, von denen ihr vorgebt, daß ihr sie mit Macht erfülltet, nicht Gegenstand eines Wettbewerbs sind oder aus Gründen der Bequemlichkeit zum Obdach dienen oder für einen feststellbaren Gebrauch bestimmt sind, sondern wenn sie Schemel und Treppen und Schiffe werden, die zu Gott führen.

20

In ihrer hartnäckigen Dummheit langweilten mich meine Generäle mit ihren Beweisführungen. Denn sie waren wie in einem Kongreß versammelt und debattierten über die Zukunft. Und auf diese Weise hofften sie, sich Geschicklichkeit anzueignen. Man hatte früher meine Generäle vor allem Geschichte gelehrt, und sie kannten ein jedes Datum meiner Eroberungen und all meiner Niederlagen und aller Geburten und Sterbefälle. So erschien es ihnen einleuchtend, daß sich ein jedes Ereignis aus einem anderen herleitete. Und sie sahen die Menschheitsgeschichte unter dem Bilde einer lange Kette von Ursachen und Wirkungen, die auf der ersten Zeile des Buches der Geschichte ihren Ursprung nahm und sich bis zu jenem Kapitel fortsetzte, in dem man zum Nutzen der kommenden Generationen bemerkte, daß die Schöpfung derart aufs glücklichste in diese Konstellation von Generälen eingemündet sei. Und da sie auf diese Weise einen zu großen Anlauf genommen hatten, schritten sie von Schlußfolgerung zu Schlußfolgerung und berechneten die Zukunft. Oder sie kamen auch zu mir mit der ganzen Last ihrer schwerfälligen Darlegungen: »So mußt du handeln, um dem Wohle der Menschen oder dem Frieden oder der Wohlfahrt des Reiches zu dienen. Wir sind Gelehrte«, sagten sie, »wir haben Geschichte studiert . . .«

Ich aber wußte, daß es nur eine Wissenskraft von den Dingen gibt, die sich wiederholen. Einer, der das Samenkorn einer Zeder pflanzt, sieht das Aufwachsen des Baumes voraus; ebenso sieht einer, der einen Stein fallen läßt, voraus, daß er fallen wird, denn die Zeder wiederholt die Zeder, und der Fall eines Steines wiederholt den Fall des Steines, mag auch der Stein, den einer fallen läßt, oder der Samen, den er in die Erde senkt, noch niemals seine Bestimmung erfüllt haben. Wer aber wollte behaupten, daß er das Schicksal der Zeder voraussehe, die sich, wie von Schmetterlingspuppe zu Schmetterlingspuppe, verwandelt und vom Samenkorn zum Baum und vom Baum zum Samenkorn wird? Es handelt sich hierbei um einen Werdegang, von dem mir noch kein Beispiel bekannt ist. Und die Zeder ist eine neue Art, die sich ausformt, ohne dabei irgend etwas zu wiederholen, was mir schon bekannt wäre. Und ich weiß nicht, wohin sie sich entwickelt. Und ebensowenig kann ich wissen, wohin sich der Mensch entwickelt.

Gewiß machen meine Generäle von ihrer Logik Gebrauch, wenn sie für die Wirkung, die sich ihnen zeigt, eine Ursache suchen und finden. »Denn jede Wirkung hat eine Ursache«, so sagten sie mir, »und jede Ursache hat eine Wirkung.« Wenn sie aber von der Ursache auf die Wirkung schließen, steuern sie mit großem Wortschwall dem Irrtum entgegen. Denn es ist etwas anderes, wenn man von den Wirkungen zu den Ursachen hinaufgeht, als wenn man von den Ursachen zu den Wirkungen herabsteigt.

Auch ich habe nachträglich die Geschichte meines Feindes wiedergelesen, während ich im jungfräulichen Sande lag und mich darin wie ein Talkstein ausbreitete. Dabei wußte ich, daß einem Schritt stets ein anderer Schritt vorausgeht, auf dem er beruht, und daß sich die Kette von Glied zu Glied fortsetzt, ohne daß jemals ein einziges Kettenglied fehlen könnte. Wenn nicht ein Wind aufkommt, der den Sand heimsucht und dadurch gebieterisch eine Schriftseite wie die Schiefertafel eines Schülers auswischt, kann ich von Spur zu Spur fortschreiten und so bis zum Ursprung der Dinge gelangen; wenn ich ihr nachjage, kann ich auch die Karawane in der Schlucht überraschen, wo sie es für richtig hielt, einen Halt einzulegen. Ich habe jedoch keine Lehre im Laufe meiner Lektüre empfangen, die es mir gestattet hätte, der Karawane auf ihrem Wege vorauszueilen. Denn die Wahrheit, die sie beherrscht, ist von anderer Art als der Sand, über den ich verfüge. Und die Kenntnis der Spuren bedeutet nur die Kenntnis eines belanglosen Widerscheins und wird mich weder über den Haß noch über den Schrecken, noch über die Liebe unterrichten, die die Menschen vor allem beherrschen. – Da sehen wir's, werden mir meine in der Dummheit so festverwurzelten Generäle sagen, es läßt sich also doch alles beweisen. Wenn ich den Haß und die Liebe und den Schrecken kenne, die die Menschen beherrschen, so kann ich ihre Handlungen voraussehen. Die Zukunft ist somit in der Gegenwart enthalten . . .

Ich aber werde ihnen antworten, daß ich jederzeit den nächsten Schritt der Karawane vorhersehen kann, der sich dem anschließt, den sie zuletzt ausführte. Dieser Schritt wird zweifellos den vorhergegangenen hinsichtlich seiner Richtung und seines Ausmaßes wiederholen. Er gehört zur Wissenschaft der Dinge, die sich wiederholen. Die Karawane aber wird bald von dem Wege abweichen, den ihr meine Logik vorgeschrieben hat, denn ihr Verlangen wird sich ändern . . .

Und da sie mich nicht verstanden, erzählte ich ihnen vom großen Auszug.

Es war im Gebiet der Salzminen. Und die Menschen fristeten schlecht und recht ihr Dasein inmitten des Gesteins, denn nichts rechtfertigte hier das Leben. Die Sonne drückte und brannte. Und das Erdinnere war weit davon entfernt, klares Wasser zu spenden; es lieferte nur Salzbarren, die das Wasser verdorben hätten, wären nicht die Brunnen schon trocken gewesen. Die Menschen, die mit ihren vollen Trinkschläuchen von auswärts kamen, waren hier zwischen Sternen und Steinsalz gefangen; so sputeten sie sich bei der Arbeit und schlugen die durchsichtigen Kristalle, die ein Sinnbild für Leben und Tod sind, mit ihren Hacken aus dem Stein. Sodann kehrten sie in die glücklichen Länder mit ihrem fruchtbaren Wasser zurück, denn sie waren mit ihnen wie durch eine Nabelschnur verbunden.

Die Sonne war also hier hart, weiß und unerbittlich wie eine Hungersnot. Und die Felsen sprengten an manchen Stellen den Sand und umschlossen die Salzminen mit ihren Steinschichten, die schwarz wie Ebenholz und hart wie Diamanten waren und denen die Winde vergebens die Grate annagten. Und wenn einer die jahrhundertelange Tradition jener Wüste verfolgt hätte, würde er vorausgesagt haben, daß diese beständig und für alle Ewigkeit festgelegt sei. Das Gebirge, hätte er gemeint, werde sich langsam wie unter der Reibung einer zu schwachen Feile abnutzen; die Menschen würden weiter das Salz ausbeuten und die Karawanen weiterhin Wasser und Lebensmittel heranführen und diese Sträflinge durch andere ablösen . . .

Aber es kam eine Morgendämmerung, in der die Menschen ihr Gesicht dem Gebirge zukehrten. Und jetzt zeigte sich ihnen, was sie bisher noch nicht gesehen hatten. Denn durch das zufällige Spiel der Winde, die seit so vielen Jahrhunderten den Fels angefressen hatten, war ein gewaltiges Gesicht ausgemeißelt worden, und aus ihm sprach Zorn. Und die Wüste und die unterirdischen Salinen und die Völkerschaften, die auf einem unwirtlicheren Untergrund als dem salzigen Wasser der Ozeane, auf einer verhärteten Salzschicht festgebannt waren – sie alle beherrschte ein schwarzes, in den Fels gehauenes Gesicht voller Ingrimm, über dem sich ein reiner Himmel wölbte und das seinen Mund öffnete, um Verwünschungen auszustoßen. Und als die Menschen das gewahr wurden, flohen sie, von jähem Entsetzen gepackt. Die seltsame Kunde verbreitete sich auch unten in den Gruben, und als die Arbeiter aus ihren Gängen wieder auftauchten, wandten sie sich erst dem Gebirge zu, dann eilten sie bestürzt in ihre Zelte, packten schlecht und recht ihren Hausrat zusammen, schalten die Frau, das Kind und den Sklaven und schlugen die Pfade nach Norden ein, wobei sie ihre dem Untergang geweihte Habe vor sich herschoben. Und da es an Wasser fehlte, kamen sie alle ums Leben. Und als trügerisch erwiesen sich die Voraussagen der Logiker, denen vor Augen gestanden war, wie sich das Gebirge abnutzen und die Menschen sich ständig in ihm aufhalten würden. Wie hätten sie vorhersehen können, was sich dort abspielen sollte?

Wenn ich in die Vergangenheit zurückgehe, zerlege ich den Tempel in seine einzelnen Steine. Und dieses Verfahren ist einfach und voraussehbar. Es ist das gleiche, wie wenn ich die Knochen und Eingeweide des entseelten Körpers, den Schutt des Tempels ausbreite oder das Landgut in Ziegen, Hammel, Häuser und Berge aufteile ... Schreite ich aber auf die Zukunft zu, muß ich stets mit der Entstehung neuer Wesenheiten rechnen, da sie von anderer Beschaffenheit sind. Diese Wesenheiten nenne ich einheitlich und nicht zusammengesetzt, da sie sterben und verschwinden, wenn man sie zerlegt. Denn die Stille ist etwas, was zu den Steinen hinzutritt, was aber stirbt, wenn man diese voneinander trennt. Denn das Gesicht ist etwas, was zu dem Marmor oder zu den Elementen des Gesichts hinzutritt, das aber stirbt, wenn man den Marmor zerschlägt oder die Elemente scheidet. Denn das Landgut ist etwas, was zu den Ziegen, den Häusern, den Hammeln und Bergen hinzutritt ...

Ich kann nicht voraussehen, aber ich kann zu etwas den Grund legen. Denn die Zukunft baut man. Wenn ich die Zusammenhanglosigkeit meiner Zeit in einem einzigen Gesicht zusammenfassen kann, wenn mir die begnadeten Hände des Bildhauers eignen, wird mein Verlangen Wirklichkeit werden. Und ich würde mich täuschen, wenn ich dann sagte, ich hätte vorausgesehen. Denn ich hätte etwas begründet. In der Zusammenhanglosigkeit rings umher hätte ich ein Gesicht gewiesen, und ich hätte ihm Geltung erzwungen, und es wird die Menschen beherrschen: wie Haus und Hof, die zuweilen sogar das Opfer ihres Blutes fordern.

So offenbarte sich mir eine neue Wahrheit, die lautet: Es ist sinnlos und trügerisch, sich mit der Zukunft zu befassen. Hingegen kommt es allein darauf an, der heutigen Welt Ausdruck zu verleihen. Und Ausdruck verleihen bedeutet, aus der zusammenhanglosen Gegenwart das eine Gesicht zu formen, das sie beherrscht; es bedeutet, mit Hilfe der Steine die Stille zu erschaffen.

Und alles andere Vorhaben ist nur Wind der Worte.

21

Und sicherlich sind wir uns alle klar darüber, wie trügerisch Vernunftgründe sind. Ich kannte manche, deren Überzeugung nicht durch die gewandtesten Argumente, die zwingendste Beweisführung erschüttert wurde. »Ja«, sagten sie, »du hast recht. Und doch denke ich nicht so wie du.« Jene nannte man dumm. Ich erkannte freilich, daß sie nicht dumm, sondern im Gegenteil höchst weise waren. Sie achteten eine Wahrheit, die von den Worten nicht erreicht werden kann. Denn die anderen bilden sich ein, die Welt sei in den Worten enthalten und die Rede des Menschen könne das Weltall und die Sterne und das Glück und die untergehende Sonne und Haus und Hof und die Liebe und das Bauwerk und den Schmerz und die Stille ausdrücken . . . Ich aber habe den Menschen vor dem Gebirge gesehen, als ihm der Auftrag zuteil wurde, es Spatenstich um Spatenstich in Besitz zu nehmen.

Wohl bin ich der Meinung, daß die Geometer, wenn sie die Wälle entworfen haben, die Wahrheit ihrer Wälle in Händen halten. Und daß man diese auf Grund ihrer Modelle wird bauen können. Denn es gibt eine Wahrheit der Wälle, die für die Geometer bestimmt ist. Welcher Geometer aber begreift die Wälle in ihrer ganzen Bedeutung? Wo liest man in ihren Bauplänen etwas davon, daß die Wälle ein Hindernis bilden? Woraus vermag man zu erkennen, daß sie der Rinde der Zeder gleichen, in deren Innern sich die lebendige Stadt aufbaut? Wo sieht man, daß die Wälle die Inbrunst schützen und den Austausch der Generationen in Gott ermöglichen – jenen Austausch, der sich in der Beständigkeit der Festung vollzieht? Sie sehen darin Stein, Zement und Geometrie. Und sicherlich sind die Wälle Stein, Zement und Geometrie. Sie sind aber zugleich auch die tragenden Rippen des Schiffes und schützen das Einzelschicksal. Und ich glaube vor allem an das Einzelschicksal. Dadurch, daß es so begrenzt ist, wird es nicht ärmlich. Denn jene einzige Blume dort ist das Fenster, das zum Erkennen des Frühlings führt. Sie ist der zur Blume gewordene Frühling. Denn nichts bedeutet mir ein Frühling, der keine Blumen hervorbrächte.

In Wahrheit nicht so wichtig ist vielleicht die Liebe jener Frau, die die Heimkehr ihres Mannes erwartet. Nicht so wichtig ist vielleicht die Hand, die vor der Abreise winkt. Sie ist aber Sinnbild von etwas Wichtigem. Nicht so wichtig ist das einzelne Licht, das im Inneren des Walles wie eine Schiffslaterne leuchtet; hier aber zeigt sich ein Leben, das aufgeblüht ist und dessen Gewicht ich nicht zu bestimmen vermag. Die Wälle dienen ihm als schützende Rinde. Und jene Stadt ist eine in ihrer Hülle geborgene Larve. Und jenes Fenster: eine Blüte des Baumes. Und hinter dem Fenster ist vielleicht ein blasses Kind, das noch seine Milch trinkt und sein Gebet noch nicht kennt, das spielt und stammelt, das aber der Eroberer von morgen sein, das neue Städte bauen und sie mit Wällen umgeben wird. Und hier zeigt sich das Samenkorn des Baumes. Wichtig, weniger wichtig – wie vermöchte ich das zu entscheiden? Und die ganze Frage birgt für mich keinen Sinn, denn ich habe schon gesagt, daß man den Baum nicht zerlegen darf, will man ihn erkennen.

Welcher Geometer aber erkennt diese Dinge? Er glaubt, die

Wälle zu begreifen, da er sie baut. Er glaubt, die Wälle seien völlig in seiner Geometrie enthalten, da es genügt, diese dem Stein und dem Zement aufzuzwingen, damit sich die Stadt befestigen kann. Sie werden jedoch von etwas anderem beherrscht, und wenn ich euch zeigen wollte, was in Wahrheit ein Wall ist, würde ich euch um mich scharen, und Jahr um Jahr würdet ihr lernen, die Wälle zu entdecken, ohne daß sich je eure Arbeit erschöpfte, weil es kein Wort gibt, das ihr Wesen völlig umschlösse. Und ich zeige euch davon nur Sinnbilder; so ist die Geometrie ein Sinnbild, aber auch jene Arme sind es, welche der Mann um seine schwangere Frau legt, die eine Welt in sich trägt und die er beschützt.

So ist es mit einem, der mit seinen armen Worten daherkommt und dem anderen dartun will, daß er zu Unrecht traurig sei – und wo seht ihr, daß sich seine Stimmung gewandelt hätte? Oder daß er zu Unrecht eifersüchtig sei oder zu Unrecht liebe? Und wo seht ihr, daß der andere von der Liebe geheilt wäre? Die Worte suchen sich mit der Natur zu verschmelzen und sie mit fortzutragen. So sage ich »Gebirge« und nehme innerlich das Gebirge mit mir fort – das Gebirge mit seinen Hyänen, seinen Schakalen und seinen von Stille erfüllten Schluchten und seinem Aufstieg den Sternen entgegen, bis hinauf zu den Graten, die der Wind zerfrißt . . . Es ist aber nur ein Wort, dem man erst einen Inhalt geben muß. Und wenn ich Wall gesagt habe, muß ich auch diesem Wort einen Inhalt geben. Und die Geometer tragen etwas dazu bei und ebenso die Dichter und die Eroberer und das blasse Kind und die Mutter, die es den Wällen zu danken hat, wenn sie die Kohlenglut anblasen kann, um die abendliche Milch anzuwärmen, ohne daß sie dabei durch Mord und Plünderung gestört wird. Und wenn es mir auch möglich ist, über die Geometrie des Walles Überlegungen anzustellen – wie vermöchte ich das bei jenen Wällen, die meine Sprache nicht zu umschließen vermag? Denn was für das eine Sinnbild wahr ist, ist falsch für das andere.

Um mir die Stadt zu zeigen, führte man mich zuweilen auf den Gipfel eines Berges. »Schau sie an, unsere Stadt«, sagte man mir. Und ich bewunderte die Anordnung der Straßen und die

Anlage ihrer Wälle. »Hier«, sagte ich, »sieht man den Bienenkorb, in dem die Bienen schlafen. Beim Morgengrauen schwärmen sie in die Ebene aus und saugen dort ihre Vorräte. So bestellen die Menschen ihr Land und ernten. Und lange Reihen kleiner Esel bringen die Frucht ihrer Tagesarbeit zu den Speichern und Märkten und Lagerhäusern ... Die Stadt läßt ihre Menschen ausschwärmen, wenn es tagt; dann birgt sie sie wieder mit den Lasten und den Vorräten, die sie für den Winter ansammelten, in ihren Mauern. Der Mensch ist das Wesen, das erzeugt und verbraucht. Darum werde ich ihn fördern, indem ich vor allem seine Probleme studiere und den Ameisenhaufen verwalte.« Andere aber ließen mich den Fluß überqueren, um mir ihre Stadt zu zeigen, damit ich sie vom anderen Ufer aus bewunderte. So gewahrte ich ihre Häuser nun im Profil gegen den Glanz des Abendhimmels; die einen waren höher, die anderen niedriger, die einen klein, die anderen groß, und die Spitzen der Minarette klammerten sich wie Masten an den Dunst purpurner Wolken. Die Stadt offenbarte sich mir wie eine ausfahrende Flotte. Und ihre Wahrheit war nicht mehr eine ruhende Ordnung und eine Wahrheit des Geometers, sondern ein Ansturm des Menschen auf die Erde im großen Winde seiner Seefahrt. »Hier«, sagte ich, »zeigt sich der Stolz einer Eroberung, die ihre Bahn zieht. Ich werde Kapitäne an die Spitze meiner Städte stellen, denn die Freuden des Menschen erwachsen ihm vor allem aus der schöpferischen Tat und der mächtigen Lust am Abenteuer und am Siege.« Und es war das nicht mehr oder weniger wahr, sondern anders.

Manche führten mich jedoch hinter ihre Wälle, damit ich ihre Stadt von dort aus bewundern sollte, und geleiteten mich zunächst in den Tempel. Und ich trat ein, und die Stille und der Schatten und die Kühle umfingen mich. Da begann ich nachzusinnen. Und meine Betrachtung erschien mir wichtiger als Ernährung oder Eroberung. Denn ich hatte mich genährt, um zu leben, ich hatte gelebt, um zu erobern, und ich hatte erobert, um heimzukehren und nachzusinnen und zu verspüren, wie mein Herz in der Ruhe meines Schweigens an Weite gewann. »Hier«, sagte ich, »zeigt sich die Wahrheit des Menschen. Er existiert nur durch seine Seele. Ich werde Dichter und Priester an die Spitze meiner Stadt stellen. Und sie werden das Herz des Menschen sich entfalten lassen.« Und auch das war nicht mehr oder weniger wahr, sondern anders.

Und wenn ich jetzt in meiner Weisheit das Wort »Stadt« gebrauche, verwende ich es nicht, um Überlegungen anzustellen, sondern nur, um all das im einzelnen zu bezeichnen, womit sie mein Herz erfüllt und was mich meine Erfahrung von ihr gelehrt hat: meine Einsamkeit in ihren Gassen und die Austeilung des Brotes in ihren Häusern und die Herrlichkeit ihrer Silhouette in der Ebene und ihre Anlage, wie ich sie vom Gipfel des Berges bewunderte. Und manch andere Dinge, die ich nicht zu sagen vermag und die mir im Augenblick nicht in den Sinn kommen. Und wie sollte ich Worte für Überlegungen verwenden, da etwas, das für die eine Bezeichnung wahr ist, falsch ist für eine andere?

22

Vor allem aber erkannte ich, daß dem Erbgut der Menschen etwas Zwingendes innewohnt – jenem Erbgut, das sie einander von Geschlecht zu Geschlecht überliefern. Denn wenn ich in meiner schweigenden Liebe langsam durch die Straßen gehe, sehe ich jenes Mädchen, das mit seinem Bräutigam spricht und ihm voll zärtlicher Angst zulächelt, oder ein anderes, das die Heimkehr des Kriegers erwartet, oder einen, der Ergebung oder Gerechtigkeit predigt, oder einen anderen, der die Menge spaltet, der als Rächer aufsteht und die Verteidigung der Schwachen ergreift, oder auch jenen, der seine elfenbeinerne Figur schnitzt und sie wieder von neuem beginnt und sich Schritt für Schritt der Vollendung nähert, die in ihm ist. Dann betrachte ich meine Stadt, während sie in Schlaf sinkt und, gleich einer angeschlagenen Zimbel, die noch weiter klingt, einen ersterbenden Ton hören läßt; sie kommt zur Ruhe, als hätte die Sonne sie wie einen Bienenschwarm aufgestört: Nun naht der Abend, der die Flügel ermatten läßt und den Duft der Blumen erntet; so bleibt keine Spur mehr, die die

Bienen im Wehen der Winde zu leiten vermöchte. Ich sehe, wie die Lichter erlöschen und alle Feuer unter der Asche einschlummern, nachdem ein jeder seine Habe verwahrt hat: der eine seine Ernte, tief in der Scheuer, der andere seine Kinder, die auf der Schwelle spielten, dieser seinen Hund oder seinen Esel und jener sein Greisenstühlchen. Endlich ruht dann meine Stadt, gebändigt wie ein Feuer unter der Asche, und alle die Überlegungen, alle die Pläne, alle die Aufschwünge der Begeisterung, alle die Ängste, alle die Empfindungen des Herzens, die ergreifen oder verwerfen, alle die ungelösten Probleme, die auf ihre Lösung warten, alle die Haßgefühle, die nichts töten werden vorm neuen Tagesanbruch, alle die Regungen des Ehrgeizes, die vor dem Morgengrauen nichts entdecken werden, alle die Gebete, die den Menschen mit Gott verbanden und die über Nacht nutzlos wie Leitern im Schuppen stehenbleiben – all das ist vertagt und wie tot, aber nicht erloschen, denn dieses gewaltige Erbe, das im Augenblick zu nichts dient, ist nicht verloren, sondern aufgespart und auf ein neues Blatt übertragen; denn sobald die Sonne den Schwarm wieder aufstört, wird sie dieses Erbe zurückerstatten. Wenn dann ein jeder seine Suche, seine Freude, sein Leid, seinen Haß oder seinen Ehrgeiz wiederaufnehmen und mein Bienenvölkchen zu seinen Disteln und Lilien zurückkehren wird, fragte ich mich: Wie steht es um jene Speicher voller Bilder . . .?

Und gesetzt den Fall, ich hätte es mit einer noch unbeseelten Menschheit zu tun und sollte sie erziehen und unterrichten und mit den gleichen Regungen in ihrer tausendfältigen Mannigfaltigkeit erfüllen, so würde dazu die Brücke der Sprache bestimmt nicht ausreichen.

Denn gewiß verständigen wir uns, aber die Worte unserer Bücher enthalten keineswegs das Erbgut. Und wenn ich Kinder nehme und durcheinandermische und ein jedes von ihnen in einer willkürlich gewählten Richtung unterweise, werde ich einen Teil des Erbes verderben. So ist es mit meinem Heere, wenn sich nicht zwischen den einzelnen Soldaten jene fortlaufende Verbindung herstellt, die eine ununterbrochene Geschlechterfolge aus meinem Heere macht. Und sicherlich werden sie Weisungen von ihren Feldwebeln empfangen. Und sicherlich werden sie der Befehlsgewalt ihrer Hauptleute unterstehen. Die Worte jedoch, über welche die Sergeanten und die Hauptleute gebieten, reichen nicht als Gefäß aus, um Lebenserfahrungen vom einen auf den anderen zu übertragen, die sich nicht in Zahlen aufgliedern und in Formeln ausdrücken lassen. Und die nicht durch die Rede oder das Buch wiedergegeben werden können. Denn es handelt sich um innere Haltungen und besondere Gesichtspunkte und Widerstände und Aufschwünge und Verbindungssysteme zwischen den Gedanken und den Dingen . . . Und wenn ich sie erklären oder darlegen will, zerlege ich sie in ihre Bestandteile, und es bleibt nichts davon zurück. So steht es mit dem Landgut, das Liebe erweckt und von dem ich nichts ausgesagt hätte, wenn ich von Ziegen, Hammeln, Häusern und Bergen spräche, denn sein innerer Reichtum wird nicht durch das Wort, sondern durch die Liebe übertragen. Und von Liebe zu Liebe hinterlassen sie einander dieses Erbteil. Wenn ihr aber die Verbindung zwischen Generation und Generation nur ein einziges Mal unterbrecht, so stirbt diese Liebe. Und wenn ihr in eurem Heere die Verbindung zwischen den Älteren und den Jüngeren nur ein einziges Mal unterbrecht, ist euer Heer nur die Fassade eines leerstehenden Hauses, das beim ersten Stoß einstürzen wird. Und wenn ihr die Verbindung zwischen dem Müller und seinem Sohn unterbrecht, werdet ihr das kostbare Gut der Mühle und ihre Moral und ihre Inbrunst und die tausend Handreichungen verderben, die Worte nicht auszudrücken vermögen, und auch die tausend Haltungen, die sich von der Vernunft her schlecht rechtfertigen lassen, aber dennoch bestehen. Denn in den Dingen steckt mehr Klugheit verborgen als in den Worten – ihr aber verlangt, die Menschen sollten die Welt nur vom Lesen eines kleinen Buches her wieder aufbauen, dessen Bilder und Reflexe sich vor der Summe gelebter Erfahrungen als leer und unzureichend erweisen. Und ihr macht den Menschen zu einem Tier im Urzustand, denn ihr habt vergessen, daß die Menschheit in ihrer Entwicklung einem Baume gleicht; sie wächst und dauert vom einen durch den anderen hindurch fort, so wie die Lebenskraft des Baumes durch seine Knoten und Windungen und die Aufspaltungen seiner Zweige hindurch fortbesteht. Und wenn ich meine Stadt aus der Höhe betrachte, habe ich es mit einem großen Organismus zu tun und weiß nicht, was sterben heißt, denn hier und dort fallen die Blätter, hier und dort keimen Knospen, und trotzdem dauert der feste Stamm inmitten. Und durch jene einzelnen Übel wird nichts Entscheidendes verletzt, und du siehst, wie sich der Tempel weiter aufbaut, wie sich der Speicher weiter füllt und von Vorräten überfließt, wie das Gedicht an Schönheit gewinnt und der Brunnenrand immer glänzender wird. Trennst du aber die Generationen voneinander, so ist es, als wolltest du den Menschen selbst in der Mitte seines Lebens von neuem beginnen – als wolltest du all das auslöschen, was er wußte, fühlte, verstand, wünschte und fürchtete, und diese fleischgewordene Summe von Kenntnissen durch magere, aus einem Buche gewonnene Formeln ersetzen; auf solche Weise würdest du den ganzen Saft entfernen, der im Stamme aufstieg, und würdest den Menschen nur noch überliefern, was sich in einer Satzung niederlegen läßt. Und da das Wort verfälscht, um zu erfassen, da es vereinfacht, um zu belehren, und da es tötet, um zu begreifen, würden sie nicht mehr vom Leben genährt werden.

Ich aber sage: Es ist für ein Gemeinwesen gut und wichtig, die Entstehung von Geschlechterfolgen zu fördern. Und wenn meine Heilkundigen allein einer kleinen Gruppe entnommen würden, die jedoch über ein vollständiges Erbgut und nicht nur einige Worte verfügte, werden mir schließlich hervorragendere Heilkundige zu Gebote stehen, als wenn ich die Auslese auf mein ganzes Volk erstrecken und die Söhne von Müllern und Soldaten anwerben wollte. Und ich möchte nicht etwa die wirklichen Berufungen zu kurz kommen lassen, denn jener Stamm wird ein Inneres bilden, das fest genug ist, damit ich fremde Zweige daraufpfropfen kann. Und meine Geschlechterfolge wird die neuen Nährstoffe, die ihr die Berufungen zuführen, aufsaugen und in sich aufnehmen. Denn abermals wurde ich belehrt, daß Logik Leben tötet und daß sie nichts enthält, was auf ihrem eigenen Boden gewachsen ist . . .

Die Formelmacher aber haben sich über den Menschen getäuscht. Und sie haben die Formel, die nur der flache Schatten der Zeder ist, mit der Zeder in ihrer Ausdehnung, ihrem Gewicht, ihrer Farbe, ihrem Blattwerk und der Fracht ihrer Vögel verwechselt, was alles sich durch den schwachen Wind der Worte nicht ausdrücken und festhalten läßt . . .

Denn jene verwechseln die Formel, die bezeichnet, mit dem bezeichneten Gegenstand.

So gewahrte ich, daß es gefährlich und vergeblich ist, die Widersprüche auszuschließen. Solches antwortete ich meinen Generälen, die zu mir kamen, um von der Ordnung zu reden, aber die Ordnung, die Macht ist, mit der Aufstellung eines Museums verwechselten.

Denn ich erkläre, daß der Baum Ordnung ist. Ordnung aber ist hier die Einheit, die das Zusammenhanglose beherrscht. Denn der eine Zweig trägt ein Vogelnest und der andere keines. Dieser Zweig steigt zum Himmel empor, und jener neigt sich zur Erde. Meine Generäle aber werden von dem Bilde militärischer Paraden beherrscht, und so sagen sie, daß allein bei den Dingen, die sich nicht voneinander unterscheiden, Ordnung herrsche. Und wenn ich sie gewähren ließe, würden sie die heiligen Schriften, deren Ordnung auf der Weisheit Gottes beruht, dadurch verbessern, daß sie die Buchstaben, von denen ein jedes Kind sieht, daß sie alle durcheinandergemischt sind, in Ordnung brächten. So würden sie alle A und alle C aufreihen und hielten dann ein herrlich geordnetes Buch in Händen. Ein Buch für Generäle.

Wie könnten sie ertragen, was sich nicht formulieren läßt oder noch nicht Gestalt gewann oder einer anderen Wahrheit widerspricht? Wie sollten sie wissen, daß sich in einer Sprache, die sich in Formeln ausdrückt, ohne den Sinn zu erfassen, zwei Wahrheiten entgegenstehen können? Und daß ich vom Walde oder vom Landgut reden kann, ohne mich in Widersprüche zu verwickeln, obwohl mein Wald auf mehrere Güter übergreift, ohne ein einziges völlig zu bedecken, und mein Gut in mehrere Wälder hineinreicht, ohne einen einzigen völlig zu enthalten. Und das eine schließt das andere nicht aus. Lobpreisen aber meine Generäle die Güter, so schlagen sie den Dichtern, die den Wald besingen, den Kopf ab.

Denn einander widerstreiten bedeutet nicht das gleiche wie: sich in Widersprüche verwickeln, und ich erkenne nur eine einzige Ordnung an; sie beruht auf der Einheit, die die Bestandteile beherrscht. Und es kümmert mich wenig, ob das Material zusammenhanglos ist. Meine Ordnung besteht in der allgemeinen Zusammenarbeit, die sich mit Hilfe eines jeden einzelnen vollzieht, und diese Ordnung nötigt mich, schöpferisch zu sein. Sie zwingt mich, jene Sprache zu schaffen, die die Widersprüche auflösen wird. Und selber Leben ist. Man darf niemals verwerfen, um Ordnung zu schaffen. Verwerfe ich das Leben und reihe meine Stammesangehörigen wie Pfähle an einer Straße auf, so habe ich eine vollkommene Ordnung erreicht. Das gleiche tritt ein, wenn ich meine Untertanen auf das Dasein eines Termitenhaufens beschränke. Wie aber könnten mich die Termiten begeistern? Denn ich liebe den Menschen, den seine Religion erlöst und dem die Götter, die ich in ihm erwecke, Leben einhauchen; sie heißen: Heim, Gut, Reich, Gottesherrschaft, damit er sich ständig gegen etwas austauschen kann, was größer ist als er selber. Und warum sollte ich sie denn nicht sich untereinander streiten lassen, da mir bewußt ist, daß die Tat, die gelingt, aus all den Taten besteht, die ihr Ziel verfehlen, und daß der Mensch schaffen und nicht wiederholen muß, wenn er sich erheben soll! Denn wenn er wiederholt, geht es ihm nur um den Verbrauch der angesammelten Vorräte. Und schließlich weiß ich, daß alles – sogar die Gestalt des Schiffskiels – wachsen, leben und sich verwandeln muß, denn sonst ist es nur ein totes Museumsstück oder beruht auf Routine. Und ich unterscheide vor allem zwischen Fortdauer und Routine. Und ich unterscheide zwischen Beständigkeit und Tod. Weder die Beständigkeit der Zeder noch die Beständigkeit des Reiches beruhen auf Altersschwäche. »Gut so«, sagen meine Generäle, »infolgedessen wird es sich nicht mehr ändern.« Ich aber hasse die Seßhaften und nenne die vollendeten Städte schon gestorben.

23

Schlimm, wenn das Herz über die Seele obsiegt.

Wenn das Gefühl über den Geist obsiegt.

Ich bin in meinem Reiche gewahr geworden, daß es leichter ist, die Menschen durch das Gefühl als durch den Geist, der das Gefühl beherrscht, zusammenzuschweißen. Sicherlich ein Anzeichen dafür, daß der Geist Gefühl werden muß, daß es aber nicht in erster Linie auf das Gefühl ankommt.

So erkannte ich, daß man jenem seine Freiheit lassen muß, dessen Schöpfungen den Wünschen der Menge entgegenkommen. Denn das von ihm Erschaffene muß zum Wunsche der Menge werden. Die Menge muß vom Geist empfangen und das Empfangene in Gefühl verwandeln. Sie ist nur ein Bauch. Sie muß die Nahrung, die sie empfängt, in Anmut und Licht verwandeln.

Mein Nachbar hat die Welt gestaltet, weil er sie in seinem Herzen empfand. Und er ließ sein Volk zu einem Lobgesang werden. Doch nun fürchtete man in seinem Volke die Einsamkeit und die Wanderung im Gebirge, wenn es sich wie die Schleppe des Propheten unter den Füßen entfaltet; man fürchtete dort die Zwiesprache mit den Sternen und die eisige Frage und die Stille ringsumher und jene Stimme, die nur in der Stille spricht. Und einer, der von dorther zurückkehrt, ist von den Göttern genährt worden. Und er steigt ernst und ruhig wieder zu Tale und birgt seinen unbekannten Honig unter seinem Pilgermantel. Die allein aber werden Honig heimtragen, die das Recht haben, sich von der Menge zu entfernen. Und jener Honig wird immer bitter schmecken. Und jedes neue und fruchtbare Wort wird bitter schmecken, denn ich sagte es schon: Keiner hat je eine freudige Häutung gekannt. Und mit dem, was ich euch künde, ziehe ich euch aus eurer Haut wie aus einer Hülle, um euch der Schlange gleich mit einer neueren Haut zu bekleiden. Und so wird jener Gesang zu einem Hymnus werden, so wie ein Waldbrand durch einen Funken entsteht. Der Mensch aber, der diesen Gesang zurückweist, und die Menge, die dem einzelnen verwehrt, sich von ihr loszulösen und in die Berge zurückzuziehen, siehe, sie töten den Geist. Denn der

Raum des Geistes, dort, wo er seine Flügel öffnen kann, das ist die Stille.

24

Ich wurde bewogen, über die Dinge nachzudenken, die mehr verbrauchen, als sie einbringen. So steht es mit der Lüge der Staatsoberhäupter, denn auf dem Glauben an ihr Wort beruht die Wirksamkeit des Wortes und seiner Macht. Und so kann ich mit Hilfe der Lüge bedeutende Wirkungen erzielen. Ich stumpfe meine Waffe jedoch ab, während ich sie gebrauche. Und wenn ich zunächst auch über meinen Gegner obsiege, kommt doch die Stunde, in der ich ihm ohne Waffe werde gegenübertreten müssen.

So ist es mit einem, der seine Gedichte schreibt und dabei durch Mißachtung der anerkannten Regeln eindringliche Wirkungen erzielt. Denn es ist freilich auch eine Wirkung, wenn man ein Ärgernis erregt. Doch solch einer ist ein Übeltäter, denn um eines persönlichen Vorteils willen zerschlägt er das Gefäß, das einen gemeinschaftlichen Schatz birgt. Um sich selber auszudrücken, zerstört er die Ausdrucksmöglichkeiten der anderen; so gleicht er einem, der einen Wald in Brand setzt, um für seine eigene Beleuchtung zu sorgen. Und hernach bleibt den anderen nur noch die Asche. Und habe ich mich erst an die grammatikalischen Fehler gewöhnt, kann ich nicht einmal mehr Anstoß erregen und durch das Unerwartete fesseln. Ich kann mich aber auch nicht mehr in der Schönheit des früheren Stils ausdrücken, denn alle jene Zeichen, jenes Augenzwinkern, jenes stillschweigende Einverständnis, jene Regeln, die sich langsam herausbildeten und es mir ermöglichten, sogar meine feinsten Empfindungen zu übermitteln – alle diese Konventionen habe ich schon ihres Sinnes entkleidet. Ich habe mich dadurch ausgedrückt, daß ich mein Instrument verbrauchte. Und zugleich auch das Instrument der anderen.

So ist es auch mit der Ironie, die nicht dem Menschen, sondern dem Taugenichts eigen ist. Denn ich habe dadurch komische Effekte erzielt, daß ich meinen Statthalter, der eine große

Rolle spielt und allgemein geachtet ist, mit einem Esel verglich; und niemand hatte diese meine Keckheit erwartet. Es wird aber der Tag kommen, an dem ich Esel und Regierung in eine so enge Verbindung gebracht habe, daß ich niemanden mehr zum Lachen reize, wenn ich meine Binsenweisheit ausspreche. Und so habe ich eine geheiligte Ordnung, eine Aufstiegsmöglichkeit, fruchtbaren Ehrgeiz und ein Bild, das Größe erweckte, zugrunde gerichtet. Ich habe den Schatz verbraucht, von dem ich zehrte. Ich habe den Speicher geplündert und die Körner umhergestreut. Der Fehler, der Verrat bestand darin, daß es mir nur möglich war, mich meines Statthalters zu bedienen und ihn gleichzeitig zu vernichten, weil ihn andere zu dem gemacht hatten, was er war. Man gab mir eine Gelegenheit, mich auszudrücken. Ich habe sie dazu benutzt, sie zu zerstören. So übte ich Verrat.

Jener aber, der sich beim Schreiben streng an die Regeln hält und sein Werkzeug schmiedet, um das Gefährt nutzbar zu machen, schärft seine Waffe durch ihre Anwendung; so vermehrt er seine Vorräte im gleichen Maße, wie er sie verbraucht. Und einer, der trotz aller Schwierigkeiten und Bitternisse sein Volk kraft der Wahrheit seines Wortes beherrscht, stärkt die Bürgschaft seiner Macht im gleichen Maße, in dem er sich dieser Bürgschaft bedient, und so wird er letztlich im Kriege eine treuere Gefolgschaft finden. Und einer, der das Gefühl für Größe begründet, schmiedet sich das Werkzeug, das er morgen gebrauchen wird.

25

Ich ließ daher die Erzieher kommen und sagte ihnen:

– Ihr habt nicht den Auftrag, in den jungen Menschen den Menschen zu töten oder sie in Ameisen für das Leben im Ameisenhaufen zu verwandeln. Denn es kümmert mich wenig, ob der Mensch mehr oder minder glücklich ist. Es kommt mir darauf an, inwieweit er mehr oder weniger Mensch ist. Ich frage mich nicht in erster Linie, ob der Mensch glücklich sein wird oder nicht, sondern *welcher* Mensch glücklich sein wird.

Und ich mache mir nichts aus dem Überfluß der Seßhaften, die wie das Vieh im Stalle gemästet sind.

Ihr sollt sie nicht mit leeren Formeln, sondern mit Bildern erfüllen, die ein Gefüge mit sich führen. Ihr sollt sie nicht in erster Linie mit totem Wissen vollstopfen, sondern ihnen einen Stil heranbilden, damit sie die Dinge erfassen können. Ihr sollt ihre Eignung nicht allein nach der vermeintlichen Leichtigkeit beurteilen, die sie nach dieser oder jener Richtung besitzen. Denn der kommt am weitesten und hat den größten Erfolg, der sich am meisten mit sich selber abmüht. Darum sollt ihr euch vor allem um die Liebe kümmern.

Ihr sollt deshalb weniger beim Gebrauch der Dinge als vielmehr bei den Schöpfungen des Menschen verweilen, damit dieser treu und redlich sein Brett hobele – und so wird es ihm besser von der Hand gehen.

Ihr sollt die Ehrfurcht lehren, denn die Ironie ist dem Taugenichts eigen und läßt das Gesicht vergessen.

Ihr sollt gegen die Bande ankämpfen, die den Menschen mit den materiellen Gütern verknüpfen. Und ihr sollt in dem jungen Menschen den Menschen heranbilden, indem ihr ihn vor allem den Austausch lehrt, denn außerhalb des Austausches gibt es nur Verknöcherung.

Ihr sollt die Meditation lehren und das Gebet, denn durch sie wird die Seele weit. Und ebenso auch die ständige Betätigung der Liebe. Denn was vermöchte sie zu ersetzen? Und die Eigenliebe ist das Gegenteil der Liebe.

Ihr sollt vor allem die Lüge züchtigen und desgleichen die Zuträgerei, die gewiß dem Menschen und dem Anschein nach auch dem Gemeinwesen dienlich sein kann. Aber nur die Treue macht stark. Und es gibt nicht Treue nur auf einem Gebiete und nicht zugleich auf einem anderen. Einer, der treu ist, ist immer treu. Und der ist nicht treu, der seinen Arbeitskameraden verraten kann. Ich bedarf eines starken Gemeinwesens, und ich werde seine Stärke nicht auf die Fäulnis der Menschen gründen.

Ihr sollt die Freude an der Vollkommenheit lehren, denn jedes Werk ist ein Gang zu Gott und kann sich erst im Tode vollenden.

Ihr sollt nicht so sehr die Vergebung und die Nächstenliebe lehren. Denn sie könnten falsch verstanden werden und nur noch Achtung vor der Schmach oder dem Geschwür bedeuten. Ihr sollt aber die wunderbare Zusammenarbeit aller lehren, die sich an allen durch alle und durch jeden einzelnen vollzieht. Dann wird der Chirurg die Wüste durcheilen, nur um das Knie eines einfachen Arbeiters zu kurieren. Denn es geht dabei um *ein* Gefährt. Und sie haben alle beide den gleichen Lenker.

26

Mich beschäftigte vor allem das große Wunder der Häutung und der Wandlung des eigenen Wesens. Denn es befand sich ein Aussätziger in der Stadt.

– Hier ist der Abgrund, sagte mir mein Vater.

Und er führte mich in die Vorstädte an den Rand eines dürren und schmutzigen Feldes. Rings um das Feld war ein Zaun gezogen, und in der Mitte des Feldes stand ein niedriges Haus, in dem der Aussätzige wohnte; so war er von den Menschen abgeschnitten.

– Glaubst du, er werde seine Verzweiflung in den Wind hinausschreien? sagte mir mein Vater. Betrachte ihn, wenn er herauskommt, dann wirst du ihn gähnen sehen.

Er gähnt genauso, als wenn die Liebe in ihm erstorben wäre. Genauso, als wenn ihn die Verbannung zerstört hätte. Denn laß dir gesagt sein: Die Verbannung schmerzt nicht; sie verbraucht. Du nährst dich nur noch mit Träumen und würfelst ohne Einsatz. Es macht wenig aus, ob du im Überfluß lebst. Du bist nur noch König eines Schattenreiches.

– In der Notwendigkeit, sagte mir mein Vater, in ihr liegt das Heil. Du kannst nicht ohne Einsatz würfeln. Du kannst dich nicht an deinen Träumen sättigen; der Grund ist einfach der, daß sie nicht widerstehen. Die Heere sind enttäuschend, die die hohlen Träume des Jünglings durchziehen. Von Nutzen ist nur, was dir widersteht. Und das Unglück dieses Aussätzigen besteht nicht darin, daß er verfault, sondern daß ihm nichts widersteht. So ist er eingeschlossen und hockt auf seinen Vorräten.

Zuweilen kamen die Einwohner der Stadt, um ihn zu betrachten. Sie sammelten sich rings um das Lager wie Leute, die sich nach einer Bergbesteigung über den Krater des Vulkans beugen. Denn es macht sie schaudern, wenn sie hören, wie der Erdball unter ihren Füßen sein Aufstoßen vorbereitet. So scharten sie sich rings um das Viereck des Lagers wie um ein Geheimnis. Es gab aber gar kein Geheimnis.

– Laß dich nicht täuschen, sagte mir mein Vater. Male dir nicht aus, wie er verzweifelt; wie er schlaflos die Hände ringt und gegen Gott oder sich selber oder gegen die Menschen ergrimmt ist. Denn es ist nichts in ihm, was wächst, außer dem Mangel. Was könnte er mit den Menschen gemein haben? Seine Augen laufen ihm aus, und die Arme fallen wie Zweige von ihm ab. Und von der Stadt dringt nur noch der ferne Wagenlärm zu ihm. Das Leben speist ihn nur noch durch ein verschwommenes Schauspiel. Ein Schauspiel ist wertlos. Du kannst nur von dem leben, was du verwandelst. Du lebst nicht von den Dingen, die in dich hineingestellt werden wie in ein Warenlager. Und jener würde leben, wenn er ein Pferd peitschen und Steine tragen und beim Bau des Tempels mithelfen könnte. Ihm aber wird alles geschenkt.

Mittlerweile bildete sich ein Brauch heraus. Jeden Tag kamen die Einwohner, die sein Elend erschütterte, und warfen ihre Gaben über die Pfähle, die diese Grenze umstarrten. Und so wurde er wie ein Götterbild bedient und geschmückt und gekleidet und mit den besten Speisen beköstigt und an den Festtagen gar durch Musik geehrt. Und doch hatte ihn keiner nötig, obwohl er selber sie alle nötig hatte. Er verfügte über alle Güter, aber er hatte selber keine Güter zu bieten.

– So ist es auch mit den hölzernen Götzen, sagte mir mein Vater, die du mit Geschenken überhäufst. Vor ihnen brennen die Lämpchen der Gläubigen. Der Wohlgeruch der Opfergaben steigt gen Himmel. Und ihr Haar schmückt sich mit Edelsteinen. Aber ich sage dir: Nur die Menge, die dem Götzen ihre goldenen Armbänder und Edelsteine zuwirft, hat davon

Gewinn, der Holzgötze selber bleibt aus Holz. Denn er verwandelt nichts. Für den Baum besteht das Leben darin, daß er Erde nimmt und daraus Knospen formt.

Und ich sah, wie der Aussätzige aus seiner Höhle herauskam und seinen erstorbenen Blick über uns hin wandern ließ. Gegen jenes Geräusch, das ihm doch zu schmeicheln suchte, war er unempfindlicher als gegen das Rauschen des Meeres. Er war von uns abgelöst und fortan unerreichbar. Und wenn einer aus der Menge sein Mitleid bekundete, betrachtete er ihn voll unbestimmter Verachtung ... Er fühlte sich nicht mehr zugehörig. Er war angewidert durch ein Spiel, das keine Sicherheit bot. Denn was bedeutet ein Mitleid, das nicht auf die Arme nimmt, um in Schlaf zu wiegen? Und umgekehrt – wenn ihn noch animalische Regungen darüber Zorn empfinden ließen, daß er derart zum Schauspiel und zu einer Jahrmarktsfigur geworden war – so war das in Wahrheit kein tiefgehender Zorn, denn wir gehörten nicht mehr zu seiner Welt: wie Kinder um ein Bassin herumstehen, in dem ein einziger Karpfen langsam herumschwimmt – und was konnte uns andererseits sein Zorn bedeuten, denn was ist ein Zorn, der nicht zuschlagen kann und nur leere Worte in den Wind schickt, der sie davonträgt? So schien er mir durch seinen Überfluß entblößt zu sein. Und ich gedachte jener Aussätzigen in den Oasen des Südens, die in Befolgung der über den Aussatz ergangenen Gesetze die Almosen vom Pferde herunter erbettelten, wobei ihnen ein Absteigen verwehrt war. So reichten sie ihre an einem Stockende befestigte Schale hinunter. Und blickten starr und ohne zu sehen, denn für sie waren die glücklichen Gesichter nur Jagdgrund. Und warum hätte sie ein Glück auch nur erregen sollen, das ihrer Welt ebenso fern stand wie die stummen Spiele der kleinen Tiere auf der Waldwiese? So blickten sie kalten Auges vor sich hin, ohne zu sehen. Dann zogen sie langsam an den Krambuden vorüber und ließen an einem Strickende einen Korb vom Pferde herunter. Und warteten geduldig, bis ihn der Kaufmann gefüllt hatte. Es war eine Geduld, die Angst einflößte. Denn in ihrer Unbeweglichkeit schienen sie nur noch das langsame Wachstum der Krankheit zu verkörpern. In ihrer Taubheit waren sie Schmelztiegel und Retorten der Fäulnis. Sie waren nur noch Durchgangsstationen, Kampfplätze und Brutstätten des Übels. Was aber erwarteten sie eigentlich? Gar nichts.

Denn man erwartet nichts von sich selber, sondern nur von etwas anderem, das außerhalb des eigenen Ich liegt. Und je dürftiger deine Sprache ist, um so gröber sind die Bande, die dich mit den Menschen verbinden, um so weniger kannst du die Erwartung und die Langeweile kennenlernen.

Was aber auch hätten diese Menschen von uns erwarten können, die so völlig von uns abgeschnitten waren? Sie erwarteten nichts.

– Sieh doch, sagte mein Vater. Er kann nicht einmal mehr gähnen. Er hat sogar auf die Langeweile verzichtet, die die Erwartung der Menschen ist.

27

So wurde ich vor allem gewahr, daß sie unglücklich waren. Es wurde Nacht wie in einem Schiff, in dem Gott seine Passagiere ohne Kapitän einschließt. Und mir kam der Gedanke, die Menschen voneinander zu scheiden. Denn es war mein Wunsch, vor allem das Glück kennenzulernen.

Ich ließ die Glocken läuten: »Kommt hierher, die das Glück bis zum Rande füllt.« Denn man spürt das Glück innerlich wie eine Frucht, die von ihrem Geschmack voll ist. Und ich habe eine Frau gesehen, die sich ihre beiden Hände an die Brust drückte und sich wie erfüllt nach vorne beugte. Und so kamen sie also zu meiner Rechten.

»Kommt hierher«, sagte ich den Unglücklichen. Und ich ließ auch für sie die Glocken läuten. »Kommt zu meiner Linken«, sagte ich ihnen. Und als ich sie klar voneinander geschieden hatte, suchte ich zu verstehen. Und ich fragte mich: »Woher kommt das Übel?«

Denn ich glaube nicht an Arithmetik. Weder Leid noch

Freude lassen sich multiplizieren. Und wenn ein einziger in meinem Volke leidet, so ist mein Leid so groß wie das eines ganzen Volkes. Und zugleich ist es schlecht, daß er sich nicht opfert, um dem Volke zu dienen.

So ist es auch mit der Freude. Und wenn die Königstochter Hochzeit feiert, tanzt das ganze Volk. Es gleicht dem Baume, der seine Blüten bildet. Und ich beurteile den Baum nach seinen Knospen.

28

Weit erschien mir meine Einsamkeit. Stille und Langsamkeit verlangte ich für mein Volk. Und ich trank jenen Rückstand auf dem Grunde der Seele und jenes Mißbehagen auf dem Berge bis zur Bitternis. So gewahrte ich die abendlichen Lichter der Stadt zu meinen Füßen. Ich spürte den gewaltigen Ruf, der von ihr ausgeht, bis alle zusammengekommen sind, alle sich abgeschlossen haben, alle zueinandergelangt sind. Und so sah ich an jedem Fenster, das sein Licht löschte, wie sie ihr Haus versperrten, und wußte um ihre Liebe. Und auch um ihren Kummer: wenn sich die Liebe nicht austauscht gegen etwas, das weiter ist als die Liebe. Und die letzten erleuchteten Fenster zeigten die Kranken. Da waren zwei oder drei Krebskranke gleich brennenden Kerzen. Der Stern dort unten gehörte einem, der vielleicht noch mit seinem Werke rang und keinen Schlaf fand, bis er seine Garbe gebunden hatte. Und da gab es noch einige Fenster in grenzenloser Erwartung und ohne Hoffnung. Denn Gott hat seine Ernte eingebracht für den Tag, und es gibt manche, die niemals mehr in seine Scheuer gelangen werden.

Es waren dort einige, die vor der Nacht wie vor dem Meere auf Wache standen. Dort siehst du die Zeugen des Lebens im Angesicht des unergründlichen Meeres, sagte ich mir. Sie stehen auf Vorposten. Wir sind nur wenige, die über die Menschen wachen und denen die Sterne ihre Antwort schulden. Wir sind einige Aufrechte, die ihre Wahl für Gott getroffen haben. Wir tragen die Bürde der Stadt; wir sind wenige unter all den Seßhaften, und hart peitscht uns der eisige Wind, der wie ein kalter Mantel von den Sternen fällt.

Ihr Kapitäne, meine Gefährten, die Nacht ist hart, die hereinbricht. Denn die anderen, die schlafen, wissen nicht, daß das Leben nur aus Wandlungen und dem inneren Knirschen der Zeder und schmerzhafter Häutung besteht. Wir sind nur wenige, die für sie alle diese Last tragen, wir sind weniger an den Grenzen, die das Übel brennt und die langsam dem Tage entgegenrudern; die wie auf der Mastwache die Antwort auf ihre Frage erwarten und noch auf die Heimkehr der Braut hoffen . . .

Doch da wurde ich die schmale Grenze gewahr, die die Angst von der Inbrunst scheidet. Denn Angst und Inbrunst befallen die gleichen. Sie sind beide ein Gefühl des Raums und der Weite.

– Mit mir wachen allein die Geängstigten und die Inbrünstigen, sprach ich in meinem Herzen. Mögen die anderen denn schlafen: alle, die am Tage ihr Werk geschaffen haben und die nicht dazu berufen sind, auf Vorposten zu stehen . . .

In jener Nacht aber konnte die Stadt wegen eines Mannes, der beim Morgengrauen für ein Verbrechen büßen sollte, keinen Schlaf finden. Denn man hielt ihn für unschuldig. Und Streifen machten die Runde, die den Auftrag hatten, Ansammlungen zu verhindern, denn etwas trieb die Menschen aus ihren Wohnungen und hieß sie sich zusammenrotten.

Und ich sagte mir: »Diese Feuersbrunst wird durch das Leiden eines einzigen entfacht. Jener dort in seinem Gefängnis wird über ihnen allen wie eine Brandfackel geschwungen.«

Ich empfand das Bedürfnis, ihn kennenzulernen. Und ich begab mich zum Gefängnis. Ich sah, wie es sich schwarz und viereckig von den Sternen hob. Die Posten öffneten mir die Tore, die sich schwerfällig in den Angeln drehten. Die Mauern erschienen mir von ungewöhnlicher Dicke, und die Luken wurden durch Gitterstäbe geschützt. Und auch hier machten schwarze Posten in den Vorhallen und Höfen die Runde oder erhoben sich wie Nachttiere, als ich vorüberging. Überall saß Armeleutegeruch, und wenn man einen Schlüssel fallen ließ oder auf den Steinfliesen ging, erdröhnte ein tiefes Echo wie aus einer Totengruft. Und ich dachte: »Der Mensch muß wirklich gefährlich sein, wenn es nötig ist, dieses schwache Geschöpf, das in einer so dünnen Haut steckt und den ein Nagel das Leben kosten kann, durch solch ein Gebirge zu erdrükken.«

Und alle Schritte, die ich hörte, gingen über seinen Leib hinweg. Und all diese Mauern, diese Tore und Pfeiler lasteten auf ihm. »Er ist die Seele des Gefängnisses«, sagte ich mir, als ich an ihn dachte. »Er ist Mittelpunkt, Sinn und Wahrheit des Gefängnisses. Aber was für einen Anblick bietet er: Man sieht nur einen Haufen alter Kleider hinter den Gitterstäben, und vielleicht ist er sogar eingeschlafen und atmet schwer. Und doch bringt er, so, wie er ist, eine ganze Stadt in Gärung. Und wenn er sich nur von einer Wand zur anderen dreht, entsteht dieses Erdbeben.« Man öffnete mir das Guckloch, und ich betrachtete ihn. Ich wußte wohl, daß es hier etwas zu begreifen gab. Und ich sah ihn.

Und ich dachte: »Vielleicht hat er sich nichts anderes vorzuwerfen als seine Liebe zu den Menschen. Wer sich aber ein Haus baut, gibt diesem Haus eine Form. Und sicherlich kann jede Form erstrebenswert sein. Aber nicht alle zusammen. Sonst ist es kein Haus mehr.

Ein aus dem Stein gehauenes Gesicht besteht aus all den Gesichtern, die verworfen wurden. Sie alle können schön sein. Aber nicht alle zusammen. Gewiß ist sein Traum schön.

Wir befinden uns, er und ich, auf dem Grat des Gebirges. Er und ich, ganz allein. Wir stehen heute nacht auf dem Grate der Welt. Wir finden uns wieder und reichen einander die Hand. Denn in dieser Höhe steht nichts zwischen uns. Er wünscht die Gerechtigkeit nicht anders als ich. Und doch wird er sterben . . .« Ich litt in meinem Herzen.

Damit sich aber der Wunsch in Tat verwandele, damit die Kraft des Baumes in den Zweig eingehe, damit die Frau zur Mutter werde, bedarf es einer Wahl. Aus der Ungerechtigkeit der Wahl entsteht das Leben. Denn auch jene schöne Frau wurde von Tausenden geliebt. Und um zu *sein*, hat sie sie in die Verzweiflung gestürzt. Und immer ungerecht ist das, was ist.

Ich begriff, daß alles Erschaffene zuerst einmal grausam ist.

Ich schloß die Tür und schritt die Gänge entlang. Voller Achtung und Liebe: »Was hülfe es, wenn man ihn ein Sklavendasein führen ließe, da seine Größe in seinem Stolz besteht?« Und ich traf auf die Wachtposten, die Gefängniswärter, die Ausfeger, die bei Morgengrauen ans Werk gehen. Und all dieses Volk diente seinem Gefangenen. Und diese festen Mauern verwahrten ihren Gefangenen wie jene bröckelnden Ruinen, die durch den vergrabenen Schatz ihren Sinn erhalten. Und ich wandte mich noch einmal zum Gefängnis zurück. Sein Turm, der einer Krone glich, strebte den Gestirnen zu; es schien einem fahrenden Schiffe gleich mit seiner Ladung voller Inbrunst. Ich sagte mir: »Wer wird Sieger bleiben?« Und fern von mir, in der Nacht aufragend, nahm dieses Gefängnis sich aus wie der Schlund eines Pulverhorns.

Ich dachte an die Leute in der Stadt. »Gewiß werden sie ihn beweinen. Es ist aber auch gut, daß sie weinen.«

Denn ich sann über die Gesänge, die Gerüchte, die Betrachtungen nach, die in meinem Volke umgehen würden. »Sie werden ihn begraben.« Aber man begräbt nicht, dachte ich weiter. Was man begräbt, ist Samen. Ich habe keine Macht über das Leben, und eines Tages wird er recht behalten. Ich hänge ihn an einem Strick auf. Aber ich werde hören, wie sie seinen Tod besingen. Und dieser Ruf wird bei denen Widerhall finden, die versöhnen wollen, was sich aufspaltet. Aber was werde ich versöhnen?

Ich muß in der einen Ordnung aufgehen und nicht zugleich in einer anderen. Ich darf nicht die Seligkeit mit dem Tode verwechseln. Ich gehe auf die Seligkeit zu, darf aber nicht die Widersprüche zurückweisen. Ich muß sie in mich aufnehmen. Dieses ist gut, jenes ist schlecht: Ich hasse das Gemisch, das nur ein Sirup für Schwächlinge ist und sie verweichlicht, doch ich muß mich dadurch stärken und weiten, daß ich meinen Feind bejahe.

29

Nachdenklich betrachtete ich die Maske der Tänzerin. Und ihre zielstrebige, halsstarrige und überdrüssige Miene. Und ich sagte mir: In den großen Zeiten des Reiches war das eine Maske. Heute ist es nur Deckel einer leeren Schachtel. Es ist nichts Erhabenes mehr im Menschen. Es gibt keine Ungerechtigkeit mehr. Niemand leidet mehr für eine Sache. Und was ist eine Sache, die nicht leiden macht?

Er wünschte, etwas zu erlangen. Er hat es erlangt. Ist das nun für ihn das Glück? Das Glück war doch das Streben, das etwas zu erlangen suchte. Seht die Pflanze, die ihre Blüte bildet. Ist sie glücklich, weil sie die Blüte gebildet hat? Nein, sie ist nur vollendet. Und so bleibt ihr nichts mehr zu wünschen als der Tod. Denn ich kenne das Verlangen. Den Durst nach Arbeit. Die Freude am Gelingen. Und dann die Ruhe. Keiner aber lebt von der Ruhe, die nicht zur Speise taugt. Man darf die Speise nicht mit dem Ziel verwechseln. Jener dort ist am schnellsten gelaufen. Und er hat gewonnen. Er wird aber von seinem gewonnenen Lauf nicht leben können. Auch der andere nicht, der das Meer liebte, weil er einmal einen Sturm bezwang. Der Sturm, den er bezwingt, ist nur ein Stoß in seiner Schwimmbewegung. Und dieser verlangt nach einem weiteren Stoß. Und die Freude an der Bildung der Blüte, an der Bezwingung des Sturms und am Bau des Tempels unterscheidet sich von der Freude über den Besitz einer fertigen Blüte, über den bezwungenen Sturm, den errichteten Tempel. Die Hoffnung ist trügerisch, man könne in Inbrunst genießen, was man zunächst verdammte, und als Krieger seine Freuden aus den Freuden der Seßhaften schöpfen. Und doch kämpft der Krieger dem Anschein nach darum, das zu erlangen, was den Seßhaften nährt, aber er hat kein Recht, enttäuscht zu sein, wenn er danach selber seßhaft wird. Denn wenn euch einer sagt, die Befriedigung fliehe ewig vor dem Verlangen, so spricht keine echte Not aus ihm. Man täuscht sich dann nämlich über den Gegenstand des Verlangens. Du sagst, das Ziel, dem du nachjagst, entferne sich ständig von dir. Es ist das, als wenn sich der Baum beklagen wollte: Ich habe meine Blüte gebildet, könnte er sagen, und nun wird sie zum Samenkorn, und das Samenkorn wird zum Baum und der Baum abermals zur Blüte ... So hast du deinen Sturm bezwungen, und dein Sturm ist Ruhe geworden, aber die Ruhe ist nur Vorbereitung auf den neuen Sturm. Ich sage dir, es gibt keine göttliche Gnade, die es dir ersparte, zu *werden*. Du möchtest *sein*. Du wirst erst in Gott zum Sein gelangen. Er wird dich in seine Scheuer einbringen, wenn du langsam *geworden* bist, wenn du aus deinen Taten geformt wurdest, denn der Mensch, siehst du, bedarf einer langen Zeit für seine Geburt.

So haben sie ihren Inhalt verloren, weil sie zu besitzen und zu erlangen glaubten und auf ihrem Wege innehielten, um ihre Vorräte zu genießen, wie sie es nannten. In Wahrheit gibt es keine Vorräte. Ich weiß es, der ich mich so lange von den Frauenzimmern umgarnen ließ, denn es war mir bekannt, daß ich ihrer habhaft werden konnte, die man in irgendeinem fremden Lande aufzog und mit den erlesensten Duftstoffen salbte. Und diesen Taumel nannte ich Liebe. Und glaubte, vor Durst zu sterben, wenn ich sie nicht erlangte.

Dann gab die Brautfeier Anlaß zu rauschenden Festen, die für das ganze Volk durch die Religion der Liebe ihren Glanz erhielten. Und man leerte Blumenkörbe und sprengte Wohlgerüche aus und verbrannte Diamanten, die Schweiß und Leiden und Blut der Menschen gekostet hatten und die wie der Parfümtropfen, den man aus einem Karren voller Blumen gewinnt, aus der Menschenmenge hervorgegangen waren. So suchte sich ein jeder – ohne viel davon zu verstehen – in der Liebe zu verausgaben. Aber dann stand sie auf meiner Terrasse, die zarte Gefangene, die mit ihren Schleiern eine Beute des Windes war. Und ich, der Mann, der siegreiche Krieger, hielt endlich meinen Siegeslohn in Händen. Als ich ihr dann gegenüberstand, wurde ich plötzlich ganz ratlos ...

– Meine Taube, sagte ich, meine Turteltaube, meine langbeinige Gazelle ..., denn ich suchte sie, die Unfaßbare, mit den Worten zu fassen, die mir in den Sinn kamen! Wie Schnee war sie zerschmolzen. Denn ich empfing nicht das Geschenk, das ich erwartet hatte. Und ich rief: »Wo bist du?« Denn ich begegnete ihr nicht. Wo ist denn also die Grenze? Und ich wurde zum Wachtturm und zum Wall. Und Freudenfeuer brannten in meiner Stadt, um die Liebe zu feiern. Und ich allein in meiner schrecklichen Einöde sah sie hüllenlos vor mir schlafen. »Ich habe mich in der Beute geirrt, ich habe mich in meinem Laufe geirrt. Sie floh so schnell, und ich hielt sie fest, um sie zu fassen. Und als ich sie dann ergriffen hatte, war sie nicht mehr.« Sogleich aber sah ich meinen Irrtum ein. Ich war in den Lauf verliebt und so närrisch wie einer, der seinen Krug vollaufen ließ und ihn in den Schrank einschloß, weil er das Rauschen der Brunnen liebte . . .

Aber ich rühre dich nicht an – ich baue dich wie einen Tempel. Und ich baue dich im Lichte. Und dein Schweigen schließt die Fluren ein. Und ich vermag dich über mich und dich hinaus zu lieben. Und ich ersinne Lobgesänge, um deine Herrschaft zu feiern. Und deine Augen schließen sich wie die Lider der Welt. Und in deiner Müdigkeit halte ich dich wie eine Stadt umfangen. Du bist nur eine Stufe meines Aufstiegs zu Gott. Du bist dazu geschaffen, um verbrannt und verzehrt zu werden, nicht aber, um festzuhalten. Und so weinen sie bald wieder im Palast, und die Stadt bedeckt sich von neuem mit Asche, denn ich habe tausend Krieger gesammelt und bin mit ihnen durchs Stadttor in Richtung der Wüste gezogen, da ich keine Befriedigung finden konnte.

Der Schmerz eines einzigen, sagte ich dir, gilt soviel wie der Schmerz der Welt. Und die Liebe einer einzigen, mag sie noch so töricht sein, hält der Milchstraße und ihren Sternen die Waage. Und ich schließe dich in meine Arme wie den geschwungenen Bug meines Schiffes. So fahre ich hinaus in die hohe See: die furchtbare Schulter der Liebe . . .

Auf diese Weise lernte ich die Grenzen meines Reiches kennen. Diese Grenzen aber zeigten schon sein Wesen, denn ich liebe nur, was widersteht. Der Baum und vor allem der Mensch zeichnen sich beide dadurch aus, daß sie widerstehen. Und deswegen habe ich jene Reliefs halsstarriger Tänzerinnen mit den Deckeln leerer Kästen verglichen; sie waren Masken, als sie noch die Halsstarrigkeit und die innere Unordnung und die Dichtung, die Tochter der Zwietracht, bedeckten. Den liebe ich, der sich durch seinen Widerstand ausweist; der sich verschließt und schweigt; der sich hart erhält und in der Folter die Lippen zusammenpreßt, der der Folter widerstanden hat und der Liebe. Der es vorzieht, nicht zu lieben, und darin ungerecht ist. Ich liebe dich, der du wie ein dräuender Turm bist, den keiner je erobern wird . . .

Denn ich hasse die Leichtigkeit. Und der ist kein Mensch, der nicht widerstrebt. Sonst zählt er zum Ameisenhaufen, in den sich Gott nicht mehr einschreibt. Sonst ist er ein Mensch ohne Sauerteig. Und hier zeigt sich das Wunder, das mir in meinem Gefängnis vor Augen stand. Es ist stärker als du und ich, als wir alle, als meine Gefängniswärter und meine Zugbrücken und meine Wälle. Hier zeigt sich das Rätsel, das mich quälte; es ist das gleiche, das die Liebe aufgab, als ich jene Gefangene nackt und bezwungen in meinen Armen hielt. Größe des Menschen – und doch auch seine Kleinheit, denn ich weiß ihn groß in seinem Glauben, nicht aber im Stolze seiner Empörung.

30

Ich wurde gewahr, daß der Mensch nicht nur dann keine Beachtung verdient, wenn er sich nicht mehr aufzuopfern, nicht mehr den Versuchungen zu widerstehen und den Tod auf sich zu nehmen vermag – denn dann ist er gestaltlos geworden –, sondern daß er ebenso wertlos ist, wenn er in der Masse aufgeht, wenn er sich von ihr beherrschen läßt und sich ihren Gesetzen unterwirft. Denn so steht es mit dem Wildeber oder dem einsamen Elefanten oder dem Menschen auf seinem Berge, und die Masse muß einem jeden seine Stille lassen; in ihrem Haß darf sie ihn nicht herausreißen aus seinem Reiche, in dem er lebt wie die Zeder, wenn sie das Gebirge beherrscht.

Wenn da einer zu mir kommt mit seiner Sprache, um den Menschen durch die Logik seiner Darlegungen zu erfassen und auszudrücken, gemahnt er mich an ein Kind, das sich mit seinem Eimer und seiner Schaufel an den Fuß des Atlas begeben wollte und vorhätte, das Gebirge zu ergreifen und anderswohin zu tragen. Der Mensch ist das, was ist, nicht das, was sich ausdrücken läßt. Gewiß, ein jedes Bewußtsein hat zum Ziel, das auszudrücken, was ist; aber der Ausdruck ist ein schwieriges, langsames und umständliches Unterfangen – und es ist ein Irrtum, zu glauben, etwas existiere nicht, weil sich nichts darüber aussagen läßt. Denn Aussagen ist gleichbedeutend mit Wahrnehmen. Und der Teil im Menschen, der bislang gelernt hat, wahrzunehmen, ist nur schwach entwikkelt. Was ich eines Tages wahrnehme, hat auch schon am Tage zuvor existiert, und ich irre mich, wenn ich mir einbilde, das, was ich vom Menschen nicht ausdrücken kann, verdiene deswegen auch keine Beachtung. Denn das Gebirge drücke ich nicht aus, sondern bezeichne es. Ich verwechsle jedoch Bezeichnen mit Erfassen. Ich kann jemandem etwas bezeichnen, wenn er es bereits kennt. Wie vermöchte ich aber, ihm jenen Berg mit dem Steinschlag in seiner Gletscherspalte, mit dem Lawendel auf seinen Hängen und dem zackigen Gipfel unter den Sternen mitzuteilen, wenn er von alledem noch nichts wüßte?

Und ich weiß davon, sofern dieser Berg nicht einer geschleiften Festung oder einer steuerlosen Barke gleicht, die ich nach Belieben von ihrem Eisenring losbinden kann, um sie dorthin zu führen, wohin es mir gefällt, sondern wenn er mit den Gesetzen seiner inneren Schwerkraft und seiner Stille, die majestätischer ist als das schweigende Räderwerk der Sterne, ein wunderbares Dasein bildet.

So sah ich mich also jenem beherrschenden Gegensatz gegenüber: in meinem Herzen bewunderte ich den fügsamen Menschen, aber auch den unbezwingbaren Menschen, der zeigt, was er ist. Ich begriff das Problem, konnte es aber nicht in Worte fassen. Denn jene, die unter der härtesten Manneszucht stehen und auf ein Zeichen von mir in den Tod gehen, dieselben, die im Bannkreis meines Glaubens leben, die aber so gefestigt in ihrer Zucht sind, daß ich sie offen ins Gesicht schmähen kann, worauf sie sich wie folgsame Kinder unterwerfen – gerade sie zeigen die Härte des Stahls und heiligen

Zorn und Todesverachtung, wenn sie dem Abenteuer überlassen sind und auf Gegner stoßen.

Ich sah ein, daß es sich dabei nur um zwei Seiten des gleichen Menschen handelte. Denn einer, den wir wegen seiner unbeugsamen Härte bewundern; die Frau, die sich nicht bezwingen läßt und die fern, wie ein Schiff auf hoher See, in meinen Armen liegt; dieser dort, den ich einen Mann nenne, weil er nicht nachgibt, sich nicht abfindet, nicht kapituliert und nicht aus Geschicklichkeit oder Begehrlichkeit oder Überdruß einen Teil seines Wesens abstreift; jener, den ich unter einem Mühlstein zermalmen könnte, ohne das Öl seines Geheimnisses aus ihm herauszupressen; der andere, der einen harten Olivenkern im Herzen trägt, oder einer, von dem ich weiß, daß ihn weder die Masse noch ein Tyrann zu bezwingen vermöchten, da er innerlich zu einem Diamanten wurde – bei ihnen allen entdeckte ich auch das andere Gesicht. Und so waren sie ergeben und fügsam, ehrfürchtig, gläubig und voller Hingabe, weise Söhne einer geistigen Rasse, deren Tugenden sie bewahrten.

Die anderen aber, die ich frei nannte, die nur über sich selber bestimmen und in unerbittlicher Einsamkeit verharren – sie sind ohne Steuerung, da ihren Segeln der Wind fehlt, und ihre Widerstände sind stets nur Launen ohne Zusammenhang.

So hasse ich dieses Vieh, ich hasse den Menschen, der seine Substanz verloren hat und der kein inneres Vaterland mehr besitzt; und weder als Herr noch als Lehrmeister möchte ich mein Volk entmannen und in blinde und gehorsame Ameisen verwandeln: Ich habe eingesehen, daß ich die Menschen durch meinen Zwang zum Leben erwecken muß und erwecken kann, statt sie zu verderben, ich erkannte, daß ihre Sanftmut in meiner Kirche und ihr Gehorsam und der Beistand, den sie einander gewähren, keinem Bastard eigen sind, denn nur so können sie mir an den Grenzen meines Reiches zum Eckstein dienen. Ja, von dir selber hast du nichts zu erwarten, sondern nur von der wunderbaren Zusammenarbeit, bei der stets der eine auf den anderen angewiesen ist . . .

Auch ihn, den die Last der Wälle erdrückte und den meine Posten bewachten und den ich kreuzigen lassen könnte, ohne daß er seinem Glauben abschwören würde; der unter dem Schraubstock meiner Henker nur ein verächtliches Lachen zeigen würde – auch ihn sähe ich daher in falschem Lichte, wenn ich ihn als Empörer betrachten wollte. Denn seine Stärke kommt ihm von einer anderen Religion; er hat noch ein anderes, ein zärtliches Gesicht. Es gibt ein anderes Bild von ihm: Das zeigt einen Menschen, der treuherzig lächelnd mit den Händen auf den Knien dasitzt und zuhört, und es hat Brüste gegeben, die ihm ihre Milch spendeten. So steht es auch mit jener Gefangenen, die ich von meinem Kriegszuge heimbrachte und die im Käfig des Horizontes auf und ab wandert und sich nicht greifen und besitzen läßt und das Liebeswort nicht preisgibt, das man von ihr verlangt. Und die lediglich einem anderen Lande, einer anderen Feuersbrunst, einem fernen Stamme angehört und von ihrer Religion erfüllt ist. Und so kann ich sie nicht erreichen, außer durch die Bekehrung.

Jene vor allem hasse ich, die nicht *sind*: die Hundesöhne, die sich frei dünken, weil sie die Freiheit haben, ihre Ansicht zu wechseln und abtrünnig zu werden (und wie könnten sie wissen, daß sie abtrünnig werden, da sie ihre eigenen Richter sind?). Sie dünken sich frei, weil sie die Freiheit haben, zu betrügen und Meineide zu schwören und ihrem Glauben abzuschwören; und wenn sie Hunger haben, genügt es schon, daß ich ihnen ihren Trog zeige, um ihnen eine andere Meinung beizubringen.

Derart war die Nacht der Brautfeier, die Nacht des zum Tode Verurteilten. Und so war ich vom Gefühl der Existenz durchdrungen. Bewahrt eure Gestalt, seid beständig wie der Schiffssteven und verwandelt innerlich wie die Zeder, was ihr von draußen hereinholt! Ich bin der Rahmen und das Gerüst und der schöpferische Akt, der euch ins Leben ruft; wie der mächtige Baum, der seine eigenen – und keine fremden – Zweige entwickelt, der seine eigenen – und keine fremden – Nadeln und Blätter bildet, müßt ihr nun wachsen und Wurzeln schlagen . . .

Sie alle aber nenne ich Geschmeiß, die von fremden Taten leben und dadurch wie das Chamäleon ihre Färbung ändern, die dort lieben, wo sie ihre Geschenke empfangen, sich am Beifall erfreuen und sich selbst so beurteilen, wie sie sich im Spiegel der Massen erblicken. Denn sie lassen sich nirgends fassen; sie ruhen nicht verschlossen wie eine Zitadelle über ihren Schätzen; sie geben nicht von Geschlecht zu Geschlecht ihre Richtworte weiter, sie lassen ihre Kinder heranwachsen, ohne sie zu formen. Und überall in der Welt schießen sie wie die Pilze hoch.

31

Es kamen welche zu mir, um von der Bequemlichkeit zu reden, und ich gedachte meines Heeres. Denn ich wußte, wie sehr man sich abmüht, um im Leben zu einem Gleichgewicht zu gelangen, obwohl das Leben fern ist, wenn du das Gleichgewicht erreicht hast. Ich habe denn auch nicht zufällig Brautfeier gehalten, denn ich gedachte der Worte meines Vaters: »Du gestaltest ihnen ihre Landschaft, und diese wird schön, denn wenn du hier eine bestimmte Farbe liebst, würde sie dir gewiß nicht gefallen, wäre sie überall gleichförmig verteilt – in Wahrheit ergreifen dich ja nicht Gelb oder Grün oder Rot, sondern ihre Beziehungen zueinander.«

Und deswegen liebte ich den Krieg, der den Frieden erstrebt. Den Frieden mit seinem lauen und friedlichen Sande und seiner jungfräulichen, von Nattern erfüllten Wüste und jenen unbetretenen Stätten, die Zuflucht gewähren. Und ich habe viel über die Kinder nachgedacht, die mit ihren weißen Kieseln spielen und sie verwandeln: Sieh doch, sagen sie, dort marschiert ein Heer und dort sind die Herden. Der Vorübergehende aber, der nur Steine sieht, weiß nichts vom Reichtum ihrer Herzen. Ich dachte auch an jenen, der sein Leben mit der Morgenröte beginnt und sich unter dem Strahl der eisigen Sonne im kalten Wasser badet, um sich sodann im Lichte der ersten Tagesstunden zu wärmen. Oder es kam mir auch noch ein anderer in den Sinn, der zum Brunnen geht, wenn er Durst hat, und selber die knirschenden Seile zieht und den schweren

Eimer auf den Brunnenrand hinaufhebt und so den Gesang des Wassers mit all seinen kreischenden Tönen kennenlernt. Sein Durst hat seinen Gang und seine Arme und Augen mit Bedeutung erfüllt, und der Weg dieses durstigen Menschen zu seinem Brunnen gleicht einem Gedicht. Andere aber geben ihrem Sklaven ein Zeichen, und der Sklave führt ihnen das Wasser zum Munde, und so lernen sie seinen Gesang nicht kennen. Ihre Bequemlichkeit ist nichts als Mangel. Sie glauben nicht an das Leid, und die Freude hat nichts von ihnen wissen wollen.

So habe ich jenen bemerkt, der Musik hört und nicht das Bedürfnis verspürt, in sie einzudringen. Er läßt sich wie auf einer Sänfte in die Musik hineintragen und will ihr nicht entgegenschreiten; er verzichtet auf die Frucht, deren Schale bitter ist. Ich aber sage: Es gibt keine Frucht ohne Schale. Und ihr verwechselt das Glück mit eurem eigenen Mangel. Denn ein Reicher ist nicht dazu da, aus seinem Reichtum Vorteil zu ziehen; solcher Reichtum ist eitel. Und von den Gipfeln der Berge erschließt sich dir keine Landschaft, wenn du nicht ihre Hänge erklommen hast, denn die Landschaft ist nicht in erster Linie Anblick, sondern Beherrschung. Und wenn man dich in der Sänfte dort hinaufgetragen hat, siehst du nur ein Nebeneinander mehr oder weniger abgeschmackter Gegenstände, wie aber vermöchtest du sie durch deine eigene Substanz zu verdichten? Denn für einen, der die Arme befriedigt über der Brust kreuzt, ist die Landschaft eine Mischung von Atemzügen und Erholung der Muskeln nach der Anstrengung, wozu sich das Blauen des Abends gesellt. Sie besteht auch aus Befriedigung über die geschaffene Ordnung, denn ein jeder seiner Schritte hat jene Flüsse ein wenig ausgerichtet, jene Gipfel geordnet und den Kies auf der Dorfstraße fester getreten. Diese Landschaft ist aus ihm geboren, und die Freude, die wir an ihm gewahren, ist die Freude des Kindes, das seine Steine aufgereiht und seine Stadt gebaut hat, das sich an ihr begeistert und sie mit seinem Wesen erfüllt. Aber welches Kind wäre glücklich beim Anblick eines Steinhaufens, der nur ein müheloses Schauspiel ist?

Ich habe sie gesehen, die an Durst litten – Durst, diese Eifersucht auf das Wasser, die schwerer zu ertragen ist als eine Krankheit. Denn der Körper kennt seine Medizin; er verlangt danach, wie er nach einer Frau verlangen würde, und sieht im Traum die anderen trinken. So siehst du die Frau, die den anderen zulächelt. Nichts ist sinnvoll, wenn ich nicht meinen Leib und Geist hineingemischt habe. Es entsteht kein Abenteuer, wenn ich mich nicht einsetze. Wenn meine Sternseher die Milchstraße betrachten, lassen die Nächte, die sie mit ihren Forschungen verbracht haben, sie das große Buch entdecken, dessen Seiten herrlich knistern, wenn man sie umwendet; so beten sie Gott an, weil er die Welt mit solch einem Inhalt erfüllte, der das Herz ergreift.

Ich sage euch: Nur um einer anderen Anstrengung willen habt ihr das Recht, eine Anstrengung zu vermeiden, denn ihr sollt wachsen.

32

In jenem Jahr starb der Herrscher, der im Osten meines Reiches gebot. Ich hatte hart gegen ihn gekämpft, und nach allem Streit erkannte ich, daß ich mich gegen ihn wie gegen eine Mauer stützte. Ich gedenke noch unserer Begegnungen. In der Wüste, die ihre Leere bewahrte, schlug man ein purpurnes Zelt auf. Und wir traten beide in dieses Zelt ein, während unsere Heere sich abseits hielten, denn es ist nicht gut, wenn sich die Menschen vermischen. Die Menge lebt nur ihrem Bauch. Und alle Vergoldung blättert ab. So betrachteten sie uns argwöhnisch; sie vertrauten auf die Bürgschaft ihrer Waffen und ließen sich nicht durch eine billige Rührung übermannen. Denn mein Vater war im Recht, wenn er sagte: »Begegne dem Menschen nicht auf der Oberfläche, sondern im siebenten Stockwerk seiner Seele, seines Herzens und seines Geistes! Wenn ihr einander in euren gemeinsten Regungen nachspürt, werdet ihr nur nutzlos Blut vergießen.«

Ich hatte sein Wort verstanden, und so trat ich dem anderen entblößt und hinter dem dreifachen Wall meiner Einsamkeit entgegen. Wir setzten uns auf dem Sand einander gegenüber.

Ich weiß nicht, ob er oder ich damals mächtiger war. In dieser geheiligten Einsamkeit wurde jedoch unsere Macht zum Maß. Denn unsere Gebärden erschütterten den Erdball, doch wir wogen sie ab. Wir verhandelten damals über Viehweiden. Er sagte: »Ich habe fünfundzwanzig Tiere, die eingehen. Bei dir hat es geregnet.« Ich konnte aber nicht dulden, daß sie ihre fremden Gebräuche und den Zweifel, der zur Fäulnis führt, bei uns einschleppten. Wie hätte ich jene Hirten, die einer anderen Welt angehörten, in meinem Lande empfangen können? Und ich antwortete ihm: »Bei mir sind fünfundzwanzigtausend Kinder, die ihre eigenen und keine fremden Gebete lernen müssen, denn sonst werden sie keine Gestalt gewinnen.« . . . So entschieden die Waffen über unsere Völker. Und wir glichen Ebbe und Flut, die kommen und gehen. Und wenn einer von uns vorrückte, obwohl sich ihm der andere mit seiner ganzen Kraft entgegenstemmte, so hieß das, daß wir unseren Höhepunkt überschritten hatten, da unser Feind durch seine Niederlage gestählt worden war: Du hast mich besiegt; ich bin dadurch stärker geworden.

Ich mißachtete nicht etwa seine Größe. Oder die hängenden Gärten seiner Hauptstadt. Oder die Parfüme seiner Kaufleute. Oder die feinen Goldarbeiten seiner Goldschmiede. Oder die großen Wehre seiner Gewässer. Der niedrige Mensch hat die Verachtung erfunden, da seine Wahrheit die anderen ausschließt. Wir aber, die wir wußten, daß die Wahrheiten nebeneinander bestehen, wir meinten uns nichts zu vergeben, wenn wir die Wahrheit des anderen anerkannten, obwohl sie uns selber als Irrtum galt. Soweit mir bekannt ist, verachtet der Apfelbaum nicht die Rebe oder die Palme oder die Zeder. Ein jeder Baum härtet sich nur, soweit es in seinen Kräften steht, und vermischt nicht seine Wurzeln. Und so bewahrt er Wesen und Gestalt, denn das sind unschätzbare Güter, die man nicht verkümmern lassen darf. – Der wirkliche Austausch, sagte er mir, besteht in dem Parfümkästchen oder dem Samenkorn oder jenem Geschenk aus gelbem Zedernholz, das dein Haus mit dem Dufte des meinen erfüllt. Er zeigt sich auch in dem Schlachtruf, der aus meinen Bergen zu dir dringt oder dir durch einen meiner Abgesandten überbracht wird, sofern dieser lange erzogen und geformt und gehärtet wurde und dich zugleich ablehnt und bejaht. Denn auf deinen niederen Stufen lehnt er dich ab. Er trifft sich aber dort mit dir, wo der Mensch über seinen Haß hinaus ist und für den anderen Achtung empfindet. Die Achtung, die dir ein Feind bezeigt, ist die einzige Achtung, die etwas taugt. Und die Achtung, die dir die Freunde entgegenbringen, ist nur dann von Wert, wenn sie über deren Erkenntlichkeit und Dankesbekundungen und niedrige Regungen erhaben ist. Wenn du für deinen Freund stirbst, untersage ich dir, darüber Rührung zu empfinden ... So würde ich lügen, wenn ich sagte, daß ich in ihm einen Freund besaß. Und doch begegneten wir uns mit tiefer Freude, aber hier versagen die Worte, weil die Menschen gewöhnlich sind. Die Freude galt nicht ihnen, sondern Gott. Er war ein Weg zu Gott. Unsere Begegnungen waren Schlußsteine eines Gewölbes. Und wir hatten einander nichts zu sagen.

Möge mir Gott verzeihen, daß ich weinte, als er starb.

Die Unvollkommenheit meiner Trauer kannte ich wohl. Wenn ich weine, sagte ich mir, bedeutet das, daß ich noch nicht rein genug bin. Und ich malte mir aus, wie er, hätte er meinen Tod erfahren, lediglich in die Nacht eingetreten wäre, die dann für ein Land anbrach. Und jene große Umwälzung der Welt hätte er mit den gleichen Augen betrachtet wie einen Sonnenuntergang. Oder wie ein Ertrinkender, wenn sich die Welt unter dem schlafenden Spiegel des Wassers wandelt. »Herr«, hätte er zu seinem Gott gesagt, »es wird Nacht und es wird Tag, wie es dein Wille ist. Aber was ist jener gebundenen Garbe, jener Epoche, die sich vollendet hat, verlorengegangen? Ich habe gelebt.« Und so hätte er mich in seine unergründliche Ruhe eingeschlossen. Ich aber war nicht rein genug, und meine Freude an der Ewigkeit reichte noch nicht aus. Und wie die Frauen befiel mich jene oberflächliche Schwermut, die mich überkommt, wenn der Abendwind die Rosen meiner blühenden Gärten welken läßt. Denn er läßt mich in meinen Rosen welken. Und ich fühle mich in ihnen sterben.

Im Laufe meines Lebens hatte ich meine Hauptleute begraben, meine Minister abgesetzt, meine Frauen verloren. So wie die Schlange ihre Häute zurückläßt, hatte ich hundert Bilder meines Wesens zurückgelassen. Aber wie die Sonne wieder aufgeht, die Maß und Uhr des Tages ist, oder wie der Sommer wiederkehrt, der die Schwankungen des Jahres ausgleicht, hatten währenddessen meine Kriegsleute von Begegnung zu Begegnung, von Vertrag zu neuem Vertrag das leere Zelt in der Wüste aufgeschlagen. Und wir traten beide hinein. Und so vollzog sich der feierliche Brauch, und es kam zu jenem pergamentenen Lächeln, und jene Ruhe umfing uns, die dem Tode benachbart ist. Und das Schweigen, das nicht vom Menschen, sondern von Gott stammt.

Nun aber blieb ich allein zurück; ich trug die Verantwortung für meine ganze Vergangenheit, war aber ohne einen Zeugen, der mich leben gesehen hatte. Da waren alle jene Gebärden, bei denen ich es verschmäht hatte, sie meinem Volke zu erklären, die jedoch mein Nachbar im Osten verstand; da waren alle jene inneren Wallungen, von denen ich kein Aufhebens gemacht hatte, die er jedoch in seinem Schweigen erriet. Da waren all die Verantwortlichkeiten, die mich erdrückt hatten und von denen keiner etwas ahnte – und es war gut, daß sie an mein freies Schalten glaubten –, die er, mein Nachbar im Osten, jedoch abwog; niemals hatte er dabei Mitleid gezeigt, er war weit darüber hinaus, weit darüber erhaben und hatte anders als ich selbst geurteilt: So war er im purpurnen Sand eingeschlafen und hatte den Sand wie ein Bahrtuch, das seiner würdig war, an sich herangezogen; nun war er verstummt, nun hatte er jenes schwermütige und gotterfüllte Lächeln angenommen, das sich damit abfindet, daß die Garbe gebunden ist, während sich das Auge ihrem Vorrat verschließt. Welch eine Selbstsucht lag doch in meiner Bestürzung! In einer Schwäche hatte ich der Flugbahn meines Geschicks eine Bedeutung zugemessen, die ihr nicht zukam; ich hatte das Reich nach meinen Maßen gemessen, statt selber im Reiche aufzugehen, und so war ich gewahr geworden, daß mein persönliches Leben diesen Gipfel gleichsam als das Ziel einer Reise erreicht hatte.

In jener Nacht erkannte ich die Wasserscheide meines Lebens; ich stieg den einen Hang hinunter, nachdem ich den anderen langsam erklommen hatte; ich erkannte niemanden mehr und war zum ersten Male ein Greis, der keine vertrauten

Gesichter mehr um sich sieht; ich war allen gegenüber gleichgültig, da ich mir selber gleichgültig geworden war: Alle meine Hauptleute, alle meine Frauen, alle meine Feinde und vielleicht meinen einzigen Freund hatte ich ja auf dem anderen Hang zurückgelassen – fortan war ich einsam in einer Welt, die von mir unbekannten Völkerschaften bewohnt wurde.

Aber hier bekam ich mich wieder in die Hand. Ich habe meine letzte Hülle gesprengt, dachte ich, und vielleicht werde ich jetzt rein werden. Ich war nicht so groß, da ich mich betrachtete. Und diese Prüfung war mir auferlegt worden, weil ich erschlafft war. Denn ich brüstete mich mit den niedrigen Regungen meines Herzens. Meinem toten Freunde aber würde ich den Platz einräumen, der seiner Majestät gebührte, ohne ihn zu beweinen: Er hat gelebt – das ist alles. Und der Sand wird mir reicher erscheinen, weil ich ihn so oft inmitten dieser Wüste lächeln sah. Und das Lächeln aller Menschen wird für mich um dieses besondere Lächeln vermehrt werden. Ein jedes Lächeln wird durch dieses besondere Lächeln reicher werden. Denn ich werde im Menschen die Umrisse sehen, die kein Steinmetz aus seinem Stein herauszuholen wußte; mit Hilfe dieses Steines werde ich aber das Gesicht des Menschen besser erkennen, da ich einen Menschen betrachtete und ihm voll in die Augen sah.

So steige ich wieder von meinem Berge herab: Fürchte dich nicht, mein Volk, ich habe den Faden wieder geknüpft. Es war schlimm, daß ich dafür eines Menschen bedurfte. Die Hand, die mich heilte und die meine Naht wieder schloß, ist vergangen, aber die Naht ist geblieben. Ich steige wieder von meinem Berge herab und begegne den Schafen und Lämmern auf meinem Wege. Ich streichle sie. Ich bin allein auf der Welt vor Gott; doch wenn ich jene Lämmer streichle, die die Quellen des Herzens öffnen, begegne ich nicht nur diesen Lämmern hier, sondern durch sie hindurch der Schwäche der Menschen: So finde ich euch wieder.

Den anderen aber habe ich in seine Herrschaft eingesetzt, und er hat niemals besser regiert. Ich habe ihn in die Herrschaft seines Todes eingesetzt. Und Jahr für Jahr schlägt man in der Wüste ein Zelt auf, während mein Volk betet. Meine

Heere stützen sich auf ihre Waffen, ihre Flinten sind geladen, die Reiter machen die Runde, um für Ruhe und Ordnung in der Wüste zu sorgen, und wenn sich einer in dieses Gebiet hineinwagt, schlägt man ihm den Kopf ab. Und ich gehe allein auf das Zelt zu. Und ich schlage seinen Vorhang zurück und trete ein und setze mich nieder. Und es wird Stille auf Erden.

33

Mich plagt jetzt ein dumpfer Schmerz in meinen Eingeweiden, den die Ärzte nicht zu heilen vermögen; ich bin wie ein Baum im Wald, an den der Holzfäller die Axt gelegt hat, und Gott wird auch mich bald wie einen alten Turm niederreißen; mein Erwachen gleicht nicht mehr dem Erwachen des Zwanzigjährigen und führt nicht zu einer Entspannung der Muskeln und einem luftigen Fluge des Geistes – doch habe ich meinen Trost gefunden. Er besteht darin, daß ich nicht unter den Ankündigungen leide, die sich in meinem Körper ausbreiten, daß ich mich nicht durch jene kleinlichen, auf meine Person beschränkten Leiden beeindrucken lasse, denen die Geschichtsschreiber meines Reiches nicht einmal drei Zeilen widmen werden; denn es kommt nicht darauf an, ob mein Zahn wackelt und ob man ihn ausreißt, und es wäre recht kläglich, wenn ich hierfür das geringste Mitleid erwarten wollte. Vielmehr steigt mir der Zorn hoch, wenn ich daran denke. Denn sie betreffen das Gefäß, diese Risse in der Hülle, und nicht den Inhalt. Und man erzählt mir, mein Nachbar im Osten habe nichts von seiner Würde eingebüßt, als ihn der Schlag rührte, als seine eine Seite kalt und leblos wurde und er diesen siamesischen Zwilling, der nicht mehr lachte, mit sich herumtrug; er habe sogar diese Lehrzeit aufs beste bestanden. Und wenn ihn jemand wegen seiner Seelenstärke beglückwünschte, antwortete er verächtlich, man täusche sich über seine Person und solle sich doch lieber solche Komplimente für die Krämer in der Stadt aufsparen. Denn ein Herrscher ist nur ein lächerlicher Usurpator, wenn er nicht zuerst seinen eigenen Körper beherrschen kann. Es liegt für mich keine Erniedrigung darin, aber gewiß ist es mir eine tiefe Freude, daß ich mich heute ein wenig besser über meine Leiden erheben kann.

O Alter des Menschen! Gewiß erkenne ich niemand auf dem anderen Hang des Berges. Das Bild meines toten Freundes erfüllt mein Herz. Und indes ich die Dörfer mit Augen betrachte, die anfangs ausgetrocknet waren vor Trauer, warte ich darauf, daß mich die Liebe gleich einer Flutwelle zurückholt.

34

Wiederum betrachtete ich die Stadt, wie sie am Abend ihre Lichter anzündete. Mit den verborgen glimmenden Lampen, die von innen die Häuser erhellten, zeigte sie ein weißes, zuweilen bläuliches Gesicht. Ich sah die Anordnung ihrer Gassen und spürte, wie sich die Stille einstellte, denn es wurde in ihr so still wie auf den Felsen des Meeresgrundes. Und ich bewunderte die Anlage ihrer Straßen und Plätze, auf denen sich hier und dort wie Speicher des Geistes die Tempel erhoben, und blickte auf das dunkle Kleid der Hügel, das sie umschloß. Und obwohl die Stadt so in ihrem Fleische stand, trat mir das Bild einer vertrockneten, von ihren Wurzeln abgeschnittenen Pflanze vor Augen. Ich sah leere Speicher vor mir. Da war kein lebendiges Wesen mehr, bei dem jeder Teil mit dem anderen zusammenklang; da war kein Herz mehr, das das Blut sammelte, um es in den ganzen Körper zu pumpen; es gab nicht mehr einen einzigen Leib, der an den Festtagen zu gemeinsamer Freude fähig war und ein einziges Lager zu bilden vermochte. Es gab nur noch Schmarotzer, die sich in fremden Gehäusen eingenistet hatten; ein jeder legte in seinem Gefängnis die Hände in den Schoß, und keiner arbeitete mit dem anderen zusammen. Es war nicht mehr eine Stadt, sondern die leere Hülle einer Stadt; sie war mit Toten angefüllt, die zu leben glaubten. Ich sagte mir: Hier ist ein Baum, der verdorren wird. Hier ist eine Frucht, die faulen wird. Hier ist der Kadaver einer Schildkröte unter ihrem Panzer. Und ich erkannte, daß es galt, meine Stadt wieder mit Saft zu schwellen. Es galt, alle ihre Zweige an den nährenden Stamm anzuschließen. Es galt, die

Speicher und Zisternen mit einem Vorrat an Stille zu versehen. Und ich selber war hierfür auserwählt: wer sonst hätte die Menschen lieben sollen?

35

So war es auch mit der Musik, die ich hörte. Und die sie nicht verstehen konnten. Und mich beschäftigte dieser einfache Widerspruch: Entweder läßt du sie die Lieder hören, die sie verstehen – dann entwickelt sich ihr Geist nicht –, oder du lehrst sie eine Wissenschaft, die sie nicht verstehen: Dann haben sie keinen Gewinn davon. Entweder beschränkst du sie auf die Gebräuche, die seit tausend Jahren die ihren sind, und es wächst kein Baum in ihnen, der neue Früchte und Blüten hervortreibt – statt dessen aber finden sie Ruhe im Gebet, Weisheit und Schlaf in Gott –, oder du schreitest der Zukunft entgegen: dann wirfst du sie durcheinander, störst sie auf und zwingst sie, ihre Gebräuche zu ändern, und wirst bald nur noch eine Herde von Emigranten führen, die all ihr Erbgut verloren haben. Ein Heer, das ständig sein Lager aufschlägt, jedoch nirgends festen Fuß faßt.

Aber jeder Aufstieg ist schmerzlich. Eine jede Wandlung bringt Leiden mit sich. Und ich dringe nicht in jene Musik ein, wenn ich sie nicht durchlitten habe. Denn sie ist gewiß die eigentliche Frucht meines Leides, und ich glaube nicht an die Menschen, die sich an den von anderen für sie aufgehäuften Vorräten erfreuen. Ich glaube nicht, daß es genügt, Kinder mit Konzerten und Gedichten und Reden zu füttern, um sie an der Seligkeit und der großen Trunkenheit der Liebe teilhaben zu lassen. Denn der Mensch ist gewiß für die Liebe geboren, aber auch für das Leid. Und für die Langeweile. Und für die Verdrießlichkeit und für schlechte Laune, gleich einem Regenhimmel. Und auch jene, die ein Gedicht zu genießen verstehen, erfüllt nur die Freude am Gedicht, denn sonst würden sie sich niemals traurig zeigen. Sie würden sich in das Gedicht einschließen und jubilieren. Und die Menschheit würde sich in das Gedicht einschließen und jubilieren, ohne etwas Neues hervorzubringen. Aber der Mensch ist so beschaffen, daß ihn nur das erfreut, was er gestaltet. Und damit er das Gedicht genießen kann, muß er zunächst den Aufstieg des Gedichtes bezwingen. Doch ebenso wie sich die Landschaft, die sich von den Gipfeln der Berge aus erschließt, schnell abnutzt im Herzen; wie sie nur dann Sinn erhält, wenn sie sich aus der Erschöpfung aufbaut und auf einer bestimmten Verfassung der Muskeln beruht; wie dich die gleiche Landschaft bald wieder gähnen macht und dir nichts mehr zu bieten hat, wenn du ausgeruht und marschlustig bist – so verhält es sich auch mit dem Gedicht, das aus deiner Anstrengung hervorging. Denn selbst das Gedicht eines anderen ist nur die Frucht deiner Anstrengung, deines inneren Aufstiegs, und die Speicher bilden nur Seßhafte heran, denen kein menschlicher Wert innewohnt. Ich kann nicht über die Liebe wie über einen Vorrat verfügen: sie ist vor allem Betätigung meines Herzens. Und es wundert mich nicht, daß so viele nichts vom Landgut, vom Gedicht oder von der Musik verstehen und davor sitzen und sagen: »Was ist denn schon darin enthalten? Nur ein Allerlei mehr oder minder kostbarer Dinge. Nichts, das verdiente, mich zu beherrschen!« Sie sind vernünftig, wie sie sagen; sie sind Skeptiker und erfüllt von jener Ironie, die nicht dem Menschen, sondern dem Taugenichts eigen ist. Denn die Liebe wird dir nicht als Geschenk gegeben von dem Gesicht, das dir begegnet, und ebenso entsteht deine Heiterkeit nicht durch die Landschaft, sondern durch den Aufstieg, den du überwunden hast. Durch den Berg, den du bezwungen hast. Durch dein Fußfassen im Himmel.

So ist es auch mit der Liebe. Denn es ist ein Irrtum, zu glauben, man begegne ihr, wenn man sie erlerne. Und der täuscht sich, der im Leben herumirrt, um sich von ihr erobern zu lassen; der von einem kurzen Fieber her die Lust kennt, die der Aufruhr des Herzens bereitet, und davon träumt, er könne dem großen Fieber begegnen, das ihn für das ganze Leben entflammen werde. Der schwache Sieg seines Herzens beruht nur auf der Magerkeit seines Geistes und der Kleinheit des Hügels, den er überwunden hat.

Ebensowenig kannst du dich in der Liebe ausruhen, wenn

sie sich nicht Tag für Tag wie eine Mutterschaft verwandelt. Du aber möchtest dich in deine Gondel setzen und dein Leben lang zum Lied des Gondoliere werden. Aber du irrst dich. Denn all das ist ohne Wert, was nicht Aufstieg oder Übergang ist. Und wenn du innehältst, wirst du der Langeweile begegnen, da dir ja die Landschaft nichts mehr zu sagen hat. Und so verstößt du die Frau, obwohl du zuerst dich selber verstoßen solltest.

Deshalb hat auch das Argument des Ungläubigen und des Logikers mich niemals beeindruckt, der mir sagt: »Zeige mir doch das Landgut oder das Reich oder Gott, denn ich sehe und berühre die Steine und Stoffe und glaube an die Steine und Stoffe, die ich berühren kann.« Ich habe mir aber noch nie angemaßt, ihn durch die Offenbarung eines Geheimnisses belehren zu wollen, das dürftig genug wäre, um sich auf eine Formel bringen zu lassen. Genausowenig kann ich ihn auf einen Berg hinauftragen, um für ihn die Wahrheit einer Landschaft zu entdecken, die er sich nicht selber erobert hat, oder ihn eine Musik genießen lassen, die er sich nicht selbst erst erarbeitet hat. Er wendet sich an mich, weil er mühelos belehrt werden möchte, so wie ein anderer die Frau sucht, damit sie die Liebe bei ihm ablade. Das aber steht nicht in meiner Macht.

Ich nehme ihn und schließe ihn ein und quäle ihn durch ständige Übung, weil ich weiß, daß etwas ebendeshalb unfruchtbar ist, weil es leicht von der Hand geht. Und ich messe den Ertrag einer Arbeit an dem Schweiß und den Mühen, die sie gekostet hat. Und deswegen rief ich die Lehrer meiner Schulen zusammen und sagte ihnen: »Täuscht euch nicht! Ich habe euch die Kinder meines Volkes nicht anvertraut, damit ihr später die Summe ihrer Kenntnisse abwägen könnt, sondern um mich an dem Wert ihres Aufstiegs zu erfreuen. Und der unter euren Schülern wird mir gleichgültig sein, der tausend Berggipfel auf seiner Sänfte besuchte und so tausend Landschaften betrachtete, denn auf diese Art hat er nicht eine einzige wirklich kennengelernt, und überdies bilden tausend Landschaften nur ein Staubkorn in der Unermeßlichkeit der Welt. Nur jener Schüler wird für mich von Wert sein, der bei der Ersteigung eines Berges – sei es auch nur eines einzigen – seine Muskeln erprobt hat und dadurch fähig wird, alle weiteren Landschaften zu begreifen und besser als jener andere, euer Pseudogelehrter, die tausend schlecht gelehrten Landschaften kennenzulernen.«

Und wenn ich einen der Liebe öffnen will, werde ich den Grund für die Liebe in ihm legen, durch Übung im Gebet.

Ihr Irrtum rührt daher, daß sie gesehen haben, wie ein Liebender das Antlitz entdeckt, das ihn entflammt. Und so glauben sie an die Macht des Antlitzes. Oder sie sahen, daß einer, der sich ein Gedicht zu eigen gemacht hat, durch das Gedicht entflammt wurde, und so glaubten sie an die Macht des Gedichts.

Ich aber wiederhole dir abermals: Wenn ich Gebirge sage, so bezeichne ich dir das Gebirge, da du dich an seinen Dornen gerissen hast, dich unversehens in seinen Abgründen fandest, deinen Schweiß auf seinen Steinen ließest, seine Blumen pflücktest und dich sodann auf seinen Graten von allen Winden umwehen ließest. Ich bezeichne, doch ich erfasse nichts . . . Und wenn ich zu einem fetten Krämer vom Gebirge spreche, so verpflanze ich nichts in sein Herz.

Und es gibt nicht deshalb keine Gedichte mehr, weil die Macht des Gedichtes erloschen wäre. Oder keine Liebe mehr, weil die Macht des Antlitzes erloschen wäre. Oder keine Macht Gottes mehr, weil sich im Herzen des Menschen nicht mehr die Weite des in seine Nacht versunkenen Ackerlandes erstreckte, aus dem die Pflugschar Blumen und Zedern emporwachsen läßt.

Ich habe die Beziehungen zwischen den Menschen mit wirklicher Aufmerksamkeit verfolgt und deutlich die Gefahren einer Klugheit wahrgenommen, die in dem Glauben lebt, daß die Sprache oder die Antworten in einem Wortwechsel etwas zu erfassen vermöchten. Denn das, was in mir ist, läßt sich nicht auf den Wegen der Sprache übermitteln. Es gibt kein Wort, um das auszusprechen, was in mir ist. Ich kann es nur in dem Maße bezeichnen, in dem du es schon auf anderen Wegen als durch das Wort verstehst: etwa durch das Wunder der Liebe oder weil du mir gleichst, da du vom selben Gott gezeugt wurdest. Andernfalls mühe ich mich vergebens, die in mir versunkene Welt ans Licht zu ziehen. Und wie es meine Unbeholfenheit gerade mit sich bringt, zeige ich nur die eine oder die andere ihrer Seiten auf. So gebe ich bei jenem Berg, den ich bezeichne, seine Höhe wieder; er ist aber noch ganz etwas anderes. Oder ich sprach von der Majestät der Nacht, während du die Kälte der Sterne spürst.

36

Wenn du für den Menschen schreibst, belädst du ein Schiff. Doch nur recht wenige Schiffe erreichen den Hafen. Sie versinken im Meer. Es gibt nur wenige Worte, die im Lauf der Geschichte nicht ihre Leuchtkraft verlieren. Denn ich habe vielleicht vieles bezeichnet, aber nur wenig erfaßt.

Und hier stellt sich noch folgende Frage: Es ist wichtiger, das Erfassen als das Bezeichnen zu lehren. Es kommt darauf an, die Ausübung jener Verrichtungen zu lehren, die zum Einfangen eines Inhalts führen. Was schert mich das Wissen des Mannes, den du mir vorführst? Das Wörterbuch leistet die gleichen Dienste. Mich geht nur an, was er ist. Und jener dort hat sein Gedicht geschrieben und es mit seiner Inbrunst erfüllt, aber sein Fischzug auf hoher See ist ihm mißlungen. Er hat nichts aus den Tiefen mit heimgebracht. Er hat mir den Frühling bezeichnet, damit aber keineswegs in mir etwas erschaffen, womit er mein Herz hätte nähren können.

Und ich bemerkte, wie die Logiker, die Geschichtsschreiber und die Kritiker gewahr wurden, daß ein Werk, wenn es stark ist, diese Stärke in seinem Plan äußert, denn alles, was stark ist, wird zu einem Plan. Und wenn ich in meiner Stadt vor allem einen Plan gewahr werde, so besagt das, daß sie ihren Ausdruck gefunden hat und daß sie sich vollendete. Aber es ist nicht der Plan, der die Stadt begründet hat.

37

Indessen dachte ich an die Tänzerinnen, die Sängerinnen und die Kurtisanen meiner Stadt. Sie ließen silberne Sänften anfertigen, und wenn sie eine Ausfahrt wagten, gingen Boten voraus, die es übernahmen, ihren Vorbeizug anzukündigen, damit sich eine Menschenmenge ansammelte. Wenn sie dann hinreichend mit Beifall überschüttet und aus leichtem Schlummer gerissen wurden, schlugen sie ihre seidenen Schleier zurück und kamen gnädig dem Verlangen des Volkes nach, indem sie ihre weißen Gesichter seiner Liebe entgegenneigten. Sie lächelten bescheiden, während die Ausrufer eifrig ihr Amt versahen, denn sie wurden am Abend ausgepeitscht, wenn die Menge mit tyrannischer Liebe die Bescheidenheit der Tänzerin bezwungen hatte.

Sie badeten sich in Wannen aus purem Gold, und die Menge wurde aufgefordert, der Bereitung der Milch beizuwohnen, die sie für ihr Bad benötigten. Hundert Eselinnen ließen sich melken. Und man mischte Duftstoffe und Blumenmilch hinzu; diese hatte einen hohen Preis, war aber so zart, daß sie keinen Duft mehr ausströmte.

Und ich nahm kein Ärgernis daran, denn im Grunde wurde die Arbeitskraft meines Landes durch die Gewinnung dieser Blumenmilch wenig in Anspruch genommen, und der Preis, den sie kostete, war trügerisch. Schließlich war es nur erwünscht, daß man den kostbaren Stoff in irgendeiner Weise verherrlichte. Denn es kommt nicht auf den Gebrauch, sondern auf die Inbrunst an. Und da die Blumenmilch vorhanden war, war es gleichgültig, ob sie meine Kurtisanen mit Wohlgeruch umgab oder nicht.

Denn wenn meine Logiker mit mir stritten, ist es von jeher mein Leitsatz gewesen, daß ich mein Land in seiner Inbrunst betrachtete. So war ich nur bereit, einzugreifen, wenn es sich allzusehr mit Vergoldungen abgab und darüber das Brot vernachlässigte; hingegen ging ich nicht gegen eine maßvolle Vergoldung vor, in der sich allein der Adel seiner Arbeit ausdrückte, und sorgte mich wenig um den Zweck einer Vergoldung, die nicht dem Gebrauch diente; denn ich dachte, sie erfülle noch besser ihre Bestimmung, wenn sie das Haar einer Frau und nicht ein törichtes Denkmal schmückte. Denn freilich kannst du sagen, das Denkmal gehöre der Menge; aber eine Frau, wenn sie schön ist, kann auch betrachtet werden. Und das Erbärmliche an einem Denkmal – sofern es nicht ein Tempel Gottes ist – liegt darin, daß es nur den Auftrag hat, mit seinen Vergoldungen die Augen zu blenden, während es doch nichts von den Menschen empfängt. Die Frau aber, wenn sie schön ist, ruft zu Geschenken und Opfergaben auf und begeistert dich durch das, was du ihr gibst, nicht aber durch das, was du von ihr empfängst.

Also nahmen sie ihre Bäder in dieser Blumenmilch. Und so wurden sie wenigstens zu Abbildern der Schönheit. Dann nährten sie sich mit seltenen und faden Speisen und starben an einer Fischgräte. Und sie besaßen Perlen, die sie verloren. Und an dem Verlust der Perlen nahm ich keinen Anstoß, denn es ist gut, wenn Perlen vergänglich sind. Dann hörten sie den Märchenerzählern zu und fielen in Ohnmacht; und wenn sie ohnmächtig wurden, vergaßen sie nicht, sich zuvor ein Kissen für den Sturz auszusuchen, das sich anmutig der Farbenpracht ihrer Gewänder anpaßte.

Von Zeit zu Zeit gaben sie sich auch dem Luxus der Liebe hin. Und sie verkauften ihre Perlen für irgendeinen jungen Soldaten, führten ihn durch die Stadt spazieren und wünschten, daß er von allen der schönste, der strahlendste, der anmutigste, der männlichste sei . . .

Und meistens war der einfältige Soldat trunken von Dankbarkeit, denn er glaubte etwas zu empfangen, während er in Wahrheit doch ihrer Eitelkeit diente und ihre Marktschreierei förderte.

38

Es kam eine zu mir, die sich heftig beklagte:

– Er ist ein Räuber, schrie sie, ein verdorbener Mensch, ein Wüstling, den Schande bedeckt, der Auswurf des Erdballs. Ein schimpflicher Lügner . . .

– Geh und wasch dich, antwortete ich ihr, du hast dich befleckt.

Es kam eine andere, die laut über Ungerechtigkeit und Verleumdung jammerte.

Verlange nicht, daß man deine Taten begreifen soll. Man wird sie niemals begreifen, und es gibt hier keine Ungerechtigkeit. Denn die Gerechtigkeit jagt einem Hirngespinst nach, das das Gegenteil ihrer selbst ist. Du hast meine Hauptleute in der Wüste gesehen, wie edel sie sind, arm und vom Durst ausgedörrt. In der großen Nacht des Reiches schlafen sie zusammengerollt im Sande. Sie sind wachsam und bereit; beim geringsten Laut greifen sie zu den Waffen. Sie haben den Wunsch meines Vaters erfüllt: »Erheben mögen sich die, die für den Tod gewappnet sind, die all ihre Habe in einem Bündel verschnürt auf der Schulter tragen. Und die bereit sind. So zeigen sie Treue im Kampfe und sind voller Hingabe. Erhebt euch, ich werde euch die Schlüssel des Reiches übergeben! – Und sie schirmen das Reich und stehen auf der Wacht wie Erzengel. Sie sind weit edler als die Lakaien meiner Minister oder meine Minister selbst. Ruft man sie jedoch in die Hauptstadt zurück, so werden sie auf den Banketten zurückgesetzt, und man läßt sie in den Vorzimmern auf der Stelle treten. So beklagen sie sich, denen wirkliche Größe eignet, weil sie sich derart geknechtet und gedemütigt sehen. ›Den trifft ein bitteres Los‹, sagen sie, ›der nicht nach seinen Verdiensten gewürdigt wird . . .‹«

Und ich antwortete ihnen:

– Den trifft ein bitteres Los, der auf Verständnis stößt, den man als Sieger feiert, der Dank und Ehren und Reichtum empfängt. Bald wird er sich in gemeiner Anmaßung aufblähen und seine Sternennächte gegen Handelsware austauschen. Er war aber reicher und edler und vortrefflicher als alle anderen. Und warum unterwirft er sich der Meinung der Seßhaften, da er in seiner Einsamkeit ein Herr war? Für den alten Zimmermann liegt der Lohn seiner Arbeit in dem Glanz des Brettes, das er poliert hat. Für den anderen liegt er in der Stille der Wüste. Kehrt er heim aus ihr, so ist es sein Los, daß man ihn vergißt. Und leidet er darunter, so erweist sich, daß er noch nicht rein genug ist. Denn ich sage dir: Das Reich gründet sich auf den Wert der Menschen. Der dort ist ein Stück des Reiches. Und er hat teil am Stamme des Baumes. Wenn du für ihn die Vorteile des Kaufmannes erträumst und den Kaufmann in die Wüste schickst, um sie für ihn einzutauschen, so warte getrost einige Jahre ab, um die Früchte deines Tuns genießen zu können.

Der Kaufmann ist dann ein großer Herr geworden, der mit dem Wind auf gleichem Fuße steht, der andere aber hat sich in einen gewöhnlichen Kaufmann verwandelt.

Ich schütze sie alle, die edel sind. Und dieser Schutz ist ungerecht. Entrüste dich nicht um der Worte willen. Wenn du jene blauen Fische mit ihren langen Behängen am Ufer ausbreitest, ist es ungerecht zu sagen, sie seien häßlich. Die Schuld daran liegt bei dir: Es war ihre Bestimmung, auf dem Meeresgrund zu leuchten. Dort waren sie schön, wo der Wagenlärm und das Feilschen der Kaufleute und die Eitelkeit verstummen. Denn es gibt keine Eitelkeit in ihrer Wüste.

Sie mögen sich trösten. Sie werden wieder zu Königen werden, wenn es ihr Wunsch ist, denn ich werde sie nicht um ihr Königreich bringen und ihnen kein Leid ersparen.

Eine andere kam:

– Ich bin das getreue Eheweib, ich bin klug und schön. Ich lebe nur für ihn. Ich nähe seine Mäntel und verbinde seine Wunden. Ich nehme teil an seinem Mißgeschick. Und doch widmet er seine ganze Zeit einer Frau, die ihn verspottet und ausbeutet.

Und ich antwortete ihr:

– Täusche dich nicht über den Menschen. Wer kennt sich selber? Man schreitet innerlich der Wahrheit entgegen, aber der Geist des Menschen gleicht einer Bergbesteigung. Du siehst den Grat vor dir, du glaubst ihn zu erreichen, doch da gewahrst du andere Grate, andere Schluchten und andere Hänge. Wer kennt seinen Durst? Es gibt manche, die nach dem Rauschen der Flüsse dürstet und die den Tod in Kauf nehmen, um es zu hören. Andere dürstet nach einem Fuchs, der sich an ihre Schulter schmiegt, und so legen sie sich auf die Lauer, ohne auf den Feind zu achten. Jene, von der du sprichst, war vielleicht aus ihm geboren. So ist er für sie verantwortlich. Du mußt dich deinem Geschöpfe widmen. Er geht zu ihr, damit sie ihn ausbeutet. Er geht zu ihr, damit sie sich satt trinken kann. – Dies wird ihm nicht durch ein zärtliches Wort entgolten, aber er wird auch nicht ärmer durch die Kränkung. Es handelt sich nicht um ein Unternehmen mit Rechnungslegung, bei dem ein zärtliches Wort etwas hinzufügt und eine Kränkung etwas wegstreicht. Er wird durch sein Opfer belohnt werden. Und durch jenes Wort, das er ihr sagt und das er sie lehrte. Er gleicht einem, der aus der Wüste heimkehrte und den die Auszeichnungen nicht belohnen können, ebenso wie ihm der Umstand nichts anhaben kann. Denn glaubst du etwa, es handle sich darum, zu erwerben und zu besitzen, da es doch nur darum geht, zu werden, zu sein und in der Fülle des inneren Reichtums zu sterben? Lerne, daß der Lohn vor allem der Tod ist, der das Schiff endlich flottmacht. Glücklich, wer mit Schätzen beladen ist.

Und worüber kannst *du* dich beklagen? Vermagst du nicht zu ihm zurückzufinden?

Da verstand ich das Wesen des Bundes und in welcher Hinsicht er sich von der Gemeinschaft unterscheidet. Sie kommen alle mit einer dürftigen Sprache zueinander, die etwas mitzuführen glaubt, während sie kaum nur bezeichnet, und so sind sie ständig damit beschäftigt, ihre Waage- und ihre Meßinstrumente zu bedienen. Sie haben alle recht, aber nur allzu recht. Sie haben nur recht, und deshalb irren sie sich. Sie schaffen sich Bilder voneinander, um damit Schießübungen zu veranstalten.

Der Bund kann uns vereinen – und dennoch erdolche ich dich.

39

Fürchte niemals die Erpressung. Denn wenn du alles auf eine Einzelheit abstellst, würdest du bald alles in gleicher Weise auf eine andere Einzelheit abstellen, und so würdest du die erstere ohne Nutzen aus der Hand geben.

So ist es auch mit dem Reiche.

Man muß werden, um zu verstehen. Daraus erklärt sich der Stolz dessen, der glaubt. Er hat die Empfindung, der Zweifel des anderen sei ohne Bedeutung: denn der andere könne ja nicht verstehen.

Wisse den Zwang von der Liebe zu unterscheiden. Der hat für mich keinen Wert, der auf mich schwört und darauf wartet, daß ich rede, um zu reden. Denn ich suche mein Licht unter den Menschen. Im Chor singen ist eines. Ein anderes ist es jedoch, den Gesang hervorzubringen. Und wer wirkt bei der Erschaffung mit?

Denn es stellt sich auch dieses Dilemma, das es zu beseitigen gilt. Ein Erschaffen ist nur möglich, wenn alle zusammenwirken und suchen. Ein Erschaffen ist nur möglich, wenn der Stamm des Baumes durch die Liebe zusammengehalten wird. Es geht jedoch nicht darum, den einzelnen allen zu unterwerfen – ganz im Gegenteil –, sondern es gilt die Strömung des Saftes zu leiten, die die Zweige wie einen Tempel in den Himmel baut. Hier zeigt sich der gleiche Irrtum, dem die Logiker erliegen, wenn sie im erschaffenen Gegenstand den Plan entdekken und glauben, die Schöpfung sei aus ihm hervorgegangen, während sie sich im Plan nur ausdrückt; während der Plan nur ein Gesicht ist, das sich enthüllt. Es geht nicht darum, den einzelnen allen zu unterwerfen, sondern es gilt, einen jeden dem Werke unterzuordnen; so zwingt jeder die anderen zu wachsen, vielleicht eben dadurch, daß er ihnen widerstrebt. Und ich zwinge sie, schöpferisch zu sein, denn wenn sie von mir nur empfangen, werden sie arm und leer. Doch ich empfange von ihnen allen, und so wachsen sie, weil sie dieses mein Ich, das sie anfangs so sehr wachsen ließen, als ihren Ausdruck besitzen. Und ebenso wie ich ihre Lämmer, ihre Ziegen, ihre Samenkörner und sogar die Mauern ihrer Häuser in die Arme nehme, um sie mir anzueignen und sie ihnen zurückzugeben, sobald sie zum Geschenk meiner Liebe wurden, ebenso steht es auch mit den Kirchen, die sie sich bauen . . .

So, wie Freiheit nicht Zügellosigkeit ist, ist auch die Ordnung nicht Mangel an Freiheit. (Ich komme noch auf die Freiheit zu sprechen.)

Ich werde eine Hymne auf die Stille schreiben. Stille, du Musikantin der Früchte! Die du Keller, Kammern und Speicher bewohnst! Du Gefäß voller Honig, den der Fleiß der Bienen ansammelt! Du Ruhe des Meeres in seiner Fülle! Stille, in die ich die Stadt von der Höhe der Berge einschließe, ihren verstummten Wagenlärm, ihre Schreie und den hellen Klang ihrer Schmiedehämmer! Alles ist schon im Gefäß des Abends aufgehoben. Gott wacht über unserem Fieber, sein Mantel breitet sich über die Unruhe der Menschen.

Stille der Frauen, die nur noch Fleisch sind, in dem die Frucht reift! Stille der Frauen unter dem Vorrat ihrer schweren Brüste! Stille, in der die Eitelkeiten des Tages, des Lebens, das die Garbe der Tage ist, zur Ruhe kamen! Stille der Frauen, die Heiligtum ist und Fortdauer! Stille, in der sich, dem kommenden Tag entgegen, der einzige Lauf vollzieht, der einem Ziele entgegenführt! Sie hört das Kind, das in ihrem Leib stößt. Stille, Verwahrerin, in die ich meine ganze Ehre und mein ganzes Blut einschloß. Stille des Menschen, der sich aufstützt und nachdenkt, der fortan ohne Aufwand empfängt und dem Gehalt seiner Gedanken eine Form gibt. Stille, die ihn erkennen läßt und seine Unwissenheit möglich macht, denn zuweilen ist es gut, daß er nicht weiß. Stille, die sich den Würmern, den Schmarotzern und den schädlichen Gräsern versagt. Stille, die dich bei der Entfaltung deiner Gedanken behütet.

Stille, die selbst die Gedanken erfüllt. Ruhe der Bienen, denn der Honig ist bereitet und soll nur noch ein vergrabener Schatz sein. Und ein Schatz, der reift. Stille der Gedanken, die ihre Flügel breiten, denn es ist schlecht, wenn du in deinem Geiste oder deinem Herzen unruhig bist.

Stille des Herzens. Stille der Sinne. Stille der inneren Worte, denn es ist gut, wenn du Gott wiederfindest, der die Stille im Ewigen ist. Wenn alles gesagt, wenn alles getan ist.

Stille Gottes, die dem Schlafe des Hirten gleicht: Obwohl dann die Lämmer von den Schafen bedroht zu sein scheinen, ist es der süßeste Schlaf, wenn es keinen Hirten und keine Herde mehr gibt; denn wer vermöchte sie voneinander zu unterscheiden unter den Sternen, wenn alles Schlaf ist, wenn alles ein einziger wollener Schlaf ist.

O Herr! Möchtest Du, wenn Du unsere Schöpfung in die Scheuer einbringst, jenes große Tor der geschwätzigen Rasse der Menschen öffnen; möchtest Du ihnen im ewigen Stall ihren Platz weisen, wenn die Zeiten vollendet sind, und unseren Fragen ihren Sinn nehmen, wie man Krankheiten heilt.

Denn es ist mir vergönnt zu begreifen, daß aller Fortschritt des Menschen in der Entdeckung besteht, wie seinen Fragen, einer nach der anderen, kein Sinn innewohnt; habe ich doch meine Weisen befragt, und sie haben nicht etwa einige Antworten auf die Fragen des letzten Jahres gefunden – nein, Herr, sie lächeln heute über sich selber, denn die Wahrheit kam ihnen als das Auslöschen einer Frage.

Ich weiß wohl, Herr, daß die Weisheit nicht in der Antwort besteht, sondern daß sie von der wetterwendischen Sprache erlöst. Und das gilt auch für die Liebenden, die auf der niedrigen Mauer vor der Orangenpflanzung sitzen, Schulter an Schulter mit baumelnden Beinen, und genau wissen, daß sie auf die Fragen keine Antwort erhielten, die sie gestern gestellt haben. Ich kenne aber die Liebe und weiß: Sie besteht darin, daß keine Frage mehr gestellt wird. Und ich überwinde Gegensatz um Gegensatz und schreite auf die Stille aller Fragen zu; so finde ich die Seligkeit.

O die Schwätzer! Wie sehr haben sie die Menschen verdorben.

Der ist töricht, der von Gott eine Antwort erwartet. Wenn Er dich aufnimmt, wenn Er dich heilt, so geschieht es, weil Er mit Seiner Hand deine Fragen gleich dem Fieber von dir nimmt. So ist es.

Herr, wenn Du Deine Schöpfung eines Tages in die Scheuer einbringst, so öffne das doppelte Scheunentor und laß uns dort eintreten, wo nicht mehr geantwortet wird, denn dort gibt es keine Antwort mehr, aber die Seligkeit, die der Schlußstein der Fragen ist, und die Schau, die befriedigt.

Und jener Liebende wird die Weite des süßen Wassers entdecken, die umfassender ist als die Weite des Meeres, und er wird gewahr werden, daß ihn seine Ahnung nicht trog, als er das Rauschen der Brunnen hörte, als er die Beine baumeln ließ und sich an die Geliebte schmiegte, die doch nur eine zu

Tode gehetzte Gazelle war und ein wenig aufatmete an seinem Herzen.

Stille, Hafen des Schiffes. Stille in Gott, Hafen aller Schiffe.

40

Gott sandte sie mir, die so artig zu lügen verstand, schlicht und mit singender Grausamkeit. Und ich beugte mich über sie wie über den frischen Meereswind.

– Warum lügst du? fragte ich.

Da weinte sie und war ganz vergraben in ihren Tränen. Und ich dachte über ihre Tränen nach.

Sie weint, sagte ich mir, weil man ihr nicht glaubt, wenn sie lügt. Denn für mich gibt es bei den Menschen keine Verstellung. Der Sinn der Verstellung ist mir unbekannt. Gewiß möchte diese da als eine andere erscheinen. Das ist aber nicht das Trauerspiel, das mich beschäftigt. Es ist ein Trauerspiel für sie, die so sehnlich jener anderen gleichen möchte. Und ich habe weit häufiger gesehen, daß die Tugend von denen geachtet wird, die sie vortäuschen, als von denen, die sie ausüben und sich dabei so tugendhaft zeigen, wie sie häßlich sind. Jene anderen möchten so gern tugendhaft sein und geliebt werden; sie können sich aber nicht beherrschen oder werden vielmehr von den anderen beherrscht. Und sie lehnen sich ständig dagegen auf. Und lügen, um schön zu erscheinen.

Die Gründe, die mit Worten spielen, sind niemals die wirklichen Gründe. Und deshalb mache ich ihnen nur zum Vorwurf, daß sie sich ganz verkehrt ausdrücken. Und deshalb schwieg ich bei diesen Lügen und hörte in der Stille meiner Liebe nicht auf das Geräusch der Worte, sondern nur auf die Bemühung, die dahinterstand. Ich sah die Anstrengung des gefangenen Fuchses, der in seiner Schlinge zappelt, oder des Vogels, der sich im Vogelhaus blutig stößt. Und ich wandte mich an Gott, um Ihm zu sagen: »Warum lehrtest Du sie nicht eine Sprache, die mitteilen kann, denn wenn ich ihr zuhöre, empfinde ich alles andere als Liebe und möchte sie aufhängen lassen. Und doch hat sie etwas Rührendes an sich; in der Nacht ihres Herzens schlägt sie sich die Flügel blutig, und sie hat Angst vor mir wie die jungen Wüstenfüchse, denen ich Fleischstücke hinhielt und die zitterten und um sich schnappten und mir das Fleisch aus der Hand rissen, um es in ihre Höhlen zu tragen.«

– Herr, sagte sie mir, sie wissen nicht, daß ich rein bin.

Ich aber wußte wohl von dem Durcheinander, das sie in einem Haus anrichtete. Und doch schnitt mir die Grausamkeit Gottes ins Herz.

– Hilf ihr zu weinen! Schenke ihr Tränen, damit sie ihrer selbst überdrüssig wird und sich an meine Schulter lehnt: Es ist gar keine Müdigkeit in ihr!

Denn über die Vervollkommnung ihres Wesens hatte man sie schlecht belehrt, und so kam mir das Verlangen, sie zu befreien. Ja, Herr, ich habe meine Aufgabe nicht erfüllt . . . Denn es gibt kein kleines Mädchen, das nicht seine Bedeutung hätte. Wenn diese hier weint, ist sie nicht die Welt, aber ein Sinnbild der Welt. Und es kommt die Angst über sie, daß sie nicht zu werden vermöchte; daß sie ganz von der Flamme verzehrt werden und sich in Rauch verflüchtigen könnte. Sie ist schiffbrüchig auf einem Flusse, der weiterströmt, und läßt sich nicht festhalten. Ich komme und bin euer Land und euer Stall und euer Sinn. Ich bin die große Übereinkunft der Sprache und bin das Haus und der Rahmen und das Gerüst. – Höre mir erst einmal zu . . ., sage ich ihr.

Auch sie gilt es zu empfangen. Und so steht es mit den Kindern der Menschen, und vor allem mit denen, die nicht wissen, daß sie zu wissen vermögen . . .

– Denn ich will euch an die Hand nehmen und zu euch selbst führen . . . Ich bin die gute Jahreszeit der Menschen.

41

Ich habe Menschen gesehen, die glücklich oder unglücklich waren: nicht wegen eines gewöhnlichen Unglücks – etwa eines Trauerfalls – oder wegen eines gewöhnlichen Glücks – zum Beispiel einer Verlobung –, nicht wegen Krankheit oder Gesundheit, denn einen Kranken kann ich durch eine aufsehen erregende Nachricht dazu bringen, daß er sich beherrscht; wenn ich lediglich durch eine bestimmte Sinngebung der Dinge, die ich zum Beispiel Sieg nenne (um den einfachsten Fall zu wählen), auf seinen Geist einwirke, kann ich ihn aufstehen lassen und ihn aufrecht durch die Stadt treiben. Denn durch den Glanz meiner siegreichen Waffen in der Morgenröte mache ich die ganze Stadt gesund, und du siehst, wie sie sich drängen und einander um den Hals fallen. Und du wirst sagen: Warum sollte es nicht möglich sein, sie bei solch einer Stimmung zu erhalten – einer Stimmung, wie sie große Musik hervorruft? Und ich antworte dir: Weil der Sieg eine Landschaft ist, die du nicht auf den Bergeshöhen besitzt, sondern die du auf den Bergeshöhen erahnst, wenn du sie mit deinen Muskeln aufgebaut hast; weil der Sieg der Übergang von einem Zustand in einen anderen ist. Denn ein Sieg, der dauert, ist wertlos. Er belebt nicht, er verweichlicht und langweilt. Es gibt somit keinen Sieg, vielmehr nur eine vollendete Landschaft. Soll ich dann also in ständiger Schwankung zwischen Elend und Reichtum leben? Du wirst deutlich gewahr, daß auch das falsch ist. Denn du kannst dein ganzes Leben in der Entbehrung, in Elend und Überfluß verbringen; es geht dir dann wie einem, der von seinen Gläubigern verfolgt wird und der sich schließlich aufhängt, ohne daß ihn die kleinen Freuden und ein vorübergehender Aufschub für seine schlaflosen Nächte entschädigt hätten. Und so gibt es im Glück und im Sieg keinen Zustand von Dauer, der dem Menschen zuteil würde wie das Futter dem Vieh.

Ich will feurige und edle Jünglinge und Frauen mit glänzenden Augen, und wie kommt es dazu? Da ja weder das Äußere noch das Innere darüber entscheiden? Und ich antworte dir: Der Grund liegt im wechselseitigen Zusammenspiel der Dinge, mag es nun dabei um deine Kriegskarawane oder deine Kathedrale oder den Sieg gehen, den du eines Morgens erfochten hast. Der Sieg ist aber nur wie das Frühstück eines einzigen Morgens. Denn wenn dieser Sieg errungen ist, bleibt dir nichts anderes mehr zu tun, als jene Vorräte aufzubrauchen, die dein Verderben sind, und das auch dann, wenn deine

Freude lebhaft war und du die Verbundenheit mit deinem Volk ungestüm empfandest; denn im Schmerze des Abends zuvor hattest du dich in dein Haus oder zu Freunden zurückgezogen, um deiner Trauer und der Klage um deine Söhne zu leben, aber nun erfährst du von diesem Siege, während er sich schon verflüchtigt. Wer aber seine Kathedrale baut, die erst in hundert Jahren vollendet sein wird, der kann hundert Jahre vom Reichtum seines Herzens zehren. Denn du steigerst dich durch das, was du schenkst, und steigerst zugleich deine Fähigkeit, etwas zu schenken. Und wenn du mein Jahr durchwanderst, in dem du dein Leben aufbaust, bist du schon glücklich, wenn du ein Fest vorbereiten kannst, ohne dir jemals Vorräte anzulegen. Denn du gewinnst mehr durch das, was du vor dem Feste für das Fest hingibst, als dir das Fest auch nur ein einziges Mal einbringt. Und so ist es auch mit deinen Söhnen, die heranwachsen, und mit deinen Schiffen, die das Meer durchfahren; die von Gefahren bedroht werden und sodann triumphieren und mit ihrer Mannschaft dem jungen Tag entgegenziehen. Ich steigere die Inbrunst, die sich von ihren Erfolgen nährt; so halte ich es auch mit jenem, der kein Abschreiber ist und der seinen Stil entwickelt, je mehr er schreibt. Die Frau aber verwerfe ich, die zwar voller Leben ist, die sich aber durch ihre Erfolge zugrunde richtet. Denn je mehr ich weiß, um so mehr möchte ich wissen, um so geneigter bin ich, etwas zu erfahren, um so mehr begehre ich eines anderen Gut, und je mehr ich ihn ausbeute, um so eher verfette ich, während ich mich an ihm mäste. Um so eher verderbe ich mein Herz.

Denn der Mensch entdeckt bei jeder Eroberung, daß sie ihn getrogen hat, sobald er den eroberten Gegenstand benutzt, da er die Glut des Schöpfungsaktes mit der Lust am Gebrauche des Gegenstandes verwechselt, durch die er nichts mehr hinzugewinnt. Und doch muß man sich eines Tages dem Gebrauche zuwenden, aber dann kommt es nur auf den Gebrauch an, der der Eroberung dient, so wie die Eroberung dem Gebrauch dient. Das eine steigert das andere. So verhält es sich auch mit dem Tanz oder dem Gesang oder der Ausübung des Gebets – das die Inbrunst erzeugt, die hinwiederum das Gebet speist –

oder mit der Liebe. Denn wenn ich meinen Zustand verändere, wenn ich nicht mehr Bewegung und Tätigkeit bin, die auf ein Ziel gerichtet ist, dann bin ich wie tot. Und von deiner Bergeshöhe wirst du die Landschaft nur so lange genießen, als sie im Siege deiner Muskeln besteht und in der Befriedigung deines Leibes.

42

Ich sagte ihnen: »Schämt ihr euch nicht eures Hasses?« Denn sie hatten hunderttausend zum Tode verurteilt, und diese irrten in den Gefängnissen umher und trugen Schilder auf der Brust, die sie wie ein Stück Vieh von den anderen unterschieden. Ich kam, ich bemächtigte mich der Gefängnisse und ließ mir jene Menge vorführen. Und sie schienen mir nicht von anderen Menschen verschieden zu sein. Ich hörte zu, ich vernahm ihre Worte und betrachtete sie. Ich sah, daß sie wie andere ihr Brot teilten und wie andere die kranken Kinder umsorgten und sie in Schlaf wiegten und bei ihnen wachten. Und ich sah, daß sie wie andere unter der Not ihrer Einsamkeit litten, wenn sie allein waren. Und daß sie wie andere weinten, wenn eine dort zwischen den dicken Mauern jene Sehnsucht des Herzens zu spüren begann. Denn ich entsann mich der Erzählung meiner Gefängniswärter. Und ich bat, man solle mir den bringen, der am Abend zuvor sein Messer gezückt hatte und noch blutbefleckt war von seinem Verbrechen. Und ich selber verhörte ihn. Und ich gab mich nicht ab mit ihm, der schon dem Tode geweiht war, sondern mit dem Unerforschlichen im Menschen.

Denn das Leben faßt Wurzel, wo es vermag. Das Moos bildet sich in der feuchten Höhlung des Felsens. Es ist schon im voraus dem Verderben geweiht, da der erste trockene Wüstenwind es versengen wird. Es verbirgt aber seine Samenkörner, die nicht sterben werden und denen diese Entfaltung frischen Grüns nutzlos erscheinen müßte.

Ich erfuhr also von meinem Gefangenen, daß man ihn verspottet hatte. Und seine Eitelkeit und sein Stolz hatten darunter gelitten. Die Eitelkeit und der Stolz des zum Tode Verurteilten . . .

Und ich sah, wie sie sich in der Kälte aneinanderdrängten. Und sie glichen allen Lämmern der Erde.

Und ich ließ die Richter zu mir kommen und fragte sie:

– Warum sind sie vom Volk abgesondert, warum tragen sie das Schild der zum Tode Verurteilten auf ihrer Brust?

– So verlangt es die Gerechtigkeit, antworteten sie mir.

Und ich dachte nach:

Gewiß verlangt es die Gerechtigkeit. Denn für sie bedeutet Gerechtigkeit, daß das Ungewöhnliche zerstört werden muß. Und es erscheint ihnen als ungerecht, daß es Neger gibt. Und daß es Prinzessinnen gibt, während sie Taglöhner sind. Und daß es Maler gibt, während sie nichts von Malerei verstehen.

Und ich antwortete ihnen:

– Ich wünsche, daß es gerecht sei, sie freizulassen. Bemüht euch, zu verstehen! Denn sonst würden sie es ihrerseits für notwendig halten, euch einzusperren und umzubringen, wenn sie ihre Gefängnisse aufbrechen und regieren, und ich glaube nicht, daß das Reich davon Gewinn hätte.

Da zeigte sich mir der blutrünstige Wahnsinn der Ideen im vollen Licht, und ich richtete dieses Gebet an Gott:

– Warst Du denn von Sinnen, daß Du sie an ihr armseliges Gestammel glauben ließest? Es kommt nicht darauf an, sie eine Sprache zu lehren, wohl aber, ihnen beizubringen, wie sie die Sprache verwenden sollen! Denn aus jenem abscheulichen Durcheinander im Winde der Worte haben sie die Dringlichkeit der Folter abgeleitet. Aus plumpen, unzusammenhängenden oder unwirksamen Worten sind wirksame Folterwerkzeuge entstanden.

Zugleich aber erschien mir all das einfältig und voller Verlangen nach neuer Geburt.

43

Alle solche Ereignisse, die nicht mehr in ihrem Gehalt durchlebt werden, sind unecht. Ihr Glorienschein ist unecht. Wie auch unsere Begeisterung für diesen Sieger unecht ist.

Diese Neuigkeiten sind unecht, denn nichts davon hat Bestand.

Denn die Belehrung muß aus einem Rahmen, einem Gerüst hervorgehen. Nicht aus einem immer unechten Inhalt.

Ich werde dir gleichsam eine große Landschaft zeigen, die in ihrem Gesamtbilde allmählich – und nicht stückweise – aus dem Nebel hervortritt. Denn so verhält es sich mit der Wahrheit des Bildhauers. Oder hast du gesehen, wie sich erst die Nase und dann das Kinn und dann das Ohr herausschälten? Das Erschaffene ist immer ein Bild, das auf einmal ans Licht tritt und nicht nach und nach und durch Ableitung entsteht. Das ist die Arbeitsweise der Menge, die das schöpferische Bild umwimmelt und ringsherum kommentiert und baut und geschäftig tut.

44

Als ich am Abend von meinem Berg herunterstieg und den Hang der neuen Geschlechter betrat, von denen ich kein Gesicht mehr kannte, war ich im voraus der Worte der Menschen müde und hörte aus dem Lärm ihrer Wagen und Schmiedehämmer nicht mehr das Lied ihrer Herzen heraus; ich war ihnen entfremdet, als kennte ich ihre Sprache nicht mehr, und gleichgültig gegenüber einer Zukunft, die mir fortan nichts mehr bedeutete – wie zu Grabe getragen kam ich mir vor. Da ich an mir verzweifelte und mich hinter diesem lastenden Wall meiner Selbstsucht einmauerte, sprach ich zu Gott: »Herr, Du hast Dich von mir abgewandt, deshalb gebe ich die Menschen preis.« Und ich fragte mich, was mich in ihrem Verhalten enttäuscht hatte.

Es lockte mich nicht, irgend etwas durch sie zu erreichen.

Warum sollte ich meine Palmenhaine mit neuen Herden bevölkern? Warum sollte ich meinen Palast durch neue Türme erweitern, da ich bereits mein Gewand wie ein Schiff in der Weite der Meere von Saal zu Saal schleppte? – Warum sollte ich weitere Sklaven ernähren, da sich bereits sieben oder acht wie die Pfeiler meines Hauses vor jeder Tür aufbauten und ich ihnen auf den Gängen begegnete, wo sie sich an die Wand drückten, sobald sie mich vorübergehen sahen oder nur mein Gewand rauschen hörten? Warum sollte ich weitere Frauen erobern, da ich sie schon in meine Stille einschloß? Hatte ich doch gelernt, nicht mehr zuzuhören, um zu verstehen. Denn ich war bei ihrem Schlummer zugegen gewesen, wenn sie ihre Lider senkten und ihre Augen von diesem Samt umschlossen waren ... Wenn ich sie dann verließ, überkam mich das Verlangen, den höchsten Turm zu besteigen, der in die Sterne hineinragte, um von Gott den Sinn ihres Schlafes zu erfahren, denn das Gezänk, die nichtigen Gedanken, die würdelose Geschäftigkeit, das eitle Wesen – all das schlummert dann, um erst mit dem neuen Tag in die Seele zurückzukehren, wenn es ihnen wieder allein darum geht, über die Gefährtinnen obzusiegen und sie aus meinem Herzen zu verdrängen. »Aber wenn ich ihre Worte vergaß, so blieb nur das Spiel eines Vogels und die Anmut der Tränen ...«

45

Wenn ich des Abends wie ein Mann, der schon von stummen Engeln zu Grabe getragen wird, von meinem Berg hinunterstieg und den Hang betrat, wo ich niemanden mehr kannte, überkam mich der Trost, daß ich mich altern fühlte und daß ich wie ein Baum mit schweren Zweigen war, schon ganz verhärtet von Horn und Runzeln, gleichsam im Pergament meiner Hände von der Zeit einbalsamiert, und so schwer zu verwunden, als wäre ich schon ganz ich selber geworden. Und ich sagte mir: Wie vermöchte der Tyrann diesen hier, der so gealtert ist, durch den Geruch der Folter, der dem Geruch saurer Milch gleicht, in Schrecken zu versetzen, wie könnte er irgend etwas an ihm verändern, der schon sein ganzes Leben wie einen aufgetrennten, nur noch durch eine Schnur zusammengehaltenen Mantel hinter sich herschleppt? So bin ich bereits in das Gedächtnis der Menschen eingegangen. Und es hätte keinen Sinn mehr, wenn ich irgend etwas verleugnen wollte.

Es wurde mir auch der Trost zuteil, daß ich mich meiner Fesseln ledig fühlte, als hätte ich dieses schwielige Fleisch im Unsichtbaren ausgetauscht und gleichsam Flügel empfangen; als wäre ich endlich aus mir selber geboren worden und schritte an der Seite jenes Erzengels, den ich so sehr gesucht hatte; als hätte ich meine alte Hülle abgestreift und so eine erstaunliche Jugend in mir entdeckt. Und diese Jugend äußerte sich nicht in Begeisterung oder Verlangen, sondern in einer ungewöhnlichen Heiterkeit. Es war eine Jugend, die der Ewigkeit *zu*gekehrt war, nicht eine, die in der Morgenröte den Wirren des Lebens *entgegen*strebte. Sie gehörte dem Raum und der Zeit an. Es schien mir, daß ich in die Ewigkeit eintrat, daß sich mein Werden vollendet hatte.

Ich glich auch einem, der ein vom Dolch durchbohrtes junges Mädchen auf seinem Wege aufgelesen hat. Er trägt sie, die ganz aufgelöste und preisgegebene, wie eine Fracht von Rosen in seinen kräftigen Armen; durch den blitzenden Stahl ist sie sanft eingeschlummert und lächelt fast, weil sie ihre weiße Stirn an die geflügelte Schulter des Todes lehnen kann; er wird sie jedoch in die Ebene führen, wo die einzigen sind, die sie heilen können.

»Wunderbare Schläferin, ich werde dich mit meinem Leben erfüllen, denn die Eitelkeiten der Menschen, ihr Zorn und ihre Anmaßung, die Güter, die mir noch zufallen sollten, die Übel, die mich noch heimsuchen könnten – all das ist mir gleichgültig geworden, mir kommt es allein auf das an, wogegen ich mich auszutauschen vermag; und da ich nun meine Bürde den Heilkundigen in der Ebene entgegentrage, werde ich zu einem Licht dieser Augen, zu einer Locke auf dieser reinen Stirn werden; wenn sie dann geheilt ist und ich sie beten lehre, wird sie sich in der Vollkommenheit ihrer Seele aufrichten wie ein Blumenstiel, der einen guten Halt in seinen Wurzeln hat . . .«

Ich bin nicht in meinen Leib eingeschlossen; er kracht wie eine alte Rinde. Wenn ich langsam auf dem Hang meines Berges ins Tal hinuntersteige, scheint es mir, daß ich alle Hügel und alle Ebenen wie einen weiten Mantel hinter mir herziehe, und hier und dort schimmern die Lichter meiner Häuser wie Goldsterne hindurch. Ich neige mich wie ein Baum unter der Last meiner Gaben.

Mein schlafendes Volk: ich segne dich, schlafe weiter.

Möge euch die Sonne noch nicht der zärtlichen Nacht entreißen! Möge meine Stadt noch das Recht haben zu ruhen, bevor sie in der Morgendämmerung ihre Flügel regt, um ans Werk zu gehen! Ihr alle, die gestern das Übel heimsuchte, die ihr von Gottes Aufschub Gebrauch machtet, wartet noch ab, bevor ihr euch wieder eure Trauer, euer Elend, eure Verurteilung, den eben ausgebrochenen Aussatz als Last aufbürdet! Bleibt noch in Gottes Schoß, wo euch allen vergeben ist, wo ihr alle geborgen seid!

Ich werde für euch sorgen.

Mein Volk, ich wache über dir: schlafe nur weiter!

46

Das Gewicht der Welt lastete auf mir, als hätte ich die Verantwortung für sie zu tragen. Während ich mich in der Einsamkeit an einen Baum lehnte und im Abendwind die Arme über der Brust kreuzte, trat ich für alle die als Bürge ein, die meiner bedurften, weil sie in mir den Sinn suchten, den sie verloren hatten. So hat die Mutter eines einzigen Kindes ihren Sinn verloren, wenn es stirbt. Sie steht dann vor diesem Abgrund wie vor einer fortan nutzlosen Vergangenheit. Sie war wie ein Wald von Lianen, die sich um einen blühenden Baum rankten; nun ist der Baum plötzlich dürres Holz geworden. Und sie sagt sich: Was soll ich mit meinen Lianen anfangen? Was soll ich mit der Milch anfangen, die in mir hochsteigt?

Und so ist es mit einem, den der Aussatz wie ein langsames

Feuer anfrißt; er sieht sich von der menschlichen Gemeinschaft ausgeschlossen und weiß nun nicht, was er mit den Wallungen seines Herzens beginnen soll, die sich langsam in ihm regen. Oder denke an einen, den du kennst und der sein eigenes Krebsgeschwür bewohnt; er hatte tausenderlei Arbeiten begonnen, die ein langes Leben erforderten, und gleicht nun einem Baum, der geduldig das ganze Netz seiner Wurzeln ausbreitete und plötzlich gewahr wird, daß er nur der Mittelpunkt nutzloser Verlängerungen ist; er ist von der Welt wie durch eine blinde Tür abgetrennt. So geht es auch einem, dessen Scheune abbrannte, oder dem Goldschmied, der seine rechte Hand verliert, oder einem jeden, dessen Augenlicht erlischt.

Mein Herz war bedrückt von der Last all derer, die keine stützende Schulter zu finden wissen; die von den Ihren verstoßen werden oder von ihnen getrennt sind. Da ist auch einer, der sich, von Schmerzen gepeinigt, auf seiner Pritsche hin und her wälzt; sein Körper ist fortan nutzloser als ein zerbrochener Wagen; und so wünscht er vielleicht den Tod herbei, aber der Tod versagt sich ihm. Da ruft er aus: »Wozu das alles, Herr, wozu das alles?«

Und sie alle sind Soldaten eines geschlagenen Heeres. Aber ich werde sie sammeln und ihrem Siege entgegenführen. Denn für ein jedes Heer gibt es Siege, wenn auch nicht die gleichen. Und so sind auch diese Unglücklichen nur einer der vielen Äußerungen des Lebens. Die welkende Blume läßt ihr Samenkorn fallen, das faulende Samenkorn bildet seinen Stengel, und aus jeder gesprengten Schmetterlingspuppe wachsen Flügel hervor.

Wahrlich, ihr seid Fruchtland, Nahrung und Gefährt für Gottes glorreichen Aufstieg!

47

Ich sagte ihnen also: Schämt ihr euch nicht eures Hasses, eurer Zwietracht, eures Zornes? Denn wenn ihr erneuert aus dem Abenteuer hervorgeht – wie das Kind aus dem zerrissenen Schoß, wie das geflügelte Insekt, das sich durch das Zerreißen seiner Puppe verschönte –, wie könnt ihr dann etwas um des Gestrigen willen erlangen und euch dabei auf Wahrheiten berufen, die alle ihren Gehalt verloren haben? Denn durch die Erfahrung belehrt, habe ich die Streitenden, die sich zerfleischen, stets mit der blutigen Heimsuchung der Liebe verglichen. Und die Frucht, die daraus hervorgeht, gehört weder dem einen noch dem anderen, sondern beiden. Und sie beherrscht sie. Und sie werden sich in ihrem Zeichen bis zu dem Tage versöhnen, an dem sie – bei der neuen Zeugung – wieder der blutigen Heimsuchung der Liebe gleichen.

Gewiß leiden sie unter den Schrecken der Geburt. Wenn aber der Schrecken vergangen ist, kommt die Stunde des Festes. Und durch das Neugeborene finden sie wieder zueinander. Und, seht, ihr seid euch alle gleich, wenn euch die Nacht umfängt und in den Schlaf wiegt. Ich sagte es sogar von den Insassen der Gefängnisse, die durch ihre Halsketten als zum Tode Verurteilte gekennzeichnet sind: Sie unterscheiden sich nicht von den anderen. Es kommt allein darauf an, daß sie in ihrer Liebe wieder zueinanderfinden. Ich verzeihe allen, die getötet haben, denn ich lehne es ab, auf Grund der Kunstgriffe der Sprache zu unterscheiden. Der eine hat aus Liebe zu den Seinen getötet, denn man setzt sein Leben nur aus Liebe aufs Spiel. Und der andere hat gleichfalls aus Liebe zu den Seinen getötet. Versucht es anzuerkennen, und verzichtet darauf, das Gegenteil eurer Wahrheiten Irrtum und das Gegenteil eures Irrtums Wahrheit zu nennen. Denn du mußt wissen, daß die Einsicht, die dich überwältigt und dich zwingt, deinen Berg zu ersteigen, auch den anderen überwältigt hat, der gleichfalls seinen Berg ersteigt. Und daß ihn die gleiche Einsicht beseelt, die dich mitten in der Nacht aufstehen ließ: vielleicht nicht die gleiche, aber eine Einsicht von gleicher Stärke.

Du vermagst aber nur das im Menschen zu sehen, wodurch der Mensch verneint wird, der du selber bist. Und ebenso kann der andere nur das aus dir herauslesen, was ihn selber verneint. Und ein jeder weiß wohl, daß in ihm selbst noch etwas anderes als eisige oder haßerfüllte Verneinung steckt, vielmehr gewahrt er ein so überzeugendes, ein so reines und einfaches Gesicht, daß er dafür in den Tod ginge. Und so haßt ihr einander, weil sich ein jeder einen lügnerischen und hohlen Gegner erfindet. Ich aber, der ich über euch herrsche, ich sage euch, daß ihr das gleiche Gesicht liebt, obwohl ihr es beide nur schlecht erkannt habt.

Wascht daher euer Blut ab: Auf Sklaverei läßt sich nichts aufbauen; man entfesselt dadurch nur Empörungen der Sklaven. Man gewinnt nichts durch Strenge, wenn keine Bereitschaft zur Bekehrung vorhanden ist. Wozu taugt also die Strenge, wenn der Glaube wertlos ist, den du anbietest, und keiner geneigt ist, sich bekehren zu lassen?

Weshalb solltet ihr daher eines Tages zu den Waffen greifen? Was könnt ihr durch solch ein Blutbad gewinnen, bei dem ihr nicht wißt, wen ihr tötet? Ich verachte den dürftigen Glauben, der nur die Gefängniswärter zufriedenstellt.

Ich rate dir von der Polemik ab. Denn sie führt zu nichts. Und wenn sich andere irren, weil sie deine Wahrheiten unter Berufung auf ihre eigenen Einsichten ablehnen, so sage dir, daß auch du ihre Wahrheiten ablehnst, wenn du unter Berufung auf deine eigene Einsicht gegen sie zu Felde ziehst. Bejahe sie! Nimm sie an die Hand und führe sie! Sage ihnen: »Ihr habt recht, wir wollen indes den Berg ersteigen!« So stellst du die Ordnung wieder her, und alle atmen die Weite, die sie erobert haben.

Denn nicht darum geht es, daß du sagst: »Diese Stadt hat dreißigtausend Einwohner!«, worauf dir ein anderer antwortet: »Sie hat nur fünfundzwanzigtausend!«; denn in der Tat wurden sich alle auf eine bestimmte Zahl einigen. Einer muß sich also geirrt haben. Aber du sagst vielleicht: »Diese Stadt ist etwas Beständiges, sie ist ein Werk der Baumeister, ein Schiff, das die Menschen mit sich fortträgt.« Und der andere sagt: »Diese Stadt ist ein Lobgesang, der die Menschen in der gleichen Arbeit vereinigt . . .«

Denn es geht darum, daß du sagst: »Die Freiheit ist fruchtbar, da sie eine Geburt des Menschen und gedeihlichen Widerspruch möglich macht.« Und ein anderer sagt: »Freiheit ist schädlich, aber Zwang ist fruchtbar, denn er entspricht innerer Notwendigkeit und ist das Prinzip der Zeder.« Und so geraten sie aneinander und vergießen ihr Blut. Bedaure es nicht; das sind Geburtswehen; so ringen sie mit sich selber und rufen Gott an. Sage also einem jeden: Du bist im Recht. Denn sie sind es. Aber führe sie höher auf ihren Berg hinauf, denn wenn sie auch diese Anstrengung einer Bergbesteigung aus freien Stücken ablehnen würden, da sie solche Anforderungen an das Herz und die Muskeln stellen, so zwingt sie jetzt ihr Leiden dazu und gibt ihnen den Mut. Denn du fliehst in die Höhe, wenn dich die Sperber bedrohen. Und du suchst die Sonne über dir, wenn du ein Baum bist. Und deine Feinde arbeiten mit dir zusammen, denn es gibt keinen wahrhaften Feind in der Welt. Der Feind begrenzt sich, er gibt dir daher deine Form und begründet dich. So sage ihnen: Freiheit und Zwang sind nur zwei Seiten der gleichen Notwendigkeit; sie besteht darin, daß du dieser hier und kein anderer bist. Du hast die Freiheit, dieser hier zu sein, aber du hast nicht die Freiheit, ein anderer zu sein. Du hast Freiheit innerhalb einer bestimmten Sprache, aber du hast nicht die Freiheit, eine andere hineinzumischen. Du hast Freiheit innerhalb der Regeln eines Würfelspiels, aber du hast nicht die Freiheit, das Spiel dadurch zu verderben, daß du andere Spielregeln einführst. Du hast Freiheit zu bauen, aber du hast nicht die Freiheit, dein Vermögen zu verschwenden und durch einen schlecht gelenkten Verbrauch zu vergeuden. Du gleichst dann einem, der schlecht schreibt und seine Wirkungen durch Zügellosigkeit erzielt; so zerstört er sein eigenes Ausdrucksvermögen, denn sobald er das Stilgefühl der Menschen untergraben hat, wird keiner mehr etwas empfinden, der ihm zuhört. So auch der Esel, den ich mit dem König vergleiche; solange der König achtbar und geehrt ist, reize ich damit zum Lachen. Es kommt aber der Tag, da König und Esel zum gleichen Begriff werden, und dann spreche ich nur noch eine Binsenwahrheit aus.

Und alle wissen es: Denn die Verfechter der Freiheit fordern eine innere Moral, damit der Mensch gleichwohl gelenkt werde. Den Schutzmann hat man innerlich, sagen sie. Und die anderen, die für den Zwang eintreten, versichern dir, daß er Freiheit des Geistes bedeute; denn in deinem Haus besäßest du die Freiheit, die Vorzimmer zu durchqueren, von einem

Saal in den anderen zu schreiten, die Türen aufzustoßen und die Treppen hinauf- oder hinunterzusteigen. Und deine Freiheit wachse durch die Anzahl der Mauern, der Hindernisse und Türschlösser. Und je mehr Verpflichtungen dir durch die Härte der Steine auferlegt würden, um so mehr mögliche Handlungen eröffneten sich dir, zwischen denen du wählen könntest. Und wenn du in der Unordnung des gemeinsamen Saales dein Lager aufschlügest, so fändest du keine Freiheit mehr, sondern nur Auflösung.

Und im Grunde träumen sie alle von der gleichen Stadt. Der eine aber verlangt das Recht zum Handeln für den Menschen, so, wie er ist. Der andere fordert das Recht, den Menschen zu formen, damit er zum wahren Sein gelangen und handeln könne. Und beide preisen sie den gleichen Menschen.

Aber sie irren sich beide. Der eine glaubt, der Mensch sei ewig und beruhe in sich. Er weiß nicht, daß zwanzig Jahre der Lehre, des Zwanges und der Übung diesen Menschen und keinen anderen geschaffen haben. Und daß deine Liebesfähigkeit vor allem aus der Ausübung des Gebets und nicht aus der inneren Freiheit erwächst. So ist es auch mit dem Musikinstrument, wenn du nicht darauf zu spielen lerntest, oder mit dem Gedicht, wenn du nicht die Sprache beherrschst. Und auch der andere irrt sich, denn er glaubt an die Mauern und nicht an den Menschen. Er glaubt an den Tempel und nicht an das Gebet. Denn bei den Steinen des Tempels kommt es allein auf die Stille an, die in ihnen herrscht. Es kommt auf die Stille in der Seele des Menschen an und auf die Seele des Menschen, in der diese Stille ihren Sitz hat. Das ist der Tempel, vor dem ich niederknie. Aber der andere vergöttert den Stein und kniet vor dem Stein nieder, insoweit er Stein ist . . .

Ebenso ist es mit dem Reich. Und ich habe aus dem Reich keinen Gott gemacht, damit es die Menschen knechte. Ich opfere keineswegs die Menschen dem Reich. Sondern ich stifte das Reich, um die Menschen damit zu erfüllen und zu beseelen; und der Mensch gilt für mich mehr als das Reich. Ich habe die Menschen dem Reich unterworfen, um sie zu begründen. Ich habe nicht die Menschen geknechtet, um das Reich zu begründen. Doch laß ab von dieser Sprache, die zu nichts führt, und unterscheide die Ursache von der Wirkung und den Herrn vom Diener. Denn alles besteht aus Beziehungen, Gefügen und inneren Abhängigkeiten. Ich, der ich regiere, bin meinem Volke mehr unterworfen, als irgendeiner meiner Untertanen mir selber unterworfen ist. Wenn ich auf meine Terrasse steige und ihre nächtlichen Klagen und ihr Gestammel, ihre Schmerzensschreie und das Getümmel ihrer Freuden in mich aufnehme, um daraus einen Lobgesang für Gott zu machen, verhalte ich mich wie ihr Diener. Ich bin der Bote, der sie sammelt und mit sich fortreißt. Ich bin der Sklave, der ihre Sänften trägt. Ich bin ihr Mittler.

So bin ich der Schlußstein ihres Gewölbes. Ich bin der Knoten, der sie schürzt und in Gestalt eines Tempels verknüpft. Und wie könnten sie mir deswegen gram sein? Fühlen sich die Steine dadurch verletzt, daß sie den Schlußstein ihres Gewölbes tragen müssen? . . .

Laß dich nicht auf einen Streit über solche Fragen ein, denn er ist müßig.

Auch nicht auf einen Streit über die Menschen. Denn du verwechselst stets die Wirkungen und die Ursachen. Wie sollten sie wissen, was durch sie hindurchgeht, da es keine Sprache gibt, um es zu fassen? Wie könnte sich der Wassertropfen als Fluß erkennen? Und doch strömt der Fluß. Wie könnte sich jede Zelle des Baumes als Baum erkennen? Und doch wächst der Baum. Wie könnte ein jeder Stein eine Vorstellung vom Tempel besitzen? Und dennoch birgt der Tempel seine Stille wie ein Speicher.

Wie könnten die Menschen ihre Handlungen erkennen, wenn sie nicht zuvor mühselig und in Einsamkeit den Berg erstiegen haben und in der Stille zu werden versuchten? Und gewiß kann Gott allein die Gestalt des Baumes erkennen. Die Menschen wissen aber, daß der eine von ihnen nach links und der andere nach rechts strebt, und jeder wird den anderen umbringen, der ihn stört und belästigt, und trotzdem weiß keiner, wohin er geht. So sind die Bäume der Tropen einander feind. Denn sie alle ersticken sich gegenseitig und stehlen sich ihren

Platz an der Sonne. Und doch wächst der Wald und bedeckt den Berg mit schwarzem Pelz und sendet beim Morgengrauen seine Vögel aus. Glaubst du, eines jeden Sprache erfasse das Leben?

Jedes Jahr bringt Barden hervor, die den Krieg für unmöglich erklären, denn keiner wünscht zu leiden, Frau und Kind zu verlassen, ein Land zu betreten, aus dem er für sich selber keinen Nutzen ziehen kann, um sodann in der Sonnenglut, mit Steinen, die seinen Bauch pflastern, von Feindeshand zu sterben. Und gewiß fragst du jeden der Männer, was seine Wahl sei. Und ein jeder weigert sich. Greift aber das Reich ein Jahr später abermals zu den Waffen, so siehst du alsbald, wie sich alle, die den Krieg ablehnten, weil er in den Äußerungen ihrer mageren Sprache unannehmbar erschien, in einer Gesinnung vereinigen, die sich durch Worte nicht wiedergeben läßt, und zu einem Verhalten entschließen, das für keinen von ihnen einen Sinn hatte. So entsteht ein Baum, der nichts von sich weiß, und der allein erkennt ihn, der auf dem Berge zum Propheten wurde.

Da es sich um Menschen handelt, geht freilich das Werden und Vergehen von alldem, was größer ist als sie selber, durch sie hindurch, ohne daß sie es mit Worten bezeichnen könnten; ihre Verzweiflung aber legt davon Zeugnis ab. Und wenn ein Reich stirbt, wirst du seinen Tod dadurch gewahr werden, daß dieser oder jener den Glauben an das Reich verliert. Und du wirst ihn fälschlich für den Tod des Reiches verantwortlich machen, denn er hat nur das Übel aufgezeigt. Aber wie vermöchtest du zwischen den Ursachen und Wirkungen zu unterscheiden? Und wenn die Moral verdirbt, erkennst du die Anzeichen des Verfalls an den Ministern. Du kannst ihnen den Kopf abschlagen: sie aber waren nur die Früchte der Verwesung. Du kämpfst nicht gegen den Tod, wenn du die Kadaver begräbst.

Aber gewiß muß man sie begraben, und so begräbst du sie. Ich merze alle aus, die verdorben sind. Doch die Würde gebietet mir, alle Polemik gegen die Menschen zu untersagen. Denn die Blinden mißfallen mir, wenn sie sich wegen ihrer Auswüchse schmähen. Und weshalb sollte ich meine Zeit damit verlieren, ihre Beschimpfungen anzuhören? Wenn mein Heer davonläuft, wird es vom General beschuldigt, und das Heer beschuldigt seinerseits den General. Und alle zusammen beschuldigen sie die schlechten Waffen. Und das Heer beschuldigt die Kaufleute. Und die Kaufleute beschuldigen das Heer. Und alle zusammen beschuldigen wiederum andere. Und ich antworte: Man muß die dürren Zweige abhauen, weil sie ein Anzeichen des Todes sind. Es ist aber unsinnig, ihnen den Tod des Baumes zur Last zu legen. Der Baum stirbt, wenn seine Zweige sterben. Und der dürre Zweig war nur ein Anzeichen. Darum schneide ich sie weg, wenn ich sie fallen sehe, ohne mich mit ihnen abzugeben, und richte meine Blicke anderswohin. Die Menschen faulen nicht. Ein Mensch ist es, der in ihnen fault. Und ich kümmere mich um die Krankheit des Erzengels ...

Und ich weiß wohl, daß Heilung nur der Hymnus bringen kann, nicht aber Erklärungen. Haben die Erklärungen der Ärzte jemals wieder lebendig gemacht? Denn sie sagen: »Aus diesem Grunde ist er gestorben.« Und freilich ist er infolge einer erkennbaren Ursache und einer Zerrüttung seiner Eingeweide gestorben. Aber das Leben war etwas anderes als eine Anordnung der Eingeweide. Und wenn du mit deiner Logik alles vorbereitet hast, geht es wie mit einer Öllampe, die du angefertigt und mit einer Fassung versehen hast, die aber erst Licht spendet, wenn du sie anzündest.

Du liebst, weil du liebst. Es gibt keinen Grund für deine Liebe. Nur das Schöpferische ist Arznei, denn du wirst die Einheit der Menschen nur im Aufschwung ihrer Herzen hervorbringen. Und jener Gesang, den du sie lehrst, wird der tiefste Antrieb ihres Handels sein.

Und gewiß wird dieser Gesang morgen zu Grund, Motiv, Beweggrund und Dogma werden. Denn die Logiker werden deine Statue untersuchen, damit sie die Gründe aufzählen können, aus denen sie schön ist. Und wie könnten sie sich irren, da sie in Wahrheit schön ist! Aber sie erkennen es auf anderen Wegen als durch ihre Logik.

48

Ich bringe euch den großen Trost, daß es nichts zu bedauern, nichts zu verwerfen gibt. So sagte mein Vater:

– Du gebrauchst deine Vergangenheit wie die Landschaft, die hier von ihrem Berge, dort von ihrem Fluß begrenzt wird. Und du verfügst über sie und bist frei beim Planen der künftigen Städte, soweit du dabei das Bestehende berücksichtigst. Und wenn das Bestehende nicht vorhanden wäre, würdest du Traumstädte erfinden, die leicht zu bauen sind – denn nichts widersteht im Traum –, die sich aber ebenso willkürlich verlieren und auflösen. Beklage dich nicht über dein Fundament, das so und nicht anders ist, denn es ist vor allem eine Eigenschaft des Fundaments, daß es existiert. So steht es mit meinem Palast, meinen Toren, meinen Mauern . . .

Und hat es ein Eroberer jemals bedauert, wenn er ein Land in Besitz nahm, daß sich dort ein Berg aufbaute und hier ein Fluß seinen Weg bahnte? Ich brauche einen Faden, wenn ich sticken will, ich brauche Regeln, wenn ich singen oder tanzen will, und ich brauche einen Menschen mit festem Boden unter den Füßen, wenn ich handeln will.

Wenn du über die empfangene Wunde klagst, so könntest du ebensogut darüber klagen, daß du gar nicht existierst oder nicht in einer anderen Zeit geboren bist. Denn deine gesamte Vergangenheit ist nur eine Geburt des heutigen Tages. Sie ist so und nicht anders. Nimm sie, wie sie ist, und verrücke nicht die Berge darin. Sie sind, wie sie nun einmal sind.

49

Auf die Haltung allein kommt es an. Denn nur sie allein ist von Dauer und nicht das Ziel, das nur ein Trugbild des Wanderers ist, wenn er von Grat zu Grat fortschreitet, als ob dem erreichten Ziel ein Sinn innewohnte. Ebenso gibt es keinen Fortschritt ohne eine Bejahung des Bestehenden. Und du nimmst ständig von ihm Abschied. Ich glaube nicht an die Ruhe. Denn wenn einer durch einen Streit gepeinigt wird, so rate ich ihm nicht, dadurch einen unsicheren und schlechten Frieden zu suchen, daß er eines der beiden Elemente des Streites blindlings bejaht. Glaubst du, die Zeder hätte dadurch Gewinn, daß sie den Wind vermiede? Der Wind peinigt sie, aber er formt sie zugleich. Der ist wahrhaft weise, der das Gute vom Bösen zu scheiden weiß. Du suchst dem Leben einen Sinn zu geben, da doch sein Sinn vor allem darin besteht, daß du dich selber findest, nicht aber, daß du den elenden Frieden gewinnst, der mit dem Vergessen des Streites verbunden ist. Was dir widerstrebt und dich peinigt, laß wachsen; es bedeutet, daß du Wurzeln schlägst und dich wandelst. Dein Leid bringt Segen, wenn es dir zur Geburt deiner selbst verhilft, denn keine Wahrheit offenbart sich dem Augenschein und läßt sich dadurch erlangen. Und Wahrheiten, die man dir auf solche Weise darbietet, sind nur eine bequeme Lösung und gleichen Schlafmitteln.

Denn ich verachte die Menschen, die sich innerlich abstumpfen, um zu vergessen, oder die einen Drang ihres Herzens ersticken, um in Frieden zu leben. Denn du mußt wissen, daß dich jeder unlösbare Gegensatz, jeder unheilbare Streit dazu zwingt, größer zu werden, damit du ihn in dich aufnehmen kannst. Und du ergreifst die Erde, die kein Gesicht hat, ihre Kiesel und ihren Humus, mit deinen Wurzelknoten und bildest daraus eine Zeder zum Ruhme Gottes. An dem Ruhme hat nur die Säule des Tempels teil, die daraus hervorging, daß sie sich durch zwanzig Generationen hindurch an den Menschen abnutzte. Und wenn du selber wachsen willst, nutze dich an deinen Kämpfen ab; sie allein führen zu Gott. Dies ist der einzige Weg, den es auf Erden gibt. Und so geschieht es, daß dich dein Leid wachsen macht, wenn du es bejahst.

Es gibt aber auch Bäume in den Städten, die nicht durch den Wüstenwind geformt werden. Es gibt schwache Menschen, die nicht über sich hinauswachsen können. Sie finden ihr Glück in einer mittelmäßigen Zufriedenheit, nachdem sie das in sich abtöteten, was groß an ihnen war. Sie verweilen ihr ganzes Leben in einer Herberge. Sie haben sich selber verkommen lassen. Und es kümmert mich wenig, was aus ihnen wird und ob sie leben. Sie nennen es Glück, wenn sie auf ihren armseligen

Vorräten verderben. Sie versagen sich äußere und innere Feinde. Sie verzichten darauf, die Stimme Gottes zu hören, die sich in unaussprechlicher Not, in Suche und Durst kundtut. Sie streben nicht nach der Sonne wie die Bäume im Waldesdikkicht; denn auch diese erlangen die Sonne nicht als Vorrat oder Reserve – ein jeder Baum erstickt ja im Schatten der anderen –, sondern verfolgen sie, während sie aufwachsen; wie herrliche glatte Säulen geformt, schießen sie aus dem Boden empor und erlangen ihre Kraft durch die Verfolgung ihres Gottes. Gott läßt sich nicht erreichen, aber er steht als Ziel vor dir, und der Mensch baut sich wie ein Geäst in den Raum hinein.

Verachte deshalb die Urteile der Masse! Denn sie führen dich auf dich selbst zurück und hindern dich am Wachsen. Das Gegenteil der Wahrheit nennen sie Irrtum, deine Kämpfe erscheinen ihnen einfältig, und die Gärstoffe, die deinen Aufstieg beflügeln, weisen sie als unannehmbar zurück, da sie Frucht des Irrtums seien. So wollen sie dich auf deine Vorräte beschränken; sie möchten, daß du als Schmarotzer dich selber ausbeutest und dich vollendest. Und wie solltest du dich dann getrieben fühlen, Gott zu suchen und deinen Lobgesang zu dichten und weiter auf den Berg zu steigen, um die zerstörte Landschaft unter deinen Schritten wiederaufzubauen, oder um die Sonne in dir zu suchen, die du nicht ein für allemal gewinnst, sondern nur erlangst, wenn du dem Lichte nachstrebst?

Laß sie nur reden! Ihre Ratschläge kommen aus einem schwachen Herzen, das dich vor allem glücklich wissen möchte. Sie wollen dir zu früh jenen Frieden geben, der dir nur durch den Tod zuteil wird; dann werden dir deine Vorräte endlich zugute kommen. Denn diese sind nicht für das Leben bestimmt, sondern Bienenhonig für den Winter der Ewigkeit.

Und wenn du mich fragst: »Soll ich jenen dort aufwecken oder ihn schlafen lassen, damit er glücklich sei«, so würde ich dir antworten, daß ich nichts über das Glück weiß. Aber würdest du deinen Freund schlafen lassen, wenn ein Nordlicht am Himmel stünde? Keiner darf schlafen, wenn er es kennenlernen kann. Und gewiß liebt jeder seinen Schlaf und wälzt sich wohlig darin; du aber entreiße ihn seinem Glück und wirf ihn hinaus, damit er *werde*.

50

Die Frau beutet dich für ihr Haus aus. Und gewiß ist die Liebe begehrenswert; sie verleiht dem Haus seinen Duft, sie ist der Gesang des Springbrunnens und die Musik der stillen Wasserkrüge, sie segnet die Kinder, wenn sie nacheinander herantreten und ihre Augen von der Stille des Abends erfüllt sind. Suche aber nicht zwischen zwei Dingen zu entscheiden und dem Ruhm des Krieges in der Wüste oder den Wohltaten seiner Liebe den Vorzug zu geben, wie es die Formeln vorschreiben. Denn nur die Sprache führt hier zu einer Spaltung. Zu lieben vermag nur der Krieger, der von den Weiten seiner Wüste erfüllt ist; nur der Liebende, der zu lieben wußte, kann sein Leben im Hinterhalt vor dem Brunnen zum Opfer bringen; sonst ist der Leib, den er hingibt, keine Opfergabe und kein Geschenk der Liebe. Denn worin besteht die Größe des Kriegers, wenn der Kämpfende nichts als ein Automat und eine Prügelmaschine ist? Ich sehe darin nur noch die abscheuliche Verrichtung eines Insekts. Und wenn einer, der seine Frau liebkost, dem stumpfen Vieh auf der Streu gleicht: wo bleibt da die Erhabenheit der Liebe?

Ich vermag Größe nur in jenem Krieger zu erkennen, der die Waffen niederlegt und sein Kind wiegt, oder in dem Gatten, der in den Krieg zieht.

Es geht nicht um einen Ausgleich zwischen der einen und der anderen Wahrheit oder um etwas, das nur eine gewisse Zeit Geltung hat, bis ein anderes an seine Stelle tritt. Es handelt sich um zwei Wahrheiten, die nur gemeinsam einen Sinn ergeben. Denn du liebst, insoweit du Krieger bist, und du führst Krieg, insoweit du Liebender bist!

Aber die Frau, die dich für ihre Nächte gewonnen hat, weil sie die Süße deines Lagers kennenlernte, wendet sich an dich, ihre

Wonne, und sagt zu dir: »Sind unsere Küsse nicht süß? Ist unser Haus nicht kühl? Sind unsere Abende nicht von Glück erfüllt?« Und durch dein Lächeln stimmst du ihr zu. »Dann bleibe doch bei mir«, sagt sie, »und stütze mich! Wenn das Verlangen über dich kommt, brauchst du nur deine Arme auszustrecken, und allein unter deiner Anziehung werde ich mich dir entgegenneigen wie ein junger fruchtbeladener Orangenbaum. Denn fern von mir führst du ein kärgliches Dasein, das keine Liebkosung kennt. Und wie das Wasser eines versandeten Brunnens haben die Regungen deines Herzens kein Wiesenland mehr, um sich zu entfalten.«

Und in der Tat hast du in deinen einsamen Nächten jene verzweifelten Wallungen erlebt, da du dich zu dieser oder jener Frau hingezogen fühltest, deren Bild wieder vor dir aufstieg; denn in der Stille gewinnen sie alle an Schönheit.

Und so meinst du, durch die Einsamkeit des Krieges seien dir wunderbare Gelegenheiten entgangen. Und doch lernst du die Liebe nur während der Ferien von der Liebe kennen. Und die blaue Landschaft deiner Berge lernst du nur zwischen den Felsen kennen, die auf den Grat hinaufführen. Und Gott lernst du nur kennen, wenn du dich in Gebete versenkst, auf die dir keine Antwort zuteil wird. Denn nur das, was dir außerhalb deiner verströmenden Tage gewährt wird, erfüllt dich mit einem Glück, bei dem du keine Abnutzung zu befürchten brauchst; es wird dir geschenkt werden, wenn sich die Zeiten für dich erfüllt haben und dir zu sein vergönnt wird, nachdem du dein Werden vollendet hast.

Und freilich kannst du dich darin irren und den bedauern, der seinen Ruf in die leere Nacht hinaussendet und glaubt, die Zeit vergehe umsonst und beraube ihn seiner Schätze. Solch ein Durst nach Liebe ohne Liebe kann dich beunruhigen, wenn du vergessen hast, daß die Liebe ihrem Wesen nach nichts als Durst nach Liebe ist; dies ist den Tänzern und Tänzerinnen bekannt, die ihren Tanz auf Annäherung aufbauen, statt sich vor allem miteinander zu vereinen.

Und ich sage dir, daß es vor allem auf die entgangene Gelegenheit ankommt. Die Zärtlichkeit, die sich nur durch Gefängnismauern äußern kann, ist vielleicht die einzige große Zärtlichkeit. Das Gebet ist fruchtbar, solange Gott nicht antwortet. Und die Steine und Dornen nähren die Liebe.

Verwechsle daher nicht die Inbrunst mit dem Verbrauch deiner Vorräte. Die Inbrunst, die etwas für sich verlangt, ist keine Inbrunst. Die Inbrunst des Baumes geht in seine Früchte ein, die ihm nichts einbringen. So verhält es sich auch mit mir und meinem Volk. Meine Inbrunst schenke ich den Hirten, von denen ich nichts zu erwarten habe.

Schließe dich daher auch nicht in die Frau ein, um das in ihr zu suchen, was du bereits bei ihr gefunden hast. Nur von Zeit zu Zeit kannst du sie wiedergewinnen, so wie einer, der im Gebirge wohnt, zuweilen zum Meer hinabsteigt.

51

Der war ungerecht, der von seinem winzigen Haus sagte:

»Ich baue es, damit ich alle meine wahren Freunde darin aufnehmen kann . . .«

Denn was für eine Meinung hatte dieser Griesgram von den Menschen? Mein Haus könnte nicht groß genug sein, wenn ich es für meine wahren Freunde bauen wollte. Denn ich kenne keinen Menschen auf der Welt, von dem nicht ein noch so dürftiger, noch so flüchtiger Teil mein Freund wäre, und wie gut vermöchte ich selbst aus jenem, dem ich den Kopf abschlagen lasse, meinen Freund herauszulösen, wenn wir imstande wären, die Menschen zu zerteilen. Und ich könnte es selbst bei dem Mann, der mich allem Anschein nach haßt und mir den Kopf abschlagen würde, wenn es in seiner Macht stünde. Und glaube nicht, es handle sich dabei um billige Rührung oder Nachsicht oder niedriges Verlangen und Mitgefühl, denn ich bleibe streng, unnachgiebig und schweigsam. Aber wie zahlreich sind meine Freunde, die überall verstreut leben, und wie gut würden sie mein Haus füllen, wenn ich sie einladen könnte, zu wandern.

Der andere hingegen nennt nur den seinen wahrhaften

Freund, dem er Geld anvertrauen könnte, ohne daß er einen Diebstahl des Geldes zu befürchten hätte – und dann besteht die Freundschaft aus der Treue, wie sie von Bediensteten gefordert wird –, oder den er um einen Gefallen bitten könnte, den er ihm auch erweisen würde – und dann ist die Freundschaft nur ein Vorteil, den man aus den Menschen herausholt –, oder der ihn notfalls verteidigen würde. Und so ist die Freundschaft eine Gunstbezeigung. Ich verachte aber alle Rechenkunst und nenne den Menschen meinen Freund, den ich in meinem Gegenüber entdeckt habe – den Menschen, der vielleicht verborgen in seiner Schlacke schläft, sich aber vor meinen Augen herauszulösen beginnt: denn er hat mich erkannt und lächelt mir zu, selbst wenn er mich später verraten sollte.

Aber der andere, siehst du, zählt nur die Menschen als seine Freunde auf, die den Schierlingsbecher an seiner Stelle trinken würden – wie sollten daran sie alle Gefallen finden!

Jener Mann, der sich für schön hielt, verstand nichts von der Freundschaft. Mein Vater, der grausam war, hatte Freunde und wußte sie zu lieben, denn er hatte nichts für Enttäuschungen übrig, die nur verhinderter Geiz sind. Die Enttäuschung zeugt von gemeiner Gesinnung, denn wieso ist das zerstört, was du zunächst an einem Menschen geliebt hast, wenn noch etwas anderes in ihm steckt, was du nicht liebst? Du aber verwandelst alsbald den Menschen, den du liebst oder der dich liebt, in deinen Sklaven, und wenn er nicht die Lasten der Versklavung auf sich nimmt, verdammst du ihn. Jener andere hat die Liebe, die ihm sein Freund als Geschenk darbrachte, in Pflicht verwandelt. Und das Geschenk der Liebe wurde zur Verpflichtung, den Schierlingsbecher zu trinken, und zur Versklavung. Der Freund aber liebte den Schierlingsbecher nicht. Der andere kam sich daher enttäuscht vor, und das war niedrig. Denn die Enttäuschung richtete sich hier nur gegen seinen Sklaven, der seinen Dienst schlecht versehen hatte.

52

Ich werde dir von der Inbrunst reden. Denn du wirst vielen Vorwürfen begegnen müssen. So wird dir die Frau stets die Geschenke zum Vorwurf machen, die du anderen als ihr selber zukommen läßt. Denn der Mensch glaubt, daß etwas dem einen gestohlen sei, was dem anderen geschenkt werde. Hierzu sind wir durch die Mißachtung Gottes und den Gebrauch der Waren erzogen worden. Was du aber in Wirklichkeit gibst, macht dich nicht ärmer, sondern vermehrt im Gegenteil die Schätze, die du austeilen kannst. Einer, der alle Menschen durch Gott hindurch liebt, liebt jeden Menschen unendlich viel mehr als der andere, der nur einen einzigen liebt und lediglich den armseligen Umkreis seiner Person auf seinen Komplizen ausdehnt. Ebenso schenkt einer, der in der Ferne den Gefahren der Seelen trotzt, der Geliebten weit mehr, ohne daß sie davon weiß, denn er schenkt ihr einen Menschen, der im Dasein steht, und der wird ihr nicht durch den Mann gegeben, der sie Tag und Nacht auf den Händen trägt, aber nicht existiert.

Laß hier keine Sparsamkeit walten. Es geht nicht um Ware, die man einsparen könnte, sondern um Regungen des Herzens. Denn Schenken ist ein Brückenschlag über den Abgrund deiner Einsamkeit.

Und wenn du schenkst, so bemühe dich nicht, zu erfahren, wem deine Gabe zuteil wurde. Denn man wird dir sagen: »Der dort verdient nicht solch ein Geschenk.« Als wenn es sich um eine Ware handelte, die du verbrauchtest. Der gleiche Mensch, der dir durch die Geschenke, die du von ihm erlangen könntest, keinen Nutzen einbrächte, kann dir durch die Geschenke, die du ihm gewährst, einen Dienst erweisen, denn du dienst dadurch Gott. Und alle die wissen es wohl, die kein niedriges Mitleid für die Geschwüre des Gesindes empfinden, aber gern ihr Leben aufs Spiel setzen und ohne Unterbrechung hundert Tage über Felsgestein wandern würden, wenn es nur darum ging, den Lakaien ihres Lakaien von einem Geschwür zu erlösen. Und nur die zeigen eine niedrige Gesinnung und unterwerfen sich der Lakaienschaft ihres Lakaien, die auf eine Regung der Dankbarkeit bei ihm rechnen, denn wenn er sich auch seine ganze Haut vom Leibe risse, würde es nicht ausreichen, um nur einen Blick von dir zu bezahlen; du aber hast Gott beschenkt, da du den Verwahrer seines Gutes beschenktest, und so ist es an dir, dich vor ihm niederzuwerfen, denn er hat geruht, deine Gabe entgegenzunehmen.

53

Auch ich erwartete in meiner Jugend die Ankunft der Vielgeliebten, die man mir am Faden einer Karawane als Braut zuführte; jene Karawane war von so fernen Grenzen aufgebrochen, daß sie darüber gealtert war. Hast du jemals eine Karawane altern gesehen? Die Ankömmlinge, die sich bei den Wachtposten meines Reiches einstellten, hatten nicht mehr ihr eigenes Vaterland gekannt. Denn im Laufe der Reise waren alle gestorben, die noch aus eigener Erinnerung davon erzählen konnten. Und sie waren nacheinander am Wegesrand begraben worden. Und die anderen, die zu uns kamen, brachten nur Erinnerungen an Erinnerungen als ihr Erbgut mit. Und die Lieder, die sie von ihren Vätern gelernt hatten, waren nur Legenden von Legenden. Hast du je ein solches Wunder erlebt wie diese Annäherung eines Schiffes, das man im Meer gebaut und betakelt hatte? Und das junge Mädchen, das man aus einem Schrein von Gold und Silber hob, konnte sprechen und das Wort »Brunnen« sagen, denn sie wußte genau, daß davon in den Tagen des Glückes die Rede gewesen war. Und sie sprach dieses Wort wie ein Gebet, auf das es keine Antwort gibt, denn so läßt dich das Gedächtnis der Menschen zu Gott beten. Noch erstaunlicher war es, daß sie tanzen konnte; dieser Tanz war ihr unter Steinen und Dornen beigebracht worden, und sie wußte genau, daß der Tanz ein Gebet ist, das die Könige zu verführen vermag, auf das es aber im Leben der Wüste keine Antwort gibt. Und so steht es mit dem Gebet bis zu deinem Tod, denn es gleicht einem Tanz, den du tanzest, um einen Gott zu erweichen. Das Wunderbarste jedoch war, daß sie all das mitbrachte, was ihr erst an anderem Ort dienen sollte. Sie brachte ihre Brüste, die wie warme Tauben waren, um Milch zu spenden. Sie brachte ihren glatten Leib, um dem Reich Söhne zu schenken. Sie war ganz bereit, als sie kam – wie ein geflügeltes Samenkorn, das das Meer überquert hat; sie war so vollkommen geformt, so wohlgestalt, so reinen Herzens von Schätzen entzückt, die ihr niemals von Nutzen gewesen waren – so wie es dir mit den allmählich erlangten Verdiensten, mit deinen Taten und Erfahrungen ergeht, die dir erst in der Stunde deines Todes von Nutzen sein werden –, sie hatte aber nicht allein ihre Brüste und ihren Leib, die noch jungfräulich waren, sondern auch die Tänze, um die Könige zu verführen, die Brunnen, um die Lippen zu netzen, und die Kunst des Blumenbindens – da sie ja niemals Blumen sah – so wenig angewandt, daß sie, als sie bei mir anlangte, in ihrer gänzlichen Vollendung nur noch sterben konnte.

54

Ich habe dir vom Gebet gesprochen, das Ausübung der Liebe ist, dank dem Schweigen Gottes. Hättest du Gott gefunden, du würdest in ihm beruhen und fortan vollendet sein. Und weshalb solltest du dann noch wachsen, um zu werden? Als einer um die Frau warb, die in ihrem Stolz wie inmitten eines dreifachen Schutzwalls eingemauert war und für die es daher keine Rettung gab, beklagte er das Los der Menschen: »Herr«, sagte er, »ich verstehe, und ich harre der Tränen. Sie sind der Regen, durch den die Gefahr des Unwetters dahinschwindet; sie sind Entspannung des Stolzes und erlaubte Verzeihung. Ich verzeihe ihr, wenn sie sich nur lösen und weinen wollte. Aber sie verteidigt sich wie ein wildes Tier mit Krallen und Zähnen gegen die Ungerechtigkeit deiner Schöpfung und weiß nur noch zu lügen.«

Er beklagte sie, weil sie solche Angst hatte. Und er wandte sich an Gott und sprach ihm von den Menschen: »Mit all den Zähnen, den Stacheln, den Krallen, den Giften, den spitzigen

Schuppen und Dornen deiner Schöpfung hast du ihnen ein für allemal Angst eingejagt. Es braucht lange Zeit, sie zu beruhigen, damit sie heimfinden.« Und er wußte von ihr, die log, daß sie so fern, so verloren war und daß sie so weit gehen mußte, um heimzufinden.

Und er beklagte die Menschen, weil sie so weite Entfernungen in sich bargen, die man nicht zu erkennen vermochte. Manche verwunderten sich über seine scheinbare Nachsicht angesichts einer so abscheulichen Zügellosigkeit. Aber er wußte wohl, daß keine Nachsicht in ihm war. Er sagte: »Herr, ich stehe hier nicht als Richter. Es gibt Zeiten, in denen Gericht gehalten werden muß, und ich kann durch die Menschen oder mich selber dazu berufen werden, diese Rolle gegenüber anderen zu spielen. Aber wenn ich diese hier in meine Arme nahm, weil sie Angst hatte, so tat ich es nicht, um gegen sie einzuschreiten. Hat man jemals erlebt, daß der Retter seinen Schützling wieder ins Meer zurückgestoßen hätte, weil er ihn für unwürdig hielt? Du rettest ihn erst einmal vollständig, denn du rettest nicht den Menschen, sondern Gott durch ihn hindurch. Erst wenn er gerettet ist, kannst du gegen ihn einschreiten. So heilst du auch zunächst den zum Tode Verurteilten, wenn er krank ist, denn du darfst einen Menschen an seinem Leibe züchtigen, nicht aber den Leib eines Menschen mißachten.«

Und wenn einer sagte: Was bezweckst du damit, da so wenig Hoffnung besteht, sie zu retten?, so würde ich antworten, daß auch eine Kultur nicht auf ihren Erfindungen, sondern allein auf der Inbrunst beruht, die die Erfindungen hervorbringt; du verlangst auch nicht von deinem Arzt, er solle sein Eingreifen mit dem Wert seines Patienten rechtfertigen. Vor allem kommt es auf die Haltung an, denn das erstrebte Ziel ist nur ein scheinbares und eine willkürliche Etappe, und du weißt nicht, wohin du gehst. Und hinter diesem Berggrat erhebt sich wieder ein anderer Berggrat. Und hinter diesem Menschen rettest du noch etwas anderes, wenn es vielleicht auch nur das Ideal der Rettung ist. Und wenn du etwas tust und siehst dabei auf den Vorteil, und wenn du ihn von vornherein forderst, als käme er dir zu wie aus einem Vertrag, so bist du ein Krämer, nicht aber ein Mensch.

Du kannst nichts über die Etappen erfahren, die lediglich eine Erfindung der Sprache sind. Einzig die Richtung hat einen Sinn. Es kommt darauf an, daß du auf etwas zugehst, nicht, daß du ankommst; denn man kommt nirgendwo an, außer im Tode.

Ihre Zügellosigkeit erschien mir somit als Angst und Verzweiflung. Denn wenn du alles aus der Hand gleiten läßt, hast du verzichtet, danach zu greifen. Und die Zügellosigkeit ist nur Verzicht auf das Sein.

Und du verzweifelst an diesen Schätzen, die nacheinander verbraucht werden und sterben. Denn die Blume verwelkt, aber sie wird für dich zum Samenkorn, und du verzweifelst, weil du die Blume nicht nur für eine Durchgangsstation hieltest. Ich sage dir aber: Der Seßhafte ist nicht einer, der das junge Mädchen um der Liebe willen liebt und dann die Frau heiratet und das Kind in den Schlaf wiegt und den Knaben lehrt und als Greis seine Weisheit verbreitet und so immer weiter voranschreitet; er möchte bei der Frau innehalten und sie wie ein einziges Gedicht oder einen angesammelten Vorrat genießen, und darum entdeckt er alsbald ihre Nichtigkeit, denn nichts auf Erden ist als Gefäß unerschöpflich, und die Landschaft, die du von den Bergeshöhen erspähst, ist nur ein Werk deines Sieges.

Dann verstößt er die Frau, oder die Frau sucht sich enttäuscht einen anderen Liebhaber. Doch nur die Nichtigkeit ihrer beider Haltung war schuld daran. Denn du kannst nicht die Frau lieben, du kannst nur durch die Frau hindurch lieben. Du kannst nicht das Gedicht, sondern nur durch das Gedicht hindurch lieben. Du kannst nur durch die Landschaft hindurch lieben, die du von der Bergeshöhe erspähst. Und die Zügellosigkeit entsteht aus der Angst, daß du dein Dasein verfehlen könntest. So wälzt sich der Schlaflose auf seinem Lager hin und her, weil er die kühlende Schulter des Bettes sucht. Aber kaum hat er sie gefunden, als sie schon ihre Kühle verliert und sich versagt. Und so sucht er anderswo nach einem Quell, der ihm ständige Kühlung spenden könnte. Der ist aber nicht zu finden, denn kaum rührt er daran, so ist schon der Vorrat vergeudet.

So ist es auch mit dem Mann oder der Frau, die nur das Leere in allen Wesen sehen, denn diese sind leer, wenn sie nicht als Fenster oder Luken zu Gott führen. Deshalb liebst du in der gewöhnlichen Liebe, was vor dir flieht, denn sonst bist du schon gleich gesättigt und ekelst dich über dein Befriedigtsein. Und die Tänzerinnen wissen es wohl, die mir die Liebe vorspielen.

So hätte ich jener Frau, die die Welt ausplünderte und sich von Disteln nährte, zu innerer Sammlung verhelfen wollen, denn die wirkliche Frucht findet sich nur hinter den Dingen. Kein Wesen kann in dem Maß dein Herz ergreifen, wie du es von ihm forderst, sobald du erst sein Feuer kennengelernt hast.

Es ergreift dich erst, wenn du nichts mehr von ihm erhoffst: Sobald es nur noch ein Bild, ein verirrtes Schaf, ein schwaches Kind ist, sobald es dem verängstigten Fuchs gleicht, der dich in den Finger beißt, während du ihn fütterst – und wirst du es ihm nachtragen, wenn er in seiner Furcht und seinem Haß verharrt? Würdest du ein Wort oder eine Geste als Beleidigung ansehen, wenn du nur die Worte und den leeren Sinn, den sie einschließen, zu vergessen brauchtest, um dahinter Gott zu entdecken?

Und ich bin der erste, der einem, der mich gekränkt hat, den Kopf abschlagen würde, wenn meine Gerechtigkeit so entschieden hätte. Ich stehe jedoch zu hoch über diesem Fuchs, der unter seiner Schlinge leidet – nicht, um ihm zu verzeihen, denn in dieser Höhe, in der ich mich zum Alleinsein verurteilt habe, gibt es nichts zu verzeihen – aber um aus dem verstörten Gekläff die bloße Verzweiflung herauszuhören.

Darum kann es geschehen, daß eine Frau, die schöner, vollkommener, edelmütiger ist, dir Gott doch nur in weiterer Ferne zeigt. Denn es ist nichts in ihr, was du beruhigen, sammeln, vereinigen könntest. Und wenn sie dich bittet, du möchtest dich ihr allein widmen und dich in ihrer Liebe einschließen, will sie dich nur zu einer Selbstsucht zu zweien verleiten, die man fälschlich Licht der Liebe nennt, während es sich dabei nur um eine sinnlose Feuersbrunst und ein Plündern der Speicher handelt.

Ich habe meine Vorräte nicht angesammelt, um sie in einer Frau einzuschließen und daran Gefallen zu finden.

Mit all ihrer Untreue, ihrer Lüge, ihren Fehltritten lockte daher eine andere weit mehr aus mir heraus; sie drang tiefer zum Quell des Herzens vor. Sie zwang mich, in der Stille zu leben, die ein Ausdruck der wahren Liebe ist, und ließ mich so die Ewigkeit kosten.

Denn es gibt eine Zeit, wo Gericht gehalten werden muß. Es gibt aber auch eine Zeit, wo es gilt, zu werden ...

Ich werde dir von der Gastfreundschaft erzählen. Wenn du dem Landstreicher deine Tür öffnest und er sich niedersetzt, wirf ihm nicht vor, daß er so und nicht anders ist. Denn mit der Schwere in seinen Gliedern, mit dem Gepäck seiner Erinnerungen, mit seinem stockenden Atem und dem Wanderstab, den er in eine Ecke stellte, hungert ihn vor allem danach, irgendwo da zu sein, ein Zuhause um sich zu haben. Es hungert ihn danach, in der Wärme und im Frieden deines Gesichtes zu weilen, das gerecht auf seine Vergangenheit blickt; von ihr ist jetzt nicht die Rede, und all seine Makel sind wie abgestreift. Er spürt seine Krücken nicht mehr, da du ihn nicht zum Tanz aufforderst. Und so faßt er Zutrauen und trinkt die Milch, die *du* ihm eingießt, und ißt das Brot, das *du* ihm reichst, und das Lächeln, das *du* ihm schenkst, ist ein warmer Mantel, wie die Sonne für den Blinden.

Und wie könnte dich einer für niedrig halten, wenn du ihm zulächelst, und behaupten, daß er dessen nicht würdig sei?

Und wie könntest du ihm etwas schenken, wenn du ihm die Hauptsache vorenthältst: deine Gastfreundschaft, die selbst das Verhältnis zu deinem größten Todfeind adeln kann. Auf welche Dankbarkeit rechnest du, die du mit der Last deiner Geschenke gewinnen könntest? Er könnte dich nur hassen, wenn er in tiefen Schulden von dir ginge.

55

Verwechsle nicht die Liebe mit dem Rausch des Besitzes, der die schlimmsten Leiden mit sich bringt. Denn du leidest nicht unter der Liebe, wie die Leute meinen, sondern unter dem Besitztrieb, der das Gegenteil der Liebe ist. Aus Liebe zu Gott ziehe ich hinkenden Fußes des Weges, um Gott zunächst einmal zu anderen Menschen hinzutragen. Und ich denke nicht daran, mir aus meinem Gott einen Sklaven zu machen. Ich werde durch die Gaben gespeist, die er anderen gewährt. Und so vermag ich den wahrhaft Liebenden daran zu erkennen, daß er nicht gekränkt werden kann. So kann auch einer, der für das Reich stirbt, nicht durch das Reich gekränkt werden. Du kannst diesen oder jenen undankbar nennen, aber wie könntest du von der Undankbarkeit des Reiches sprechen? Das Reich baut sich auf deinen Geschenken auf, und du führst ein schmutziges Rechnen ein, wenn du um einen Dienst besorgt bist, den es dir gewähren soll. Wenn einer sein Leben für den Tempel hingibt, so hat er sich als ein wahrhaft Liebender für den Tempel ausgetauscht, aber wodurch könnte er sich durch ihn gekränkt fühlen? Die wirkliche Liebe beginnt, wo keine Gegengabe mehr erwartet wird. Und wenn es darum geht, den Menschen die Menschenliebe zu lehren, kommt der Übung des Gebetes vor allem deshalb solche Bedeutung zu, weil das Gebet ohne Antwort bleibt.

Eure Liebe hat Haß als Grundlage, denn ihr verweilt bei dem Mann oder der Frau, aus denen ihr euren Vorrat schöpft; und wie die Hunde, die ihren Trog umkreisen, beginnt ihr jeden zu hassen, der auf euer Mahl schielt. Diese Selbstsucht nennt ihr dann Liebe. Kaum wird euch die Liebe gewährt, so verwandelt ihr auch dieses freie Geschenk wie bei euren unechten Freundschaften in Knechtschaft und Versklavung; von dem Augenblick an, da man euch liebt, beginnt ihr euch daher gekränkt zu zeigen. Und ihr quält den anderen durch diesen Anblick eurer Leiden, um besser knechten zu können. Und freilich leidet ihr. Doch gerade dieses Leid mißfällt mir. Weshalb soll ich euch darin bewundern?

Gewiß bin ich auch in meiner Jugend unter den funkelnden Sternen auf der Terrasse auf und ab gewandert, weil irgendeine Sklavin entflohen war, von der ich meine Genesung erhoffte. Ich hätte Armeen aufgestellt, um sie zurückzugewinnen. Und ich hätte ihr Provinzen zu Füßen gelegt, um sie zu besitzen; aber Gott ist mein Zeuge, daß ich niemals den Sinn der Dinge vermischt und diese Suche nach meiner Beute Liebe genannt hätte, selbst wenn ich mein Leben dafür aufs Spiel setzte.

Ich erkenne die Freundschaft daran, daß sie sich nicht enttäuschen läßt, und ich erkenne die wahre Liebe daran, daß sie nicht gekränkt werden kann.

Wenn man dir sagt: »Verstoße sie, denn sie kränkt dich ...«, so höre dir solche Rede geduldig an, aber ändere dein Verhalten nicht, denn in wessen Macht steht es, dich zu kränken?

Und wenn man dir sagt: »Verstoße sie, denn all deine Mühe ist vergebens ...«, so höre dir diese Rede geduldig an, aber ändere dein Verhalten nicht, denn du hast deine Wahl schon vollzogen. Und wenn man dir auch stehlen kann, was du empfängst – wer hätte die Macht, dir zu stehlen, was du schenkst? Und wenn man dir sagt: »Hier hast du Schulden. Hier hast du keine. Hier erkennt man deine Geschenke an. Hier spottet man darüber«, so verstopfe dir die Ohren vor solcher Rechenkunst.

Allen kannst du entgegnen: Mich lieben bedeutet vor allem, mit mir zusammenzuarbeiten.

So steht es auch mit dem Tempel, den nur die Freunde betreten, aber unzählbar viele ...

56

Und ich lehre dich das gleiche Geheimnis. Deine gesamte Vergangenheit ist nur eine Geburt, und so ist es auch mit den Begebenheiten des Reiches bis zum heutigen Tag. Und wenn du etwas bedauerst, bist du genauso töricht wie einer, der bedauert, daß er nicht in einem anderen Zeitalter geboren wurde, oder der noch Kind sein möchte, während er doch schon erwachsen ist, oder der lieber in einem anderen Land lebte und der die Verzweiflung, die ihn ständig begleitet, mit solch albernen Träumereien nährt. Der ist ein Narr, der sich an der Vergangenheit die Zähne ausbricht, denn sie ist ein Granitblock und hat sich vollendet. Bejahe den Tag, wie er dir geschenkt wird, statt dich am Unwiederbringlichen zu stoßen. Das Unwiederbringliche besitzt keinen Wert, denn es ist der Stempel, der allem Vergangenen aufgeprägt ist. Und ein erreichtes Ziel, einen abgelaufenen Zyklus, eine abgeschlossene Epoche gibt es nur für die Geschichtsschreiber, die solche Einteilungen konstruieren; wie könntest du also schon wissen, daß du dein Verhalten bereuen mußt, da es noch nicht Erfolg hatte und niemals Erfolg haben wird? Denn der Sinn der Dinge liegt nicht im schon angesammelten Vorrat, den die Seßhaften verzehren, sondern in der Glut der Verwandlung, des Voranschreitens oder der Sehnsucht. Und die Besiegten, die sich unter dem Absatz des Siegers wieder aufraffen, nenne ich sieghafter in ihrer Haltung als den Sieger, der seinen gestrigen Sieg, wie der Seßhafte seine Vorräte, genießt und bereits dem Tod entgegengeht.

Du wirst mir sagen: Was soll ich denn erstreben, da ja das Ziel ohne Bedeutung ist? Und als Antwort kann ich dir jenes große Geheimnis mitteilen, das sich unter gewöhnlichen und einfachen Worten verbirgt und das mich die Weisheit allmählich im Laufe des Lebens gelehrt hat: daß nämlich die Vorbereitung der Zukunft nur im Begründen der Gegenwart besteht. Und daß sich alle in Utopien und Bestrebungen verzehren, die fernen Bildern nachjagen, Früchten ihrer eigenen Erfindung. Aber die einzige wahrhafte Erfindung besteht in einer Entzifferung der Gegenwart, ihrer unzusammenhängenden Seiten und ihrer widerspruchsvollen Sprache. Gibst du dich hingegen mit den Albernheiten deiner leeren Zukunftsträume ab, so gleichst du dem Manne, der davon überzeugt ist, er könne mit der Leichtigkeit seiner Schreibfeder seine Säule erfinden und den neuen Tempel erbauen. Denn wie könnte er so seinem Feind begegnen, und wie sollte er zu sich selber gelangen, wenn er nicht auf einen Gegner stößt? Woran könnte er dann seine Säule formen? Die Säule entsteht im Laufe der Generationen aus der ständigen Reibung mit dem Leben. Auch eine Form erfindest du nicht; der Gebrauch schleift sie zurecht. Und so entstehen die großen Werke und Reiche.

Immer geht es nur darum, die Gegenwart zu ordnen. Was fruchtet es, über ihre Erbschaft zu streiten? Die Zukunft soll man nicht voraussehen wollen, sondern möglich machen.

Und freilich hast du Arbeit vor dir, wenn du die Gegenwart als Baustoff erhältst. Und aus dieser Ansammlung von Schafen, Ziegen, Gerstenfeldern, Häusern und Bergen, die im Augenblick, da ich es ausspreche, zu einem Landgut, zu einem Reich werden – aus dieser Ansammlung gewinne ich etwas, was noch nicht bestand; ich nenne es eine unteilbare Einheit – denn wenn die Vernunft daran rührt, zerstört sie nur, ohne etwas zu wissen –, und so begründe ich die Gegenwart auf die gleiche Weise, wie ich durch die Anspannung meiner Muskeln den Berggrat erreiche, die Landschaft gestalte und an jener lieblichen blauen Ferne teilhabe, in der die Städte aussehen wie Eier in den Nestern der Fluren; und das ist nicht wahrer oder falscher, als wenn dir die Städte wie Schiffe oder Tempel erscheinen, sondern nur anders. Und so steht es in meiner Macht, aus dem Schicksal der Menschen Nahrung für meine Heiterkeit zu gewinnen.

Wisse also, daß jede wirkliche Schöpfung nicht in einer Vorwegnahme der Zukunft, in der Verfolgung von Hirngespinsten und Utopien besteht; sie ist vielmehr ein neues Gesicht, das dich die Gegenwart lesen läßt, und diese bewahrt den ungeordneten Stoff als ein Erbe, über das du dich weder freuen noch beklagen solltest, denn da es entstanden ist, existiert es nun einmal, so wie du selber existierst.

Laß also die Zukunft wie einen Baum gedeihen, der nach und nach seine Zweige entfaltet! Von Gegenwart zu Gegenwart wird der Baum wachsen, bis er vollendet in seinen Tod eintritt. Sorge dich nicht um mein Reich! Seit die Menschen jenes Gesicht im Vielerlei der Dinge erkannten, seit ich wie ein Bildhauer den Stein meißelte, habe ich in der Majestät meiner

Schöpfung ihrem Schicksal die Richtung gewiesen. Und fortan werden sie von Sieg zu Sieg schreiten, fortan werden die Lieder meiner Sänger einen Inhalt haben, da sie ganz einfach das Leben feiern, statt die toten Götter zu rühmen.

Sieh meine Gärten, in denen meine Gärtner im Morgengrauen darangehen, den Frühling zu erschaffen; sie streiten sich nicht um die Blumen, ihre Stempel und Kronen, sie säen die Samenkörner. Und so sage ich euch, den Verzagten, den Unglücklichen, den Geschlagenen: Ihr seid das Heer eines Sieges! Denn ihr beginnt in diesem Augenblick, und es ist schön, so jung zu sein.

Glaube aber nicht, es sei so einfach, die Gegenwart zu denken: Denn dann widersteht dir eben der Stoff, den du zu gestalten hast, während dir deine Einfälle, die sich mit der Zukunft beschäftigen, niemals widerstehen werden. Und wie gut kommt der Träumer voran, der neben einem versiegten Brunnen im Sande liegt und schon in der Sonne verdunstet. Wie leicht fallen ihm die Sprünge, mit denen er seiner Befreiung entgegeneilt. Wie bequem ist es, im Traum zu trinken, da dir deine Schritte wie gut geölte Sklaven das Wasser herantragen und da es kein Gestrüpp gibt, das sie aufhalten könnte.

Denn auch diese Zukunft, in der es keine Feinde gibt, wird nicht zur Wirklichkeit, und so liegst du in den letzten Zügen, der Sand knirscht zwischen deinen Zähnen, und der Palmenhain und der träge Fluß und der Gesang der Wäscherinnen lassen dich langsam in den Tod sinken.

Wenn aber einer in Wahrheit marschiert, stößt er sich die Knöchel an den Steinen wund, kämpft gegen die Dornen und reißt sich die Nägel am Geröll blutig. Denn es sind ihm alle Sprossen seines Anstiegs aufgegeben, die er nachher überwinden muß. Und mit seiner Haut, seinen Muskeln, mit den Blasen seiner Hände und den Wunden seiner Füße erschafft er sich langsam das Wasser. Er braut die widerstrebenden Wirklichkeiten zusammen und muß das Wasser seiner Steinwüste mit den Fäusten herbeizwingen; so gleicht er dem Bäcker, der die Teigmasse knetet und nach und nach spürt, wie sie sich verfestigt, wie sie eine Muskulatur erhält, die ihm widersteht, wie sie Knoten bildet, die er auflösen muß, und damit beginnt er, das Brot zu erschaffen. So geht es auch dem Dichter oder dem Bildhauer, die zunächst das Gedicht oder den Stein in einer Freiheit bearbeiten, in der sie sich verloren; denn sie konnten das Antlitz, das ihnen vorschwebte, lächeln oder weinen machen, es sich nach rechts oder nach links beugen lassen, und in einer solchen Freiheit gelang es ihnen nicht, bis zur Wirklichkeit vorzudringen. Es kommt aber die Stunde, in der der Fisch anbeißt und die Angelrute widersteht. Es kommt die Stunde, da du, einem anderen Wort zuliebe, das du beibehalten möchtest, etwas nicht gesagt hast, was dir vorschwebte; denn du wolltest zugleich auch jenes Wort aussprechen, und es stellte sich heraus, daß dir diese beiden Wahrheiten widerstehen. Und so beginnst du auszustreichen oder in deinem Lehm das Lächeln zu kneten, das dich allmählich herausfordert. Du suchst nicht das eine oder das andere mit einer Logik der Worte, du suchst den Schlußstein, der das Gewölbe deiner sich widerstrebenden Wahrheiten krönt, denn nichts darf verlorengehen – und so ahnst du, daß ein Gedicht entsteht oder ein Antlitz aus dem Stein hervortritt, denn schon bist du von vielgeliebten Feinden umringt.

So höre auch niemals auf die Ratgeber, die dir dadurch einen Dienst zu erweisen glauben, daß sie dir empfehlen, eine deiner Bestrebungen aufzugeben. Du kennst sie, deine Berufung, denn du spürst, wie sie auf dir lastet. Und wenn du sie preisgibst, verunstaltest du dich selber, aber du kannst gewiß sein, daß deine Wahrheit langsam wachsen wird, denn sie ist Geburt eines Baums und nicht glücklicher Fund einer Formel. Es kommt dabei vor allem auf die Zeit an, denn du sollst ein anderer werden und einen schwierigen Berg ersteigen. Das neue Wesen, das als Einheit aus dem Vielerlei der Dinge hervortritt, zwingt sich dir nicht wie die Lösung eines Bilderrätsels auf, aber es befriedet den Streit und heilt die Wunden. Und seine Macht wirst du erst erkennen, wenn es Wirklichkeit geworden ist. Deshalb habe ich stets um des Menschen willen Langsamkeit und Stille als allzu vergessene Götter geehrt.

Denn es ist schön, so jung zu sein, o ihr Enterbten, ihr Unglücklichen und Besiegten, die ihr an eurem Erbe nur den Anteil erkennt, der dem schlechten Gestern zufällt! Wenn ich aber meinen Tempel baute und ihr dort die Menge der Gläubigen bilden würdet; wenn ich meinen Samen unter euch ausgestreut hätte und euch dort in der Majestät des Schweigens vereinte, damit ihr langsam zu einer wunderbaren Ernte heranreift, wie könntet ihr dann einen Grund zur Verzweiflung haben? Ihr habt sie gekannt, die Morgenröten des Sieges, in denen sich die Sterbenden auf ihren Bahren, die Krebskranken mit ihrem Pestgeruch, die Lahmen auf ihren Krücken, die Schuldner inmitten der Gerichtsvollzieher, die Gefangenen inmitten ihrer Wächter – in denen sich alle mit ihren Entzweiungen und ihren Schmerzen im Siege, der ihrer Gemeinschaft zuteil wurde, wie im Schlußstein eines Gewölbes vereinten; an solchen Morgen wurde die vielgestaltige Menge zu einer Kathedrale, die die Siegeshymne anstimmte.

Du hast es erlebt, wie die Liebe Wurzeln schlägt, wenn die Seelen plötzlich zueinanderfinden; vielleicht stehen sie dabei sogar unter dem Eindruck des Schicksalsschlages, der sich auf einmal in ein Gefüge, in den Schlußstein eines Gewölbes verwandelt hat, um aus allen den gleichen Anteil, das gleiche, zur Mitarbeit bereite Gesicht zu gewinnen – und so stellt sich die Freude darüber ein, daß du dein Brot teilen oder einen Platz am Feuer anbieten kannst. Du rümpftest die Nase in deinem winzigen Häuschen, in dem nicht einmal deine Freunde Platz fanden, und nun öffnet sich auf einmal der Tempel, den nur die Freunde betreten, aber unzählbar viele. Wo besteht hier ein Grund zur Verzweiflung? Alles ist in ständiger Geburt. Und gewiß gibt es das Unwiederbringliche, aber es ist kein Anlaß zu Trauer oder Freude, es ist nur das Kennzeichen alles Gewesenen. Meine Geburt ist unwiederbringlich, weil ich jetzt hier stehe. Die Vergangenheit ist unwiederbringlich, aber die Gegenwart ist euch überantwortet, und sie gleicht den ungeordneten Bausteinen, die zu Füßen eines stümperhaften Baumeisters liegen: An euch ist es, daraus die Zukunft zu gestalten.

58

Den Freund kennzeichnet es vor allem, daß er nicht richtet. Ich sagte dir schon: Der ist es, der dem Landstreicher seine Tür öffnet und ihn einläßt mit seiner Krücke, mit seinem Stecken, den dieser in eine Ecke stellt; er fordert ihn nicht zum Tanzen auf, um über seinen Tanz zu richten. Und wenn der Landstreicher vom Frühling erzählt, draußen auf seinen Wegen, nimmt der Freund den Frühling in sich auf. Und wenn er vom Schrekken der Hungersnot erzählt, die in dem Dorfe wütet, aus dem er kommt, erleidet er mit ihm die Hungersnot. Denn ich sagte es schon: der Freund ist der Teil im Menschen, der für dich da ist und für dich eine Tür öffnet, die er vielleicht keinem anderen öffnen wird. Und dein Freund ist wahr, und alles, was er dir sagt, ist aufrichtig, und er liebt dich selbst dann, wenn er dich im anderen Hause haßt. Und wenn es mir Gott vergönnt, daß ich dem Freunde im Tempel begegne und ihn berühre, so kehrt er mir ein Gesicht zu, das dem meinen gleicht und vom gleichen Gott erleuchtet ist; denn dann ist die Einheit da, mag er auch anderswo Krämer sein, während ich Hauptmann bin, oder Gärtner, während ich Seemann bin. Über alles Trennende hinweg habe ich ihn gefunden und bin sein Freund. Und ich kann neben ihm schweigen, das heißt, ich brauche nichts für meine inneren Gärten und Berge und Schluchten und Wüsten zu befürchten, denn er wird nicht darin seine Schuhe ablaufen. Wenn du, mein Freund, etwas voller Liebe von mir empfängst, so ist es, als wenn du den Botschafter meines inneren Reiches willkommen hießest! Und du behandelst ihn freundlich und bittest ihn, sich zu setzen, und hörst ihn an. Und so sind wir glücklich. Aber hast du jemals erlebt, daß ich Botschafter bei ihrem Empfange zurückgesetzt oder abgelehnt hätte, weil man sich in ihren Reichen, tausend Marschtage von dem meinen entfernt, von Speisen nährt, die mir mißfallen, oder weil ihre Sitten von den meinen verschieden sind? Die Freundschaft ist vor allem die Waffenruhe und der große Austausch des Geistes, der sich über alle Kleinigkeiten des Alltags hinwegsetzt. Und es ziemt mir nicht, dem Gast Vorwürfe zu machen, der an meinem Tische sitzt. Denn wisse, daß die Gastfreundschaft, die Höflichkeit und die Freundschaft Begegnungen von Mensch zu Mensch sind. Was könnte ich im Tempel eines Gottes anfangen, der den Wuchs oder die Leibesfülle seiner Gläubigen bekrittelte, und was hätte ich im Hause eines Freundes zu suchen, der nicht die Krücken seiner Besucher guthieße, sondern sich anmaßte, sie tanzen zu lassen, um über sie zu richten?

Es gibt schon genug Richter auf der Welt. Wenn es darum geht, dich umzukneten und zu härten, so überlaß diese Aufgabe deinen Feinden. Sie werden sie gern übernehmen, so wie der Sturm, der die Zeder formt. Dein Freund ist dazu da, dich willkommen zu heißen. Laß dir gesagt sein, daß Gott dich nicht mehr richtet, wenn du in seinen Tempel eintrittst, sondern dich empfängt.

59

Wenn du Freundschaften dort begründen willst, wo man nur noch die Aufteilung von Vorräten und die daraus folgende Aufspaltung der Herzen kennt – denn wenn du willst, daß sie sich hassen sollen, wirf ihnen Korn vor –, so finde zur Ehrfurcht vor den Menschen zurück und wisse, daß sich in einer Gemeinschaft nur atmen läßt, wenn keiner den anderen bekrittelt. Wenn du schlecht von deinem Freunde denkst und es aussprichst, so besagt das, daß du ihm noch nicht auf einer menschlichen Stufe begegnet bist, jener der Gemeinde, die sich im Tempel als eines Sinnes erlebt. Und es handelt sich dabei nicht um Nachsicht oder Schwäche oder Sittenerweichung. Deine Strenge hat ihren Sitz anderswo, und du bist anderswo Richter. Du wirst ohne zu wanken Köpfe abschlagen, wenn es nötig sein sollte. Denn nochmals sei es gesagt: Du verurteilst zum Tode, aber zuvor heilst du den Verurteilten, sofern er krank ist. Fürchte nicht diese Widersprüche, die deine unzureichende Sprache gebraucht, wenn sie etwas über die Menschen aussagt. Denn Widersprüche entstehen nur durch die Sprache, die auszudrücken sucht. Und du übergibst dem Henker nur einen Teil des Verurteilten; es gibt aber noch einen anderen Teil, den du als Gast an deiner Tafel empfangen könntest und über den du nicht zu richten befugt bist. Denn es ist dir aufgetragen, den Menschen zu richten, aber zugleich auch, ihm Ehrfurcht zu bezeigen; es geht um den gleichen Menschen. Es ist das eines der Geheimnisse meines Reiches – ein Geheimnis, das nur auf der Unbeholfenheit der Sprache beruht.

Mich aber kümmern diese Einteilungen nicht, die für den Logiker gelten. Denn ich habe stets gefunden, daß der Feind, den ich in meiner Wüste bekämpfe und in meinen Haß einschließe, die beste Übung für meine Seele bedeutet. Furchtbar ziehen wir gegeneinander – mit Liebe.

60

Es kamen mir Gedanken über die Eitelkeit. Von jeher erschien sie mir nicht als ein Laster, sondern als eine Krankheit. Denn auch in der Frau, bei der ich gewahrte, wie sie sich über das Urteil der Menge erregte, wie ihre Haltung und ihre Stimme entarteten, weil sie zum Schauspiel wurde, wie sie übermäßige Befriedigung über die Worte empfand, die man über sie äußerte, wie ihre Wangen feurig glühten, wenn man sie anblickte – auch in ihr sah ich etwas anderes als Dummheit: ich erkannte die Krankheit. Denn wie kann dich ein anderer befriedigen, wenn es nicht aus Liebe geschieht und wenn du ihm nichts schenkst? Und doch scheint ihr die Befriedigung, die ihr ihre Eitelkeit verschafft, mehr Wärme zu spenden als alle ihre anderen Güter; sie wäre bereit, für dieses Vergnügen auf Kosten ihrer anderen Vergnügen zu zahlen.

Es ist eine magere und elende Freude, gleichsam die Freude an einem Makel. So freut sich einer, der sich kratzt, wenn es ihn juckt, und der daran Gefallen findet. Die Liebkosung aber ist Wohnung und Obdach. Ich liebkose ein Kind, um es zu behüten. Und es empfängt davon ein Zeichen auf dem Samt des Gesichtes.

Du aber, Eitle, du bist nur ein Zerrbild!

Ich sage, daß die Eitlen zu leben aufhörten. Wer tauscht sich gegen etwas aus, das größer ist als er selber, wenn er zunächst etwas empfangen will? Wachsen wird der nicht mehr; er ist verkümmert für alle Ewigkeit.

Wenn ich indessen den mutigen Krieger lobe, so wird er gerührt und zittert wie das Kind unter meiner Liebkosung. Und darin liegt keine Eitelkeit.

Was geht dem einen zu Herzen und was dem anderen? Und wodurch unterscheiden sie sich?

Wenn die Eitle in Schlaf sinkt . . .

Ihr werdet die Bewegung der Blume nie kennenlernen: Sie schüttelt im Winde all ihre Samenkörner ab und wird sie nicht zurückerhalten.

Ihr werdet die Bewegung des Baumes nie kennenlernen: Er gibt seine Früchte hin und wird sie nicht zurückerhalten.

Ihr werdet den Jubel des Menschen nie kennenlernen: Er gibt sein Werk hin und wird es nicht zurückerhalten.

Ihr werdet die Inbrunst der Tänzerin nie kennenlernen: Sie gibt ihren Tanz hin und wird ihn nicht zurückerhalten.

Und so ist es auch mit dem Krieger, der sein Leben hingibt. Und ich spende ihm Lob, weil er seine Brücke geschlagen hat. Ich lasse ihn wissen, daß seine Aufopferung allen Menschen gilt. Und so ist er nicht mit sich selber, sondern mit den Menschen zufrieden.

Der Eitle aber ist ein Zerrbild. Und ich verlange keine Bescheidenheit, denn ich liebe den Stolz, der Dasein und Beständigkeit bedeutet. Wenn du bescheiden bist, gibst du wie die Wetterfahne dem Winde nach, da ja der andere mehr Gewicht hat als du selber.

Ich verlange von dir, daß du nicht von dem leben sollst, was du empfängst, sondern von dem, was du gibst, denn dadurch allein wirst du wachsen. Und damit ist nicht gesagt, daß du deine Gaben verachten sollst. Du sollst deine Frucht bilden. Und der Stolz sorgt für deren Beständigkeit. Sonst würdest du dem Winde zuliebe ihre Farbe, ihren Geruch, ihren Geschmack wechseln.

Was aber bedeutet dir eine Frucht? Deine Frucht hat für dich nur Wert, wenn sie dir *nicht* zurückgegeben werden kann.

Da ruht eine auf ihrem Paradebett und lebt von den Beifallsrufen des Pöbels: »Ich schenke meine Schönheit und meine Anmut und meine königliche Haltung; und die Menschen bewundern mich, wenn ich wie ein herrliches Schiff des Schicksals vorüberziehe. Und ich brauche nur zu sein, um zu schenken.«

Die Eitelkeit beruht auf dem falschen Geschenk und auf einer Täuschung. Denn du kannst nur schenken, was du verwandelst: so wie der Baum die Früchte hingibt, in die er die Erde verwandelte; so wie die Tänzerin den Tanz hingibt, in den sie ihren Gang verwandelte; so wie der Soldat sein Blut hingibt, das er in den Tempel oder in das Reich verwandelte.

Aber die läufige Hündin ist nichts wert, obwohl sie die Hunde umringen und umwerben. Denn sie hat die Gabe, die sie schenkt, nicht verwandelt. Und ihre Freude ist der Freude an der Zeugung abgestohlen. Sie breitet sich ohne Anstrengung im Verlangen der Hunde aus.

Und einer, der Neid erweckt und den Wohlgeruch davon auskostet: er ist glücklich, wenn er beneidet wird.

Zerrbild des Schenkens. Und bei den Banketten erhebt er sich, um das Wort zu ergreifen. Wie ein Baum, der von Früchten schwer ist, beugt er sich den Tischgästen entgegen. Aber nichts ist vorhanden, was sie pflücken könnten.

Es gibt jedoch immer Leute, die zu pflücken meinen, denn sie sind noch dümmer als der Eitle und fühlen sich durch ihn geehrt. Und wenn er es erfährt, glaubt er, er habe geschenkt, da ja sein Tischgenosse empfangen hat. Und so wiegt sich der eine vor dem anderen hin und her; sie gleichen zwei Bäumen, die keine Frucht tragen.

Die Eitelkeit ist Mangel an Stolz, Unterwerfung unter den Pöbel, unwürdige Erniedrigung. Doch du suchst den Pöbel, damit er dich an deine Früchte glauben mache.

Oder da ist einer, den das Lächeln das Königs adelt. »Er kennt mich also«, wird er sagen. Wenn er aber von Liebe zum König erfüllt wäre, würde er vor Freude erröten und kein Wort hervorbringen. Denn das Lächeln des Königs könnte nur den einen Sinn für ihn haben: »Der König nimmt das Opfer meines Lebens an ...« Und auf einmal ist sein ganzes Leben gleichsam gegen die Majestät seines Königs ausgetauscht und ihr geschenkt. Ich habe zur Schönheit des Königs beigetragen, könnte er sagen; denn dieser ist schön, weil er der Stolz eines Volkes ist.

Doch der Eitle beneidet den König. Und wenn ihm der König zugelächelt hat, tut er sich wichtig mit diesem Lächeln und stolziert wie ein Zerrbild des Königs einher, um sich seinerseits beneiden zu lassen. Der König hat ihm seinen Purpur geliehen. Denn es spricht daraus nur Nachahmung und eine Affenseele.

61

Jene sind Kinder der Moral, die dich die Kaufleute lehrten, welche ihre Waren anbringen wollen. Du glaubst, deine Freude rühre vom Kaufen und Empfangen her; wie könntest du dich an das Gegenteil erinnern, da man sich so sehr bemüht hat, die Bande zu knüpfen, die dich mit den Dingen verbinden.

Und gewiß sind die Dinge groß, wenn du dich ihnen hingibst, wenn du versuchst, deine Arbeit gegen das Licht der Steine auszutauschen. Denn dieses kann eine Religion bedeuten. Und ich habe eine Dirne gekannt, die ihren vergänglichen Leib gegen unzerstörbare Perlen austauschte. Und ein solcher Kult hat für mich nichts Verächtliches. Niedrig sind die Dinge jedoch, wenn du sie dir gefügig machst wie ein Weihrauchfaß. Denn in Wahrheit ist nichts an dir, was eine Beweihräucherung verdiente.

Wenn ich einem Kinde ein Spielzeug schenke, so flieht es mit seinem Schatz, aus Angst, ich könnte ihn wieder fortnehmen. Das Spielzeug bedeutet ihm nämlich ein Götterbild, und sobald es auf die ersten Dornen stößt, wird es dafür bluten.

Und ich dachte über das Absolute nach und die Schwierigkeiten, die dadurch entstehen, daß die Pyramide nicht von Gott zu den Menschen hinabsteigt. Denn nimm den Herrn des Reiches: Wenn er der unbedingte Gebieter ist, bejahst du ihn als eine naturgegebene Notwendigkeit; wenn du dich daher im festgebauten Palast meines Vaters vom Saal des Rates in den Saal der Ruhe begeben willst, so benutzest du diese Treppe und keine andere und öffnest diese Tür und keine andere – und wie solltest du bereuen, daß du keinen anderen Weg wähltest, da dir kein anderer in den Sinn kommt? Und so wie du nicht aus Feigheit, Unterwürfigkeit und Niedertracht diesen Umweg wählst, wie du ihn aus freiem Entschluß durchläufst, so liegt auch keine Unterwürfigkeit, Feigheit oder Niedertracht darin, wenn du dich der Autorität des Herrn des Reiches unterordnest, denn diese besteht nun einmal; sie ist der Willkür entzogen und gleichsam absolut. Will es aber der Zufall, daß du nach ihm der Erste im Reiche bist, und stellt die Macht, die er über dich besitzt, nicht den notwendigen Rahmen dar, beruht sie auf den Wechselfällen der Politik, ist sie das Ergebnis außergewöhnlicher und anfechtbarer Entscheidungen, oder geht sie auf eine gewandte Ausnützung des Erfolges zurück, so wirst du ihn auf einmal beneiden. Denn man beneidet nur den, dessen Stelle man hätte einnehmen können. Weißt du von einem Neger, der einen Weißen beneidet? Weißt du von einem Menschen, der einen Vogel mit jener wirklichen Eifersucht verfolgt, die Haß erzeugt, da sie zu zerstören sucht, um sich selber an die Stelle zu setzen? Und gewiß tadle ich deinen Ehrgeiz nicht, wenn er sich zu äußern vermag, denn es kann sich in ihm ein schöpferisches Verlangen ausdrücken. Ich tadle aber deine Eifersucht. Denn so wirst du gegen den anderen Ränke schmieden, und in deine Ränke vertieft, wirst du das Schöpferische vernachlässigen, das vor allem in der wunderbaren Zusammenarbeit besteht, an der ein jeder durch alle hindurch teilhat. Sieh nur, wie du ihn verachtest, nachdem du über ihn den Stab gebrochen hast! Denn du bist gern bereit anzuerkennen, daß dir ein anderer an Macht überlegen sein könnte; wie würdest du aber zugeben, daß er dir an Urteilskraft oder Redlichkeit oder Edelmut überlegen wäre? Und verachtest du ihn – wer wird dich dann für deine Mühen belohnen dadurch, daß er dir seine Anerkennung ausdrückt? Die Anerkennung, die dir einer zollt, den du verachtest, ist eine Beschimpfung. Und du wirst meinen, daß dich die Beziehungen zwischen den Menschen nicht atmen ließen.

Vor allem demütigt er dich, wenn er dir einen Befehl erteilt, und er selber wird bestrebt sein, dich zu demütigen, um seine Herrschaft fester zu begründen. Denn nur einer, der Herr ist, so wie die Mauer eine Mauer ist, und der keinerlei Anlaß hätte, sich darüber zu freuen, da es sich dabei um etwas schlechthin Bestehendes handelt – er allein kann mit dir wie mit einem Gleichgestellten sein Mahl einnehmen, dich befragen, dein Wissen bewundern und sich über deine Vorzüge freuen.

So kann ich kommen und am Tische des geringsten meiner Untertanen Platz nehmen. Und er trocknet den Tisch ab und setzt den Speisewärmer auf die Glut und strahlt vor Freude über meine Gegenwart. Und welcher Stein eines Gebäudes wird es dem Schlußstein des Gewölbes verargen, daß er der Schlußstein ist? Und warum sollte der Schlußstein des Gewölbes irgendeinen der Steine verachten? Und so sitzen wir uns als Gleichgestellte gegenüber. Dies ist die einzige Gleichheit, die einen Wert hat. Denn wenn ich ihn nach seinem Feld frage, so tue ich es nicht in der niedrigen Absicht, ihn mir dadurch geneigt zu stimmen, daß ich seine Eitelkeit auf den Plan rufe – ich bin ja nicht auf seinen Beifall angewiesen –, ich tue es, um mich zu unterrichten. Denn wenn einer fragt und nicht an der Frage Anteil nimmt, so drückt sich darin Verachtung aus. Und wenn der andere es bemerkt, tastet er nach dem Messer an seiner Seite. Ich wollte aber das Gewicht der Oliven an einem Ölbaum erfahren, und ich fragte, um zu empfangen.

Denn mein Besuch galt dem Menschen. Und ich genoß den Empfang, den mir der Mensch bereitete. Und der Mensch hat gleichfalls von mir empfangen und wird noch seinen Urenkeln den Platz zeigen, auf dem ich saß.

Und mehr noch: Da es hier nicht um meine Macht geht und

ich meine Gefühlsregungen nicht aus Gründen, die ohne Größe sind, zu zügeln oder zu steigern brauche, kann ich Dankbarkeit empfinden. Und wenn er mir zulächelt und mich ehrt und zu meinem Empfang seinen Hammel brät, empfange ich etwas, das vom Menschen ausgeht und mir als Gleichgestelltem zuteil wird, so wie er es von mir empfangen würde. Die Geschenke, die wie Pfeile abgeschossen werden, können mich ins Herz treffen. So empfängt das Bild Gottes deine geringsten Gedanken und deine flüchtigen Taten, wie auch das Mittagsgebet des gewöhnlichen Bettlers in seiner Wüste; kommt es dir hingegen in den Sinn, einen fragwürdigen kleinen Fürsten zu ehren, so mußt du dir für ihn ein gewaltiges Geschenk ausdenken, da er seinen Ruhm an der Größe deines Geschenkes messen wird.

Wenn aber der andere die quietschende Kurbel dreht, um den Eimer aus dem Brunnenschacht hochzuwinden; wenn er ihn über den Brunnenrand schwingt und dabei über seinen bescheidenen Sieg lacht und den Eimer gebückt durch die Sonne bis zur schattenden Mauer trägt, wo ich ihn erwarte und wo er mein Glas mit diesem Vorrat an Kühle füllt, so umfängt er mich mit seiner Liebe.

63

Ich mußte an das große Beispiel von den Dirnen und der Liebe denken. Denn du täuschst dich, wenn du an die sichtbaren Güter um ihrer selbst willen glaubst. Und mit der Liebe steht es wie mit der Landschaft, die du nur insoweit von der Bergeshöhe erspähst, als du sie selber durch die Mühen deines Aufstieges aufgebaut hast. Denn nichts trägt einen Sinn in sich; der wirkliche Sinn der Dinge liegt im Gefüge. Und das Antlitz, das du aus dem Marmor formst, setzt sich nicht aus einer Nase, einem Ohr, einem Kinn und einem anderen Ohr zusammen, sondern es besteht aus der Muskulatur, die die Teile verknüpft. Es ist wie eine geballte Faust, die etwas festhält. Und das Bild, das das Gedicht verwendet, beruht nicht auf dem Stern oder der Zahl Sieben oder dem Brunnen, sondern allein auf dem Knoten, den ich schürze, wenn ich meine sieben Sterne sich im Brunnen spiegeln lasse. Und freilich bedarf es der Dinge, die miteinander verknüpft sind, damit die Verbindung zutage treten kann. Ihre Macht gründet sich aber nicht auf die Dinge. Die Fuchsfalle beruht nicht auf der Schnur oder auf der Unterlage oder auf irgendeinem ihrer Teile, sondern auf deren schöpferischem Zusammenwirken, und du hörst den Fuchs schreien, wenn er gefangen ist. So werde ich dich als Sänger oder Bildhauer oder Tänzer in meinen Schlingen zu fangen wissen.

Und so ist es auch mit der Liebe. Was hast du von der Dirne zu erwarten? Doch nur Ruhe des Fleisches nach der Eroberung der Oase. Denn sie verlangt nichts von dir und nötigt dich nicht zu sein. Und wenn dich danach verlangt, der Geliebten zu Hilfe zu eilen, so bedeutet deine Dankbarkeit in der Liebe, daß du den Erzengel herbeiriefst, der darin schlummerte.

Der Unterschied liegt nicht in der Leichtigkeit, denn wenn deine Geliebte dich liebt, brauchst du nur deine Arme zu öffnen, um sie darin zu empfangen. Der Unterschied beruht auf dem Geschenk. Der Dirne kannst du nichts schenken, da sie das, was du ihr mitbringst, von vornherein als Tribut betrachtet.

Und wenn man dir einen Tribut auferlegt, wirst du um diese Bürde streiten. Denn das ist der Sinn des Tanzes, der hier getanzt wird. Und wenn sich die Soldaten des Abends mit dem dürftigen Sold in der Tasche, der noch lange vorhalten soll, im Freudenviertel verteilen, feilschen sie um die Liebe und kaufen sie, so wie sie Nahrungsmittel einhandeln. Und ebenso wie die Nahrungsmittel sie für einen neuen Marsch in der Wüste stärken, gibt ihnen die gekaufte Liebe einen ruhigen Leib, so daß sie die Einsamkeit bestehen können. Aber sie sind alle in Krämer verwandelt und von keinerlei Inbrunst erfüllt.

Du müßtest reicher als ein König sein, um der Dirne zu schenken, denn wenn du ihr etwas mitbringst, so bedankt sie sich vor allem bei sich selber dafür und bildet sich etwas auf ihren Erfolg ein und macht sich eine Ehre daraus, daß sie so schön und gewandt war, um dir das Geld aus der Tasche zu lokken. Und du könntest die Last von tausend Goldkarawanen in diesen Brunnen ohne Boden versenken und hättest noch nicht zu schenken begonnen. Denn es bedarf dazu eines Gegenübers, das zu empfangen vermag.

Deshalb liebkosen meine Krieger abends die Wüstenfüchse, die sie sich eingefangen haben, und kraulen sie hinter den Ohren; so spüren sie ein unbestimmtes Liebesgefühl, denn sie leben in der Täuschung, sie vermöchten dem kleinen wilden Tier etwas zu schenken, und fließen über vor Dankbarkeit, wenn es sich an ihr Herz kauert.

Wo aber könntest du im Freudenviertel eine Dirne finden, die sich an deine Schulter schmiegt, weil sie dich nötig hat? . . .

Es kommt indes vor, daß einer meiner Soldaten zwar genauso reich oder arm wie ein anderer auch ist, aber sein Gold wie die Samenkörner betrachtet, die der Baum in den Wind hinaussenden möchte, denn da er Soldat ist, verachtet er die Vorräte. So umwandert er des Nachts die Alkoven im Glanze seiner Freigebigkeit. Wie einer, der Gerste säen will, strebt er mit großen Schritten der roten Erde zu, die es wert ist zu empfangen.

Und mein Soldat vergeudet seinen Reichtum, da er nicht den Wunsch hat, ihn zu bewahren, und so ist er der einzige, der die Liebe kennenlernt. Und es kann wohl sein, daß er sie auch in den Dirnen wachruft, denn hier wird ein anderer Tanz getanzt, und bei diesem Tanz empfangen sie.

Ich sage es dir: Es ist ein großer Irrtum, wenn du verkennst, daß Empfangen etwas ganz anderes ist als Entgegennehmen. Empfangen ist vor allem ein Geschenk, mit dem du dich selber hingibst. Nicht der ist geizig, der sich nicht durch Geschenke zugrunde richtet, wohl aber jener, der nicht das Leuchten seines eigenen Gesichts im Austausch gegen deine Gabe hingibt. Geizig ist die Erde, die sich nicht schmückt, wenn du deine Samenkörner in sie gesenkt hast.

Dirnen und trunkene Soldaten entzünden zuweilen ein Licht.

Zu jener Zeit setzten sich die Plünderer in meinem Reiche fest. Denn niemand erschuf dort mehr den Menschen. Und ein feierliches Gesicht war dort nicht mehr Maske, sondern nur noch Deckel einer leeren Schachtel.

Denn sie sind von Zerstörung des Seins zu Zerstörung des Seins geschritten. Und fortan sehe ich nichts mehr bei ihnen, wofür sich zu sterben lohnte. Somit zu leben lohnte. Denn du kannst allein von dem leben, wofür du zu sterben bereit bist. Sie trugen also ihre alten Bauten ab und freuten sich über das Krachen der einstürzenden Tempel. Und doch ließen die Tempel nichts im Austausch zurück, wenn sie niederbrachen. Jene zerstörten daher ihr eigenes Ausdrucksvermögen. Und sie zerstörten den Menschen.

Oder es täuschte sich auch mancher über die Freude. Denn zunächst hatte er »das Dorf« gesagt. Und er meinte damit dessen Beständigkeiten und Bräuche und vorgeschriebene Riten. Es war daraus ein Dorf voller Inbrunst entstanden. Danach hat er es durcheinandergebracht. Und er wollte seine Freude nicht aus einem gewordenen und langsam geformten Gefüge gewinnen; er wollte sie daraus schöpfen, daß er sich mit Dingen umgab, die, wie ein Gedicht, nur Vorrat waren. Und solche Hoffnung ist eitel.

So wünschten auch jene, denen die menschliche Größe vor Augen stand, dem Menschen die Freiheit. Denn sie hatten gesehen, wie der Zwang dem Starken lastig war. Und freilich begrenzt dich der Feind zugleich, wenn er dich formt. Wenn du ihn aber beseitigst, so wirst du nicht einmal geboren werden.

Auch der war des Glaubens, daß die Freude durch Vorräte geschenkt werde, der lediglich den Frühling genießen wollte. Aber der Frühling bietet nur einen schwachen Genuß, wenn du dahindämmerst, um ihn zu erfahren. Es geht dir dann wie beim Genuß der Liebe, wenn du von einem Gesicht erwartest, daß es dich erfüllen soll. Denn das Werk, das dir etwas mitteilt, ist vor allem Leiden, und wie könnte das Lied von der Trennung einen Widerhall in dir wecken, wenn du nicht zuvor die Trennung mit tausend Schmerzen in dir aufgebaut hast und wenn dir nicht die Galeeren durch die Unerbittlichkeit deines Schicksals zum inneren Besitz geworden wären?

Wer lange ohne Hoffnung der Morgenröte entgegengerudert ist, versteht das Lied der Galeeren, und wer in der Wüste den Durst erfuhr, versteht das Lied von der Trennung. Du kannst aber kein Geschenk empfangen, wenn du nicht gelitten hast, denn dann ist niemand in dir.

Und das Dorf ist nicht ein Gedicht, in dem du ohne weiteres heimisch wirst, wo du dich am Freudenfeuer ergötzen könntest, das für das Fest auf dem Marktplatz entzündet wurde, während die abendliche Suppe dampft, dich die Eintracht der Menschen umgibt und du den guten Geruch des von der Weide heimgekehrten Viehs atmest – denn was könnte das Fest in dir verknüpfen, wenn es nicht etwas anderes in dir anklingen ließe? Wenn es dich nicht an die Befreiung nach der Knechtschaft, an die Liebe nach dem Haß, an das Wunder in der Verzweiflung gemahnte? Du wirst dann nicht mehr und nicht weniger glücklich als einer deiner Ochsen. Das Dorf aber hat sich langsam in dir aufgebaut, und du mußtest langsam einen Berg ersteigen, um das zu erreichen, was es heute für dich darstellt. Denn ich formte dich mit meinen Riten und Bräuchen und durch deine Verzichte und Pflichten und deine zwangsläufigen Zorneswallungen und dein Verzeihen und deine hergebrachten Gewohnheiten den Mitmenschen gegenüber. Und so ist es nicht das Schattenbild eines Dorfes, das am heutigen Abend dein Herz fröhlich stimmt – denn dann wäre es allzu leicht, Mensch zu sein! –, sondern eine Musik, die du langsam erlerntest und mit der du dich zunächst abquälen mußtest.

Du aber gehst in das Dorf mit seinen Bräuchen und plünderst sie aus, um dich an ihnen zu ergötzen. Sie sind aber keineswegs Spiele und Lustbarkeiten, und wenn du an ihnen deine Kurzweil hast, wird keiner mehr daran glauben. Und es wird nichts davon übrigbleiben: nichts für sie selber und nichts für dich . . .

Die Ordnung, sagte mein Vater, begründe ich. Aber nicht, wie es der Sparsamkeit und Einfachheit gemäß wäre. Denn es geht nicht darum, die Zeit zu besiegen. Ich lege keinen Wert darauf, zu erfahren, ob die Menschen fetter werden, wenn sie Speicher an Stelle der Tempel und Wasserleitungen an Stelle von Musikinstrumenten bauen; denn da ich eine eitle und gefühllose Menschheit auch dann verachte, wenn sie im Überfluß lebt, geht es mir vor allem darum, zu erfahren, um was für einen Menschen es sich dabei handelt. Und an dem nehme ich Anteil, der lange in die verlorene Zeit des Tempels eintaucht, der die Milchstraße betrachtet und sich dadurch weitet, der sein Herz in der Liebe übt, indem er sich ins Gebet versenkt, auf das es keine Antwort gibt (denn die Antwort, die das Gebet belohnte, würde den Menschen nur noch fühlloser machen), und in dem das Gedicht einen häufigen Widerhall weckt. Denn wenn ich beim Bau des Tempels – der ein Schiff ist, das irgendwohin führt – oder bei der Vervollkommnung des Gedichts – das im Herzen der Menschen einen Widerhall weckt – Zeit einsparen sollte, so würde ich sie gewiß lieber dazu verwenden, das Menschengeschlecht zu veredeln, statt es zu mästen. Und daher werde ich Gedichte und Tempel ersinnen.

So ist mir bewußt, welche Zeit bei den Begräbnissen verlorengeht – denn Menschen graben dabei die Erde, um den Leichnam des Verstorbenen darin zu bergen, die diese Zeit zum Pflügen und zur Ernte hätten verwenden können –, und doch werde ich die Scheiterhaufen verbieten, auf denen man die Leichen verbrennt, denn die gewonnene Zeit nützt mir wenig, wenn ich dadurch die Liebe der Toten verliere. Und ich fand kein schöneres Gleichnis, um ihnen zu dienen, als die Grabstätte, wo die Anverwandten mit zögernden Schritten den Stein der Ihren unter den Steinen suchen und dabei wissen, daß der Tote zur Erde zurückgekehrt ist wie zu einer Weinlese und wieder zum Stoff der Natur geworden ist. Zugleich aber wissen sie, daß etwas von ihm bleibt: eine Reliquie in ihrem Schrein, die Form einer Hand, die einstmals liebkoste, der Schädel – dieses Schatzkästlein, das freilich jetzt leer ist, aber so viele Wunder in sich barg. Und ich habe befohlen, ein Haus für jeden Toten zu bauen und es wenn möglich noch kostspieliger und nutzloser aufzuführen, damit man ihn an den Festtagen erwecke und so nicht mit dem Verstande allein, sondern mit allen Regungen des Leibes und der Seele begreife, daß Tote und Lebende miteinander vereint sind und einen einzigen Baum bilden, der immer höher wächst. Und ich bin es gewohnt, das gleiche Gedicht, die gleiche Krümmung des Schiffskiels, die gleiche Säule auf ihrem Weg durch die Generationen zu betrachten; so verfolge ich, wie sie sich dabei läutern und verschönen; denn gewiß ist der Mensch vergänglich, wenn wir ihn wie Kurzsichtige, die zu nahe herantreten, von vorn anschauen und nicht den Schatten beachten, den er wirft, und den Widerschein, den er zurückläßt. Und wenn ich die Zeit spare, die ich dabei verlor, als ich die Leichen bestattete und ihnen ein Haus baute – wenn ich diese verlorene Zeit dazu nützen will, um die Kette der Generationen zu verknüpfen, damit das Schöpferische durch sie hindurch wie ein Baum geradeauf zur Sonne emporsteige; wenn ich bestimme, daß dieser Aufstieg dem Menschen eine höhere Würde verleiht als das Anschwellen seines Bauchumfangs, so werde ich die gewonnene Zeit, über die ich dann verfüge – nachdem ich ihre Verwendung reiflich bedacht habe –, für die Bestattung der Toten benutzen.

Die Ordnung, die ich begründe, sagte mein Vater, ist die Ordnung des Lebens. Denn ich nenne einen Baum geordnet, obwohl er zugleich aus Wurzeln und Stamm und Zweigen und Blättern und Früchten besteht, und ich nenne einen Menschen geordnet, obwohl er einen Geist und ein Herz hat und nicht nur auf eine Funktion – etwa auf das Pflügen oder die Fortpflanzung – beschränkt ist, sondern pflügt und betet und liebt und der Liebe widersteht und arbeitet und sich ausruht und den Liedern des Abends lauscht.

Aber manche haben erkannt, daß die großen Reiche geordnet waren. Und die Dummheit der Logiker, der Geschichtsforscher und der Kritiker hat sie glauben lassen, die Ordnung der Reiche sei Ursprung ihrer Größe, während ich sage, daß ihre Ordnung und ihre Größe allein die Frucht ihrer Inbrunst waren. Um die Ordnung zu schaffen, schaffe ich ein Gesicht, das sich lieben läßt. Sie aber sehen die Ordnung als Selbstzweck an, und wenn man über eine solche Ordnung streitet und sie vervollkommnen will, wird sie vor allem sparsam und einfach werden. Und man weicht allem aus, was sich nur schwer mit Worten ausdrücken läßt, obwohl sich doch all das nicht ausdrücken läßt, worauf es in Wirklichkeit ankommt, und obwohl ich noch keinen Professor gekannt habe, der mir auch nur erklären konnte, weshalb ich den Wüstenwind liebte, der unter den Sternen weht. Aber man einigt sich über das Herkömmliche, denn die Sprache, die das Herkömmliche ausdrückt, ist einfach. Und ohne eine Berichtigung befürchten zu müssen, kann man sagen, daß drei Sack Gerste mehr wert sind als einer. Und doch glaube ich den Menschen mehr zu geben, wenn ich sie ganz einfach nötige, jenen Heiltrank zu trinken, der Weite verleiht, weil er dich zuweilen des Nachts in der Wüste unter den Sternen wandern läßt.

Die Ordnung ist Zeichen der Existenz und nicht ihre Ursache. Ebenso ist der Plan des Gedichts ein Zeichen, daß es vollendet ist, und ein Kennzeichen seiner Vollkommenheit. Du arbeitest nicht auf Grund eines Plans, sondern du suchst ihn durch deine Arbeit zu erlangen. Sie aber sagen zu ihren Schülern: Seht dieses große Werk und die Ordnung, die aus ihm spricht! Verfertigt mir zunächst eine Ordnung, so wird euer Werk groß sein! In Wahrheit wird dann das Werk zu einem leblosen Gerippe, das in ein Museum gehört.

Ich begründe die Liebe zum Landgut, und schon ordnet sich alles in der Stufenfolge der Pächter, der Hirten und Schnitter, mit dem Hausvater an der Spitze. So ordnen sich auch die Steine rings um den Tempel, wenn du sie der Lobpreisung Gottes dienen läßt. Dann wird die Ordnung aus der Leidenschaft der Baumeister geboren werden.

Strauchle also nicht in deiner Sprache! Wenn du das Leben einführst, begründest du die Ordnung, und wenn du die Ordnung einführst, führst du den Tod herbei. Ordnung um der Ordnung willen ist ein Zerrbild des Lebens.

66

Mittlerweile beschäftigte mich das Problem des guten Geschmacks. Und ich sah, wie sie in dem einen Lager Töpferwaren fertigten, die schön waren. Und in dem anderen Lager fertigten sie Töpferwaren, die häßlich waren. Und es wurde mir zur Gewißheit, daß sich kein Gesetz abfassen läßt, das die Töpferwaren zu verschönern vermöchte. Es helfen dabei weder Aufwendungen für die Ausbildung der Lehrlinge noch Preiswettbewerbe, noch Ehrungen. Und ich bemerkte sogar, daß alle die, deren Ehrgeiz bei ihrer Arbeit auf andere Ziele als auf die Güte des Gegenstandes gerichtet war, nur anspruchsvolle und gemeine und verzwickte Dinge zuwege brachten. Denn in der Tat widmeten sie ihre durchwachten Nächte ihrer Käuflichkeit oder ihrer Unzucht oder ihrer Eitelkeit, also sich selber; und so tauschten sie sich nicht mehr in Gott aus, denn sie tauschten sich nicht gegen ein Ding aus, das zum Ursprung des Opfers und zum Gleichnis Gottes geworden war – eines Dinges, in das all ihre Runzeln und Seufzer und schweren Lider, ihre von so vielem Kneten zitternden Hände, die Zufriedenheit des Feierabends und die verbrauchte Inbrunst eingehen konnten. Denn ich kenne nur ein fruchtbares Tun, und das ist das Gebet; zugleich weiß ich aber, daß jedes Tun ein Gebet ist, wenn du dich ihm hingibst, um zu werden. Du bist wie der Vogel, der sein Nest baut – und das Nest ist warm –, wie die Biene, die ihren Honig sammelt – und der Honig ist süß –, wie der Mensch, der seine Urne aus Liebe zur Urne – also aus Liebe, also im Gebet knetet. Glaubst du an das Gedicht, das geschrieben wurde, damit man es verkaufe? Wenn das Gedicht zur Handelsware wird, ist es kein Gedicht mehr. Wenn die Urne zum Gegenstand eines Preiswettbewerbs wird, ist sie nicht mehr Urne und Gleichnis Gottes, sondern Gleichnis deiner Eitelkeit oder deiner niedrigen Begierden. Und jener Fürst wollte die Urnen verschönern, die man in seinem Reiche knetete!

67

Da kamen sie mit ihren Gründen und Motiven und schönen Beweisführungen, durch die sie nur noch dümmer wurden. Aber ich lachte über sie, da ich weiß, daß die Sprache bezeichnet, aber nicht erfaßt, und daß die Reden zwar den Gedankengang aufzeigen, ihn jedoch weder widerlegen noch fördern.

– Jener General hat nicht auf meinen Rat gehört, erklärte einer. Und ich habe ihm trotzdem die Zukunft gewiesen . . .

Der Zufall hatte es freilich gewollt, daß ihm der Wind der Worte an jenem Tage Bilder zutrug, denen die Zukunft zu gleichen beliebte; ebenso wird ihm gewiß der Wind der Worte ein anderes Mal gegenteilige Bilder zutragen, denn ein jeder hat schon einmal alles gesagt. Es bleibt aber bestehen: Wenn ein General seine Heere aufgestellt hat, nachdem er seine Aussichten abschätzte, den Wind prüfte, den schlafenden Feind belauschte und die Bedeutung in Betracht zog, die dem Erwachen der Menschen beizumessen ist – sodann aber plötzlich seine Pläne ändert, seine Hauptleute wechselt, die Marschroute seiner Heere umstößt und seine Schlachten aus dem Stegreif schlägt, nur weil ein müßiger Passant fünf Minuten lang einen lächerlichen Wind der Worte erzeugt und dabei Vernunftsschlüsse aneinandergereiht hat, so setze ich diesen General ab, sperre ihn in ein Verlies und mache mir nicht mehr die unnütze Mühe, ihn zu ernähren.

Denn ich liebe den Mann, der mit Gebärden, als wollte er Brot kneten, zu mir kommt und sagt:

– Ich spüre, daß sie dort drüben geneigt sind nachzugeben, wenn du es verlangst. Sie sind freilich ebenso bereit, ihren Mut zu beweisen, wenn du die Fanfare jener Worte erschallen läßt, denn sie haben empfindliche Ohren. Ich belauschte ihren Schlaf, und er mißfiel mir. Ich sah, wie sie erwachten, wie sie sich nährten . . .

Ich liebe die Tanzende, die ihren Tanz beherrscht. Denn darin allein liegt die Wahrheit. Und um zu verführen, mußt du dich vermählen. Du mußt dich mit deinem Opfer vermählen, wenn dir der Mord gelingen soll. Du stützt deinen Degen gegen den Degen des Gegners, und die Klinge tanzt gegen die Klinge.

Aber hast du jemals gesehen, wie der Kämpfende überlegte? Wo bleibt die Zeit für die Überlegung? Und der Bildhauer? Sieh hin, wie seine Finger im Lehm tanzen, denn mit einem Daumendruck hat er die Spur ausgeglichen, die sein Zeigefinger zurückließ: dem Anschein nach, um zu widersprechen, aber nur dem Anschein nach. Denn allein das Wort bezeichnet etwas; außerhalb der Worte gibt es keinen Widerspruch. Das Leben ist weder einfach noch verzwickt, weder klar noch dunkel, weder widerspruchsvoll noch zusammenhängend. Das Leben ist. Die Sprache allein ordnet oder verwirrt es, erhellt oder verdunkelt es, zerstreut oder vereinigt es. Und wenn du einmal nach rechts und einmal nach links gedrückt hast, darfst du daraus nicht zwei einander widersprechende Wahrheiten ableiten; es folgt daraus nur die eine Wahrheit der Begegnung. Und der Tanz allein vermählt sich dem Leben.

Die Menschen, die sich durch ihre zusammenhängenden Überlegungen und nicht durch den Reichtum ihres Herzens empfehlen und Erörterungen darüber anstellen, wie sie vernunftgemäß handeln könnten, werden zunächst einmal überhaupt nicht handeln, denn ihren Vernunftschlüssen wird ein gewandterer Gegner bessere Argumente entgegensetzen, und wenn sie ihrerseits nachgedacht haben, werden sie selbst wiederum noch bessere Argumente ins Feld führen. Und derart folgt einem gewandten Anwalt ein noch gewandterer Anwalt, und so geht es fort bis in Ewigkeit. Denn nur die Wahrheiten der Vergangenheit lassen sich beweisen, und diese sind einleuchtend, weil sie existieren. Und du wirst Erfolg haben, wenn du die Größe eines bestimmten Werkes beweisen willst. Denn du weißt von vornherein, was du beweisen möchtest. Aber das Schöpferische gehört nicht diesem Bereich an. Gib deinem Buchhalter Steine: Er wird keinen Tempel damit bauen.

Und so erörtern deine klugen Techniker wie beim Schachspiel ihre Züge. Und ich will gern zugeben, daß sie schließlich richtig ziehen werden (und doch habe ich meine Zweifel, denn beim Schachspiel hast du es mit einfachen Gegebenheiten zu tun, während sich die Schwierigkeiten des Lebens nicht abwägen lassen. Gesetzt den Fall: ein Mensch ist eitel und gefühllos, und seine Fehler geraten aus irgendeinem Grunde in Konflikt miteinander – wird mir dann einer vorrechnen können, ob seine Eitelkeit oder seine Gefühllosigkeit obsiegen werden?). Vielleicht wird er also den Zug tun, der am meisten Erfolg verspricht. Er hat dabei aber das Leben vergessen. Denn beim Schachspiel wartet der Gegner mit dem Ziehen seiner Figur, bis du die deine zu ziehen beliebtest. Und so vollzieht sich alles außerhalb der Zeit, die nicht mehr den Baum nährt, so daß er wachsen kann. Das Schachspiel ist gleichsam der Zeit entrückt. Im Leben aber gibt es einen Organismus, der sich entwickelt: einen Organismus und nicht eine Aufeinanderfolge von Ursachen und Wirkungen – selbst wenn du sie hernach darin entdeckst, um deine Schüler dadurch zu verblüffen. Denn Ursache und Wirkung sind nur Widerschein einer anderen Macht: des Schöpferischen, das sie beherrscht. Und im Leben wartet der Gegner nicht. Er hat zwanzig Figuren gezogen, bevor du mit der deinen vorgerückt bist. Und so ist dein Zug unsinnig geworden. Und worauf sollte er auch warten? Hast du je einen Tänzer warten gesehen? Er ist an seinen Partner gebunden, und so beherrscht er ihn. Ich weiß es genau, daß die zu spät kommen, die nur aus Klugheit handeln. Deshalb fordere ich den Mann auf, die Regierung meines Reiches zu übernehmen, der mir schon beim Eintreten durch seine einander berichtigenden Gebärden kundtut, daß er einen Teig knetet – einen Teig, der sich unter seinen Händen verfestigen wird.

Und solch einer erweist sich mir als beständig, während der andere jeden Augenblick vom Leben gezwungen wird, sich seine Logik neu aufzubauen.

68

Auch jene andere Wahrheit des Menschen erschien mir bemerkenswert, daß das Glück keine Bedeutung für ihn hat – und daß auch das Interesse ohne Wert für ihn ist. Denn das einzige Interesse, das ihn anspornt, geht darauf aus, Beständigkeit und Dauer zu erlangen. Und es treibt den Reichen dazu, sich zu bereichern, und den Seemann, das Meer zu durchschiffen, und den Banditen, unter den Sternen auf der Lauer zu liegen. Ich aber habe gesehen, wie sie alle bereitwillig ihr Glück verschmähten, wenn es nur aus Sorglosigkeit und Sicherheit bestand. Es begab sich, daß sich mein Vater in jener schwärzlichen Stadt, die wie eine Kloake ins Meer hinunterrann, des Schicksals der Straßendirnen annahm. Sie verdarben wie weißliches Fett und verseuchten die Reisenden. Er entsandte seine Kriegsleute, die einige von ihnen greifen sollten, so wie man Insekten einfängt, damit man ihre Sitten studieren könne. Und die Streifen gingen auf und ab zwischen den feuchten Mauern der faulenden Stadt. In einer der schmierigen Krambuden, aus denen wie Vogelleim ein ranziger Küchendunst heraussickerte, gewahrten die Soldaten zuweilen ein Mädchen, das wartete; sie saß dort auf ihrem Schemel unter der Lampe, die sie kenntlich machte, selber traurig und fahl wie eine Laterne im Regen, die plumpe Maske ihres Kuhgesichts von einem Lächeln durchzogen wie von einer Wunde. Es war Brauch bei ihnen, daß sie ein eintöniges Lied sangen, um dadurch die Aufmerksamkeit der Vorübergehenden auf sich zu lenken; sie glichen auf diese Weise den weichen Quallen, die den Leim für ihre Fangarme herrichten. So tönten diese verzweifelten Litaneien die Gasse entlang. Und wenn sich der Mann einfangen ließ, schloß sich für kurze Zeit die Tür hinter ihm, während sich der Liebesakt in bitterster Verkommenheit vollzog; die Litanei war dann einen Augenblick unterbrochen, und an ihre Stelle trat der kurze Atem des leichenblassen Ungestüms und das harte Schweigen des Soldaten, der sich von diesem Gespenst das Recht erkaufte, nicht mehr an die Liebe denken zu müssen. Er kam hierher, um grausame Träume auszulöschen. Denn vielleicht gab es Palmen und lächelnde Mädchen in seiner Heimat. Und im Laufe der Feldzüge in ferne Länder hatten die Bilder seiner Palmenhaine ein Rankenwerk in seinem Herzen gesponnen, dessen Last unerträglich wurde. Das Plätschern des Baches hatte sich in grausame Musik verwandelt, und das Lächeln der Mädchen und ihre warmen Brüste unter dem Kleide und die geahnten Schatten ihrer Körper und die Anmut, die ihre Gesten verknüpfte – all das war zu einem Brand des Herzens für ihn geworden, der ihn mehr und mehr verzehrte. Und daher kam er, um seinen dürftigen Sold zu verbrauchen, und forderte vom Freudenviertel, es solle ihn von seinem Traume befreien. Und wenn sich die Tür wieder öffnete, fand er sich von neuem auf der Erde, hart und verächtlich und in sich verschlossen, denn er hatte für einige Stunden seinen einzigen Schatz seines Glanzes beraubt, da er diesen Glanz nicht mehr ertragen konnte.

Die Kriegsleute kamen also mit ihren Seesternen zurück, die das harte Licht des Soldaten geblendet hatte. Und mein Vater zeigte sie mir:

– Ich werde dich lehren, sagte er, was uns vor allem beherrscht.

Er ließ sie in neue Stoffe kleiden, gab einer jeden ein neues Haus als Wohnung, das ein Springbrunnen schmückte, und ließ ihnen das Häkeln feiner Spitzen als Arbeit anweisen. Und er befahl, sie derart zu entlohnen, daß sie das Doppelte ihrer bisherigen Einkünfte verdienen sollten. Sodann verbot er, daß man sie überwachte.

– Gewiß sind diese armseligen Sumpfgewächse jetzt glücklich, sagte er mir. Und sie sind sauber, ruhig und sorglos . . .

Es verschwand jedoch eine nach der anderen und kehrte zur Kloake zurück.

– Sie tun das, weil sie ihrem eigenen Elend nachtrauerten, sagte mir mein Vater. Nicht weil sie für das Elend eine törichte Vorliebe empfänden und es dem Glücke vorzögen, sondern weil der Mensch vor allem seine eigene Dichte anstrebt. Und es erweist sich, daß das vergoldete Haus und die Spitzen und die frischen Früchte Erholung und Spiel und Muße bedeuteten; sie wurden ihnen aber nicht zum Lebensinhalt, und so langweilten sie sich. Denn Licht, Sauberkeit und Spitzen erfordern eine lange Lehrzeit, wenn sie nicht mehr nur ein erholsames Schauspiel bieten, sondern sich in ein Netz von Bindungen, in Forderung und Verpflichtung verwandeln sollen. Sie empfingen, aber sie schenkten nichts. Und so vermißten sie die drückenden Stunden ihres Wartens – nicht weil sie bitter waren, sondern obwohl sie bitter waren –, in denen der Blick auf dem schwarzen Viereck der Tür ruhen bleibt, wo sich von

Stunde zu Stunde, starr und haßerfüllt, ein Geschenk der Nacht einzeichnet. Sie vermißten den leichten Schwindel, der sie mit seinem unbestimmten Gift erfüllte, wenn der Soldat die Tür aufgestoßen hatte und sie betrachtete, wie man ein gezeichnetes Tier betrachtet, wobei sein Auge auf ihrem Hals haften blieb ... Denn es kam vor, daß einer von ihnen mit seinem Dolche, der Schweigen schafft, ein Mädchen wie einen Trinkschlauch aufschlitzte, um sodann die Silberstücke, die ihr Vermögen ausmachten, unter einigen Mauersteinen oder Dachziegeln aufzustöbern. So vermißten sie jetzt die schmierige Kammer, in der sie zu der Stunde, in der das Freudenviertel auf Grund der Verordnungen geschlossen wird, wieder unter sich waren; in der sie ihren Tee tranken oder ihren Gewinn überschlugen und sich gegenseitig beschimpften und sich aus dem Inneren ihrer schamlosen Hände die Zukunft lesen ließen. Und vielleicht prophezeite man ihnen daraus das nämliche Haus mit den Blumen, die es umrankten – ein Haus, dessen Bewohnerinnen jedoch seiner würdiger waren, als sie sich selber erwiesen hatten. Denn es ist die wunderbare Eigenschaft eines solchen Hauses, das du im Traume erbaust, daß es nicht dich selber, sondern ein verwandeltes Ich beherbergt. So ist es auch mit der Reise, die dich verändern soll. Wenn ich dich aber in diesen Palast einschließe, so bist du es selber, der seine alten Wünsche, seinen alten Groll, seine alten Abneigungen dorthin mitschleppt, und du selber hinkst hinein, wenn du hinken solltest, denn es gibt keine Zauberformeln, die dich verwandeln könnten. Nur langsam, durch Zwang und Leiden, kann ich dich nötigen, dich zu ändern, und dir dadurch zum Werden verhelfen. Aber das Mädchen hat sich nicht verändert, das in dieser reinen und unverdorbenen Umgebung aufwacht und gähnt und jetzt ohne Grund – da es nicht mehr von Dolchstichen bedroht ist – den Kopf zwischen den Schultern einzieht, wenn es an die Tür klopft, und wiederum ohne Grund – da die Nacht keine Geschenke mehr zu bieten hat – zu hoffen beginnt, wenn das Klopfen nicht aufhört. Diese Frauen genießen die Befreiung nicht mehr, die das Morgenrot bringt, da sie nicht mehr von ihren Nächten erschöpft sind. Ihr Schicksal kann fortan begehrenswert sein, aber sie haben dadurch den

Besitz eines Schicksals verloren, das jeden ihrer Abende beherrschte und von den wechselnden Prophezeiungen abhing; so lebten sie ein weit wunderbareres Leben in der Zukunft, als es jemals Wirklichkeit geworden ist. Und nun wissen sie nicht mehr, was sie mit ihren jähen Wutausbrüchen, den Früchten eines schmutzigen und ungesunden Lebens, beginnen sollen, die doch ohne ihr Zutun über sie kommen: so wie die Tiere, die man vom Meeresufer entfernt, noch lange Zeit von jenen Krämpfen befallen werden, die sie zur Stunde der Flut ganz in sich verschließen. Wenn sie diese Wut überwältigt, gibt es keine Ungerechtigkeiten mehr, über die sie in Klagen ausbrechen könnten, und so gleichen sie auf einmal der Mutter eines toten Kindes, in der eine Milch wieder hochsteigt, die nicht mehr gebraucht wird. Denn ich sage dir: Der Mensch sucht seine eigene Dichte und nicht sein Glück.

69

Mir tritt nochmals das Bild der gewonnenen Zeit vor Augen, denn ich frage: Wofür ist sie gewonnen? Worauf mir ein anderer antwortet: für die Kultur. Als wenn diese in einer leeren Übung bestehen könnte. Da befreit man die Frau, die ihre Kinder stillt, ihr Haus reinigt und ihre Wäsche näht, von ihren Bürden, und fortan werden ihre Kinder gestillt, wird ihr Haus geputzt, ihre Wäsche genäht, ohne daß sie sich darum zu kümmern brauchte. So muß sie jetzt diese gewonnene Zeit mit etwas ausfüllen. Und ich lasse sie das Lied vom Stillen des Kindes hören, und so wird das Stillen zu einem Lobgesang und zum Gedicht des Hauses, wodurch das Haus das Herz bewegt. Aber jetzt gähnt sie, wenn sie es hört, denn sie hat nichts dazu beigetragen. Und so wie das Gebirge für dich aus Erfahrungen besteht, die du mit Dornen, mit rollenden Steinen und mit dem Winde auf seinen Graten gemacht hast, und wie ich dir durch die Erwähnung des Wortes »Gebirge« nichts mitteile, wenn du niemals deine Sänfte verlassen hast – ebenso teile ich auch jener Frau nichts mit, wenn ich ihr vom Hause rede, da das Haus nicht mehr aus ihrer Zeit und ihrer Inbrunst besteht. Sie hat nicht darin das Spiel des Staubes erlebt, wenn man am frühen Morgen der Sonne die Tür öffnet und die Abnutzung von den Dingen fortfegt; wenn der Abend herannaht, hat sie nicht die Spur der Schritte, die das Haus durcheilten, die Schüsseln auf dem Speisetisch und die erloschene Glut im Herde und auch die schmutzigen Windeln der schlafenden Kinder, denn das Leben ist unscheinbar und voller Wunder. Sie ist nicht jeden Tag allein mit der Sonne aufgestanden, um sich das Haus wieder neu zu bauen, so wie du es bei den Vögeln auf dem Baume beobachtest, die mit flinkem Schnabel ihren Federn wieder Glanz verleihen; sie hat nicht von neuem die Dinge in ihrer gebrechlichen Vollkommenheit geordnet, damit von neuem das alltägliche Leben mit Mahlzeiten, dem Stillen und dem Spiel der Kinder und der Heimkehr des Mannes ihre Spur im Wachs hinterlasse. Sie weiß nicht, daß das Haus bei Tagesanbruch ein Teig ist und dann am Abend zu einem Buch der Erinnerung wird. Nie hat sie das noch unbeschriebene Blatt hergerichtet. Wie also könntest du, wenn du vom Hause sprichst, ihr etwas mitteilen, womit für sie ein Sinn verbunden wäre?

Um sie mit Leben zu erfüllen, laß sie ein blind gewordenes kupfernes Gießbecken wieder blank machen, damit ein Ihriges den Tag über im Halbschatten leuchte, und wenn du willst, daß die Frau zu einem Lobgesang werde, so erfinde ihr nach und nach ein Haus, das sie bei Tagesanbruch stets wieder neu bauen muß . . . Sonst wird die gewonnene Zeit ohne Sinn sein.

Der ist ein Narr, der die Kultur von der Arbeit zu trennen gedenkt. Denn der Mensch wird zunächst einer Arbeit überdrüssig werden, die nicht mehr Teil seines Lebens ist, und sodann wird ihn auch eine Kultur nicht mehr befriedigen, die nur noch ein Spiel ohne Einsatz darstellt; sie ist gerade so einfältig wie das Würfeln, wenn die Würfel nicht mehr dein Vermögen bedeuten und nicht deine Hoffnung mit ihnen rollt. Denn es gibt kein Würfelspiel, sondern nur ein Spiel um deine Herden, deine Weiden oder dein Gold. So ist es auch mit dem Kinde, das seinen Sandhaufen baut. Denn dieser bedeutet nicht eine Handvoll Erde, sondern Zitadelle, Berg oder Schiff.

Freilich habe ich gesehen, wie sich der Mensch mit Freuden eine Erholung gönnt. Ich sah den Dichter unter Palmen schlafen. Ich sah einen Krieger seinen Tee bei den Dirnen trinken. Ich sah einen Zimmermann den lieblichen Abend auf seiner Schwelle genießen. Und gewiß schienen sie alle fröhlich zu sein. Aber ich habe es dir schon gesagt: Ihre Freude rührte eben daher, daß sie der Menschen überdrüssig waren. Der Krieger lauschte den Liedern und schaute den Tänzern zu. Der Dichter träumte im Gras. Der Zimmermann atmete den Duft des Abends ein. Ihr Werden hatte sich anderswo vollzogen. Die Arbeit ist dennoch der wichtigste Teil ihres Lebens geblieben. Denn für sie alle gilt das gleiche wie für den Baumeister, der ein Mensch ist und sich begeistert und seinen vollen Wert erlangt, wenn er den Bau seines Tempels leitet, nicht aber, wenn er sich beim Würfelspiel erholt. Die bei der Arbeit gewonnene Zeit ist nur eine tote Zeit, wenn sie nicht bloß Muße, Entspannung der Muskeln nach der Anstrengung oder Schlaf des Geistes nach der Erfindung bedeutet. Und du zerlegst das Leben in zwei unannehmbare Teile: eine Arbeit, die dir nur eine Last bedeutet, weil du ihr das Geschenk deiner Hingabe verweigerst, und eine Muße, die lediglich einen Mangel darstellt.

Die Leute sind wahrlich töricht, die den Ziseleur aus der Pflege seines Handwerks herausreißen und in einen Beruf pressen möchten, der keine Nahrung für sein Herz ist; in ihrem Unverstand behaupten sie, sie verhülfen ihm dadurch zu seiner Menschenwürde, daß sie ihm anderswo gefertigte Ziselierungen liefern – als wenn sich eure Kultur anziehen ließe wie ein Mantel. Als wenn es Ziselierer und Fabrikanten für Kultur gäbe!

Ich aber sage, daß es für den Ziseleur nur eine Kulturform gibt, und das ist die Pflege des Ziselierens. Und diese kann nur die Vollendung seiner Arbeit zum Inhalt haben und die Leiden und Freuden, die Schmerzen und Ängste, die Größe und das Elend seiner Arbeit ausdrücken.

Denn allein der Teil des Lebens ist wichtig und vermag echte Dichtung zu nähren, der deine volle Hingabe erfordert und bei dem es um deinen Hunger und Durst, um das Brot deiner Kinder und um die Gerechtigkeit geht, die man dir widerfahren oder auch nicht widerfahren läßt. Alles übrige ist nur Spiel und Zerrbild des Lebens wie auch Zerrbild der Kultur.

Denn nur durch Überwindung eines Widerstandes wirst du zu etwas. Und da die Muße nichts von dir verlangt und du sie ebensogut verwenden könntest, um unter einem Baum oder in den Armen der leichten Liebe zu ruhen; da es in ihr keine Ungerechtigkeit gibt, die dich leiden macht, und keine Drohung, die dich peinigt – wie vermöchtest du da zu existieren, wenn du dir nicht selbst von neuem die Arbeit erfinden würdest? Laß dich nicht täuschen: Das Spiel taugt nichts, denn es gibt kein Gebot, das dich zu existieren zwingt, wenn du Spieler in solch einem Spiele bist. Und ich weigere mich, den Menschen, der sich des Nachmittags in seiner Kammer ausruht – selbst wenn sie kahl und zum Schutze seiner Augen verdunkelt ist –, dem anderen gleichzustellen, den ich verurteilt und bis ans Ende seiner Tage in seiner Zelle eingemauert habe – ich weigere mich, obwohl die beiden gleichermaßen auf ihrem Lager liegen, obwohl die beiden Zellen gleichermaßen kahl sind und sie die gleiche Dunkelheit erfüllt. Und das gilt auch, wenn der erstere behauptet, er spiele den lebenslänglich Verurteilten. Befrage sie, wenn der erste Tag zur Neige geht! Der eine wird über die unterhaltsame Spielerei lachen, aber beim anderen wirst du bemerken, daß seine Haare weiß geworden sind. Er wird dir nichts über das Abenteuer berichten können, das er durchlebt hat; so sehr wird es ihm an Worten fehlen: Er gleicht dem Manne, der einen Berg erstieg und oben auf dem Grat eine unbekannte Welt entdeckte, deren Klima ihn für immer veränderte; daher kann er sich dir nicht mitteilen.

Kinder stecken einen Stab in den Sand, verwandeln ihn in eine Königin und empfinden dabei Liebe. Will ich durch solche Mittel Menschen heranbilden und sie durch die Gefühle bereichern, die sie dabei empfinden, so muß ich aus diesem Stab ein Götterbild machen, ihm bei den Menschen Anerkennung verschaffen und sie zu Spenden nötigen, die ihnen Opfer auferlegen.

Dann hört das Spiel auf, Spiel zu sein. Der Stab wird grünen. Der Mensch wird zum Hymnus der Furcht oder der Liebe werden. Ebenso wie die Kammer des gleichen lauen Nachmittags, sobald sie Zelle auf Lebenszeit wurde, im Menschen eine ungeahnte Veränderung hervorruft, die ihm die Haare an den Wurzeln versengt.

Durch Arbeit wirst du gezwungen, dich der Welt zu vermählen. Der Landmann stößt beim Pflügen auf Steine, mißtraut den Wassern des Himmels oder wünscht sie herbei und nimmt so Anteil und gewinnt an Weite und innerem Licht. Und jeder seiner Schritte erhält einen Widerhall. Genauso ist es mit den Gebeten und Vorschriften eines Kults, der dich nötigt, einen bestimmten Weg zu gehen: Treue zu halten oder zu betrügen, in Frieden oder mit schlechtem Gewissen zu leben. So zwang auch der Palast meines Vaters die Menschen, Menschen zu sein und nicht wie ungestaltes Vieh zu leben, dessen Schritte keinen Sinn gehabt hätten.

70

Gewiß, sie war vor allem schön, jene Tänzerin, die die Polizei meines Reiches festgenommen hatte. Schön und von einem geheimnisvollen Leben erfüllt. Es schien mir, daß einer, der sie kennenlernte, etwas erfahren müsse von verborgenen Ländern, von ruhigen Ebenen, von Gebirgsnächten und winderfüllten Wüstenwanderungen.

Sie existiert, sagte ich mir. Ich wußte freilich, daß sie den Bräuchen fremder Länder ergeben war und bei uns für den Feind arbeitete. Wenn man aber versuchte, ihr Schweigen zu brechen, entlockten meine Leute ihrer undurchdringlichen Unschuld nur ein schwermütiges Lächeln.

Und ich ehre vor allem den Kern im Menschen, der dem Feuer widersteht. Abschaum der Menschheit, der du von Eitelkeit trunken bist und selber aus Eitelkeit bestehst, du betrachtest dich mit Liebe, als ob etwas in dir wäre. Aber ein Folterknecht genügt und ein wenig entfachte Kohlenglut, damit du dich selber ausspeist. Denn es ist nichts in dir, was nicht sogleich zerschmelzen würde. Jener feiste Minister, der mir wegen seines Dünkels mißfiel und im übrigen eine Verschwörung gegen mich angezettelt hatte, vermochte den Drohungen nicht zu widerstehen, verkaufte mir seine Mitverschworenen, bekannte angstschwitzend seine Komplotte und all das, woran er glaubte und was er liebte. Er breitete sein Gedärm vor mir aus – denn es gibt Menschen, die hinter ihren unechten Bastionen nichts zu verbergen haben. Und nachdem er seine Mitverschworenen gründlich bespien und verleugnet hatte, fragte ich ihn:

– Wer hat dich gebaut? Warum hast du einen so feisten Bauch und dieses nach hinten geworfene Haupt und so feierlich geschürzte Lippen? Wozu diese Festung, wenn es in deren Innerem nichts zu verteidigen gibt? Der Mensch trägt etwas in sich, was größer ist als er selber. Du aber suchst dein schlaffes Fleisch, deine wackelnden Zähne, deinen schweren Bauch zu retten, als seien sie die Hauptsache, und verkaufst mir die Dinge, denen sie hätten dienen müssen und an die du zu glauben vorgabst! Du bist nur ein Schlauch, den ein Wind gemeiner Worte aufbläht ...

Jener bot einen häßlichen Anblick und war häßlich anzuhören, als ihm der Henker die Knochen brach.

Als ich aber die Tänzerin bedrohte, deutete sie eine leichte Verneigung vor mir an:

– Ich bedauere, Herr ...

Ich betrachtete sie, ohne noch etwas zu sagen, und sie begann sich zu fürchten. Schon bleich und mit einer langsameren Verneigung sagte sie:

– Ich bedauere, Herr ...

Denn sie glaubte, sie werde leiden müssen.

»Denke daran, daß dein Leben in meiner Hand ist.«

»Ich ehre Eure Macht, Herr ...«

Sie war ernst, da sie eine geheime Botschaft in sich trug und da ihr der Tod drohte, wenn sie dieser die Treue hielt. Und so wurde sie in meinen Augen zum Schrein eines Diamanten. Ich aber mußte für mein Reich sorgen.

– Für deine Taten verdienst du den Tod.

– Ach, Herr ... (sie war noch blasser als in der Liebe) ... Gewiß wäre es gerecht ...

Und da ich die Menschen kenne, verstand ich, was dem Gedanken zugrunde lag, den sie nicht zu äußern vermocht hatte: »Es ist gerecht – vielleicht nicht, daß ich sterbe, wohl aber, daß statt meiner gerettet wird, was ich in mir trage ...«

– Ist also etwas in dir, fragte ich sie, was wichtiger ist als dein junger Leib und deine Augen, die voller Licht sind? Du glaubst, etwas in dir zu behüten, und doch wird nichts mehr in dir sein, wenn du tot bist ...

Da ihr die Worte fehlten, um mir zu antworten, überkam sie eine Verwirrung, die nicht in die Tiefe ging:

– Vielleicht habt Ihr recht, Herr ...

Ich spürte jedoch, daß sie mir nur im Bereich der Worte recht gab, da sie sich darin nicht zu verteidigen vermochte.

– Du fügst dich also?

– Verzeiht mir, ja, ich füge mich, aber ich weiß nicht zu reden.

– Herr ...

Ich verachte jeden, der sich durch Argumente bezwingen läßt, denn die Worte sollen dich ausdrücken, nicht aber führen. Sie bezeichnen, ohne daß sie einen Inhalt hätten. Diese Seele aber gehörte nicht zu denen, die ein Wind der Worte aufriegelt.

– Ich wüßte nicht zu reden, Herr, aber ich füge mich ...

Ich achte nicht den Menschen, der durch seine Worte hindurch, selbst wenn sie sich widersprechen, beständig bleibt wie der Bug eines Schiffes, das trotz der tobenden See unerbittlich zu seinem Stern zurückkehrt. Denn so weiß ich, wohin die Fahrt geht. Die aber, die sich in ihrer Logik einschließen, folgen ihren eigenen Worten und ringeln sich im Kreise wie die Raupen.

Ich sah sie daher lange und unverwandt an:

– Wer hat dich geschmiedet? Woher kommst du? fragte ich.

Sie lächelte, ohne zu antworten.

– Willst du tanzen?

Und sie tanzte.

Ihr Tanz aber war herrlich, was mich nicht erstaunen konnte, da etwas in ihr lebte.

Hast du den Fluß verfolgt, wenn du ihn von der Höhe der Berge betrachtetest? Dort ist er auf einen Felsen gestoßen, und weil er ihm nichts anhaben konnte, hat er sich seinen Konturen angepaßt; weiter unten hat er dann seine Richtung geändert, um ein günstiges Gefälle auszunutzen. In jener Ebene hat sich sein Lauf in Windungen verlangsamt, weil dort die Kräfte ruhen, die ihn zum Meere hinzogen. Anderswo ist er in einem See eingeschlafen. Dann hat er geradlinig jenen Arm vorgetrieben, um ihn auf die Ebene zu legen wie ein Schwert.

Ebenso gefällt es mir, daß die Tänzerin auf Kraftlinien trifft. Daß ihre Gebärden hier im Zaume gehalten werden, um sich dort wieder zu lösen. Daß ihr Lächeln, das eben noch mühelos war, jetzt kämpfen muß, um wie eine Flamme im Sturm zu bestehen; daß sie jetzt leicht, wie auf einem unsichtbaren Abhang, dahingleitet, dann wieder ihre Schritte verlangsamt, weil sie ihr schwerfallen, als wenn sie einen Berg ersteigen müßte. Es gefällt mir, daß sie einem Widerstand begegnet. Oder triumphiert. Oder stirbt. Es gefällt mir, daß sie einer Landschaft angehört, die sich im Kampf gegen sie aufbaute, und daß Gedanken in ihr sind, die erlaubt, und andere, die ihr verwehrt sind. Und Blicke, die möglich sind, und andere, die nicht möglich sind. Und Widerstände und Zustimmungen und Weigerungen. Ich möchte nicht, daß sie sich gleichmäßig nach allen Seiten ausbreite wie Gallert. Sie soll vielmehr – gleich dem lebenden Baum, der nicht frei in seinem Wachstum ist, sondern in seiner Vielfalt sich entwickelt, wie es dem Genius seines Samenkorns gemäß ist – ein sinnvoll Gefügtes sein.

Denn der Tanz ist eine Bestimmung und eine Haltung, die durch das Leben hindurchführen. Ich aber möchte den Grund zu dir legen und dich für ein Ziel begeistern, damit ich mich an deiner Haltung erbauen kann. Denn wenn du den Bergstrom überschreiten willst und der Bergstrom sich dir in den Weg stellt, so wirst du tanzen. Und wenn du auf Liebespfaden wandeln willst und der Nebenbuhler sich dir in den Weg stellt, so wirst du tanzen. Und die Degen werden tanzen, wenn du töten willst. Und das Segelschiff tanzt unter seiner Flagge, wenn es sich abmüht, den Hafen zu erreichen, dem es zustrebt, und wenn es im Winde unsichtbare Umwege machen muß.

Du brauchst den Feind, um zu tanzen, aber welcher Feind würde dir die Ehre erweisen, seinen Degen vor dir tanzen zu lassen, wenn nichts in dir selber ist?

Die Tänzerin hatte unterdessen ihr Gesicht in den Händen

vergraben und rührte mein Herz. Und ich sah ihre Maske. Denn es gibt Gesichter, die unechte Qualen zeigen; man wird sie gewahr, wenn sich die Seßhaften zur Schau stellen, aber das sind nur Deckel leerer Schachteln. Denn es ist nichts in dir, wenn du nichts empfangen hast. Der Tänzerin aber sah ich an, daß sie ein Erbgut verwahrte. Es war jener harte Kern in ihr, der sogar dem Henker widersteht. Auch das Gewicht eines Mühlsteins würde nicht das Öl des Geheimnisses aus ihm herauspressen. Sie war im Besitz jener Bürgschaft, für die einer in den Tod geht und die ihn tanzen lehrt. Denn nur der ist Mensch, den der Hymnus oder das Gedicht oder das Gebet verschönten und der innerlich festgegründet ist. Sein Blick ist hell, wenn er auf dir ruht, denn er gehört einem Menschen, der von etwas erfüllt ist. Und wenn du einen Abdruck seines Gesichts nimmst, wird es zu einer harten Maske, die eines Menschen Reich angehört. Und so weißt du von solch einem Manne, daß ihn etwas beherrscht und daß er gegen den Feind tanzen will. Was weißt du denn von der Tänzerin, wenn sie nur eine leere Landschaft ist? Denn der Seßhafte kennt keinen Tanz. Aber dort, wo die Erde geizig ist, wo der Pflug auf Steine stößt, wo ein allzu heißer Sommer die Ernte verdorren läßt, wo der Mensch den Barbaren widersteht, wo der Barbar den Schwachen zerschmettert – dort wird auch der Tanz geboren, weil ein jeder Schritt seinen Sinn hat. Denn der Tanz ist Kampf gegen den Engel. Der Tanz ist Krieg, ist Verführung, ist Mord und Reue. Und welchen Tanz könntest du deinem allzu genährten Vieh entlocken?

71

Ich verbiete den Kaufleuten, ihre Waren allzusehr anzupreisen. Denn sie entwickeln sich schnell zu Schulmeistern und lehren dich etwas als Ziel, was seinem Wesen nach nur Mittel ist, und da sie dich über den Weg täuschen, den du einschlagen mußt, erniedrigen sie dich gar bald; denn wenn ihre Musik gemein ist, verfertigen sie dir eine gemeine Seele, damit sie ihre Ware bei dir anbringen können. Es ist nun gewiß gut, daß die

Dinge dazu geschaffen wurden, dem Menschen zu dienen; es wäre aber wider die Natur, wenn die Menschen dazu geschaffen wären, den Dingen als Müllkasten zu dienen.

72

Mein Vater sagte:

– Du mußt erschaffen. Wenn du hierzu befähigt bist, gib dich nicht mit dem Organisieren ab. Es werden hunderttausend Diener entstehen, um deiner Schöpfung zu dienen; sie werden darin gedeihen wie die Würmer im Fleische. Wenn du deine Religion begründest, so kümmere dich nicht um das Dogma. Es werden hunderttausend Kommentatoren entstehen, um es aufzubauen. Erschaffen bedeutet das Sein erschaffen, und eine jede Schöpfung ist unaussprechlich. Wenn ich eines Abends jenes Stadtviertel betrete, das wie eine Kloake ins Meer hinabrinnt, ist es nicht meine Aufgabe, die Kanalisation, die Rieselfelder und die Straßenbauämter zu erfinden. Ich bringe die Liebe zur glänzenden Schwelle mit, und rings um diese Liebe entstehen die Straßenkehrer, die die Gehsteige waschen, entstehen die Polizeiverordnungen und die Müllkutscher. Erfinde auch nicht durch die Zauberkraft deiner Verordnungen eine Welt, in der die Arbeit den Menschen groß macht, statt ihn zu verrohen, in der die Kultur aus der Arbeit und nicht aus der Muße hervorgeht. Gegen das Gewicht der Dinge kannst du nicht ankämpfen. Es geht darum, es zu ändern. Das Werk ist Schöpfung des Bildhauers oder Gedicht oder Hymnus. Und wenn du mit dem Hymnus der edlen Arbeit – der dem Dasein seinen Sinn gibt – kräftig genug gegen den Hymnus der Muße – der die Arbeit einer Steuer gleichstellt und das Menschenleben in Sklavenarbeit und unausgefüllte Muße aufspaltet – anzusingen vermagst, so kümmere dich nicht um Gründe und Logik und eingehende Verordnungen. Die Kommentatoren werden schon kommen und dir erklären, warum dein Bildwerk schön ist und wie man es konstruieren muß. Sie werden dieser Richtung zuneigen und gute Argumente finden, um dir zu beweisen, daß sie die einzig mögliche ist. Und dieses Streben wird dazu führen, daß die Verordnungen dein Werk vollenden und daß sich deine Wahrheit verwirklicht.

Denn es kommt allein auf die Neigung, die Richtung, das Streben an, die einem Ziele gelten. Darin allein äußert sich die Macht der Flut, die allmählich – ohne die Klugheit der Logiker – die Deiche zerstört und das Reich des Meeres ausbreitet. Ich sage dir: Jedes starke Bild wird Wirklichkeit. Kümmere dich zunächst nicht um Berechnungen, Gesetzestexte und Erfindungen. Erfinde nicht eine künftige Stadt, denn die Stadt, die dann wirklich entsteht, wird ihr nicht gleichen. Erschaffe die Liebe zu den Türmen, die die Wüste beherrschen. Und die Sklaven der Sklaven deiner Baumeister werden dann schon herausfinden, wie sich die Steine anfahren lassen, die du benötigst. So entdeckt auch das Wasser, weil es nach unten strebt, wie es die Wachsamkeit der Zisternen zu täuschen vermag.

– Deshalb bleibt der Schöpfungsakt unsichtbar, erklärte mir mein Vater, so wie die Liebe unsichtbar bleibt, die aus der Zusammenhanglosigkeit der Dinge ein Landgut erschafft. Es ist unfruchtbar, wenn du zu verblüffen oder zu beweisen suchst. Denn in der Verblüffung ärgert man sich über den, der einen verblüfft hat, und jedem Beweise läßt sich ein noch schönerer entgegensetzen. Und wie könntest du je das Landgut beweisen? Wenn du es anrührst, um davon zu reden, ist es schon zu einer Ansammlung von Dingen geworden. Wenn du den Tempel anrührst und seine Steine abträgst, um den Schatten und das Schweigen des Tempels zu erklären, ist dein Werk vergeblich, denn kaum hast du es berührt, ist es schon ein Durcheinander von Steinen und nicht mehr Stille.

– Ich werde dich aber an der Hand fassen, und wir werden zusammen wandern. So haben wir unversehens den Hügel erstiegen. Dort werde ich im Ton einer beliebigen Stimme zu dir reden und dir Einsichten mitteilen, von denen du glauben wirst, du habest sie selber gedacht. Denn es erweist sich, daß der von mir gewählte Hügel diese bestimmte Ordnung und keine andere zeigt. Das große Bild gibt sich nicht als Bild zu erkennen: Es ist. Oder genauer: Du befindest dich darin. Und wie vermöchtest du dagegen anzukämpfen? Wenn ich dich in einem Hause unterbringe, bewohnst du ganz einfach das Haus, und so ist es der Ausgangspunkt, von dem aus du die Dinge beurteilst. Wenn ich dir die Frau von der Seite zeige, von der sie am schönsten ist und Liebe erweckt, verliebst du dich ganz einfach. Wie solltest du dich aus freiem Entschluß der Liebe versagen, die dich gerade in diesem Augenblick und keinem anderen hier festhält! Irgendwo mußt du ja sein! Und mein Schöpfungsakt besteht nur in der Wahl der Zeit und der Stunde, über die kein Streit möglich ist, sondern die schlechthin existiert. Und deine Entschlußfreiheit ist dir völlig gleichgültig. Hast du schon erlebt, daß sich ein Verliebter der Liebe unter der Beteuerung entzogen hätte, jene Begegnung sei nur Zufall gewesen, und die Frau, nach der er sich verzehrt, hätte ja auch gestorben oder niemals geboren sein oder sich anderswo aufhalten können? Ich habe deine Liebe dadurch erschaffen, daß ich Zeit und Stunde für sie wählte: Auch wenn du mein Eingreifen ahnen solltest, kannst du dich nicht dagegen zur Wehr setzen, und also bist du mein Gefangener.

Wenn ich den Bergsteiger in dir begründen will, der des Nachts zum Berggrat mit seinen Sternen emporklimmt, gründe ich das Bild, das dich davon überzeugt, nur diese Sternenmilch auf dem Grat werde deinen Durst löschen. Und ich bin dann für dich nur der Anlaß gewesen, der dich dieses Bedürfnis in dir entdecken ließ, denn das Bedürfnis gehört dir selber, so wie die Empfindung, die das Gedicht in dir wachruft, dir selber gehört. Und mit welchem Rechte könntest du dadurch von deiner Wanderung abgehalten werden, daß du mein Eingreifen ahnen solltest? Wenn du eine Tür aufstößt und den Diamanten im Dunkeln leuchten siehst – würdest du dann weniger Verlangen tragen, ihn zu greifen, weil du ihn einer aufgestoßenen Tür zu verdanken hast, die dich auch anderswohin hätte führen können?

Wenn ich dich mit einem Schlaftrunk ins Bett lege, so ist dieser Schlaftrunk echt und auch dein Schlaf. Erschaffen bedeutet, daß du den anderen in eine Lage versetzt, von der aus er die Welt sieht, wie du es wünschst, nicht aber, daß du ihm eine neue Welt anbietest.

Wenn ich dir eine Welt entdecke, dich aber an Ort und Stelle lasse, um sie dir zu zeigen, so siehst du sie nicht. Und du bist im Recht. Denn von deinem Standpunkt aus ist sie falsch. Und mit Recht verteidigst du deine Wahrheit. So übe ich keine Wirkung aus, wenn ich mit originellen oder absonderlich anmutenden Behauptungen komme, denn das allein ist originell oder mutet absonderlich an, was von einem gewissen Standpunkt aus gesehen wird, während es seiner Natur nach eine Betrachtung von einem anderen Standpunkt aus verdiente. So bewunderst du mich, aber ich erschaffe nichts; ich bin nur ein Gaukler, ein Possenreißer und ein schlechter Dichter.

Aber wenn ich dich auf meinem Gange, der weder wahr noch falsch ist – es gibt keine Schritte, die du leugnen könntest, da sie ja da sind –, dorthin führe, wo die Wahrheit neu ist, so wirst du mich nicht mehr als deren Schöpfer wahrnehmen, und meine Behauptungen werden dir dann nicht mehr originell oder auffallend oder absonderlich vorkommen, denn es waren einfache Schritte, und sie folgten ganz natürlich aufeinander. So bin ich nicht der Kritik unterworfen, wenn dich die Weite, die sich dir hier erschließt, innerlich wachsen läßt, oder wenn die Frau schöner ist, da es ja zutrifft, daß die Frau von hier aus gesehen berückender ist, so wie der Raum um dich weiter ist. Mein Werk beherrscht alles, aber es prägt sich nicht in den Spuren, im Widerschein, in den Zeichen aus, und da du es nicht darin wiederfindest, kannst du nicht gegen mich kämpfen. Dann erst bin ich schöpferisch und ein wirklicher Dichter. Denn nicht der ist schöpferisch, der erfindet oder beweist, sondern der zum Werden verhilft.

Und wenn man erschafft, geht es stets darum, Widersprüche aufzulösen. Denn außerhalb des Menschen ist nichts hell oder dunkel, unzusammenhängend oder zusammenhängend, einfach oder verwickelt. Alles ist und hat damit sein Bewenden. Und du kannst nichts erfassen, was nicht voller Widersprüche wäre, wenn du dich mit deiner unbeholfenen Sprache aus der Verlegenheit ziehen und dein kommendes Werk vordenken willst. Aber ich komme mit meiner Macht; sie äußert sich nicht darin, daß ich dir etwas auf Grund deiner Sprache beweisen könnte, denn die Widersprüche, die dich zerreißen, sind ohne

Ausweg. Ich kann dir auch nicht dartun, daß deine Sprache falsch ist, denn sie ist nicht falsch, sondern nur unbequem. Ich kann dich nur auf einer Wanderung geleiten, wo ein Schritt auf den anderen folgt, ich kann dich nur auf dem Berg niedersetzen, wo deine Streitigkeiten ihre Auflösung finden, und muß es dir selbst überlassen, *deine* Wahrheit zu finden.

73

Mich überkam das Verlangen nach dem Tode:

– Gib mir den Frieden des Stalles, sprach ich zu Gott, den Frieden der geordneten Dinge, der eingebrachten Ernte. Laß mich sein, da ich mein Werden vollendet habe. Ich bin der Klagen meines Herzens müde. Ich bin zu alt, um all meine Zweige wieder zu beginnen. Nacheinander habe ich meine Freunde und meine Feinde verloren, und traurige Mußestunden werfen ihr Licht auf meinen Weg. Ich weilte in der Ferne, ich bin heimgekehrt, ich blickte um mich: Da fand ich die Menschen wieder, wie sie sich um das Goldene Kalb scharten; sie nahmen nicht Anteil, sondern waren töricht. Und die Kinder, die heute geboren werden, sind mir fremder als junge Barbaren ohne Religion. Ich bin von nutzlosen Schätzen schwer, wie wenn mich eine Musik erfüllte, die niemals mehr verstanden werden wird.

Ich habe mein Werk im Walde mit der Axt des Holzfällers begonnen und war trunken vom Lobgesang der Bäume. So muß man sich in einen Turm einschließen, um gerecht sein zu können. Jetzt aber, da ich die Menschen aus zu großer Nähe sah, bin ich müde.

Erscheine mir, Herr, denn alles ist schwer, wenn der Geschmack an Gott verlorengeht!

Ich hatte einen Traum nach der großen Begeisterung.

Denn ich war als Sieger in eine Stadt eingezogen, und die Menge strömte in einem Meer von Fahnen herbei und rief und sang bei meinem Vorüberzug. Und die Blumen bereiteten uns ein Lager für unseren Ruhm. Gott aber erfüllte mich nur mit einem Gefühl der Bitterkeit. Ich war, so schien es mir, der Gefangene eines schwachen Volkes.

Denn diese Menge, die deinen Ruhm begründet, läßt dich vor allem sehr allein! Was sich dir hingibt, trennt sich auch wieder von dir, denn nur auf dem Weg über Gott führt eine Brücke von dir zu den anderen Menschen. Und die allein sind meine wahrhaften Gefährten, die mit mir im Gebet das Knie beugen. So unterwerfen sie sich dem gleichen Maß und werden zu Körnern der gleichen Ähre, die für das gleiche Brot ausersehen ist. Jene beteten mich jedoch an und ließen eine Wüste in mir entstehen, denn ich kann den Menschen, die sich täuschen, keine Achtung bezeigen und vermag dieser Anbetung meiner Person nicht zuzustimmen. Ich kann nicht ihren Weihrauch entgegennehmen, denn ich vermag mich nicht nach den anderen zur richten, wenn ich über mich urteile. Ich bin meiner selbst überdrüssig, denn ich habe schwer an mir zu tragen und muß mich meiner selbst entäußern, wenn ich in Gott eingehen will. So ließen mich die Menschen, die mich beweihräucherten, traurig und öde werden; ich glich einem vertrockneten Brunnen, über den sich das Volk beugt, wenn es Durst hat. Denn ich konnte nichts schenken, was der Mühe wert gewesen wäre, und konnte nichts mehr von ihnen empfangen, da sie sich vor mir zu Boden warfen.

Ich brauche vor allem einen, der sich wie ein Fenster aufs Meer hin öffnet, nicht aber einen Spiegel, vor dem ich mich langweile.

Und in dieser Menge schienen mir allein die Toten Achtung zu verdienen, da sie sich nicht mehr um Eitelkeiten mühten. Als mich dann die Beifallsrufe wie ein leeres Geräusch ermüdet hatten, das mich nicht mehr belehren konnte, hatte ich diesen Traum:

Ein abschüssiger und glatter Weg führte hoch über dem Meere. Ein Unwetter hatte sich entladen, und die Nacht strömte wie ein voller Schlauch. Hartnäckig stieg ich Gott entgegen, um ihn nach dem Sinn der Dinge zu fragen und mir von ihm erklären zu lassen, wohin der Austausch führe, den man mir hatte auferlegen wollen.

Doch auf dem Gipfel des Berges gewahrte ich nur einen

schweren Block aus schwarzem Granit – und das war Gott. Er ist es wahrhaftig, sagte ich mir, der Unwandelbare und Unzerstörbare, denn ich hoffte noch, ich werde tiefer in meine Einsamkeit versinken müssen.

– Herr, sprach ich zu ihm, belehre mich! Sieh hier meine Freunde, meine Gefährten und Untertanen, sie sind für mich nur tönende Gliederpuppen. Ich habe sie in der Hand und bewege sie, wie es mir beliebt. Und es macht mir keine Sorge, daß sie mir gehorchen, denn es ist gut, wenn sich meine Weisheit auf sie herabsenkt; aber es bekümmert mich, daß sie zum Widerschein eines Spiegels wurden, denn so werde ich einsamer noch als ein Aussätziger. Wenn ich lache, so lachen sie. Wenn ich schweige, so verdüstern sich ihre Mienen. Und mein Wort, das ich erkenne, erfüllt sie wie das Windesrauschen die Bäume. Es gibt für mich keinen Austausch mehr, denn in dieser schrankenlosen Audienz höre ich nur meine eigene Stimme, die mir von ihnen wie das eisige Echo eines Tempels zurücktönt. Deshalb erschreckt mich die Liebe, und was habe ich von dieser Liebe zu erwarten, die nur mich selber vervielfacht?

Doch der Granitblock, über dem ein leuchtender Regen rauschte, blieb undurchdringlich.

– Herr, sprach ich zu ihm, denn in der Nähe saß ein schwarzer Rabe auf einem Zweig, ich verstehe durchaus, daß dieses Schweigen Deiner Majestät gemäß ist. Doch ich bedarf eines Zeichens. Gebiete diesem Raben davonzufliegen, sobald ich mein Gebet beendet habe. Dann wird das wie ein rascher Blick sein, den mir ein anderer zuwirft, und so bin ich nicht mehr allein auf der Welt. Ich werde Vertrauen zu Dir fassen, mag es auch nur ein dunkles Vertrauen sein. Ich verlange nichts als das eine: Es möge mir bedeutet werden, daß es vielleicht etwas zu verstehen gibt.

Und ich betrachtete den Raben. Aber er blieb unbeweglich. Da neigte ich mich zur Mauer.

– Herr, sprach ich zu ihm, gewiß hast Du recht. Es kommt Deiner Majestät nicht zu, Dich meinen Weisungen zu unterwerfen. Wäre der Rabe davongeflogen, so hätte er mich nur noch trauriger gestimmt. Denn ein solches Zeichen hätte ich nur von einem Gleichgestellten, also abermals von mir selber, empfangen können, und so wäre ich gleichfalls nur ein Widerschein meiner Sehnsucht gewesen. Wiederum wäre ich nur meiner Einsamkeit begegnet.

Nachdem ich mich so in Anbetung niedergeworfen hatte, ging ich den Weg zurück, den ich gekommen war.

Es begab sich jedoch, daß meine Verzweiflung einer unerwarteten und eigentümlichen Heiterkeit wich. Ich versank im Schlamm des Weges, ich riß mich an den Dornen wund, ich kämpfte gegen die peitschenden Windstöße an, und doch kam eine gefestigte Klarheit über mich. Denn ich wußte nichts; aber ich hätte auch nichts erfahren können, was mich nicht angewidert hätte. Ich hatte Gott nicht berührt, doch ein Gott, der sich berühren läßt, ist kein Gott mehr. Er ist es auch nicht mehr, wenn er dem Gebet gehorcht. Und zum ersten Male ahnte ich: Die Größe des Gebetes beruht vor allem darauf, daß ihm nicht geantwortet wird und daß dieser Austausch nichts mit einem schäbigen Handel zu tun hat. Und ich ahnte, daß das Erlernen des Gebets im Erlernen des Schweigens besteht und dort erst die Liebe beginnt, wo kein Geschenk mehr zu erwarten ist. Die Liebe ist vor allem Übung des Gebets und das Gebet Übung des Schweigens.

Und ich kehrte unter mein Volk zurück und schloß es zum ersten Male in das Schweigen meiner Liebe ein. Und so spornte ich sie bis zum Tode zu Geschenken an. Trunken machten sie meine verschlossenen Lippen. Ich war Hirte, Tabernakel ihrer Lobgesänge und Treuhänder ihrer Geschicke, Herr über ihr Hab und Gut und über ihr Leben und doch ärmer als sie und demütiger in meinem unbeugsamen Stolz. Und ich wußte wohl, daß es hier nichts zu empfangen gab. Es vollzog sich einfach ihr Werden in mir, und ihr Lobgesang bildete sich aus meinem Schweigen. Und durch mich waren wir, sie und ich, nur noch Gebet, das sich im Schweigen Gottes gründete.

74

Ich habe sie gesehen, wie sie ihren Lehm kneteten. Ihre Frau tritt hinzu, rührt sie an die Schulter, da es die Stunde der Mahlzeit ist. Sie schicken sie aber zu ihren Kochtöpfen zurück, denn sie sind ganz durch ihr Werk gefesselt. Dann wird es Nacht, und so findest du sie wieder beim matten Schein der Öllampe, wie sie in ihrer Tonerde eine Form suchen, die sie nicht zu beschreiben vermöchten. Und kaum einer entfernt sich von seinem Werk, wenn sie voller Inbrunst sind, denn es haftet ihnen an wie die Frucht am Baum. Um es zu nähren, sind sie wie Stämme von Saft geschwellt. Sie werden es nicht loslassen, bis es sich nicht von selber loslöste wie eine Frucht, die geworden ist. Oder hast du gesehen, daß es ihnen in dem Augenblick, in dem sie sich abmühten, auf Geldgewinn oder Ehren oder das endgültige Schicksal des Gegenstands ankäme? Während sie am Werk sind, arbeiten sie nicht für die Kaufleute und nicht für sich selber, sondern für die tönerne Urne oder die Krümmung ihres Henkels. Sie wachen die Nächte hindurch einer Form zuliebe, die allmählich ihr Herz befriedigt, so wie die Mutterliebe in der Frau erwacht, je mehr das ausgebildete Kind in ihrem Leibe hüpft.

Wenn ich euch jetzt sammle, um euch alle gemeinsam der großen Urne zu unterwerfen, die ich inmitten der Städte erbaue, damit sie das Schweigen des Tempels in sich aufspeichere, so ist es gut, wenn sie euch während ihrer Entstehung behende macht und ihr sie lieben könnt. Es ist gut, wenn ich euch zwinge, den Rumpf, das Deck und das Mastwerk eines Segelschiffs zu bauen, das die Meere befahren soll, und wenn ich euch eines Tages, wie an einem Hochzeitstag, gebiete, seine Segel zu hissen und es dem Meer darzubringen.

Dann wird der Klang eurer Hämmer als Lobgesang aufsteigen, euer Schweiß und euer Stoßseufzer werden Inbrunst sein. Und wenn ihr das Schiff vom Stapel laßt, werdet ihr ein Wunder vollbringen, denn ihr werdet Blumen auf die Wogen streuen.

75

Deshalb entfalte ich die Einheit der Liebe in verschiedenartigen Säulen und Kuppeln und ergreifenden Bildwerken. Denn wenn ich die Einheit ausdrücken will, mache ich sie vielgestaltig bis ins Unendliche. Und du hast kein Recht, daran Anstoß zu nehmen.

Allein das Absolute zählt, das aus dem Glauben, der Inbrunst oder der Sehnsucht hervorgeht. Denn es gibt nur eine Vorwärtsbewegung des Schiffes, aber jeder wirkt dabei mit, der einen Meißel schärft, die Planken des Verdecks mit schaumigem Wasser wäscht, auf den Mast klettert oder die Beschläge ölt.

Diese Unordnung aber beunruhigt euch, denn ihr meint, die Menschen würden an Kraft gewinnen, wenn sie sich alle die gleichen Gebärden zu eigen machten und am gleichen Strang zögen. Aber ich antworte: Wenn es sich um den Menschen handelt, vermagst du das Prinzip, das ihn beherrscht, nicht aus den sichtbaren Spuren zu ersehen. Man muß sich aufschwingen, um es zu entdecken. Und du machst es auch meinem Bildhauer nicht zum Vorwurf, wenn er zwar bis zum Äußersten vereinfacht, um zum Wesentlichen vorzudringen und es zu erfassen, jedoch eine Vielfalt von Zeichen verwendet, wie Lippen, Augen, Runzeln und Haare. Denn er bedarf des Gefüges, damit er seine Beute wie mit einem Netz einfangen kann. Und wenn du nicht kurzsichtig bist und deine Nase allzu dicht daraufdrückst, wird mit Hilfe dieses Netzes eine bestimmte Schwermut auf dich übergehen und dein Werden verändern. Ebenso darfst du es aber auch mir nicht zum Vorwurf machen, wenn mir eine solche Unordnung in meinem Reich keine Sorge bereitet. Denn wenn dich die Betrachtung der Mannschaften verwirrt, die auf verschiedene Weise an ihren Tauen ziehen, mußt du nur ein wenig zurücktreten, um diese menschliche Gemeinschaft, diesen Knoten eines Stammes, der verschiedene Zweige treibt, diese Einheit, die ich vor allem erstrebe und die den Sinn meines Reiches ausmacht, gewahr zu werden. Und dann wirst du nur noch ein Schiff sehen, das auf dem Meere fährt.

Wenn ich hingegen meinen Leuten die Liebe zur Seefahrt mitteile und so ein jeder den Drang dazu in sich verspürt, weil ihn ein Gewicht im Herzen zum Meere zieht, so wirst du bald sehen, wie sie sich verschiedene Tätigkeiten suchen, die ihren tausend besonderen Eigenschaften entsprechen. Der eine wird Segel weben, der andere im Walde den Baum mit dem Blitzstrahl seiner Axt fällen. Wieder ein anderer wird Nägel schmieden, und irgendwo wird es Männer geben, die die Sterne beobachten, um das Steuern zu erlernen. Und doch werden sie alle eine Einheit bilden. Denn ein Schiff erschaffen heißt nicht die Segel hissen, die Nägel schmieden, die Sterne lesen, sondern die Freude am Meer wachrufen – die ein und dieselbe ist –, und wo sie herrscht, gibt es keine Gegensätze mehr, sondern nur Gemeinsamkeit der Liebe. Wenn ich am Werke mitwirke, begegne ich daher stets meinen Feinden mit offenen Armen, damit sie mich wachsen lassen, denn ich weiß, daß es eine Ebene gibt, auf der mir der Kampf als Liebe erschiene.

Ich brauche das Schiff nicht in seinen Einzelheiten vorauszusehen, wenn ich es erschaffe. Denn ich kann nichts erfassen, was der Mühe wert wäre, wenn ich ganz allein die Pläne für das Schiff in seiner Vielfalt entwerfe. Alles wird sich verändern, wenn es ans Licht tritt, und ich überlasse es den anderen, sich mit diesen Erfindungen zu beschäftigen. Ich brauche nicht jeden Nagel des Schiffes zu kennen. Ich muß aber den Menschen den Drang zum Meer vermitteln.

Und je mehr ich wachse, so wie ein Baum wächst, um so mehr gewinne ich an Tiefe. Und meine Kathedrale, die eine Einheit bildet, entsteht dadurch, daß einer, der voller Skrupel ist, ein Gesicht meißelt, aus dem ein böses Gewissen spricht, und daß ein anderer, der sich zu freuen versteht, Freude empfindet und ein Lächeln meißelt. Daß ein Widerspenstiger mir widersteht und ein Getreuer die Treue hält. Und werft mir nicht etwa vor, ich hätte Unordnung und Zuchtlosigkeit gefördert, denn die einzige Zucht, die ich anerkenne, ist die Zucht des Herzens, die über allem steht, und wenn ihr in meinen Tempel eintretet, wird euch seine Einheit und die Majestät seines Schweigens überwältigen. Wenn ihr dann seht, wie der

Gläubige und der Abtrünnige, der Bildhauer und der Polierer der Säulen, der Gelehrte und der Einfältige nebeneinander ins Knie sinken, so sagt mir nicht, sie seien Beispiel der Zusammenhanglosigkeit, denn in der Wurzel sind sie eins, und durch sie hindurch ist der Tempel geworden, da er mit ihrer Hilfe alle die Mittel fand, deren er bedurfte.

Der aber täuscht sich, der eine Ordnung der Oberfläche erschafft, weil er sie nicht mit dem nötigen Abstand überblickt, um den Tempel, das Schiff oder die Liebe gewahr zu werden; so begründet er an Stelle einer wahrhaften Ordnung die Zucht des Kasernenhofes, wo jeder in die gleiche Richtung strebt und gleich lange Schritte macht. Denn wenn jeder deiner Untertanen dem anderen gleicht, hast du keine Einheit erzielt, da tausend übereinstimmende Säulen nur eine törichte Spiegelwirkung und keinen Tempel ergeben. Und du handeltest nur folgerichtig, wenn du alle die tausend Untertanen bis auf einen einzigen umbringen ließest.

Die wahrhafte Ordnung ist der Tempel, aus dem das Herz des Baumeisters spricht. Denn der Tempel verknüpft die Vielfalt der Baustoffe wie eine Wurzel und erfordert eben diese Vielfalt, denn nur so kann er eine Einheit bilden und beständig und mächtig bleiben.

Es darf dich nicht verdrießen, wenn sich der eine vom anderen unterscheidet, wenn das Trachten des einen dem Trachten des anderen widerstreitet, wenn nicht jeder die gleiche Sprache spricht; vielmehr sollst du dich daran erfreuen, denn wenn du schöpferisch bist, wirst du einen Tempel bauen, der sie alle umfaßt und ihnen ein gemeinsames Maß gibt.

Den aber nenne ich blind, der sich auf sein Schöpfertum etwas einbildet, wenn er den Tempel abträgt und die Steine ihrer Größe nach hintereinander aufreiht.

76

Beunruhige dich also nicht über das Geschrei, das dein Wort hervorrufen wird, denn eine neue Wahrheit ist ein neues Gefüge, das mit einem Schlag zutage tritt (und nicht eine einleuchtende Behauptung, bei der man von Schlußfolgerung zu Schlußfolgerung fortschreiten könnte). Jedesmal, wenn du ein Element deines Gesichts aufzeigst, wird man dir entgegenhalten, dieses Element habe im anderen Gesicht eine andere Bedeutung, und zunächst wird man nicht verstehen, weshalb du dir selber und anderen zu widersprechen scheinst. Du wirst freilich sagen: Seid ihr gewillt, euch selber abzutöten, euch zu vergessen und ohne Widerstand meiner neuen Schöpfung beizuwohnen? Nur so aber könnt ihr euch wandeln; ihr seid in Schmetterlingspuppen eingeschlossen. Und auf Grund der gewonnenen Erfahrung werdet ihr mir sagen, ob ihr nicht klarer, friedlicher und geweiteter geworden seid.

Denn gleich wie die Statue, die ich aus dem Stein haue, nicht allmählich hervortritt, gibt es keine Wahrheit, die sich allmählich beweisen ließe. Sie bildet vielmehr eine Einheit und wird erst sichtbar, sobald sie geworden ist. Und auch dann bemerkst du sie nicht, denn du selbst findest dich in ihr. Und die Wahrheit meiner Wahrheit ist der Mensch, der aus ihr hervorgeht.

So ist es mit einem Kloster, in das ich dich einschließe, um dich zu ändern. Solltest du mich aber bitten, ich möge dir dieses Kloster inmitten der Eitelkeiten und deiner Alltagsprobleme erklären, so würde ich es ablehnen, dir zu antworten, denn du bist nicht der Mensch, der mich verstehen könnte, und ich muß dir zunächst zu deiner Geburt verhelfen. Ich kann dich nur zwingen, zu werden.

Kümmere dich deshalb auch nicht um die Einsprüche, die dein Zwang auslösen wird. Denn die Schreier wären im Recht, wenn du sie in ihrem Wesen beeinträchtigen und um ihre Größe bringen würdest. Aber den Menschen achten heißt das Edle in ihm achten. Sie aber nennen Gerechtigkeit, wenn sie ihr Dasein fortführen können – auch wenn sie verkommen sind –, da sie nun einmal so geboren wurden. Und es bedeutet gewiß keine Gotteslästerung, wenn du sie heilst.

77

Also kann ich euch sagen, daß ich es ebenso ablehne, klein beizugeben wie auszuschließen. Ich bin weder unversöhnlich noch weich oder nachsichtig. Ich heiße den Menschen mit seinen Fehlern willkommen und übe doch meine Strenge aus. Ich machte nicht aus meinem Gegner einen bloßen Zeugen, einen Sündenbock für all unser Unglück, den man mit Haut und Haaren auf dem Marktplatz verbrennen müßte. Ich heiße meinen Gegner in seiner Ganzheit willkommen, und doch lehne ich ihn ab. Denn das Wasser ist frisch und begehrenswert. Auch der reine Wein ist begehrenswert. Aber aus dem Gemisch bereite ich ein Getränk für Eunuchen.

Es gibt nichts auf der Welt, was nicht unbedingt im Recht wäre. Ausgenommen sind nur die, die überlegen, argumentieren, Beweise führen und weder Recht noch Unrecht haben können, da sie eine logische Sprache ohne Inhalt gebrauchen. Sie erzeugen ein bloßes Geräusch; wenn sie sich aufblähen, kann es aber dazu führen, daß die Menschen lange ihr Blut vergießen müssen. Ich beseitige sie daher einfach, so wie ich den Baum abhaue.

Doch ein jeder ist im Recht, der in die Zerstörung der Urne seines Leibes willigt, wenn es das anvertraute Gut zu retten gilt, das darin verschlossen ist. Ich habe es dir schon gesagt: Die Schwachen schützen und die Starken fördern – das ist das Dilemma, das dich quält. Und es kann sein, daß dein Feind die Schwachen vor dir schützt, der du die Starken förderst. Und so seid ihr beide gezwungen zu kämpfen, um das Land des einen vor der Fäulnis der Demagogen zu bewahren, die das Geschwür um des Geschwüres willen feiern, und um das Land des anderen vor der Grausamkeit der Sklavenaufseher zu retten, die die Peitsche gebrauchen, um ihren Willen zu erzwingen und so den Menschen am Werden zu verhindern. Und das Leben stellt sich diesen Konflikten mit einer Dringlichkeit gegenüber, die den Gebrauch der Waffen erheischt. Denn ein einziger Gedanke, dem kein Feind die Waage hält, wird (wenn er wie Gras wächst) zur Lüge und verschlingt die Welt.

Dies erklärt sich durch den Bereich deines Bewußtseins, das

nur winzige Ausmaße hat. Und ebenso wie du, wenn dich ein Räuber überfällt, nicht zugleich über die Taktik des Kampfes nachdenken und die Schläge spüren kannst; ebenso wie du auf dem Meer nicht zugleich die Angst vor dem Schiffbruch empfinden und die Bewegungen der Wogen in dich aufnehmen kannst; und wie einer, der Angst hat, nicht mehr speit, und einer, der speit, keine Angst mehr empfindet, so ist es dir auch nicht möglich, wenn man dir nicht durch die Klarheit einer neuen Sprache zu Hilfe kommt, zwei einander widersprechende Wahrheiten gleichzeitig zu denken und zu leben.

78

Um mir ihre Beobachtungen mitzuteilen, kamen nicht die Mathematiker meines Reiches zu mir – die sich im übrigen auf einen einzigen beschränkten, der zudem noch gestorben war –; es kam eine Delegation der Kommentatoren der Mathematiker, und diese Kommentatoren waren zehntausend an der Zahl.

Wenn einer ein Schiff baut, kümmert er sich nicht um die Nägel, die Masten und die Planken des Decks; er sperrt vielmehr zehntausend Sklaven und einige mit Peitschen versehene Antreiber in einer Werft ein. Und so blüht der Ruhm des Schiffes empor. Und ich habe niemals erlebt, daß sich ein Sklave gerühmt hätte, er habe das Meer bezwungen.

Wenn aber einer eine Geometrie ersinnt und sich nicht damit abgibt, sie vollständig in allen ihren Schlußfolgerungen darzulegen, weil diese Arbeit seine Zeit und seine Kräfte übersteigen würde, dann ruft er das Heer der zehntausend Kommentatoren auf den Plan, und diese polieren die Lehrsätze, erkunden die ergiebigen Wege und ernten die Früchte des Baumes. Da sie aber keine Sklaven sind und es keine Peitschen gibt, um sie anzutreiben, bildet sich ein jeder von ihnen ein, er sei dem einzigen wirklichen Mathematiker ebenbürtig, da er ihn ja erstens verstehe und zweitens sein Werk bereichere.

Ich weiß freilich, wie wertvoll ihre Arbeit ist – denn gewiß gilt es, die Ernten des Geistes einzubringen –, ich weiß aber zugleich, daß es lächerlich ist, diese Arbeit mit der schöpferischen Leistung zu verwechseln, die einen grundlosen, freien, unvorhersehbaren Akt des Menschen darstellt – und so ließ ich sie nicht zu nahe an mich herankommen, denn ich befürchtete, sie könnten sich zu sehr in ihrem Dünkel aufblähen, wenn sie mir als Gleichgestellte gegenüberträten. Und ich hörte, wie sie miteinander flüsterten, um sich darüber zu beklagen. Dann sprachen sie.

– Wir protestieren im Namen der Vernunft, sagten sie. Wir sind die Priester der Wahrheit. Deine Gesetze sind Gesetze eines Gottes, der nicht so zuverlässig ist wie der unsere. Du hast deine Kriegsleute auf deiner Seite, und ihre Muskelkraft kann uns erdrücken. Wir aber werden recht behalten gegen dich, selbst in den Gewölben deiner Kerker.

Sie sprachen so, da sie genau wußten, daß sie nicht Gefahr liefen, meinen Zorn zu erregen.

Und sie blickten einander an, voller Genugtuung über ihren eigenen Mut.

Ich dachte nach. Den einzigen wirklichen Mathematiker hatte ich jeden Tag an meiner Tafel empfangen. Zuweilen hatte ich mich auch des Nachts, wenn ich keinen Schlaf finden konnte, in sein Zelt begeben, wo ich ehrfürchtig meine Schuhe ablegte, seinen Tee trank und den Honig seiner Weisheit kostete.

– O du Mathematiker, sagte ich ihm ...

– Ich bin nicht vor allem Mathematiker, ich bin Mensch. Ein Mensch, der zuweilen über Mathematik nachsinnt, wenn ihn nicht etwas Dringenderes beherrscht, wie der Schlaf, der Hunger oder die Liebe. Heute aber, da ich alt geworden bin, hast du freilich recht: ich bin nur noch Mathematiker.

– Du bist einer, dem sich die Wahrheit zeigt ...

– Ich bin nur einer, der wie das Kind tastet und eine Sprache sucht. Die Wahrheit ist mir nicht erschienen. Aber eine Sprache kommt den Menschen so einfach vor wie ein Berg, und so machen sie selber ihre Wahrheit daraus.

– Jetzt bist du bitter, Mathematiker.

– Mich verlangte danach, im Weltall die Spur eines göttlichen Mantels zu entdecken, und hätte ich außerhalb meiner selbst eine Wahrheit berührt, wie einen Gott, der sich zu lange vor den Menschen verborgen hielt, so wäre es mein Wunsch gewesen, sie am Zipfel ihres Gewandes festzuhalten und ihr den Schleier vom Gesicht zu reißen, um sie zu zeigen. Doch es war mir nicht vergönnt, etwas anderes als mich selber zu entdecken . . .

So sprach er. Die anderen aber schwangen den Blitzstrahl ihres Götzen über ihrem Haupt.

– Redet leiser, sagte ich ihnen. Wenn ich auch schlecht verstehe, höre ich doch recht gut.

Und sie murrten weiter, wenn auch nicht mehr ganz so laut. Schließlich trat einer als ihr Sprecher auf, den sie sanft nach vorn schoben, denn sie begannen zu bereuen, daß sie solchen Mut gezeigt hatten.

– Wo siehst du denn, sagte er mir, daß das Gebäude der Wahrheiten, zu dessen Anerkennung wir dich einladen, eine willkürliche Schöpfung, ein Bildwerk oder eine Dichtung darstellte? Unsere Behauptungen leiten sich nach den strengen Gesetzen der Logik voneinander ab, und nichts Menschliches hat unser Werk bestimmt.

So nahmen sie einerseits für sich in Anspruch, eine absolute Wahrheit zu besitzen, und glichen damit jenen Völkerschaften, die sich auf irgendeinen bemalten Holzgötzen berufen, der – wie diese behaupten – den Blitz schleudert; andererseits stellten sie sich dadurch mit dem einzigen wirklichen Mathematiker auf eine Stufe, da sie ja alle, mit mehr oder weniger Erfolg, gleichfalls gedient oder entdeckt – aber nichts erschaffen hatten.

– Wir werden dir die Beziehungen darlegen, die zwischen den Linien einer Figur bestehen. Wir können zwar deine Gesetze übertreten; hingegen ist es dir nicht möglich, dich von den unseren frei zu machen. Du solltest uns als Minister nehmen – uns, die wir Bescheid wissen.

Ich schwieg und dachte über die Torheit nach. Sie verstanden mein Schweigen falsch und zögerten:

– Denn wir möchten dir vor allem dienen, sagten sie.

Ich antwortete also:

– Ihr behauptet, daß ihr nichts erschufet, und das ist ein Glück. Denn wenn einer schielt, erzeugt er Schieläugige. Die mit Luft gefüllten Schläuche erzeugen nur Wind. Und wenn ihr ein Reich auf die Achtung einer Logik gründen wolltet, die nur auf die schon abgelaufene Geschichte, auf die schon geschaffene Statue, auf ein totes Organ anzuwenden ist, würdet ihr es von vornherein als Beute der Barbarensäbel erschaffen.

Man entdeckte einst die Spuren eines Menschen, der beim Morgengrauen sein Zelt in Richtung des Meeres verlassen hatte; so war er bis zur senkrechten Felswand gewandert und hatte sich hinuntergestürzt. Es fanden sich Logiker, die sich mit den Zeichen befaßten und die Wahrheit erkannten. Denn in der Kette der Ereignisse fehlte kein einziges Glied. Die Schritte folgten aufeinander, und es gab keinen, der nicht durch den vorhergehenden gerechtfertigt worden wäre. Wenn man die Schritte von Wirkung zu Ursache hinaufstieg, brachte man den Toten in sein Zelt zurück. Wenn man die Schritte von Ursache zu Wirkung hinabstieg, ließ man ihn wieder in seinen Tod sinken.

– Wir haben alles verstanden, riefen die Logiker und beglückwünschten sich gegenseitig.

Ich aber war der Meinung, daß zum Verständnis die Kenntnis eines bestimmten Lächelns, wie ich zufällig eines kannte, gehört hätte – eines Lächelns, das vergänglicher war als ein ruhendes Wasser, da es nur eines Gedankens bedurft hätte, um es zu trüben, und das vielleicht in diesem Augenblick gar nicht existierte, da es einem schlafenden Antlitz gehörte, und das sich auch nicht hier, sondern in dem hundert Reisetage entfernten Zelte eines Fremden befand.

Denn die Schöpfung ist von anderer Wesensart als das erschaffene Objekt; sie entweicht den Spuren, die sie hinter sich zurückläßt, und kann niemals aus einem Zeichen abgelesen werden. Stets wirst du gewahr werden, wie sich all diese Merkmale, diese Spuren, diese Zeichen voneinander herleiten. Denn der Schatten, den eine Schöpfung auf die Wand der Wirklichkeit wirft, ist reine Logik. Aber diese Erkenntnis wird nicht verhindern können, daß du gleichwohl töricht bist.

Da sie nicht überzeugt waren, fuhr ich in meiner Güte fort, sie zu belehren:

– Es war einmal ein Alchimist, der die Geheimnisse des Lebens erforschte. Und es geschah, daß er aus seinen Brennkolben, seinen Retorten, seinen Drogen ein winziges Teilchen lebendigen Stoffes gewann. Die Logiker eilten herbei. Sie wiederholten den Versuch, mischten die Drogen, bliesen das Feuer unter den Retorten an und erzielten eine weitere lebende Zelle. Und so verkündeten sie, es gebe kein Geheimnis des Lebens mehr. Das Leben sei nur ein natürliches Fortschreiten von Wirkung zu Ursache, von Ursache zu Wirkung, das Feuer wirke auf die Drogen, und die Drogen wirkten aufeinander, und diese seien zunächst keine lebende Materie gewesen. Die Logiker hatten wie üblich alles verstanden. Denn die Schöpfung ist von anderer Wesensart als das erschaffene Objekt, das von ihr beherrscht wird, und läßt in den Zeichen keine Spuren zurück. Der Schöpfer entzieht sich stets seiner Schöpfung. Und die Spur, die er zurückläßt, ist reine Logik. Ich aber begab mich in noch größerer Demut zu meinem Freund, dem Mathematiker, um mich von ihm belehren zu lassen. »Was ist dabei Neues zu sehen?« sagte er mir. »Doch nur, daß das Leben Leben erzeugt.« Das Leben hätte sich nicht ohne das Bewußtsein des Alchimisten gezeigt, der meines Wissens lebte. Man vergißt ihn, denn er hat sich seiner Schöpfung entzogen, wie das stets zu geschehen pflegt. So geht es dir selber, wenn du den anderen auf den Gipfel des Berges geführt hast, von wo aus sich die Probleme ordnen; dieser Berg wird dann zu einer Wahrheit, die sich von dir losgelöst hat und ihn allein läßt. Und niemand fragt dich, weshalb du gerade diesen Berg gewählt hast, denn man befindet sich nun einmal darauf, und irgendwo muß man sich ja aufhalten.

Da sie jedoch murrten – denn die Logiker sind nicht logisch –, sagte ich ihnen:

– Ihr seid voller Anmaßung, denn ihr verfolgt den Tanz der Schatten auf den Wänden und lebt in dem Wahn, ihr vermöchtet zu erkennen; ihr geht Schritt für Schritt den Sätzen der Geometrie nach und werdet nicht gewahr, daß zuvor einer des Weges kam, der sie aufstellte; ihr lest die Spuren im Sande und erkennt nicht, daß es anderswo einen Menschen gab, der sich der Liebe versagte; ihr seht das Leben aus der Materie aufsteigen und entdeckt nicht, daß es einen gab, der ablehnte und auswählte. So kommt nicht zu mir, ihr Sklaven, die ihr mit Hämmern und Nägeln bewehrt seid, um mir vorzutäuschen, ihr hättet das Schiff erdacht und vom Stapel gelassen.

Gewiß hätte ich ihn, der einzig in seiner Art war und nun gestorben ist, an meiner Seite Platz nehmen lassen, wenn er es gewünscht hätte, damit er die Menschen lenke. Denn er kam von Gott. Und seine Sprache wußte mir jene ferne Geliebte zu zeigen, die nicht zum Wesen des Sandes gehörte und sich daher nicht ohne weiteres ablesen ließ.

Aus zahllosen möglichen Mischungen verstand er es, die allein auszuwählen, die noch kein Erfolg auszeichnete und die doch als einzige zu einem Ziel führte. Wenn im Labyrinth der Berge keiner mehr, mangels eines Leitfadens, mit Schlußfolgerungen vorwärtskommt, weil du das Versagen deines Weges erst in dem Augenblick erkennst, da sich der Abgrund auftut und daher der gegenüberliegende Hang den Menschen noch unbekannt ist – dann bietet sich zuweilen ein Führer an, der dir den Weg bahnt, als käme er von drüben. Wenn aber dieser Weg erst einmal durchschritten ist, bleibt er gebahnt und erscheint dir vollkommen einleuchtend. Und du vergißt dann das Wunder dieses Ganges, der einer Heimkehr glich.

79

Es kam einer, der meinem Vater widersprach:

– Das Glück der Menschen, sagte er . . .

Mein Vater unterbrach seine Rede:

– Sprich nicht dieses Wort vor mir aus. Ich schätze die Worte, die ihr inneres Gewicht in sich tragen; die leeren Hülsen verwerfe ich.

– Wenn du dich aber als Herr eines Reiches, entgegnete ihm jener, nicht vor allen anderen um das Glück der Menschen bemühst . . .

– Ich bemühe mich nicht, dem Winde nachzulaufen, antwortete ihm mein Vater, um von ihm Vorräte anzulegen, denn es gibt keinen Wind mehr, wenn ich ihn festhalte.

– Wäre ich Herr eines Reiches, sagte der andere, so hätte ich den Wunsch, die Menschen glücklich zu sehen . . .

– Aha! sagte mein Vater, jetzt verstehe ich dich besser. Dieses Wort ist nicht hohl. In der Tat habe ich glückliche und unglückliche Menschen gekannt. Ich habe auch Dicke und Magere, Kranke und Gesunde, Lebende und Tote gekannt. Und ich wünsche gleichfalls, daß die Menschen glücklich sein sollen; ebenso möchte ich sie lieber lebendig als tot sehen, wenn es auch nötig ist, daß die Generationen einander das Feld räumen.

– Da sind wir uns also einig! rief der andere.

– Nein, entgegnete mein Vater.

Er dachte nach, dann sagte er: Wenn du vom Glück sprichst, sprichst du entweder von einem Zustand des Menschen, in dem er glücklich ist – so, wie er gesund ist, und auf diese Inbrunst der Sinne habe ich keinen Einfluß –, oder du sprichst von einem erreichbaren Gegenstand, dessen Besitz ich wünschen könnte. Und wo ist er zu finden?

Der eine Mensch ist im Frieden glücklich, der andere im Krieg, der eine wünscht sich die Einsamkeit, die ihn beflügelt, der andere bedarf eines festlichen Gewimmels, um sich zu begeistern; der eine sucht seine Freude in der Wissenschaft, die auf die gestellten Fragen eine Antwort gibt; der andere findet seine Freude in Gott, vor dem keine Frage mehr einen Sinn hat.

Wenn ich das Glück umschreiben wollte, würde ich vielleicht sagen, es bestehe für den Schmied im Schmieden, für den Seemann in der Seefahrt, für den Reichen in der Mehrung seines Reichtums – und so hätte ich nichts gesagt, was dir etwas Neues mitteilte. Und im übrigen bestünde das Glück für den Reichen zuweilen in der Seefahrt, für den Schmied in der Mehrung des Reichtums und für den Seemann im Nichtstun. So entschlüpft dir dieses Hirngespinst ohne Inhalt, das du vergebens zu greifen suchst.

Wenn du das Wort Glück begreifen willst, mußt du es als

Lohn und nicht als Ziel verstehen, denn sonst hat es keine Bedeutung.

Ebenso weiß ich, daß etwas schön ist; aber ich lehne die Schönheit als Ziel ab. Hast du schon einen Bildhauer sagen hören: »Aus diesem Stein werde ich die Schönheit herausholen?« Die so reden, betrügen sich mit einer hohlen Begeisterung und bringen nur Schund zuwege. Den anderen, den echten Bildhauer wirst du sagen hören: »Ich suche dem Stein etwas abzugewinnen, was dem Gewicht gleicht, das in mir lastet. Nur wenn ich den Stein behaue, vermag ich mich von ihm zu befreien.« Und das Gesicht, das so entsteht, mag alt und plump sein, es mag eine häßliche Maske zeigen oder den Schlaf der Jugend darstellen: wenn es ein großer Bildhauer erschuf, wirst du gleichwohl sagen, daß das Werk schön ist. Denn die Schönheit ist ebenfalls nicht ein Ziel, sondern eine Belohnung.

Und wenn ich dir vorhin sagte, das Glück bestehe für den Reichen in der Mehrung seines Reichtums, so habe ich dich belogen. Denn wenn es sich um das Freudenfeuer handelt, mit dem irgendeine Eroberung gefeiert wird, so werden seine Anstrengungen und seine Mühe dadurch belohnt. Und wenn ihm das Leben, das sich vor ihm ausbreitet, einen Augenblick lang wie ein Rausch erscheint, so geschieht das mit dem gleichen Recht, wie wenn dich die Landschaft, die du von der Höhe des Berges erspähst, mit Freude erfüllt, da sie sich aus deinen Anstrengungen aufbaut.

Und wenn ich dir sage, für den Räuber bestehe das Glück darin, unter den Sternen auf der Lauer zu liegen, so heißt das, daß ein Teil seines Wesens zu retten ist und seinen Lohn erhält. Denn er hat die Kälte, die Ungewißheit, die Einsamkeit auf sich genommen. Das Gold, das er begehrt – ich sagte es dir schon –, begehrt er, wie wenn er sich davon die plötzliche Verwandlung in einen Engel erwartete, so daß er, der das Gold an sein Herz drückt und damit in die dichtgedrängte Stadt wandert, von unsichtbaren Flügeln getragen werde.

Im Schweigen meiner Liebe habe ich mich lange damit abgegeben, in meinem Volke die Menschen zu beobachten, die glücklich zu sein schienen. Und ich habe stets wahrgenommen, daß ihnen das Glück, gleich wie der Statue die Schönheit, zuteil wurde, weil sie es nicht gesucht hatten.

Und es erschien mir das stets als ein Anzeichen ihrer Vollkommenheit und der Güte ihres Herzens. Nur der Frau, die dir sagen kann: »Ich fühle mich ja so glücklich«, sollst du dein Haus für die Dauer deines Lebens öffnen, denn das Glück, das aus ihrem Gesichte spricht, ist Zeichen ihres Wertes, da es einem belohnten Herzen entspringt.

Verlange daher nicht von mir, dem Herrn eines Reiches, ich solle das Glück für mein Reich erobern. Verlange nicht von mir, dem Bildhauer, ich soll der Schönheit nachlaufen: ich würde mich niedersetzen, da ich nicht wüßte, wohin ich laufen sollte. Die Schönheit *wird*, und ebenso das Glück. Verlange nur von mir, daß ich den Menschen eine Seele bilde, in der ein solches Feuer zu brennen vermag.

80

Ich entsann mich, daß mein Vater anderswo gesagt hatte:

– Um den Orangenbaum zu züchten, benutze ich Dünger und Mist, hacke die Erde und beschneide auch die Zweige. Und so wächst ein Baum, der Blüten zu tragen vermag. Und ich grabe die Erde um, ohne mich um die Blüten oder das Glück zu kümmern, denn damit ein Blütenbaum entstehen kann, muß zunächst ein Baum dasein, und damit ein Mensch glücklich sein kann, muß er zunächst Mensch sein.

Doch der andere fragte weiter:

– Wonach streben denn die Menschen, wenn sie nicht dem Glücke nachlaufen?

– Ja! sagte mein Vater, das werde ich dir später zeigen.

Zunächst will ich aber bemerken, daß du feststellst, wie die Freude zuweilen die Anstrengung und den Sieg krönt, und hieraus als törichter Logiker den Schluß ziehst, die Menschen kämpften, weil sie ihr Glück im Sinne hätten. Darauf würde ich antworten, daß ja auch der Tod das Leben krönt; somit hätten die Menschen nur einen Wunsch, nämlich den Tod. Und so gebrauchen wir Worte, die Quallen ohne Rückgrat sind. Und ich sage dir, daß es glückliche Menschen gibt, die ihr Glück opfern, um in den Krieg zu ziehen.

– Sie tun das, weil sie in der Erfüllung ihrer Pflicht eine höhere Art des Glückes erkennen . . .

– Ich weigere mich, mit dir zu reden, wenn du nicht deine Worte mit einer Bedeutung erfüllst, die sich entweder bestätigen oder widerlegen läßt. Gegen diesen Gallert, der ständig seine Gestalt verändert, vermag ich nicht zu streiten. Denn wie soll ich deine Behauptungen mit dem Leben vergleichen, da das Glück für dich ebensogut in der Überraschung der ersten Liebe wie im Erbrechen während des Todeskampfes besteht, wenn dich eine Kugel im Bauch nicht mehr zum Brunnen gelangen läßt? Du behauptest dann lediglich, daß die Menschen suchen, was sie suchen, und den Dingen nachlaufen, denen sie nachlaufen. So brauchst du nicht zu befürchten, daß man dich widerlegen kann, und ich habe es nur mit deinen unangreifbaren Wahrheiten zu tun. Du sprichst, wie wenn du jonglierst. Und wenn du dein Geschwätz nicht weiter aufrechterhältst, wenn du nicht mehr die Suche nach dem Glück als Erklärung dafür anführst, daß die Menschen in den Krieg ziehen, und wenn du trotzdem darauf bestehst, mir zu versichern, daß das Glück das gesamte Verhalten des Menschen erkläre, so sehe ich dich schon mit der Behauptung aufwarten, es beruhe auf Anwandlungen des Wahnsinns, wenn einer ins Feld ziehe. Aber auch hier verlange ich, daß du deine Blößen aufdeckst und mich zunächst einmal über die Worte aufklärst, deren du dich bedienst. Denn wenn du beispielsweise einen wahnsinnig nennst, dem der Schaum vor dem Mund steht oder der sich ausschließlich auf seinem Kopf fortbewegt, so kannst du mich nicht zufriedenstellen, denn ich habe beobachtet, wie die Soldaten, die ins Feld ziehen, auf ihren zwei Beinen gehen.

Aber es stellt sich heraus, daß deine Sprache nicht ausreicht, um mir das Ziel anzugeben, auf das das Streben der Menschen gerichtet ist. Ebenso kannst du mir auch nicht sagen, wohin ich sie führen soll. Und du benutzt zu kleine Gefäße, wie etwa den Wahnsinn oder das Glück, und gibst dich der eitlen Hoffnung hin, du könntest das Leben darin einschließen. So gleichst du dem Kind, das sich mit einem Eimer und einer Schaufel am

Fuße des Atlas zu schaffen machte und vorhatte, das Gebirge von der Stelle zu rücken.

– Dann belehre mich doch, bat der andere.

81

Wenn du deine Entschlüsse nicht infolge einer Regung des Geistes oder des Herzens faßt, sondern dich durch Gründe bestimmen läßt, die sich aussprechen lassen und völlig in deiner Aussage enthalten sind, so verleugne ich dich.

Denn dies bedeutet, daß deine Worte nicht Zeichen für ein anderes sind, wie der Name deiner Frau etwas bezeichnet, aber keinen Inhalt hat. Du kannst nicht über einen Namen Überlegungen anstellen, denn das Gewicht liegt anderswo. Und du wirst nicht auf den Gedanken kommen, mir zu sagen: »Ihr Name zeigt mir, daß sie schön ist . . .«

Wie darfst du dann aber behaupten, eine Überlegung, die du über das Leben anstellst, könne sich selber genügen? Und wenn dem etwas anderes als Unterpfand zugrunde liegt, so könnte es sein, daß solch ein Unterpfand mehr Gewicht erhielte, wenn die Überlegung weniger glänzend wäre. Und ich lege keinen Wert darauf, die Formeln, die das Glück umschreiben, miteinander zu vergleichen. Das Leben ist das, was es ist.

Wenn die Sprache, mit der du mir deine Beweggründe mitteilst, etwas anderes darstellt als das Gedicht, das mir einen Ton aus der Tiefe deiner Seele zutragen soll – wenn sie nichts umschließt, was sich nicht in Worten ausdrücken läßt, du es mir aber gleichwohl aufbürden willst, dann weise ich dich ab.

Wenn du dein Verhalten nicht einem Gesicht zuliebe änderst, das sich dir offenbart hat und in dir eine neue Liebe begründet, sondern wenn du dich durch eine schwache Erschütterung der Luft bestimmen läßt, die nur eine unfruchtbare Logik ohne Gewicht mitführt, dann weise ich dich ab.

Denn man stirbt nicht für das Zeichen, sondern für das Unterpfand, das dem Zeichen zugrunde liegt. Und wenn du das letztere ausdrücken willst oder beginnen willst, es auszudrükken, bedarf es dazu des Gewichts der Bücher aus allen Bibliotheken der Erde. Denn was ich auf so einfache Weise eingefangen habe, vermag ich dir nicht auszudrücken. Du mußt selber gewandert sein, um den Berg, den mein Gedicht erwähnt, in seiner ganzen Bedeutung in dich aufnehmen zu können. Und wie viele Worte müßte ich nicht während langer Jahre gebrauchen, wenn ich dir, der du dich niemals vom Meere entferntest, das Gebirge nahebringen wollte.

Und so ist es auch mit dem Brunnen, wenn dich niemals dürstete und du niemals die Hände aneinanderpreßtest, um sie hinzuhalten und Wasser zu empfangen. Gewiß kann ich die Brunnen besingen: wo aber bleibt die Erfahrung, die ich dadurch auslöse, und wo sind die Muskeln, die deine Erinnerungen wachrufen?

Ich weiß wohl, daß es mir nicht vor allem darauf ankam, zu dir von den Brunnen zu reden. Ich wollte dir von Gott sprechen. Aber damit meine Sprache eindringen kann, damit sie sich in mir zu entwickeln und in dir ihre Wirkung auszuüben vermag, muß sie sich schon an etwas in dir anklammern. Wenn ich dich daher Gott lehren möchte, werde ich dich zunächst bergsteigen lassen, damit du den Berggrat unter den Sternen in seinem ganzen Zauber kennenlernst. Ich werde dich in der Wüste verdursten lassen, damit dich Brunnen entzücken. Dann werde ich dich sechs Monate in einen Steinbruch schikken, damit dich die Mittagssonne verzehrt. Hernach werde ich dir sagen: Der Mann, den die Mittagssonne ausdörrte, möge im Schweigen der göttlichen Brunnen seinen Durst löschen, wenn das Geheimnis der Nacht herannaht und er den Berggrat unter den Sternen erstiegen hat.

Und so wirst du an Gott glauben.

Und du kannst ihn mir gegenüber nicht leugnen, denn er wird schlechthin dasein, so wie die Schwermut in dem Gesicht da ist, wenn ich es aus dem Stein meißelte.

Denn es gibt nicht die Sprache oder die Tat, sondern nur zwei Erscheinungsformen des gleichen Gottes. Deshalb nenne ich Gebet den Ackerbau und Ackerbau die Andacht.

82

Und mir erschloß sich die große Wahrheit der Fortdauer.

Denn du hast nichts zu erhoffen, wenn nichts länger dauert als du selbst. Und ich erinnere mich jener Völkerschaft, die ihre Toten ehrte. Und die Grabsteine einer jeden Familie empfingen nacheinander die Toten. Und diese waren es, die die Fortdauer begründeten.

– Seid ihr glücklich? fragte ich sie.

– Und wie sollten wir es nicht sein, da wir wissen, wo wir schlafen werden . . .

83

Eine äußerste Müdigkeit kam über mich. Und es schien mir einfacher, wenn ich mir sagte, daß ich wie von Gott verlassen sei. Denn ich fühlte mich ohne Schlußstein, und nichts fand in mir einen Widerhall. Sie war verstummt, die Stimme, die im Schweigen spricht. Und als ich den höchsten Turm erstiegen hatte, dachte ich: »Wozu diese Sterne?« Und als ich meine Besitzungen mit dem Auge maß, fragte ich mich: »Wozu diese Besitzungen?« Und als eine Klage von der schlafenden Stadt aufstieg, fragte ich mich: »Wozu diese Klage?« Ich war verloren, wie ein Fremder in einer zusammenhanglosen Menge, die nicht seine Sprache spricht. Ich war wie ein Gewand, das der Mensch ausgezogen hat. Abgelegt und allein. Ich glich einem unbewohnten Hause. Und es war eben gerade der Schlußstein, der mir fehlte, denn nichts an mir konnte noch von Nutzen sein. Und doch bin ich der gleiche, sagte ich mir, der die gleichen Dinge weiß, der an den gleichen Erinnerungen teilhat, Zuschauer des gleichen Schauspiels, aber fortan versunken in nutzloser Zusammenhanglosigkeit. So ist auch die Basilika, mag sie noch so herrlich emporgeschossen sein, nur noch eine Summe von Steinen, wenn es niemanden gibt, der sie in ihrer Ganzheit betrachtet, der ihr Schweigen genießt, der daraus in inniger Herzensversenkung ihre wahre Bedeutung erfährt. So stand es mit mir und meiner Weisheit und den Wahrnehmungen meiner Sinne und meinen Erinnerungen. Ich war Summe von Ähren und nicht mehr Garbe. Und ich lernte die Langeweile kennen, die vor allem in der Gottesferne besteht.

Nicht gewaltsam ertötet war das, was den Menschen ausmacht, aber im Keime erstickt. Ich hätte leicht grausam sein können in dieser Langeweile meines Gartens, in der ich mit leeren Schritten dahinging wie einer, der auf jemanden wartet. Und der in einer vorläufigen Welt verharrt. Wohl richtete ich Gebete an Gott, aber es waren keine Gebete mehr, denn sie stiegen nicht von einem Menschen, sondern vom Schattenbild eines Menschen auf, von einer vorgerichteten Kerze, die ohne Flamme war. Oh, daß doch meine Inbrunst in mich zurückkehrte, rief ich. Denn ich wußte, daß die Inbrunst Frucht des göttlichen Knotens ist, der die Dinge verknüpft. Er gleicht einem gesteuerten Schiff. Er gleicht einer geschauten Basilika. Aber könnte je etwas anderes entstehen als ein Durcheinander von Baustoffen, wenn du durch den Baumeister oder den Bildhauer nicht mehr hindurchzuschauen vermagst?

Und ich begriff, daß einer, der das Lächeln der Statue oder die Schönheit der Landschaft oder das Schweigen des Tempels erkennt, Gott findet. Schreitet er doch über den Gegenstand hinaus, um den Lobgesang zu hören, und über die Nacht und die Sterne, um die Ewigkeit zu erfahren. Denn Gott ist vor allem Sinn deiner Sprache, und wenn deine Sprache einen Sinn annimmt, offenbart sie dir Gott. Jene Tränen des kleinen Kindes sind, wenn sie dich rühren, eine Luke, die auf das offene Meer hinausgeht. Denn dich bewegen nicht diese Tränen allein, sondern alle Tränen. Das Kind nimmt dich nur an der Hand, um dich zu lehren.

– Warum zwingst Du mich, Herr, zu dieser Durchquerung der Wüste? Ich plage mich inmitten der Dornen. Es bedarf nur eines Zeichens von Dir, damit sich die Wüste verwandelt, damit der blonde Sand und der Horizont und der große stille Wind nicht mehr nur eine unzusammenhängende Summe, sondern ein weites Reich bilden, an dem ich mich begeistere und durch das hindurch ich Dich erkenne.

Und ich wurde gewahr, daß sich Gott offenbar an seinem Fernsein ablesen läßt, wenn er sich zurückzieht. Denn für den

Seemann ist er der Sinn des Meeres. Und für den Gatten der Sinn der Liebe. Es gibt jedoch Stunden, in denen der Seemann sich fragt: Wozu das Meer? Und der Gatte: Wozu die Liebe? Und sie betätigen sich in der Langeweile. Nichts fehlt ihnen außer dem göttlichen Knoten, der die Dinge verknüpft. Und so fehlt ihnen alles.

Wenn Gott sich von meinem Volke zurückzieht, dachte ich, so wie er sich von mir zurückgezogen hat, werde ich sie zu Ameisen des Ameisenhaufens machen, denn sie werden alle Inbrunst verlieren. Wenn die Würfel ihren Sinn verlieren, ist kein Spiel mehr möglich.

Und ich entdeckte, daß dabei auch der Verstand zu nichts nütze sein wird. Gewiß kannst du über die Anordnung der Steine des Tempels Überlegungen anstellen, aber das Wesentliche wirst du nicht berühren, das den Steinen entgeht. Und du kannst über die Nase, über das Ohr und die Lippen der Statue Überlegungen anstellen, du wirst nicht das Wesentliche berühren, das dem Lehm entging. Es ging darum, einen Gott einzufangen. Denn man fängt ihn mit Schlingen, die nicht seines Wesens sind.

Als ich, der Bildhauer, ein Gesicht schuf, habe ich einen Zwang geschaffen. Jedes gewordene Gefüge ist Zwang. Wenn ich ein Ding ergreife, muß ich die Faust ballen, um es zu halten. Sprich mir nur nicht von der Freiheit der Worte im Gedicht. Ich habe die einen den anderen unterworfen, im Einklang mit einer Ordnung, die die meine ist.

Es kann geschehen, daß man meinen Tempel niederreißt, um seine Steine für einen anderen Tempel zu verwenden. Es gibt Tode und Geburten. Doch sprich mir nicht von der Freiheit der Steine. Denn dann gibt es keinen Tempel.

Ich habe nie verstanden, weshalb man den Zwang von der Freiheit unterscheidet. Je mehr Straßen ich ziehe, um so freier bist du in deiner Wahl. Aber jede Straße ist ein Zwang, denn ich habe sie mit Schranken eingefaßt. Was aber nennst du Freiheit, wenn es keine Straßen gibt, zwischen denen du wählen kannst? Nennst du Freiheit das Recht, im Leeren umherzuirren? Sobald der Zwang eines Weges begründet wurde, steigert sich zugleich deine Freiheit.

Ohne Instrument bist du nicht frei in der Führung deiner Melodien. Ohne die Nötigung von Nase und Ohren bist du nicht frei im Lächeln deiner Statue. Und einer, der die verfeinerte Frucht einer verfeinerten Kultur ist, fühlt sich bereichert durch ihre Marksteine, ihre Grenzen und Regeln. Man ist reicher an inneren Regungen in meinem Palaste als in der Fäulnis der Verbrecherwelt.

Nun besteht der Unterschied zwischen beiden vor allem in der Nötigung, etwa der Ehrenbezeigung vor dem König. Wer in einer Hierarchie aufsteigen und sich bereichern will, bittet zunächst, daß man ihn zwinge, damit er sich besser erproben kann. Und die Riten, die dir auferlegt werden, steigern dich. Und wenn das traurige Kind die anderen spielen sieht, verlangt es vor allem, daß man auch ihm die Spielregeln auferlege, die allein ihm zum Werden verhelfen. Aber traurig ist, wer die Glocke läuten hört, ohne daß sie etwas von ihm fordert. Und wenn das Horn bläst, bist du traurig, daß du nicht aufzuspringen brauchst, aber du siehst den glücklich, der dir sagt: »Ich habe den Ruf gehört, der mir gilt, und ich erhebe mich.« Doch für die anderen gibt es kein Glockengeläut und kein Hörnerblasen, und sie bleiben traurig. Die Freiheit besteht für sie nur in der Freiheit des Nichtsseins.

84

Jene, die die Sprachen vermengen, täuschen sich, denn gewiß kann hier und dort ein Beiwort fehlen, wie bei einem bestimmten Grün, das der jungen Gerste eigen ist, und vielleicht fände ich es in der Sprache meines Nachbarn. Aber es handelt sich hier um Zeichen. So könnte ich die Beschaffenheit meiner Liebe bezeichnen, indem ich sage, daß die Frau schön ist. So könnte ich die Beschaffenheit meines Freundes bezeichnen, indem ich von seiner Verschwiegenheit rede. Doch damit spreche ich nichts aus, das eine Regung des Lebens wäre. Sondern betrachte einen Gegenstand, der wie tot ist.

Gewiß gibt es Völker, die aus verschiedenen Eigenschaften eine Eigenschaft gebildet haben. Die einem anderen Plan, der sich durch die gleichen Baustoffe hindurch abzeichnet, einen Namen gegeben haben. Und die ein Wort haben, um ihn auszudrücken. So ist vielleicht ein Wort möglich, um die Schwermut zu bezeichnen, die dich ohne Grund am Abend vor deiner Tür befällt, wenn die Sonne zu brennen aufgehört hat, und dir nachts bald den Schlaf rauben wird – eine Schwermut, die Lebensfurcht ist um des Atems deiner Kinder willen, der immer so nahe daran ist, sich in die zu kurzen Atemzüge der Krankheit zu verwandeln; wie vor dem Berg, den es zu ersteigen gilt, überkommt dich so die Furcht, daß sie aufgeben könnten, und du möchtest sie an der Hand nehmen, um ihnen zu helfen. Und jenes Wort wäre Ausdruck deiner Erfahrung und Erbgut deines Volkes, wenn es häufig Verwendung finden sollte.

So aber übertrage ich nichts, was du nicht schon kennst. Und meine Sprache ist ihrem Wesen nach nicht dazu geschaffen, um ein schon vollendetes Ganzes mit sich zu führen, gleichsam die Blume rosa zu malen, sondern um mit Hilfe der einfachsten Worte Wirkungen hervorzurufen, die dich verknüpfen; und sie soll nicht sagen, daß jene schön ist, sondern daß sie ein Schweigen im Herzen erzeugt hat, gleich einem Springbrunnen am Nachmittag.

Und du sollst dich an die Wirkungen halten, die der Geist deines Volkes ermöglicht, und sie im Einklang mit seinem Geiste verknüpfen wie das Geflecht der Weidenkörbe oder der Netze des Meeres. Wenn du aber die Sprachen vermengst, bereicherst du keineswegs den Menschen, sondern leerst ihn aus; denn statt das Leben in seinen Äußerungen wiederzugeben, bietest du ihm nur noch schon fertige und verbrauchte Äußerungen an, und statt von der Entdeckung zu reden, die ein gewisses Grün in dir hervorruft und wie dich der Anblick der jungen Gerste nährt und verändert, wenn du aus deiner Wüste heimkehrst, gebrauchst du nun ein Wort, das schon wie ein Vorrat dargereicht wird und das, da es dir zu bezeichnen erlaubt, dir das Begreifen erspart.

Denn eitel war dein Vorhaben, mir alle Farben zu benennen, indem du für sie die Namen hernahmst, die sie bezeichnen, und mir alle Gefühle zu benennen, indem du dort die Namen hernahmst, wo man sie empfindet und wo ein Wort die Erfahrung von Generationen zusammenfaßt, und mir alle inneren Regungen, wie die Freude über den Abend, zu benennen, indem du sie dort hernahmst, wo sie der Zufall aussprechen ließ. So glaubtest du, den Menschen durch den Besitz dieses allgemeinen Kauderwelsches zu bereichern. Da doch der einzige wahrhafte Reichtum und die Göttlichkeit des Menschen nicht in diesem Recht besteht, auf das Wörterbuch Bezug zu nehmen, vielmehr darin, daß er in seinem Wesen aus sich heraustritt; dafür gibt es aber gerade kein sagbares Wort, es sei denn, du würdest mir zunächst nichts beibringen und müßtest dann mehr Worte gebrauchen, als es Sandkörner an den Ufern der Meere gibt.

Was bedeuten im Vergleich zu all dem, was du zu sagen haben könntest, die Worte, die du gestohlen hast und durch die deine Sprache verkommt?

Denn allein die Gipfel der Berge sind zu benennen, die sich von den anderen unterscheiden und die deine Welt klarer machen. Und es kann sein, daß ich dir, wenn ich etwas erschaffe, einige neue Wahrheiten mitbringe, deren Name, sobald er einmal geprägt ist, wie der Name einer neuen Gottheit in dein Herz eingehen wird. Denn eine Gottheit drückt eine bestimmte Beziehung zwischen Eigenschaften aus, deren Elemente nicht neu sind, die es aber geworden sind in ihr.

Wisse aber, daß du außer den tragenden Grundsätzen, die mir durch andere als dich entdeckt werden, nichts durch Worte bezeichnen kannst, was zu deinem Wesen und zu deinem Leben gehört. Und wenn du mir den Himmel rot und das Meer blau malst, so lehne ich es ab, mich rühren zu lassen, denn es würde dir so wahrhaftig zu leicht fallen, mich zu ergreifen.

Um mich zu rühren, mußt du mich in die Bande deiner Sprache einknüpfen, und deshalb ist Stil eine göttliche Verrichtung. Dein Gefüge ist es, das du mir dann auferlegst, mit den eigentlichen Regungen deines Lebens, die in der Welt nicht ihresgleichen haben. Denn wenn alle von den Sternen und vom Brunnen gesprochen haben, so hat dich doch keiner aufgerufen, den Berg zu ersteigen, um aus den Brunnen der Sterne ihre reine Milch zu trinken.

Wenn es jedoch zufällig eine Sprache gibt, in der dieses Wort besteht, so habe ich nichts erfunden und trage nichts bei, was lebendig wäre. Belaste dich nicht mit diesem Wort, wenn es dir nicht jeden Tag dienen soll. Denn die sind falsche Götter, die nicht in den allabendlichen Gebeten Verwendung finden.

Erweist sich's aber, daß dich das Bild erleuchtet, so ist es der Grat des Berges, nach dem die Landschaft sich ordnet. Und ein Geschenk Gottes. Gib ihm einen Namen, um dich seiner zu erinnern.

85

Mich überkam das unvergängliche Verlangen, die Seelen zu formen. Und mich überkam der Haß gegen die Anbeter des Gewöhnlichen. Denn schließlich: Wenn du sagst, du wollest der Wirklichkeit dienen, so wirst du nur Nahrung finden, um sie den Menschen anzubieten, die ihren Geschmack je nach der Kultur nur wenig verändern. (Und gleichwohl habe ich vom Wasser gesprochen, das zum Lobgesang wird!)

Denn all die Freude, die du empfindest, weil du Statthalter einer Provinz bist, verdankst du allein meiner Baukunst, die dir im Augenblick zu nichts nütze ist, sondern dich nur infolge des Bildes begeistert, das ich von meiner Herrschaft geschaffen habe. Und die Freuden, sogar die deiner Eitelkeit, hast du nicht den wägbaren Dingen zu verdanken, die dir im Augenblick zu nichts nütze sind und von denen du nur die Farbe beachtest, die sie in der Beleuchtung meines Reiches haben.

Und von jener, die fünfzehn Jahre in Duftstoffen und Ölen badete, die in der Dichtung und in der Anmut und in dem Schweigen, das allein in Grenzen hält, unterwiesen wurde und die hinter ihrer glatten Stirn Heimat der Brunnen ist – wirst du von ihr sagen, weil ein anderer Körper dem ihren gleicht, daß sie für deine Nächte denselben Trank bedeute wie die Dirne, die du bezahlst?

Wenn du meinst, du würdest dadurch reicher, daß du dir deine Eroberungen leichter machtest – denn es werde dich weniger Mühe kosten, eine Dirne herzurichten als eine Prinzessin zu formen –, so wirst du ärmer werden.

Es kann sein, daß du die Prinzessin nicht zu würdigen verstehst, denn selbst ein Gedicht ist nicht Geschenk oder Vorrat, sondern ein Aufstieg, den du bezwingen mußt – es kann sein, daß du durch die Anmut ihrer Geste nicht gefesselt wirst, ebenso wie es Melodien gibt, an denen du mangels einer Anstrengung nicht teilhaben wirst, aber der Grund ist nicht, daß sie nichts taugte, sondern ganz einfach, daß du nicht existierst.

Im Schweigen meiner Liebe habe ich die Menschen reden hören. Ich vernahm, wie sie sich erregten. Ich sah den Stahl der Messer bei ihrem Wortwechsel blitzen. So schmutzig sie selber und ihre Spelunken waren, habe ich doch, abgesehen vom Nahrungstrieb, niemals gefunden, daß sie sich um Güter ereiferten, die außerhalb der von ihnen gebrauchten Sprache einen Sinn besessen hätten. Denn die Frau, derentwegen du töten möchtest, ist selber stets etwas anderes als nur ein Körper, sie ist jenes besondere Vaterland, außerhalb dessen du dich verstoßen und bedeutungslos fühlst. Denn der Kochkessel, in dem der Tee am Abend bereitet wird, verliert für dich dann auf einmal fast seinen Sinn, da er ihn nur durch sie erhält.

Wenn du aber dumm genug bist, dich darüber zu täuschen, und, weil du siehst, wie die Menschen den abendlichen Kochkessel lieben, diesen um seiner selbst willen ehrst und den Menschen zwingst, daß er ihn schmiede, dann gibt es keinen Menschen mehr, der ihn liebhätte, und du hast den einen wie den anderen zugrunde gerichtet.

So auch, wenn du ein Gesicht zerstückelst, weil du die Süße der Kinder und die Andacht des Krankenbetts und die Stille wie um einen Altar und die ernste Mutterschaft gekannt hast. Dann wirst du mir, um die Zahl zu fördern, Ställe oder Verschläge einrichten und deine Frauenherden darin einpferchen, damit sie niederkommen.

Und du wirst für immer verloren haben, was du fördern wolltest, denn wenig hilft dir das Auf und Ab einer Viehherde, wenn es sich um Mastvieh handelt.

Ich aber forme die Seele des Menschen, und ich errichte ihm Grenzen und Schranken und entwerfe ihm Gärten; und damit der Kult des Kindes entstehe und eine Bedeutung im Herzen gewinne, kann es sein, daß ich vielleicht dem Anschein nach weniger die Zahl fördere – denn ich glaube nicht an deine Logik, sondern an die Gewalt der Liebe.

Wenn du *bist*, bildest du deinen Baum, und um den Baum zu erfinden und zu begründen, biete ich ihm nur ein Samenkorn an. Die Blumen und Früchte schlafen als Möglichkeit im Bett dieser Macht. Wenn du dich entwickelst, entwickelst du dich auf Grund meiner Linien, die nicht auf einem vorgefaßten Plan beruhen, denn darum habe ich mich nicht gekümmert. Und statt zu sein, kannst du werden. Und deine Liebe wird Kind dieser Liebe.

86

Und ich stieß mich an einer Schwelle, denn es gibt Zeichen, in denen die Sprache nichts begreifen und nichts voraussehen kann. Diese dort halten mir die Welt wie ein Bilderrätsel entgegen und verlangen, ich solle es ihnen erklären. Aber es gibt keine Erklärung, und die Welt hat keinen Sinn. »Sollen wir uns unterwerfen oder kämpfen?« Man muß sich unterwerfen, um zu überleben, und kämpfen, um weiter zu existieren. Laß das Leben nur machen. Denn das ist das Elend des Tages, daß die Wahrheit des Lebens, die nur eine ist, widersprechende Formen annehmen wird, um sich auszudrücken. Aber gib dich keiner Täuschung hin: so, wie du bist, bist du gestorben. Und deine Widersprüche gehören zur Häutung wie deine Schmerzen und dein Elend. Es kracht in dir und zerreißt dich. Und dein Schweigen ist das Schweigen des Weizenkorns in der Erde, wo es fault, um zu werden. Und deine Unfruchtbarkeit ist die Unfruchtbarkeit der Schmetterlingspuppe. Aber du wirst wiedergeboren werden, verschönt von den Bäumen. Auf dem Gipfel des Berges, wo deine Probleme gelöst sind, wirst du dir sagen: »Wie war es möglich, daß ich's anfangs nicht verstanden habe?« Als ob es anfangs etwas zu verstehen gegeben hätte.

87

Du wirst kein Zeichen empfangen, denn das Merkmal der Gottheit, von der du ein Zeichen verlangst, ist eben das Schweigen. Und die Steine wissen nichts vom Tempel, den sie bilden, und können nichts wissen. So weiß ein Stück Rinde nichts vom Baum, den es mit anderen bildet. So weiß der Baum selbst oder irgendeine Behausung nichts vom Landgut, das sie mit anderen bilden. So weißt du nichts von Gott. Denn dazu müßte sich der Tempel dem Stein oder der Baum der Rinde offenbaren, was keinen Sinn hat, denn es gibt für den Stein keine Sprache, womit er ihn empfangen könnte. Die Sprache gehört zur Stufe des Baumes.

Das war meine Entdeckung nach jener Reise gen Gott.

Immer allein, in mir verschlossen, nur mich selbst als Gegenüber. Und ich habe keine Hoffnung, durch eigene Kraft meiner Einsamkeit zu entrinnen. Der Stein hat keine Hoffnung, etwas anderes zu sein als Stein. Aber durch das Zusammenwirken fügt sich einer zum andern und wird zum Tempel.

Die Erscheinung des Erzengels – ich habe keine Hoffnung mehr, danach zu verlangen, denn entweder ist er unteilbar, oder er ist nicht. Und wenn jene ein Zeichen von Gott erhoffen, so geschieht das, weil sie aus ihm den Widerschein eines Spiegels machen und nichts als sich selber entdecken würden. Dadurch aber, daß ich mich meinem Volke vermähle, kommt mir die Wärme, die mich verwandelt. Und das ist ein Merkmal Gottes. Denn sobald einmal Schweigen eintritt, hat es Wahrheit für alle Steine.

So bin ich selber, außerhalb aller Gemeinschaften, nichts, was zählt, und wüßte mir nicht zu genügen. So findet euch damit ab, den Winter über ein Weizenkorn in der Scheuer zu sein und dort zu schlafen.

Diese Weigerung, über sich hinauszugehen ...

– Ich, sagen sie ...

Und sie klopfen sich den Bauch. Wie wenn einer in ihnen wäre, durch sie selbst. Als wenn die Steine des Tempels sagen wollten: ich, ich, ich ...

So auch die, die ich zum Diamantensuchen verdammte. Der Schweiß, die Seufzer, die Abstumpfung wurden zu Diamanten und Licht. Und sie existierten durch den Diamanten, der ihnen ihren Sinn gab. Aber es kam der Tag, an dem sie aufsässig wurden. »Ich, ich, ich!« sagten sie. Da weigerten sie sich, den Diamanten untertan zu sein. Sie wollten nicht mehr werden. Sondern sich geehrt fühlen durch sich selber. An der Stelle des Diamanten boten sie sich selbst als Vorbild an. Sie waren häßlich, denn sie sind schön nur im Diamanten. Denn die Steine sind schön im Tempel. Denn der Baum ist schön im Landgut. Denn der Fluß ist schön im Reich. Und der Fluß wird besungen: Du Ernährer unserer Herden, du langsames Blut unserer Ebenen, du Führer unserer Schiffe ...

Aber jene betrachteten sich als Ziel und als Ende. Und sie kümmerten sich fortan nur um das, was ihnen von Nutzen war, nicht um das, was höher war als sie selbst und dem sie hätten dienen können.

Und deshalb mordeten sie die Fürsten, zerrieben die Diamanten zu Pulver, um sie unter sich zu verteilen, und begruben alle die in den Kerkern, die, als Sucher der Wahrheit, eines Tages über sie hätten herrschen können. Es wird Zeit, sagten sie, daß der Tempel den Steinen dient. Und sie gingen alle von dannen und glaubten sich reich durch ihre Tempeltrümmer; sie waren aber um ihren göttlichen Teil gebracht und schlechthin Schutt geworden!

Und gleichwohl fragst du:

Wo beginnt die Sklaverei und wo endet sie? Wo beginnt das Allgemeine und wo endet es? Und wo beginnen die Menschenrechte? Denn ich kenne die Rechte des Tempels, der der Sinn der Steine ist, und die Rechte des Reiches, das der Sinn der Menschen ist, und die Rechte des Gedichts, das der Sinn der Worte ist. Aber ich anerkenne weder die Rechte der Steine gegen den Tempel noch die Rechte der Worte gegen das Gedicht ohne die Rechte des Menschen gegen das Reich.

Es gibt keine wahre Ichsucht, sondern nur Verstümmelung. Und einer, der ganz allein von dannen geht und spricht: »Ich, ich, ich . . .«, der ist wie getrennt vom Reiche. So auch der Stein außerhalb des Tempels oder das nüchterne Wort außerhalb des Gedichts oder ein Stück lebendigen Fleisches, das nicht zu einem Körper gehört.

– Aber ich kann die Reiche abschaffen, sagte man ihm, und die Menschen in einem einzigen Tempel vereinigen; und so erhalten sie ihren Sinn durch einen umfassenden Tempel . . .

– Das zeigt, daß du nichts verstehst, antwortete mein Vater. Denn zunächst siehst du, wie diese Steine dort einen Arm bilden und dadurch einen Sinn erhalten. Andere bilden den Hals und andere einen Flügel. Zusammen aber bilden sie einen steinernen Engel. Und andere bilden zusammen einen Spitzbogen. Und andere zusammen eine Säule. Und wenn du nun diese steinernen Engel, diese Spitzbögen und Säulen alle zusammennimmst, so bilden sie einen Tempel. Und wenn du nun alle Tempel zusammennimmst, so bilden sie die Heilige Stadt, die dich leitet auf deinem Gang durch die Wüste. Und willst du behaupten, es sei dir vorteilhafter, wenn du nicht die Steine dem Arm, dem Hals und dem Flügel einer Statue unterordnest, sie sodann durch den Arm, den Hals und den Flügel der Statue und dann durch die Statuen dem Tempel und dann durch den Tempel der Heiligen Stadt unterwirfst, sondern wenn du die Steine statt dessen von vornherein der Heiligen Stadt unterstellst und aus ihnen einen großen gleichförmigen Haufen machst, als ob nicht der Glanz der Heiligen Stadt, der einzig ist, eben aus dieser Vielfalt hervorging? Geht nicht der Glanz der Säule, der einzig ist, aus dem Kapitell und dem Schaft und dem Sockel hervor, die voneinander verschieden sind? Denn je höher eine Wahrheit ist, von desto höherer Warte mußt du Ausschau halten, um sie zu begreifen. Das Leben ist eines, so wie der Drang zum Meere, und doch vervielfältigt es sich von Stufe zu Stufe und überträgt seine Macht von einem Wesen auf das andere, wie von einer Sprosse auf die andere. Denn jenes Segelschiff ist eine mannigfaltige Anhäufung. Aus einiger Nähe gewahrst du Segel, Masten, Bug, Rumpf, Vordersteven. Kommst du noch näher, so siehst du, wie jeder dieser Teile Taue, Bretter, Planken und Nägel aufweist. Und jedes dieser Dinge läßt sich wiederum in andere zerlegen.

»Und mein Reich hätte keinen Sinn und kein wirkliches Leben; wie militärische Parade beim ›Stillgestanden‹ gliche es nur einer Stadt aus wohlausgerichteten Steinen. Doch zuerst kommt deine Heimstatt. Die Heimstätten bilden dann eine Sippe. Dann die Sippen einen Stamm. Dann die Stämme eine Provinz. Dann die Provinzen mein Reich. Und dieses Reich siehst du voller Inbrunst und beseelt von Ost nach West und von Nord nach Süd, gleichwie ein Segelschiff auf dem Meere, das sich vom Winde nähret und ihn auf ein unveränderliches Ziel hin ordnet, obschon der Wind wechselt und das Segelschiff eine Anhäufung ist.

Und jetzt kannst du es fortsetzen, dein auf höhere Einheit gerichtetes Werk, und die Reiche nehmen, um aus ihnen ein größeres Schiff zu bauen, das die Schiffe in sich aufnimmt und sie in einer Richtung mit fortführt, die immer die gleiche sein wird, gespeist von verschiedenen und wechselnden Winden, ohne daß sich der Bug des Schiffes gegenüber den Sternen verändert. Vereinigen heißt die besonderen Verschiedenheiten besser verknüpfen, nicht sie auslöschen um einer eitlen Ordnung willen.

Doch es gibt keine Stufen, die auf sich selber beruhen. Du hast einige von ihnen genannt. Du hättest noch andere nennen können, die die ersteren umschlossen hätten.«

90

Und siehe, da überkommt dich die Sorge, denn du hast gesehen, wie der böse Tyrann die Menschen zermalmt. Und wie der Wucherer sie in seiner Knechtschaft hält. Und wie der Erbauer der Tempel zuweilen nicht Gott, sondern sich selber dient und aus dem Schweiß der Menschen Gewinn für sich zieht. Und es zeigte sich dir nicht, daß die Menschen dadurch größer geworden wären.

Denn falsch war das Vorgehen. Es geht nicht darum, den Aufstieg zu bewältigen und aufs Geratewohl den Arm aus den Steinen zu gewinnen, aus denen er sich zusammensetzt. Und aufs Geratewohl aus den Engeln oder den Säulen oder den Spitzbögen den Tempel zu bauen. Denn es steht in deinem Belieben, auf der Stufe innezuhalten, die dir gut dünkt. Es kommt auf das gleiche heraus, ob du den Menschen dem Tempel oder dem Arm oder der Statue unterwirfst. Denn weder der Tyrann noch der Wucherer, noch der Arm, noch der Tempel können bewirken, daß der Mensch in ihnen aufgeht, damit sie ihn ihrerseits mit ihrem Reichtum bereichern.

Es sind nicht die Baustoffe der Erde, die sich aufs Geratewohl zusammenschließen, um ihren Aufstieg im Baume zu vollziehen. Um den Baum zu erschaffen, hast du zunächst das Samenkorn ausgeworfen, in dem er schlummerte. Er ist von oben und nicht von unten gekommen.

Deine Pyramide ist ohne Sinn, wenn sie sich nicht in Gott vollendet hat. Denn Gott ergießt sich über die Menschen, nachdem er sich verwandelt hat. Du kannst dich dem Fürsten opfern, wenn er sich selber vor Gott demütigt. Denn dann kehrt deine Gabe zu dir zurück, nachdem sie ihren Geschmack und ihr Wesen verändert hat. Und der Wucherer wird es nicht vermögen und auch nicht der Arm allein oder der Tempel allein oder die Statue. Denn woher sollte dieser Arm kommen, wenn nicht aus einem Körper? Der Körper ist keineswegs eine Ansammlung von Gliedern. Doch so wie das Segelschiff nicht das Ergebnis verschiedener Elemente ist, die sich aufs Geratewohl zusammenfanden, sondern wie es im Gegenteil mit seinen scheinbaren Verschiedenheiten und Widersprüchen aus dem alleinigen Drange zum Meere herrührt, der nur einer ist, ebenso besteht der Körper aus verschiedenen Gliedern und ist doch nicht eine Summe, denn der Weg führt nicht von den Baustoffen zum Ganzen, sondern, wie dir jeder schöpferische Mensch und jeder Gärtner und jeder Dichter sagen wird, vom Ganzen zu den Baustoffen. Und so genügt es, wenn ich in den Menschen die Liebe zu den Türmen wecke, die die Sandwüste beherrschen; dann werden die Sklaven der Sklaven meiner Baumeister das Karren der Steine und noch ganz andere Dinge erfinden.

91

Der große Irrtum liegt darin, nicht zu erkennen, daß das Gesetz der Sinn der Dinge und nicht ein mehr oder minder fruchtloser Ritus ist, veranlaßt durch diese Dinge. Wenn ich Gesetze über die Liebe mache, lasse ich eine bestimmte Form der Liebe entstehen. Meine Liebe wird gerade durch den Zwang gebildet, den ich ihr auferlege. Das Gesetz kann somit ebensowohl Brauch sein wie Polizist.

92

Deshalb schaute ich in jener Nacht von der Höhe der Wälle, von wo aus ich die Stadt in meiner Gewalt habe. Von wo aus meine Garnisonen die Städte des Reiches in ihrer Gewalt haben und untereinander mit Hilfe von Feuern auf den Bergen Verbindung halten, ebenso wie zuweilen die Schildwachen, die an den Wällen entlangschreiten, einander anrufen. Und eine jede Schildwache langweilt sich. (Sie wird indes später gewahr werden, daß sie durch diesen Gang ihren Sinn erhielt, denn der Schildwache bietet sich keine Sprache dar, durch die ihre Schritte in ihrem Herzen einen Widerhall finden könnten, und sie weiß nicht, was sie tut, und eine jede glaubt sich zu langweilen und auf die Stunde der Suppe zu warten. Ich aber weiß sehr wohl, daß man der Sprache der Menschen keine Beachtung schenken darf und daß meine Schildwachen sich täuschen, wenn sie von ihrer Suppe träumen und sie wegen des lästigen Wachestehens ein Gähnen ankommt. Denn später, zur Stunde der Mahlzeit, ist es eine Schildwache, die sich nährt und dem Nachbarn ein derbes Wort – und eines, das Weite hat – zuwirft, denn wenn ich sie an ihren Trog bannte, wären sie nichts mehr als Vieh.)

Es war also eine Nacht, da das Reich aus den Fugen geht und das Fehlen einiger Feuer auf den Bergen bedrückend ist, denn die Nacht kann die Oberhand gewinnen, indem sie eines nach dem anderen auslöscht, was den Einsturz des Reiches bedeutet, und dieser Einsturz wird sogar den Geschmack des Abendbrots und den Sinn des Kusses gefährden, den die Mutter dem Kinde gibt. Denn das Kind ist ein anderes, wenn es nicht einem Reich angehört und wenn man durch es hindurch nicht mehr Gott küßt.

Wenn Feuersbrunst droht, macht man ein Gegenfeuer. Ich habe aus getreuen Kriegern einen eisernen Ring gebildet und alles, was ich darin einschloß, zermalmt. Vergängliches Geschlecht: es kommt nicht auf die Scheiterhaufen an, die ich dir aufzwang. Es gilt den Tempel zu retten, durch den die Dinge ihren Sinn erhalten. Denn das Leben hat mich gelehrt: Es gibt keine wirkliche Marter im verstümmelten Fleisch und selbst nicht im Tod. Doch der Widerhall wächst mit dem Ausmaß des Tempels, der den Handlungen der Menschen Sinn verleiht. Und wenn du einen, der in der Treue zum Reiche groß geworden, außerhalb des Reiches in seinem Gefängnis festhältst, siehst du, wie er sich an den Gitterstäben die Haut abschindet und Speise und Trank verweigert, denn seine Sprache hat keinen Sinn mehr. Und wenn du einen, der mit Familiensinn auferzogen wurde, am Ufer zurückhältst, während sein Sohn in einen Sturzbach gefallen ist, so spürst du, wie er sich in deinen Armen windet und dir entschlüpfen möchte, und er heult und will sich in den Abgrund stürzen, denn seine Sprache hat keinen Sinn mehr. Den ersten aber siehst du stolz und majestätisch am Festtag des Reiches und den anderen siehst du freudestrahlend am Festtag des Sohnes. Und eben das, was dir das ärgste Leid verursacht, bereitet dir auch die höchste Freude.

Denn Freude und Leid sind Früchte deiner Bindungen, und deine Bindungen sind aus dem Gefüge hervorgegangen, das ich dir auferlegt habe. Und ich will die Menschen retten und sie zwingen zu existieren, selbst wenn ich sie durch eben das treffe, was sie leiden macht, wie durch das Gefängnis, das von der Familie trennt, oder die Verbannung, die vom Reiche trennt. Und wenn du mir dieses Leiden um deiner Liebe zur Familie oder zum Reiche willen vorwerfen solltest, so würde ich antworten, daß dein Verhalten widersinnig ist, da ich gerade das rette, was dir erst zum Sein verhilft.

Vergängliches Geschlecht, Hüter eines Tempels, den du vielleicht nicht sehen kannst, da es dir an Abstand fehlt, der jedoch die Weite deines Herzens und den Widerhall deiner Worte und die großen inneren Feuer deiner Freude hervorruft – mit deiner Hilfe werde ich den Tempel retten. Was kommt es dabei auf den Kreis der eisernen Krieger an!

Man gab mir den Beinamen: der Gerechte. Ich bin es. Wenn ich Blut vergoß, so geschah das nicht, um meine Härte, sondern um meine Milde zu begründen. Denn einen, der mich jetzt auf den Knien küßt, kann ich segnen. Und er wird reicher durch meinen Segen. Und er geht in Frieden von dannen. Doch was hat der für einen Gewinn, der an meiner Macht zweifelt? Wenn ich auch die Finger über ihn erhebe und den Honig meines Lächelns über ihn ausgieße, versteht er doch nicht zu empfangen. Und er geht arm davon. Denn er wird nicht reicher in seiner Einsamkeit, wenn er fortan ruft: »Ich, ich, ich . . .«, worauf es keine Antwort gibt. Wenn er mich vom Wall herabstürzte, wäre es nicht meine Person, die ihnen vor allem fehlte. Sondern die Süße des Gefühls, Söhne zu sein. Sondern die Besänftigung, weil sie gesegnet werden. Sondern das reine Wasser auf dem Herzen, das Vergebung erfuhr. Sondern die Zuflucht, der Sinn, der große Hirtenmantel. Sie mögen hinknien, damit ich ihnen schön erscheine. Sie mögen mich in meiner Größe ehren, damit ich sie dadurch groß machen kann. Wer spricht denn hier von mir?

Ich habe nicht die Menschen meinem Ruhme dienen lassen, denn ich demütige mich vor Gott, und Gott, der ihn allein entgegennimmt, umfängt sie dafür alle mit seinem Ruhme. Ich habe nicht die Menschen benützt, um dem Reiche zu dienen. Aber ich habe das Reich dazu benützt, um den Grund für die Menschen zu legen. Wenn ich den Ertrag ihrer Arbeit als das mir Zukommende im voraus erhob, so geschah das, um ihn Gott zu übergeben und Gott hinwiederum wie eine Wohltat über sie auszuschütten. Und so strömt aus meinen Speichern ein Korn, das Entgelt ist. Daher wird es denn auch nicht nur Nahrung, sondern zugleich Licht und Gesang und Frieden des Herzens.

So mit allem, was die Menschen angeht, denn dieses Kleinod hier bedeutet die Ehe, dieses Lager den Stamm, dieser Tempel Gott und dieser Fluß das Reich.

Was besäßen sie sonst?

Man baut nicht das Reich mit den Baustoffen. Man läßt die Baustoffe im Reiche aufgehen.

93

Es gab Wesenheiten und die Treue. Ich nenne Treue die Bindung an Wesenheiten, wie das Müllerhandwerk oder das Reich oder den Tempel oder den Garten; der ist groß, der dem Garten treu ist.

Dann erscheint einer, der nichts von alledem versteht, worauf es allein ankommt, und der vom Trugbild einer falschen Wissenschaft ausgeht, die zerlegt, um kennenzulernen (kennenzulernen, aber nicht zu umschließen, denn es fehlt die Hauptsache, wie bei den Buchstaben des Buches, wenn du sie durcheinandergemischt hast; deine Gegenwart. Wenn du vermischst, löschst du den Dichter aus. Und wenn der Garten nicht mehr als eine Summe ist, löschst du den Gärtner aus.). Jener nun entdeckt als Waffe die Ironie, die nur dem Taugenichts eignet. Denn sie besteht darin, daß du die Buchstaben vermischst, ohne das Buch zu lesen. Und er sagt dir: »Warum für einen Tempel sterben, der nur eine Summe von Steinen ist?« Und du kannst ihm nichts entgegnen. »Warum für einen Garten sterben, der nur eine Summe von Bäumen und Gras ist?« Und du kannst ihm nichts entgegnen. »Warum für die

Buchstaben des Alphabets sterben?« Und wie könntest du bereit sein, dafür zu sterben?

Aber in Wirklichkeit zerstört er dir nacheinander deine Schätze. Und du weigerst dich zu sterben, also zu lieben, und du nennst diese Weigerung Betätigung des Verstandes, während du in Wahrheit unwissend bist und dir solche Mühe gibst, das aufzulösen, was geschaffen wurde, und dein kostbares Gut zu verzehren: den Sinn der Dinge.

Und er nährt daraus seine Eitelkeit, obwohl er nur ein Plünderer ist, denn er baut nichts mit seinem Tun, so wie einer bauen würde, der, während er seine Sätze feilt, zugleich seinen Stil formt, was ihm gestatten wird, noch nachhaltiger zu feilen. Er erzielt einen Überraschungseffekt, indem er die Statue zerschlägt, um dich durch ihre Stücke zu ergötzen; denn dir erschien dieser Tempel als Andacht und Schweigen, er ist aber nur Schutt und nicht wert, daß man für ihn sterbe. Und wenn er dich dieses Verfahren gelehrt hat, das die Götter tötet, bleibt dir nichts mehr zum Atmen und zum Leben. Denn vor allem kommt es beim Gegenstand auf das Licht an, mit dem ihn die Kultur färbt, von der du redest. So ist es mit dem Stein des Herdes, der Liebe ist, und mit dem Stern, der zum Reiche Gottes gehört, und mit dem Amt, womit ich dich betraue und das sich von der Königswürde herleitet. Und mit dem Wappenschild, das der Dynastie gehört. Was aber könntest du mit einem Stein, mit einem Amt, mit einer Ziffer anfangen, wenn sie nicht von einem Lichte erleuchtet werden?

Dann gleitest du von Zerstörung zu Zerstörung der Eitelkeit entgegen, denn sie bleibt die einzig mögliche Färbung, wenn kein Bodensatz mehr vorhanden ist, von dem du dich noch nähren könntest. Dann müssen die Dinge ihren Sinn, da es ihnen an einem anderen Sinn gebricht, notgedrungen aus dir selber gewinnen. Und so bleibst du allein zurück, um die Dinge mit deinem dürftigen Licht zu färben. Denn dieses neue Gewand gehört dir. Und diese Herde gehört dir. Und dieses Haus, das reicher ist als ein anderes, gehört dir. Und alles, was einem anderen gehört, dieses Gewand dort, diese Herde, dieses Haus, wird dir feind. Denn es steht ein Reich gegen dich, das dem deinen entgegengesetzt und ähnlich ist. So bist du in deiner Einöde wohl oder übel gezwungen, dich über dich selber befriedigt zu zeigen, da es außerhalb deiner Person nichts anderes mehr gibt. Und so bist du fortan dazu verdammt, »ich, ich, ich« in die Leere hinauszuschreien, und darauf gibt es keine Antwort.

Und ich habe keinen Gärtner gekannt, der eitel gewesen wäre, wenn er ganz einfach seinen Garten liebhatte.

94

Sie braucht nur fortzugehen, diese dort – und alle Dinge werden verändert sein. Denn was hat der Gewinn dieses Tages zu bedeuten, wenn er nicht mehr dazu dient, den nächsten zu verschönen? Du glaubtest, ihn nützen zu können, um etwas zu erfassen, und nun gibt es nichts mehr zu erfassen. Was hat deine Schale aus reinem Silber zu bedeuten, wenn sie nicht mehr zur Zeremonie des Tees gehört, die sich vor dem Liebesspiel bei ihr vollzog? Was hat deine Flöte aus Buchsbaumholz zu bedeuten, die an der Wand hängt, wenn sie nicht mehr dazu dient, vor ihr zu spielen? Was hat das Innere deiner Hände zu bedeuten, wenn sie nicht mehr dazu dienen, die Last des Gesichts zu halten, sobald sie einschlummert? Siehe, du bist wie ein Laden, in dem alle Dinge verkäuflich sind und in ihr, und so auch in dir, keinen Platz gefunden haben. Ein jedes mit seinem Etikett warten sie auf das Leben.

So ist es mit den Stunden des Tages, die nicht mehr der Erwartung eines leichten Schrittes und dann eines Lächelns an deiner Tür gelten – eines Lächelns, das der Honigkuchen ist, den die Liebe fern von dir in der Stille bereitet hat und an dem du dich nun sättigen wirst. Die nicht mehr Stunden des Abschieds sind, wenn du fortgehen mußt. Die nicht mehr Stunden des Schlafes sind, in denen du dein Verlangen wiederauffüllst.

Es gibt keinen Tempel mehr, sondern nur ein Durcheinander von Steinen. Und du selbst bist nicht mehr. Und wie könntest du verzichten, selbst wenn du weißt, daß du vergessen und einen anderen Tempel bauen wirst, denn so ist das Leben, daß es eines Tages jene Schale und jenen Teppich aus langhaariger

Wolle und jene Stunden am Morgen und am Mittag und am Abend wieder hervorholen wird; so wird es deinem Gewinn und deinen Mühen von neuem einen Sinn geben und dich von neuem nah oder fern sein lassen, während du dich an etwas annäherst oder dich von ihm entfernst oder es verlierst oder es wiederfindest. Denn jetzt, da sie dir nicht mehr als Mittelpunkt dient, gibt es nichts auf der Welt, dem du dich näherst oder von dem du dich entfernst, das du verlierst oder wiederfindest, verlängerst oder verzögerst.

Denn du täuschst dich, wenn du glaubst, es sei dir möglich, mit diesen Dingen Verbindung zu halten und sie zu ergreifen und zu ersehnen und zu erhoffen und zu zerschlagen und auszubreiten und zu erobern und zu besitzen, denn du ergreifst und behältst und besitzt und verlierst und findest und erhoffst und ersehnst nur das Licht, das ihnen durch ihre Sonne geschenkt wird. Denn zwischen den Dingen und dir gibt es keine Brücke, wohl aber zwischen dir und den unsichtbaren Gesichtern, die Gott oder dem Reiche oder der Liebe gehören. Und wenn ich dich sehe, Seemann auf dem Meere, so geschieht es wegen eines Gesichtes, das die Trennung zu einem Schatz machte, wegen der Heimkehr, die dir die alten Lieder der Galeeren verheißen, wegen der Geschichten von wunderbaren Inseln und wegen der Korallenriffe dort draußen. Denn ich sage es dir: Durch das Lied der Galeeren bekommt für dich das Lied der Wogen seinen Inhalt, selbst wenn es keine Galeeren mehr gibt, und die Korallenriffe – auch wenn dich deine Segel niemals dorthin tragen werden – steigern mit ihrer Farbe die Farbe deiner Sonnenuntergänge auf den Wassern. Und die Schiffbrüche, von denen man dir erzählte, verleihen – auch wenn dein Schiff niemals untergehen sollte – den Klagen des Meeres längs der Steilküsten ihre feierliche Musik, die das Begräbnis der Toten begleitet. Was könntest du sonst anderes tun als gähnen, während du an nüchternen Tauen ziehst – so aber verschränkst du die Arme über der Brust, groß wie das Meer. Denn ich kenne nichts, was nicht vor allem Gesicht oder Kultur oder ein für dein Herz erbauter Tempel wäre.

Und deswegen willst du nicht auf dich selber verzichten,

wenn dir kein anderer Sinn mehr innewohnt, da du zu lange von einer Liebe lebtest.

Und deswegen können die Mauern des Gefängnisses den Liebenden nicht einschließen, denn er gehört einem Reiche an, das nicht von den Dingen, sondern vom Sinn der Dinge lebt, und spottet der Mauern. Und wenn es die Geliebte nur irgendwo gibt, selbst wenn sie schläft und daher wie tot und im Augenblick zu nichts nütze scheint, und selbst wenn du diese Festungsmauern zwischen ihnen beiden baust – sie nährt den Geliebten doch in der Stille, im Geheimnis seines Herzens. Und du könntest sie nicht voneinander trennen. So ist es mit jeder Erscheinung, die sich aus dem göttlichen Knoten herleitet, welcher die Dinge verknüpft. Denn wenn du von ihr getrennt bist, zu der allein dein Sehnen geht, kannst du sie nicht empfangen, der du in deinen schlaflosen Nächten wie von Sinnen bist, ebensowenig wie sich dein Hund, wenn er Hunger hat, von einem gemalten Stück Fleisch zu nähren vermag; denn der Gott ist nicht geboren, der vom Geiste stammt und die Mauern bricht. Aber ich sprach dir vom Herrn des Landguts, der im Morgengrauen über die taufrische Erde geht. Nichts von seinem Besitz ist ihm im Augenblick von Nutzen. Er sieht nur einen Hohlweg. Und doch ist er nicht der gleiche wie andere auch, sondern groß in seinem Herzen. So ist es mit einem, der Schildwache des Reiches ist; er berührt vom Reiche nur den Weg der Ronde, den aus Granit unter den Sternen gebauten. Er geht auf und ab, gefährdet an Leib und Leben. Wüßtest du einen, der ärmer wäre als dieser Gefangene in einem Gefängnis von hundert Schritten? Von Waffen beschwert, mit Kerker bestraft, wenn er sich setzt, und mit dem Tod, wenn er einschläft? Von Hagel vereist, von Regen durchnäßt, vom Sande versengt, hat er nichts Besseres zu erwarten als ein Gewehr, das in der Finsternis in Anschlag gebracht wird und sich auf sein Herz richtet. Kennst du eine Lage, die verzweifelter wäre? Ist nicht jeder Bettler reicher, der sich frei bewegen kann, der den Anblick des Volkes genießt, in das er eintaucht, und der das Recht hat, rechts und links seine Kurzweil zu suchen?

Und doch gehört meine Schildwache dem Reiche an. Und

das Reich nährt sie. Sie hat mehr Weite als der Bettler. Und selbst ihr Tod wird belohnt werden, da sie sich dann gegen das Reich austauscht.

Ich schicke meine Gefangenen, Steine zu brechen. Und sie brechen sie und fühlen sich leer. Aber glaubst du, die gleichen Steine zu brechen, wenn du dein eigenes Haus baust? Dann künden deine Gebärden nicht von einer Züchtigung, sondern von einem Lobgesang.

Denn um klar zu sehen, genügt ein Wechsel der Blickrichtung. Gewiß kommt dir einer reicher vor, wenn er im Augenblick, da er im Sterben liegt, gerettet wird und weiterlebt. Aber wenn du auf einen anderen Berg steigst und sein abgeschlossenes Schicksal betrachtest, das schon gebunden ist wie eine Garbe, wird er dir glücklicher erscheinen durch einen sinnvollen Tod.

So steht es auch mit dem, den ich in einer Kriegsnacht festnehmen ließ, damit er mir die Pläne meines Feindes preisgäbe. »Ich habe eine Heimat«, sagte er mir, »und deine Henker vermögen nichts dagegen . . .« Ich hätte ihn unter einem Mühlstein zermahlen können, ohne das Öl des Geheimnisses aus ihm herauszupressen, denn er gehörte seinem Reiche an.

– Arm bist du, sagte ich ihm, und in meiner Gewalt.

Er aber lachte, als er hörte, daß ich ihn arm nannte. Denn das Gut, das er besaß, konnte ich nicht von ihm abtrennen.

Das also ist der Sinn der Lehrzeit. Denn deine wirklichen Schätze sind nicht die Dinge, die etwas wert wären, wenn du sie gebrauchst – wie dein Esel, wenn du ihn reitest, und dein Geschirr, wenn du davon ißt –, denen aber kein Sinn mehr eignet, sobald du sie fortgeräumt hast. Und die auch nutzlos sind, wenn dich die Macht der Verhältnisse von ihnen trennt wie die Frau, bei der du dich begnügst, sie zu verlangen, ohne sie zu lieben.

Und freilich kann das Tier nur am Gegenstand teilhaben. Und nicht an der Farbe des Gegenstandes, auf Grund einer Sprache. Aber du bist Mensch und nährst dich vom Sinn der Dinge und nicht von den Dingen.

Und ich forme dich und ziehe dich auf. Und ich zeige dir im

Steine, was nicht vom Steine stammt, sondern von der Herzensregung des Bildhauers und der Hoheit des gefallenen Kriegers. Und du bist dadurch reich, daß irgendwo der Krieger aus Stein besteht. Und aus den Hammeln und Ziegen, den Häusern und Bergen baue ich dir noch ein Landgut, nachdem ich dich aufzog. Und mag dir auch im Augenblick nichts vom Landgut von Nutzen sein, so bist du doch dadurch ausgefüllt. Ich nehme die gewöhnlichen Worte und mache dich dadurch reich, daß ich sie im Gedichte verknüpfe. Ich nehme die Flüsse und Berge und begeistere dich dadurch, daß ich sie mit meinem Reiche verknüpfe. Und die Kranken auf ihrem Elendslager, die Gefangenen in ihren Gefängnissen, die Schuldner inmitten ihrer Gerichtsvollzieher – sie alle strahlen an den Tagen des Sieges vor Stolz, denn es gibt keine Mauer und kein Hospital und kein Gefängnis, die dich daran hindern könnten zu empfangen, denn aus dem zusammenhanglosen Stoff habe ich einen Gott gewonnen, der der Mauern spottet und stärker ist als alle Marter.

Und deswegen, ich sagte es dir, forme ich den Menschen und sprenge die Mauern und reiße die Gitterstäbe nieder und befreie ihn. Denn ich habe einen Menschen geformt, der Verbindung hält und der Wälle spottet. Und der Henker spottet. Und der Eisen der Henker spottet, die ihn nicht bezwingen können.

Freilich seid ihr nicht miteinander verbunden. Aber der eine und der andere ist mit dem Reiche verbunden, das für euch beide einen Sinn besitzt. Und wenn du mich fragst: Wie kann ich die Geliebte erreichen, wenn mich die Mauern oder der Tod oder die Meere von ihr trennen, so antworte ich dir, daß es nutzlos ist, nach ihr zu rufen, daß du aber nur das zu lieben brauchst, wovon keine Mauer dich trennt: diesen Anblick des Hauses und des Teebretts und des Kochkessels und des Teppichs aus langhaariger Wolle, alle die Dinge, deren Mittelpunkt die schlafende Gattin ist, denn es ist dir vergönnt, sie zu lieben, obwohl sie fern ist und gar noch schläft.

Darum sage ich dir, daß es bei der Formung des Menschen nicht vor allem darauf ankommt, ihn zu belehren, denn es ist sinnlos, wenn er nur noch ein Buch auf zwei Beinen ist, sondern ihn zu erheben und ihn auf die Stufen hinaufzuführen, in denen es nicht mehr Dinge gibt, sondern Gesichter, die aus dem göttlichen Knoten hervorgingen, welcher die Dinge verknüpft. Denn von den Dingen läßt sich nichts erhoffen, wenn sie nicht gegenseitig aufeinander einwirken, und das allein ist Musik für das Herz.

So ist es mit deiner Arbeit, wenn sie das Brot der Kinder oder den Austausch zwischen dir und etwas Umfassenderem bedeutet. So ist es mit deiner Liebe, wenn sie etwas anderes und Höheres als die Suche nach einem Körper bedeutet, den du greifen möchtest, denn verschlossen in sich ist die Freude, die er dir gewährt.

Und deswegen werde ich mit dir zunächst über den Wert der Geschöpfe sprechen.

Wenn du in der Traurigkeit der warmen Nächte, auf der Rückkehr von der Wüste das Freudenviertel aufsuchst und dir eine wählst, um in ihr die Liebe zu vergessen, und wenn du sie liebkost und ihr zuhörst, wie sie zu dir spricht und du ihr antwortest, so bist du doch, wenn du sie verläßt, da dein Verlangen gestillt ist, von dir selber entblößt und hast kein Andenken zurückbehalten.

Trifft es sich aber, daß ihr das gleiche Aussehen, die gleichen Gesten, die gleiche Anmut, die gleichen Worte eignen, daß sie aber jene Prinzessin ist, die am Faden langsamer Karawanen aus einer Insel hervorging und zuvor fünfzehn Jahre in der Musik, im Gedicht und der Weisheit badete, und ist sie beständig und weiß sie unter der Kränkung vor Zorn und unter der Heimsuchung vor Treue zu brennen; ist sie reich durch ihr unbezwingbares Teil, von den Göttern erfüllt, die sie nicht zu verraten vermöchte, und fähig, dem Henker ihre höchste Anmut zu opfern, um eines einzigen Wortes willen, das man von ihr verlangt und das auszusprechen sie verschmähen würde; ist sie in ihrer Vornehmheit so fest gegründet, daß ihr letzter Schritt ergreifender als ein Tanz wäre – trifft es sich also, daß sie es ist, die ihre jungen Arme für dich öffnet, wenn du in den Saal des Mondes mit seinen leuchtenden Fliesen trittst, wo sie dich erwartet, und spricht sie jetzt die gleichen Worte, die aber hier

Ausdruck einer vollkommenen Seele sind, dann sage ich dir: Du wirst nicht als der gleiche bei Tagesanbruch zu deiner Wüste und zu deinen Dornen zurückkehren, sondern als Lobgesang. Denn nicht der einzelne hat Gewicht mit seiner ärmlichen Hülle und seinem Ideenbazar, sondern wichtig allein ist die Weite der Seele – der Seele mit ihren Wettern, ihren Bergen, ihren Einöden des Schweigens, ihren Schneeschmelzen, ihren Blumenhängen, ihren schlafenden Wassern: all das ist eine unsichtbare und erhabene Bürgschaft. Und auf ihr beruht dein Glück, und du kannst dich nicht mehr davon trennen. Denn eine Fahrt auf dem schmalen Fluß, selbst wenn du die Augen schließt, um das Schaukeln seiner Wellen zu genießen, ist nicht die gleiche wie deine Reise auf dem undurchdringlichen Meere. Und deine Freude an falschen oder echten Diamanten ist nicht dieselbe, mag auch ihr Zweck derselbe sein. Und jene, die vor dir verstummt ist, ist nicht die gleiche wie eine andere in der Tiefe ihres Schweigens.

Und von vornherein täuschst du dich nicht darüber.

Und deswegen weigere ich mich, dir dein Geschäft zu erleichtern und – da die Frauen deinem Körper angenehm sind – die Leichtigkeit des Fanges zu fördern, indem ich ihnen ihre Moral, ihre Zurückhaltung und ihren Adel nehme, denn dadurch würde ich gerade das zerstören, was du erobern wolltest.

Und wenn sie zu Dirnen geworden sind, wirst du ihnen nur noch die Fähigkeit entlehnen können, darüber die Liebe zu vergessen; hingegen schütze ich die Tat allein, die für die künftige Tat reicher macht; so treibe ich dich an, den Berg durch deinen Aufstieg zu bezwingen, was dich für die Bezwingung eines anderen vorbereitet, der höher ist, oder sporne dich an, damit deine Liebe fest gegründet sei, die unerreichbare Seele zu ersteigen.

95

Der Diamant ist aus dem Schweiß eines Volkes hervorgegangen, aber wenn sich ein Volk derart abgemüht hat, ist ein Diamant zu etwas Unverbrauchbarem und Unteilbarem geworden und kommt nicht jedem Arbeiter zugute. Soll ich auf die Gewinnung des Diamanten verzichten, dieses Sterns, den man aus der Erde erweckt? Soll ich im Wohnviertel meiner Ziseleure diejenigen ausrotten, die die goldenen Schalen ziselieren, denn auch diese sind nicht teilbar, da eine jede ein Leben kostet, und während einer sie ziseliert, muß ich ihn wohl oder übel mit Weizen ernähren, der anderswo gebaut wurde – und wenn ich ihn seinerseits auf den Acker schicke, damit er ihn pflüge, wird es keine Goldschalen mehr geben, sondern einen größeren Weizenertrag für die Verteilung –, wirst du mir dann mit der Behauptung kommen, es entspreche der Menschenwürde, keine Diamanten zu gewinnen und keine Goldschalen mehr zu ziselieren? Wo siehst du, daß der Mensch dadurch reicher würde? Was kümmert dich das Schicksal des Diamanten? Zur Not wäre ich damit einverstanden, der Eifersucht der Menge zuliebe einmal im Jahr alle die zu verbrennen, die ich gewonnen hätte – denn so hätten sie von einem Festtag Gewinn –, oder auch eine Königin zu erfinden, die ich mit ihrem Glanze bedecken würde, und so hätten sie eine diamantengeschmückte Königin. Und der Glanz der Königin oder die Glut des Festes würde zurückstrahlen auf sie. Wo aber siehst du sie reicher werden, wenn du die Diamanten in ihr Museum einschlössest? Denn dort kämen sie keinem mehr zugute, außer einigen törichten Müßiggängern, und würden nur einem groben und plumpen Wärter zur Zier gereichen.

Denn du mußt mir schon zugeben, daß allein das Wert hat, was den Menschen Zeit kostet, wie der Tempel. Und daß der Ruhm meines Reiches, von dem jeder sein Teil empfangen wird, allein auf dem Diamanten beruht, zu dessen Gewinnung ich sie zwinge, und auf der Königin, die ich mit ihm schmücke.

Denn ich kenne nur eine Freiheit, und das ist die Übung der Seele. Und nicht die andere, die nur lächerlich ist, denn du bist trotzdem gezwungen, die Tür zu suchen, um die Mauer zu überwinden, und du hast nicht die Freiheit, jung zu sein und nachts die Sonne zu genießen. Wenn ich dich nötige, lieber diese als jene Tür zu wählen, wirst du dich über diese Schikane beklagen, sofern du nicht gesehen hast, daß du dem gleichen Zwang unterlagest, als nur eine Tür vorhanden war. Und wenn ich dir verwehre, das Mädchen zu heiraten, das dir schön erscheint, wirst du dich über meine Tyrannei beklagen, sofern du nicht bemerkst – weil du keine andere kennenlerntest –, daß in deinem Dorf alle schieläugig sind. Aber da ich dem Mädchen, das du heiraten wirst, durch meinen Zwang zum Werden verhalf und auch dir eine Seele formte, werdet ihr beide an der einzigen Freiheit teilhaben, der ein Sinn innewohnt und die in der Übung des Geistes besteht.

Denn die Zügellosigkeit löscht dich aus, und nach den Worten meines Vaters bedeutet Nichtsein keineswegs Freisein.

96

Eines Tages werde ich von der Notwendigkeit oder dem Absoluten reden; es ist das der göttliche Knoten, der die Dinge verknüpft.

Denn du kannst dich unmöglich mit Leidenschaft dem Würfelspiel hingeben, wenn die Würfel nichts bedeuten. Und wenn ich einen aufs Meer hinausschicke, während es sich stürmisch zeigt, und er, bevor er sich einschifft, mit weitem Blick davon Kenntnis nimmt und die schweren Wolken wie Gegner abwägt und den Wogengang mit dem Auge abmißt und die Trift des Windes einatmet, so werden für ihn alle diese Dinge aufeinanderwirken, und angesichts der Notwendigkeit, die mein Befehl bedeutet, gegen den es keine Widerrede gibt, werden sie ihm nicht mehr als ein zusammenhangloses Jahrmarktschauspiel, sondern als eine gebaute Basilika erscheinen, und mich wird er als Schlußstein des Gewölbes ansehen, der ihm seine Fortdauer begründen soll. So wird er herrlich sein, wenn er auf See geht und seinerseits seine Befehle auf das Zeremoniell des Schiffes überträgt.

Aber wenn ein anderer, der nicht zu mir gehört, das Meer zu seinem Vergnügen besuchen möchte und er es nach Gutdünken durchschweifen und sich beliebig zur Umkehr entschließen kann, so wird er keinen Zugang zur Basilika haben, und jene schweren Wolken werden ihm nicht als Prüfung, sondern nur als eine gemalte Leinwand erscheinen, und der auffrischende Wind ist ihm dann keine Verwandlung der Welt, sondern nur ein schwacher Kitzel der Haut, und jener Wogengang nur eine Plage für seinen Bauch.

Und deswegen wird das, was ich Pflicht nennen werde – die der göttliche Knoten ist, der die Dinge verknüpft –, nur dann dein Reich oder deinen Tempel oder dein Landgut hervorbringen, wenn sie sich als absolute Notwendigkeit und nicht als ein Spiel erweist, dessen Regeln dem Wechsel unterworfen sind.

»Du wirst eine Pflicht daran erkennen«, sagte mein Vater, »daß es von vornherein nicht an dir liegt, sie zu wählen.«

Darum täuschen sich die, die zu gefallen suchen. Und sich gefügig und biegsam machen, um zu gefallen. Und den Wünschen zuvorzukommen. Und in allen Dingen Verrat üben, um so zu sein, wie man sie haben möchte. Was aber habe ich mit diesen Quallen zu schaffen, die weder Knochen noch Gestalt haben? Ich speie sie aus und schicke sie in ihr Nebelreich zurück. Laßt euch erst wieder blicken, wenn ihr eine Form gewonnen habt!

So werden sogar die Frauen ihres Liebhabers überdrüssig, wenn dieser, um seine Liebe zu beweisen, dareinwilligt, Echo und Spiegel zu sein, denn keiner bedarf seines eigenen Bildes. Doch ich bedarf deiner, der du als Festung gebaut bist, mit deinem Kern, auf den ich stoße. Nimm Platz an meiner Seite, denn du existierst.

Die Frau vermählt sich dem, der einem Reiche angehört, und macht sich zu seiner Dienerin.

97

So kamen mir diese Bemerkungen über die Freiheit.

Als mein Vater im Tod zu einem Berg wurde und den Horizont der Menschen versperrte, erwachten die Logiker, die Geschichtsforscher und die Kritiker; sie alle waren vom Winde der Worte gebläht, den er sie hatte schlucken lassen, und sie entdeckten, daß der Mensch schön war.

Er war schön, weil ihm mein Vater seinen festen Grund gegeben hatte.

– Da der Mensch schön ist, riefen sie, muß man ihn befreien. Und er wird sich in aller Freiheit entfalten. Und jede seiner Taten wird ein Wunder sein. Denn man betrügt ihn um seinen Glanz. Und so könnte ich sprechen, wenn ich am Abend durch die Pflanzungen meiner Orangenbäume gehe, denen man die Stämme abstützt und die Zweige zurechtschneidet. Meine Orangenbäume sind schön und von Früchten schwer. Warum also die Äste abtrennen, die gleichfalls Früchte gebildet hätten? Der Baum muß befreit werden. So wird er sich in aller Freiheit entfalten. Denn man betrügt ihn um seinen Glanz.

Also befreiten sie den Menschen. Und der Mensch hielt sich aufrecht, denn er war aufrecht zurechtgeschnitten. Und als sich die Polizisten zeigten, die sich – nicht aus Achtung vor der unersetzlichen Gußform, sondern aus niedrigem Herrschaftsbedürfnis – bemühten, die Menschen wieder ihrem Zwang zu unterwerfen, empörten sich die um ihren Glanz Betrogenen. Und der Freiheitsdrang entflammte sie vom einen zum anderen Ende des Landes wie eine Feuersbrunst. Es ging für sie um die Freiheit, schön sein zu dürfen. Und als sie für die Freiheit starben, starben sie für ihre eigene Schönheit, und ihr Tod war schön.

Und das Wort Freiheit klang reiner als Hörnerschall.

Ich aber gedachte der Worte meines Vaters:

– Ihre Freiheit ist die Freiheit, nicht zu sein.

Denn da sie jetzt von Folgerung zu Folgerung schritten, wurden sie zum Haufen des Marktes. Denn wenn du nach deinem Ermessen entscheidest und dein Nachbar das gleiche tut, zerstören sich beide Handlungen in ihrer Summe. Wenn jeder den gleichen Gegenstand nach seinem Geschmack anmalt, streicht ihn der eine rot, der andere blau, der dritte ocker an, und am Ende hat der Gegenstand gar keine Farbe mehr. Wenn sich die Prozession ordnet und jeder seine eigene Richtung einschlägt, bläst der Wahnsinn in diesen Staub hinein, und es gibt keine Prozession mehr. Wenn du deine Macht aufspaltest und unter alle verteilst, erzielst du keine Stärkung, sondern die Auflösung dieser Macht. Und wenn jeder für sich den Bauplatz des Tempels auswählt und seinen Stein dorthin trägt, wo es ihm gefällt, wirst du eine steinige Ebene finden, aber keinen Tempel. Denn die Schöpfung ist aus einem Guß, und dein Baum ist nur die Entfaltung eines einzigen Samenkorns. Und gewiß ist dieser Baum ungerecht, denn alle die anderen Samenkörner werden nicht keimen.

Denn ich halte die Macht für einen törichten Ehrgeiz, wenn sie Herrschaftsliebe ist. Aber wenn sie ein Akt des Schöpfers ist und etwas erschafft, wenn sie gegen das natürliche Gefälle ankämpft, das darin besteht, daß sich die Baustoffe vermischen, daß die Gletscher in einem Pfuhl zerschmelzen, daß die Tempel unterm Wandel der Zeit in Staub zerfallen, daß sich die Sonnenwärme in kraftlose Lauheit verflüchtigt, daß sich die Seiten des Buches verwirren, wenn die Abnützung sie zerstört; daß sich die Sprachen vermengen und daß sie verkümmern, daß die Mächte einander gleich werden, daß sich die Anstrengungen ausgleichen und daß jeder Bau, der aus dem göttlichen Knoten hervorging, welcher die Dinge verknüpft, in einer zusammenhanglosen Summe auseinanderbricht – dann preise ich die Macht. Denn es ist mit ihr wie mit der Zeder, die das Felsgestein der Wüste aufsaugt, die Wurzeln in einen Boden senkt, in dem die Säfte keinen Geschmack haben, mit ihren Zweigen eine Sonne einfängt, die sich sonst mit dem Eise vermischen und mit ihm verderben würde – der Zeder, die in der fortan unveränderlichen Wüste, wo sich alles allmählich verteilte, einebnete und ausglich, die Ungerechtigkeit des Baumes zu bauen beginnt, der über Felsen und Felsgeröll hinauswächst, einen Tempel zur Sonne aufsteigen läßt, im Winde wie eine Harfe singt und die Bewegung im Unbeweglichen wiederherstellt.

Denn das Leben ist Gefüge, Kraftlinie und Ungerechtigkeit. Unterwirfst du nicht auch Kinder, die sich langweilen, deinem Zwang, der aus den Regeln eines Spieles besteht, nach dem du sie laufen siehst?

Es kamen also die Zeiten, in denen die Freiheit, da es nichts mehr zu befreien gab, nur noch die Aufteilung von Vorräten in einer haßerfüllten Gleichheit bedeutete.

Denn in der Freiheit stößt du dich am Nachbarn und er sich an dir. Und der Ruhezustand, den du vorfindest, ist der Zustand durcheinandergemengter Kügelchen, die sich nicht mehr bewegen. Die Freiheit führt so zur Gleichheit, und die Gleichheit führt zum Gleichgewicht, das der Tod ist. Ist es nicht besser, wenn dich das Leben beherrscht und du dich wie an Hindernissen an den Kraftlinien des wachsenden Baumes stößt? Denn der einzige Zwang, der dich plagt und den du hassen sollst, zeigt sich im Zank mit deinem Nachbarn, der Eifersucht deinesgleichen, der Gleichheit mit dem Rohling. Sie werden dich verschlingen, so daß du in der toten Masse versinkst, aber so töricht ist der Wind der Worte, daß ihr von Tyrannei sprecht, wenn ihr Aufstieg eines Baumes seid.

Es kamen also die Zeiten, in denen die Freiheit nicht mehr die Freiheit menschlicher Schönheit, sondern Ausdruck der Masse war, in der sich der Mensch notwendig aufgelöst hatte; und diese Masse war nicht frei, denn ihr eignet keine Richtung, sondern sie lastet lediglich und verharrt auf ihrem Platze. Das hinderte nicht, daß man diese Freiheit, die der Versumpfung diente, Freiheit und diese Versumpfung Gerechtigkeit nannte.

Es kam die Zeit, als das Wort Freiheit, das noch den Ruf der Trompete nachäffte, seinen Gefühlsinhalt verlor, da die Menschen dunkel von einer neuen Trompete träumten, die sie wekken und zum Bauen anhalten würde.

Denn nur der Schall der Trompete ist schön, der dich dem Schlafe entreißt.

Doch allein der Zwang ist gültig, der dich dem Tempel unterwirft, gemäß deiner Bedeutung, denn die Steine sind nicht frei, dorthin zu gehen, wohin es ihnen beliebt, oder es gibt dann nichts, dem sie Bedeutung verleihen und wovon sie Bedeutung empfangen könnten. Dieser Zwang besteht darin, daß er dich der Trompete unterwirft, wenn sie etwas in dir weckt und entfaltet, das größer ist als du selber. Und jene, die für die Freiheit starben, als sie noch ein Gesicht war, aus ihnen entsprungen und größer als sie selber und das ihre eigene Schönheit erstrebte – sie willigten nun in den Zwang und erhoben sich des

Nachts beim Ruf der Trompete und hatten nicht mehr die Freiheit, weiterzuschlafen oder ihre Frauen zu liebkosen, sondern wurden geleitet; und da du nun einmal gebunden bist, liegt mir wenig an der Feststellung, ob sich der Polizist drinnen oder draußen befindet. Und wenn er sich drinnen befindet, weiß ich, daß er zunächst draußen war, ebenso wie dein Ehrgefühl davon herrührt, daß dich die Strenge deines Vaters von vornherein so wachsen ließ, wie es die Ehre verlangt.

Und wenn ich unter Zwang das Gegenteil der Zügellosigkeit verstehe, die ein falsches Spiel treibt, so wünsche ich dennoch nicht, daß er die Auswirkung meiner Polizei sein soll; denn als ich im Schweigen meiner Liebe einherging, beobachtete ich jene Kinder, von denen ich dir sprach, die den Regeln ihres Spiels unterworfen waren und sich schämten, wenn sie einander betrogen. Und das rührte daher, daß sie das Gesicht des Spiels kannten. Und ich nenne Gesicht, was aus einem Spiel entsteht: ihren Eifer, ihre Freude an den gelösten Problemen, ihre junge Kühnheit – ein Ganzes, dessen Reiz auf diesem Spiel und keinem anderen beruht. Ein bestimmter Gott hat sie so werden lassen, denn kein Spiel formt dich, sowenig wie du das Spiel wechselst, um dich zu ändern. Aber wenn du dich in diesem Spiele groß und edel siehst, gewahrst du – wenn es dahin kommt, daß du falsch spielst –, wie du eben das zerstörst, wofür du spieltest: jene Größe und jenen Edelsinn. Und so ist es die Liebe zu einem Gesicht, die dich zwingt.

Denn der Polizist bewirkt nur, daß du den anderen ähnlich wirst. Wie könnte er weiter sehen? Die Ordnung ist für ihn die Ordnung des Museums, in dem man alles nach der Schnur ausrichtet. Ich aber stifte nicht dadurch die Einheit des Reiches, daß du deinem Nachbarn ähnlich wirst. Vielmehr dadurch, daß dein Nachbar und du selbst, wie die Säule und die Statue im Tempel, ihr Dasein auf das Reich gründen, das ein einziges ist.

Mein Zwang ist Zeremoniell der Liebe.

98

Wenn deine Liebe nicht hoffen kann, Gehör zu finden, sollst du sie verschweigen. Sie kann in dir reifen, wenn Schweigen herrscht. Denn sie schafft eine Richtung in der Welt, und jede Richtung läßt dich größer werden, die es dir erlaubt, dich zu nähern, dich zu entfernen, einzutreten, hinauszugehen, zu finden, zu verlieren. Denn du bist einer, der leben muß. Und es gibt kein Leben, wenn nicht ein Gott für dich Kraftlinien erschaffen hat.

Wenn deine Liebe kein Gehör findet, sondern zu einem vergeblichen Flehen wird, wie wenn du einen Lohn für deine Treue erbittest, und du nicht die Seelenstärke aufbringst zu schweigen, so laß dich heilen, wenn es einen Arzt gibt. Denn man darf die Liebe nicht mit der Knechtschaft des Herzens verwechseln. Liebe, die betet, ist schön, aber Liebe, die fleht, ist Lakaienliebe.

Wenn sich deine Liebe an der Unbedingtheit der Dinge stößt und etwa die undurchdringliche Mauer eines Klosters oder der Verbannung überwinden muß, so danke Gott, wenn du bei deiner Angebeteten Gegenliebe findest, obwohl sie dem Anschein nach taub und blind ist. Denn es ist dann ein Nachtlicht für dich angezündet in der Welt. Und es kümmert mich wenig, daß du es nicht benutzen kannst. Denn einer, der in der Wüste stirbt, ist reich durch ein Haus in der Ferne, mag er auch sterben.

Denn wenn ich große Seelen forme und die vollkommenste auserwähle, um sie im Schweigen einzumauern, scheint dir niemand etwas dadurch zu empfangen. Und doch wird durch sie mein ganzes Reich geadelt. Wenn einer in der Ferne vorübergeht, sinkt er in die Knie. Und es entstehen die Zeichen und Wunder.

Wenn daher Liebe zu dir besteht, mag sie auch nutzlos sein, und du deinerseits wiederliebst, wirst du im Lichte wandeln. Denn groß ist das Gebet, auf das allein das Schweigen antwortet, wenn es zutrifft, daß der Gott existiert.

Und wenn deine Liebe Gehör findet und Arme sich für dich öffnen, so bete zu Gott, er möge diese Liebe vor der

Fäulnis bewahren, denn ich bange um die überglücklichen Herzen.

99

Und doch: da ich die Freiheit geliebt hatte, die in meinem Herzen einen Widerhall weckte, und da ich mein Blut vergossen hätte, sie zu erobern, und sah, wie das Auge der Menschen strahlte, die für diese Eroberung kämpften (so wie ich im übrigen diejenigen bösartig und einfältig wie ein Stück Vieh und niederen Sinnes auf ihre Vorräte bedacht sah, denen man das Futter in den Stall hängte und die mit erhobener Schnauze zu Schweinen wurden, rings um den Trog) . . .

Da ich so gesehen habe, wie die Flamme der Freiheit den Menschen Glanz verleiht und die Tyrannei sie verroht.

Und da es nicht in meiner Art liegt, irgend etwas von mir preiszugeben, und da ich die Bazare der Ideen verachte und weiß, daß es gilt, die Worte zu ändern, wenn sie nicht vom Leben Rechenschaft geben, und daß du, wenn du dich täuschst, da du in einem Widerspruch ohne Ausweg verstrickt bist, deinen Satz zerschlagen mußt, und daß es den Berg zu entdecken gilt, von dem aus sich die Ebene in aller Klarheit zeigen wird . . .

Da ich hierbei zugleich gewahr wurde, daß allein die Seelen groß sind, die durch den Zwang und den Kult und das Zeremoniell – das zugleich Überlieferung und Gebet und unangezweifelte Bindung ist – gegründet und geformt und als Festung gebaut wurden . . .

Und daß allein jene stolzen Seelen schön sind, die sich nicht beugen und durch die die Menschen auch unter der Folter aufrecht bleiben: innerlich frei und nicht bereit abzuschwören, so daß sie in dieser inneren Freiheit wählen und entscheiden und die Frau heimführen, die sie lieben, unbeirrt von der Meinung der Masse oder der Ungnade des Königs: da wurde mir bewußt, daß Zwang und Freiheit ohne Sinn waren.

Denn keine meiner Regungen soll verworfen werden, wenn auch die Worte, die sie bezeichnen, sich die Zunge zeigen.

Wenn du also nach einer vorgefaßten Meinung die Gefängnisse füllst und es dahin kommt, daß du viele ins Gefängnis wirfst (und vielleicht könntest du alle ins Gefängnis werfen, denn alle führen ein Teil von dem mit sich, was du verdammst; so könntest du auch die ungesetzlichen Wünsche einkerkern, und dann müßten sogar Heilige ins Gefängnis wandern), so bedeutet dies, daß deine vorgefaßte Meinung ein schlechter Ausgangspunkt ist für ein Urteil über die Menschen – ein blutiger und verrufener Berg, der eine schlechte Scheidung bewirkt und dich zwingt, gegen den Menschen selber zu handeln. Denn bei einem, den du verdammst, könnte sein schöner Teil groß sein. Du aber vernichtest ihn.

Und wenn deine Polizisten, die notwendig töricht und schon auf Grund ihres Amtes blinde Handlanger deiner Befehle sind – von ihnen verlangst du keine Einsicht, sondern versagst ihnen im Gegenteil dieses Recht, denn es handelt sich für sie nicht darum, zu begreifen und zu urteilen, sondern auf Grund deiner Zeichen zu unterscheiden –, wenn deine Polizisten die Weisung erhalten, beispielsweise einen Mann als schwarz und nicht als weiß – denn es gibt für sie nur zwei Farben – einzustufen, der vor sich hin trällert, wenn er allein ist, oder zuweilen an Gott zweifelt oder bei der Landarbeit gähnt oder auf irgendeine Weise etwas denkt, anpackt, liebt, haßt, bewundert oder verachtet – dann beginnt die abscheuliche Zeit, in der du dich zunächst inmitten eines Volkes von Verrätern siehst, von denen du nicht genug Köpfe abschlagen könntest: deine Menge wird dann eine Menge Verdächtiger sein und dein Volk ein Volk von Spitzeln, denn du hast eine Scheidungslinie gewählt, die nicht außerhalb des Menschen verläuft – denn dann könntest du die einen rechts und die anderen links einordnen, um so Klarheit zu schaffen –, sondern die durch den Menschen selber hindurchführt, ihn mit sich selber entzweit, ihn zu seinem eigenen Spitzel, sich selber verdächtig und zum Verräter an sich selbst macht. Denn ein jeder pflegt während der heißen Nächte an Gott zu zweifeln. Denn ein jeder pflegt in der Einsamkeit vor sich hin zu trällern oder bei der Landarbeit zu gähnen oder zu gewissen Stunden alles mögliche zu denken, anzupacken, zu lieben, zu hassen, zu bewundern oder zu verachten. Denn der Mensch lebt. Und der allein erschiene dir als heilig, selig und nachahmenswert, dessen Ideen aus einem lächerlichen Bazar stammten und nicht Regungen seines Herzens wären.

Und da du von deinen Polizisten verlangst, sie sollten beim Menschen aufspüren, was dem Menschen selber und nicht diesem oder jenem gehört, so werden sie ihren Eifer daransetzen, es bei jedem entdecken, da es bei jedem vorhanden ist, über die Fortschritte des Bösen erschrecken, dich durch ihre Berichte entsetzen, ihren Glauben an die Dringlichkeit der Unterdrückung auf dich übertragen, und wenn sie dich bekehrt haben, werden sie dich Kerker bauen lassen, damit du dein ganzes Volk darin einsperrst. Bis zu dem Tage, da du wohl oder übel gezwungen bist, sie selber darin einzusperren, weil auch sie Menschen sind.

Und wenn es eines Tages dein Wille ist, daß die Landleute dein Land im Segen ihrer Sonne pflügen, daß die Bildhauer ihren Stein behauen und die Mathematiker ihre Figuren entwerfen, wirst du notgedrungen deinen Berg wechseln müssen.

Und je nach dem Berg, den du gewählt hast, werden deine Sträflinge zu Heiligen werden, und du wirst dann für den ein Denkmal errichten, den du verurteilt hattest, Steine zu klopfen.

101

So wurde mir der Begriff der Plünderung deutlich, über den ich immer nachgedacht hatte, ohne daß mich Gott über ihn erleuchtet hätte. Und gewiß wußte ich, daß der ein Plünderer ist, der den Stil von Grund auf zerstört, um hierdurch die Wirkungen zu erzielen, die ihm dienlich sind – Wirkungen, die an sich lobenswert sind, denn es ist Sache des Stils, sie zu gestatten, und dieser ist dazu da, damit die Menschen durch ihn ihre inneren Regungen mitteilen können. Es zeigt sich aber, daß du dein Fahrzeug zerstörst, weil du vorhast, nach Art des Mannes darin zu fahren, der seinen Esel durch die Lasten umbrachte, die dieser nicht zu tragen vermochte. Während du ihn durch richtig ausgewogene Lasten in der Arbeit übst und er dadurch weit besser arbeiten wird, als er jetzt schon arbeitet. Deshalb verstoße ich den, der gegen die Regeln schreibt. Er soll es fertigbringen, sich im Einklang mit den Regeln auszudrücken, denn nur dann begründet er sie.

Nun steht es so, daß die Betätigung der Freiheit, wenn es sich um die Freiheit der menschlichen Schönheit handelt, gleichsam die Plünderung eines Vorrats darstellt. Und gewiß ist ein ruhender Vorrat zu nichts nütze: sowenig wie eine Schönheit, die der Güte der Gußform zu verdanken ist, die du jedoch niemals aus ihrer Form hervorholst, um sie dem Lichte auszusetzen. Es ist schön, Speicher anzulegen, in die das Saatkorn eingebracht wird. Sie haben aber nur einen Sinn, wenn du das Saatkorn hervorholst, um es im Winter auszustreuen. Und der Sinn des Speichers ist das Gegenteil eines Ortes, in den du einbringen läßt. Er wird zum Orte, aus dem du herausbringen läßt. Doch eine ungeschickte Sprache ist Ursache des Widerspruchs, denn einbringen und herausbringen sind Worte, die sich die Zunge zeigen. Und es ging einfach darum, nicht zu sagen: »Dieser Speicher ist der Ort, in den ich einbringen lasse«, worauf dir jener andere Logiker mit Recht antworten würde: »Es ist der Ort, aus dem ich herausbringen lasse«, da du doch ihren Wind der Worte beherrschen, ihre Widersprüche aufheben und den Sinn des Speichers begründen konntest, indem du ihn eine Zwischenstation der Saatkörner nanntest.

So besteht auch meine Freiheit nur im Gebrauche der Früchte, die mein Zwang hervorbrachte, denn er allein besitzt die Macht, etwas zu begründen, das wert ist, befreit zu werden. Und einen, den ich frei sehe unter der Folter, da er sich weigert abzuschwören und da er innerlich den Befehlen des Tyrannen und seiner Folterknechte widersteht – ihn nenne ich frei, und den anderen, der den niedrigen Trieben widersteht, nenne ich gleichfalls frei, denn ich kann den nicht für frei halten, der sich zum Sklaven einer jeden Aufforderung macht, obwohl sie sogar die Freiheit, Sklave zu werden, Freiheit nennen.

Denn wenn ich den Menschen begründe, befreie ich in ihm das menschliche Verhalten; wenn ich den Dichter begründe, befreie ich die Gedichte, und wenn ich aus dir einen Erzengel mache, befreie ich Worte, die Schwingen haben, und Schritte, die sicher sind wie bei einem Tänzer.

102

Dem mißtraue ich, der von einem Gesichtspunkt aus zu urteilen sucht. Wie auch jenem, der sich blind macht, weil er eine große Sache vertritt, der er sich unterworfen hat.

Es geht darum, den Menschen in ihm zu wecken, wenn ich zu ihm spreche. Doch ich mißtraue seinem Zuhören. Es wird vor allem aus Gewandtheit und Kriegslist bestehen, und er wird meine Wahrheit verdauen, um sie seinem Reiche unterzuordnen. Und wie sollte ich ihm solch ein Verhalten vorwerfen, da seine Größe auf der Größe seiner Sache beruht? Einer, der mich versteht und mit dem ich auf gleichem Fuße verkehre, der nicht meine Freiheit verdaut, um sie zu der seinen zu machen und sich ihrer notfalls gegen mich zu bedienen – solch einer, den ich vollkommen aufgeklärt nenne, ist das im allgemeinen, weil er nicht arbeitet, nicht handelt, nicht kämpft und kein Problem löst. Er ist irgendwo ein Lämpchen, das nur für sich und aus Luxus leuchtet, die zarteste Blume des Reiches, aber unfruchtbar vor lauter Reinheit.

Da stellt sich die Frage nach meinen Beziehungen und meinen Verbindungen und der Brücke zwischen diesem Vertreter einer Sache, die nicht die meine ist, und mir selber. Und nach dem Sinn unserer Sprache.

Denn es besteht nur eine Verbindung durch den Gott, der sich kundtut. Und ebenso wie ich mit meinen Soldaten nur durch das Antlitz des Reiches verbunden bin, das für den einen und den anderen eine Bedeutung hat, ebenso ist auch der Liebende durch die Mauer hindurch mit der Frau verbunden, die seinem Hause angehört und bei der ihm geschenkt ist, sie zu lieben, obwohl sie fern ist und obwohl sie schläft. Wenn es sich um den Botschafter einer fremden Sache handelt und ich vorhabe, mit ihm Höheres als eine Schachpartie zu spielen und den Menschen auf jener Stufe zu treffen, auf der das Ränkespiel überwunden ist und wir uns achten, obwohl wir einander im Kriege bedrücken, und auf der wir in Gegenwart des anderen zu atmen vermögen – wie bei jenem Herrscher, der im Osten des Reiches regierte und ein vielgeliebter Feind war –, so könnte ich ihn nur durch das neue Bild hindurch erreichen, das unser gemeinsames Maß wäre.

Wenn er an Gott glaubt und ich desgleichen und er sein Volk Gott anbefiehlt und ich das meine, begegnen wir uns als Gleichgestellte unter dem Waffenstillstandszelt in der Wüste, während unsere Truppen das Knie beugen, und können miteinander beten, da wir uns in Gott vereinigen.

Aber wenn du nicht einen Gott findest, der herrscht, dann gibt es keine Hoffnung für ein Verbundensein, denn die gleichen Baustoffe haben einen bestimmten Sinn im Zusammenhang des anderen und einen hiervon verschiedenen Sinn in dem deinigen, ebenso wie die gleichen Steine, je nach dem Plane des Baumeisters, einen anderen Tempel bilden; und wie könntest du dich ausdrücken, wenn Sieg für dich des anderen Niederlage und deine Niederlage für ihn Sieg bedeutet?

Und ich verstand, da ich wußte, daß es auf nichts Mitteilbares ankommt, sondern nur auf die Bürgschaft, die dahintersteht und auf die das Mitgeteilte sich beruft oder deren Gewicht es in sich trägt; da ich wußte, daß das Alltägliche keine Regelung der Seele oder des Herzens hervorruft und daß ein Gesicht verletzt ist, wenn ein Wort wie »Leihe mir deinen Kochkessel« den Menschen erregt: so wenn beispielsweise der Kochkessel zu deinem inneren Reiche gehört und den Tee mit ihr nach dem Liebesspiel bedeutet, oder wenn er zu deiner äußeren Welt gehört und Reichtum und Prunk bedeutet . . . Ich verstand also, warum unsere Flüchtlinge aus der Berberei, die auf die Baustoffe beschränkt waren, ohne den göttlichen Knoten, welcher die Dinge verknüpft, und die es nicht vermochten, mit diesen Stoffen, auch wenn sie im Überfluß über sie verfügten, die unsichtbare Basilika zu bauen, von der sie nur die sichtbaren Steine gewesen wären – ich verstand, weshalb sie auf die Stufe des Tieres herabsanken, denn dieses unterscheidet sich dadurch allein, daß es nicht an der Basilika teilhat und seine dürftigen Freuden auf den dürftigen Genuß der Baustoffe beschränkt.

Und ich verstand, weshalb sie der Dichter so sehr ergriff, den mein Vater ihnen gesandt hatte, als er ganz einfach die Dinge besang, die ineinander einen Widerhall wecken.

Und die drei weißen Kieselsteine des Kindes machen einen viel größeren Reichtum aus als noch so viele Baustoffe im wirren Durcheinander.

103

Meine Gefängniswärter wissen mehr von den Menschen als meine Mathematiker. Laß sie nur handeln und urteile dann! Das gilt auch für die Regierung meines Reiches. Wohl kann ich zwischen Generälen und Gefängniswärtern schwanken. Aber nicht zwischen diesen und den Mathematikern.

Denn es geht nicht um eine Erkenntnis der Maßnahmen, auch darf man nicht die Kunst der Maßnahmen mit Weisheit verwechseln, »Erkenntnis der Wahrheit«, wie sie sagen. Ja. Und gewiß kannst du dich linkischerweise dieser unwirksamen Sprache bedienen, um zu regieren. Und so wirst du mühsam abstrakte und verzwickte Maßnahmen treffen, die du auf einfache Weise hättest treffen können, wenn du dich auf das Tanzen oder die Beaufsichtigung der Gefängnisse verstündest. Denn die Gefangenen sind Kinder. Desgleichen die Menschen.

104

Sie bedrängten meinen Vater: Es ist unsere Sache, die Menschen zu regieren. Wir kennen die Wahrheit.

So sprachen die Kommentatoren der Mathematiker des Reiches. Und mein Vater antwortete ihnen:

– Ihr kennt die Wahrheit der Mathematiker . . .

– Und ist das etwa nicht die Wahrheit?

– Nein, erwiderte mein Vater.

– Sie kennen die Wahrheit ihrer Dreiecke, sprach er zu mir. Andere kennen die Wahrheit des Brotes. Wenn du es schlecht knetest, geht es nicht auf. Wenn dein Backofen zu heiß ist, verbrennt es. Wenn er zu kalt ist, bleibt der Teig kleben. Obwohl ein knuspriges Brot aus ihren Händen hervorgeht, das die Zähne fröhlich macht, kommen doch die, die das Brot kneten, nicht zu mir, um sich um die Regierung des Reiches zu bewerben.

– Vielleicht hast du recht bei den Kommentatoren der Mathematiker. Aber es gibt Geschichtsforscher und Kritiker. Die haben die Taten der Menschen erläutert. Sie kennen den Menschen.

– Ich übertrage die Regierung des Reiches, sagte mein Vater, dem Manne, der an den Teufel glaubt. Denn seit der Zeit, da man diesen vervollkommnet, entwirrt er ganz gut das dunkle Treiben der Menschen. Aber freilich taugt der Teufel nicht dazu, die Beziehungen zwischen den Linien zu erklären. Deshalb erwarte ich auch von den Mathematikern nicht, daß sie mir den Teufel zeigen. Und nichts an ihren Dreiecken kann ihnen helfen, die Menschen zu lenken.

– Du redest dunkel, sagte ich ihm. Du glaubst also an den Teufel?

– Nein, sagte mein Vater.

Doch er fügte hinzu:

– Was heißt denn glauben? Wenn ich sage, daß der Sommer die Gerste reifen läßt, sage ich nichts, was fruchtbar wäre und Kritik hervorrufen könnte, denn ich habe ja von vornherein die Jahreszeit, in der die Gerste reift, Sommer genannt. Und so ist es auch mit den anderen Jahreszeiten. Aber wenn ich daraus Beziehungen zwischen den Jahreszeiten herleite, wie etwa, wenn ich erkenne, daß die Gerste vor dem Hafer reift, glaube ich an diese Beziehungen, da sie existieren.

Die Dinge, die ich miteinander verknüpfe, kümmern mich wenig. Ich habe mich ihrer wie eines Netzes bedient, um eine Beute zu fangen.

Und mein Vater fügte hinzu:

– Es verhält sich hiermit wie mit der Statue. Bildest du dir ein, es gehe dem Bildhauer um die Darstellung eines Mundes, einer Nase oder eines Kinns? Gewiß nicht. Es ist ihm nur darum zu tun, daß die Dinge ineinander einen Widerhall wekken. Und dieser Widerhall wird beispielsweise den menschlichen Schmerz bedeuten. Und es ist im übrigen möglich, ihn dich verstehen zu lassen, denn du hältst nicht mit den Dingen Verbindung, sondern mit den Knoten, die sie verknüpfen.

– Nur der Wilde glaubt, fügte mein Vater hinzu, daß der Klang in der Trommel steckt. Und er betet die Trommel an. Ein anderer glaubt, daß der Klang in den Trommelstöcken steckt. Und er betet die Trommelstöcke an. Ein dritter glaubt, daß der Klang in der Kraft seiner Arme steckt, und so siehst du ihn mit erhobenem Arm einherstolzieren. Du aber erkennst, daß der Klang weder in der Trommel noch in den Trommelstöcken, noch im Arme seinen Sitz hat, und nennst Wahrheit das Trommeln des Trommlers.

Ich will daher nicht an der Spitze meines Reiches die Kommentatoren der Mathematiker sehen, die das, was zum Bauen diente, wie einen Götzen verehren und, weil sie ein Tempel ergreift, seine Macht in den Steinen anbeten. Sie würden kommen und die Menschen mit ihren Wahrheiten, die für die Dreiecke gut sind, regieren wollen.

Indes überkam mich Trauer.

– Es gibt also keine Wahrheit? fragte ich meinen Vater.

– Wenn es dir gelingt, mir darzulegen, erklärte er mir lächelnd, welchem Wunsch der Erkenntnis eine Antwort versagt wird, werde auch ich über die Gebrechlichkeit weinen, die uns behindert. Aber ich gewahre den Gegenstand nicht, den du zu erfassen gedachtest. Einer, der einen Liebesbrief schreibt, hält sich für glückselig, ohne daß es ihm auf die Tinte oder das Papier ankäme. Er sucht die Liebe weder im Papier noch in der Tinte.

Es dünkte mich also, daß die Menschen, die den Täuschungen ihrer Sprache unterlagen und beobachtet hatten, daß es Erfolg verspricht, den Gegenstand zu zerlegen, um Erkenntnis daraus zu gewinnen, damit ihr Erbteil zugrunde richteten, als sie die durchschlagende Wirkung dieser Methode festgestellt hatten. Denn etwas, was für die Materie – und gewiß nicht unbedingt – wahr ist, wird falsch für den Geist. Du, Mensch, bist in der Tat so beschaffen, daß dir die Dinge leer und tot erscheinen, wenn sie nicht einem geistigen Reich angehören, und daß du, selbst wenn du plump und gefühllos bist, dieses Ding hier nur des Sinnes wegen, den es für dich besitzt, schöner als ein anderes haben möchtest, ebenso wie du das Gold begehrst, weil du es von unsichtbaren Schätzen geschwellt glaubst, und wie deine Frau sich nicht deshalb jenen Schmuck wünscht, um sich damit das Haar zu beschweren, sondern weil er Übereinkunft einer Sprache und Rang und geheime Botschaft und Zeichen der Herrschaft ist.

So wurde ich den einzigen Brunnen gewahr, der Geist und Herz zu tränken vermag. Die einzige Nahrung, die dir gemäß ist. Das einzige Erbteil, das es zu bewahren gilt. Und das du dort wieder aufbauen mußtest, wo du es vergeudet hattest. Denn da hockst du nun zwischen den Trümmern verstreuter Dinge, und wenn auch das Tier befriedigt ist, bedroht den Menschen in dir eine Hungersnot, und er weiß nicht, weshalb ihn hungert, ebenso wie dein Nahrungsbedürfnis auf deiner Nahrung beruht und du, wenn ein Teil von dir verkümmert oder im Dämmern bleibt, weil es an Übung oder Nahrung fehlt, weder nach dieser Übung noch nach dieser Nahrung verlangst.

Wenn daher keiner von seinem Berg zu dir herabsteigt und dich erleuchtet, wirst du nicht gewahr werden, welchen Weg du einschlagen mußt, um dich zu retten. Desgleichen wirst du auch nicht glauben, so verständig man dir auch begründen mag, welcher Mensch aus dir geboren werden oder aus dem Schlafe erwachen wird, da er ja noch nicht in dir lebt. Deswegen ist mein Zwang Macht des Baumes und führt zur Befreiung vom Felsgestein.

Von Stufe zu Stufe kann ich dich an immer größeren Schätzen teilhaben lassen. Denn gewiß ist einer schon schön durch die Liebe zum Hause und zum Landgut und zum Reich und zum Tempel und zur Basilika, zu der das Jahr wurde, als man die Festtage verwandelte, aber wenn du mir erlaubst, dich zu führen, damit ich dir helfen kann, den höchsten Berg zu ersteigen, habe ich Schätze für dich, die so schwer zu erwerben sind, daß viele bei ihrem Aufstieg darauf verzichten werden, denn um das neue Bild zu formen, raube ich ihnen die Steine anderer Tempel, an denen ihnen gelegen ist.

Aber wenn es mir bei einigen gelingt, ergreife ich sie so sehr, daß ihnen die Seele brennt. Denn es gibt so heiße Gefüge, daß sie wie Feuer für die Seele sind. Jene nenne ich von Liebe entflammt.

– Komm also zu mir und lasse dich bauen. Du wirst strahlend daraus hervorgehen.

Aber Gott geht verloren. Denn ich sagte es dir vom Gedicht. Es mag noch so schön sein, es kann dich doch nicht für immer nähren . . . Auch meine Schildwache, die auf und ab geht, kann nicht Tag und Nacht von Inbrunst für das Reich erfüllt sein. Häufig löst sich in der Seele der göttliche Knoten auf, der die Dinge verknüpft. Schau dir den Bildhauer an. Er ist traurig heute. Er schüttelt den Kopf vor seinem Marmor. Wozu diese Nase, dieses Kinn, dieses Ohr? sagt er sich; denn er sieht die Beute nicht mehr. Und der Zweifel ist die Buße, die Gott dir auferlegt, denn Gott fehlt dir dann und macht dich leiden.

106

Du aber hältst nur Verbindung durch ein Zeremoniell. Denn wenn du zerstreut jene Musik hörst und jenen Tempel betrachtest, wird nichts in dir aufkeimen, und du wirst nicht gespeist werden. Deshalb habe ich kein anderes Mittel, dir das Leben zu erklären, zu dem ich dich auffordere, als dich mit Gewalt dazu zu zwingen und dadurch zu nähren. Wie sollte ich diese Musik erklären, da es nicht genügt, wenn du sie hörst, sofern du nicht darauf vorbereitet bist, dich von ihr erfüllen zu lassen? Sofern das Bild des Landguts in dir im Sterben liegt, um nur seinen Schutt zurückzulassen? Es genügt das Wort »Ironie«, die nur dem Taugenichts eignet, ein schlechter Schlaf, ein Geräusch, das dich stört, und schon bist du fern von Gott. Schon bist du abgewiesen. Schon sitzt du auf deiner Schwelle, mit der verschlossenen Tür hinter dir und völlig von der Welt getrennt, die nur eine Summe leerer Dinge ist. Denn du stehst nicht mit den Dingen in Verbindung, sondern mit den Knoten, die sie verknüpfen.

Wie sollte ich dich an ihnen teilhaben lassen, da du dich so leicht von ihnen löst?

Deshalb kommt meinem Zeremoniell solche Bedeutung zu, denn es geht darum, dich davor zu bewahren, daß du alles zerstörst, wenn du aus deinem Hause ausgesperrt bist.

Deshalb verdamme ich vor allem den, der die Bücher durcheinanderbringt.

Und ich forme dich und erhalte dich, so wie ich dich formte: nicht, damit du ständig gespeist wirst – denn dafür wäre dein Herz zu schwach –, sondern damit du zu einer schön gebahnten Straße, einer schön geöffneten Tür, einem schön gebauten Tempel wirst und zu empfangen vermagst. Ich will dich zu einem Musikinstrument machen, das den Musiker erwartet.

Deshalb sagte ich dir, das Gedicht, das ich dir vorbehielt, sei dein eigener Aufstieg.

Und nur die haben teil an der wahrhaften Erkenntnis, die den verlorenen Weg nochmals gehen und die Wesenheiten wiederfinden, die sie als Schutt verstreut haben.

Ich will dir dein Vaterland zeigen, das das einzige ist, in dem sich dein Geist zu regen vermöchte.

Und deshalb sage ich dir abermals, daß dich mein Zwang befreit und dir die einzige Freiheit bringt, die zählt. Denn du nennst Freiheit jenes Vermögen, das dir eigen ist, deinen Tempel zu zerstören, die Worte des Gedichts zu vermengen, die Tage gleichzumachen, aus denen meine Bräuche eine Basilika gebaut hatten: die Freiheit, eine Wüste zu schaffen. Und wo wirst du dich dann befinden?

Ich aber nenne Freiheit deine Befreiung.

Deshalb sagte ich dir bereits: Willst du die Freiheit des Sklaven oder des Menschen, Achtung vor dem Geschwür oder dem gesunden Fleische? Gerechtigkeit für den Menschen oder den Untermenschen? Wenn ich gerecht bin, so bin ich es gegen dich, durch dich hindurch, für dich. Und freilich bin ich ungerecht gegen den Untermenschen oder den Taugenichts oder die Raupe, die sich nicht verpuppt hat, denn ich zwinge sie alle, sich selbst zu verleugnen und zu werden.

107

Denn ich zwinge dich, indem ich dich unterweise. Aber der Zwang ist so beschaffen, daß er unsichtbar wird, sobald er Unbedingtheit erlangt hat . . . So wenn ich dich zu einem Umweg zwinge, damit du die Tür suchst, die durch die Mauer hindurchführt, und du mir diese weder vorwirfst noch über sie klagst.

Denn die Spielregeln des Kindes sind Zwang. Doch es wünscht sie sich herbei. Denn du siehst meine Würdenträger, wie sie sich eifrig um die Bürden und Pflichten der Würdenträger, die Zwang sind, bemühen. Und du siehst, wie die Frauen bei der Auswahl ihres Schmucks der Mode gehorchen, die jedes Jahr wechselt, und auch hier handelt es sich um eine Sprache, die Zwang ist. Denn keiner wünscht sich eine Freiheit, durch die man ihn nicht mehr versteht.

Wenn ich eine bestimmte Anordnung meiner Steine Haus nenne, hast du nicht die Freiheit, das Wort zu ändern, falls du nicht allein sein willst, da du dich dann nicht mehr verständlich machst.

Wenn ich einen bestimmten Tag des Jahres einen Fest- und Freudentag nenne, bist du nicht frei, dich nicht darum zu kümmern, falls du nicht allein sein willst, da du dann nicht mehr mit dem Volk, aus dem du stammst, Verbindung hältst. Wenn ich aus einer bestimmten Anordnung meiner Ziegen, meiner Hammel, meiner Häuser, meiner Berge ein Landgut bilde, bist du nicht frei, dich ihm zu entziehen, falls du nicht allein sein willst, da du dann nicht mehr an der Verschönerung des Landguts mitarbeitest.

Wenn deine Freiheit deine Gletscher im Pfuhl verschmolzen hat, läßt sie dich vor allem allein; denn du bist dann nicht mehr Element des Gletschers, der unter seinem Schneemantel der Sonne entgegenstrebt, sondern den anderen gleich und mit ihnen auf derselben Stufe, falls ihr euch nicht wegen eurer Unterschiede mit Haß begegnet; und sobald ihr den Ruhestand erreicht habt, der sich rasch bei durcheinandergemengten Kügelchen einstellt, und da ihr nicht mehr einem Etwas unterworfen seid, das euch beherrscht, selbst nicht der Unbedingtheit der Sprache, so ist euch fortan eine Verbindung untereinander verwehrt; und da ihr euch jeder eine besondere Sprache erfunden, da ihr jeder einen eigenen Festtag erwählt habt, seid ihr nunmehr voneinander abgeschnitten und einsamer als die Sterne in ihrem unüberbrückbaren Alleinsein. Denn was könntet ihr von eurer Brüderlichkeit erwarten, wenn sie nicht Brüderlichkeit im Baum ist, dessen Elemente ihr seid, der euch beherrscht und auch von außen erfaßt. Denn den Zwang des Felsgesteins nenne ich Zeder; sie aber ist nicht die Frucht des Felsgesteins, sondern des Samenkorns.

Wie könntet ihr je zur Zeder werden, wenn sich ein jeder den Baum auswählt, den er bilden möchte, oder wenn er nicht bestrebt ist, einem Baume zu dienen, oder sich sogar dem Aufstieg eines Baumes widersetzt, den er Tyrannei nennt, und die Zeder begehrt; es ist schon nötig, daß man euch scheidet und daß ihr dem Baum dient, statt daß ihr bestrebt seid, ihn euch dienstbar zu machen.

Deswegen habe ich meine Samenkörner ausgestreut und unterwerfe euch ihrer Macht. Und ich kenne nur eines als ungerecht: wenn Gerechtigkeit zur Gleichmacherei wird. Denn ich schaffe Kraftlinien und Spannungen und Figuren. Ihr aber habt es mir zu verdanken, der ich euch in Zweige verwandelt habe, daß ihr euch von der Sonne nähren könnt.

108

Von meinem Besuch bei der schlafenden Schildwache.

Es ist gut, wenn sie mit dem Tode bestraft wird. Denn ihre Wachsamkeit behütet so viel Schlummer mit langsamem Atem, wenn dich das Leben nährt und durch dich hindurch fortdauert wie in der flachen Höhlung einer unbekannten Bucht das Wogen des Meeres. Sie behütet die geschlossenen Tempel mit den priesterlichen Schätzen, die langsam wie Honig geerntet werden, und so viel Schweiß und Meißel- und Hammerschläge und angefahrene Steine und Augen, die sich beim Spiel der Nadeln in den Goldstoffen abnutzen, um diese mit Blumen zu zieren, und feine Arbeiten, die fromme Hände erfunden haben. Und die Speicher mit den Vorräten, damit der Winter gut zu ertragen sei. Und heilige Bücher in den Speichern der Weisheit, auf denen die Bürgschaft des Menschen beruht. Und Kranke, deren Tod ich erleichtere, indem ich sie nach dem Brauche und im Kreise der Ihren friedlich sterben lasse, fast ohne daß sie's gewahr werden, da sie ja nur das Erbe weiterreichen. Schildwache, Schildwache, du bist Sinn der Schutzwälle, die die Hülle des gebrechlichen Leibes der Stadt sind und verhindern, daß sie verblutet, denn wenn sie durch eine Bresche zerrissen werden, wird dem Körper all sein Blut entströmen. Du gehst auf und ab und bist vor allem den Geräuschen der Wüste geöffnet, die ihre Waffen rüstet und unermüdlich zu dir zurückblickt, um wie der Wogenschlag gegen dich anzubranden, dich zu kneten und zu härten und zugleich zu bedrohen. Denn die Dinge, die dich zerstören, lassen sich nicht von denen unterscheiden, die dich begründen, und es ist der gleiche Wind, der die Dünen meißelt und sie verweht, die gleiche Flut, die die Steilküste meißelt und sie einreißt, der gleiche Zwang, der dir die Seele meißelt oder sie verroht, die gleiche Arbeit, die dich leben läßt und daran hindert, die gleiche erfüllte Liebe, die dich erfüllt und leer macht. Und dein Feind ist deine eigene Form, denn er zwingt dich, dich im Innern deiner Wälle aufzubauen, ebenso wie man vom Meere sagen könnte, es sei Feind des Schiffes, da es ja bereit sei, das Schiff zu verschlingen, von dem man sagen kann, es sei Wand und Grenze und Form eben dieses Schiffes, da im Laufe der Generationen die Teilung der Fluten durch den Vordersteven allmählich den Kiel ausgeformt hat, der immer wohlgestalter wurde, um in ihnen dahinzugleiten, und der so von ihnen gemacht und verschönt worden ist. So kann man auch sagen, daß der Wind, der die Segel zerreißt, ihnen, wie auch dem Flügel, ihre Gestalt verliehen hat und daß du ohne Feinde weder Form noch Maß besitzt.

Was aber wären die Wälle, wenn es keine Schildwache gäbe?

Deshalb bewirkt ein schlafender Wachposten, daß die Stadt entblößt ist. Und deshalb greifen sie ihn, um ihn in seinem eigenen Schlafe zu ertränken. Hier schlief er nun, den Kopf auf den flachen Stein gestützt und mit halboffenem Munde. Und sein Gesicht war das Gesicht eines Kindes. Er drückte noch sein Gewehr an sich, wie ein Spielzeug, das du in den Traum mitnimmst. Und als ich ihn betrachtete, tat er mir leid. Denn mich dauert in den warmen Nächten die Schwäche der Menschen.

Schwäche der Schildwachen, es ist der Barbar, der euch einschläfert. Die Wüste hat euch schon erobert, und so laßt ihr, wenn alles schweigt, die Türen sich langsam in ihren geölten Angeln drehen, damit die Stadt befruchtet werde, wenn sie verbraucht ist und des Barbaren bedarf.

Schlafende Schildwache. Vorhut der Feinde. Du bist schon erobert, denn dein Schlaf will besagen, daß du nicht mehr der beständigen Stadt angehörst, sondern die Wandlung erwartest und dich dem Samen öffnest.

Es trat mir also nur durch deinen Schlaf das Bild der zerstörten Stadt vor Augen, denn alles knüpft sich in dir und löst sich in dir auf. Wie bist du schön, wenn du wachst. Ohr und Auge der Stadt! Und so edel, weil du verstehst und durch deine bloße Liebe die Klugheit der Logiker beherrschst, denn sie verstehen die Stadt nicht, sondern zerspalten sie. Für sie gibt es hier ein Gefängnis, dort ein Hospital, dort ein Haus ihrer Freunde, und selbst dieses zerlegen sie in ihrem Herzen, sehen darin dieses Zimmer oder jenes oder ein drittes. Und sie sehen nicht nur die Zimmer, sondern in einem jeden diesen Gegenstand hier, jenen Gegenstand dort und noch einen dritten. Sodann zerstören sie sogar den Gegenstand. Und was werden sie mit diesen Baustoffen anfangen, wenn sie nichts bauen wollen?

Aber du, Schildwache, du wachst, du hältst Verbindung mit der Stadt, der den Sternen preisgegebenen. Nicht mit diesem Hause oder jenem anderen oder dem Hospital oder dem Palaste. Sondern mit der Stadt. Nicht mit dieser Klage des Sterbenden oder jenem Schrei einer Gebärenden, nicht mit diesem Liebesseufzer oder jenem Ruf des Neugeborenen, sondern mit den verschiedenen Atemzügen eines einzigen Leibes. Sondern mit der Stadt. Nicht mit der Nachtwache des einen oder dem Schlummer des anderen, nicht mit den Gedichten eines Dritten oder den Forschungen eines Vierten, sondern mit jener Mischung von Inbrunst und Schlaf, dem Feuer der Milchstraße, das unter der Asche glimmt. Sondern mit der Stadt. Schildwache, Schildwache, du heftest dein Ohr an die Brust einer Geliebten, du hörst dieses Schweigen, diese vielfältige Ruhe, diese verschiedenen Atemzüge, die man nicht zerlegen darf, wenn man verstehen will, denn es ist das Schlagen eines Herzens. Ja, das Schlagen eines Herzens. Und nichts anderes.

Schildwache, wenn du wachst, bist du meinesgleichen. Denn die Stadt beruht auf dir, und das Reich beruht auf der Stadt. Freilich ist es mir recht, daß du niederkniest, wenn ich vorübergehe, denn so ist der Lauf der Dinge, und der Saft steigt aus den Wurzeln in das Blattwerk. Es ist gut, wenn diese Huldigung zu mir aufsteigt wie die Liebe des Gatten zur Gattin, wie die Milch der Mutter zum Kind, wie die Ehrfurcht der Jugend zum Alter, denn so kreist das Blut im Reiche, aber meinst du vielleicht, daß einer etwas empfange? Denn auch ich diene dir.

Wenn ich dich also von der Seite betrachte, der du dich auf deine Waffe stützt, o du mein Bruder in Gott – denn wer kann die Steine der Grundfläche vom Schlußstein des Gewölbes unterscheiden, und wer könnte auf den anderen neidisch sein? –, wenn ich dich also anschaue, pocht mir das Herz vor Liebe, ohne daß mich etwas davon abhalten könnte, dich durch meine Krieger greifen zu lassen.

So schlummerst du nun. Schlafende Schildwache. Tote Schildwache. Und ich betrachte dich mit Schrecken. Denn in dir schläft und stirbt das Reich. Durch dich hindurch sehe ich seine Krankheit, denn es ist ein schlechtes Zeichen, daß es mir Schildwachen übergibt, damit sie schlafen.

Freilich, sagte ich mir, wird der Henker sein Werk vollbringen und diesen da in seinem eigenen Schlaf ertränken ... Doch in meinem Mitleid stieg mir ein neuer und unerwarteter Zweifel auf. Denn allein die starken Reiche köpfen die schlafenden Schildwachen, aber jene Reiche haben kein Recht mehr, zu köpfen, die Schildwachen abordnen, damit sie schlafen. Denn es gilt, die Strenge gut zu verstehen. Man erweckt die Reiche nicht dadurch aus dem Schlaf, daß man die schlafenden Schildwachen köpft, sondern die schlafenden Schildwachen werden geköpft, wenn die Reiche aus ihrem Schlaf erwacht sind. Und auch hier verwechselst du Wirkung und Ursache. Und weil du siehst, daß die starken Reiche die Köpfe abschlagen, willst du dadurch an Kraft gewinnen, daß du sie abschlägst, und bist doch nur ein blutrünstiger Possenreißer.

Begründe die Liebe: so begründest du die Wachsamkeit der Schildwachen und verdammst dadurch die Schläfer, denn sie sind schon durch sich selber vom Reiche abgetrennt.

Und du hast nichts, das dich beherrschte, außer der Disziplin, die von deinem Korporal herrührt, da er dich überwacht. Und wenn die Korporale an sich zweifeln, so haben sie nur die Disziplin vermöge ihrer Sergeanten, die sie überwachen. Und die Sergeanten haben sie von ihren Hauptleuten, die sie überwachen. Und so fort bis zu mir, der ich nur noch Gott habe, um mich lenken zu lassen, und ohne Halt in der Wüste bleibe, wenn ich zweifle.

Ich aber will dir ein Geheimnis sagen: Es ist das Geheimnis der Fortdauer. Denn das Leben ist unterbrochen, wenn du schläfst. Es ist aber auch unterbrochen, wenn dich jene Umnachtung des Herzens befällt, die das Geheimnis deiner Schwäche ist. Denn rings um dich her hat sich nichts gewandelt, und alles wandelte sich in dir. Und so stehst du nun vor der Stadt, du Schildwache, aber nicht an die Brust deiner Geliebten geschmiegt, um auf das Pochen ihres Herzens, das du nicht von ihrem Schweigen unterscheidest, oder auf ihren Atem zu lauschen, denn alles ist nichts als Zeichen deiner Geliebten, die nur eine ist; sondern jetzt bist du im Durcheinander der Dinge verloren, die du nicht mehr in eins zusammenfügen kannst, den nächtlichen Weisen preisgegeben, die einander widerstreben: jenem Liede des Betrunkenen, das das Jammern des Kranken verneint, jener Klage um einen Toten, die den Schrei des Neugeborenen verneint, jenem Tempel, der das Gewühl des Marktes verneint. Und du sagst dir: Was habe ich mit all dieser Unordnung und diesem unzusammenhängenden Schauspiel zu schaffen? Denn wenn du nicht mehr weißt, daß hier ein Baum wächst, dann haben Wurzeln, Stamm, Zweige und Blattwerk kein gemeinsames Maß mehr. Und wie könntest du treu sein, wenn niemand mehr da ist, um zu empfangen? Ich weiß von dir, daß du nicht schlafen würdest, wenn du bei einem Kranken, den du liebst, Nachtwache hieltest. Aber der, den du hättest lieben können, ist vergangen, und es ist nur ein Durcheinander von Baustoffen zurückgeblieben.

Denn der göttliche Knoten, der die Dinge verknüpft, hat sich aufgelöst.

Aber ich wünsche, daß du dir selber treu bleibst, da ich weiß, daß du zurückkehren wirst. Ich verlange nicht von dir, daß du begreifst, auch nicht, daß du jeden Augenblick mitempfindest, denn ich weiß nur zu gut, daß du noch in der trunkensten Liebe so viele innere Wüsten durchqueren mußt. Und selbst vor der Geliebten fragst du dich: »Ihre Stirn ist eine Stirn. Wie kann ich sie nur lieben? Ihre Stimme ist diese Stimme. Jetzt hat sie eine Dummheit gesagt. Jetzt hat sie einen Fehler begangen ...« Sie ist eine Summe, die in ihre Bestandteile zerfällt und dich nicht mehr zu nähren vermag, und bald wirst du sie zu hassen glauben. Wie aber könntest du sie hassen? Du bist ja nicht einmal fähig, sie zu lieben.

Doch du schweigst, denn es ist dir ganz dunkel bewußt, daß es sich hier um einen Schlafzustand handelt. Was im Augenblick für die Frau Geltung hat, gilt auch vom Gedicht, das du liest, oder vom Landgut oder vom Reiche. Die Fähigkeit fehlt dir, dich nähren zu lassen, und ebenso – und das ist gleichfalls Liebe und Erkenntnis – die göttlichen Knoten wahrzunehmen, die die Dinge verknüpfen. All das, was du liebst, meine schlafende Schildwache, wirst du zusammen wiederfinden, wie einen Tribut, der dir zusteht: nicht die eine oder die andere Liebe, sondern alle, und es gebührt sich, daß du vor diesem verlassenen Hause Ehrfurcht empfindest, wenn dich die Langeweile überkommt, die dich treulos macht.

Wenn meine Wachen die Ronde machen, verlange ich nicht, daß sie alle von Inbrunst erfüllt sein sollen. Viele langweilen sich und träumen von ihrer Suppe, denn wenn alle Götter in dir schlafen, bleibt doch das animalische Verlangen nach der Befriedigung deines Bauches zurück, und wer sich langweilt, denkt ans Essen. Ich verlange nicht, daß ihrer aller Seelen wach seien. Denn ich nenne das in dir Seele, was am Ganzen teilhat – an den göttlichen Knoten, die die Dinge verknüpfen und der Mauern spotten. Ich wünsche nur, daß von Zeit zu Zeit dem einen von ihnen die Seele brenne. Daß einem von ihnen das Herz poche. Daß einer von ihnen die Liebe erfahre und auf einmal spüre, wie ihn das Gewicht und der Lärm der Stadt mit einem Inhalt erfüllen. Daß seine Seele sich weit fühle und die Sterne einatme und den Horizont umschließe wie jene Muscheln, die der Gesang des Meeres erfüllt.

Es genügt mir, wenn du den Besuch und jene Fülle des Menschseins erfahren hast und wenn du wohlvorbereitet bleibst, um zu empfangen, denn es geht damit wie mit Schlaf oder Hunger oder Liebesverlangen, die dich in Abständen überkommen, und dein Zweifel ist nichts als Reinheit, und ich möchte dich über ihn trösten.

Wenn du Bildhauer bist, wird dir der Sinn des Gesichtes zurückkehren. Wenn du Priester bist, wird dir der Sinn Gottes zurückkehren. Wenn du Liebender bist, wird dir der Sinn der Liebe zurückkehren. Wenn du Schildwache bist, der Sinn des Reiches; wenn du dir selber treu bleibst und dein Haus rein hältst, obwohl es verlassen zu sein scheint, wird dir all das zurückkehren, was allein dein Herz zu ernähren vermag. Denn du kennst nicht die Stunde des Besuches, aber du mußt wissen, daß er allein in der Welt die Macht hat, dich mit Glück zu erfüllen.

Deshalb forme ich dich in den trüben Stunden der Lehrzeit, damit dich das Gedicht wie durch ein Wunder entflamme, und forme dich durch die Riten und Bräuche des Reiches, damit dir das Reich das Herz bewege. Denn es gibt kein Geschenk ohne Vorbereitung. Und der Besuch trifft nicht ein, wenn es kein gebautes Haus gibt, ihn zu empfangen.

Schildwache, Schildwache, wenn du an den Wällen entlanggehst, vom Zweifel geplagt, der von den warmen Nächten herrührt; wenn du die Geräusche der Stadt hörst, während die Stadt nicht zu dir spricht; wenn du die Häuser der Menschen bewachst, während sie nur ein trüber Haufen sind; wenn du die Wüste ringsum atmest, während sie leer ist; wenn du dich zu lieben mühst, ohne zu lieben, zu glauben, ohne zu glauben, und treu sein willst, wenn es niemanden mehr gibt, dem du die Treue halten könntest – dann bereitet sich in dir die Erleuchtung der Schildwache vor, die dich zuweilen als Lohn und Geschenk der Liebe überkommen wird.

Es ist nicht schwer, dir selber treu zu bleiben, wenn sich etwas zeigt, dem du treu sein kannst, aber ich will, daß deine Erinnerung aus jedem Augenblick einen Ruf bildet und daß du sagst: »Möge mein Haus besucht werden. Ich habe es gebaut und halte es rein . . .« Und mein Zwang ist da, um dir zu helfen. Und ich zwinge meine Priester zum Opfer, selbst wenn ihre Opfer keinen Sinn mehr haben. Ich zwinge meine Bildhauer zum Bildhauern, selbst wenn sie an sich selber zweifeln. Ich zwinge meine Schildwachen, ihre hundert Schritte zu gehen, indem ich sie mit dem Tode bedrohe, sonst töten sie sich selbst und sind schon durch sich selber vom Reiche abgeschnitten.

Ich rette sie durch meine Strenge.

So ist es auch mit einem, der sich in der Kasteiung des Wachdienstes vorbereitet. Denn ich entsende ihn als Späher, der die feindlichen Linien durchbrechen soll, und er weiß genau, daß er dabei sterben wird. Denn die Feinde sind auf der Hut. Und er fürchtet die Folter, mit der man ihn zermalmen wird, um aus ihm, mit Schreien vermischt, die Geheimnisse der Zitadelle herauszupressen. Und gewiß gibt es Menschen, die im gleichen Augenblick durch die Liebe verknüpft sind und die sich in heißer Freude wappnen, denn die einzige Freude besteht im Vermählen, und hier vermählen sie sich. Denn glaube nicht, wenn du am Hochzeitsabend von deiner Liebsten Besitz ergreifst, es gehe für dich nur um die Eroberung eines Leibes, wie du ihn im Freudenviertel hättest erlangen können, wo es Mädchen von gleichem Aussehen gibt, und nicht um den Wandel eines jeden Dinges, seiner Bedeutung und seiner Farbe. Und um deine Heimkehr am Abend und dein Erwachen, durch das du dein Erbe zurückerhältst, und um die Hoffnung der Kinder und die Unterweisung, die sie für dich und durch dich im Gebete empfangen. Und sogar um den Kochkessel, der den Tee bei ihr vor dem Liebesspiel bedeutet. Denn kaum hat sie dein Haus betreten, als schon deine Teppiche aus langhaariger Wolle zu einer Wiese werden für ihre Schritte. Und von alledem, was du empfängst, was der Welt einen neuen Sinn verleiht, gebrauchst du so wenig. Nicht der Gegenstand, der dir zuteil wird, nicht die Liebkosung des Körpers oder die Ausnutzung dieses oder jenes Vorteils macht dich glücklich, sondern allein der göttliche Knoten, der die Dinge verknüpft.

Und diesen nun, der sich für den Tod wappnet und der dir im Augenblick nichts zu empfangen scheint, da ihm selbst jene Liebkosung nicht verheißen ist, die doch nur so wenig bedeutet, sondern ganz im Gegenteil der Durst in der Sonne, der Sandwind, der in den Zähnen knirscht, und später die Männer um ihn herum, die zur Kelter von Geheimnissen wurden – diesen, der sich für den Tod wappnet, um mit seiner Todesuniform angetan in den Tod zu gehen, und von dem du meinst, er müsse seine Verzweiflung herausschreien wie einer, den ich wegen irgendeines Verbrechens zum Tode durch den Strang verurteilte und der mit seiner Haut gegen die unerbittlichen Gitterstäbe ankämpft – doch diesen, der sich für den Tod wappnet, siehst du ganz friedlich; er schaut dich mit ruhigen Augen an und erwidert die groben Späße, in denen sich rauhe Herzlichkeit äußert, und das nicht aus Prahlerei oder um seinen Mut zu beweisen oder aus Todesverachtung oder Zynismus oder dergleichen, sondern er ist durchsichtig wie ein ruhiges Wasser und hat dir nichts zu verbergen, und wenn er ein wenig traurig ist, gesteht er dir offen seine Trauer ein und hat dir nichts zu verbergen, außer seiner Liebe. Und ich werde dir später den Grund sagen.

Doch gegen den gleichen Mann, der nicht zittert, wenn er seine Lederriemen schnallt, kenne ich Waffen, die stärker sind als der Tod. Denn er ist an so vielen Stellen verwundbar. Es beherrschen ihn alle die Gottheiten seines Herzens. Und bloße Eifersucht, wenn sie das Reich und den Sinn der Dinge und die Freude an der Heimkehr zu sich selber bedroht – wie gründlich wird sie dieses schöne Bild der Ruhe, der Weisheit und der Entsagung zerstören! Du wirst ihm alles nehmen, denn er wird nicht nur die Frau, die er liebt, sondern sein Haus und die Lese seiner Weinberge und die knirschende Ernte seiner Gerstenfelder an Gott zurückgeben. Und nicht nur die Ernte, die Lese und die Weinberge, sondern auch seine Sonne. Und nicht nur seine Sonne, sondern auch sie, die seinem Hause angehört. Und du siehst, wie er so vielen Schätzen entsagt, ohne den Verlust merken zu lassen. Dabei wäre es schon genug, um ihn außer sich geraten zu lassen und ihn in einen Rasenden zu verwandeln, wenn man ihm ein Lächeln seiner Liebsten raubte. Und hast du hier nicht ein großes Rätsel berührt? Es besteht darin, daß du ihn nicht durch den Besitz der Dinge in der Hand hast, sondern durch den Sinn, den er aus dem göttlichen Knoten gewinnt, welcher die Dinge verknüpft.

Und daß er seine eigene Zerstörung der Zerstörung von all dem vorzieht, worin er sich austauscht und wovon er als Gegengabe seine Nahrung erhält. Es ist ein Kreislauf vom einen zum anderen. Und einer, der die Berufung zum Meere in seinem Herzen trägt, ist bereit, durch einen Schiffbruch zu sterben. Und wenn er auch im Augenblick des Schiffbruchs vielleicht die Verwirrung des Tieres erfährt, über dem sich die Schlinge zusammenzieht, so bleibt doch bestehen, daß dieser Ausbruch der Panik, die er voraussieht, in die er einwilligt und die er verachtet, kein Gewicht für ihn hat, sondern daß ihn im Gegenteil die Gewißheit erfreut, eines Tages durch das Meer zu sterben. Denn wenn ich sie anhöre, wie sie über diesen grausamen Tod klagen, höre ich etwas anderes als Großsprecherei heraus, die die Frauen verführen soll, nämlich den geheimen Wunsch der Liebe und die Scham, ihn einzugestehen.

Denn auch hier gibt es, wie überall, keine Sprache, in der du dich ausdrücken könntest. Wenn es sich um Liebesdinge handelt, kannst du »sie« sagen, um damit deine Gefühle zu übertragen, da du glaubst, es handle sich um die Geliebte, während es in Wahrheit um den Sinn der Dinge geht und sie nur da ist, um dir den göttlichen Knoten zu bezeichnen, der die Dinge verknüpft: mit dem Gott, der den Sinn deines Lebens bedeutet und deiner Meinung nach deine Begeisterung verdient, während diese in Wahrheit den Zweck erfüllt, dich so und nicht anders an der Welt teilhaben zu lassen. Und dich plötzlich mit solcher Weite zu erfüllen, daß dir die Seele widerhallt, gleich den Muscheln des Meeres. Und vielleicht kannst du »Reich« sagen, in der Gewißheit, daß man dich versteht und daß du ein ganz einfaches Wort aussprichst, wenn alle um dich her es verstehen, wie du es empfindest; aber dem ist nicht so, wenn einer zugegen sein sollte, der im Reiche nur eine Summe sieht und dich auslacht; denn es handelt sich dann nicht mehr um das gleiche Reich. Und es würde dir mißfallen, wenn man glaubte, daß du dein Leben für ein Requisitenlager aufs Spiel setztest.

Denn es geht hier um eine Erscheinung, die zu den Dingen hinzutritt und sie beherrscht und die deinem Geiste und deinem Herzen einleuchtet, wenn sie auch deinem Verstande entgeht. Und die dich besser oder härter oder sicherer als irgend etwas Greifbares lenkt (wobei du freilich nicht gewiß sein kannst, daß andere sie zugleich mit dir gewahr werden) und die dich schweigsam macht, da du fürchtest, man werde dich für einen Narren halten und jenes Gesicht, das dir erschien, könne der Ironie ausgesetzt werden, die nur dem Taugenichts eigen ist. Denn die Ironie wird es dir zerstören, da sie zu zeigen sucht, woraus es besteht. Wie könntest du ihr erwidern, es gehe hierbei um etwas ganz anderes, da jenes andere für deinen Geist und nicht für deine Augen vorhanden ist?

Ich habe häufig über diese Erscheinungen nachgedacht, die einzigen, die du erstreben könntest, die aber weit schöner sind, als du sie in der Verzweiflung der warmen Nächte herbeizuwünschen pflegst. Denn dann pflegst du zu wünschen, wenn du an Gott zweifelst, er solle sich dir wie ein Spaziergänger zeigen, der dir einen Besuch abstattet, und wem würdest du dann begegnen? Doch nur einem dir Gleichgestellten, der dich nirgendwohin führt und dich so in deine Einsamkeit einschließt. Denn du wünschst ja nicht die Offenbarung der göttlichen Majestät, sondern ein Schauspiel und Jahrmarktsfest und würdest so nur ein gewöhnliches Jahrmarktsvergnügen und eine Enttäuschung erleben, die all ihre Stacheln gegen Gott richtete. Und wie könntest du durch so viel Gewöhnlichkeit einen Beweis führen? Da du doch wünschst, etwas solle zu dir herabsteigen, dich, so wie du bist, auf deiner Stufe besuchen und sich ohne Grund vor dir demütigen, und so wirst du niemals erhört werden, wie es mir bei meiner Suche nach Gott erging. Hingegen öffnen sich die geistigen Reiche und blenden dich die Erscheinungen, die nicht für den Verstand, sondern für Herz und Geist bestimmt sind, wenn du dich bemühst aufzusteigen und jene Stufe erreichst, wo sich nicht mehr die Dinge befinden, sondern die göttlichen Knoten, die die Dinge verknüpfen.

Und sieh, dort kannst du nicht einmal mehr sterben, denn sterben heißt verlieren. Und etwas hinter dir zurücklassen. Und es geht nicht darum, zurückzulassen, sondern dich damit zu vereinigen. Und so wird dir dein ganzes Leben zurückgeschenkt.

Und du weißt es gut von einer Feuersbrunst her, wo du dem Tode ins Auge schautest, um Leben zu retten.

Und du weißt es von einem Schiffbruch her.

Und du siehst die gleichen sterben und in ihren Tod willigen, die Augen der wahrhaften Erkenntnis zugewandt, die wegen eines Lächelns, das sich anderswohin richtete, vor Wut geschäumt, gestohlen und geraubt und gehöhnt hätten. Sag ihnen, daß sie sich täuschen: sie werden lachen.

Aber du schlafende Schildwache: nicht weil du die Stadt im Stich ließest, sondern weil die Stadt dich im Stich gelassen hat, überkommt mich vor deinem blassen Kindergesicht die Sorge um das Reich, da es nicht mehr imstande ist, meine Schildwachen aus dem Schlafe zu wecken.

Doch ich täusche mich gewiß, da ich das Lied der Stadt in seiner Fülle empfange und das verknüpft sehe, was sich für dich aufgespalten hat. Und ich weiß wohl, daß du warten mußtest, aufrecht wie ein Kerze, um zu deiner Stunde durch dein Licht belohnt zu werden, auf einmal trunken durch die Schritte deiner Ronde wie durch einen wundersamen Tanz unter den Sternen, inmitten der Bedeutung der Welt. Denn dort draußen liegen Schiffe in der finsteren Nacht, die die Fracht ihrer kostbaren Metalle und ihres Elfenbeins ausladen, und du, Schildwache auf den Wällen, trägst dazu bei, sie zu behüten und das Reich, dem du dienst, mit Gold und Silber zu schmücken. Denn irgendwo gibt es Liebende, die schweigen, bevor sie zu sprechen wagen, und sie schauen sich an und möchten reden . . ., denn wenn der eine spricht und der andere die Augen schließt, wird sich das Weltall verändern. Und du behütest dieses Schweigen. Denn es gibt irgendwo jenen letzten Atemzug vor dem Tode. Und sie neigen sich, um das Wort des Herzens und den Segen für alle Ewigkeit zu empfangen, den sie in sich verschließen werden, und da sie es erhalten haben, rettest du das Wort eines Toten.

Schildwache, Schildwache, ich weiß nicht, wo dein Reich sein Ende findet, wenn dir Gott die helle Seele der Schildwachen schenkt, jenen Blick in die Weite, auf den du ein Recht hast. Und es kümmert mich wenig, wenn du zu anderen Zeiten von deiner Suppe träumst und über den lästigen Dienst murrst. Es ist gut, daß du schläfst, und es ist gut, daß du maulst. Schlecht aber ist es, daß du vergißt und so dein Haus einstürzen läßt.

Denn Treusein heißt sich selber die Treue halten.

Und ich will nicht nur dich allein, sondern deine Gefährten retten. Und von dir jene innere Fortdauer erlangen, die einer gut geformten Seele eignet. Denn ich zerstöre nicht mein Haus, wenn ich mich von ihm entferne. Oder verbrenne nicht meine Rosen, wenn ich sie nicht mehr anschaue. Sie bleiben für einen neuen Blick bereit, der sie schon bald zum Blühen bringen wird.

Ich werde also meine Kriegsleute entsenden, damit sie dich greifen. Du wirst zu jenem Tode verurteilt werden, der der Tod der schlafenden Schildwachen ist. Und es ist nun an dir, wieder Herr deiner selbst zu werden, und es bleibt dir die

Hoffnung, dich durch das Beispiel deiner eigenen Marter auszutauschen in die Wachsamkeit der Schildwachen.

109

Denn gewiß ist es traurig, wenn jenes Mädchen, das du zärtlich und unbefangen, vertrauensvoll und schamhaft siehst, durch Zynismus, Selbstsucht oder Gaunerei bedroht wird, die diese so gebrechliche Anmut, diesen so willfährigen Glauben ausbeuten werden; und so kann es geschehen, daß du sie dir gewitzter wünschtest. Aber es darf nicht dahin kommen, daß du die Mädchen deiner Heimat argwöhnisch, gewitzt und karg im Geben haben möchtest; würdest du sie derart heranbilden, so hättest du eben das zerstört, was du behüten wolltest. Freilich birgt jede gute Eigenschaft schon den Keim ihrer Zerstörung in sich: Großmut die Gefahr des Schmarotzertums, das sie mit Ekel erfüllen wird. Schamhaftigkeit die Gefahr der Grobheit, die sie verdunkeln wird. Güte die Gefahr der Undankbarkeit, die sie verbittern wird. Aber um jene den natürlichen Gefahren des Lebens zu entziehen, wünschst du dir eine schon erstorbene Welt. Oder willst du den Bau eines Tempels verbieten, der schön ist, aus Furcht vor dem Erdbeben, das dereinst einen schönen Tempel zerstören könnte?

Darum sorge ich für die Fortdauer der Frauen, die dir Vertrauen schenken, obwohl sie die einzigen sind, bei denen Verrat möglich ist. Wenn also der Frauenräuber eine von ihnen erbeutet, werde ich gewiß in meinem Herzen darunter leiden. Und wenn ich einen guten Soldaten haben möchte, nehme ich die Gefahr auf mich, ihn im Kriege zu verlieren. Verzichte also auf alle deine sich widersprechenden Wünsche.

Jedenfalls zeigt sich, daß dein Verhalten abermals unsinnig war. So auch, als du zwar die vollkommene Entscheidung bewundertest, die der Brauch bei dir zulande geschaffen hatte, dich aber darauf verlegtest, den Brauch zu hassen, der dir als Zwang erschien – und in der Tat war es ja der Zwang, der dir erst zum Werden verhalf! Und da du deinen Brauch zerstört hast, folgt daraus, daß du eben das zerstörtest, was du retten wolltest.

Und wahrhaftig hast du es aus Angst vor der ungeschlachten Grobheit und Durchtriebenheit, die die edlen Seelen bedrohen, dahin gebracht, daß sich diese edlen Seelen noch gröber und noch durchtriebener zeigen.

Wisse, daß ich nicht vergebens all das liebe, was bedroht ist. Es ist kein Anlaß zur Klage, wenn die kostbaren Dinge gefährdet sind. Denn eben darin erkenne ich eine Voraussetzung ihres Wertes. Ich liebe den Freund, der in den Versuchungen die Treue hält. Denn wenn es keine Versuchung gäbe, gäbe es auch keine Treue, und dann hätte ich keinen Freund. Und es ist mir recht, wenn einige fallen, um so den anderen ihren Wert zu geben. Ich liebe die tapferen Soldaten, die aufrecht bleiben, wenn die Kugeln pfeifen. Denn wenn es keinen Mut gäbe, hätte ich auch keine Soldaten mehr. Und es ist mir recht, daß einige sterben, wenn sie durch ihren Tod die anderen adeln.

Und wenn du mir einen Schatz bringst, will ich ihn so empfindlich und leicht, daß noch der Wind ihn mir entwinden könnte.

Ich liebe am jungen Gesicht, daß es vom Altern bedroht ist, und am Lächeln, daß ein einziges Wort von mir es leicht in Weinen zu verwandeln vermöchte.

110

Und nun zeigte sich mir die Lösung des Widerspruchs, über den ich so viel nachgedacht hatte. Denn mich schmerzte jener grausame Zwiespalt, als ich, der König, mich über meine schlafende Schildwache beugte: daß ich einen Knaben seinen glücklichen Träumen entreißen sollte, um ihn, so, wie er war, dem Tode zu überantworten: überwältigt vom Erstaunen innerhalb der kurzen Frist seines Wachseins, daß er der Menschen wegen so zu leiden habe.

Denn er erwachte vor meinen Augen und strich sich mit der Hand über die Stirn, dann kehrte er sein Gesicht den

Sternen zu, da er mich nicht erkannt hatte, und stieß einen schwachen Seufzer aus, weil er die Last der Waffen wieder tragen sollte. Und da begriff ich, daß man eine solche Seele erobern könne.

Ich, sein König, wandte mich an seiner Seite der Stadt zu und nahm dem Anschein nach die gleiche Stadt in mich auf, und doch nicht die gleiche. Und ich überlegte: von dem Erhabenen, das ich vor mir sehe, kann ich ihm nichts erklären. Es gibt nur eines, das sinnvoll wäre: ihn zu bekehren und ihn nicht mit diesen Dingen zu beschweren, da er sie ebensogut wie ich anschaut und atmet und abmißt und besitzt, sondern ihm das Gesicht zu zeigen, das durch sie hindurch erscheint und den göttlichen Knoten darstellt, der die Dinge verknüpft. Und ich begriff, daß es vor allem galt, die Eroberung vom Zwang zu unterscheiden. Erobern heißt bekehren. Zwingen heißt gefangensetzen. Wenn ich dich erobere, befreie ich einen Menschen. Wenn ich dich zwinge, erdrücke ich ihn. Durch die Eroberung wird in dir und durch dich hindurch etwas aufgebaut, was von dir selber herrührt. Der Zwang ist der Haufen ausgerichteter Steine, die sich alle gleich sind und aus denen nichts hervorgehen wird.

Und ich begriff, daß alle Menschen auf diese Weise zu erobern sind. Die Wachenden und die Schläfer; jene, die auf den Wällen die Runde machten, und jene, die durch diese Runde behütet wurden. Die sich über ein Neugeborenes freuten oder die einen Toten beweinten. Die Beter und die Zweifler. Dich erobern heißt dir ein Gerüst bauen und deinen Geist den gehaltvollen Vorräten öffnen. Denn es gibt Seen, um dich zu tränken, wenn man dir den Weg weist. Und ich werde meine Götter in dir wohnen lassen, damit sie dich erleuchten.

Und freilich kommt es darauf an, dich bereits in der Kindheit zu erobern, denn sonst bist du schon geformt und verhärtet und nicht mehr fähig, eine Sprache zu erlernen.

111

Denn es kam mir eines Tages die Erkenntnis, daß ich mich nicht täuschen konnte. Nicht weil ich mich für stärker als andere gehalten oder geglaubt hätte, daß ich besser überlegen könne, sondern weil ich nicht mehr an die Gründe glaubte, die nach den Regeln der Logik von Behauptung zu Behauptung aufeinanderfolgen; denn ich hatte erfahren, daß die Logik von etwas beherrscht wird, was höher ist als sie selber. Daß sie nur die Spur eines Ganges, der ein Tanz ist, auf dem Sande abzeichnet – eines Ganges, der zum Brunnen hinführt oder auch nicht hinführt, von dem Rettung kommt, je nach den Fähigkeiten des Tänzers. Ich hatte als gewiß erkannt, daß die Geschichte, sobald sie abgelaufen ist, der Vernunft hörig wurde, da dann kein Schritt in der Reihenfolge der Schritte fehlt, daß sich aber der Geist, der die Schritte beherrscht, in Richtung auf die Zukunft nicht daraus ablesen läßt; ich hatte wohl verstanden, daß eine Kultur, ebenso wie ein Baum, aus der Macht des Samenkorns hervorgeht, das nur eines ist, obwohl es sich vervielfältigt und verteilt und sich in verschiedenen Organen, in Wurzeln, Stamm, Blättern, Zweigen und Früchten ausprägt, die das zur Äußerung gelangte Vermögen des Samenkorns darstellen. Ich hatte auch wohl verstanden, daß sich eine einmal abgeschlossene Kultur zwar lückenlos bis zum Ursprung verfolgen läßt, womit sich den Logikern eine Fährte zeigt, die sie hinaufgehen können, daß sie sie aber nicht hinunterzugehen vermöchten, da sie keine Verbindung mit dem Führer haben. Ich hatte gehört, wie die Menschen miteinander stritten, ohne daß einer wirklich dabei obsiegte; ich hatte den Kommentatoren der Mathematiker zugehört, die Wahrheiten zu erfassen glaubten und erst ein Jahr später verdrießlich auf sie verzichteten oder ihre Gegner des Frevels ziehen, weil sie sich selber an ihre schwankenden Idole klammerten; ich hatte aber auch mit dem einzigen wirklichen Mathematiker, meinem Freunde, am gleichen Tisch gesessen, der wußte, daß er für die Menschen eine Sprache suchte – so wie der Dichter, wenn er seine Liebe aussprechen will –, und der einfach war in seiner Rede über die Steine wie auch über die Sterne und ganz genau wußte, daß er von Jahr zu Jahr die Sprache ändern mußte, denn sie ist das Merkmal des Aufstiegs. Ich hatte deutlich wahrgenommen, daß nichts falsch ist, aus dem einfachen Grunde, weil es nichts gibt, was wahr ist (und daß alles Werdende wahr ist, so wie der Baum wahr ist), und hatte geduldig im Schweigen meiner Liebe das Gestammel, die Zornesschreie, das Lachen und die Klagen meines Volkes angehört. Denn ich hatte in meiner Jugend, als man den Argumenten widerstand, mit denen ich meine Gedanken nicht zu bauen, sondern zu umkleiden suchte, den Kampf gegen fähigere Anwälte, als ich selber es war, aufgegeben, weil es an einer wirksamen Sprache mangelte, aber doch niemals meine Linie verlassen, denn ich wußte, daß das, was man mir darlegte, nur deshalb Geltung hatte, weil ich mich schlecht ausdrückte, und daß ich später stärkere Waffen gebrauchen würde, die ja wie Wasser einer Quelle für dich fortdauernd vorhanden sind, wenn nur die Bürgschaft in dir selber echt ist.

Und als ich erst darauf verzichtet hatte, auf den unzusammenhängenden Sinn zu hören, der den wirren Worten der Menschen innewohnt, schien es mir ergiebiger zu sein, wenn sie ganz einfach versuchen mußten, mich zu verstehen, und so zog ich es vor, mich wie der Baum zu entfalten, angefangen vom Samenkorn bis zur Vollendung von Wurzeln, Stamm und Zweigen, denn dann ist kein Streit mehr möglich, da der Baum ist – und es gibt auch keine Wahl zwischen diesem Baum und einem anderen, da sein Blätterdach allein ausreicht, Schutz zu bieten.

Und es überkam mich die Gewißheit, daß die Dunkelheit meines Stils und der Widerspruch in meinen Äußerungen nicht auf einer unsicheren oder widerspruchsvollen oder unklaren Bürgschaft, sondern auf einer schlechteren Verwendung der Worte beruhten, denn eine innere Haltung, eine Richtung, ein Gesicht, ein Drang konnten weder unklar noch widerspruchsvoll, noch ungewiß sein; sie hatten sich nicht zu rechtfertigen, da sie schlechthin da waren, wie im Bildhauer, wenn er seinen Lehm knetet, ein bestimmter Drang besteht, der noch keine Form hat, unter seinen Händen aber zum Gesicht werden wird.

Auch die Eitelkeit entsteht, wenn sie nicht einer Rangordnung unterworfen ist (Beispiel: General, Statthalter). Sobald erst der Grund zu dem Sein gelegt ist, das den einen dem anderen unterordnet, hört die Eitelkeit auf. Denn die Eitelkeit rührt daher, daß unter den durcheinandergemischten Kügelchen kein Sein vorherrscht, dessen Sinn ihr verkörpert, und so seid ihr argwöhnisch wegen des Platzes, den ein jeder einnimmt.

Und der große Kampf gegen die Dinge: die Stunde ist gekommen, dir von deinem großen Irrtum zu reden. Denn ich habe die Menschen voller Inbrunst gefunden und als glücklich erkannt, die den Gangstein in der Entblößung der knirschenden Erde immer wieder zerrieben; die sich, von der Sonne gefleckt wie eine überreife Frucht, von den Steinen zerschunden, in die Tiefe der Tonerde einbohrten, um wieder aufzusteigen und nackt unter dem Zelt zu schlafen, und die davon lebten, daß sie einmal im Jahr einen reinen Diamanten zutage förderten. Und ich habe jene unglücklich, sauertöpfisch und uneins gesehen, die inmitten von allem Überfluß zwar Diamanten empfingen, aber nichts weiter als nutzloses Glaszeug feilzubieten hatten. Denn du bedarfst nicht eines Dinges, sondern eines Gottes.

Und gewiß ist der Besitz eines Dinges beständig, nicht aber die Nahrung, die du daraus empfängst. Denn das Ding hat nur den Sinn, dich wachsen zu lassen, und du wächst nur dadurch, daß du es eroberst, nicht aber durch seinen Besitz. Deshalb verehre ich den, der – wenn es sich um eine schwierige Eroberung handelt – jene Bergbesteigung, jene Erziehung auf ein Gedicht hin, jenen Anreiz einer unzugänglichen Seele weckt und dich so zum Werden nötigt. Aber ich verachte den anderen, der fertiger Vorrat ist, denn von ihm hast du nichts zu empfangen. Und was willst du mit dem Diamanten beginnen, sobald du ihn erst gewonnen hast?

Denn ich bringe euch den Sinn des Festes, der in Vergessenheit geraten ist. Das Fest ist Krönung der Vorbereitungen zum Fest, das Fest ist Berggipfel nach dem Aufstieg, das Fest ist das Aufheben des Diamanten, sobald du ihn aus der Erde herauslösen kannst, das Fest ist der Sieg, der den Krieg krönt, das Fest ist die erste Mahlzeit des Kranken am ersten Tag seiner Genesung, das Fest ist Verheißung der Liebe, wenn die Geliebte die Augen senkt, da du zu ihr sprichst . . . Und deshalb habe ich, dich zu belehren, dieses Bild ersonnen: Wenn ich es wünschte, könnte ich dir eine von Inbrunst erfüllte Kultur erschaffen, voll der Freude in ihren Gemeinschaften und mit hellem Lachen der Arbeiter, die von ihrem Tagwerk heimkehren, voll mächtiger Lebenslust und in heißer Erwartung der Wunder des morgigen Tages und des Gedichtes, das dir den Widerschein der Sterne zutragen wird; und doch würdest du nichts anderes dabei zu tun haben, als den Boden zu hacken, um nach Diamanten zu schürfen, die endlich Licht werden, nach jener schweigenden Wandlung in den Tiefen des Erdballs. (Denn sie stammen von der Sonne, dann wurden sie Gras, dann dunkle Nacht und sind nun wiederum Licht geworden.) Ich sichere dir also, sagte ich dir, ein erhabenes Leben, wenn ich dich zu jenem Schürfen verdamme und dich einmal im Jahr zu dem höchsten Fest einlade, das in der Opferung der Diamanten besteht: vor dem schweißgebadeten Volk werden sie dann verbrannt und dem Licht zurückgegeben. Denn deine inneren Regungen werden nicht durch den Gebrauch der Gegenstände bestimmt, die du erobert hast, und deine Seele nährt sich vom Sinn der Dinge, nicht von den Dingen selbst.

Und sicherlich könnte ich auch, um deiner Prunkliebe zu genügen, eine Prinzessin mit diesem Diamanten schmücken, statt ihn zu verbrennen. Oder ihn in der Verborgenheit eines Tempels in einer Lade verschließen und ihm so, nicht für die Augen, aber für den Geist (der sich durch die Mauern hindurch davon nährt), stärkeren Glanz verleihen. Aber bestimmt würde ich dir keinen wesentlichen Dienst erweisen, wenn ich ihn dir schenkte.

Denn es zeigt sich, daß ich den tiefen Sinn des Opfers verstanden habe; er liegt nicht darin, dich in irgendeiner Weise zu verstümmeln, sondern dich reicher zu machen. Denn du trinkst an der falschen Brust, wenn du die Arme nach dem Gegenstand ausstreckst, während du seinen Sinn suchst. Ich könnte dir ein Reich erfinden, in dem man dir jeden Abend die anderswo gewonnenen Diamanten aushändigt, aber das käme aufs gleiche heraus, als wenn man dich mit Kieselsteinen bereichern wollte, denn du wirst das, was du erlangen wolltest, darin nicht mehr finden. Der ist reicher, der sich das Jahr über im Felsgestein abmüht und einmal im Jahr die Frucht seiner Arbeit verbrennt, um daraus den Glanz des Lichtes zu gewinnen, als der, der alle Tage Früchte empfängt, die anderswoher stammen und ihm nichts abforderten.

So ist es mit einem Kegel. Es freut dich, ihn umzustoßen. Und es ist ein Fest. Aber von einem umgestoßenen Kegel hast du nichts zu erwarten.

Deshalb gehen Opfer und Feste ineinander über. Denn du erweist dadurch den Sinn deines Handelns. Wie aber könntest du behaupten, das Fest sei etwas anderes als das Freudenfeuer, das du abbrennst, sobald du das Holz aufgehäuft hast? Als deine Muskeln, die sich glücklich fühlen inmitten der Weite, sobald du den Berg erklommen hast? Als die Erscheinung des Diamanten im Licht, sobald er geschürft ist? Als die Weinlese, sobald die Reben gereift sind? Wo siehst du eine Möglichkeit, ein Fest gleich einem Vorrat zu nutzen? Ein Fest ist deine Ankunft nach der Wanderung und so die Krönung deiner Wanderung, aber von deiner Verwandlung in einen seßhaften Bürger hast du nichts zu erhoffen. Und daher sollst du dich weder in der Musik noch im Gedicht, noch in der Frau, die du erobert hast, noch in der von der Bergeshöhe erspähten Landschaft niederlassen. Und ich verlöre dich, wenn ich dich in der Gleichheit meiner Tage verteilen wollte. Wenn ich sie nicht auf ein Schiff hin ordnete, das zu einem Ziele führt. Denn selbst das Gedicht ist nur dann ein Fest, wenn ich es mir erringe. Der Tempel ist ein Fest, sofern du dich darin von deinen kleinlichen Sorgen zu lösen vermagst. Tag für Tag hast du unter der Stadt gelitten, die dich durch ihren Betrieb zermürbte. Tag für Tag hast du jenes Fieber erduldet, das aus der Hast und dem Broterwerb und den Krankheiten erwächst, die es zu heilen, den Problemen, die es zu entwirren gilt, wenn du hierhin und dorthin eilst, hier weinst und dort lachst. Dann kommt die Stunde, die dem Schweigen und der Seligkeit gehört. Und du steigst die Stufen hinan und stößt die Tür auf, und dann gibt es für dich nur noch die hohe See und die Betrachtung der Milchstraße und den Vorrat an Schweigen und den Sieg über das Gewohnte, und du bedurftest dessen wie Speise und Trank, denn du hattest unter den Gegenständen und Dingen gelitten, die nicht für dich geschaffen sind. Und du mußtest hier zum Werden gelangen, damit dir ein Gesicht aus den Dingen erwuchs und ein Gefüge sich formte, das ihnen durch das zusammenhanglose Schauspiel des Tages hindurch einen Sinn verlieh. Was aber wirst du in meinem Tempel anfangen, wenn du nicht in meiner Stadt gelebt und gekämpft und gelitten und dich abgemüht hast, wenn du nicht den Vorrat an Steinen mitbringst, den es in dir zu bauen gilt? Ich sprach dir von meinen Kriegern und der Liebe. Wenn du nichts weiter als ein Liebender bist, ist keiner da, der liebt, und die Frau an deiner Seite wird gähnen. Allein der Krieger ist fähig zu lieben. Wenn du nichts weiter als ein Krieger bist, ist keiner da, der stirbt, außer einem Insekt mit metallenen Schuppen. Der Mensch allein und einer, der geliebt hat, vermag als Mensch zu sterben. Und es gibt da keinen Widerspruch, außer in der Sprache. So haben Früchte und Wurzeln ein gemeinsames Maß: den Baum.

113

Denn wir verständigen uns nicht über die Wirklichkeit. Ich nenne nicht Wirklichkeit, was auf einer Waage meßbar ist (daraus mache ich mir nichts, ich bin keine Waage, und die Wirklichkeiten der Waage kümmern mich wenig). Sondern das, was für mich Gewicht hat. Und Gewicht hat für mich jenes traurige Antlitz oder jene Kantate oder jene Inbrunst oder jenes Mitleid mit den Menschen oder jener Wert einer Haltung oder jene Lebensfreude oder jene Kränkung oder jene Sehnsucht oder jene Trennung oder jene lebendige Gemeinschaft in der Weinlese (weit mehr als die gelesenen Trauben, denn selbst wenn man sie anderswohin zum Verkauf bringt, hat man doch schon das Wesentliche daraus empfangen. Das gilt auch von dem Mann, den sein König mit einem Orden auszeichnen sollte und der am Fest teilnahm, sich an seinem Glanz erfreute, die Glückwünsche seiner Freunde empfing und so den Stolz des Triumphes kennenlernte – aber der König starb durch einen Sturz vom Pferd, bevor er den metallenen Gegenstand an seine Brust heften konnte. Wer will mir einreden, dieser Mann habe nichts empfangen?).

Für deinen Hund ist die Wirklichkeit ein Knochen. Für deine Waage ist die Wirklichkeit ein Gewicht aus Gußeisen. Für dich aber ist die Wirklichkeit von anderer Art.

Und deshalb nenne ich die Geldleute töricht und die Tänzerinnen vernünftig. Nicht daß ich etwa das Werk der ersteren verachtete, aber ich verachte ihren Dünkel, ihre Sicherheit und ihre Selbstzufriedenheit, denn sie halten sich für das Ziel aller Dinge und die Hauptsache, während sie doch nur Lakaien sind. Und zunächst einmal sollen sie den Tänzerinnen dienen.

Denn täusche dich nicht über den Sinn der Arbeit. Es gibt Arbeiten, die dringlich sind. Wie die in den Küchen meines Palastes. Denn wenn es keine Nahrung gibt, gibt es auch keine Menschen. Und es ist in Ordnung, daß die Menschen zunächst einmal genährt, gekleidet und behütet werden. Es ist in Ordnung, daß sie schlechthin existieren. Und solche Dinge sind vor allem dringlich. Aber das Wichtige hat nicht hier seinen Sitz, sondern in ihrem besonderen Wert. Und die Tänzer und Dichter und die Ziseleure der oberen Stockwerke und der Mathematiker und der Sternkundige, für die die Arbeiten der Küchen Voraussetzung sind, sind die einzigen, die den Menschen ehren und ihm einen Sinn verleihen.

Kommt so einer daher, der nur die Küchen kennt – die in Wahrheit nur Wirklichkeiten für Waagen und Knochen für Hunde enthalten –, so verbiete ich ihm, vom Menschen zu reden, denn er wird das Wesentliche übersehen, so wie der Sergeant, der beim Menschen nichts als dessen Eignung zum Waffenhandwerk beachtet.

Und warum sollte man in seinem Palast tanzen, da einen doch die Tänzerinnen, wenn man sie in die Küchen schickte, durch eine größere Menge von Speisen bereichern würden? Und warum sollte man dort goldene Schalen ziselieren, da man doch, wenn man die Ziseleure in die Werkstatt schickte, wo Zinnschalen verfertigt werden, über mehr Schalen verfügen würde? Und warum sollte man Diamanten schneiden und warum Gedichte schreiben und die Sterne beobachten, wenn man alle, die sich damit befassen, nur zum Dreschen zu schikken brauchte, um über mehr Brot zu verfügen?

Aber da dir dann in deinem Staatswesen etwas fehlen wird, was für den Geist und nicht für die Augen und für die Sinne da ist, wirst du wohl oder übel gezwungen sein, ihnen unechte Speisen zu erfinden, die nichts mehr taugen. Und du wirst für sie Fabrikanten suchen, die ihnen ihre Gedichte anfertigen, Automaten, die ihnen Tänze anfertigen, Taschenspieler, die für sie Diamanten aus geschnittenem Glase herstellen. Und so werden sie in dem Wahn befangen sein, zu leben. Obwohl nichts mehr in ihnen steckt als ein Zerrbild des Lebens. Denn solch einer hat den wahrhaften Sinn des Tanzes, des Diamanten und des Gedichts – die dich mit ihrem unsichtbaren Teil nur dann nähren, wenn sie mit Anstrengung erworben werden – mit einem Massenfutter für die Raufe verwechselt. Der Tanz ist Krieg und Verführung, Mord und Reue. Das Gedicht ist Ersteigung des Berges. Der Diamant ist das Arbeitsjahr, das sich in einen Stern verwandelt hat. Und dieses Wesentliche wird ihnen fehlen. So würdest du beim Kegeln – da deine Freude darin besteht, die feindlichen Kegel umzustoßen – eine echte Freude haben, wenn du Hunderte vor dir aufstellen und eine Maschine bauen würdest, um sie umzustoßen!

114

Doch glaube nicht, daß ich deine Bedürfnisse im geringsten mißachte oder mir etwa einbilde, sie widersprächen deiner Bedeutung. Denn um mich verständlich zu machen und um dir mit Worten, die sich die Zunge zeigen, meine Wahrheit als notwendig und überflüssig darzutun, bejahe ich durchaus Ursache und Wirkung, Küche und Tanzsaal. Aber ich glaube nicht an jene Spaltungen, die auf einer unglücklichen Sprache und der Wahl eines schlechten Berges beruhen, von dem aus du die Regungen der Menschen abliest.

Denn genau wie meine Schildwache nur am Sinn der Stadt teilhat, wenn sie von Gott das helle Auge und Ohr der Schildwachen zum Geschenk erhielt, und dann der Schrei des Neugeborenen nicht mehr der Beweinung der Toten oder der Jahrmarkt dem Tempel oder das Freudenviertel der Treue widerspricht, sondern aus der Vielfalt heraus die Stadt entsteht, die in sich aufnimmt und vermählt und vereinheitlicht; wie der Baum als Einheit aus den mannigfaltigen Elementen des Baumes hervorgeht, wie der Tempel durch sein Schweigen die verschiedenartigen Statuen, Pfeiler, Altäre und Gewölbe beherrscht, so begegne ich dem Menschen nur auf einer Stufe, auf der er nicht mehr als Sänger im Gegensatz zum Landmann, der das Samenkorn in die Furche streut, oder als Sternkundiger im Gegensatz zum Nagelschmied erscheint; denn wenn ich dich aufspalte, habe ich dich nicht verstanden und verliere dich.

Deshalb verschloß ich mich in Schweigen und begann die Menschen in meiner Stadt zu beobachten. Weil es mein Wunsch war, sie zu verstehen.

*Ich glaube nicht, daß es auf einer vorgefaßten Meinung beruht, wenn man die Beziehung zwischen den Tätigkeiten auswählt. Die Vernunft hat damit nichts zu tun. Denn du konstruierst einen Körper nicht, indem du von einer Summe ausgehst. Sondern du pflanzest ein Samenkorn, und dieses ist die Summe, die in Erscheinung tritt. Und nur aus dem Gehalt der Liebe wird auf vernünftige Weise das richtige Verhältnis hervorgehen, das dir im voraus unsichtbar bleibt, außer in der törichten Sprache der Logiker, der Historiker und der Kritiker, die dir deine Stücke vorzeigen und dartun werden, um wieviel du das eine auf Kosten des anderen hättest vergrößern können; so beweisen sie dir mit Leichtigkeit, daß das eine und nicht das andere vergrößert werden müsse, während sie ebensogut das Gegenteil hätten nachweisen können. Denn wenn du das Bild der Küche und das des Tanzsaales ersinnst, so gibt es keine Waage, mit der du die Wichtigkeit des einen und des

* Diesem Abschnitt ging auf dem Manuskript die Bemerkung voraus: »Notiz für später.«

anderen abwägen könntest. Das liegt daran, daß deine Sprache ihren Sinn verliert, sobald du das Urteil über die Zukunft vorwegnimmst. Die Zukunft bauen heißt die Gegenwart bauen. Es heißt ein Verlangen erzeugen, das dem Heute gilt. Das dem Heute angehört und auf die Zukunft gerichtet ist. Und nicht eine Wirklichkeit von Handlungen, denen nur für das Morgen ein Sinn innewohnt. Denn wenn sich ein Organismus von der Gegenwart losreißt, so stirbt er. Das Leben, das aus Anpassung an die Gegenwart und Fortdauer in der Gegenwart besteht, beruht auf unzähligen Bindungen, die die Sprache nicht zu erfassen vermag. Das Gleichgewicht besteht aus tausend Gleichgewichten. Und wenn du im Verlauf einer abstrakten Beweisführung ein einziges abtrennst, geht es damit wie mit dem Elefanten, der ein gewaltiges Gebilde ist und doch sterben wird, wenn du ein einziges seiner Glieder von ihm abtrennst. Es handelt sich nicht darum, daß du wünschen sollst, du möchtest nichts verändern. Denn du kannst alles verändern. Und eine rauhe Ebene kannst du in eine Zedernpflanzung verwandeln. Aber es kommt darauf an, daß du nicht konstruierst, sondern säst. Und immer wird das Samenkorn selber oder was aus dem Samenkorn entsteht, im Gleichgewicht mit der Gegenwart sein.

Doch es gibt mehrere Winkel, von denen aus man die Dinge sehen kann. Und wenn ich den Berg wähle, der mir die Menschen je nach ihrem Recht auf Vorräte einteilt, ist es wahrscheinlich, daß ich mich erzürnen werde, wie es meiner Gerechtigkeit gemäß ist. Aber es ist ebenso wahrscheinlich, daß meine Gerechtigkeit eine andere von einem anderen Berg aus wäre, der die Menschen in anderer Weise einteilte. Und ich möchte, daß jede Gerechtigkeit geübt wird. Deswegen ließ ich die Menschen beobachten.

Denn es gibt nicht eine Gerechtigkeit, sondern unzählige. Und ich kann sehr wohl nach dem Alter einteilen, um meine Generäle zu belohnen, indem ich ihre Ehren und Ämter vermehre. Ich kann ihnen aber ebensogut eine Erholung zubilligen, die mit den Jahren zunimmt, indem ich sie von ihren Ämtern entlaste und diese jungen Schultern aufbürde. Und ich kann urteilen, wie es dem Reich gemäß ist. Und ich kann urteilen, wie es den Rechten des Individuums oder – durch dieses hindurch, gegen es – dem Menschen gemäß ist. Und wenn ich die Rangordnung meines Heeres in Betracht ziehe und über die ihr gemäße Billigkeit urteilen möchte, sehe ich mich in ein Netz unentwirrbarer Widersprüche verstrickt. Denn da gibt es die geleisteten Dienste, die Fähigkeiten, das Wohl des Reiches. Und ich werde stets eine Stufe finden, deren Wert nicht zu bestreiten ist und die mir meinen Irrtum nachweist, der einer anderen Stufe entspricht. Es kümmert mich daher wenig, wenn man mir darlegt, daß es eine einleuchtende Rechtsordnung gibt, auf Grund deren meine Entscheidungen unsinnig sind, denn ich weiß im voraus, daß es immer so sein wird, was ich auch tun mag, und daß es darauf ankommt, die Wahrheit ein wenig abzuwägen, ein wenig reifen zu lassen, um sie nicht in den Worten, aber in dem ihr eigenen Gewicht zu erlangen.

(Hier könnte auch von den Kraftlinien gesprochen werden.)

115

Ich sah es also als müßig an, mein Staatswesen unter dem Gesichtspunkt der Nutznießer zu betrachten. Denn sie alle sind dem Tadel ausgesetzt. Und es war das nicht die Frage, die mich bewegte. Oder, genauer gesagt, sie stellte sich erst in zweiter Linie. Denn letztlich wünsche ich gewiß, daß die Nutznießer durch den Gebrauch ihrer Pfründen edler werden und nicht entarten. Zuvor aber kommt es mir auf das Gesicht meiner Stadt an.

Ich ging also in Begleitung eines Adjutanten einher, der die Vorübergehenden befragte.

– Womit beschäftigst du dich? fragte er den einen oder den anderen, wie sie uns gerade über den Weg liefen.

– Ich bin Zimmermann, sagte der eine.

– Ich bin Ackerbauer, sagte ein anderer.

– Ich bin Schmied, sagte ein dritter.

– Ich bin Hirt, sagte ein vierter.

Oder: Ich grabe Brunnen. Oder: Ich pflege Kranke. Oder:

Ich schreibe für die, die nicht schreiben können. Oder: Ich bin Metzger. Oder: Ich hämmere Teetische. Oder: Ich webe Tücher. Oder nähe Kleider.

Oder . . .

Und es wurde mir klar, daß diese für alle arbeiteten. Denn alle benötigen Vieh, Wasser, Arznei, Bretter, Tee oder Kleider. Und keiner macht davon für seine Person einen übertriebenen Gebrauch, denn du ißt einmal und säuberst dich einmal, du kleidest dich einmal, du trinkst einmal Tee, du schreibst einmal Briefe, und du schläfst in einem Bett eines Hauses.

Es geschah aber, daß einige von ihnen antworteten:

– Ich baue Paläste, ich schneide Diamanten, ich mache Statuen aus Stein . . .

Und diese arbeiteten freilich nicht für alle, sondern nur für wenige, denn das Erzeugnis ihrer Arbeit war nicht teilbar.

Und in der Tat, wenn du einem zusiehst, der ein Jahr lang arbeitet, um seine Vase zu bemalen, wie könntest du dann solche Vasen unter alle verteilen? Denn ein Mann arbeitet in einer Stadt für mehrere. Es gibt die Frauen, die Kranken, die Gebrechlichen, die Kinder, die Greise und jene, die heute der Ruhe pflegen. Es gibt auch die Diener meines Reiches, die keine Waren herstellen: die Soldaten, die Polizisten, die Dichter, die Tänzer, die Statthalter. Und doch verbrauchen sie ebensoviel wie die anderen, kleiden sich, tragen Schuhwerk, essen, trinken und schlafen in einem Bett eines Hauses. Und da sie keine Dinge gegen die Dinge austauschen, die sie verbrauchen, bist du wohl oder übel gezwungen, diese Dinge irgendwo denen zu nehmen, die sie herstellen, um damit in gleicher Weise jene zu versorgen, die sie nicht herstellen. Und kein Mann, der eine Werkstatt betreibt, kann den Verbrauch der Gesamtheit aller seiner Erzeugnisse anstreben.

Es gibt also Dinge, bei denen du nicht daran denken könntest, sie allen anzubieten, denn es wäre niemand da, um sie hervorzubringen.

Und kommt es nicht gleichwohl darauf an, daß diese Dinge erdacht und hergestellt werden, da sie den Überfluß und die Blume und den Sinn deiner Kultur darstellen? Da eben der Gegenstand einen Wert hat und des Menschen würdig ist, dessen Anfertigung viel Zeit verlangt hat. Und das ist ja gerade der Sinn des Diamanten; er bedeutet ein Arbeitsjahr, das eine Träne in der Größe eines Fingernagels abwirft. Oder den Tropfen Parfüm, der aus einer Wagenladung von Blumen gewonnen wird. Und was kümmert mich die Bestimmung der Träne und des Parfümtropfens, da ich im voraus weiß, daß sie nicht an alle ausgeteilt werden können, und ebenso weiß, daß eine Kultur nicht auf dem Schicksal des Gegenstandes beruht, sondern auf dessen Geburt.

Ich, der Herr, stehle Brot und Kleider den Arbeitern, um sie meinen Soldaten, meinen Frauen und meinen Greisen zu geben.

Warum sollte es mich mehr bekümmern, wenn ich Brot und Kleider stehle, um sie meinen Bildhauern und den Diamantenschleifern und den Dichtern zu geben, die sich ernähren müssen, obwohl sie ihre Gedichte schreiben.

Sonst gäbe es keinen Diamanten, keinen Palast und nichts Wünschenswertes mehr.

Und von den Dingen, die mein Volk nur wenig bereichern, gilt dies: Es bereichert sich nur dadurch, daß seine kulturellen Leistungen in die anderen Leistungen überfließen; und gewiß kosten sie denen viel Zeit, die sich damit befassen, aber sie beschäftigen wenig Menschen in der Stadt, wie mir meine Begegnungen zeigten.

Und im übrigen habe ich darüber nachgedacht, daß dem Empfänger des Gegenstandes zwar keine Bedeutung zukommt, weil ja jener Gegenstand keinesfalls allen zugute kam, und daß ich deshalb auch nicht behaupten kann, er bestehle die anderen; ich kam aber auch zu der Einsicht, daß die Auswahl der Empfänger ein heißes Eisen ist und viel Behutsamkeit erfordert, denn sie sind der Lebensfaden einer Kultur. Und es kommt im Grunde wenig auf ihren Wert oder ihre moralische Berechtigung an.

Freilich spielt hier eine Frage der Moral hinein. Aber es ist eine genau entgegengesetzte Frage. Und wenn ich mit Worten daran denke, die die Widersprüche ausschließen, lösche ich jedes Licht in mir aus.

116*

Die Flüchtlinge aus der Berberei, die nicht arbeiten wollen, legen sich schlafen. Betätigung unmöglich.

Aber ich zwinge keine Leistungen auf, sondern Gefüge. Und ich weiß die Tage zu unterscheiden. Und ich füge die Menschen in ihre Rangordnung ein und baue mehr oder minder Wohnungen, damit sich Eifersucht einstellt, und ich schaffe Regeln, die mehr oder minder gerecht sind, um verschiedene Regungen hervorzurufen. Und ich kann mich nicht für die Gerechtigkeit erwärmen, denn sie besteht hier darin, diesen vollkommen erstorbenen Pfuhl verfaulen zu lassen. Und ich zwinge sie, eine Sprache anzunehmen, da meine Sprache für sie einen Sinn hat. Und es handelt sich da um ein System von Konventionen, mit deren Hilfe ich – wie bei einem blinden Taubstummen – an den Menschen herankommen will, der in einen tiefen Schlaf versunken ist. So brennst du den blinden Taubstummen und sagst ihm »Feuer«. Und jedesmal, wenn du ihn brennst, sagst du ihm »Feuer«. Und du bist ungerecht gegenüber dem einzelnen, da du ihn brennst. Aber du bist gerecht gegenüber dem Menschen, da du ihn dadurch erleuchtest, daß du »Feuer« gesagt hast. Und es wird der Tag kommen, an dem er sofort die Hand zurückzieht, wenn du ihm »Feuer« sagst, auch ohne ihn zu brennen. Und das wird das Zeichen sein, daß er geboren wurde.

So sind sie also ohne ihr Zutun in die Unbedingtheit eines Netzes eingeknüpft, über das sie nicht urteilen können, da es schlechthin da ist. Die Häuser »sind« verschieden. Die Mahlzeiten »sind« verschieden. (Und ich führe auch das Fest ein, das darin besteht, einem Tag entgegenzustreben und von dann an zu existieren, »und ich werde sie den Windungen und Spannungen und Figuren unterwerfen. Und gewiß ist jede Spannung Ungerechtigkeit, denn es ist ungerecht, daß sich dieser Tag von einem anderen unterscheidet«.) Und das Fest bewirkt, daß sie sich von etwas entfernen oder sich ihm nähern. Und mehr oder minder schöne Häuser gewinnen oder verlie-

* Diesem Kapitel ging auf dem Manuskript die Bemerkung voraus: »Notiz für später.«

ren. Und eintreten oder herauskommen. Und ich werde weiße Linien durch das Feld hindurchziehen, damit Gefahrenzonen und Sicherheitszonen entstehen. Und ich werde eine verbotene Stätte einführen, in der man mit dem Tode bestraft wird, damit sie sich im Raum zurechtfinden. Und so wird die Qualle Knochen bekommen. Und sie wird zu gehen beginnen. Und das ist wunderbar.

Der Mensch verfügt über eine inhaltlose Sprache. Aber die Sprache wird ihm von neuem zum Zaumzeug werden. Und es wird grausame Worte geben, die sie zum Weinen bringen. Und es wird singende Worte geben, die ihnen das Herz erhellen.

»Ich erleichtere euch die Dinge . . .«, und schon ist alles verloren. Nicht wegen der Reichtümer, sondern weil sie nicht mehr ein Sprungbrett für etwas anderes, sondern nur gewonnene Vorräte darstellen. Du hast dich getäuscht, nicht weil du mehr gegeben, sondern weil du weniger verlangt hast. Wenn du mehr gibst, mußt du auch mehr verlangen.

Die Gerechtigkeit und die Gleichheit. Da hast du den Tod. Aber die Brüderlichkeit findet sich nur im Baume. Denn du darfst nicht Bund und Gütergemeinschaft verwechseln; die letztere ist nur ein Durcheinander ohne herrschende Götter, ohne Bewässerung, ohne Muskulatur, und also Verwesung. Denn sie sind in Auflösung, weil sie in völliger Gleichheit, Gerechtigkeit und Gütergemeinschaft lebten. Das ist die Ruhe der durcheinandergemischten Kügelchen.

Wirf ihnen ein Samenkorn hin, das aufgeht in der Ungerechtigkeit des Baumes!

117

Was die Fähigkeiten meines Nachbarn angeht, so habe ich beobachtet, daß er nicht bei der Prüfung der Tatsachen, des Sachbestandes, der Institutionen, der Gegenstände seines Reiches, sondern nur bei der Prüfung der Neigungen und Anlagen fruchtbar war. Denn wenn du mein Reich überprüfst, wirst du darin die Schmiede besuchen gehen und wirst feststellen, daß sie Nägel schmieden und sich für die Nägel begeistern und dir die Lieder der Nagelschmiede vorsingen. Dann wirst du die Holzfäller besuchen gehen und wirst feststellen, daß sie Bäume fällen und sich für das Fällen der Bäume begeistern und daß sie gewaltiger Jubel überkommt, wenn die Stunde des Festes für den Holzfäller geschlagen hat: beim ersten Krachen, wenn sich die Majestät des Baumes zu neigen beginnt. Und wenn du die Astronomen besuchst, wirst du sehen, wie sie sich für die Sterne begeistern und nur noch auf deren Schweigen achtgeben. Und in der Tat bildet sich ein jeder ein, daß er so und nicht anders ist. Wenn ich dich nun frage: – Was geht in meinem Reiche vor, was wird morgen darin entstehen?, so wirst du mir sagen: »Man wird Nägel schmieden, man wird Bäume fällen, man wird die Sterne beobachten, und so wird es Vorräte an Nägeln, an Holz und Beobachtungen der Sterne geben.« Denn da du kurzsichtig bist und die Nase allzu dicht daraufdrückst, hast du nicht erkannt, daß ein Schiff gebaut wird.

Und freilich hätte dir keiner sagen können: »Morgen werden wir auf dem Meer fahren.« Jeder glaubte seinem Gott zu dienen und gebot über eine zu ungeschickte Sprache, als daß er dir den Gott der Götter hätte besingen können, den das Schiff bedeutet. Denn die Fruchtbarkeit des Schiffes besteht darin, daß es beim Nagelschmied sich in Liebe zu den Nägeln verwandelt.

Und was die Vorausschau der Zukunft angeht, so hättest du weit mehr darüber erfahren können, wenn du diese unzusammenhängende Ansammlung beherrscht hättest und zum Bewußtsein dessen gelangt wärest, wodurch ich die Seele meines Volkes wachsen ließ, nämlich durch den Drang zum Meer. Dann hättest du gesehen, wie sich dieses Segelschiff, das eine Ansammlung von Nägeln, Brettern, Baumstämmen darstellt und dem die Sterne seine Richtung weisen, langsam in der Stille formte und nach der Art der Zeder zusammenfügte, die die Säfte und Salze des Felsgesteins in sich aufsaugt, um sie im Licht zu gestalten.

Und du wirst diesen Drang, der dem Morgen entgegenstrebt, an seinen unwiderstehlichen Wirkungen erkennen. Denn dabei ist keine Täuschung möglich: Er tritt überall auf, wo er nur auftreten kann. Und den Drang zur Erde erkenne ich daran, daß ich den Stein auch einen noch so kurzen Augenblick nicht loslassen kann, ohne daß er sogleich niederfällt.

Und wenn ich einen Menschen gehen sehe und er sich nach Osten wendet, weiß ich seine Zukunft nicht voraus. Denn es ist möglich, daß er hundert Schritte zurücklegt und mich in dem Augenblick, da ich ihn mitten auf seiner Reise wähne, durch seine Umkehr irreführt. Aber ich sehe die Zukunft meines Hundes voraus, wenn er mich jedesmal, da ich die Leine auch nur ein wenig locker lasse, einen Schritt nach Osten tun läßt und an der Leine zieht. Der Osten ist dann der Geruch des Wildes, und ich weiß genau, wo mein Hund hinlaufen wird, wenn ich ihn loslasse. Ein Ruck an der Leine hat mich mehr gelehrt als tausend Schritte.

Ich beobachte jenen Gefangenen, der wie vernichtet dasitzt oder liegt und völlig wunschlos zu sein scheint. Aber er strebt nach der Freiheit. Und um seinen Drang zu erkennen, würde es mir genügen, wenn ich ihm ein Loch in der Mauer zeigte, denn dann würde er erbeben, seine Muskeln würden sich straffen, und sein Ausdruck wäre wieder gespannt. Und den mußt du mir erst zeigen, der eine Bresche übersehen würde, die ins freie Feld hinausführt.

Wenn du mit dem bloßen Verstande überlegst, wirst du dieses Loch oder ein anderes übersehen oder auch, während du es vor Augen hast, an andere Dinge denken und es nicht erblikken. Oder du wirst es sehen und dich in Vernunftschlüssen verstricken, da du wissen möchtest, ob es sich lohnt, davon Gebrauch zu machen, und so wirst du dich zu spät entscheiden, denn die Maurer werden es dann schon wieder beseitigt haben. Aber zeige mir in einem Behälter, aus dem das Wasser herausdrängt, den Spalt, den dieses übersehen könnte!

Deshalb sage ich dir, daß der Drang, selbst wenn er sich nicht in Worte fassen läßt, weil dafür die Sprache fehlt, mächtiger als die Vernunft ist und ganz allein den Ausschlag gibt. Und daher sage ich dir, daß die Vernunft nur eine Sklavin des Geistes ist und zunächst den Drang verwandelt und Beweisschlüsse und Maximen daraus fertigt, was dich dann schließlich zu der Meinung verführt, der Bazar deiner Ideen habe dich geleitet. Während ich dir sage, daß nur jene Götter dich gelenkt haben, die Tempel, Landgut, Reich, Drang zum Meere oder Freiheitsdrang heißen.

Also werde ich bei meinem Nachbarn, der auf der anderen Seite des Gebirges regiert, nicht die Taten beobachten. Denn am Flug der Taube, sobald sie in der Luft ist, vermag ich nicht zu erkennen, ob sie einem Taubenschlag zusteuert oder sich die Flügel mit Wind ölt; denn am Schritt des Mannes, der seinem Hause zustrebt, vermag ich nicht zu erkennen, ob er dem Verlangen seiner Frau oder dem Überdruß seiner Pflicht nachgibt und ob sein Schritt die Scheidung oder die Liebe aufbaut. Aber wenn ich einen Mann in seinem Kerker festhalte und dieser sich keine Gelegenheit entgehen läßt, seinen Fuß auf den Schlüssel setzt, den ich vergesse, die Gitterstäbe abtastet, um festzustellen, ob einer von ihnen nachgibt, und seine Wärter mit dem Auge mißt, so errate ich, daß er bereits in der Freiheit der Felder einherwandelt.

Also will ich bei meinem Nachbarn nicht das kennenlernen, was er tut, sondern was er niemals zu tun vergißt. Denn dann erfahre ich, welcher Gott ihn beherrscht, auch wenn er selber ihn nicht kennt, und erkenne die Richtung seiner Zukunft.

118

Ich entsinne mich jenes Propheten mit dem harten Blick; überdies war er schieläugig. Er kam mich besuchen, und der Zorn stieg in ihm hoch.

– Man muß sie ausmerzen, erklärte er mir.

Und ich begriff, daß er nach Vollkommenheit strebte. Denn allein der Tod ist vollkommen.

– Sie sündigen, sagte er.

Ich schwieg. Mir stand diese Seele deutlich vor Augen, die wie ein Schwert geschliffen war. Aber ich dachte:

Er lebt im Kampf gegen das Böse. Er lebt nur durch das Böse. Was wäre er also ohne das Böse?

– Was wünschst du, um glücklich zu sein? fragte ich ihn.

– Den Sieg des Guten.

Und ich begriff, daß er log. Denn er bezeichnete mir als Glück die Untätigkeit und den Rost seines Schwertes.

Und es offenbarte sich mir nach und nach jene Wahrheit, die freilich auf der Hand liegt: daß einer, der das Gute liebt, nachsichtig gegen das Böse ist. Daß einer, der die Kraft liebt, nachsichtig gegen die Schwäche ist. Denn wenn sich auch die Worte die Zunge zeigen, so vermischen sich doch das Gute und Böse, und die schlechten Bildhauer sind die Dungerde für die guten Bildhauer, und die Tyrannei schmiedet die stolzen Seelen, die gegen sie aufstehen, und die Hungersnot ruft die Teilung des Brotes hervor, die süßer ist als das Brot. Und jene, die Komplotte gegen mich anzetteln, von meinen Polizisten gehetzt wurden, in ihren Kellern des Lichtes beraubt waren, mit ihrem baldigen Tode vertraut wurden, sich für andere als sie selber hinopferten, da sie Gefahr, Elend und Ungerechtigkeit aus Liebe zur Freiheit und zur Gerechtigkeit auf sich genommen hatten – sie erschienen mir immer von einer strahlenden Schönheit, die auf der Stätte ihrer Hinrichtung wie eine Feuersbrunst brannte, und daher habe ich sie nie um ihren Tod gebracht. Was ist ein Diamant ohne den harten Gangstein, den du schürfen mußt und der ihn verbirgt? Was ist ein Degen ohne den Feind? Was ist eine Heimkehr ohne die Trennung? Was ist die Treue ohne Versuchung? Der Sieg des Guten ist der Sieg des folgsamen Viehs an seiner Krippe. Und ich verlasse mich nicht auf die Seßhaften und die Gemästeten.

– Du kämpfst gegen das Böse, sagte ich ihm, und jeder Kampf ist ein Tanz. Auch deine Freude erwächst dir aus der Freude am Tanze, also am Bösen. Du wärst mir mehr wert, wenn du aus Liebe tanztest.

Denn wenn ich dir ein Reich schaffe, in dem man sich für Gedichte begeistert, so wird die Stunde der Logiker schlagen, die darüber ihre Überlegungen anstellen und dir die Gefahren aufdecken werden, die den Gedichten durch das Gegenteil des Gedichtes drohen, als wenn es von irgend etwas in der Welt ein Gegenteil gäbe. Dann werden dir Polizisten erwachsen, die die Liebe zum Gedicht mit dem Haß gegen das Gegenteil des Gedichts verwechseln und denen es daher nicht mehr ums Lieben, sondern ums Hassen zu tun sein wird. Als wenn die Zerstörung des Ölbaums gleichbedeutend mit der Liebe zur Zeder wäre. Und sie werden dir den Musiker oder den Bildhauer oder den Astronomen ins Gefängnis werfen, so wie es die Überlegungen zufällig ergeben, die ein törichter Wind der Worte und eine schwache Erschütterung der Luft sind. Und fortan wird mein Reich zugrunde gehen, denn die Zeder mit Leben erfüllen heißt nicht den Ölbaum zerstören oder den Duft der Rosen ablehnen. Pflanze die Liebe zum Segelschiff ins Herz deines Volkes, und es wird dir alle Inbrunst aus seiner Erde saugen, um sie in Segel zu verwandeln. Aber du willst ja selber die Geburt der Segel überwachen, indem du auf die Ketzer Jagd machst und sie denunzierst und sie ausmerzt. Nun erweist sich aber, daß all das, was nicht Segelschiff ist, das Gegenteil des Segelschiffs genannt werden kann, denn die Logik führt dich dorthin, wo du sie haben willst. Und so wirst du durch Säuberung über Säuberung dein ganzes Volk ausmerzen, da ja ein jeder auch etwas anderes liebt. Mehr noch – du wirst auch das Segelschiff selbst ausmerzen, denn die Hymne des Segelschiffs war beim Nagelschmied zur Hymne der Nagelschmiede geworden. So wirst du also den Nagelschmied einsperren. Und es wird keine Nägel mehr geben für das Schiff.

So ergeht es dem, der die großen Bildhauer dadurch zu fördern glaubt, daß er die schlechten ausmerzt, denn in seinem törichten Wind der Worte nennt er sie das Gegenteil der ersteren. Ich aber sage dir, daß du es deinen Söhnen verbieten wirst, einen Beruf zu ergreifen, der so geringe Lebensmöglichkeiten bietet.

– Wenn ich recht verstehe, ergrimmte sich der schieläugige Prophet, sollte ich das Laster dulden!

– Mitnichten! Du hast nichts verstanden, antwortete ich ihm.

119

Denn wenn ich nicht Krieg führen will und mich mein Rheumatismus im Bein zieht, wird er mir vielleicht zum Einwand gegen den Krieg werden; wäre ich hingegen zum Krieg geneigt, würde ich daran denken, ihn durch Tätigkeit zu heilen. Denn es ist nur mein Friedenswille, der sich als Rheumatismus verkleidete, so wie er sich vielleicht auch in Liebe zu meinem Hause oder Achtung vor meinem Feinde oder sonst etwas auf der Welt verkleiden könnte. Und wenn du die Menschen verstehen willst, so fange damit an, niemals auf sie zu hören. Denn der Nagelschmied spricht dir von seinen Nägeln. Der Astronom von seinen Sternen. Und sie alle vergessen das Meer.

120

Es dünkte mich sehr wichtig, daß es nicht genügt hinzuschauen, wenn du sehen willst. Denn hoch oben von meiner Terrasse zeigte ich ihnen das Landgut und erklärte ihnen seine Grenzen; und sie nickten und sagten: »Ja, ja . . .« Oder ich ließ das Kloster für sie öffnen und legte ihnen seine Regeln dar, und sie gähnten verstohlen. Oder ich zeigte ihnen die Architektur des neuen Tempels oder die Statue eines Bildhauers oder das Bild eines Malers, die etwas beigetragen hatten, was noch nicht gebräuchlich war. Und sie wandten sich sofort ab. All das, was einem anderen ans Herz greifen konnte, ließ sie gleichgültig.

Und ich sagte mir:

Wer durch die Dinge hindurch den göttlichen Knoten zu berühren vermag, der sie verknüpft, verfügt nicht ständig über diese Fähigkeit. Die Seele ist voller Schlaf. Die ungeübte Seele ist es noch mehr. Wie könnte man von diesen hier erhoffen, daß sie von der Offenbarung wie vom Blitz getroffen würden? Denn die allein begegnen dem Blitz, die durch ihn die Lösung ihrer Fragen empfangen, denn sie erwarteten dieses Gesicht, waren sie doch schon ganz so geformt, daß sie von ihm entflammt werden konnten. So ist es mit dem Manne, den ich dadurch für die Liebe befreite, daß ich ihn im Gebet übte. Ich habe ihn so gut vorgebildet, daß es manch ein Lächeln gibt, das für ihn wie ein Schwert sein wird. Aber die andern werden nur das Verlangen kennenlernen. Wenn ich sie jedoch mit den Legenden des Nordens einwiegte, wo die Schwäne vorüberziehen und die grauen Züge der Wildenten und wo Rufe die Weite erfüllen – denn den Norden, der im Eise gefangen ist, durchhallt, wie ein Tempel aus schwarzem Marmor, ein einziger Schrei –, dann bist du bereit für die grauen Augen und das Lächeln, das innerlich brennt wie das Licht einer geheimnisvollen Herberge im Schnee. Und ich werde sehen, wie es ihnen ans Herz greift. Aber die anderen, die von der brennenden Wüste heimkehren, erbeben bei solch einem Lächeln nicht.

Wenn ich dich also in deiner Kindheit so wie die andern geformt habe, wirst du die gleichen Gesichter wie die Leute deines Volkes entdecken, die gleichen Regungen der Liebe erfahren, und so werdet ihr verbunden sein. Denn ihr seid nicht einer mit dem anderen verbunden, sondern durch die verschiedenen Knoten, die die Dinge verknüpfen, und es kommt darauf an, daß es für alle die gleichen sind.

Und wenn ich sage »gleich«, so meine ich nicht, daß es jene Ordnung zu schaffen gilt, die aus Mangel und Tod besteht, wie bei aufgereihten Steinen oder im Gleichschritt marschierenden Soldaten. Ich sage, daß ich euch darin geübt habe, die gleichen Gesichter zu erkennen und so die gleichen Regungen der Liebe zu erfahren.

Denn ich weiß jetzt, daß Liebe Wiedererkennen heißt und daß dies die Erkenntnis der Gesichter bedeutet, die sich durch die Dinge hindurch ablesen lassen. Die Liebe ist nichts anderes als die Erkenntnis der Götter.

Sobald dir das Landgut, das Bildwerk, das Gedicht, das Reich, die Frau oder Gott durch das Mitleid mit den Menschen für einen Augenblick geschenkt werden, so daß du sie in ihrer Einheit erfassest, heiße ich Liebe jenes Fenster, das sich dann in dir geöffnet hat. Und ich heiße es Tod deiner Liebe, wenn es für dich nur noch eine Anhäufung gibt. Und doch hat sich all das nicht verändert, was dir durch die Sinne dargeboten wird.

Und so sage ich dir, daß alle die nicht mehr miteinander in Verbindung stehen können – es sei denn, sie haben wie das Tier nur das Gebräuchliche im Sinn –, die auf die Götter verzichteten: sie sind nur noch Vieh, das heimgekehrt ist in seinen Stall.

Daher gilt es, alle die zu bekehren, die zu mir kommen und schauen, ohne zu sehen. Denn nur dann wird es licht und weit in ihnen werden. Und nur dann werden sie nackt sein. Denn wonach solltest du, wenn du nicht darauf aus bist, deinen Bauch zu befriedigen, Verlangen tragen, und wo solltest du hingehen, und wo könnte das Feuer deiner Freude entstehen?

Einen bekehren heißt ihn den Göttern zuwenden, damit er sie sehe.

Und ich habe keine Brücke, die es mir gestattet, mich dir verständlich zu machen. Wenn du die Landschaft anschaust und ich dir darin mit ausgestrecktem Stock mein Landgut zeige, vermag ich nicht meine Liebe durch irgendeine Bewegung in dich zu verpflanzen, denn dann würde es dir allzu leicht fallen, dich in Rührung zu versetzen. Und so würdest du an den Tagen, an denen dich die Langeweile plagt, hinauf in die Berge gehen und dort einen Stock im Kreise schwingen, um dich zu begeistern.

Ich kann nicht meine Herrschaft an dir erproben. Und deshalb glaube ich an Taten. Denn ich habe die Menschen immer für blind und kindlich gehalten, die den Gedanken von der Tat unterscheiden wollen. Es unterscheiden sich davon lediglich die Ideen, die sich in Handelsware verwandeln lassen.

Ich werde dir also einen Karren oder Ochsen oder auch einen Dreschflegel für das Korn anvertrauen. Oder auch die Überwachung der Brunnenbauer. Oder die Olivenernte. Oder die Hochzeitsfeiern oder die Begräbnisse der Toten. Oder irgend etwas anderes, was dich in den unsichtbaren Bau eintreten läßt und seinen Kraftlinien unterwirft, und diese Kraftlinien werden dir die eine Gebärde erleichtern und die andere erschweren.

Du wirst also auf Verpflichtungen und Verteidigungen stoßen. Denn dieses Feld ist ungeeignet zum Pflügen, nicht aber das andere dort. Der Brunnen hier wird dieses Dorf retten, aber durch den anderen wird es krank werden. Jenes Mädchen steht vor der Hochzeit, und sein Dorf wird zum Lobgesang. Aber das andere Dorf beweint einen Toten. Und wenn du aber nur in eine Richtung deinen Faden ziehst, wird dir das ganze Muster zuteil. Denn der Ackersmann trinkt. Und der Brunnenbauer verheiratet seine Tochter. Und die Verheiratete ißt das Brot des einen und trinkt das Wasser des anderen, und alle feiern sie die gleichen Feste, beten sie zu den gleichen Göttern, beweinen sie die gleichen Toten. Und du wirst all das werden, was man in diesem Dorfe wird. Hernach wirst du mir sagen, wer in dir geboren wurde. Und erst, wenn er dir mißfällt, wirst du mein Dorf verleugnen.

Denn es gibt keinen müßigen Spaziergänger, dem es vergönnt wäre zu sehen. Die Anhäufung ist nichts, die sich allein den Blicken darbietet, und wie vermöchtest du im ersten Anlauf den Gott zu erfassen, da er doch nur die Übung deines Herzens ist?

Und ich nenne das allein Wahrheit, was dich begeistert. Denn es gibt nichts, was sich nicht beweisen oder widerlegen ließe. Aber du zweifelst nicht an der Schönheit, wenn dir ein bestimmtes Gesicht gefällt. Du wirst mir dann sagen, es sei wahr, es sei schön. Das gilt auch für das Landgut oder das Reich, wenn es dich, sobald du es entdeckt hast, bereit werden läßt, dafür zu sterben. Wie sollten die Steine wahr sein, wirst du mir sagen, und nicht der Tempel?

Und wenn ich dich im Innern des Klosters für das größte der Gesichte entflamme, nachdem ich dich vorgebildet habe, damit es sich dir zeigen kann – wie solltest du es zurückweisen? Wie könntest du mir sagen, die Schönheit im Gesicht sei wahr, nicht aber Gott in der Welt?

Denn glaubst du etwa, die Schönheit der Gesichter sei für dich etwas Natürliches? Und ich sage dir, daß das allein die Frucht deiner Lehrzeit ist. Denn ich bin noch keinem Blindgeborenen begegnet, der nach seiner Heilung sogleich durch ein Lächeln gerührt worden wäre. Auch das Lächeln muß man ihn erst lehren. Dir aber ist es von Jugend auf vertraut, daß ein gewisses

Lächeln deine Freude vorbereitet, denn es beruht auf einer Überraschung, die man dir noch verbirgt. Oder daß ein gewisses Runzeln der Brauen deine Schmerzen vorbereitet, oder daß ein gewisses Beben der Lippen die Tränen oder ein gewisser Glanz der Augen einen mitreißenden Plan ankündigt, oder daß ein gewisses Neigen des Hauptes den Frieden anzeigt und das Vertrauen in seinen Armen.

Und aus deinen hunderttausend Erfahrungen baust du ein Bild – das Bild des vollkommenen Vaterlandes, das dich völlig zu empfangen und zu erfüllen und zu beleben vermag. Und so erkennst du es in der Menge und wirst lieber sterben, als es verlieren wollen.

Der Blitz hat dich ins Herz getroffen, aber dein Herz war bereit für den Blitz.

So ist es denn auch nicht die Liebe, von der ich dir sage, daß ihre Geburt auf sich warten läßt, denn sie kann Offenbarung des Brotes sein, wonach ich dich hungern lehrte. So habe ich das Echo in dir vorbereitet, das durch das Gedicht in dir widerhallen wird. Und das Gedicht erleuchtet dich, das einen anderen gähnen macht. Ich habe dir einen Hunger vorbereitet, der sich nicht kennt, und ein Verlangen, das für dich keinen Namen hat. Es ist ein Ganzes, das aus Wegen, aus Gefügen, aus Architektur besteht. Der Gott, der ihm bestimmt ist, wird es mit einem Schlage erwecken, und all diese Wege werden licht werden. Du freilich weißt nicht das Geringste davon, denn wenn du es kennen und suchen würdest, hieße das, daß es schon einen Namen trüge. Und daß du es schon gefunden hättest.

121*

Auf Grund einer falschen Algebra haben diese Dummköpfe geglaubt, daß es Gegensätze gebe. Und der Gegensatz zur Demagogie ist die Grausamkeit. Im Leben ist hingegen das Netz der Beziehungen so geknüpft, daß du stirbst, wenn du einen deiner beiden Gegensätze aufhebst.

* Diesem Kapitel ging auf dem Manuskript die Bemerkung voraus: »Notiz für später.«

Denn das Gegenteil von irgend etwas ist der Tod und nichts als der Tod.

So geht es einem, der auf das Gegenteil der Vollkommenheit Jagd macht. Und er nimmt Streichung über Streichung vor, bis er dir den ganzen Text verbrennt. Denn nichts ist vollkommen. Aber einer, der die Vollkommenheit liebt, verschönert sie ständig.

So geht es einem, der auf das Gegenteil des Edelsinns Jagd macht. Und er verbrennt dir alle Menschen, denn keiner ist vollkommen.

So geht es einem, der seinen Feind vernichtet. Und er lebte von ihm. Also stirbt er daran. Der Gegensatz des Schiffes ist das Meer. Aber dieses hat ihm Vordersteven und Kiel geformt und geschärft. Und der Gegensatz des Feuers ist die Asche, aber sie hütet das Feuer.

So geht es dem, der gegen die Knechtschaft kämpft und den Haß aufruft, statt daß er für die Freiheit kämpft und die Liebe aufruft. Und da es überall, in jeder Ordnung, Spuren der Knechtschaft gibt und du die Aufgabe, die den Fundamenten des Tempels obliegt, Knechtschaft nennen kannst – denn auf sie stützen sich die edlen Steine, die allein zum Himmel aufsteigen –, so bist du auch bereits gezwungen, von Folgerung zu Folgerung zu schreiten, bis du den Tempel völlig zerstört hast.

Denn die Zeder ist nicht Haß gegen all das, was nicht Zeder ist, sondern Felsgestein, das die Zeder aufgesogen hat und zum Baume werden ließ.

Wenn du kämpfst gegen was immer es sei, wird dir die ganze Welt verdächtig werden, denn alles ist ein mögliches Obdach, ein möglicher Hinterhalt und eine mögliche Nahrung für deinen Feind.

Wenn du kämpfst, gegen was immer es sei, mußt du dich selber vernichten, denn ein Teil davon steckt in dir selbst, mag er auch noch so gering sein.

Denn die einzige Ungerechtigkeit, die ich begreife, ist jene, die der Schöpfung eignet. Und du hast nicht die Säfte zerstört, die den Dornenstrauch hätten nähren können, sondern du hast eine Zeder aufgebaut, die sie für sich verwandelt hat, und deshalb wird der Dornenstrauch nicht entstehen.

Wenn du zu einem bestimmten Baum wirst, wirst du nicht zu einem anderen. Und du bist ungerecht gewesen gegen die anderen.

Wenn deine Inbrunst erlischt, läßt du das Reich durch deine Polizisten fortbestehen. Aber wenn nur die Polizei es retten kann, so heißt das, daß das Reich schon gestorben ist. Denn mein Zwang besteht in der Macht der Zeder, die die Säfte der Erde in ihre Knoten einknüpft, nicht aber in der fruchtlosen Ausmerzung der Dornen und der Säfte, die sich gewiß den Dornen darboten, aber sich ebenso der Zeder dargeboten hätten.

Hast du schon erlebt, daß man gegen eine Auslese Krieg führt? Die Zeder, die gedeiht und das Buschwerk unterdrückt, kümmert sich nicht um das Buschwerk. Sie weiß gar nichts von seinem Dasein. Sie kämpft für die Zeder und verwandelt das Buschwerk in Zeder.

Willst du die Menschen gegen etwas sterben lassen? Wer wird dann sterben wollen? Man will wohl töten, aber nicht sterben. Die Bejahung des Krieges ist nun aber die Bejahung des Todes. Und die Bejahung des Todes ist nur möglich, wenn du dich gegen etwas austauschst. Also in der Liebe.

Diese dort hassen ihre Mitmenschen. Und wenn ihnen Gefängnisse zu Gebote stehen, pferchen sie ihre Mitmenschen darin zusammen. So stärkst du nur deinen Feind, denn von den Gefängnissen geht größerer Glanz aus als von den Klöstern.

Wenn einer einkerkert oder hinrichtet, heißt das, daß er vor allem an sich selber zweifelt. Er merzt die Zeugen und die Richter aus. Aber du wirst nicht dadurch stark, daß du alle die ausmerzt, die dich schwach gesehen haben.

Wenn einer einkerkert und hinrichtet, heißt das auch, daß er seine Fehler auf andere abwälzt. Also daß er schwach ist. Denn je stärker du bist, um so mehr Fehler nimmst du auf deine eigene Rechnung. Sie werden dir zu einer Lehre, die deinem Siege dient. Als einer der Generäle meines Vaters sich hatte schlagen lassen und sich deswegen entschuldigte, fiel ihm dieser ins Wort: »Sei nicht so anmaßend, dir einzubilden, du hättest Fehler begehen können. Wenn ich einen Esel besteige, der sich verirrt, hat sich nicht der Esel getäuscht, sondern ich selber.«

Die Entschuldigung der Verräter, sagte mein Vater noch, besteht vor allem darin, daß es ihnen möglich wurde, Verrat zu üben.

122

Wenn mehrere Wahrheiten einleuchtend sind und sich unbedingt widersprechen, bleibt dir nichts anderes übrig, als deine Sprache zu wechseln.

Die Logik hilft dir nicht weiter, wenn du von einer Stufe auf eine andere übergehen willst. Du siehst nicht, was innere Sammlung bedeutet, wenn du von den Steinen ausgehst. Und wenn du von Sammlung in der Sprache der Steine redest, muß es dir mißlingen. Du mußt dir dieses neue Wort erfinden, um dir über eine gewisse Architektur deiner Steine klarzuwerden. Es ist ja ein neues Wesen entstanden, das unteilbar, unerklärlich ist, denn erklären heißt darlegen. Und so taufst du es also mit einem Namen.

Wie könntest du über die Sammlung, über die Liebe, über das Landgut Überlegungen anstellen. Das sind keine Gegenstände, sondern Götter.

Ich habe einen gekannt, der sterben wollte, weil er die Legende von einem Lande im Norden hatte singen hören und ihm ungewisse Kunde kam, daß man in einer bestimmten Nacht des Jahres, auf knirschendem Schnee und unter den Sternen, dorthin wandert, Holzhäusern entgegen, die erleuchtet sind. Und wenn du nach deinem Gange in ihren Lichtschein trittst und dein Gesicht an ihre Scheiben drückst, entdeckst du, daß diese Helle von einem Baume kommt. Und man sagt dir, diese Nacht sei vom Geruche gefirnißten Holzes und vom Dufte des Wachses erfüllt. Und man sagt dir, die Gesichter in dieser Nacht seien anders als sonst. Denn sie erwarten ein Wunder. Und du siehst, wie die Alten alle ihren Atem anhalten und gebannt auf die Augen der Kinder schauen und sich auf großes Herzklopfen gefaßt machen. Denn in den Augen dieser Kinder wird etwas Unfaßbares geschehen, das nicht mit Gold aufzuwiegen ist. Das ganze Jahr hindurch hast du es aufgebaut: durch die Erwartung und durch Versprechen und vor allem durch deine wissenden Mienen und deine geheimen Anspielungen und die Unermeßlichkeit deiner Liebe. Und dann wirst du irgendein unscheinbares Spielzeug aus gefirnißtem Holz vom Baume nehmen und es dem Kinde reichen, wie es der Überlieferung deiner Bräuche entspricht. Und das ist der Augenblick. Und keiner wagt mehr zu atmen. Und das Kind klappt mit den Lidern, denn man hat es frisch aus dem Schlafe geholt. Und nun sitzt es auf deinen Knien mit dem frischen Geruch des Kindes, das man eben aus dem Schlafe geholt hat, und wenn es dir um den Hals fällt, bereitet es dir einen Brunnen fürs Herz, nach dessen Wasser dich dürstet. (Und das ist der große Kummer der Kinder, daß man ihnen einen Quell ausraubt, der in ihnen ist und den sie selbst nicht kennen und zu dem alle trinken kommen, die im Herzen gealtert sind, um wieder jung zu werden.) Aber es ist jetzt nicht die Zeit für Küsse. Und das Kind blickt auf den Baum, und du blickst auf das Kind. Denn wie eine seltsame Blume, die einmal im Jahre unter dem Schnee hervorsprießt, gilt es, sein verwundertes Staunen zu pflücken.

Und sieh, da macht dich eine gewisse Farbe der Augen ganz glücklich. Sie werden dunkel, und plötzlich, sobald das Geschenk es berührt hat, umschlingt das Kind seinen Schatz, um innen sein Licht zu empfangen, so wie die Seeanemonen das tun. Und es würde fliehen, wenn du es fliehen ließest. Und du kannst nicht mehr hoffen, es einzuholen. Sprich nicht zu ihm, es hört dich nicht mehr.

Sage mir nur nicht, diese kaum veränderte Farbe sei ohne Gewicht. Denn selbst wenn sie für dein Jahr und den Schweiß deiner Arbeit und das Bein, das du im Kriege verloren hast, und deine durchgrübelten Nächte und die Kränkungen und Leiden, die du erduldetest, der einzige Lohn wäre – sie würde dich doch jetzt entschädigen und dich mit Staunen erfüllen. Denn du gewinnst bei diesem Tausch.

Und alle Vernunft reicht nicht aus, um die Liebe zum Landgut und die Stille des Tempels und diesen unvergleichlichen Augenblick zu ergründen.

Mein Soldat also wollte sterben. Er, der stets nur in Sonne

und Sand gelebt hatte, der keinen Lichterbaum kannte, der kaum die Richtung nach Norden wußte, wollte sterben, weil man ihm gesagt hatte, daß irgendwo in der Welt durch irgendeinen Eroberer ein gewisser Duft des Wachses und eine gewisse Farbe der Augen bedroht seien; dabei entsann er sich kaum, daß sie ihm die Gedichte einstmals von fern zugetragen hatten, so wie der Wind einen schwachen Geruch mitführt. Und ich kenne keinen besseren Grund zum Sterben.

Denn es erweist sich, daß dich allein der göttliche Knoten nährt, der die Dinge verknüpft. Der der Meere und Mauern spottet. Und so bist du in deiner Wüste ganz glücklich, weil irgendwo in der Welt, in einer Richtung, die du nicht kennst, bei Fremden, von denen du nichts weißt, in einem Lande, von dem du nichts begreifst, eine Sehnsucht nach dem Bilde eines ärmlichen Dinges aus gefirnißtem Holze lebt – und weil dies Bild in eines Kindes Augen versinkt wie ein Stein in stillen Gewässern.

Und es erweist sich, daß die Nahrung, die du dadurch empfängst, die Mühe des Sterbens aufwiegt. Und daß ich Heere aufstellen würde, wenn ich es wünschte, um irgendwo in der Welt einen Duft von Wachs zu retten.

Aber ich werde kein Heer aufstellen, um Vorräte zu retten. Denn sie sind etwas Fertiges, und von ihnen hast du nichts zu erwarten; sie könnten dich höchstens in mürrisches Vieh verwandeln.

Deshalb auch bist du, wenn deine Götter erlöschen, nicht mehr bereit zu sterben. Aber du wirst auch nicht mehr leben. Denn es gibt keine Widersprüche. Wenn Tod und Leben Worte sind, die sich die Zunge zeigen, so bleibt doch bestehen, daß du nur von etwas zu leben vermagst, wofür du auch sterben kannst. Und wer sich dem Tode versagt, versagt sich dem Leben.

Denn wenn nichts über dir ist, hast du nichts zu empfangen. Außer von dir selber. Was aber erhältst du schon von einem leeren Spiegel?

123

Ich möchte für dich sprechen, die du allein bist. Denn ich habe den Wunsch, dich mit diesem Lichte zu erfüllen.

Ich habe entdeckt, daß es möglich ist, dich in deiner Stille und deiner Einsamkeit zu nähren. Denn die Götter spotten der Mauern und Meere. Und du bist dadurch reich, auch du, daß es irgendwo in der Welt nach Wachs duftet. Selbst wenn du nicht hoffen kannst, diesen Duft zu atmen.

Doch um den Wert der Nahrung, die ich dir bringe, zu beurteilen, habe ich kein anderes Mittel, als dich selbst zu beurteilen. Zu was wirst du, wenn du sie empfangen hast? Ich will, daß du die Hände in der Stille faltest, wenn deine Augen dunkel geworden sind wie beim Kinde, sobald ich ihm den Schatz übergeben habe, der es zu verzehren beginnt. Denn auch mein Geschenk an das Kind bestand nicht aus einem Gegenstande: wenn einer aus drei Kieselsteinen eine Kriegsflotte bauen und sie mit Sturm bedrohen kann und ich ihm einen Holzsoldaten schenke, so macht er daraus ein Heer und Hauptleute und Treue zum Reich und Härte der Disziplin und das Verdursten in der Wüste. Denn so ist es auch mit dem Musikinstrument, das etwas ganz anderes darstellt als ein Instrument; es ist vielmehr die Falle, mit der du deine Beute einfängst. Die niemals von gleicher Beschaffenheit wie die Falle ist. Und auch dich werde ich erleuchten, damit dein Kämmerlein hell und dein Herz bewohnt sei. Denn die schlafende Stadt, die du von deinem Fenster aus betrachtest, ist nicht die gleiche, wenn ich dir erst vom Feuer unter der Asche erzählt habe. Und der Weg, auf dem meine Schildwache die Ronde macht, ist nicht der gleiche, wenn er über das Vorgebirge des Reiches führt.

Wenn du dich hingibst, empfängst du mehr, als du gibst. Denn du warst nichts, und nun wirst du jemand. Und es kümmert mich wenig, ob sich die Worte die Zunge zeigen.

Ich werde für dich sprechen, die du allein bist, denn ich habe den Wunsch, dir einen Inhalt zu geben. Und wegen einer verrenkten Schulter oder eines schadhaften Auges fällt es dir vielleicht schwer, den Gatten leibhaftig in deinem Hause zu empfangen. Aber es gibt manch eine Gegenwart, die noch stärker ist, und ich habe beobachtet, daß der Krebskranke auf seinem Siechbett an einem Siegesmorgen nicht mehr der gleiche war und daß seine Kammer wie erfüllt schien, obwohl die Dicke der Mauern den Hörnerklang abhielt.

Und was ist denn von draußen nach drinnen gedrungen? Nichts als der Knoten, der die Dinge verknüpft, der Sieg ist und aller Mauern und Meere spottet. Und warum sollte es nicht eine Gottheit geben, die noch heftiger brennt? Sie wird dein Herz in Brand setzen und dich treu und vortrefflich machen.

Denn die wahre Liebe verausgabt sich nicht. Je mehr du gibst, um so mehr verbleibt dir. Und wenn du dich anschickst, aus dem wahren Brunnen zu schöpfen, spendet er um so mehr, je mehr du schöpfst. Und der Duft des Wachses ist wahr für alle. Und wenn eine andere ihn gleichfalls atmet, wird es dir selber zugute kommen, daß sie dadurch reicher wurde.

Aber jener leibhaftige Gatte deines Hauses wird dich ausplündern, wenn er anderswo lächelt, und so wird er dich liebesmüde machen.

Und deshalb werde ich dich besuchen. Und ich brauche mich dir nicht zu erkennen zu geben. Ich bin der Knoten, der das Reich zusammenhält, und ich habe für dich ein Gebet ersonnen. Und ich bin der Schlußstein einer bestimmten Freude an den Dingen. Und ich verknüpfe dich. Und so bist du nicht mehr einsam.

Und wie solltest du mir nicht folgen? Ich bin ja nichts anderes mehr als du selbst. So ist es mit der Musik, die ein bestimmtes Gefüge in dir aufbaut. Durch sie wirst du entflammt. Und die Musik ist weder wahr noch falsch. Du selber begannst zu werden.

Ich will dich nicht verlassen sehen in deiner Vollkommenheit. Bitter und verlassen. Ich werde die Inbrunst in dir wekken, die nur gibt und niemals ausplündert, denn die Inbrunst verlangt weder Eigentum noch Gegenwart.

Doch das Gedicht ist aus Gründen schön, die nicht auf Logik beruhen, da sie einer anderen Ebene angehören. Und es ist um so ergreifender, je mehr es dich in der Weite heimisch werden läßt. Denn es gibt einen Ton, der sich aus dir gewinnen läßt und den du nicht wiedergeben kannst, aber nicht alle Töne haben den gleichen Wert. Es gibt schlechte Musik, die dir mittelmäßige Wege im Herzen öffnet. Und der Gott ist schwach, der dir so erscheint.

Aber es gibt Besuche, nach denen du schlafend zurückbleibst, weil du so sehr geliebt hast.

Und deshalb habe ich für dich, die du allein bist, dieses Gebet ersonnen.

124

Gebet der Einsamkeit.

Erbarme Dich meiner, o Herr, denn meine Einsamkeit lastet auf mir. Es gibt nichts, auf das ich wartete. Hier bin ich in dieser Kammer, in der nichts zu mir spricht. Und doch wünsche ich nicht die Gegenwart der Menschen herbei, denn ich weiß mich noch verlorener, wenn ich in der Menge untertauche. Aber sieh jene andere, die mir gleicht und die sich in eben solch einer Kammer befindet und sich doch glücklich fühlt, wenn die Menschen, denen ihre Zärtlichkeit gehört, anderswo im Hause geschäftig sind. Sie hört sie nicht und sieht sie nicht. Sie empfängt nichts von ihnen im Augenblick. Aber um glücklich zu sein, genügt es ihr zu wissen, daß ihr Haus bewohnt ist.

Herr, auch ich erwarte nicht etwas, das ich sehen oder hören könnte. Deine Wunder sind nicht für die Sinne. Doch um mich zu heilen, genügt es, wenn du meinen Geist erleuchtest, so daß ich mein Heim verstehe.

Wenn der Wanderer in seiner Wüste einem bewohnten Hause angehört, Herr, so freut er sich dessen, obwohl er weiß, daß es am anderen Ende der Welt liegt. Keine Entfernung hält ihn davon ab, sich von ihm nähren zu lassen, und wenn er stirbt, stirbt er in der Liebe . . . Ich erwarte also nicht einmal, Herr, daß mir mein Heim nahe sei.

Sieh den Spaziergänger, dem in der Menge ein Gesicht auffällt. Er verwandelt sich, selbst wenn das Gesicht für ihn nicht bestimmt ist. So geht es jenem Soldaten, der in die Königin verliebt ist. Er wird Soldat einer Königin. Ich erwarte also nicht einmal, Herr, daß mir jenes Heim verheißen sei.

Auf den weiten Meeren gibt es glühende Schicksale, die sich einer gar nicht vorhandenen Insel geweiht haben. Sie singen, während sie auf dem Schiffe sind, die Hymne der Insel und fühlen sich glücklich dabei. Nicht die Insel ist es, die sie glücklich macht, sondern der Gesang. Ich erwarte also nicht einmal, Herr, daß jenes Heim überhaupt bestehe . . .

Die Einsamkeit, Herr, ist nur Frucht des Geistes, wenn er krank ist. Er bewohnt nur ein Vaterland, das der Sinn der Dinge ist. So ist es mit dem Tempel, wenn er Sinn der Steine ist. Nur für diesen Raum hat der Geist Flügel. Er freut sich nicht über die Dinge, sondern allein über das Gesicht, das man durch sie hindurch erkennt und das sie miteinander verknüpft. Gib nur, daß ich zu erkennen lerne.

Dann, Herr, wird meine Einsamkeit überstanden sein.

125

Denn wie die Kathedrale aus einer bestimmten Anordnung der Steine besteht, die sich alle gleichen, jedoch auf Grund von Kraftlinien verteilt sind, deren Gefüge den Geist anspricht, so gibt es auch ein Zeremoniell meiner Steine. Und die Kathedrale ist mehr oder weniger schön.

Ebenso ist die Liturgie meines Jahres eine bestimmte Anordnung von Tagen, die sich zunächst alle gleichen, jedoch auf Grund von Kraftlinien verteilt sind, deren Gefüge den Geist anspricht. Und jetzt gibt es Tage, an denen du fasten mußt, andere, an denen ihr aufgefordert werdet, euch zu vereinigen, andere, an denen man nicht arbeiten darf. Und das sind meine Kraftlinien, auf die du stößt, ebenso wie es ein Zeremoniell meiner Tage gibt. Und das Jahr ist mehr oder weniger von Leben erfüllt.

Ebenso gibt es ein Zeremoniell für die Züge des Gesichts.

Und das Gesicht ist mehr oder weniger schön. Und ein Zeremoniell meines Heeres. Denn diese Bewegung ist dir darin möglich, nicht aber jene andere, durch die du auf meine Kraftlinien stößt. Und du bist Soldat eines Heeres. Und das Heer ist mehr oder weniger stark.

So gibt es ein Zeremoniell meines Dorfes, denn sieh, jetzt ist Festtag, oder es läutet die Totenglocke, oder es ist die Stunde der Weinlese, oder es gilt, die Mauer gemeinsam zu bauen, oder es herrscht Hungersnot in der Gemeinde, und es gilt, das Wasser in der Dürre zu teilen, und jener volle Schlauch ist nicht für dich allein bestimmt. Und so gehörst du einem Vaterlande an. Und das Vaterland spendet dir mehr oder weniger Wärme.

Und ich kenne nichts auf der Welt, was nicht zunächst Zeremoniell wäre. Denn versprich dir nichts von der Kathedrale ohne Architektur, einem Jahr ohne Feste, einem Gesicht ohne Ebenmaß, einem Heer ohne Dienstvorschrift oder einem Vaterland ohne Bräuche. Du wüßtest nicht, was du mit deinen Baustoffen anstellen solltest.

Oder willst du etwa behaupten, jenes Durcheinander von Dingen sei die Wirklichkeit und jenes Zeremoniell ein Trugbild? Da ja auch ein Ding das Zeremoniell seiner Teile ist. Warum sollte nach deiner Ansicht das Heer weniger wirklich als ein Stein sein? Ich habe jedoch Stein ein gewisses Zeremoniell des Staubes genannt, aus dem sich der Stein zusammensetzt. Und Jahr das Zeremoniell der Tage. Warum sollte das Jahr weniger wahr als der Stein sein?

Diese da haben nur die einzelnen entdeckt. Und gewiß ist es gut, wenn die einzelnen gedeihen und sich nähren und sich kleiden und nicht übermäßig leiden. Aber das Wesentliche an ihnen stirbt, und sie sind nur ein Durcheinander von Steinen, wenn du nicht in deinem Reich ein Zeremoniell der Menschen begründest.

Denn andernfalls ist der Mensch nichts mehr. Und du wirst dann deinen Bruder, wenn er stirbt, nicht heftiger beklagen als ein Hund, wenn ein anderer vom gleichen Wurf ertrinkt. Aber du wirst auch keine Freude an der Heimkehr deines Bruders haben. Denn die Heimkehr deines Bruders muß sich einem

Tempel einfügen, der dadurch schöner wird, und der Tod des Bruders muß ein Einsturz im Tempel sein.

Und bei den Flüchtlingen aus der Berberei habe ich nicht beobachtet, daß sie ihre Toten beweint hätten.

Wie könnte ich dir begreiflich machen, was ich suche? Es handelt sich nicht mehr um einen Gegenstand, der zu den Sinnen, sondern der zum Geist spricht. Verlange nicht von mir, ich sollte das Zeremoniell rechtfertigen, das ich auferlege. Die Logik steht mit den Dingen auf einer Stufe und nicht mit dem Knoten, der sie verknüpft. Hier habe ich keine Sprache mehr.

Du hast sie gesehen, die Raupen, wie sie ohne Augen dem Licht entgegenwanderten oder den Baum emporklommen. Und du, der du sie als Mensch beobachtest, findest Worte für jenes Wohin, dem sie zustreben. Du folgerst »Licht« oder »Gipfel«. Sie aber wissen davon nichts. So empfängst du auch etwas von meiner Kathedrale, von meinem Jahr, meinem Gesicht, meinem Vaterland: siehe, das ist deine Wahrheit; und dein Wind der Worte kümmert mich wenig, er taugt nur für die Dinge. Du bist Raupe. Du begreifst nicht, was du suchst.

Wenn du also aus meiner Kathedrale, aus meinem Jahr, aus meinem Reich verschönt, geheiligt oder von einer unsichtbaren Speise genährt hervorgingest, würde ich mir sagen: Hier ist eine schöne Kathedrale für Menschen. Ein schönes Jahr. Ein schönes Reich. Selbst wenn ich nicht weiß, welche Betrachtungen ich anstellen sollte, um die Ursache zu erfahren.

Ich habe nur gleich der Raupe etwas gefunden, was für mich bestimmt ist. So geht es einem Blinden im Winter, der mit ausgestreckten Händen das Feuer sucht. Und er findet es. Und er legt seinen Stecken nieder und setzt sich nahe heran, mit gekreuzten Beinen. Obwohl er nichts vom Feuer weiß, in der Art, wie du etwas weißt, der du sehen kannst. Er hat die Wahrheit seines Leibes gefunden, denn du kannst ihn beobachten, wie er nicht von der Stelle weicht.

Und wenn du meiner Wahrheit vorwirfst, sie sei keine Wahrheit, werde ich dir vom Tode des einzigen Mathematikers, meines Freundes, erzählen, der mich bat, ihm beizustehen, als er sich zum Sterben rüstete.

126

Ich kam also zu ihm mit meinen langsamen Schritten, denn ich liebte ihn.

– Mathematiker, mein Freund, ich werde zu Gott für dich beten.

Aber er war müde, da er gelitten hatte.

– Sorge dich nicht um meinen Leib. Mein Bein ist tot, mein Arm ist tot; so bin ich wie ein alter Baum. Laß den Holzfäller nur sein Werk tun ...

– Sehnst du dich nach nichts zurück, Mathematiker?

– Wonach sollte ich mich zurücksehnen? Ich bewahre das Andenken an einen kräftigen Arm und ein kräftiges Bein. Doch das ganze Leben ist Geburt. Und man paßt sich dem an, was man ist. Hast du dich jemals nach deiner frühen Kindheit, nach deinen fünfzehn Jahren oder nach dem reifen Mannesalter zurückgesehnt? Jene Sehnsüchte sind Sehnsüchte eines schlechten Dichters. Es liegt keine Sehnsucht darin, nur die Süße der Schwermut, die nicht Leiden ist, und der Duft, der im Gefäß einer verdunsteten Flüssigkeit zurückbleibt. Gewiß beklagst du dein Auge an dem Tage, an dem du es verlierst, denn jede Wandlung ist schmerzlich. Aber es ist nicht erschütternd, wenn man mit einem einzigen Auge durchs Leben geht. Und ich habe Blinde lachen gesehen.

– Man kann seines Glückes gedenken ...

– Und was erscheint dir leidvoll dabei? Gewiß sah ich manchen unter der Trennung von seiner Geliebten leiden, die für ihn Sinn der Tage, der Stunden und Dinge war. Denn sein Tempel stürzte ein. Doch jenen anderen habe ich nicht leiden gesehen, der den Rausch der Liebe gekannt hatte, dann aber das Heim seiner Freuden verlor, da er zu lieben aufhörte. Und genauso steht es mit einem, den das Gedicht ergriff, später aber langweilte. Wo siehst du ihn leiden? Wenn der Geist schläft, lebt der Mensch nicht mehr. Denn Langeweile ist keine Sehnsucht. Die Sehnsucht nach Liebe ist immer noch Liebe ... Und wenn keine Liebe mehr da ist, gibt es auch keine Sehnsucht nach Liebe mehr. Du begegnest dann nur noch der Langeweile, die mit den Dingen auf gleicher Stufe steht, denn diese haben dir nichts zu geben. Die Bausteine meines Lebens stürzen im gleichen Augenblick zusammen, in dem der Schlußstein ihres Gewölbes fortfällt; es ist das Leiden der Wandlung, und wie sollte ich es kennenlernen? Da sich mir jetzt erst der wahre Schlußstein und die wahre Bedeutung offenbart und jene Bausteine niemals mehr Sinn besessen haben, als sie jetzt dadurch empfangen. Und wie sollte ich die Langeweile kennenlernen, da es eine gebaute und vollendete Basilika gibt, die sich endlich für meine Augen erhellt hat.

– Was sagst du mir da, Mathematiker! Die Mutter kann wehklagen, wenn sie des toten Kindes gedenkt.

– Gewiß, im Augenblick, da sie es verliert. Denn die Dinge verlieren ihren Sinn. Die Milch steigt der Mutter hoch, und es gibt kein Kind mehr. Das Geheimnis bedrückt dich, das für die Liebste bestimmt ist, und es gibt keine Liebste mehr. Und was kannst du mit der Liebe zum Landgut anfangen, wenn du von einem Landgut stammst, das verkauft und aufgeteilt ist? Es ist die Stunde der Wandlung, die stets schmerzhaft ist. Aber du täuschst dich, denn die Worte verwirren die Menschen. Es kommt die Stunde, in der die alten Dinge ihren Sinn erhalten, der darin bestand, dir zum Werden zu verhelfen. Es kommt die Stunde, in der du dich dadurch reich fühlst, daß du einstmals geliebt hast. Und darin besteht die Schwermut, und sie ist süß. Es kommt die Stunde, in der die Mutter, da sie gealtert ist, ein ergreifenderes Gesicht und ein helleres Herz ihr eigen nennt, obwohl sie es nicht einzugestehen wagt; denn sie hat genausoviel Angst vor den Worten, wie ihr das Andenken ihres toten Kindes teuer ist. Hast du jemals eine Mutter sagen hören, sie hätte ihr Kind lieber nicht gekannt und nicht gestillt und nicht geherzt?

Nachdem der Mathematiker lange geschwiegen hatte, sagte er mir noch:

– So wird mir mein Leben, das nach rückwärts wohlgeordnet ist, heute schon zur Erinnerung . . .

– Oh, Mathematiker, mein Freund, sage mir die Wahrheit, die dir die Seele so heiter stimmt . . .

– Eine Wahrheit erkennen heißt vielleicht nur, sie im Schweigen zu sehen. Die Wahrheit erkennen heißt vielleicht nur, endlich das Recht zur ewigen Ruhe zu haben. Ich pflege zu sagen, daß der Baum wahr ist, der eine bestimmte Beziehung zwischen seinen Teilen darstellt. Sodann der Wald, der eine bestimmte Beziehung zwischen den Bäumen darstellt. Sodann das Landgut, das eine bestimmte Beziehung zwischen den Bäumen und den Ebenen und den anderen Bestandteilen des Landguts darstellt. Sodann das Reich, das eine bestimmte Beziehung zwischen den Landgütern und Städten und anderen Bestandteilen des Reiches darstellt. Sodann Gott, der eine vollkommene Beziehung zwischen den Reichen und allem, was es in der Welt gibt, darstellt. Gott ist ebenso wahr wie der Baum, obwohl er schwer zu lesen ist. Und ich habe keine Fragen mehr zu stellen. Er überlegte: – Ich kenne keine andere Wahrheit. Ich kenne nur Gefüge, die mir mehr oder minder geeignet erscheinen, um die Welt in Worte zu fassen. Aber ...

Er schwieg lange diesmal, und ich wagte nicht, ihn zu unterbrechen.

– Indessen schien es mir zuweilen, daß die Wahrheit mit etwas Ähnlichkeit hatte ...

– Was willst du damit sagen?

– Wenn ich suche, habe ich gefunden, denn der Geist verlangt nur nach den Dingen, die er besitzt. Finden heißt sehen. Und wie sollte ich das suchen, was für mich noch keinen Sinn hat? Ich sagte dir schon, die Sehnsucht nach Liebe ist Liebe. Und keiner leidet unter dem Verlangen nach etwas, was er nicht begriffen hat. Und doch habe ich auch Sehnsucht nach Dingen verspürt, die noch keinen Sinn hatten. Warum wäre ich sonst Wahrheiten nachgegangen, die ich nicht begreifen konnte? Ich habe, um zu unbekannten Brunnen zu gelangen, geradlinige Wege gewählt, die einer Heimkehr glichen. Ich hatte den Instinkt, der mich meinen Gefügen entgegenführte, wie deine Raupen, die ihre Sonne blind macht.

– Und wenn du einen Tempel baust und er schön ist, wem gleicht er dann? Und wenn du über das Zeremoniell der Menschen Gesetze erläßt und dieses die Menschen begeistert, so wie das Feuer deinen Blinden erwärmt, wem gleicht es dann? Denn die Tempel sind nicht alle schön, und manch ein Zeremoniell erweckt keine Begeisterung.

Aber die Raupen kennen ihre Sonne nicht, die Blinden kennen ihr Feuer nicht, und du kennst das Gesicht nicht, das dir als Vorbild dient, wenn du einen Tempel baust, der das Herz der Menschen erhebt.

Es gab für mich ein Gesicht, das mich von der einen Seite erleuchtete und nicht von der anderen, denn es zwang mich, mich ihm zuzuwenden. Aber ich kannte es noch nicht . . .

Damals geschah es, daß meinem Mathematiker Gott sich zeigte.

127

Niedrige Handlungen erwecken zu ihrer Durchführung niedrige Seelen. Edle Handlungen edle Seelen.

Niedrige Handlungen lassen sich durch niedrige Motive ausdrücken. Edle Handlungen durch edle Motive.

Wenn ich verraten lasse, werde ich durch Verräter verraten lassen.

Wenn ich bauen lasse, werde ich durch Maurer bauen lassen.

Wenn ich die Waffen strecke, werde ich die Übergabe durch Feiglinge unterzeichnen lassen.

Wenn ich sterben lasse, werde ich den Krieg durch Helden erklären lassen.

Denn es ist offensichtlich: Wenn es verschiedene Richtungen gibt und eine den Sieg davonträgt, so wird derjenige, der sich am lautesten für diese Richtung eingesetzt hat, die Verantwortung übernehmen. Und wenn es sich herausstellt, daß die gebotene Richtung erniedrigend ist, so wird dich derjenige dorthin führen, der sie schon zu einer Zeit, als sie noch nicht geboten war, aus bloßer Niedrigkeit herbeiwünschte.

Es ist schwierig, die Übergabe durch die Heldenmütigsten entscheiden zu lassen, und desgleichen, die Wahl des Opfers den größten Feiglingen aufzuerlegen.

Und wenn eine Handlung geboten ist, obwohl sie von einem bestimmten Gesichtspunkt aus erniedrigend ist – da alles mehrere

Seiten hat –, werde ich den nach vorne stoßen, der am meisten stinkt und am wenigsten Ekel bekundet. Ich wähle dafür nicht Leute, die eine empfindliche Nase haben, sondern Kehrichtsammler.

Das gilt bei Verhandlungen mit meinem Feinde, wenn er Sieger ist. Ich werde, um sie zu führen, den Freund des Feindes auswählen. Aber komme mir nur nicht mit dem Vorwurf, ich brächte dem einen Achtung entgegen oder unterwürfe mich aus freien Stücken dem anderen.

Denn das ist gewiß: Wenn du meine Kehrichtsammler aufforderst, sich zu erklären, werden sie dir sagen, sie sammelten den Kehricht, weil sie am Geruch des Unrats ihre Freude hätten. Und mein Henker wird dir sagen, er enthaupte aus Freude am Blute.

Doch du würdest dich täuschen, wenn du mich, der ich sie antreibe, nach ihrer Sprache beurteilen wolltest. Denn mein Abscheu vor dem Unrat und meine Vorliebe für glänzende Fußböden ließen mich die Kehrichtsammler herbeiholen. Und mein Abscheu vor vergossenem Blute, wenn es unschuldig ist, hat mich genötigt, einen Henker zu erfinden.

Und nun höre nicht auf die Reden der Menschen, wenn es dein Wunsch ist, sie zu verstehen. Denn wenn ich mich für den Krieg und das Opfer des Lebens entschieden habe, um die Speicher des Reiches zu retten, werden sich die Heldenmütigsten nach vorne drängen, um den Tod zu predigen; und so werden sie dir allein von der Ehre und dem Ruhm des Sterbens reden. Denn keiner stirbt für einen Speicher.

Und ebenso ist es mit der Liebe zum Schiffe, die sich beim Nagelschmied in Liebe zu den Nägeln verwandelt.

Und wenn ich mich für den Frieden entschieden habe, um einen Teil der gleichen Speicher vor völliger Plünderung zu bewahren, bevor das Feuer alles zerstört hat, wonach es dann nicht mehr die Frage: Krieg oder Frieden, sondern nur noch den Todesschlaf gäbe, so werden sich diejenigen nach vorne drängen, um den Frieden zu unterzeichnen, die am wenigsten gegen den Feind eingenommen sind. Und so werden sie dir von der Schönheit seiner Gesetze und der Gerechtigkeit seiner Entscheidungen reden. Und sie werden an das glauben, was sie sagen. Es ging aber um ganz etwas anderes.

Wenn ich etwas verweigern lasse, so wird derjenige verweigern, der alles verweigern würde. Wenn ich etwas bewilligen lasse, so wird derjenige bewilligen, der alles bewilligen würde.

Denn das Reich ist etwas Mächtiges und Gewichtiges, das sich nicht in einen Wind von Worten übertragen läßt. Heute nacht betrachtete ich hoch oben von meiner Terrasse dieses schwarze Land, in dem Tausende und aber Tausende schlafen oder wachen: Glückliche oder Unglückliche, Befriedigte oder Unbefriedigte, Zuversichtliche oder Verzweifelte. Und ich wurde vor allem gewahr, daß das Reich keine Stimme besaß, denn es ist ein großer Riese ohne Sprache. Und wie könnte ich das Reich mit seinen Wünschen, seiner Inbrunst, seinen Müdigkeiten, seinen Rufen auf dich übertragen, wenn ich nicht einmal Worte zu finden vermag, die das Gebirge auf dich übertragen könnten, der du nie etwas anderes als das Meer gekannt hast.

Sie alle sprechen im Namen des Reiches, die einen anders als die anderen. Und sie haben recht, daß sie im Namen des Reiches zu sprechen versuchen. Denn es ist gut, wenn man für diesen Riesen ohne Sprache einen Ruf findet, den er ausstoßen kann. Und ich habe es dir schon von der Vollendung gesagt. Die schöne Hymne entsteht aus den verfehlten Hymnen, denn wenn sich niemand im Gesange übt, können auch keine schönen Gesänge entstehen.

So widersprechen sich alle, denn es gibt noch keine Sprache, das Reich in Worte zu fassen. Laß sie nur reden. Höre sie dir alle an. Sie sind alle im Recht. Aber sie sind noch nicht hoch genug auf ihre Berge gestiegen, damit ein jeder verstehen kann, daß auch der andere im Recht ist.

Und wenn sie damit beginnen, sich zu zerfleischen, sich in Gefängnisse zu werfen und einander zu töten, so tun sie das, weil sie Verlangen tragen nach einem Worte, das sie noch nicht zu formen wußten. Und ich verzeihe ihnen, wenn sie lallen.

128

Du fragst mich: Warum findet sich dieses Volk damit ab, sich versklaven zu lassen, und setzt seinen Kampf nicht fort bis zum letzten Mann?

Es ist aber geboten, das Opfer aus Liebe, das edel ist, vom Selbstmord aus Verzweiflung zu unterscheiden, der niedrig ist. Für das Opfer bedarf es eines Gottes – wie des Landguts oder der Gemeinschaft oder des Tempels –, der den Teil empfangen kann, den du hingibst und in dem du dich austauschst. Einige können sich bereit finden, für alle zu sterben, auch wenn ihr Tod nutzlos wäre. Aber das ist er nie. Denn die anderen werden durch ihn verschönt, ihr Auge wird heller, und ihr Geist nimmt an Weite zu. Welcher Vater wird sich nicht aus der Umschlingung deiner Arme losreißen, um sich in den Abgrund zu stürzen, in dem sein Sohn ertrinkt?

Du wirst ihn nicht zurückhalten können. Aber wäre es dein Wunsch, sie gemeinsam versinken zu sehen? Wer wird reicher werden durch den Verlust ihres Lebens? Die Ehre ist eine Ausstrahlung nicht des Selbstmordes, sondern des Opfers.

129

Wenn du mein Werk beurteilst, wünsche ich, daß du mir davon sprichst, ohne mich selbst in dein Urteil einzuschalten. Denn wenn ich ein Gesicht meißele, tausche ich mich in ihm aus und diene ihm. Und es ist nicht das Gesicht, das mir dient. Und in der Tat setze ich alles, sogar mein Leben aufs Spiel, um meine Schöpfung zu vollenden.

Spare also nicht mit deiner Kritik, aus Angst, du könntest mich in meiner Eitelkeit verletzen, denn es ist keine Eitelkeit in mir. Die Eitelkeit hat für mich keinen Sinn, da es nicht um meine Person geht, sondern um dieses Gesicht.

Zeigt es sich aber, daß dich dieses Gesicht verwandelt hat, da es dir etwas mitteilen konnte, so sei auch dann nicht sparsam in deinen Äußerungen, aus Angst, du könntest meine Bescheidenheit verletzen. Denn es ist keine Bescheidenheit in mir.

Es ging um ein Zielschießen, dessen Sinn uns beherrscht; und es ist gut, wenn wir darin zusammenwirken. Ich als Pfeil, du als Scheibe.

130

Wenn ich sterben werde.

Herr, ich komme zu Dir, denn ich habe in Deinem Namen den Acker bestellt. Dein ist die Saat.

Ich habe diese Kerze gebildet. An Dir ist es, sie anzuzünden.

Ich habe diesen Tempel gebaut. An Dir ist es, sein Schweigen zu bewohnen.

Denn die Beute ist nicht für mich bestimmt. Ich habe nur die Falle gestellt. Ich habe nur diese Haltung eingenommen, um dadurch angefeuert zu werden. Und ich habe gemäß Deinen göttlichen Kraftlinien einen Menschen gebildet, damit er gehen kann. An Dir ist es, dieses Gefährt zu benutzen, wenn Du Deinen Ruhm darin findest.

Als ich droben auf den Wällen stand, seufzte ich tief. Lebewohl, mein Volk, dachte ich. Ich habe mich meiner Liebe entäußert und werde nun schlafen gehn. Ich bin jedoch unbesieglich, wie das Samenkorn unbesieglich ist. Ich habe nicht alle Seiten meines Gesichtes in Worte gefaßt. Aber erschaffen bedeutet nicht aussprechen. Ich habe mich vollständig ausgedrückt, wenn ich einen Ton wiedergab, der dieser hier und kein anderer ist. Wenn ich eine Haltung festhielt, die diese hier und keine andere ist. Wenn ich einen Gärstoff in den Teig einführte, der dieser Gärstoff und kein anderer ist. Ihr seid fortan alle aus mir hervorgegangen, denn wenn es für euch darum geht, eine Tat unter anderen auszuwählen, werdet ihr auf die unsichtbare Lenkung stoßen, die euch meinen Baum entfalten und euch werden läßt, wie es mir gemäß ist.

Gewiß werdet ihr euch frei fühlen, während ich nicht mehr bin. Aber so wie der Fluß frei ist, dem Meere zuzustreben, oder wie der losgelassene Stein frei ist, zu Boden zu fallen.

Setzt Zweige an. Bringt eure Blüten und Früchte hervor. Zur Ernte wird man euch wiegen.

Mein geliebtes Volk, sei getreu von Geschlecht zu Geschlecht, wenn ich dein Erbe vermehrt habe.

Und während ich betete, machte die Schildwache ihre hundert Schritte. Und ich dachte nach.

Mein Reich überantwortet mir Schildwachen, die Wache halten. So habe ich dieses Feuer entfacht, das in der Schildwache zur Flamme der Wachsamkeit wird.

Und schön ist mein Soldat, wenn er Ausschau hält.

131

Denn ich verwandle euch die Welt wie das Kind mit seinen drei Kieselsteinen, wenn ich ihnen verschiedene Werte und eine andere Rolle im Spiel zuteile. Und für das Kind beruht die Wirklichkeit weder auf den Kieseln noch auf den Regeln, die nur eine geeignete Falle darstellen, sondern allein auf der Inbrunst, die durch das Spiel entsteht. Und auch die Kieselsteine wiederum werden dadurch verwandelt. Und was könntest du mit deinen Dingen anfangen, mit deinem Hause, mit deinen Liebesgefühlen, mit den Geräuschen, die für deine Ohren, und den Bildern, die für deine Augen bestimmt sind, wenn sie nicht zu Baustoffen meines unsichtbaren Palastes werden, der sie verwandelt?

Aber die Menschen, die ihren Dingen keinerlei Geschmack abgewinnen, da es an einem Reiche fehlt, das diese zu beseelen vermöchte, erzürnen sich über die Dinge als solche. Woher kommt es nur, daß mich der Reichtum nicht reiner macht, jammern sie und schließen daraus, daß nichts anderes übrigbleibe, als den Reichtum zu vermehren, da er nie ausreiche. Und sie raffen noch weitere Schätze zusammen, um davon noch stärker bedrückt zu werden. Und so werden sie grausam in ihrem unheilbaren Verdruß. Denn sie wissen nicht, daß sie etwas anderes suchen, da sie ihm nicht begegnet sind. Sie sind einem Manne begegnet, der sich überglücklich zeigte, weil er einen Liebesbrief las. Sie lehnen sich über seine Schulter, und da sie bemerken, daß seine Freude von schwarzen Buchstaben auf weißem Papier herrührt, gebieten sie ihren Sklaven, sich in tausend Zusammenstellungen schwarzer Zeichen auf weißem Papier zu üben. Und sie peitschen die Sklaven, weil diesen der Talisman nicht gelingt, von dem sie ihr Glück erhoffen.

Ach, sie kennen nichts von dem, was in den Dingen den gegenseitigen Widerhall weckt. Sie leben in der Wüste ihres Steinhaufens. Aber ich komme und baue daraus den Tempel. Und die gleichen Steine spenden ihnen die Seligkeit.

132

Denn ich machte sie für den Tod empfänglich. Ohne es im übrigen zu bedauern. Denn so wurden sie für das Leben empfänglich. Aber wenn ich das Erstgeburtsrecht bei dir einführte, würdest du sicherlich mehr Gründe finden, deinen Bruder zu hassen, ihn aber zugleich auch zu lieben und zu beweinen. Selbst wenn er dich auf Grund meines Gesetzes um dein Erbteil gebracht hätte. Denn so stirbt der ältere Bruder, was einen Sinn in sich birgt, ist er doch der Verantwortliche und das Oberhaupt und der Mittelpunkt des Stammes. Und wenn du sterben solltest, so beweint er sein Schäflein, den Bruder, dem er half, den er liebhatte, dem er im Scheine der abendlichen Lampe seine Ratschläge gab.

Aber wenn ich euch, den einen im Verhältnis zum anderen, gleich und frei gemacht habe, so wird sich nichts durch den

Tod verändern, und ihr werdet keine Tränen vergießen. Bei meinen Kriegern, die im Kampfe standen, habe ich es genau beobachtet. Dein Kamerad ist gefallen, und doch hat sich nicht viel verändert. Er wurde alsbald durch einen anderen ersetzt. Und soldatische Würde, freiwilliges Opfer, männliche Haltung nennst du deine Scheu vor dem Tode. Und ebenso deinen Verzicht auf Tränen. Doch auf die Gefahr hin, dir ein Ärgernis zu bereiten, sage ich dir: Du weinst nicht, weil es dir an Gründen fehlt, aus denen du weinen könntest. Denn du weißt nicht, daß jener Gefallene tot ist. Er wird vielleicht später sterben, wenn Friede eingezogen ist. Heute ist stets ein anderer dir zur Linken und ein anderer dir zur Rechten, die ihre Gewehre in Anschlag bringen. Du hast keine Muße, danach zu fragen, was der Mensch für sich allein leisten kann. Wie bei jener Fürsorge des älteren Bruders. Denn was der eine hergab, wird auch der andere hergeben. Die Kügelchen in einem Sack werden nicht das Fehlen eines Kügelchens beweinen, denn der ganze Sack ist voller Kügelchen, die alle einander gleich sind. Wenn einer stirbt, sagst du lediglich: »Ich habe keine Zeit . . . Er wird später sterben.« Aber er wird überhaupt nicht sterben, denn wenn der Krieg vorbei ist, werden sich auch die Lebenden in alle Winde zerstreuen. So wird sich das Gebilde auflösen, das ihr darstelltet.

Als Lebende und Tote werdet ihr euch alle gleich sein. Die Abwesenden werden wie Tote sein und die Toten wie Abwesende.

Doch wenn ihr zu einem Baume gehört, ist ein jeder auf alle und sind alle auf jeden einzelnen angewiesen. Und ihr werdet weinen, wenn einer nicht mehr da ist.

Denn wenn ihr einem bestimmten Gebilde unterworfen seid, besteht zwischen euch eine Stufenordnung. Darin zeigt sich die Bedeutung, die dem einen für den anderen zukommt. Und ohne solch eine Stufenordnung gibt es auch keine Brüder.

Ich habe immer dann sagen hören »mein Bruder«, wenn irgendeine Abhängigkeit bestand.

Und ich will nicht euer Herz gegen den Tod verhärten. Denn dabei geht es nicht darum, euch gegenüber einer demütigen Schwäche hart zu machen – wie etwa gegenüber der

Angst vor Blut und der Furcht vor Schlägen: eine Abhärtung, die euch innerlich wachsen läßt –, sondern es geht darum, euch den Tod weniger hart erscheinen zu lassen, weil weniger Dinge sterben würden. Und gewiß, je kümmerlicher der Schatz ist, den euer Bruder in eurem Herzen darstellt, um so weniger werdet ihr seinen Tod beweinen.

Es ist mein Wunsch, daß ihr reicher werdet und daß euer Bruder in euch einen Widerhall weckt. Und ich möchte bewirken, daß eure Liebe, wenn ihr liebt, in der Entdeckung eines Reiches und nicht wie bei einem Ziegenbock im Bespringen besteht. Und freilich weint der Bock nicht. Aber wenn die Frau stirbt, der eure Liebe gehört, werdet ihr in der Verbannung leben. Und wenn einer sagt, er nehme ihren Tod hin als ein Mann, so macht er sie in Wahrheit zu einem Stück Vieh. Und sie wird ihrerseits seinen Tod wie ein Stück Vieh hinnehmen und sagen: »Es ist nur gut, daß die Männer im Kriege sterben . . .« Es ist aber mein Wille, daß ihr im Kriege sterbt. Denn wer sollte lieben, wenn nicht der Krieger? Doch ich möchte nicht, daß ihr aus Feigheit eure Schätze entwertet, denn dann stirbt nur ein trübseliger Automat, der dem Reich keinerlei Opfer bringt.

Ich erwarte also, daß man mir das Beste gibt. Denn nur dann seid ihr groß.

Es geht nicht darum, euch zur Verachtung des Lebens anzuspornen, sondern es euch lieben zu lassen.

Und euch den Tod lieben zu lassen, wenn er Austausch ist gegen das Reich.

Denn nichts widerstreitet einander. Die Liebe zu Gott stärkt eure Liebe zum Reiche. Die Liebe zum Reiche eure Liebe zum Landgut. Die Liebe zum Landgut die Liebe zur Gattin. Und die Liebe zur Gattin die Liebe zur einfachen Silberplatte, die den Tee bei ihr nach dem Liebesspiel bedeutet.

Aber da ich euch den Tod schmerzlich erscheinen lasse, will ich euch zugleich über ihn trösten.

Daher habe ich für alle Weinenden dieses Gebet ersonnen:*

* Dieses Gebet fand sich nicht im Manuskript.

133

Ich habe mein Gedicht geschrieben. Nun bleibt mir noch, es zu verbessern.

Mein Vater erregte sich:

– Du schreibst ein Gedicht, und hernach willst du es verbessern! Ist Schreiben denn etwas anderes als Verbessern! Ist Bildhauern etwas anderes als Verbessern! Hast du gesehen, wie der Lehm geknetet wird? Aus Verbesserung über Verbesserung geht das Gesicht hervor, und schon der erste Daumendruck war eine Verbesserung des Lehmblocks. Wenn ich meine Stadt gründe, verbessere ich den Sand. Dann verbessere ich meine Stadt. Und durch Verbesserung über Verbesserung schreite ich Gott entgegen.

134

Denn gewiß drückst du dich durch Beziehungen aus. Und du läßt Glocken gegeneinanderklingen. Und die Dinge, durch die du diesen Widerhall bewirkst, haben keine Bedeutung. Es sind Stoffe zum Bau der Falle, mit der du deine Beute einfängst, und diese ist stets von anderer Beschaffenheit als die Falle. Und ich habe dir schon gesagt, daß es gilt, die Dinge zu verknüpfen.

Doch durch den Tanz oder die Musik vollzieht sich ein Ablauf in der Zeit, der es nicht zuläßt, daß ich mich über deine Botschaft täusche. Du verlängerst hier, verlangsamst dort, erhebst dich hier und steigst dort hinab. Und nun wirst du dir selber zum Echo.

Dort aber, wo du mir alles in seiner Gesamtheit vorführst, bedarf ich eines Leitfadens. Denn wenn es weder Nase noch Mund, noch Ohren oder Kinn gibt – wie sollte ich dann das wahrnehmen, was du verlängerst oder verkürzt, erschwerst oder erleichterst, aufrichtest oder abbiegst, vertiefst oder aufwölbst? Wie könnte ich deine Bewegungen erkennen und deine Wiederholungen, deine Echos unterscheiden? Und wie sollte ich deine Botschaft lesen? Und die Botschaft wird mein

Leitfaden sein, denn ich kenne eine Botschaft, die vollkommen, und eine andere, die banal ist.

Und gewiß wirst du mir nichts deutlich machen, wenn du mir ein völlig banales Gesicht vorführst, es sei denn ein simples Handbuch, den Gegenstand der Bezugnahme und das Modell der Akademie. Ich bedarf dessen, was du mir zuführst, nicht, um mich dadurch rühren zu lassen, sondern um es zu lesen. Und wenn du mir das Modell selber übergibst, wirst du mir gewiß nichts zuführen. Also bin ich durchaus damit einverstanden, daß du dich vom Modell entfernst und es entstellst und verwirrst, solange ich nur den Schlüssel behalte. Und ich werde dir keinen Vorwurf machen, wenn es dir beliebt, das Auge auf die Stirn zu setzen.

Freilich werde ich dich dann für ungeschickt halten, denn du bist so wie einer, der viel Lärm vollführt, um seiner Musik Gehör zu verschaffen, oder der ein Bild in seinem Gedicht allzu augenfällig macht, damit es gesehen werde. Denn ich sage dir, daß es sich empfiehlt, die Gerüste zu entfernen, sobald du deinen Tempel vollendet hast. Ich lege keinen Wert darauf, deine Hilfsmittel kennenzulernen. Und dein Werk ist vollkommen, wenn ich sie darin nicht mehr entdecke.

Denn es ist gerade nicht die Nase, die mich interessiert, und du darfst sie mir nicht allzusehr zeigen, indem du sie mir auf die Stirn setzt; das gleiche gilt für das Wort, und du darfst es mir nicht zu kräftig wählen, denn es könnte das ganze Bild verschlingen. Und das gilt auch noch für das Bild selber, denn es verschlingt sonst den Stil.

Was ich von dir erwarte, ist von anderer Beschaffenheit als deine Falle. Das gilt auch für dein Schweigen in der Kathedrale aus Stein. Es erweist sich nun, daß gerade du, der mir vorgab, den Stoff zu verachten und das Wesen zu suchen, und der sich auf diesen schönen Ehrgeiz stützte, um mir unleserliche Botschaften zu liefern – daß gerade du mir eine gewaltige Falle in schreienden Farben aufbaust, die mich überwältigt und mir die totgeborene Maus verheimlicht, die du damit eingefangen hast.

Denn solange ich dich als pikant oder brillant oder paradox erkenne, besagt dies, daß ich nichts von dir empfangen habe, denn du stellst dich dann lediglich wie auf einem Jahrmarkt zur Schau. Aber du hast dich im Zweck deiner Schöpfung getäuscht. Denn dieser besteht nicht darin, dich selber zur Schau zu stellen, sondern mich werden zu lassen. Wenn du nun aber deine Vogelscheuche vor mir schwenkst, werde ich mich davonmachen und mich anderswo niederlassen.

Aber einer, der mich dorthin geführt hat, wohin er mich haben wollte, um sich dann zurückzuziehen, macht mich glauben, daß ich die Welt entdecke, und so läßt er mich werden, wie er es gewünscht hat.

Doch glaube auch nicht etwa, diese Zurückhaltung bestehe darin, mir ein Treibhaus anzulegen, in dem eine Nase, ein Mund und ein Kinn verschwommen umherwogen, als seien sie aus Wachs, das man im Feuer vergessen hat. Denn wenn du die Mittel, die du benutzt, so sehr verachtest, beseitige zuerst einmal den Marmor oder den Lehm oder die Bronze, die noch stofflicher sind als der einfache Schwung einer Lippe.

Die Zurückhaltung zeigt sich darin, daß du etwas, was du mich sehen lassen willst, nicht besonders hervorhebst. Ich werde nun aber auf den ersten Blick bemerken – denn ich sehe zahlreiche Gesichter im Laufe des Tages –, wenn du die Nase auslöschen willst, und ich werde es genauso wenig Zurückhaltung nennen, wenn du deinen Marmor in einer Dunkelkammer unterbringst.

Das wahrhaft unsichtbare Gesicht, von dem ich nichts mehr empfangen kann, ist das banale Gesicht.

Ihr aber seid zu Rohlingen geworden, und ihr müßt schreien, um euch Gehör zu verschaffen.

Du kannst mir natürlich auch einen bunten Teppich entwerfen, doch er hat nur zwei Dimensionen, und wenn er zu meinen Sinnen spricht, spricht er weder meinen Geist noch mein Herz an.

Ich will dir die Augen öffnen über das Trugbild der Insel. Denn du glaubst, in der Freiheit der Bäume, der Wiesen und Herden, in der Begeisterung, die die Einsamkeit der großen Räume erweckt, in der Inbrunst zügelloser Liebe werdest du aufrecht emporwachsen wie ein Baum. Aber die Bäume, die ich am aufrechtesten wachsen sah, sind nicht solche, die in der Freiheit gedeihen. Denn diese haben keine Eile, größer zu werden, sie trödeln bei ihrem Aufstieg und steigen nur in Windungen hoch. Während der Baum des Urwaldes, von den Feinden bedrängt, die ihm seinen Platz an der Sonne rauben, mit der Dringlichkeit eines Anrufs in senkrechtem Schwunge den Himmel erstürmt.

Denn du wirst auf deiner Insel weder Freiheit noch Begeisterung, noch Liebe finden. Und wenn du dich auf lange Zeit in die Wüste zurückziehst (denn es ist etwas anderes, wenn du dich dort vom Betrieb der Städte erholst), weiß ich nur ein Mittel, sie für dich zu beleben, dich in ihr in Atem zu halten und sie zum Nährboden deiner Begeisterung zu machen. Und das ist, daß ich ein Gefüge von Kraftlinien über sie ausspanne. Mögen sie nun der Natur oder dem Reiche angehören.

Und ich werde das Netz der Brunnen karg genug einrichten, damit du auf deiner Wanderung einem jeden von ihnen mehr zustrebst, als daß du ihn erreichtest. Denn um den siebenten Tag herum muß man mit dem Wasser in den Schläuchen sparen. Und diesen Brunnen mit aller Kraft zu erreichen trachten. Und ihn durch seinen Sieg gewinnen. Und gewiß wird man Reittiere einbüßen, um diesen Raum und diese Einsamkeit zu überwinden, denn das wird den Preis freiwilliger Opfer wert sein. Und jene versandeten Karawanen, die den Brunnen nicht gefunden haben, zeugen von seinem Ruhme. Und über ihren Gebeinen strahlt er unter der Sonne.

So rufst du in der Stunde des Aufbruchs dein besseres Ich an, wenn du die Lasten nachprüfst, an den Stricken ziehst, um festzustellen, ob die Waren richtig ausgelastet sind, und den Stand der Wasservorräte untersuchst. Und dann wanderst du deinem fernen Lande entgegen, das jenseits der Sandwüsten von Wassern gesegnet wird, und erklimmst die Sprossen zwischen dem einen und dem anderen Brunnen wie Sprossen einer Leiter; und da es einen Tanz zu tanzen und einen Feind zu besiegen gilt, bist du im Zeremoniell der Wüste gefangen. Und zugleich mit deinen Muskeln bilde ich dir eine Seele.

Wenn ich dir aber die Wüste noch reicher machen will, wenn dich die Brunnen mit noch größerer Gewalt wie Pole anziehen oder abstoßen sollen, bis die Einöde zu einer Schöpfung deines Geistes und deines Herzens wird, werde ich sie dir mit Feinden bevölkern. Sie werden die Brunnen besetzt halten, und so mußt du Listen gebrauchen, kämpfen und siegen, wenn du trinken willst. Und je nachdem, ob die Stämme, die hier und dort ihre Zelte aufschlagen, grausamer oder weniger grausam, der Einsicht zugänglicher oder undurchdringlich in ihrer Sprache, besser oder schlechter bewaffnet sind, werden deine Schritte behender oder behutsamer, verschwiegener oder lauter sein, werden die Entfernungen schwanken, die du an den Marschtagen zurücklegst, obwohl es sich um eine Fläche handelt, die für das Auge an allen Punkten die gleiche ist. Und so wird eine unermeßliche Weite mit Spannung geladen und reich an Abwechslung werden; so wird sie verschiedene Färbungen annehmen, während sie zuvor gelblich und eintönig war, und für deinen Geist und dein Herz mehr Gestalt gewinnen als jene glücklichen Länder, in denen sich die frischen Täler, die blauen Berge, die Seen mit süßem Wasser und die Wiesen finden.

Denn dein Schritt ist hier wie der Schritt eines zum Tode Verurteilten, dort wie der eines Befreiten; hier zeugt er von einer Überraschung, dort von der Überwindung einer Überraschung. Hier von einer Verfolgung und dort von einer aufmerksamen Zurückhaltung wie in der Kammer, in der sie schläft und in der du sie nicht wecken willst.

Und freilich wird sich auf den meisten deiner Reisen nichts ereignen, denn es genügt, daß jene Unterschiede für dich Geltung haben und daß das Zeremoniell, das aus ihnen hervorgeht, begründet und notwendig und unumschränkt ist und so der Güte deines Tanzes zugute kommt. Dann wird sich das Wunder ereignen, obgleich einer, den ich deiner Karawane zuteile – wenn er nicht deine Sprache versteht und nicht an deinen Ängsten, deinen Hoffnungen, deinen Freuden teilhat, wenn er lediglich wie die Führer deiner Reittiere auf Gesten beschränkt ist –, nur die leere Wüste kennenlernen wird; so wird er die ganze Zeit gähnen, während er eine endlose Fläche durchquert, die ihm nur Langeweile einflößt; und nichts in meiner Wüste wird diesen Reisenden verändern. Der Brunnen wird ihm nur als ein Loch von mäßigem Umfang erscheinen, das man vom Sand freischaufeln muß. Und was wird er von der Langeweile erfahren haben, da sie ja ihrer Natur nach unsichtbar ist! Denn sie besteht nur aus einer Handvoll Samenkörner, die die Winde verweht haben, obwohl sie genügt, um für den, der in sie verstrickt ist, alles zu verwandeln, so wie das Salz ein Festmahl verwandelt. Und wenn ich dir nur die Spielregeln meiner Wüste zeige, gewinnt sie solche Macht über dich und nimmt dich so sehr gefangen, daß du noch so gemein, eigensüchtig, verkommen und skeptisch sein kannst, wenn ich dich in den Vororten meiner Stadt oder den Sümpfen meiner Oasen auflese: ich brauche dir dann nur eine einzige Durchquerung der Wüste aufzuerlegen, damit der Mensch in dir zum Vorschein kommt – wie ein Samenkorn, das aus seiner Hülse bricht – und damit sich dir Geist und Herz entfalten. Und so wirst du nach deiner Wandlung in aller Herrlichkeit zurückkehren und gerüstet sein, das Leben der Starken zu leben. Und wenn ich mich darauf beschränkt habe, dich an der Sprache der Wüste teilhaben zu lassen – denn das Wesentliche kommt nicht von den Dingen, sondern vom Sinn der Dinge –, wird sie dich wie eine Sonne keimen und wachsen lassen.

Du wirst sie durchqueren wie ein wunderbares Wasser. Und wenn du am anderen Ufer wieder hochsteigst, lachend, männlich und berückend, werden sie dich gewiß erkennen, die Frauen – dich, den sie suchten, und du brauchst sie dann nur zu verachten, um sie zu gewinnen.

Wie töricht ist einer, der das Glück der Menschen in der Befriedigung ihrer Wünsche suchen möchte und glaubt, da er ihnen zusah, wie sie ihres Weges zogen, es komme den Menschen vor allem darauf an, ihr Ziel zu erreichen. Als ob es jemals ein Ziel gegeben hätte.

Daher sage ich dir, daß für den Menschen zuerst und vor allem die Spannung der Kraftlinien, an denen er teilhat, von Bedeutung ist, und weiter seine eigene innere Dichte, die sich daraus herleitet, der Widerhall seiner Schritte, die Anziehungskraft der Brunnen und die Schroffheit des Hanges, den er im Gebirge erklimmen muß. Und wenn der, der ihn zu erklimmen vermochte, durch die Kraft seiner Fäuste und die Abnutzung seiner Knie eine Felsnadel bezwungen hat, wirst du doch nicht behaupten wollen, seine Freude sei von der gleichen minderwertigen Beschaffenheit wie die Freude jenes Seßhaften, der sich auf der leicht erreichbaren Kuppe eines runden Hügels im Grase wälzt, wohin er an einem Ruhetage seinen trägen Leib geschleppt hat.

Du aber hast alle Spannung ertötet, da du jenen göttlichen Knoten auflöstest, der die Dinge verknüpft. Denn du sahst, daß sich die Menschen abmühten, um zum Brunnen zu gelangen, und so glaubtest du, es komme auf die Brunnen an, und hast ihnen Brunnen gebohrt. Denn du sahst, daß die Menschen am siebenten Tage nach Ruhe verlangten, und so hast du ihre Ruhetage vermehrt. Denn du sahst, daß die Menschen Diamanten begehrten, und so hast du einen Haufen Diamanten unter sie verteilt. Denn du sahst, daß die Menschen den Feind fürchten, und so hast du ihre Feinde beseitigt. Denn du sahst, daß die Menschen nach dem Liebesgenuß Verlangen tragen, und so hast du ihnen Freudenviertel so groß wie Hauptstädte gebaut, in denen alle Frauen käuflich sind. Und du hast dich auf diese Weise törichter gezeigt als jener alte Kegelspieler, von dem ich dir schon einmal sprach und der seine Lust vergebens daran suchte, daß er sämtliche Kegel durch Sklaven umstoßen ließ.

Aber glaube nicht etwa, ich hätte dir gesagt, es gelte, deine Wünsche zu pflegen. Denn wenn sich nichts in ihnen regt, entstehen auch keine Kraftlinien. Und wenn der Brunnen dir nahe ist, wünschst du ihn freilich herbei, wenn du verdurstest. Aber wenn er dir aus irgendeinem Grunde unerreichbar bleibt und du nichts von ihm empfangen und ihm auch nichts geben kannst, ist es genauso, als wenn dieser Brunnen nicht vorhanden wäre. So ist es auch mit jener Vorübergehenden, der du auf deinem Wege begegnest und die nicht für dich bestimmt ist. Die trotz der Nähe noch ferner ist, als wenn sie in einer anderen Stadt lebte und anderswo verheiratet wäre. Ich verwandle sie dir, wenn ich weiß, daß sie dir als Element eines ausgebreiteten Gefüges dienen kann. Und daß du zum Beispiel davon träumen könntest, wie du des Nachts mit einer Leiter unter ihrem Fenster zu ihr gelangst, um sie zu entführen und sie auf dein Pferd zu werfen und dich in deinem Schlupfwinkel an ihr zu erfreuen. Oder wenn du Soldat bist und sie Königin und du hoffen kannst, für sie zu sterben.

Schwach und erbärmlich ist die Freude, die du aus falschen Gefügen gewinnst, wenn du sie dir zum Spiele erfindest. Denn wenn du einen Diamanten liebst, würde es dir genügen, ihm mit kleinen Schritten immer langsamer entgegenzugehen, um ein erhabenes Leben zu leben. Doch wenn dein langsamer Gang zum Diamanten auf einem Ritus beruht, der dich in Schranken hält und es dir verwehrt, schneller zu gehen; wenn du mit aller Kraft gegen ihn ankämpfst und meine Zügel spürst, die dir Einhalt gebieten; wenn dir der Zugang zum Diamanten weder unbedingt verwehrt ist – dann würde dies seine Bedeutung verlieren und in ein belangloses Schauspiel verwandelt werden –, noch dir leicht fällt – das würde nichts aus dir herausholen –, aber auch nicht nur infolge eines törichten Einfalls Hindernissen begegnet – das wäre nur ein Zerrbild des Lebens –, sondern wenn dieser Zugang einfach auf einem starken und vielfältigen Gefüge beruht – erst dann bist du reich. Und ich weiß nichts Besseres als deinen Feind, um dich zu begründen, und ich gewahre nichts, was dich dabei überraschen könnte, denn ich sage lediglich, daß zum Kriegführen zwei gehören.

Denn dein Reichtum besteht im Brunnenbohren, dem Erlangen eines Ruhetages, im Schürfen von Diamanten, im Gewinnen der Liebe.

Aber er besteht nicht darin, Brunnen, Ruhetage, Diamanten und die Freiheit der Liebe zu besitzen. Ebenso beruht er nicht darauf, daß du nach diesen Dingen verlangst, ohne sie zu erstreben.

Und wenn du Verlangen und Besitz wie Worte, die sich die Zunge zeigen, einander gegenüberstellst, verstehst du nichts vom Leben. Denn deine Wahrheit, die dir als Mensch eigen ist, beherrscht ihren Gegensatz, und es liegt darin nichts Widersprechendes. Das Verlangen muß seinen vollkommenen Ausdruck finden, und du mußt nicht auf unsinnige Hindernisse, sondern auf das Hindernis des Lebens selber stoßen, auf den anderen Tänzer, deinen Rivalen – dann entsteht der Tanz. Sonst bist du ebenso töricht wie einer, der »Kopf und Schrift« gegen sich selber spielt.

Wenn meine Wüste zu reich an Brunnen sein sollte, müßte ein Befehl Gottes ergehen, um einige von ihnen zu sperren.

Denn die erschaffenen Kraftlinien müssen dich von höherer Warte aus beherrschen, damit dir deine Neigungen, deine Spannungen und deine Handlungen darin begegnen, aber sie müssen auch, da sie nicht alle gleich gut sind, etwas anderem gleichen, das zu verstehen nicht deine Sache ist. Deshalb sage ich dir, daß es ein Zeremoniell der Brunnen in der Wüste gibt.

Erhoffe also nichts von der glücklichen Insel, die für dich einen auf ewig abgeschlossenen Vorrat darstellt, gleich jener Ernte der umgestoßenen Kegel. Denn du würdest darin zum mürrischen Vieh werden. Und wenn es mein Wille ist, daß die Schätze der Insel – die dir voller Zauber erschienen, seit du des Nachts auf sie trafst – in dir einen Widerhall wecken sollen, werde ich dir eine Wüste erfinden und diese Schätze je nach den Linien eines Gesichts, das nicht von gleicher Beschaffenheit wie die Dinge ist, in der Weite verteilen. Und wenn ich dir deine Insel erhalten möchte, werde ich dir ein Zeremoniell für die Schätze der Insel zum Geschenk machen.

136

Wenn du mir von einer Sonne sprechen willst, die vom Tode bedroht ist, sage mir: Oktobersonne. Denn diese verliert schon an Kraft und teilt dir das Altwerden mit. Doch die November- oder Dezembersonne lenkt die Aufmerksamkeit auf den Tod, und so sehe ich, daß du mir ein Zeichen geben willst.

Und dann interessierst du mich nicht. Denn ich empfange so nicht von dir die Empfindung des Todes, sondern die Empfindung, daß mir der Tod bezeichnet wird. Und das war nicht der erstrebte Zweck.

Wenn das Wort in der Mitte deines Satzes den Kopf hebt, schlage ihm den Kopf ab. Denn es geht nicht darum, mir ein Wort zu zeigen. Dein Satz ist eine Falle, die eine Beute einfängt. Und die Falle will ich nicht sehen.

Denn du täuschst dich über den Gegenstand der Übermittlung, wenn du glaubst, er lasse sich aussprechen. Sonst könntest du mir »Schwermut« sagen, und alsbald würde ich schwermütig werden, womit man es dir wahrhaftig zu leicht gemacht hätte. Und freilich spricht bei dir ein gewisser Nachahmungstrieb mit, der sich meinen Worten angleicht. Und wenn ich »Zorn der Wogen« sage, bist du leichthin bewegt. Und wenn ich »der vom Tode bedrohte Krieger« sage, bist du leichthin um meinen Krieger besorgt. Aus Gewohnheit. Und es ist das nur eine Wirkung an der Oberfläche. Die einzige Wirkung, die Wert hat, besteht darin, dich dorthin zu führen, wo du die Welt siehst, wie es mein Wille ist.

Denn ich kenne kein Gedicht und kein Bild in einem Gedicht, das etwas anderes wäre als eine Wirkung auf dich. Es geht nicht darum, dir dies und das zu erklären – nicht einmal, es dir einzuflüstern, wie es die Feinsinnigeren glauben –, denn es handelt sich nicht um dies oder das, sondern darum, dich so oder so werden zu lassen. Aber ebenso wie ich beim Bildhauern einer Nase, eines Mundes oder eines Kinnes bedarf, um einen Widerhall zu wecken und dich in mein Netz einzufangen, so werde ich auch dies und das benutzen, was ich dir einflüstere oder vor dir ausspreche, damit du anders werdest.

Denn wenn ich den Mondschein benutze, so bilde dir nicht etwa ein, daß es beim Mondschein um dich geht. Wohl geht es auch um dich bei der Sonne oder beim Hause oder bei der Liebe. Es ging überhaupt nur um dich. Aber ich habe den Mondschein gewählt, weil ich ein Zeichen brauchte, um mir Gehör zu verschaffen. Ich konnte sie nicht alle verwenden. Und es stellt sich das Wunder ein, daß meine Wirkungen immer vielfältiger werden, so wie beim Baum, der zu Beginn die einfache Form des Samenkorns hatte – das nicht etwa einen Baum im kleinen darstellte –, der aber Zweige und Wurzeln entfaltete, als er sich in der Zeit ausbreitete. Das gleiche gilt für den Menschen. Wenn ich ihm etwas ganz Einfaches mitgebe, das vielleicht ein einziger Satz übermitteln kann, wird meine Macht über ihn immer vielfältiger werden; so werde ich diesen Menschen in seinem Wesen umformen, und er wird im Mondschein, im Hause oder in der Liebe sein Verhalten ändern.

Deshalb sage ich von einem Bilde – sofern es ein wirkliches Bild ist –, daß es eine Kultur bedeutet, in die ich den Menschen einschließe. Und du kannst mir den Umkreis, den es beherrscht, nicht umschreiben.

Doch jenes Netz von Kraftlinien kann auch nur eine schwache Wirkung auf dich ausüben. Sie kann schon ersterben, wenn die Seite zu Ende ist. So geht es mit Samenkörnern, deren Macht fast sofort erloschen ist, und mit Lebewesen, denen es an Schwung gebricht. Aber es bleibt doch bestehen, daß du sie hättest entwickeln können, um eine Welt mit ihnen aufzubauen.

Wenn ich also sage »Soldat einer Königin«, handelt es sich gewiß weder um das Heer noch um die Macht, sondern um die Liebe. Und um eine bestimmte Liebe, die nichts für sich erhofft, die sich vielmehr an etwas hingibt, was größer ist als sie selber. Und die adelt und mehrt. Denn dieser Soldat ist stärker als ein anderer. Und wenn du ihn beobachtest, wirst du bemerken, wie er der Königin zuliebe auf sich hält. Und du weißt auch genau, daß er keinen Verrat üben wird, denn er ist davor durch die Liebe gefeit, da er im Herzen der Königin seinen Platz hat. Und wenn er in sein Dorf heimkommt, siehst du ihn voller Stolz, und doch ist er verschämt und errötet, wenn man ihn nach der Königin fragt. Und du weißt, wie er seine Frau verläßt, wenn er in den Krieg ziehen muß, und daß seine Gefühle nicht die gleichen sind wie beim Soldaten des Königs, der sich vor Zorn gegen den Feind nicht zu lassen weiß und ihm seinen König in den Bauch pflanzen wird. Aber der andere wird sie bekehren oder auch sie durch seinen Kampf, der äußerlich der gleiche ist, für die Liebe gewinnen. Oder auch . . .

Wenn ich mehr sage, erschöpfe ich das Bild, denn seine

Macht ist nur gering. Und ich könnte dir nicht ohne weiteres sagen, was den Soldaten der Königin vom Soldaten des Königs unterscheidet, wenn sie beide ihr Brot essen. Das Bild ist hier nur eine schwache Lampe, die den Augen wenig Licht spendet, obwohl sie wie jede Lampe auf das ganze Weltall ausstrahlt.

Doch eine starke Gewißheit ist ein Samenkorn, aus dem du die Welt gewinnen könntest.

Und daher sagte ich dir, daß du es nicht nötig hast, sobald das Samenkorn erst gesät ist, selbst deine Kommentare daraus herzuleiten. Dir selber deine Dogmen aufzurichten und deine Wirkungsmöglichkeiten auszudenken. Das Samenkorn wird auf dem Fruchtland der Menschen gedeihen, und deine Diener werden zu Tausenden daraus hervorgehen.

Wenn du so dem Menschen mitzuteilen wußtest, daß er der Soldat einer Königin ist, wird deine Kultur daraus hervorgehen. Hernach kannst du die Königin vergessen.

137

Vergiß nicht, daß dein Satz eine Tat ist. Du brauchst keine Erörterungen anzustellen, wenn du mich zum Handeln bewegen möchtest. Glaubst du, ich ließe mich durch deine Argumente dazu bestimmen? Ich würde bessere finden, um sie gegen dich anzuführen.

Hast du je erlebt, daß die verlassene Frau den Mann durch einen Prozeß wieder zu erobern vermochte, in dem sie den Nachweis erbrachte, daß sie im Rechte war? Der Prozeß erbittert. Sie wird dich nicht einmal dann zurückgewinnen, wenn sie sich als die gleiche zeigt, die du liebtest, denn du liebst sie nicht mehr. Und ich habe es genau gesehen bei jener Unglücklichen, die nach einem traurigen Liede geheiratet worden war und daher am Vorabend der Scheidung das gleiche Lied anstimmte. Doch dieses traurige Lied erregte nur seinen Zorn.

Vielleicht würde sie ihn zurückgewinnen, wenn sie in ihm wieder den Menschen erwecken könnte, der er war, als er sie liebte. Aber dazu müßte sie schöpferisch sein, denn es geht darum, ihn mit etwas zu erfüllen, ebenso wie ich ihn mit dem

Drange zum Meer erfülle, der aus ihm einen Schiffsbauer machen wird. Dann freilich wird der Baum wachsen und sich verzweigen. Und er wird von neuem nach dem traurigen Liede verlangen.

Um die Liebe zu mir zu stiften, lasse ich jemanden in dir entstehen, der für mich Partei ergreift. Ich werde dir nicht mein Leiden erzählen, denn es würde dir Widerwillen gegen mich einflößen. Ich werde dir keine Vorwürfe machen; sie würden dich mit Recht erbittern. Ich werde dir nicht die Gründe sagen, weshalb du mich lieben sollst, denn du hast keine Gründe. Der Grund zum Lieben ist die Liebe selber.

Ich werde mich dir nicht so zeigen, wie du mich wünschtest. Denn diesen Menschen wünschst du dir selber nicht mehr. Sonst würdest du mich heute noch lieben. Aber ich werde dich für mich aufziehen. Und ich bin stark und werde dir eine Landschaft zeigen, die dich mir zum Freunde machen wird.

Die Frau, die ich vergessen hatte, war mir wie ein Pfeil im Herzen, als sie mir sagte: »Hörst du deine verlorene Glocke?« Denn was habe ich dir schließlich zu sagen? Ich bin häufig auf die Berge gestiegen, um mich auf deren Gipfel zu setzen. Und ich habe mir die Stadt angeschaut. Oder ich bin im Schweigen meiner Liebe gewandelt und habe die Menschen reden hören. Und gewiß habe ich Worte gehört, denen Taten folgten, wie beim Vater, der zu seinem Sohne sagt: »Geh und fülle mir dieses Gefäß am Brunnen«, oder beim Korporal, der dem Soldaten befahl: »Ab Mitternacht übernimmst du die Wache.« Aber ich wurde stets gewahr, daß diese Worte kein Geheimnis in sich bargen und daß sie einem der Sprache unkundigen Reisenden, der sie dergestalt mit dem Üblichen verknüpft gesehen hätte, als Vorgänge in einem Ameisenhaufen erschienen wären, deren keiner verwunderlich erscheint. Und als ich den Verkehr, die Bauten, die Fürsorge für die Kranken, Handel und Gewerbe in meiner Stadt beobachtete, erblickte ich nichts darin, was von einem Wesen hätte herrühren können, das allen anderen ein wenig an Kühnheit, Erfindungsgabe und Verstand überlegen gewesen wäre; doch es erschien mir ebenso eindeutig, daß ich überm Betrachten ihrer gewohnten Verrichtungen noch keineswegs den Menschen beobachtet hatte.

Denn es kam vor, daß er mir erschien und mir durch die Regeln des Ameisenhaufens unerklärlich blieb oder mir entging, wenn ich den Sinn der Worte nicht mehr kannte; und das geschah, wenn sie auf dem Marktplatz im Kreise herumsaßen und einem Märchenerzähler zuhörten, in dessen Macht es stand – hätte er das Genie besessen –, sich zu erheben, nachdem er zu ihnen gesprochen hatte, um, von ihnen gefolgt, die Stadt anzuzünden.

Gewiß habe ich jene friedlichen Volksmengen gesehen, die durch die Stimme eines Propheten aufgewühlt wurden, um in seinem Gefolge im Feuerofen des Kampfes zu schmelzen. Es mußte schon unwiderstehlich sein, was der Wind der Worte mit sich führte, damit die Menge, sobald sie davon empfangen hatte, das Treiben des Ameisenhaufens Lügen strafte und sich in eine Feuersbrunst verwandelte, sich selber dem Tode zum Opfer bringend.

Denn alle, die heimkehrten, waren verwandelt. Und es deuchte mich, daß man die Erscheinungen der Magie nicht in den Possen der Magier zu suchen brauchte, um an sie zu glauben, da es ja für mein Ohr Zusammenstellungen wundersamer Worte gab, die die Macht besaßen, mich meinem Hause, meiner Arbeit, meinen Bräuchen zu entreißen und mich den Tod begehren zu lassen.

So hörte ich jedesmal aufmerksam zu und unterschied dabei die wirksame Rede von einer, die nichts hervorbringt, damit ich den Gegenstand der Übermittlung erkennen lernte. Denn sicherlich kommt es nicht auf das Ausgesprochene an. Sonst wäre ein jeder ein großer Dichter. Und jeder wäre ein Führer, der sagte: »Folgt mir zum Sturmangriff und hinein in den Pulverdampf . . . « Aber wenn du dich daran versuchen solltest, würdest du sie lachen sehen. So geht es denen, die das Gute predigen.

Und weil ich bemerkte, daß manche Erfolg hatten und die Menschen verwandelten, und da ich zu Gott gebetet hatte, er möge mich erleuchten, wurde mir vergönnt, daß ich die seltenen Fälle erkennen lernte, in denen der Wind der Worte ein paar Samenkörner mitführt.

So kam ich der Erkenntnis des Glückes einen Schritt näher und fand mich bereit, es mir als Problem zu stellen. Denn es erschien mir als Frucht der Wahl eines Zeremoniells, durch das eine glückliche Seele erschaffen wurde, und nicht als unfruchtbares Geschenk eitler Dinge. Es ist nämlich nicht möglich, den Menschen das Glück als Vorrat zu überlassen. Und jenen Flüchtlingen aus der Berberei hatte mein Vater nichts zu geben, das sie hätte glücklich machen können; hingegen habe ich in den wildesten Einöden und unter den herbsten Entbehrungen freudestrahlende Menschen gesehen.

Doch bilde dir nicht etwa ein, ich könnte auch nur einen Augenblick daran glauben, daß dein Glück durch Einsamkeit, Leere und Entbehrung entstehen werde. Denn dadurch könntest du ebensogut verzweifeln. Um dich aber zu ergreifen, zeige ich dir das Beispiel, welches das Glück der Menschen so deutlich vom Werte der ihnen überlassenen Vorräte unterscheidet und das Auftreten dieses Glücks so vollendet dem Werte des Zeremoniells unterordnet.

Und wenn mich die Erfahrung gelehrt hat, daß sich verhältnismäßig mehr Glückliche in den Wüsten, in den Klöstern und bei der Aufopferung als bei den seßhaften Bewohnern glücklicher Oasen oder der sogenannten glücklichen Inseln entdekken lassen, so habe ich nicht daraus geschlossen – was töricht gewesen wäre –, daß die Güte der Nahrung dem Glück widerstreite, sondern lediglich, daß den Menschen dort, wo die Güter zahlreicher sind, mehr Möglichkeiten geboten werden, sich über die Natur ihrer Freuden zu irren, denn diese scheinen in der Tat von den Dingen herzurühren, während die Menschen in Wahrheit ihre Freude nur durch den Sinn erlangen, den diese Dinge in einem bestimmten Reiche oder Hause oder Landgut annehmen. So kann es denn in der Wohlhabenheit geschehen, daß sie sich täuschen und häufiger als die anderen eitlen Reichtümern nachjagen. Hingegen wissen die Menschen in der Wüste oder in den Klöstern, da sie nichts besitzen, mit Sicherheit, woher ihre Freuden stammen, und bewahren daher leichter den eigentlichen Quell ihrer Inbrunst.

Doch es ist auch hier ebenso wie mit dem Feinde, der dich sterben oder wachsen läßt. Denn wenn du deine Inbrunst auf der glücklichen Insel zu bewahren vermöchtest, da du deren wirklichen Ursprung erkannt hast, wäre der Mensch, der so entstünde, gewiß größer, ebenso wie du hoffen könntest, aus einem mehrsaitigen Instrument einen reicheren Ton zu gewinnen als aus einem einsaitigen. Und aus dem gleichen Grunde veredelte auch die Güte der Hölzer, der Stoffe, der Getränke und Speisen den Palast meines Vaters, in dem alle Schritte einen Sinn hatten.

Nicht anders steht es mit den neuen Goldeinfassungen, die in ihrem Magazin wertlos sind, die jedoch einen Sinn erhalten, sobald man sie aus ihren Kisten hervorholt und in einem Hause anbringt, dessen Gesicht sie verschönern.

139

Denn jener Prophet mit den harten Augen besuchte mich wiederum, der Tag und Nacht einen heiligen Zorn ausbrütete und überdies schieläugig war.

– Man sollte sie zum Opfer zwingen, sagte er mir.

– Gewiß, antwortete ich ihm, denn es ist gut, wenn ihnen ein Teil ihres Reichtums abgenommen und von ihren Vorräten erhoben wird, so daß sie ein wenig ärmer werden, aber durch den Sinn, den sie dann erhalten, an Reichtum zunehmen. Denn sie taugen nichts für sich allein, wenn sie nicht Teil eines Gesichtes wurden. Er aber hörte nicht, da er ganz von seinem Zorne in Anspruch genommen war.

– Es ist gut, sagte er, daß sie sich in die Buße vertiefen . . .

– Gewiß, antwortete ich ihm, denn wenn es ihnen an den Fasttagen an Nahrung gebricht, werden sie die Freude erleben, wieder zu ihr zurückzukehren, oder sie werden auch für die einstehen, die gezwungen fasten, oder werden sich Gott zuwenden, da sie ihren Willen zähmen, oder sich lediglich davor bewahren, daß sie zu fett werden. Jetzt übermannte ihn der Zorn: Vor allem müssen sie gezüchtigt werden.

Und ich begriff, daß ihm der Mensch nur erträglich schien,

wenn er gefesselt und in der Tiefe eines Kerkers des Lichtes und Brotes beraubt war.

– Denn das Böse muß ausgerottet werden, sagte er.

– Du läufst Gefahr, alles auszurotten, entgegnete ich ihm. Wäre es nicht vielleicht vorzuziehen, wenn man das Gute stärkte, statt das Böse auszurotten? Und Feste ersänne, die den Menschen adeln? Und ihn in Gewänder kleidete, in denen er weniger schmutzig ist? Und seine Kinder besser nährte, damit sie durch das Erlernen des Gebetes an Schönheit gewinnen und sich nicht nur mit dem Leiden ihrer Bäuche abgeben?

Denn es geht nicht darum, den Gütern, die dem Menschen zustehen, Grenzen zu ziehen, sondern es geht um die Rettung der Kraftfelder, die seinen Wert bestimmen, und der Gesichter, die allein zu seinem Geist und seinem Herzen sprechen.

Jene, die mir Nachen zimmern können, lasse ich mit ihren Nachen fahren und Fische fangen. Die anderen aber, die mir Schiffe bauen können, lasse ich Schiffe bauen, damit sie die Welt erobern.

– So möchtest du sie also durch ihren Reichtum verkommen lassen?

– Nichts, was erworbener Vorrat ist, hat für mich Wert, und du hast nichts verstanden, sagte ich ihm.

140

Wenn du deine Polizisten aufrufst und sie damit betraust, eine Welt aufzubauen, so wird diese Welt nicht entstehen, mag sie auch noch so wünschenswert sein, denn es ist nicht die Aufgabe des Polizisten und entspricht nicht seiner Art, deine Religion zu preisen. Es gehört nicht zu seinem Wesen, die Menschen zu wägen, sondern deine Anordnungen auszuführen, die auf einem genauen Gesetzbuch beruhen und etwa besagen, daß man Steuern zahlen und nicht den Nächsten bestehlen und sich dieser oder jener Regel unterwerfen soll. Und die Riten deiner Gesellschaftsordnung sind ein Gesicht, wodurch du diesen bestimmten Menschen begründest und keinen anderen; wodurch du diese bestimmte Freude an der Abendmahlzeit im Kreise deiner Lieben entstehen läßt und keine andere; jene Riten sind Linien des Kraftfeldes, das dich beseelt. Und der Polizist bleibt unsichtbar. Er ist da, als Mauer und Rahmen und Gerüst. Du wirst ihm nicht begegnen, mag er auch noch so unbarmherzig sein, denn er ist ebenso unbarmherzig wie die Tatsache, daß du des Nachts die Sonne nicht genießen kannst oder auf ein Schiff warten mußt, um das Meer zu durchqueren, oder gezwungen bist, rechts hinauszugehen, da es auf der linken Seite an einer Türe fehlt.

All das ist ganz einfach so.

Aber wenn du seine Rolle steigerst und ihn damit betraust, den Menschen zu wägen, was niemand auf der Welt vermag, und dem Bösen nach seinem eigenen Ermessen nachzuspüren, und wenn er nicht nur die Taten überwachen soll, die seine Sache sind, dann werden – da nichts einfach ist und das Streben der Menschen etwas Bewegliches darstellt, das sich nicht in Worte fassen läßt, und da es in Wirklichkeit keine Gegensätze gibt – nur diejenigen ihre Freiheit bewahren und zur Macht gelangen, die nicht ein mächtiger Ekel von deinem Zerrbild des Lebens fernhält. Denn es handelt sich um eine Ordnung, die der Inbrunst eines Baumes vorausgeht, wie ihn die Logiker zu errichten gedenken – nicht eines Baumes, der aus einem Samenkorn entstanden ist. Denn die Ordnung ist die Wirkung des Lebens und nicht seine Ursache. Die Ordnung ist Zeichen eines starken Gemeinwesens und nicht Ursprung seiner Stärke. Das Leben und die Inbrunst und das Streben nach etwas erschaffen die Ordnung.

Die Ordnung aber erschafft weder Leben noch Inbrunst, noch Streben nach etwas.

Und die allein sehen sich dadurch größer werden, die aus niedriger Gesinnung den erbärmlichen Ideenbazar bejahen, der auf dem Formular des Polizisten beruht, und ihre Seele gegen ein Handbuch austauschen. Denn selbst wenn dein Menschenbild erhaben und dein Ziel edel sein sollte, mußt du wissen, daß es niedrig und töricht wird, sobald die Polizisten es verkünden. Denn es ist nicht Sache des Polizisten, eine Kultur zu übermitteln; er soll vielmehr Handlungen verbieten, ohne zu begreifen, warum.

Der völlig freie Mensch in einem absoluten Kraftfeld und absoluten Gebundenheiten, die unsichtbare Polizisten sind: siehe, das ist die Gerechtigkeit meines Reiches.

Daher ließ ich die Polizisten kommen und sagte ihnen:

– Ihr habt nur über die Handlungen zu urteilen, die sich im Handbuch aufgezählt finden. Und ich finde mich mit eurer Ungerechtigkeit ab, denn es kann in der Tat herzzerreißend sein, daß jene Mauer heute nicht übersteigbar ist, die bei anderen Gelegenheiten vor Dieben schützt, wenn die überfallene Frau auf der anderen Seite um Hilfe ruft. Doch eine Mauer ist eine Mauer, und das Gesetz ist das Gesetz.

– Aber ihr habt nicht über den Menschen zu urteilen. Denn im Schweigen meiner Liebe habe ich gelernt, daß man nicht auf den Menschen hören darf, um ihn zu verstehen. Und es ist mir unmöglich, Gut und Böse abzuwägen, und ich laufe Gefahr, das Gute in den Feuerofen zu werfen, wenn ich das Böse ausrotten will. Wie könntest du solches erstreben, da ich ja gerade von dir verlange, daß du blind wie eine Mauer sein sollst?

Denn schon vom Hingerichteten habe ich gelernt, daß ich, wenn ich ihn verbrenne, ein Teil verbrenne, das schön ist und das sich allein in der Feuersbrunst offenbart. Doch ich bejahe dieses Opfer, um das Gerüst zu retten. Denn durch seinen Tod schaffe ich Spannungen, von denen ich nicht zulassen darf, daß sie erschlaffen.

141

Ich möchte daher meine Rede damit beginnen, daß ich dir sage:

– Du Mensch, der du unbefriedigt in deinen Wünschen bist und durch die Gewalt mißhandelt wirst: stets verhindert dich ein anderer am Wachsen. Und du wirst nicht gegen mich aufbegehren, denn es ist wahr, daß du unbefriedigt in deinen Wünschen bist und durch die Gewalt mißhandelt wirst und daß dich stets ein anderer am Wachsen hindert.

Und ich würde dich dazu bestimmen, daß du im Namen eurer Gleichheit gegen den Fürsten kämpfst.

Oder ich würde dir wohl auch sagen:

– Du Mensch, der du der Liebe bedarfst, der du nur durch den Baum bestehst, den du mit den anderen bildest.

Und du wirst nicht gegen mich aufbegehren, denn es ist wahr, daß du von deinem Bedürfnis nach Liebe weißt und nur durch das Werk bestehst, dem du dienst.

Und ich werde dich dazu bestimmen, daß du den Fürsten wieder in sein Reich einsetzt.

Es kommt somit nicht darauf an, was ich dir sage, denn alles ist wahr. Und wenn du mich fragst, wie man im voraus erkennen kann, welche unter den Wahrheiten Leben gewinnen und keimen wird, so antworte ich dir, daß das allein bei der Wahrheit der Fall sein wird, die als Schlußstein des Gewölbes die schlichte Sprache und Vereinfachung deiner Probleme darstellt. Und es kommt wenig auf den Wert meiner Aussagen an. Wichtig ist vor allem, daß ich dir hier oder anderswo einen Standort angewiesen habe. Stellt sich dann heraus, daß diese Blickrichtung den größten Teil deiner Zweifelsfragen aufklärt – und daß sie nicht mehr bestehen –, so wirst du selber deine Beobachtungen kundtun, und es kommt dann nicht darauf an, ob ich mich hier oder da falsch ausgedrückt oder mich selber geirrt habe. Du wirst dann die Dinge sehen, wie es mein Wille war, denn das, was ich dir beisteuerte, ist nicht eine Überlegung, sondern eine Blickrichtung, von der aus sich Überlegungen anstellen lassen.

Gewiß kann es geschehen, daß dir mehrere Sprachen über die Welt oder dich selber Aufschluß geben. Und daß sie einander bekriegen. Eine jede ist zusammenhängend und wohlgegründet. Ohne daß etwas unter ihnen den Ausschlag gäbe. Ohne daß es auch in deiner Macht stünde, gegen deinen Gegner Beweise anzuführen, denn er ist ebenso im Rechte wie du selber. Und ihr streitet im Namen Gottes.

»Der Mensch ist einer, der erzeugt und verbraucht . . .«

Und es trifft zu, daß er erzeugt und verbraucht.

»Der Mensch ist einer, der Gedichte schreibt und in den Sternen zu lesen lernt.«

Und es trifft zu, daß er Gedichte schreibt und die Sterne studiert.

»Der Mensch ist einer, der nur in Gott seine Seligkeit findet . . .«

Und es trifft zu, daß er in den Klöstern die Freude lernt.

Es muß aber etwas vom Menschen gesagt werden, das alle die Aussprüche, die Haß gebären, in sich enthält. Denn das Feld des Bewußtseins ist winzig, und einer, der eine Formel gefunden hat, glaubt, daß die anderen lügen oder im Irrtum befangen sind. Aber alle sind sie im Recht.

Da ich indessen mit unfehlbarer Gewißheit aus dem Leben meines Alltags gelernt habe, daß Erzeugung und Verbrauch – ebenso wie die Küchen meines Palastes – nicht am wichtigsten, sondern nur am dringlichsten sind, wünsche ich, daß diese Erkenntnis in meinen Grundsätzen ihren Niederschlag findet. Denn die Dringlichkeit ist mir zu nichts nütze, und ich könnte ebensogut sagen: »Der Mensch ist einer, der nur bei guter Gesundheit zu etwas zu gebrauchen ist . . .« und daraus eine Kultur ableiten, in der ich – unter dem Vorwand dieser Dringlichkeit – den Arzt als Richter der Taten und Gedanken der Menschen einsetze. Doch da ich hier wiederum aus eigener Erfahrung gelernt habe, daß die Gesundheit ein Mittel, aber kein Ziel ist, wünsche ich, daß auch diese Rangordnung in meinen Grundsätzen einen Niederschlag findet. Denn wenn deine Grundsätze nicht widersinnig sind, ist es wahrscheinlich, daß sie die Notwendigkeit mit sich bringen, Erzeugung und Verbrauch oder das Streben nach Disziplin, die der Gesundheit dient, zu fördern. Und so wie ein einziges Samenkorn je nach seinem Wachstum an Vielfalt gewinnt, wie dich das Wesen eines einzigen Bildes auf verschiedene Art bewegt, deiner Umwelt oder deinem Zustand entsprechend, ebenso gibt es auch nichts, das meine Grundsätze letztlich nicht beherrschen könnten. Ich möchte also vom Menschen sagen: »Der Mensch ist einer, der nur in einem Kraftfeld einen Wert hat; der Mensch ist einer, der nur mittels der Götter Verbindung hält, die er sich ersinnt und die ihn und die anderen beherrschen; der Mensch ist einer, der seine Freude nur findet, wenn er sich durch das von ihm Erschaffene austauschen kann; der Mensch ist einer, der nur dann glücklich stirbt, wenn er sich auf etwas anderes überträgt; der Mensch ist einer, den die Vorräte entkräften und den ein Ganzes ergreift, wenn man es ihm zeigt; der Mensch ist einer, der zu erkennen sucht und sich berauscht, wenn er gefunden hat; der Mensch ist einer, der . . .«

Ich muß ihn auf diese Weise in Worte fassen, damit seine wesentlichen Bestrebungen nicht gestört oder unterjocht werden. Denn wenn der schöpferische Geist zugrunde gerichtet wird, um die Ordnung zu schaffen, so geht mich diese Ordnung nichts an. Wenn das Kraftfeld ausgelöscht wird, um den Bauchumfang zu erweitern, so geht mich dieser Bauchumfang nichts an. Wenn man den Menschen durch die Unordnung faulen läßt, um seinen schöpferischen Geist zu entwikkeln, so geht mich auch diese Art Geist, die sich selber zugrunde richtet, nichts an. Und das gleiche gilt, wenn man den Menschen verderben läßt, um das Kraftfeld in den Himmel zu heben, denn dann gibt es ein Kraftfeld, aber keinen Menschen mehr, und dieses Kraftfeld geht mich nichts an.

So habe ich, der Kapitän, der über die Stadt wacht, heute abend über den Menschen zu reden, und aus dem Drange, den ich erschaffen werde, wird der Wert der Reise hervorgehen.

142

Ich weiß zunächst und vor allem, daß ich so nicht eine absolute und beweisbare Wahrheit erlange, die meine Gegner zu überzeugen vermöchte, sondern ein Bild, das potentiell einen Menschen in sich enthält und all das fördert, was mir am Menschen edel erscheint, wobei es diesem Grundsatz alle anderen unterordnet.

Es leuchtet nun wohl ein, daß mir nicht daran gelegen ist, den Menschen zu einem Wesen zu machen, das erzeugt und verbraucht, und so den Wert seiner Liebesregungen, den Wert seiner Kenntnisse, die Wärme seiner Freuden dem Wachsen seines Bauchumfanges unterzuordnen; trotzdem trachte ich, ihm soviel wie möglich zukommen zu lassen, ohne daß darin ein Widerspruch oder eine Ausflucht enthalten wäre; ebenso wie ja auch diejenigen, die sich um seinen Bauchumfang kümmern, bestrebt sind, nicht den Geist zu verachten.

Denn wenn mein Bild stark ist, wird es sich wie ein Samenkorn entwickeln, und infolgedessen steht es in erster Linie zur Wahl. Und wo hast du schon einen Drang zum Meere gesehen, der sich nicht in ein Schiff verwandelt hätte?

Desgleichen scheinen mir die Kenntnisse nicht den Ausschlag zu geben, denn Belehren und Erziehen ist nicht dasselbe, und ich habe nicht festgestellt, daß der Wert des Menschen etwa auf der Summe seiner Ideen beruhe; er gründet sich vielmehr auf der Güte des Werkzeugs, mit dessen Hilfe sich die Ideen erwerben lassen.

Denn deine Baustoffe sind immer die gleichen; du darfst keinen vernachlässigen, und du kannst auch mit den gleichen Baustoffen alle Gesichter hervorbringen.

Wenn jedoch einer gegen das erwählte Gesicht den Vorwurf erhebt, es sei unbegründet und unterwerfe den Menschen der Willkür, da es sie etwa, unter dem Vorwand, es sei das eine schöne Eroberung, für die Eroberung einer nutzlosen Oase sterben lasse, so werde ich ihm entgegnen, daß mein Gesicht über jede Rechtfertigung erhaben ist, denn es kann gemeinsam mit all den anderen bestehen, die ebenso wahr sind, und wir kämpfen im Grunde für Götter, die auf der Wahl eines Gefüges beruhen – eine Wahl, die sich durch die gleichen Gegenstände vollzieht.

Und allein die Offenbarung und die Erscheinung der Erzengel würde uns voneinander scheiden. Sie ist ein schlechtes Puppenspiel, denn wenn Gott mir ähnlich ist, damit er sich mir zeigen kann, ist er nicht Gott, und wenn er Gott ist, kann ich ihn im Geiste, nicht aber mit meinen Sinnen erkennen. Und wenn es Sache meines Geistes ist, ihn zu erschauen, werde ich ihn nur durch den Widerhall erkennen, den er in mir weckt, so wie ich die Schönheit des Tempels wahrnehme. Und nach Art des Blinden, der sich mit ausgestreckten Händen zum Feuer hintastet, das er nur durch die Erfüllung seines Wunsches zu erkennen vermag, werde ich ihn suchen und ihn finden. (Wenn ich sage, daß mich Gott aus sich hervorgehen ließ, führt mich seine Schwerkraft dorthin zurück.) Und wenn du siehst, wie die Zeder gedeiht, so geschieht das, weil sie in die Sonne eintaucht, obwohl die Zeder nichts von der Bedeutung der Sonne weiß.

Denn nach dem Worte des einzigen wahren Mathematikers, meines Freundes, scheint mir, daß unsere Gefüge etwas anderem gleichen, da es keine erklärbaren Schritte gibt, die zu diesen unbekannten Brunnen führen. Und wenn ich diese unbekannte Sonne, die die Schwerkraft meiner Schritte beherrscht, Gott nenne, so will ich seine Wahrheit an der Wirksamkeit seiner Sprache ablesen.

Ich, der Gebieter der Stadt, bin heute abend wie der Kapitän eines Schiffs auf dem Meere. Denn du glaubst, daß Vorteil, Glück und Vernunft die Menschen beherrschen. Ich aber will nichts von deinem Vorteil und deinem Glück und deiner Vernunft wissen, denn ich wurde gewahr, daß du Vorteil oder Glück lediglich etwas nanntest, wonach die Menschen streben, und so habe ich es nur mit Quallen zu tun, die ihre Gestalt verändern; was aber die Vernunft betrifft, die dorthin geht, wohin man sie haben will, so erschien sie mir als Spur im Sande von etwas anderem, das über ihr steht.

Denn nie hat den einzigen wahren Mathematiker, meinen Freund, die Vernunft geleitet. Die Vernunft schreibt Kommentare, leitet die Gesetze ab, redigiert die Anordnungen und entwickelt den Baum aus dem Samenkorn von Schlußfolgerung zu Schlußfolgerung, bis zu dem Tage, an dem die Vernunft nicht mehr weiterhilft, da der Baum tot ist und du eines anderen Samenkornes bedarfst.

Aber ich, der Gebieter der Stadt, der ich dem Kapitän eines Schiffs auf dem Meere gleiche, ich weiß, daß allein der Geist die Menschen beherrscht und daß er sie unumschränkt beherrscht. Denn wenn einer ein Gefüge erahnt, ein Gedicht schreibt und das Samenkorn in das Herz der Menschen senkt, so werden ihm Vorteil, Glück oder Vernunft als Diener untertan; sie verleihen dann den Wirklichkeiten – der Wandlung deines Samenkorns zum Baume – im Herzen Ausdruck oder werfen ihren Schatten auf die Mauer.

Und es steht nicht in deiner Macht, dich gegen den Geist zu behaupten. Denn wie könntest du bestreiten, wenn ich dich auf einem bestimmten Berge und keinem anderen ansiedle, daß die Städte und Flüsse diese bestimmte Anordnung und keine andere ergeben, da sie ganz einfach existiert?

Deshalb will ich dir zum Werden verhelfen. Und obwohl meine Stadt schläft und du, wenn du die Handlungen der Menschen nachprüfen solltest, nur das Streben nach Vorteil, nach Glück oder das Vorgehen der Vernunft in ihnen wiederfinden würdest, trage ich doch hier die Verantwortung für den wirklichen Kurs, den sie unter den Sternen nimmt.

Denn sie kennen nicht den Kurs, den sie eingeschlagen haben, da sie auf Grund ihres Vorteils oder aus Glücksverlangen oder aus Vernunft zu handeln glauben und nicht wissen, daß Vernunft, Glücksverlangen oder ihr Vorteil je nach dem Reiche Gestalt und Bedeutung wechseln.

Und sie wissen nicht, daß in den Gaben, die ich ihnen anbiete, ihr Vorteil darin besteht, daß sie beseelt werden, wie wenn das Kind sein feurigstes Spiel spielt. Daß ihr Glück darin besteht, daß sie sich austauschen und im Gegenstand fortdauern, den sie erschaffen haben. Und daß die Vernunft in einer zusammenhängenden Gesetzgebung zum Ausdruck kommt. Die Vernunft des Heeres ist die Dienstvorschrift des Heeres, die bewirkt, daß unter den Dingen auf diese Weise und keine andere ein Widerhall entsteht. Die Vernunft eines Schiffes ist die Schiffsordnung, und die Vernunft meines Reiches ist der Inbegriff der Anordnungen, Bräuche, Dogmen und Gesetzbücher, die unter den Dingen einen Zusammenhang herstellen und einen wechselseitigen Widerhall wecken. Mein aber ist der einzigartige und unerklärliche Klang, der durch diesen Widerhall entstehen wird.

Doch du wirst vielleicht fragen: »Wozu dein Zwang?«

Wenn ich ein Gesicht begründet habe, muß es dauern. Wenn ich ein Gesicht aus Lehm geknetet habe, bringe ich es in den Backofen, um es zu härten, damit es während eines hinreichenden Zeitraums Bestand hat. Denn wenn meine Wahrheit fruchtbar sein soll, muß sie beständig sein, und wen würdest du lieben, wenn deine Liebe alle Tage wechselte, und wo blieben dann deine großen Taten? Und allein durch die Fortdauer wird dein Streben fruchtbar werden. Denn das schöpferische Werk ist selten, und wenn es auch manchmal dringend ist, daß es dir zu deiner Rettung geschenkt werde, wäre es doch nicht gut, wenn es dir alle Tage zuteil würde. Denn ich bedarf mehrerer Generationen, um einen Menschen hervorzubringen. Und unter dem Vorwand, den Baum verbessern zu wollen, haue ich ihn nicht alle Tage ab, um ihn durch ein Samenkorn zu ersetzen.

Und in der Tat kenne ich nur Wesen, die geboren werden, leben und sterben. Und du hast Ziegen, Hammel, Häuser und Berge versammelt, und heute wird aus dieser Ansammlung ein neues Wesen entstehen und das Verhalten der Menschen ändern. Und es wird fortdauern, dann sich erschöpfen und sterben, sobald es jenes Lebensgeschenk aufgebraucht hat.

Und die Geburt ist stets reine Schöpfung, ein vom Himmel herabgefallenes Feuer, das dich beseelt. Und das Leben verläuft nicht in einer beständigen Kurve. Denn du hast ein Ei vor dir. Dann entwickelt es sich nach und nach, und so entsteht eine Logik des Eies. Es kommt jedoch die Sekunde, in der die Kobra ausschlüpft, und dann haben sich für dich alle Probleme gewandelt.

Denn es befinden sich Arbeiter auf dem Bauplatz und dazu ein Steinhaufen. Und so besteht eine Logik des Steinhaufens. Aber es kommt die Stunde, in der der Tempel offen ist, der die Menschen verwandelt. Und dann haben sich alle deine Probleme für den Menschen gewandelt.

Und wenn ich das Samenkorn meiner Kultur über dich gesät habe, bedarf ich mehr als der Dauer eines Menschenlebens, damit sie ihre Zweige, ihre Blätter und Früchte hervortreiben kann. Und ich mag nicht alle Tage das Gesicht wechseln, denn daraus wird nichts hervorgehen.

Dein großer Irrtum liegt darin, daß du an die Dauer eines Menschenlebens glaubst. Denn die Frage lautet vor allem, auf wen oder was überträgt sich der Mensch, wenn er stirbt? Ich bedarf eines Gottes, damit er mich empfangen kann.

Und im Sterben bedarf ich der einfachen Dinge, die *sind*. Meine Ölbäume werden im Jahre danach ihre Oliven für meine Söhne tragen. Und so bin ich ruhig in der Stunde des Todes.

So erkannte ich immer deutlicher, daß man den Menschen nicht zuhören darf, sondern sie verstehen muß. Denn die dort unter meinen Augen in der Stadt leben, wissen wenig von der Stadt. Sie halten sich für Architekten, Maurer, Polizisten, Priester, Leineweber; sie glauben, daß sie für ihren Vorteil oder ihr Glück da sind, und empfinden nicht ihre Liebe, so wie einer nicht seine Liebe empfindet, der im Hause geschäftig ist und ganz in den Sorgen des Tages aufgeht. Der Tag gehört den häuslichen Szenen. Des Nachts aber findet einer, der sich gestritten hat, die Liebe wieder. Denn die Liebe ist größer als dieser Wind der Worte. Und der Mann lehnt am Fenster und fühlt wieder unter den Sternen die Verantwortung für die anderen, die schlafen, für das Brot des kommenden Tages, für den Schlaf der Frau, die dort so gebrechlich und zart und vergänglich neben ihm ruht. Die Liebe denkt man nicht. Die Liebe *ist*.

Doch diese Stimme spricht nur im Schweigen. Und was für dein Haus gilt, gilt auch für die Stadt. Und was für die Stadt gilt, gilt auch für das Reich. Erst wenn ungewöhnliche Stille eintritt, siehst du deine Götter.

Und keiner wird im Leben von dem Tage wissen, an dem es ans Sterben geht. Und die Worte, die ihm auf andere Art als durch das Bild seines Vorteils oder seines Glücks von der Stadt erzählen, werden ihm wie falsches Pathos vorkommen, denn er weiß nicht, daß sie Wirkungen der Stadt sind. Zu kleine Sprache für eine zu große Sache.

Doch wenn du die Stadt überschaust und in der Zeit Abstand gewinnst, um ihre Entwicklung zu betrachten, wirst du durch Verwirrung, Eigennutz und Geschäftigkeit der Menschen hindurch genau den langsamen und ruhigen Gang des Schiffes gewahr werden. Denn wenn du nach einigen Jahrhunderten wiederkehrst, um die Kielspur zu betrachten, die sie zurückgelassen haben, wirst du sie in den Gedichten, den Bildwerken aus Stein, den Regeln der Erkenntnis und den Tempeln entdecken, die dann noch aus dem Sande herausragen. Das Alltägliche wird erloschen und aufgelöst sein. Und du wirst begreifen, daß all das, was sie Vorteil oder Verlangen nach Glück nannten, nur der ärmliche Widerschein einer großen Sache war.

Der Mensch, von dem ich sprach, wird dann vorangekommen sein. So ist es auch mit meiner Armee, wenn sie ihr Lager aufschlägt. Morgen früh werde ich sie im Feuerofen des Sandwindes dem Feinde entgegenwerfen. Und der Feind wird wie ein Schmelztiegel für sie sein. Und ihr Blut wird fließen, und im Glanz eines Säbelhiebs wird das private Glück von Tausenden, das fortan vernichtet ist, wird der Vorteil von Tausenden, der fortan um seinen Gewinn betrogen wurde, seine Grenze finden. Und gleichwohl wird meine Armee keine Auflehnung kennen, denn ihre Haltung ist nicht die eines Einzelmenschen, sondern die des Menschen an sich. Und wenn ich auch weiß, daß sie morgen zum Sterben bereit sein wird, so werde ich doch, wenn ich heute abend mit langsamen Schritten im Schweigen meiner Liebe unter den Tempeln und den Feuern des Feldlagers einhergehe und die Soldaten reden höre, nicht jene Stimme vernehmen, die den Tod auf sich nimmt.

Denn hier wird man sich necken wegen einer schiefen Nase. Dort wird man sich streiten um ein Stück Fleisch. Und die Gruppe, die da drüben beisammenhockt, wird ihrem Ärger mit heftigen Worten Luft machen, die dir für den Heerführer beleidigend erscheinen müssen. Und wenn ich einem von ihnen sagte, er sei trunken von Opfermut, so wirst du erleben, wie er dir ins Gesicht lacht, denn er wird dich für recht hochtrabend halten und meinen, daß du wenig Federlesens mit ihm machtest, der sich so wichtig vorkommt; denn es liegt nicht in seiner Absicht und deckt sich auch nicht mit seiner Würde und seinem Gewissen, daß er für seinen Korporal sterben soll, dem er gewiß nicht die Eignung zuerkennt, ein solches Geschenk von ihm entgegenzunehmen. Und doch wird er morgen für seinen Korporal sterben.

Nirgendwo wirst du jenem großen Gesicht begegnen, das dem Tode die Stirn bietet und sich der Liebe hingibt. Und wenn du den Wind der Worte beachtet hast, wirst du langsam in dein Zelt zurückkehren und auf der Zunge den Geschmack der Niederlage spüren. Denn jene Soldaten verspotteten und bekrittelten den Krieg und beleidigten ihre Anführer. Und gewiß hast du die Wäscher des Decks, die Aufgeier der Segel und die Nagelschmiede gesehen, doch da du kurzsichtig warst und die Nase allzu dicht darauf drücktest, ist dir das Schiff in all seiner Majestät entgangen.

144

An jenem Abend stattete ich auch noch meinen Gefängnissen einen Besuch ab. Und dort entdeckte ich, daß der Polizist notwendigerweise nur diejenigen aufgespürt hatte, um sie auszusondern und in den Kerker zu werfen, die sich beständig zeigten, sich den Umständen nicht anpaßten und die Gewißheit ihrer Wahrheiten nicht verleugneten.

Und jene, die in Freiheit blieben, waren eben die, die ihre Wahrheiten verleugneten und ein unehrliches Spiel trieben. Denn gedenke meines Wortes: Die Gesittung des Polizisten und deine eigene mag sein, wie sie will – wenn der Polizist befugt ist zu urteilen, dann hat Bestand vor ihm nur, wer gemein ist. Denn eine Wahrheit mag aussehen, wie sie will: Wenn sie eine Wahrheit des Menschen und nicht eines törichten Logikers ist, bedeutet sie für den Polizisten Laster und Irrtum. Er will nämlich, daß du ein einziges Buch, einen einzigen Menschen, eine einzige Formel verkörpern sollst. Denn es kennzeichnet den Polizisten, daß er das Schiff baut und sich zugleich bemüht, das Meer abzuschaffen.

145

Denn ich bin der Worte müde, die sich die Zunge zeigen, und es scheint mir nicht widersinnig zu sein, wenn ich im Wert meines Zwanges den Wert meiner Freiheit suche.

Wie auch im Wert des Mutes, den der Mann im Kriege beweist, den Wert seiner Liebe.

Wie auch im Wert seiner Entbehrungen den Wert seines Überflusses.

Wie auch im Wert seiner Todesbereitschaft den Wert seiner Lebensfreude.

Wie auch im Wert seiner Stufenordnung den Wert seiner Gleichheit, die ich Bündnis nennen werde.

Wie auch im Wert seines Verzichtes auf irdische Güter den Wert des Gebrauches, den er von eben diesen Gütern macht.

Wie auch im Wert seiner völligen Unterwerfung unter das Reich den Wert seiner persönlichen Würde.

Denn sage mir, wenn du ihn zu fördern gedenkst, was ein Mensch für sich allein bedeutet. Bei meinen Aussätzigen habe ich es deutlich gesehen.

Und sage mir, wenn du sie zu fördern gedenkst, was eine üppige und freie Gemeinschaft bedeutet. Bei meinen Berbern habe ich es klar erkannt.

146

Denn denen, die meinen Zwang nicht verstehen konnten, antwortete ich:

– Ihr gleicht dem Kinde, das auf der ganzen Welt nur eine einzige Form des Wasserkruges kennt, sie daher als absolut ansieht und, wenn es später in ein anderes Haus zieht, nicht begreift, warum man den maßgeblichen Wasserkrug seines Heimes verunstaltet hat und von ihm abgewichen ist. Und das gleiche gilt, wenn du im benachbarten Reiche bemerkst, wie ein Mann anders schmiedet, als du es gewohnt bist, wie er verschieden von dir denkt und empfindet, liebt, klagt und haßt; du fragst dich dann, warum die Leute dort den Menschen verunstalten. Daher deine Schwäche. Denn du wirst die Architektur deines Tempels nicht bewahren, wenn du nicht weißt, daß sie auf einem gebrechlichen Plane beruht und einen Sieg des Menschen über die Natur darstellt. Und daß es allerlei Tragbalken, Pfeiler, Bogen und Strebemauern gibt, um sie zu stützen.

Und du gewahrst die Drohung nicht, die über dir schwebt, denn du siehst im Werke des anderen nur die Auswirkung einer vorübergehenden Verirrung und begreifst nicht, daß es für alle Ewigkeit droht, einen Menschen zu verschlingen, der niemals wieder geboren werden wird.

Und du glaubtest dich frei und empörtest dich, wenn ich dir von meinem Zwange sprach. Er beruhte in der Tat nicht auf einem sichtbaren Polizisten, sondern war noch gebieterischer, weil man ihn nicht bemerkte; er glich der Tür, die deine Wand durchbricht und, obwohl du einen Umweg machen mußt, um hinauszugehen, dir doch keineswegs als Beleidigung deiner Freiheit erscheint.

Doch wenn du das Kraftfeld vor dir sehen möchtest, das dir festen Grund gibt und dich so bewegen läßt – das Kraftfeld, das dich auf diese besondere Art und keine andere empfinden, lieben und klagen läßt – , so betrachte seine Schnürbrust bei deinem Nachbarn: sieh es an der Stelle, wo es zu wirken beginnt, denn dann wirst du es wahrnehmen können.

Sonst aber wirst du es stets übersehen. Denn der fallende Stein erleidet nicht die Kraft, die ihn nach unten zieht. Er lastet nur, wenn er unbeweglich ist. Erst wenn du widerstehst, weißt du, was dich bewegt. Und das Blatt, das im Winde treibt, kennt keinen Wind mehr, ebenso wie es für den losgelassenen Stein keine Schwere mehr gibt.

Und deshalb siehst du nicht den furchtbaren Zwang, der auf dir lastet, und die Mauer würde dir erst als Zwang erscheinen, wenn es dir beispielsweise in den Sinn kommen sollte, die Stadt anzuzünden.

Ebenso wie dir der Zwang nicht einfacher als deine Sprache erscheint.

Ein jedes Gesetzbuch ist Zwang, aber ein unsichtbarer.

147

Ich studierte also die Bücher der Herrscher, die Verordnungen, die für die Reiche erlassen wurden. Die Riten der verschiedenen Religionen, die Zeremonien bei den Begräbnissen, den Hochzeiten und den Geburten, bei meinem Volke wie bei anderen Völkern, in der Gegenwart wie in der Vergangenheit; dabei bemühte ich mich um eine Entzifferung der einfachen Beziehungen zwischen den Menschen – nach der Artung ihrer Seelen – und den Gesetzen, die erlassen wurden, um die Menschen zu formen, sie zu leiten und sie fortdauern zu lassen, und ich vermochte diese Beziehungen nicht zu entdecken.

Wenn ich indessen für die Bewohner eines benachbarten Landes oder Reiches ein bestimmtes Opferzeremoniell zu vollziehen hatte, wurde ich gewahr, daß ihm eine gewisse Blume, ein gewisses Aroma, eine besondere Art des Liebens oder Hassens eigen waren, denn es gibt keine Liebe und keinen Haß, die einander völlig gleich wären. Und ich hatte das Recht, über die Entstehung dieses Vorgangs nachzusinnen und mir zu sagen: »Wie kommt es, daß ein bestimmter Ritus, der mir ohne Beziehung und Wirksamkeit zu sein scheint, da er sich in einem Bereiche betätigt, dem die Liebe fremd ist, nur diese Liebe und keine andere hervorbringt? Worauf beruht also die Beziehung, die zwischen der Handlung, den Mauern, die die Handlung beherrschen, und jenem besonderen Lächeln besteht, das nur diesem Menschen und nicht dem Nachbarn eigen ist?«

Ich setzte das nutzlose Unterfangen nicht fort, denn ich habe im Verlaufe meines Lebens zur Genüge erfahren, daß die Menschen voneinander verschieden sind, obwohl dir die Unterschiede zunächst verborgen bleiben und bei einer Unterhaltung nicht zum Ausdruck kommen; denn du bedienst dich dabei eines Dolmetschers, der die Aufgabe hat, dir die Worte des Partners zu übersetzen, das heißt in deiner Sprache für dich die Worte zu suchen, die am ehesten den Äußerungen in der anderen Sprache entsprechen. Und da dir auf diese Weise Liebe, Gerechtigkeit oder Eifersucht mit Eifersucht, Gerechtigkeit und Liebe übersetzt werden, wirst du über eure Ähnlichkeiten in Verzückung geraten, obwohl der Inhalt der Worte nicht der gleiche ist. Und wenn du eine Übersetzung auf die andere folgen läßt und so in der Analyse der Worte fortfährst, wirst du immer nur Ähnlichkeiten suchen und finden; auf diese Weise wird dir, wie stets in der Analyse, das entgehen, was du zu fassen gedachtest. Denn wenn du die Menschen verstehen willst, darfst du nicht auf ihre Reden hören.

Und doch sind die Unterschiede unbedingt. Denn es gleichen einander weder die Liebe noch die Gerechtigkeit, noch die Eifersucht; weder der Tod noch der Gesang, noch der Austausch mit den Kindern, noch der Austausch mit dem Herrscher, noch der Austausch mit der Geliebten, noch der Austausch mit dem schöpferischen Werk; weder das Gesicht des Glücks, wenn es im Gewande des Vorteils auftritt, noch die Art des Vorteils. Und ich habe manche gekannt, die sich überglücklich dünkten und mit zusammengepreßten Lippen oder blinzelnden Augen den Bescheidenen spielten, wenn ihnen die Nägel lang genug gewachsen waren, und andere, die dir das gleiche Schauspiel vorführten, wenn sie Schwielen an ihren Händen vorweisen konnten. Und ich habe welche gekannt, die sich nach dem Gewicht des Goldes in ihren Gewölben einschätzten, was dir als schmutziger Geist erscheint, solange du nicht bei anderen entdeckst, daß sie die gleichen Gefühle des Stolzes hegen und sich zufrieden und selbstgefällig betrachten, wenn sie nutzlose Steine den Berg hinaufgerollt haben.

Mir aber wurde zur Gewißheit, daß ich mich in meinem Unterfangen einem Irrtum hingab, denn es gibt keine Schlußfolgerung, durch die man von einer Stufe zur anderen gelangen könnte, und ich benahm mich ebenso widersinnig wie der Schwätzer, der mit dir die Statue bewundert und dir durch die Linie der Nase oder die Ausdehnung des Ohres den Gegenstand einer Übermittlung zu erklären gedenkt; sie bestand beispielsweise in der Melancholie am Abend eines Festtages und zeigt sich hier nur in der eingefangenen Beute, die niemals von gleicher Beschaffenheit wie die Baustoffe ist. Desgleichen wurde mir deutlich, daß mein Irrtum auch auf folgendem beruhte: Ich suchte den Baum durch die Mineralsalze, das Schweigen durch die Steine, die Schwermut durch die Linien und die Artung der Seele durch das Zeremoniell zu erklären, womit ich die natürliche Ordnung der Schöpfung umkehrte; hingegen hätte ich mich bemühen müssen, den Aufstieg der Mineralien durch die Entstehung des Baumes, die Anordnung der Steine durch das Bedürfnis nach Schweigen, die Führung der Linien durch die Herrschaft, die die Schwermut über sie ausübt, und das Zeremoniell durch die Artung der Seele zu erhellen; die Seele aber ist unteilbar und läßt sich nicht durch

Worte umschreiben, da du ja gerade, um sie zu erfassen, sie zu lenken und ihr Beständigkeit zu verleihen, dazu gelangt bist, mir jene Falle zu stellen, die nur in diesem Zeremoniell und keinem anderen besteht.

Und freilich habe ich in meiner Jugend den Jaguar gejagt. Und ich habe dafür Jaguargruben benutzt, die mit einem Lamm als Köder versehen, mit Pfählen bewehrt und mit Gras bedeckt waren. Und wenn ich sie im Morgengrauen aufsuchte, fand ich darin den Leib des Jaguars. Und wenn du die Sitten des Jaguars kennst, kannst du die Jaguargrube mit ihren Pfählen, ihrem Lamm und ihrem Grase ersinnen. Aber wenn ich dich bitte, dich mit der Jaguargrube zu befassen, und dir nichts vom Jaguar bekannt ist, wirst du sie auch nicht ersinnen können.

Deshalb sage ich dir vom wahren Mathematiker, meinem Freunde, daß er den Jaguar begreift und die Grube ersinnt. Obwohl er ihn nie gesehen hat. Und die Kommentatoren des Mathematikers haben es genau verstanden, da ja der Jaguar nach seiner Gefangennahme gezeigt wurde, aber sie betrachten die Welt in der Gestalt dieser Pfähle, dieser Lämmer, dieses Grases und der anderen Bestandteile, die zu ihrem Aufbau gehören, und hoffen, durch ihre Logik Wahrheiten daraus abzuleiten. Solche aber werden ihnen nicht zuteil. Und so bleiben sie unfruchtbar bis zu dem Tage, an dem einer erscheint, der den Jaguar begreift, obwohl er ihn noch nicht kennenlernen konnte, und der ihn – da er ihn begriffen hat – für dich einfängt und ihn dir zeigt, wobei er, um dich zu ihm hinzuführen, auf geheimnisvolle Weise einen Weg benutzt, der einer Rückkehr gleicht.

Und mein Vater war Mathematiker, da er sein Zeremoniell stiftete, um den Menschen damit einzufangen. Und das gleiche gilt von denen, die an anderen Orten und zu anderen Zeiten andere Zeremonielle erfanden und andere Menschen damit einfingen. Doch es sind die Zeiten gekommen, in denen die Torheit der Logiker, der Historiker und Kritiker herrscht. Und sie betrachten das Zeremoniell und leiten daraus nicht das Bild des Menschen ab, da es nicht daraus abgeleitet werden kann, und im Namen des Windes der Worte, den sie Vernunft nennen, streuen sie dann, wie es die Freiheiten gerade ergeben, die Bestandteile der Falle umher, zerstören dein Zeremoniell und lassen deine Beute entkommen.

148

Ich verstand es aber, die Dämme zu entdecken, die mir einen Menschen formten, als meine Wanderungen mich von ungefähr in eine fremde Landschaft führten. Während mein Pferd im Schritt ging, hatte ich einen Weg eingeschlagen, der ein Dorf mit einem anderen verband. Er hätte die Ebene gerade durchschneiden können, doch statt dessen paßte er sich einem Feldsaum an, und ich verlor einige Zeit durch diesen Umweg; jenes große, mit Hafer bestandene Geviert lastete auf mir, denn sich selbst überlassen, hätte mein Instinkt mich geradeaus geführt, doch das Gewicht eines Feldes ließ mich nachgeben. Und die Existenz eines Haferfeldes nutzte mein Leben ab, denn ich widmete ihm Minuten, die ich für etwas anderes hätte brauchen können. Und jenes Feld zähmte mich, denn ich fand mich mit dem Umweg ab, und obwohl ich in den Hafer hätte hineinreiten können, achtete ich ihn wie einen Tempel. Sodann führte mich die Straße an einem Gute entlang, das von einer Mauer umschlossen war. Und sie nahm Rücksicht auf das Gut und wich – da die Steinmauer vorsprang und zurücktrat – langsam sich windend von ihrer Richtung ab. Und hinter der Mauer sah ich Bäume, die dichter standen als in den Oasen bei uns zulande, und hie und da einen Weiher mit süßem Wasser, der durch die Zweige hindurchschimmerte. Und ich hörte nichts als das Schweigen. Sodann kam ich unter dem Blätterdach an einem Portal vorüber. Und an dieser Stelle teilte sich meine Straße, deren eine Abzweigung dem Gute diente. Und während mein Pferd in den Wagenspuren hinkte oder am Zügel zerrte, um das kurze Gras längs der Mauer abzuweiden, überkam mich während meiner langsamen Pilgerschaft nach und nach die Empfindung, daß mein Weg mit seinen feinfühligen Windungen und seinen Rücksichten, seiner Muße und seiner gleichsam durch irgendeinen Ritus oder ein königliches

Vorzimmer verlorenen Zeit das Antlitz eines Herrschers nachzeichnete und daß alle, die ihn benutzten und sich auf ihren Karren durchrütteln oder auf ihrem langsamen Esel schaukeln ließen, unmerklich in der Liebe geübt wurden.

149

Mein Vater sagte:

– Sie glauben, daß sie reicher geworden sind, weil sie ihren Wortschatz vermehrt haben. Und gewiß kann ich auch noch ein Wort mehr gebrauchen, das etwa für mich die Bedeutung von »Oktobersonne« hätte, im Gegensatz zu einer anderen Sonne. Aber ich sehe nicht, was ich dadurch gewinne. Ich entdecke im Gegenteil, daß ich dadurch den Ausdruck für jene Abhängigkeit verliere, die mir den Oktober und die Früchte des Oktobers und seine Frische mit jener Sonne verknüpfte, die nicht mehr so recht zu Rande kommt, weil sie sich schon daran abgenutzt hat. Die Worte sind selten, die mir dadurch Gewinn bringen, daß sie mir von vornherein ein System von Abhängigkeiten ausdrücken, welches ich anderswo verwenden kann, wie etwa das Wort »Eifersucht«. Denn die Eifersucht wird mir gestatten, daß ich etwas, was ich mit ihr vergleiche, kennzeichne, ohne das ganze System von Abhängigkeiten vor dir abhaspeln zu müssen. So werde ich etwa sagen: »Der Durst ist Eifersucht auf das Wasser.« Denn wenn mir die Menschen, die ich vor Durst sterben sah, Qualen zu erdulden schienen, so beruhte das nicht auf einer Krankheit, die an und für sich abscheulicher gewesen wäre als die Pest; diese stumpft dich ab und entlockt dir nur schwache Seufzer. Das Wasser aber macht dich schreien, denn du begehrst es. Und du siehst im Traum andere beim Trinken. Und du fühlst dich geradezu verraten durch das Wasser, das anderswo fließt. Es geht dir damit wie mit der Frau, die deinem Feinde zulächelt. Und dein Leiden rührt nicht von Krankheit her, sondern von der Religion, von der Liebe und von Bildern, die auf dich eine andere Wirkung ausüben. Denn du lebst von einem Reiche, das nicht auf den Dingen, sondern auf dem Sinn der Dinge ruht.

Aber das Wort »Oktobersonne« wird mir nur eine schwache Hilfe bedeuten, denn es ist speziell.

Hingegen werde ich dich reifen lassen, wenn ich dich in Unternehmen übe, die es dir erlauben, unter Benutzung der gleichen Wörter verschiedene Fallen zu bauen, die für jederlei Beute geeignet sind. Es verhält sich damit wie mit den Knoten eines Strickes, wenn du die dazu geeigneten jeweils für Füchse, zur Befestigung der Segel auf einer Seefahrt und zum Einfangen des Windes verwenden kannst. Doch das Spiel deiner Zwischensätze, die Abwandlungen deiner Verben, der Rhythmus deiner Perioden, die Verwendung der Ergänzungsworte, die Nachklänge und Wiederholungen – dieser ganze Tanz, den du aufführst, wird, wenn er erst einmal getanzt ist, dem anderen das zutragen, was du ihm zu übermitteln gedachtest, oder in deinem Buche festhalten, was du festhalten wolltest.

– Sich bewußt werden, sagte mein Vater ein andermal, heißt vor allem, einen Stil erwerben.

– Sich bewußt werden, bekräftigte er wiederum, bedeutet nicht, einen Ideenbazar zu empfangen, der in Schlaf versinken wird. Deine Kenntnisse kümmern mich wenig, denn sie dienen dir nur als Gegenstand oder Mittel deines Berufes, kraft dessen du mir eine Brücke baust oder Geld gräbst oder mich über die Entfernung der Hauptstädte unterrichtest, wenn ich dessen bedarf. Solch ein Formular aber ist nicht der Mensch. Sich bewußt werden heißt auch nicht, daß du deinen Wortschatz vermehrst. Denn dessen Erweiterung kann nur zum Ziel haben, dir mehr Möglichkeiten zu geben, wenn du mir jetzt die Stufen deiner Eifersucht vergleichen willst, doch allein der Wert deines Stils wird den Wert deines Umfanges verbürgen können. Sonst erhalte ich nur lose Zusammenfassungen deiner Gedanken. Da will ich schon lieber »Oktobersonne« hören, was mir verständlicher ist als dein neues Wort und zu meinem Auge und Herzen spricht. Deine Steine sind Steine, sodann Ansammlungen von Säulen, sodann – wenn deine Säulen erst einmal beisammenstehen – Kathedralen. Ich aber habe dir diese Gesamtheiten, die immer umfassender sind, nur dank des Genies meines Baumeisters dargeboten, denn dieser bevorzugte sie für die immer umfassenderen Äußerungen seines Stils, das heißt für die Ausdehnung seiner Kraftlinien in den Steinen. Und auch in deinen Sätzen äußerst du etwas. Und hierauf kommt es vor allem an.

– Sieh diesen Wilden da, sagte mein Vater. Du kannst seinen Wortschatz vermehren, und er wird sich in einen unerschöpflichen Schwätzer verwandeln. Du kannst ihm das Gehirn mit all deinen Kenntnissen vollstopfen, und der Schwätzer wird zu einem anmaßenden Schaumschläger werden. Du wirst ihn nicht mehr aufhalten können. Und er wird sich am hohen Wortschwall berauschen. Und du Blinder wirst dir am Ende sagen: Wie konnte es nur geschehen, daß meine Kultur ihn nicht erzogen, sondern verdorben, daß sie nicht den Weisen, den ich mir versprach, aus ihm gemacht hat, sondern ein Wrack, mit dem ich nichts anfangen kann? Wie deutlich erkenne ich jetzt, daß er groß, edel und rein gewesen ist in all seiner Unwissenheit.

Denn es gab nur ein Geschenk, das man ihm machen konnte und das du immer mehr vergißt und vernachlässigst. Und das war der Gebrauch eines Stils. Denn statt daß er mit seinen Kenntnissen wie mit farbigen Luftballons spielt, sich an dem Klang erfreut, den sie von sich geben, und sich an seinen Jonglierkünsten berauscht, siehst du auf einmal, daß er sich vielleicht mit weniger Dingen abgibt, aber sich jenen geistigen Bestrebungen zuwendet, in denen sich der Aufstieg der Menschen vollzieht. Und so wird er zurückhaltend und schweigsam werden wie das Kind, dem du ein Spielzeug gabst und das damit zunächst einmal Lärm vollführte. Aber dann zeigst du ihm, daß es damit etwas zusammenstellen kann. Und du siehst, wie es nachdenklich wird und verstummt. Wie es sich in seine Zimmerecke zurückzieht, die Stirne kraus zieht und anfängt, in sich die Geburt des Menschen zu vollziehen.

Lehre also deinen Rohling zunächst die Grammatik und den Gebrauch der Verben. Und der Beiworte. Lehre ihn handeln, bevor du ihm anvertraust, worauf sich sein Handeln erstrecken soll. Und bei jenen, die zuviel Lärm vollführen, die zu viele Ideen bewegen, wie du sagst, und die dich ermüden, wirst du beobachten, wie sie das Schweigen entdecken.

Und dies ist das einzige Zeichen eines echten Wertes.

So ist es auch mit der Wahrheit, wenn sie mir zum Gebrauche wird.

Und du verwunderst dich. Aber, soweit mir bekannt ist, verwunderst du dich nicht, wenn das Wasser, das du trinkst, und das Brot, das du ißt, zum Lichte deiner Augen wird. Oder wenn die Sonne zu Astwerk, Frucht und Samenkorn wird. Und gewiß wirst du in der Frucht nichts finden, was der Sonne ähnelt.

So findet sich auch nichts in der Zeder, was dem Samen der Zeder ähnelt.

Denn mag sie auch aus ihm entstanden sein, so besagt das doch nicht, daß sie ihm ähnlich sei.

Oder vielmehr: Ich nenne etwas »Ähnlichkeit«, was weder für deine Augen noch für deinen Verstand, sondern allein für deinen Geist bestimmt ist. Und diese Bedeutung habe ich im Sinn, wenn ich ausdrücke, daß die Schöpfung Gott ähnelt und daß ebenso die Frucht der Sonne, das Gedicht dem Gegenstande des Gedichts und der Mensch, den ich aus dir gewonnen habe, dem Zeremoniell des Reiches gleicht.

Und das ist sehr wichtig, denn da du deine Abstammung nicht mit den Augen erkennen kannst, da sie nur für den Geist Sinn hat, versagst du dich den Voraussetzungen deiner Größe. Du gleichst einem Baume, der sich der Sonne versagen möchte, weil er in der Frucht keine Anzeichen der Sonne findet. Oder, besser noch: dem Professor, der im Werke nicht mehr die unaussprechbare Bewegung findet, aus der es hervorgegangen ist, der es daher studiert, seinen Plan entdeckt, innere Gesetze daraus ableitet, wenn er welche entdeckt, und der dir sodann ein Werk fabriziert, in dem sie Anwendung finden und vor dem du die Flucht ergreifst, um es nicht anhören zu müssen.

In dieser Hinsicht sind das Hirtenmädchen oder der Tischler oder der Bettler begabter als alle Logiker, Historiker und Kritiker meines Reiches. Denn es mißfällt ihnen, daß ihr Hohlweg seinen Saum verliert. Warum? fragst du sie. Weil sie ihn lieben. Und diese Liebe ist der geheimnisvolle Weg, durch den sie genährt werden. Und es muß auch so sein, daß sie etwas von ihm empfangen, da sie ihn lieben. Es kommt nicht darauf an, ob du es in Worte fassen kannst. Nur die Logiker, Historiker und Kritiker zeichnen sich dadurch aus, daß sie von der Welt immer nur das bejahen, woraus sie Sätze bilden können. Denn ich denke mir, daß du, Menschlein, gerade anfängst, eine Sprache zu lernen, und herumtappst und dich darin übst und zunächst erst ein winziges Stücklein Haut der Welt zu erfassen vermagst. Denn die Welt ist zu schwer, als daß man sie forttragen könnte.

Jene aber glauben nur an den mageren Inhalt ihres armseligen Ideenbazars.

Wenn du meinen Tempel, mein Zeremoniell und meinen bescheidenen Landweg ablehnst, weil es dir nicht gelingt, den Gegenstand und Sinn der Übermittlung auszudrücken, werde ich dir die Nase in deinen eigenen Unrat stecken. Denn dort, wo es keine Worte gibt, mit deren Lärm du mich in Erstaunen setzen, oder wo keine Bilder anzupreisen sind, die du mir als greifbare Beweise vor Augen rücken kannst, bist du doch bereit, einen Besuch zu empfangen, dessen Namen du mir nicht zu nennen weißt. Hast du jemals Musik gehört? Warum hörst du sie denn?

Im allgemeinen bist du bereit, die Zeremonie des Sonnenuntergangs auf dem Meer als schön anzuerkennen. Kannst du mir sagen, weshalb?

Und ich sage, daß du verwandelt bist, wenn du auf deinem Esel den Landweg entlangrittest, von dem ich dir sprach. Und es kümmert mich wenig, daß du mir den Grund dafür noch nicht angeben kannst.

Und daher sind nicht alle Riten, Opfer und Wege gleich gut. Es gibt schlechte, wie es gemeine Musik gibt. Doch allein von der Vernunft her vermag ich sie nicht zu unterscheiden. Ich will von ihnen nur ein Zeichen, und das bist du.

Wenn ich den Weg, das Zeremoniell oder das Gedicht beurteilen will, schaue ich nur den Menschen an, der aus ihnen hervorgeht. Oder, besser noch, ich lausche seinem Herzschlag.

151

Es ist das gleiche, als wenn die Nagelschmiede und Brettschneider – unter dem Vorwand, das Schiff sei eine Anhäufung von Brettern, die durch Nägel zusammengehalten werde – den Anspruch erheben wollten, seinen Bau zu leiten und es auf dem Meere zu steuern.

Der Irrtum ist immer derselbe und beruht auf deinem Vorgehen. Es ist nicht das Schiff, das durch das Schmieden der Nägel und Sägen der Bretter entsteht. Vielmehr entsteht das Schmieden der Nägel und Sägen der Bretter aus dem Drang nach dem Meere und dem Wachsen des Schiffes. Das Schiff entsteht mit ihrer Hilfe und zieht sie an sich wie die Zeder das Felsgestein.

Die Brettschneider und Nagelschmiede müssen auf die Bretter und Nägel schauen. Sie müssen die Bretter und Nägel kennenlernen. Die Liebe zum Schiff muß in ihrer Sprache zur Liebe der Bretter und Nägel werden. Und ich werde sie nicht über das Schiff befragen.

Das gilt auch von denen, die ich damit betraut habe, die Steuern einzuziehen. Ich werde sie nicht über die Entwicklung der Kultur befragen. Sie sollen mir nur brav gehorchen. Denn wenn ich ein schnelleres Segelschiff erfinde und die Form der Bretter und Länge der Nägel verändere, so murren meine Techniker und lehnen sich auf. Ihrer Meinung nach zerstöre ich das Wesen des Schiffes, das vor allem auf ihren Brettern und Nägeln beruhe.

Es beruht aber auf meinem Begehren.

Und wenn ich etwas an der Geldwirtschaft und somit an der Erhebung der Steuern verändere, so murren die anderen und lehnen sich auf, denn nach ihrer Meinung zerstöre ich das Reich, da es ja auf ihrer Fertigkeit beruhe.

Sie alle sollen aber schweigen.

Doch zum Ausgleich werde ich ihnen Achtung bezeugen. Ist der Gott erst zu ihnen herabgestiegen, werde ich ihnen keine Ratschläge beim Nagelschmieden oder Brettersägen erteilen. Davon will ich nichts wissen. Der Erbauer von Kathedralen befeuert von Stufe zu Stufe den Bildhauer, damit dieser ihm seine Begeisterung spende. Aber er mischt sich nicht in seine Arbeit hinein und erteilt ihm nicht Ratschläge, wie er ein bestimmtes Lächeln gestalten solle. Denn das ist Utopie und heißt, die Welt vom verkehrten Ende aufbauen. Sich mit Nägeln abgeben heißt eine künftige Welt erfinden. Was widersinnig ist. Oder etwas der Disziplin unterwerfen, was nicht zum Bereich der Disziplin gehört. Darin zeigt sich die Ordnung des Professors, die nicht die Ordnung des Lebens ist. Zur rechten Stunde wird die Zeit der Nägel und Bretter kommen. Denn wenn ich mich mit ihnen abgebe, bevor ihre Stufe an der Reihe ist, mühe ich mich mit einer Welt ab, die gar nicht entstehen kann. Denn die Form der Nägel und Bretter wird daraus hervorgehen, daß sie sich an den Wirklichkeiten des Lebens abnutzen, die sich nur den Nagelschmieden und Brettschneidern zeigen werden.

Und je mächtiger mein Zwang ist – er besteht im Drang nach dem Meere, mit dem die Menschen erfüllt werden –, um so weniger wird meine Tyrannei zutage treten. Denn im Baume herrscht keine Tyrannei.

Die Tyrannei zeigt sich, wenn du mit Hilfe der Säfte den Baum bauen willst. Nicht, wenn der Baum von sich aus die Säfte anzieht.

Ich habe dir stets gesagt: Die Zukunft begründen heißt, zunächst und ausschließlich, die Gegenwart denken. Ebenso heißt das Schiff erschaffen ausschließlich, den Drang nach dem Meere erschaffen.

Denn es gibt nicht – und niemals – eine logische Sprache, durch die du von den Baustoffen zu dem übergehen könntest, was die Dinge beherrscht; es wäre das ebenso, als wenn du das Reich erklären wolltest, indem du von den Bäumen, den Bergen, den Städten, den Flüssen und Menschen ausgingest, oder als wenn du die Schwermut deines Marmorgesichtes aus den Linien und dem jeweiligen Umfang von Nase, Kinn und Ohren oder die Stille und Sammlung deiner Kathedrale aus den Steinen oder das Landgut aus den Bestandteilen des Landguts oder, einfacher noch, den Baum aus den Steinsalzen erklären wolltest. (Und die Tyrannei entsteht dadurch, daß du ein undurchführbares Unterfangen zu verwirklichen gedenkst, dich über deine Niederlagen erregst, sie den anderen in die Schuhe schiebst und auf solche Art grausam wirst.)

Es gibt keine logische Sprache, denn es gibt auch keine Abstammung, die logisch wäre. Du läßt den Baum nicht dadurch entstehen, daß du von den Mineralsalzen, sondern daß du vom Samenkorn ausgehst.

Das einzige Verfahren, dem ein Sinn innewohnt, das sich aber durch Worte nicht ausdrücken läßt, da es reine Schöpfung oder Widerhall ist, besteht darin, daß du von Gott zu den Gegenständen übergehst, die durch ihn einen Sinn, eine Farbe und eine Bewegung empfangen haben. Denn das Reich erfüllt mit geheimer Kraft die Bäume, Berge, Flüsse, Herden, Schluchten und Häuser des Reiches. Die Inbrunst des Bildhauers erfüllt mit geheimer Kraft den Lehm oder den Marmor, die Kathedrale gibt den Steinen ihren Sinn und macht daraus Sammelbecken des Schweigens, und der Baum zieht die Mineralsalze aus der Erde, um sie im Lichte zu gestalten.

Und ich kenne zwei Arten von Menschen, die mir von einem neuen Reich sprechen, das es zu gründen gelte. Der eine ist Logiker und konstruiert mit Hilfe des Verstandes. Sein Vorgehen nenne ich Utopie. Und es wird nichts daraus entstehen, denn es steckt nichts in ihm. So ist es mit einem Gesicht, das der Professor für Bildhauerkunst geformt hat. Denn mag auch der schöpferische Mensch klug sein, so ist doch die Schöpfung niemals aus Klugheit gemacht. Und jener wird sich zwangsläufig in einen unfruchtbaren Tyrannen verwandeln. Den anderen aber beseelt eine starke Gewißheit, der er keinen Namen zu geben weiß. Und wie der Hirt oder der Zimmermann kann er ohne Klugheit auskommen, denn die Schöpfung ist nicht aus Klugheit gemacht. Und er knetet seinen Lehm, ohne recht zu wissen, was er dadurch hervorbringen wird. Er ist nicht zufrieden: er drückt den Daumen nach links. Dann drückt er den Daumen nach unten. Und das Gesicht, das er formt, befriedigt immer mehr etwas, das keinen Namen hat, aber in ihm wirkt. Dieses Gesicht ähnelt immer mehr einem Etwas, das nicht ein Gesicht ist. Und ich weiß nicht einmal, was hier ähneln bedeuten könnte. Und siehe: dieses geknetete Gesicht, das eine unaussprechbare Ähnlichkeit erhalten hat, ist mit der Macht begabt, das auf dich zu übertragen, was den Bildhauer beseelte. Und du bist verknüpft, so wie er verknüpft war.

Dieser Mensch war nicht durch die Klugheit, sondern durch den Geist tätig.

Und darum sage ich dir, daß der Geist die Welt führt und nicht die Klugheit.

152

Hier zeigt sich, was ich dir sagte: Wenn du es nicht mit blinden Sklaven zu tun hast, so sind alle Meinungen in allen Menschen vertreten. Nicht etwa, weil die Menschen unbeständig wären, sondern weil ihre innere Wahrheit eine Wahrheit ist, die nicht in den Worten das ihr angemessene Gewand findet. Und du brauchst ein wenig von diesem und ein wenig von jenem . . .

Denn du hast die Dinge vereinfacht, wenn du Freiheit und Zwang sagst. Und du schwankst von einem zum anderen, denn die Wahrheit findet sich in keinem von beiden und auch nicht dazwischen, sondern außerhalb. Doch durch welch einen Glücksfall könntest du deine innere Wahrheit in einem einzigen Wort unterbringen? Die Wörter sind enge Schachteln. Und in wessen Namen könntest du all das, was du zum Wachsen brauchst, in einer engen Schachtel unterbringen?

Aber wenn du die Freiheit des Sängers erlangen willst, der auf seinem Saiteninstrument aus dem Stegreif spielt – muß ich dir da nicht erst die Finger üben und dich die Kunst des Sängers lehren, was Krieg, Zwang und Ausdauer bedeutet?

Und wenn du die Freiheit des Bergsteigers erlangen willst – mußt du dann nicht erst deine Muskeln üben, was Krieg, Zwang und Ausdauer bedeutet?

Und wenn du die Freiheit des Dichters erlangen willst, mußt du dann nicht erst dein Gehirn üben und deinen Stil feilen, was Krieg, Zwang und Ausdauer bedeutet?

Weißt du nicht mehr, daß die Suche nach Glück niemals Voraussetzung des Glückes ist? Du würdest dich niedersetzen, denn du wüßtest nicht, wohin du gehen sollst. Wenn du erschaffen hast, wird dir das Glück als Lohn gewährt. Und die Voraussetzungen des Glücks sind Krieg, Zwang und Ausdauer.

Weißt du nicht mehr, daß die Suche nach Schönheit nicht Voraussetzung der Schönheit ist? Du würdest dich niedersetzen, denn du wüßtest nicht, wohin du gehen sollst. Wenn dein Werk getan ist, wird ihm die Schönheit als dein Lohn gewährt. Und die Voraussetzungen der Schönheit sind Krieg, Zwang und Ausdauer.

Das gilt auch von den Voraussetzungen der Freiheit. Sie sind nicht Geschenke der Freiheit. Du würdest dich niedersetzen und wüßtest nicht, wohin du gehen sollst. Wenn man aus dir einen Menschen gemacht hat, ist die Freiheit der Lohn dieses Menschen, der über ein Reich gebietet, in dem er sich betätigen kann. Und die Voraussetzungen der Freiheit sind Krieg, Zwang und Ausdauer.

Auf die Gefahr hin, dir ein Ärgernis zu geben, werde ich dir sagen, daß die Voraussetzung deiner Brüderlichkeit nicht deine Gleichheit ist, denn sie ist der Lohn, und die Gleichheit entsteht erst in Gott. So ist es beim Baum, der eine Rangordnung darstellt, wo aber siehst du, daß ein Teil den anderen beherrscht? So ist es beim Tempel, der eine Rangordnung darstellt. Er ruht auf seinem Fundament, aber der Schlußstein seines Gewölbes hält ihn zusammen. Und wer sagt dir, welches von beiden obsiegt? Was ist ein General ohne Heer? Was ist ein Heer ohne General? Eine Gleichheit ist Gleichheit im Reiche, und die Brüderlichkeit wird den Menschen als Lohn gewährt. Denn die Brüderlichkeit ist weder das Recht zur Duzbrüderschaft noch das Recht zur Kränkung. Und ich sage, daß deine Brüderlichkeit Lohn deiner Rangordnung und des Tempels ist, den ihr füreinander baut. Denn ich habe sie in den Familien entdeckt, in denen der Vater geachtet war und der ältere Sohn den jüngeren beschützte. Und wo sich der jüngere dem älteren anvertraute. So waren ihre Abende, ihre Feste und ihre Heimkehr voller Wärme. Doch wenn sie ein Durcheinander von Baustoffen bilden, wenn keiner vom anderen abhängt, wenn sie wie Kügelchen aneinanderstoßen und sich vermischen – wo siehst du dann ihre Brüderlichkeit? Wenn einer von ihnen stirbt, ersetzt man ihn, denn man brauchte ihn nicht. Ich will wissen, wer du bist und wo du bist, wenn ich dich lieben soll.

Und wenn ich dich aus den Fluten des Meeres errettet habe, liebe ich dich desto mehr, da ich dann für dein Leben verantwortlich bin. Oder wenn ich bei dir wachte und dich heilte, als du krank warst – oder wenn du mein alter Diener bist, der mir wie eine Lampe beistand, oder der Hüter meiner Herden. Und ich werde bei dir einkehren und deine Ziegenmilch trinken. Und ich werde von dir empfangen, und du wirst mir schenken. Und du wirst empfangen, und ich werde schenken. Aber dem Manne habe ich nichts zu sagen, der sich voller Gehässigkeit als meinesgleichen aufspielt und sich weigert, in irgendeiner Hinsicht von mir abzuhängen, und ebenso nicht will, daß ich von ihm abhänge. Ich liebe nur den, dessen Tod mir das Herz zerreißen würde.

153

In jener Nacht wollte ich im Schweigen meiner Liebe auf den Berg steigen, um abermals die Stadt zu betrachten, nachdem ich sie durch meinen Aufstieg in die Stille eingeordnet und ihrer Bewegung beraubt hatte – doch auf halbem Wege blieb ich stehen, da mich mein Mitleid zurückhielt, denn ich hörte, wie sich Klagen aus den Fluren erhoben, und wünschte, sie zu verstehen.

Sie stiegen vom Vieh auf, das in den Ställen stand. Und von den Tieren des Feldes und den Tieren in der Luft und den Tieren, die am Rande der Wasser leben. Denn sie allein legen Zeugnis ab in der Karawane des Lebens, da die Pflanze noch keine Sprache besitzt und der Mensch, dem sie schon gegeben ist und der zur Hälfte das Leben des Geistes lebt, sich im Schweigen zu üben begann. Denn du siehst, wie der Kranke, dem der Krebs keine Ruhe läßt, sich auf die Lippen beißt und sein Leiden verschweigt, wie er sich über die Wirrnis seines Fleisches erhebt und sich in einen geistigen Baum verwandelt; so treibt er seine Zweige und Wurzeln in einem Reiche, das nicht den Dingen, sondern dem Sinn der Dinge gehört. Das Leiden, das schweigt, ängstigt dich daher mehr als das Leiden, das schreit. Das schweigende Leiden erfüllt das Zimmer. Es erfüllt die Stadt. Es gibt keine Entfernung, durch die du ihm entfliehen könntest. Wenn die Geliebte fern von dir leidet, wirst du, wenn du sie liebst, von ihrem Leiden beherrscht, wo du auch immer sein magst. So hörte ich also die Klagen des Lebens. Denn in den Ställen, auf den Feldern und am Rand der Gewässer pflanzte sich das Leben fort. Die kalbenden Färsen brüllten in den Ställen. Ich hörte auch die Stimmen der Liebe aus den Sümpfen aufsteigen, die von ihren Fröschen trunken waren. Ich hörte auch die Stimme der Todesnot, denn es piepte der Auerhahn, den der Fuchs gepackt hatte; es meckerte die Ziege, die du für deine Mahlzeit opfertest. Und zuweilen geschah es, daß ein Raubtier, das ein einziges Mal brüllte, dadurch das Land zum Verstummen brachte und sich so mit einem Schlag ein Reich des Schweigens unterwarf, in dem allem Leben der Angstschweiß ausbrach. Denn das Raubtier läßt sich durch den scharfen Geruch der Angst leiten, den der Wind mit sich führt. Kaum hatte es gebrüllt, als schon all seine Opfer wie ein Heer von Lichtern vor ihm erglänzten. Sodann löste sich die Bestürzung der Tiere auf der Erde, in der Luft und am Rande der Wasser aus der Erstarrung, und die Klage der Geburt, der Liebe und der Todesnot begann von neuem.

– Wahrhaftig, sagte ich mir, all das ist Wagenlärm, denn das Leben überträgt sich von Geschlecht zu Geschlecht, und bei dieser Fahrt durch die Zeit gleicht es dem schweren Wagen, dessen Achse kreischt . . .

So war es mir endlich vergönnt, etwas von den Ängsten der Menschen zu begreifen, denn auch diese übertragen sich, während sie von Geschlecht zu Geschlecht aus ihrem Ich auswandern. Und bei Tag und bei Nacht dauern unerbittlich, in Stadt und Land, jene Teilungen fort wie bei einem Hautgewebe, das zerreißt und wieder ausheilt. So spürte ich, als hätte ich eine Wunde in mir, die langsame und stetige Arbeit der Häutung.

Aber diese Menschen, sagte ich mir, leben nicht von den Dingen, sondern vom Sinn der Dinge, und so müssen sie sich schon die Parole weitergeben.

Deshalb sehe ich sie bereits bemüht, wenn das Kind kaum geboren ist, ihm den Gebrauch ihrer Sprache zu entziffern, als ob es sich um einen Geheimtext handle, denn sie ist der Schlüssel zu ihrem Schatz. Und um ihm diesen Anteil am Wunderbaren zu übermitteln, bahnen sie ihm mühsam die Fahrwege. Denn schwierig in Worte zu fassen und gewichtig und voller Feinheiten sind die Ernten, die es von einer Generation auf die andere zu überführen gilt.

Gewiß strahlt dieses Dorf Freude aus. Gewiß rührt dieses Haus des Dorfes dein Herz. Aber wenn die neue Generation Häuser in Besitz nimmt, von denen ihr nicht mehr als die Nutzung bekannt ist – was wird sie dann in dieser Wüste beginnen? Denn so wie du deine Erben die Kunst der Musik lehren mußt, damit sie an einem Saiteninstrument ihre Freude haben können, so mußt du auch – wenn sie Menschen sein sollen, die menschliche Gefühle hegen – sie lehren, in der Zusammenhanglosigkeit der Dinge die Gesichter deines Hauses, deines Gutes und deines Reiches zu lesen.

Sonst wird die neue Generation den Barbaren gleich in der Stadt hausen, die sie dir abgewonnen hat. Und was für eine Freude können Barbaren aus deinen Schätzen erfahren? Sie wüßten sie nicht zu nutzen, da sie den Schlüssel zu deiner Sprache nicht besitzen.

Für die anderen, die in den Tod ausgewandert sind, war dieses Dorf wie eine Harfe, mit der Bedeutung der Mauern, der Bäume, der Brunnen und Häuser. Und jeder Baum war verschieden und hatte seine Geschichte. Und jedes Haus war verschieden und hatte seine Bräuche. Und jede Mauer war verschieden, denn sie hatte ihre Geheimnisse. So hast du deine Wanderung wie eine Musik komponiert, da du den Ton, wie du ihn wünschtest, einem jeden deiner Schritte entlocken konntest. Doch der Barbar, der in deinem Dorfe haust, kann ihm keinen Gesang entlocken. Er langweilt sich darin, und da er sich an dem Verbote stößt, das ihm ein Betreten verwehrt, stürzt er deine Mauern um und streut deine Güter umher, aus Rache gegen das Instrument, das er nicht zu gebrauchen wußte. So verbreitet er die Feuersbrunst, die ihn zumindest durch ein bißchen Lichtschein entschädigt. Hernach verliert er den Mut und gähnt. Denn man muß das kennen, was man verbrennt, wenn das Licht schön sein soll. So ist es bei der Kerze, die du für deinen Gott anzündest. Aber sogar die Flamme deines Hauses wird dem Barbaren nichts mitteilen, da sie keine Opferflamme ist.

So verfolgte mich diese Vorstellung einer Generation, die sich als Eindringling im Gehäuse einer anderen eingenistet hatte. Und die Riten erschienen mir wesentlich, die in meinem Reiche den Menschen dazu nötigen, sein Erbteil zu übertragen oder zu empfangen. Ich brauche Bewohner in meinem Hause, nicht lagernde Gesellen, die von nirgendwoher kommen.

Deshalb werde ich dir, da sie wesentlich sind, die langen Zeremonien auferlegen, mit denen ich die Risse in meinem Volke wieder schließe, damit nichts von seinem Erbgut verlorengehe. Denn gewiß kümmert sich der Baum nicht um seine Samenkörner. Wenn der Wind sie losreißt und mit sich fortträgt, ist es gut. Gewiß kümmert sich das Insekt nicht um seine Eier. Die Sonne wird sie gedeihen lassen. Alles, was diese besitzen, ist in ihrem Leibe enthalten und wird mit dem Leibe weitergegeben.

Was aber würde aus dir werden, wenn dich niemand an die Hand nähme, um dir die Vorräte jenes Honigs zu zeigen, der nicht von den Dingen, sondern vom Sinn der Dinge herrührt? Gewiß sind die Buchstaben des Buches allen sichtbar. Doch ich muß dich quälen, damit ich dir diese Schlüssel des Gedichts zum Geschenk machen kann.

So ist es auch mit den Begräbnissen, die ich feierlich wünsche. Denn es geht nicht darum, einen Leichnam in der Erde zu verstauen, sondern es gilt – wie bei einer zerschlagenen Urne – das Erbteil zu sammeln, das diesem Toten anvertraut war, ohne daß etwas dabei verlorengehen darf. Es ist nicht leicht, alles zu bewahren. Es braucht viel Zeit, bis du die Toten aufgesammelt hast. Du mußt sie lange beweinen und über ihr Dasein nachsinnen und ihre Jahrestage feiern. Du mußt dich häufig zurückwenden, um nachzuprüfen, ob du nicht etwas vergessen hast.

So ist es auch mit den Ehen, die die Risse der Geburt vorbereiten. Denn das Haus, das euch einschließt, wird Keller und Speicher und Magazin. Wer könnte sagen, was es enthält? Eure Kunst des Liebens, eure Kunst des Lachens, eure Kunst, das Gedicht zu genießen, eure Kunst, das Silber zu ziselieren, eure Kunst des Weinens und Nachdenkens – ihr müßt sie schon zusammenraffen, um sie eurerseits weiterzureichen. Ich will, daß eure Liebe ein Frachtschiff sei, das den Abgrund zwischen einer Generation und der anderen überwinden kann, nicht ein Konkubinat, das für die Aufteilung nutzloser Vorräte bestimmt ist.

Ebenso ist es mit den Riten der Geburt, denn es geht dabei um jenen Riß, den es zu schließen gilt.

Deshalb verlange ich Zeremonien, wenn du dich vermählst, wenn du niederkommst, wenn du stirbst, wenn du dich trennst, wenn du zurückkehrst, wenn du zu bauen und zu wohnen beginnst, wenn du deine Ernte einbringst, wenn du deine Weinlese eröffnest, wenn Krieg ausbricht oder Friede einzieht.

Und deshalb verlange ich, daß du deine Kinder erziehst, damit sie dir ähnlich seien. Denn es ist nicht Sache eines Sergeanten, ihnen ein Erbteil zu übergeben, das nicht in seiner Dienstvorschrift enthalten sein kann. Wenn ihnen auch andere den Ballast deiner Kenntnisse und deinen kleinen Ideenbazar übermitteln können, so werden sie doch, wenn sie von dir abgetrennt sind, all das verlieren, was nicht aussprechbar ist und nicht im Handbuch steht.

Du wirst sie nach deinem Bilde formen, aus Angst, sie könnten später freudlos in einem Vaterlande dahinsiechen, das ihnen als leeres Zeltlager erscheint und in dem sie ihre Schätze verkommen lassen, weil sie den Schlüssel dazu nicht besitzen.

154

Die Beamten meines Reiches erschreckten mich, denn sie zeigten sich optimistisch.

So ist es gut, sagten sie. Die Vollkommenheit ist unerreichbar. Gewiß ist die Vollkommenheit unerreichbar. Sie hat nur den Sinn, deinen Weg wie ein Stern zu leiten. Sie ist Richtung und Streben auf etwas hin. Doch nur auf deinen Weg kommt es an, und es gibt keine Vorräte, in deren Mitte du dich niederlassen könntest. Denn dann stirbt das Kraftfeld, das dich ausschließlich beseelt, und du gleichst einem Leichnam.

Und wenn einer den Stern vernachlässigt, so tut er das, weil er sich niedersetzen und schlafen möchte. Und wo setzt du dich nieder? Und wo schläfst du? Ich kenne keinen Ort, wo sich ruhen ließe. Denn ein Ort begeistert dich, weil du dort deinen Sieg errungen hast. Nicht so das Schlachtfeld, auf dem du diesen jungen Sieg einatmest, und nicht so die Sänfte, die du daraus anfertigst, wenn du gedenkst, von deinem Siege zu leben.

Mit welcher Norm vergleichst du dein Werk, um dich damit zu begnügen?

155

Denn du wunderst dich über die Macht meiner Riten oder meines Landweges. Und in deiner Verwunderung bist du blind.

Siehe den Bildhauer: Er trägt Unaussprechliches in sich. Niemals ist aussprechbar, was zum Menschen und nicht zum Skelett eines vergangenen Menschen gehört. Um es zu übermitteln, knetet der Bildhauer ein Gesicht aus Lehm.

Nun kamst du des Weges und gingst an seinem Werke vorüber und hast dieses Gesicht angeschaut, das vielleicht anmaßend oder vielleicht schwermütig war; dann bist du weitergegangen. Und siehe, du warst nicht mehr der gleiche: schwach bekehrt, aber bekehrt, das heißt, einer neuen Richtung zugewandt oder zugeneigt; vielleicht nur für kurze Zeit, immerhin für eine Weile. So hatte ein Mensch eine Empfindung, die sich nicht in Worte fassen ließ; er preßte seinen Daumen ein paarmal in den Lehm. Dann stellte er seinen Lehm auf deinem Wege auf. Und so wirst du, wenn du diese Straße wählst, von der gleichen Empfindung erfüllt, die sich nicht in Worte fassen läßt. Und das sogar dann noch, wenn hunderttausend Jahre verstrichen sind zwischen seinem Tun und deinem Vorübergehen.

Es erhob sich ein Sandsturm, der uns Überreste einer fernen Oase zuführte, und unser Lager war voller Vögel. Unter jedem Zelt steckten einige von ihnen, und sie teilten unser Leben. Sie waren nicht scheu und ließen sich gerne auf unseren Schultern nieder. Da es aber an Nahrung mangelte, starben Tag für Tag Tausende von ihnen und waren bald vertrocknet wie die geborstenen Rinden dürren Holzes. Sie verpesteten die Luft, und ich ließ sie einsammeln. Wir füllten damit große Körbe. Und schütteten diesen Staub ins Meer.

Als wir erstmals den Durst kennenlernten, sahen wir zur Stunde der Mittagsglut, wie sich eine Fata Morgana aufbaute. Mit reinen Linien spiegelte sich die geometrische Stadt in den ruhigen Wassern. Und einer der Unsrigen wurde wahnsinnig, stieß einen Schrei aus und begann in Richtung auf die Stadt zu laufen. Wie der Schrei der fortziehenden Wildente bei allen Enten einen Widerhall weckt, so schien mir, daß der Schrei dieses Mannes die anderen aufgestört hatte. Sie waren bereit, dem Verzückten zu folgen und der Fata Morgana und dem Nichts entgegenzuwanken. Ein gut gezielter Büchsenschuß streckte ihn nieder. Und er war nichts mehr als ein Leichnam, so daß sich zuletzt alles wieder beruhigte. Einer meiner Soldaten weinte.

– Was hast du? fragte ich ihn.

Ich dachte, daß er den Toten beweinte.

Er aber hatte vor seinen Füßen eine jener geborstenen Rinden entdeckt und weinte über einen Himmel, der seiner Vögel beraubt war.

– Wenn der Himmel seinen Flaum verliert, sagte er, ist das Leben der Menschen bedroht.

Wir zogen den Arbeiter aus dem Brunnenschacht wieder herauf; er wurde ohnmächtig, hatte uns aber noch bedeuten können, daß der Brunnen trocken war. Denn es gibt unterirdische Gezeiten des Süßwassers. Und mitunter strömt das Wasser jahrelang den Brunnen im Norden zu. So werden sie von neuem zu Quellen für das Blut. Doch dieser Brunnen hier hielt uns fest wie ein Nagel, der einen Flügel durchbohrt.

Wir gedachten alle der großen Körbe, die mit Rinden von dürrem Holze gefüllt waren.

Aber am Abend des folgenden Tages erreichten wir den Brunnen von El Bahr.

Und nach Einbruch der Dunkelheit rief ich die Führer zu mir:

– Ihr habt uns über den Zustand der Brunnen getäuscht. El Bahr ist leer. Was soll ich jetzt mit euch machen?

Wunderbar leuchteten die Sterne in dieser Nacht, die zugleich bitter und herrlich war. Wir besaßen Diamanten als Nahrung.

– Was soll ich mit euch machen? hatte ich zu den Führern gesagt.

Doch eitel ist die Gerechtigkeit der Menschen. Waren wir nicht alle in Dornen verwandelt?

Die Sonne tauchte auf, und sie war durch den sandigen Dunst zugeschnitten wie ein Dreieck. Sie war wie ein Stichel für unsere Haut. Einige Männer sanken um, vom Hirnschlag getroffen. Viele zeigten Anzeichen des Wahnsinns. Aber es gab keine Fata Morgana mehr, die sie mit den klaren Konturen ihrer Städte verlockt hätte. Es gab weder Fata Morgana noch einen klaren Horizont, noch beständige Linien. Der Sand umhüllte uns mit dem flackernden Licht eines Ziegelofens.

Als ich den Kopf hob, sah ich durch den kreisenden Nebel hindurch die blasse Glut, die den Brand nährte.

– Das Eisen Gottes, dachte ich, das uns zeichnet wie Vieh.

– Was hast du? fragte ich einen Mann, der taumelte.

– Ich bin blind.

Ich ließ von drei Kamelen zweien den Bauch aufschlitzen, und wir tranken die Wasser der Eingeweide. Die überlebenden Tiere beluden wir mit sämtlichen leeren Schläuchen, und während ich diese Karawane beaufsichtigte, sandte ich Soldaten zum Brunnen von El Ksur, den man für zweifelhaft hielt.

– Wenn El Ksur versiegt ist, sagte ich ihnen, werdet ihr dort unten geradesogut sterben wie hier.

Doch sie kamen zurück nach zwei Tagen, die ohne besondere Vorfälle vergangen waren, mich aber ein Drittel meiner Leute gekostet hatten.

– Der Brunnen von El Ksur, erklärten sie, ist ein Fenster ins Leben.

Wir tranken und erreichten El Ksur, um dort abermals zu trinken und unsere Wasservorräte zu erneuern.

Der Sandwind legte sich, und wir erreichten El Ksur in der Nacht. Es wuchsen dort, rings um den Brunnen, einige Dornensträucher. Aber statt dieser blattlosen Skelette sahen wir als erstes tintenfarbene Kugeln, die mit ihren Stielen aus dünnen Stämmchen hervorwuchsen. Wir konnten uns diesen Anblick zunächst nicht erklären, doch als wir nah an die Bäume herangekommen waren, zerplatzte gleichsam einer nach dem anderen mit großem Zornesgetöse. Denn durch das Auffliegen der Raben, die sie als Vogelstange benutzt hatten, wurden sie mit einem Schlag entblößt, wie wenn das Fleisch rings um einen Knochen zerplatzt. Sie flogen so dicht, daß wir trotz des strahlenden Vollmonds im Schatten blieben. Denn die Raben entfernten sich keineswegs, sondern zogen lange Zeit ihren Wirbel aus schwarzer Asche über unseren Stirnen hin.

Wir erlegten dreitausend, denn es fehlte uns an Nahrung.

Es war ein ungewöhnliches Fest. Die Soldaten bauten sich Backöfen aus Sand und füllten diese mit trockenem Mist, der hell wie Heu schimmerte. Und das Fett der Raben durchschwängerte die Lüfte. Die Wachmannschaft rings um den Brunnen bediente ohne Unterlaß ein Seil von hundertzwanzig Metern, durch das die Erde mit all unsren Leben niederkam. Ein anderer Trupp verteilte das Wasser im ganzen Lager, wie man Orangenbäume während der Trockenheit begießt.

So ging ich langsamen Schrittes umher und sah die Menschen wieder aufleben. Dann entfernte ich mich von ihnen, und als ich schließlich in meine Einsamkeit zurückgekehrt war, richtete ich dieses Gebet an Gott:

»Ich habe gesehen, Herr, wie im Lauf eines einzelnen Tages der Leib meines Heeres vertrocknete und wieder auflebte. Er glich schon einer Rinde von dürrem Holze; nun ist er wieder munter und tatkräftig. Unsere erfrischten Muskeln tragen uns, wohin unser Wille geht. Und doch hätte es nur einer Stunde Sonne bedurft, um uns von der Erde zu tilgen, uns selbst und die Spur unserer Schritte.

Ich habe singen und lachen gehört. Das Heer, das ich mit mir fortführe, ist eine Fracht von Erinnerungen. Es ist Schlüssel für ferne Schicksale. Hoffnungen und Leiden, Verzweiflung und Freude ruhen auf ihm. Es ist nicht eigenständig, sondern tausendfach gebunden. Und doch hätte es nur einer Stunde Sonne bedurft, um uns von der Erde zu tilgen, uns selbst und die Spur unserer Schritte.

Ich führe meine Soldaten zu der Oase, die sie erobern sollen. Sie werden Samen für ein Barbarenland sein. Sie werden unsere Bräuche zu Völkern tragen, die nichts von ihnen wissen. Sobald diese Menschen, die essen und trinken und heute abend nur ein naturhaftes Leben führen, in den fruchtbaren Ebenen erscheinen, wird sich dort alles verändern: nicht nur die Bräuche und die Sprache, sondern auch die Bauart der Schutzwälle und der Stil der Tempel. Sie sind schwer vom Gewicht einer Macht, die Jahrhunderte hindurch wirken wird. Und doch hätte es nur einer Stunde Sonne bedurft, um uns von der Erde zu tilgen, uns selbst und die Spur unserer Schritte.

Sie wissen es nicht. Sie hatten Durst und haben ihren Leib befriedigt. Das Wasser des Brunnens von El Ksur rettet aber Gedichte und Städte und große hängende Gärten – denn es war mein Ziel, sie bauen zu lassen. Das Wasser des Brunnens von El Ksur verändert die Welt. Und doch hätte es durch die Wirkung einer Stunde versiegen können; dann wären wir von der Erde getilgt worden, wir selbst und die Spur unserer Schritte.

Jene, die als erste zurückkamen, sagten: ›Der Brunnen von El Ksur ist ein Fenster ins Leben.‹ Deine Engel waren bereit, mein Heer in ihren großen Körben zu sammeln und es wie Rinden von dürrem Holz in Deiner Ewigkeit auszuschütten. Wir sind ihnen durch jenes Nadelöhr entkommen. Ich kann mich nicht mehr zurechtfinden. Wenn ich künftig ein einfaches Gerstenfeld im Sonnenlicht betrachten werde, das zwischen

Schlamm und Licht einen Ausgleich schafft und seinen Mann zu nähren vermag, werde ich darin ein Gefährt und einen geheimen Übergang sehen, obwohl ich nicht weiß, wofür es Fuhre oder Weg ist. Ich habe Städte, Tempel, Schutzwälle und große hängende Gärten aus dem Brunnen von El Ksur hervorgehen sehen.

Meine Soldaten trinken und denken an ihre Bäuche. Es lebt nichts als die Freude des Bauches in ihnen. Sie drängen sich rings um das Nadelöhr. Und es ist nichts auf dem Grunde des Nadelöhrs als schwarzes Wasser, das plätschert, wenn der Schnabel eines Gefäßes es bedrängt. Doch wenn es sich auf das trockene Samenkorn ergießt, das außer seiner Freude am Wasser nichts von sich weiß, erweckt es eine unbekannte Kraft, die Städte, Tempel, Schutzwälle und große hängende Gärten hervorbringt.

Ich vermag mich nicht mehr zurechtzufinden, wenn Du nicht Schlußstein und gemeinsames Maß und Bedeutung der einen und anderen bist. Im Gerstenfeld und im Brunnen von El Ksur und in meinem Heer entdecke ich nur ein Durcheinander von Baustoffen, wenn nicht Deine Gegenwart hindurchscheint; und allein durch sie werde ich fähig, eine Stadt mit all ihren Zinnen zu erkennen, die sich aufbaut unter den Sternen.«

157

Wir waren bald in Sichtweite der Stadt. Aber wir wurden nichts von ihr gewahr, außer den roten Schutzwällen von ungewöhnlicher Höhe, die der Wüste gewissermaßen eine verächtliche Kehrseite zuwandten, denn sie waren von Ornamenten, Vorsprüngen und Zinnen entblößt und offensichtlich so angelegt, um von außen keinen Einblick zu gewähren. Wenn du eine Stadt anblickst, blickt sie dich an. Sie erhebt gegen dich ihre Türme. Sie beobachtet dich hinter ihren Zinnen. Sie schließt oder öffnet dir ihre Tore. Oder sie möchte geliebt sein oder dir zulächeln und kehrt dir den Schmuck ihres Antlitzes zu. Wenn wir Städte einnahmen, schien es uns immer, daß sie sich uns hingaben – so sehr waren sie im Hinblick auf den Besucher gebaut. Von Prachttoren und königlichen Alleen wirst du stets – du magst Landstreicher oder Eroberer sein – wie ein Fürst empfangen.

Doch meine Soldaten überkam ein Mißbehagen, da uns diese Schutzwälle, die durch unsere Annäherung allmählich emporgewachsen waren, mit der Ruhe einer Felswand so sichtbarlich den Rücken kehrten, als gebe es nichts außerhalb der Stadt.

Wir verwandten den ersten Tag darauf, sie langsam zu umwandern, da wir irgendeine Bresche, eine schadhafte Stelle oder doch wenigstens einen vermauerten Ausgang suchten. Es gab nichts dergleichen. Wir schoben uns auf Schußweite heran, aber kein Gegenstoß unterbrach jemals das Schweigen, obwohl zuweilen einige meiner Soldaten, deren Mißbehagen sich verstärkt hatte, herausfordernde Salven abfeuerten. Aber es ging mit dieser Stadt hinter ihren Wällen wie mit dem Kaiman hinter seinem Panzer, der sich deinetwegen nicht einmal dazu herabläßt, aus seinem Traum zu erwachen.

Von einer entfernten Anhöhe, die die Wälle zwar nicht überragte, aber von der aus man eben über sie hinwegblicken konnte, entdeckten wir eine Grünfläche, die eng wie Kresse gewachsen war. Nun hätte man außerhalb der Wälle nicht einen einzigen Grashalm finden können. Es gab dort bis ins Unendliche nichts als Sand und Felsgestein, abgenutzt von der Sonne. So sehr waren die Quellen der Oase in geduldiger Arbeit nur für den Gebrauch im Inneren dräniert worden. Diese Wälle umschlossen alle Vegetation wie ein Helm den Haarschopf. Wir wandelten verdutzt nur wenige Schritte neben einem allzu gedrängten Paradiese, einem Ausbruch von Bäumen, Vögeln und Blumen, der durch die Umfassung der Wälle wie durch den Basalt eines Kraters zusammengeschnürt worden war.

Als die Soldaten klar erkannt hatten, daß die Mauer ohne einen Spalt war, wurde ein Teil von Furcht befallen. Denn somit hatte diese Stadt seit Menschengedenken niemals eine Karawane ausgesandt oder empfangen. Kein Reisender hatte in seinem Gepäck die Ansteckung fremder Bräuche eingeschleppt. Kein Kaufmann hatte den Gebrauch einer anderswo bekannten Ware eingeführt. Keine aus fernen Ländern entführte Jungfrau hatte ihre Rasse mit der ihren vermischt. Meine Soldaten glaubten, die Schale eines unfaßbaren Ungetüms zu betasten, das nichts mit den Völkern der Erde gemeinsam hatte. Denn auch die entlegensten Inseln haben schon einmal durch einen Schiffbruch fremdes Blut empfangen, und du findest immer etwas, womit du eine menschliche Beziehung begründen und ein Lächeln erzwingen kannst. Doch wenn sich dieses Ungetüm je zeigen sollte, würde es kein Gesicht haben.

Unter den Soldaten gab es andere, die ganz im Gegenteil durch eine unaussprechliche und seltsame Liebe gequält wurden. Denn eine Frau hat nur Anziehung für dich, wenn sie beständig und festgegründet ist, wenn ihr Leib nicht aus einem Mischteig hervorging und die Sprache ihrer Religion und ihrer Bräuche nicht verdorben ist; wenn sie nicht jenem Aufwasch der Völker entstammt, in dem sich alles vermengt hat und das einem im Sumpf zerschmolzenen Gletscher gleicht. Wie war sie schön, die Geliebte, die so eifersüchtig inmitten ihrer Wohlgerüche, ihrer Gärten und Bräuche gehütet wurde!

Aber die einen wie die anderen und ich mit ihnen stießen auf das Undurchdringliche, nachdem wir die Wüste durchquert hatten. Denn wenn dir einer widersteht, öffnet er dir den Weg seines Herzens, so wie deinem Degen den Weg seines Leibes, und du kannst hoffen, ihn zu besiegen, ihn zu lieben oder durch ihn zu sterben, was aber vermagst du gegen den, der dich nicht beachtet? Und diese Sorge überkam mich, als wir entdeckten, daß der Sand rings um die taube und blinde Mauer einen weißeren Streifen aufwies, der davon herrührte, daß er zu reich an Gebeinen war; ohne Zweifel zeugte er vom Schicksal der Gesandtschaften aus fernen Ländern und glich so der Schaumfranse, in der sich längs einer Steilküste die Brandung auflöst, die das Meer Welle auf Welle entsendet.

Doch als ich, da es Abend geworden war, vom Eingang meines Zeltes auf dieses undurchdringliche Denkmal blickte, das in unserer Mitte fortbestand, bedachte ich, daß wir in weit höherem Maße als die Stadt, die es zu erobern galt, einer Belagerung unterworfen waren. Wenn du ein hartes und verschlossenes Samenkorn in ein fruchtbares Land eingräbst, ist es nicht deine Erde, die das Samenkorn belagert, weil sie es umringt. Denn wenn dein Samenkorn durchgebrochen ist, wird es seine Herrschaft über die Erde begründen. Wenn es beispielsweise, sagte ich mir, irgendein Musikinstrument hinter diesen Mauern gibt, von dem wir nicht wissen, und wenn darauf rauhe oder schwermütige Weisen gespielt werden, die eine uns noch unbekannte Empfindung wecken, so lehrt mich die Erfahrung, daß ich meine Soldaten – sobald erst jene geheimnisvolle Zurückhaltung überwunden ist und sie sich über die Stadt mit ihren Schätzen ergossen haben – später an den Abenden in meinem Feldlager dabei finden werde, wie sie auf diesen wenig gebräuchlichen Instrumenten jene Weise einüben, die in ihrem Herzen eine neue Empfindung weckt. Und ihre Herzen werden davon verwandelt werden. Sieger oder Besiegte, sagte ich mir, wie vermöchte ich zwischen ihnen zu unterscheiden! Da siehst du jenen Stummen unter der Menschenmenge. Sie umringt ihn, bedrängt ihn und nötigt ihn. Wenn er ein leeres Land ist, erdrückt sie ihn. Wenn er jedoch ein Mensch ist, der einen Inhalt hat und innerlich aufgebaut ist wie eine Tänzerin, die ich tanzen ließ, und wenn er spricht, so hat er alsbald seine Wurzeln in die Menge gesenkt, seine Schlingen gelegt und seine Gewalt begründet, und so zieht die Menge hinter ihm her, wenn er vorangeht, und steigert seine Macht.

Es genügt, wenn dieses Land irgendwo einen einzigen Weisen beherbergt, der durch sein Schweigen wohlbehütet und durch seine Meditation herangereift ist, damit er dem Gewicht deiner Waffen die Waage halten kann, denn er gleicht einem Samenkorn. Und wie könntest du ihn ausfindig machen, um ihn zu köpfen? Er zeigt sich nur durch seine Macht. Und allein in dem Maße, in dem sein Werk vollbracht ist. Denn so will es das Leben, das immer im Gleichgewicht mit der Welt ist. Und du kannst nur gegen den Narren kämpfen, der dir Utopien anbietet, nicht aber gegen den Weisen, der die Gegenwart denkt und aufbaut, denn die Gegenwart ist genauso, wie er sie zeigt. So steht es mit jeder Schöpfung, denn ihr Schöpfer erscheint in ihr nicht. Weshalb solltest du dich gegen mich zur Wehr setzen, wenn du vom Berge aus, auf den ich dich geführt habe, deine Fragen so und nicht anders gelöst siehst? Irgendwo mußt du ja deinen Standort haben.

So ging es jenem Barbaren, der bei der Königin eindrang, nachdem er die Wälle durchbrochen und den Königspalast erstürmt hatte. Der Königin aber stand keine Macht zu Gebote, denn all ihre Kriegsleute waren gefallen.

Wenn du während des Spiels lediglich aus Freude am Spiel einen Fehler begangen hast, so errötest du, fühlst dich gedemütigt und möchtest deinen Verstoß wiedergutmachen. Es gibt indessen keinen Richter, dich zu maßregeln, sondern nur die Person, die dich zum Spiele bestimmt hat und die gegen dich Einspruch erhebt. Und beim Tanze hütest du dich, einen falschen Schritt zu tun, obwohl weder der andere Tänzer noch sonst jemand befugt ist, dir deswegen Vorwürfe zu machen. So werde ich dir auch nicht etwa meine Macht vorführen, um dich zu meinem Gefangenen zu machen, sondern dich an meinem Tanze Gefallen finden lassen. Und so wirst du dorthin gelangen, wohin ich dich haben wollte.

Als der Barbarenkönig das Tor erbrochen hatte und wie ein Kriegsknecht, mit der Streitaxt in der Faust und im Hochgefühl seiner Macht, bei der Königin eindrang – voll gewaltigen Verlangens, sie in Erstaunen zu versetzen, denn er war eitel und ruhmsüchtig –, da wandte sie sich ihm mit einem Lächeln zu, das traurig wirkte, als sei sie insgeheim enttäuscht, und das zugleich von einer ein wenig abgenutzten Nachsicht zeugte. Denn nichts erstaunte sie, es sei denn ein vollendetes Schweigen. Und sie geruhte nicht, all diesen Lärm anzuhören, ebenso wie du die groben Arbeiten der Kloakenreiniger nicht beachtest, obwohl du sie als notwendig anerkennst.

Ein Tier abrichten heißt es lehren, wie es in der Richtung tätig werden muß, die allein zum Erfolg führt. Wenn du aus deinem Hause treten willst, wählst du den Weg durch die Tür, ohne darüber nachzudenken. Wenn sich dein Hund seinen Knochen verdienen will, wird er die Bewegungen ausführen, die du von ihm verlangst, da er nach und nach feststellt, daß das der kürzeste Weg ist, um zu seinem Lohne zu kommen.

Obschon seine Bewegungen dem Anschein nach nichts mit dem Knochen zu tun haben. Dieser Vorgang beruht auf dem bloßen Instinkt und nicht auf Überlegung. So führt der Tänzer die Tänzerin im Einklang mit Spielregeln, von denen sie selber nichts wissen. Die einer verborgenen Sprache angehören, wie wenn du mit deinem Pferde redest. Und du könntest mir nicht genau die Bewegungen bezeichnen, durch die du dein Pferd zum Gehorsam zwingst.

Da nun der Barbar die Schwäche hatte, die Königin vor allem in Erstaunen zu setzen, lehrte ihn sein Instinkt bald, daß es hierfür nur einen Weg gab, weil sie auf allen anderen nur noch ferner, nachsichtiger und enttäuschter wurde, und er verlegte sich aufs Schweigen. So begann sie, ihn selbst auf ihre Art zu verwandeln, da sie dem Lärm der Axt die schweigenden Verneigungen vorzog.

So schien es mir auch, daß wir diesen Magneten, der uns zwang, ihn anzublicken, obgleich er absichtlich die Augen schloß, eine gefährliche Rolle spielen ließen, da wir ihn umlagerten; denn das Gehör, das wir ihm schenkten, verlieh ihm die Macht, etwas auszustrahlen wie ein Kloster.

Daher versammelte ich meine Generäle und sagte ihnen:

– Ich werde die Stadt dadurch einnehmen, daß ich sie in Erstaunen setze. Es kommt darauf an, daß uns die Einwohner der Stadt über etwas befragen.

Meine Generäle waren durch Erfahrung gewitzigt, und obwohl sie nichts von meinen Worten verstanden hatten, äußerten sie durch verschiedene Geräusche ihre Zustimmung.

Zugleich entsann ich mich einer Entgegnung, mit der mein Vater einige Leute abgefertigt hatte, als sie ihm einwarfen, daß die Menschen in großen Dingen nur vor großen Kräften zurückwichen.

– Gewiß, hatte er ihnen geantwortet. Aber ihr lauft keine Gefahr, euch zu widersprechen, denn ihr sagt, daß eine Kraft groß ist, wenn sie die Starken zum Nachgeben nötigt. Seht einen tüchtigen, reichen und geizigen Kaufmann. Er führt ein Vermögen an Diamanten mit sich, die in seinem Gürtel eingenäht sind. Und seht einen Buckligen, der schwächlich, arm und umsichtig ist; er ist dem Kaufmann nicht bekannt, spricht eine andere Sprache als die seine und wünscht doch, sich die Steine zu verschaffen. Seht ihr nicht, wo die Kraft ihren Sitz hat, über die er gebietet?

– Wir sehen es nicht, sagten die anderen.

– Der Schwächling macht sich indes an den Riesen heran, fuhr mein Vater fort, und da es heiß ist, lädt er ihn ein, mit ihm Tee zu trinken. Und es ist ja für dich ganz ungefährlich, mit einem schwächlichen Buckel Tee zu trinken, auch wenn du eingenähte Steine in deinem Gürtel trägst.

– So ist es, sagten die anderen.

– Und doch trägt der Bucklige die Steine mit sich fort, als die Stunde des Abschieds schlägt, und der Kaufmann platzt vor Wut, da ihm sogar seine Fäuste gebunden sind durch den Tanz, den ihm der andere vortanzte.

– Welch einen Tanz? fragten die anderen.

– Den Tanz dreier Würfel, die aus einem Knochen geschnitzt waren, antwortete mein Vater.

Dann erklärte er es ihnen:

– Es liegt so, daß das Spiel stärker ist als die Sache, um die du spielst. Nimm an, du bist General und gebietest über zehntausend Soldaten. Sie verfügen über die Waffen. Sie stehen alle füreinander ein. Und doch läßt du die einen durch die anderen ins Gefängnis werfen. Denn du lebst nicht von den Dingen, sondern vom Sinn der Dinge. Als die Diamanten den Sinn erhielten, für die Würfel zu bürgen, rollten sie in die Tasche des Buckligen.

Die Generäle, die mich umringten, faßten sich aber ein Herz.

– Wie willst du denn an die Einwohner der Stadt herankommen, wenn sie sich weigern, dir Gehör zu schenken?

– Hier zeigt sich deutlich deine Liebe zu den Worten, die dich zu einem nutzlosen Geräusch veranlaßt. Folgt denn daraus, daß die Menschen sich zuweilen weigern, dir Gehör zu schenken, daß sie es ablehnen könnten, dich zu hören?

– Wenn ich jemanden für meine Sache zu gewinnen suche, kann er meinen Versprechungen sein Ohr verschließen, sofern er ein standhaftes Herz hat.

– Gewiß, da du ihm deine Person vorführst. Doch wenn er

für eine bestimmte Musik empfänglich ist und du sie ihm vorspielst, wird er nicht dich hören, sondern die Musik. Und wenn er über einem Problem brütet, das ihm den Schlaf raubt, und du ihm die Lösung zeigst, wird er sie wohl oder übel annehmen müssen. Glaubst du denn, er werde sich selber vormachen, daß er seine Suche fortsetze, nur weil er dich haßt oder verachtet? Wenn du einem Spieler den Zug zeigst, der ihn rettet und den er gesucht hat, ohne ihn zu entdecken, beherrschst du ihn, denn er wird dir gehorchen, obwohl er bestrebt ist, dich nicht zu beachten. Wenn man dir das gibt, was du suchst, schreibst du dir selber den Fund zu. Jene Frau sucht ihren Ring, den sie verlegt hat, oder das Wort eines Bilderrätsels. Ich reiche ihr den Ring, den ich gefunden habe. Oder ich flüstere ihr das Wort des Bilderrätsels zu. Sie kann dann aus übermäßigem Haß das eine oder das andere zurückweisen. Ich habe sie indessen bezwungen, denn ich brachte sie dazu, sich niederzusetzen. Sie müßte schon reichlich töricht sein, wenn sie ihre Suche fortsetzen wollte ... Es scheint mir gewiß, daß die Bewohner der Stadt etwas begehren, suchen, wünschen, pflegen oder behüten. Wofür würden sie sonst ihre Wälle bauen? Wenn du sie rings um einen dürftigen Brunnen baust und ich draußen einen See anlege, fallen deine Wälle von selbst um, denn sie sind dann lächerlich. Wenn du sie rings um ein Geheimnis baust und meine Soldaten dir dein Geheimnis aus vollem Halse zurufen, stürzen deine Wälle gleichfalls ein, denn sie haben dann keinen Sinn mehr. Wenn du sie rings um einen Diamanten baust und ich draußen Diamanten wie Schutthaufen aufschichte, fallen deine Wälle um, da sie nur deiner Armut zugute kommen. Und wenn du sie rings um die Vollkommenheit eines Tanzes baust und ich den gleichen Tanz besser als du tanze, wirst du sie selber zerstören, um von mir tanzen zu lernen ...

Zunächst will ich nur, daß die Einwohner der Stadt mich hören sollen. Hernach werden sie mir Gehör schenken. Wenn ich allerdings unter ihren Mauern die Trompete blase, werden sie sich auf ihren Wällen zur Ruhe setzen und nicht mein sinnloses Blasen hören. Denn du hörst nur, was für dich bestimmt ist. Und was dich wachsen läßt. Oder einen deiner Zweifel behebt.

Ich werde also auf sie einwirken, obwohl sie sich stellen, als beachteten sie mich nicht. Denn die große Wahrheit besteht darin, daß du nicht allein existierst. Du kannst nicht beständig bleiben in einer Welt, die sich rings um dich verändert. Ich kann auf dich einwirken, ohne dich zu berühren, denn ich verändere deinen Sinn selber – du magst wollen oder nicht –, und das kannst du nicht ertragen. Du hütest ein Geheimnis; es ist kein Geheimnis mehr, denn dein Sinn hat sich verändert. Wenn einer in der Einsamkeit tanzt und deklamiert, umgebe ich ihn insgeheim mit boshaften Zuschauern; dann ziehe ich den Vorhang auf: so unterbreche ich ihn in seinem Tanze.

Wenn er weitertanzt, ist er ein Narr.

Dein Sinn ergibt sich aus dem Sinn der anderen, du magst wollen oder nicht. Deine Neigungen ergeben sich aus den Neigungen der anderen, du magst wollen oder nicht. Dein Tun ist Bewegung eines Spiels. Schritt eines Tanzes. Ich verwandele dein Spiel oder deinen Tanz und verwandele so dein Tun in ein anderes.

Du baust deine Wälle um eines Spieles willen; einem anderen Spiel zuliebe wirst du sie selber wieder zerstören.

Denn du lebst nicht von den Dingen, sondern vom Sinn der Dinge.

Die Einwohner der Stadt werde ich wegen ihrer Anmaßung strafen, denn sie verlassen sich auf ihre Wälle.

Da doch dein einziger Wall in der Macht des Gefüges besteht, das dich formt und dem du dienst. Denn der Wall der Zeder ist ihr Samenkorn, das ihr gestattet, sich gegen Sturm, Trockenheit und Felsgeröll zu behaupten. Und später kannst du ihn gut durch die Rinde erklären, aber die Rinde war anfangs Frucht des Samenkorns. In Wurzeln, Rinde und Blattwerk hat das Samenkorn seinen Ausdruck gefunden. Hingegen eignet dem Samenkorn der Gerste nur wenig Kraft, und so baut die Gerste nur einen schwachen Wall gegen die Anschläge der Zeit.

Und wenn einer beständig und festgegründet ist, so steht ihm eine Entfaltung in einem Kraftfeld bevor, die sich nach anfangs unsichtbaren Kraftlinien vollzieht. Dieses Kraftfeld nenne ich einen hervorragenden Wall, denn die Zeit wird es nicht abnutzen, sondern aufbauen. Die Zeit ist dazu da, ihm zu dienen. Und es kommt nicht darauf an, daß es anscheinend schutzlos ist.

Der Panzer des Kaimans schirmt nichts, wenn das Tier tot ist.

Als ich so die Stadt, diese in ihrem Mauerwerk eingekapselte Feindin, betrachtete, sann ich über ihre Schwäche oder ihre Stärke nach. Wer von uns beiden wird den Tanz anführen, sie oder ich? Es ist gefährlich, nur einen einzigen Unkrautsamen in einem Getreidefeld auszusäen, denn das Dasein des Unkrauts ist dem Dasein des Getreides überlegen, und es kommt dabei wenig auf Aussehen und Zahl an. Deine Zahl ist im Samenkorn enthalten. Wenn du sie zählen willst, mußt du die Zeit abspinnen.

158

So habe ich lange über den Wall nachgedacht. Der wahre Wall ist in dir selber. Und die Soldaten wissen darum, die ihre Säbel vor deinen Augen schwingen. Und du kommst nicht mehr an ihnen vorbei. Der Löwe ist ohne Schild, doch der Schlag seiner Pranke trifft wie der Blitz. Und wenn er auf deinen Ochsen springt, reißt er ihn auf wie einen Schrank.

Gewiß, wirst du mir sagen, das kleine Kind ist zart, und leicht hätte man so manchen, der später die Welt veränderte, in seinen ersten Tagen wie eine Kerze ausblasen können. Aber ich sah das Kind Ibrahims sterben. Dessen Lächeln in den Zeiten seiner Gesundheit wie ein Geschenk war. Komm, sagte man zum Kinde Ibrahims. Und es kam zu dem Greise. Und lächelte ihn an. Und die Züge des Greises erhellten sich. Er streichelte die Wange des Kindes und wußte nicht recht, was er ihm sagen sollte, denn das Kind war ein Spiegel, der einen ein wenig schwindelig machte. Oder ein Fenster. Denn das Kind schüchtert dich stets ein, als hielte es ein Wissen zurück. Und darin täuschst du dich nicht, denn sein Geist ist stark, bevor du ihn verkümmern läßt. Und aus seinen drei Kieselsteinen macht es dir eine Kriegsflotte. Und gewiß erkennt der Greis in dem Kinde nicht den Kapitän einer Kriegsflotte, aber er erkennt diese Macht. Das Kind Ibrahims war nun wie die Biene, die ringsumher alles ausschöpft, um daraus ihren Honig zu saugen. Alles ward ihm zu Honig. Und mit seinen weißen Zähnen lächelte es dich an. Du aber gabst dich damit zufrieden, da du nicht wußtest, was du durch dieses Lächeln hindurch fassen solltest. Denn es gibt keine Worte, es auszusprechen. Jene unbekannten Schätze sind uns auf einfache und wunderbare Weise erreichbar, so wie die Stöße des Frühlings über dem Meere, bei denen die Sonne weit die Wolken aufreißt. Und der Seemann fühlt sich auf einmal zum Beter werden. Fünf Minuten lang zieht das Schiff in der himmlischen Glorie. Du kreuzest die Arme über der Brust und empfängst. So geschah es mit dem Kinde Ibrahims; wie eine wunderbare Gelegenheit zog sein Lächeln vorüber, so daß du nicht wußtest, worin und wie du es fassen solltest. Wie eine zu kurze Herrschaft über Länder, die in der Sonne glänzen, und Reichtümer, bei denen du nicht einmal die Zeit gehabt hast, sie zu zählen. Von denen du nichts aussagen könntest. Da ist nun einer, der seine Lider wie Fenster, die auf etwas anderes blicken, öffnete und schloß. Und er lehrte dich, obwohl er nur wenig Worte machte. Denn die wahre Belehrung besteht nicht darin, zu dir zu reden, sondern dich zu führen. Und so führte er dich, ein altes Herdentier, wie ein junger Hirte auf eine wunderbare Weide, von der du nur hättest sagen können, daß du dich einen Augenblick wie gestillt und gesättigt und getränkt fühltest. Nun erfuhrst du, daß er im Sterben lag, der für dich das Zeichen einer unbekannten Sonne war. Und die ganze Stadt wurde zu einer sorgenden Glucke und zu einer Krankenwache. Alle alten Weiblein kamen, um ihre Heiltränke und Lieder zu erproben. Die Männer standen vor der Tür, um dafür zu sorgen, daß auf der Straße kein Lärm war. Und man hüllte ihn ein und wiegte ihn und fächelte ihm Luft zu. Und so baute sich zwischen ihm und dem Tode ein Wall, den man für uneinnehmbar hätte halten können, denn eine ganze Stadt umgab ihn mit Soldaten, um diese Belagerung durch den Tod zu bestehen. Sage mir nicht, die Krankheit eines Kindes sei nur der Kampf des schwachen Fleisches in seiner schwachen Hülle. Um aus der Ferne ein Heilmittel zu holen, hat man Reiter entsandt. Und so vollzieht sich deine Krankheit zugleich im Galopp deiner Reiter in der Wüste. Und auf dem Relais beim Wechsel der Pferde. Und in den großen Trögen, aus denen sie getränkt werden. Und in den Spornstößen, die sich in den Pferdeleib bohren, denn es gilt, den Wettlauf mit dem Tode zu gewinnen. Gewiß siehst du nur ein schweißglänzendes, verschlossenes Gesicht. Und doch wird der Kampf, um den es hier geht, zugleich durch Spornstöße in den Pferdeleib ausgetragen.

Ein schwächliches Kind? Wo siehst du, daß es schwächlich ist? Schwächlich wie ein General, der ein Heer führt ... Und als ich ihn betrachtete und die Greise und die alten Frauen und die Jüngeren sah, den ganzen Bienenschwarm um seine Königin, all die Bergleute um den Goldklumpen, all die Soldaten um ihren Hauptmann, da verstand ich wohl: Wenn sie eine mächtige Einheit bildeten, so hatte sie – wie das Samenkorn einen widerstrebenden Boden urbar macht, so daß daraus Bäume und Türme und Wälle werden – das stille, verstohlene Lächeln eines geneigten Antlitzes befruchtet, ein Lächeln, das sie alle zum Kampfe rief. Der so verwundbare Körper dieses Kindes war nicht mehr gebrechlich, da er sich auf ganz natürliche Weise, ohne auch nur davon zu wissen, um solch ein Hilfsheer verstärkt hatte, nur auf Grund dieses Anrufs, der alle äußeren Reserven um dich schart. Eine ganze Stadt machte sich zum Diener des Kindes. So geschieht es mit den Bodensalzen, die das Samenkorn herbeiruft und ordnet, so daß sie in harter Rinde zum Walle der Zeder werden. Was will die Zartheit des Keimes besagen, wenn er die Kraft in sich birgt, die Freunde zu sammeln und die Feinde zu bezwingen? Glaubst du an den äußeren Schein, an die Fäuste jenes Riesen, an das Geschrei, das er erheben kann? Dergleichen gilt nur für den Augenblick. Du vergißt die Zeit. Die Zeit bildet Wurzeln. Du siehst nicht, daß der Riese durch unsichtbare Bande wie gefesselt ist. Und du siehst nicht, daß das schwache Kind an der Spitze einer Armee marschiert. Noch könnte der Riese es zerschmettern. Doch er zerschmettert es nicht. Denn vom Kinde droht keine Gefahr.

Und du wirst erleben, wie das Kind seinen Fuß auf das Haupt des Riesen setzt und ihn durch einen Druck seiner Ferse zermalmt.

159

Stets hast du gesehen, daß das Starke durch das Schwache zermalmt wird. Freilich ist das schon im gleichen Augenblick falsch; daher die Täuschungen deiner Sprache. Denn du vergißt die Zeit. Und gewiß wird der Riese das schwächliche Kind zertreten, wenn es seinen Zorn erregt. Aber es entspricht nicht dem Spiel und der Bedeutung des schwächlichen Kindes, diesen Zorn des Riesen auf sich zu ziehen. Beides führt vielmehr dazu, daß es von ihm nicht beachtet wird. Oder daß er es liebgewinnt. Und daß es ihm vielleicht hilft, während es jung ist, so daß der Riese seiner bedarf. Dann kommt das Alter der Erfindungen, und so schmiedet das herangewachsene Kind eine Waffe. Oder es übertrifft den anderen an Wuchs und Gewicht. Oder, einfacher noch, das Kind spricht, und so schart es Tausende um sich, die es gegen den Riesen führen wird und die ihm gleichsam einen Panzer bilden. Versuche nur, es durch diesen Panzer zu treffen.

Und wenn ich im Getreidefeld einen einzigen Unkrautsamen entdecke, so erscheint es mir schon besiegt. Und wenn es irgendwo im Volke ein Kind wie das Kind Ibrahims gibt, das sich zu entwickeln beginnt und allmählich ein Bild reifen läßt, welches die Welt wie eine eiserne Rüstung zusammenhalten wird (denn ich gewahre die bereiten Kraftlinien), so sehe ich schon den Tyrannen und seine Soldaten und Polizisten, wie sie zu Boden gesunken und gleich jenen Tempeln eingestürzt sind, die ein einziges Samenkorn überwunden hat. Denn dieses gehörte einem mächtigen Baume, der sich reckte mit der Geduld eines erwachenden Schläfers und langsam seine Armmuskeln spannte. Doch die eine Wurzel brachte eine Strebemauer ins Wanken, eine andere riß einen Tragbalken nieder. Und der Stamm durchbrach die Kuppel, wo sie der Schlußstein zusammenhielt, und der Schlußstein stürzte zu Boden.

Und der Baum herrscht fortan über ein Durcheinander von Baustoffen, die zu Staub wurden und aus denen er seine Säfte gewinnt, sich zu nähren.

Aber auch diesen mächtigen Baum werde ich zu Fall bringen, wenn die Reihe an ihm ist. Denn der Tempel ist zum Baum geworden. Doch der Baum wird zu einem Volke von Lianen werden. Ich brauche nur ein geflügeltes Samenkorn den Winden zu überlassen.

Was zeigst du, wenn dich die Zeit auseinanderfaltet? Gewiß ist diese Stadt in ihrer Rüstung dem Anschein nach unsichtbar. Ich aber weiß zu lesen. Und wenn sie sich hinter ihren Vorräten verschanzt hat, so heißt das, daß sie sich für den Tod entschieden hat. Ich bange um die Männer, die schutzlos wieder gen Norden ziehen, wo ihre Wüste ohne Festung ist. Die fast keine Waffen mit sich führen. Sie sind aber ein Samenkorn, das noch nicht gekeimt hat und seine eigene Macht nicht kennt. Mein Heer ist aus dem tiefen Wasser des Brunnens von El Ksur hervorgegangen. Wir sind Samen, der durch Gott gerettet wurde. Wer wird sich uns in den Weg stellen? Ich brauche nur den Spalt in der Rüstung zu finden, damit dieser Tempel allein dadurch ins Wanken gerät, daß der in sein Samenkorn eingeschlossene Baum erwacht. Ich brauche nur den Tanz zu erkennen, den es zu tanzen gilt. Damit du dich aus einem Männchen in ein Weibchen verwandelst, Stadt, die du bereits zahm bist wie eine Frau, wenn sie zu Hause bleibt. So bist du mein wie ein Honigkuchen, Stadt, die du deiner allzu sicher bist. Gewiß schlafen deine Schildwachen. Denn du bist im Herzen verdorben.

160

Es gibt also keine Wälle, sagte ich mir. Die Wälle, die ich erbaut habe, dienen meiner Macht, weil sie Auswirkungen meiner Macht sind. Sie dienen meiner Fortdauer, weil sie Auswirkungen meiner Fortdauer sind. Doch du nennst die Hülle des Kaiman nicht Wall, wenn das Tier tot ist.

Und wenn du hörst, wie eine Religion sich beklagt, weil sich die Menschen nicht erobern lassen, so kannst du nur lachen. Die Religion muß die Menschen ergreifen, sie kann sie sich nicht unterwerfen. Du machst es der Erde nicht zum Vorwurf, daß sie keine Zeder bildet.

Glaubst du etwa, daß die Verkünder einer neuen Religion es dem Lärm, den sie hervorbringen, der Gewandtheit ihrer marktschreierischen Reden oder ihrem reichlichen Gepolter zu verdanken haben, wenn sie ihre Lehre in der Welt verbreiten und ihr die Menschen zuführen? Allzuoft habe ich aber den Menschen zugehört, als daß ich den Sinn der Sprache nicht verstünde. Und dieser besteht darin, den anderen etwas Starkes zu übermitteln, das einen neuen Blickpunkt bedeutet und sich selber zu nähren sucht. Es geht mit den Worten, die du aussäst, wie mit den Samenkörnern, denen die Macht innewohnt, die Erde aufzusaugen und aus ihr die Zeder zu bilden. Und freilich hättest du auch den Ölbaum bilden können, und beide Bäume werden gedeihen und sich von selber vermehren. Und gewiß wirst du, wenn die Zeder heranwächst, den Wind immer stärker singen hören. Und wenn sich die Hyänen vermehren, wirst du immer häufiger hören, wie ihr Schrei die Nacht erfüllt. Wirst du aber behaupten wollen, es sei das Windesrauschen in den Blättern der Zeder, das die Säfte der Erde herbeiruft, oder der Zauber des Hyänenschreis, der das Fleisch der wilden Gazellen in Hyänen verwandelt? Das Fleisch der Hyänen ergänzt sich aus dem Fleische der Gazellen, das Fleisch der Zeder ergänzt sich aus den Säften im Felsgeröll. Die Gläubigen deiner neuen Religion ergänzen sich aus den Ungläubigen. Aber nie noch ist einer durch die Sprache bestimmt worden, wenn die Sprache nicht die Macht hat, ihn zu ergreifen.

Und du ergreifst, wenn du ausdrückst. Und wenn du dich ausdrückst, gehörst du mir. Du *wirst* dann in mir mit Notwendigkeit. Denn fortan bin ich deine Sprache. Und daher sage ich von der Zeder, daß sie die Sprache des Felsgerölls ist, denn durch das Felsgeröll wird sie zum Rauschen des Windes.

Wer aber außer mir bietet dir einen Baum, in dem du werden könntest?

Jedesmal wenn ich das Wirken eines Menschen betrachtete, suchte ich es nicht durch seine Fanfarentöne – denn die kannst du ebensogut hassen und verwerfen – und auch nicht durch die Tätigkeit seiner Polizisten zu erklären, denn diese können wohl erreichen, daß ein sterbendes Volk sich überlebt, aber aufbauen können sie es nicht. Und ich sagte es dir schon von den starken Reichen, die ihre schlafenden Schildwachen köpfen, woraus du den falschen Schluß zogst, daß ihre Kraft auf ihrer Strenge beruhe. Denn wenn das schwache Reich dort Köpfe abschlägt, wo alle schlafen, gleicht es nur einem blutrünstigen Narren; hingegen durchpulst das starke Reich seine Glieder mit seiner Kraft und duldet keinen Schlaf. Ich suchte das Wirken der Menschen nicht einmal durch die geäußerten Worte oder ihre Beweggründe oder klugen Argumente, sondern nur durch die unaussprechliche Gewalt neuer und fruchtbarer Gefüge zu erklären; es ist damit wie mit jenem Gesicht aus Stein, das dich durch seinen Anblick verwandelt.

161

Es wurde Nacht, und ich erstieg die höchste Erhebung der Gegend, um zu sehen, wie die Stadt schlief und wie ringsum in der Wüste die schwarzen Flecke meiner Lagerzelte von der allgemeinen Finsternis aufgeschluckt wurden. Und ich tat das, um den Dingen auf den Grund zu kommen, denn ich wußte gleichermaßen, daß mein Heer eine Kraft in Bewegung, die Stadt aber, ebenso wie ein Pulverhorn, eine geballte Kraft war und daß sich hinter diesem Bild eines Heeres, das seinen Magneten umringte, schon ein anderes Bild vorbereitete und seine Wurzeln hervortrieb, von dem ich noch nichts erkennen konnte und das die gleichen Baustoffe auf andere Weise zusammenfügte. Und ich suchte die Zeichen dieser geheimnisvollen Trächtigkeit aus dem Dunkel abzulesen, nicht, um sie vorauszubestimmen, sondern um sie beherrschen zu können; denn alle Menschen – außer den Schildwachen – sind schlafen gegangen. Und die Waffen ruhen. Aber so bist du ein Schiff im Strome der Zeit. Und jene Helle des Morgens, des Mittags und des Abends ist über dich hinweggezogen wie eine Brutzeit, die die Dinge ein wenig vorangetrieben hat. Dann kam der schweigende Aufschwung der Nacht nach dem Tagwerk der Sonne. Gut geölte Nacht und den Träumen anheimgegeben, denn nur die Arbeiten schreiten in ihr fort, die sich von ganz allein vollziehen wie bei einer heilenden Wunde, bei der Aufbereitung der Säfte oder beim eingeübten Schritt der Schildwache; Nacht, den Mägden preisgegebene, denn der Herr ist schlafen gegangen. Nacht, in der du die Fehler wiedergutmachen kannst, die sich durch sie auf den Tag übertragen. Und ich, die Nacht, wenn ich Sieger bin, vertage meinen Sieg auf morgen.

Nacht der Trauben, die die Lese erwarten, der durch die Nacht verschonten Trauben. Nacht der aufgeschobenen Ernten. Nacht der umzingelten Feinde, deren Übergabe ich erst am Tage entgegennehme. Nacht der Einsätze im Spiel, doch der Spieler ist schlafen gegangen. Der Kaufmann ist schlafen gegangen, aber er hat dem Nachtwächter Weisung erteilt, der seine hundert Schritte geht. Der General ist schlafen gegangen, aber er hat den Schildwachen seine Weisung erteilt. Der Kapitän ist schlafen gegangen, aber er hat dem Steuermann seine Weisung erteilt. Und der Steuermann begleitet den Orion, der an der rechten Stelle im Mastwerk einherwandert. Nacht der richtig erteilten Weisungen und der vertagten Schöpfungen.

Zugleich aber auch Nacht, in der sich ein unehrliches Spiel treiben läßt. In der sich die Felddiebe der Früchte bemächtigen. In der sich die Feuersbrunst der Speicher bemächtigt. In der sich der Verräter der Zitadelle bemächtigt. Nacht der großen Schreie, die widerhallen. Nacht der Klippen, die das Schiff bedrohen. Nacht der Begegnungen und Wunder. Nacht der Weckrufe Gottes, der dir den Schlaf stiehlt, denn du kannst lange auf die Geliebte warten, wenn du erwacht bist.

Nacht, in der du ein Knacken vernimmst. Nacht, in der ich stets jenes Knacken der Knochenwirbel gehört habe, gleichsam als stammte es vom unbekannten Engel, den ich hier und dort in meinem Volke spüre und den es eines Tages zu befreien gilt.

Nacht der empfangenen Samen.
Nacht der Geduld Gottes.

162

Und ich fand mich wieder deinen alten Illusionen gegenüber, als du mir von den Menschen sprachst, die bescheiden leben, ohne irgend etwas zu begehren, ihre häuslichen Tugenden pflegen, schlicht ihre Feste feiern und fromm ihre Kinder aufziehen.

– Gewiß, antwortete ich dir. Aber sage mir, was ihre Tugenden sind. Und ihre Feste? Und ihre Götter? So haben sie bereits ihre besondere Eigenart wie der Baum, der auf seine Weise die Feuchtigkeit aus dem Sande zieht und nicht nach Art eines anderen. Wo würdest du sie sonst finden?

»Sie begehren nur eines«, sagst du, »sie möchten in Frieden leben . . .« Gewiß. Sie führen jedoch schon Krieg. Eben für ihre Beständigkeit, da ja ihr Verlangen dahin geht, zu dauern all den Möglichkeiten zum Trotz, in denen sie zergehen könnten. Auch der Baum führt Krieg, in seinem Samenkorn . . .

– Wenn aber ihre Seele erst einmal Vollkommenheit erlangt hat, kann sie dauern. Sobald ihre Moral erst fest begründet ist . . .

– Gewiß! Sobald erst die Geschichte eines Volkes vollendet ist, kann sie dauern. Jene Braut, die du gekannt hast, ist jung gestorben. Sie lächelte. Sie wird nicht mehr altern, sie ist schön und lächelt in alle Ewigkeit . . . Doch dein Völkchen wird entweder die Welt erobern, so daß seine Feinde in ihm aufgehen. Oder es wird von den Fermenten seiner eigenen Zerstörung zersetzt werden.

Es ist sterblich, weil es lebendig ist.

»Du aber wünschtest, daß das Bild dauern sollte wie die Erinnerung an deine Geliebte . . .«

Doch du widersprichst mir wiederum:

– Wenn die Form, die sich in ihr ausprägt, nunmehr zur Überlieferung, Religion und zum anerkannten Ritus geworden ist, wird sie dauern, weil sich ihre Ordnung von einer Generation auf die andere überträgt. Und du wirst sie nur in ihrem Glücke kennen, mit jenem Licht in den Augen ihrer Söhne ...

– Gewiß, antwortete ich, wenn du deine Vorräte angesammelt hast, kannst du eine Zeitlang von deinem Honig leben.

Wer einen Berg erstiegen hat, kann eine Zeitlang von der Landschaft leben, die im bezwungenen Aufstieg besteht. Er gedenkt der Steine, die er überklettert hat. Schon bald aber stirbt die Erinnerung. Und dann entleert sich auch die Landschaft.

»Gewiß erschaffst du dein Dorf oder deine Religion durch deine Feste von neuem, denn sie sind Erinnerungen an Leidensstationen, Anstrengungen und Opfer. Aber allmählich stirbt ihre Macht, denn sie nehmen ein überaltertes oder überflüssiges Aussehen an. Du glaubst dann, daß du notwendig so und nicht anders bist. Dein Völkchen wird seßhaft und lebt nicht mehr. Wenn du an die Landschaft glaubst, verweilst du darin, und bald langweilst du dich und existierst nicht mehr. Das Wesentliche an deiner Religion war die Entscheidung, sich zu ihr zu bekennen. Du glaubtest, sie sei ein Geschenk. Aber mit einem Geschenk weißt du bald nichts anzufangen und verbannst es in den Speicher, nachdem du seine Macht aufgebraucht hast, die in der Freude am Geschenk besteht und nicht ein Gegenstand ist, über den du verfügen könntest.«

– So habe ich denn niemals Hoffnung auf Ruhe?

– Nur dort, wo die Vorräte zu etwas dienen. Allein im Frieden des Todes, wenn Gott seine Ernte einbringt.

163

Denn es gibt Jahreszeiten des Lebens, die für alle Menschen wiederkehren.

Es kommt notwendig der Augenblick, da deine Freunde deiner überdrüssig werden. Sie gehen in andere Häuser, um sich über dich zu beklagen. Sobald sie genügend ihr Herz ausgeschüttet haben, kehren sie zurück, weil sie dir wieder verzeihen, und lieben dich von neuem, abermals bereit, ihr Leben für dich in die Schanze zu schlagen.

Doch wenn ein Dritter zur unrechten Zeit zu dir kommt, um

dir zu berichten, was nicht für dich bestimmt war, und du von ihm erfährst, was nur auf Überdruß beruhte und daher nichts mit dir selbst zu tun hat, so führt das dazu, daß du die Menschen abweist, die dich lieben und die zu dir zurückkehren, weil sie dich von neuem liebgewannen. Wenn du sie nun nicht zuvor geliebt hättest, wärest du glücklich über diese Bekehrung zu deinen Gunsten; du hättest sie sogar gefördert und würdest sie deswegen beglückwünschen.

Und warum willst du dich nicht damit abfinden, daß es verschiedene Jahreszeiten im Menschenleben gibt, da es doch an einem und demselben Tage verschiedene Jahreszeiten in dir selber gibt, so etwa bei Speisen, die du liebst, herbeiwünschst, gleichgültig oder mit Abscheu behandelst, je nach deinem Appetit!

Und es steht nicht in meiner Macht, ständig das gleiche zu schätzen.

164

Es wird wahrhaftig Zeit, daß ich dich über den Menschen belehre.

In den Meeren des Nordens gibt es schwimmende Eismassen, die den Umfang von Bergen haben; aus dem Massiv taucht jedoch nur ein winziger Gipfel ins Sonnenlicht. Der Rest schläft. So ist es mit dem Menschen, von dem du durch die Magie deiner Sprache nur einen kümmerlichen Teil erhellt hast. Denn die Weisheit der Jahrhunderte hat Schlüssel geschmiedet, ihn zu erschließen. Und Begriffe, ihn zu erhellen. Und von Zeit zu Zeit kommt einer gegangen, der deinem Bewußtsein einen Teil zuführt, der noch nicht in Worte gefaßt war; er benutzt dazu einen neuen Schlüssel aus einem Wort, wie etwa »Eifersucht«, von der ich dir schon sprach und die mit einem Schlage ein Netz von Beziehungen ausdrückt; denn sie erhellt dir den Tod des Verdurstens, weil sie den Durst auf das Verlangen nach der Frau zurückführt, und manch andere Dinge. Und so begreifst du, worauf ich hinauswill, während du mir nicht hättest sagen können, warum mich der Durst ärger quälte als die Pest. Doch nicht jenes Wort ist wirksam, das sich an den dürftigen erhellten Teil wendet, sondern dieses, das den Teil ausdrückt, der noch im Dunkel liegt und bisher ohne Sprache ist. Und deshalb streben die Völker dorthin, wo die menschliche Sprache den aussprechbaren Teil bereichert. Denn du weißt nicht, worauf dein unermeßlicher Hunger gerichtet ist. Ich aber bringe dir die Speise, und du ißt sie. Und der Logiker spricht von Torheit, da seine Logik von gestern ist und ihm ein Verständnis verwehrt.

Meine Schutzwehr ist jenes Vermögen, das seine unterirdischen Vorräte ordnet und sie dem Bewußtsein zuführt. Denn dunkel sind deine Bedürfnisse, unzusammenhängend und voller Widerspruch. Du suchst den Frieden und den Krieg, die Spielregeln, um dich am Spiele zu erfreuen, und die Freiheit, um dich an dir selber zu erfreuen. Den Reichtum, um dich an ihm zu befriedigen, und das Opfer, um dich darin zu finden. Die Eroberung von Vorräten um der Eroberung willen und den Genuß der Vorräte um der Vorräte willen. Die Heiligkeit, damit dein Geist hell sei, und die Siege des Fleisches, damit du sie mit deinem Verstande und deinen Sinnen genießen kannst. Du suchst die Inbrunst in deinem Heim und die Inbrunst in der Flucht vor dem Heim. Die Nächstenliebe angesichts der Wunden und die Wunden des einzelnen um des Menschen willen. Die Liebe, die sich der gebotenen Treue einfügt, und die Entdeckung der Liebe außerhalb der Treue. Die Gleichheit in der Gerechtigkeit und die Ungleichheit im Aufstieg. Wirst du für all diese ungeordneten Bedürfnisse, die wie Kieselsteine umhergestreut sind, einen Baum bilden können, der sie in sich aufnimmt? Der sie ordnet und aus dir einen Menschen macht? Welche Basilika wirst du bauen, die diese Steine verwendet?

Meine Schutzwehr ist vor allem das Samenkorn, das ich dir anbiete. Und die Gestalt des Stammes und der Zweige. Der Baum ist um so dauerhafter, je besser er die Säfte der Erde aufzubereiten weiß. Dein Reich ist um so dauerhafter, je mehr es das aufzunehmen vermag, was ihm durch dich dargeboten wird. Und vergeblich sind die Steinwälle, wenn sie nur noch Gehäuse eines Toten sind.

Sie finden die Dinge, sagte mein Vater, wie die Schweine die Trüffeln finden. Denn es gibt Dinge, die man finden kann. Aber sie sind dir zu nichts nütze, da du vom Sinn der Dinge lebst. Doch sie finden den Sinn der Dinge nicht, da man ihn nicht finden, sondern nur erschaffen kann.

Deshalb spreche ich zu dir.

– Was enthalten diese Ereignisse? fragte man meinen Vater.

– Sie enthalten das Gesicht, antwortete mein Vater, das ich aus ihnen forme.

Denn stets vergißt du die Zeit. Nun wird dich aber die Zeit, während der du an eine falsche Nachricht geglaubt hast, mächtig weiterbilden, denn sie ist Arbeit des Samenkorns und Wachstum der Zweige. Und wenn du hernach von deinem Irrtum befreit sein wirst, bist du ein anderer geworden. Und wenn ich dies oder das behaupte, wirst du alle Anzeichen, alle Belege, alle Beweise meiner Behauptung gewahr werden. So etwa bei deiner Frau, wenn ich behaupte, daß sie dich hintergeht. Du wirst dann entdecken, daß sie kokett ist, was der Wahrheit entspricht. Und daß sie zu jeder Stunde ausgeht, was gleichfalls zutrifft, was du aber nicht bemerkt hattest. Wenn ich sodann meine Lüge wiedergutmache, bleibt doch das Gefüge bestehen. Von meiner Lüge bleibt immer etwas zurück, denn sie war ein Blickpunkt, durch den du bestehende Wahrheiten entdecken konntest.

Und wenn ich sage, daß die Buckligen die Pest einschleppen, wirst du erschrecken über die große Zahl von Buckligen. Denn du hattest sie bisher gar nicht bemerkt. Und je länger du mir Glauben geschenkt hast, um so besser kannst du sie ermitteln. Es bleibt dann nur, daß du ihre Zahl kennst. Und eben dies wollte ich erreichen.

166

– Ich bin für alle Handlungen aller Menschen verantwortlich, sagte mein Vater.

– Die einen führen sich indes als Feiglinge auf, sagte man ihm, und die anderen sind Verräter. Worauf könnte deine Schuld beruhen?

– Wenn einer sich als Feigling aufführt, bin ich selber feige. Und wenn einer Verrat übt, übe ich Verrat an mir selber.

– Wie kannst du an dir selber Verrat üben?

– Ich bin einverstanden mit einem Bilde des Geschehens, wonach mir die Menschen schlechte Dienste erweisen, sagte mein Vater. Und ich bin dafür verantwortlich, da es durch mein Gebot entsteht. Und so wird es zur Wahrheit. Ich diene daher der Wahrheit meines Feindes.

– Und warum? Bist du denn feige?

– Ich nenne den einen Feigling, sagte mein Vater, der sich entblößt sieht, weil er darauf verzichtet hat, sich zu regen. Feige ist auch, wer sagt: »Die Strömung reißt mich mit sich fort«, denn sonst würde er schwimmen, da er Muskeln hat. Und mein Vater faßte seine Worte zusammen:

– Ich nenne den einen Feigling und Verräter, der Klage führt über die Fehler der anderen oder die Macht seines Feindes. Doch keiner verstand ihn:

– Es gibt aber offenbar Dinge, für die wir nicht verantwortlich sind . . .

– Nein! sagte mein Vater.

Er nahm einen seiner Gäste beim Arm und zog ihn ans Fenster.

– Was hat diese Wolke für eine Gestalt?

Der andere betrachtete sie lange.

– Sie sieht aus wie ein ruhender Löwe, sagte er schließlich.

– So zeige ihn den anderen dort.

Und nachdem mein Vater die Gesellschaft in zwei Gruppen eingeteilt hatte, zog er die erste Gruppe ans Fenster. Und alle sahen den ruhenden Löwen, den der erste Zeuge sie erkennen ließ, indem er ihn mit dem Finger nachzeichnete.

Dann ließ sie mein Vater beiseite treten und zog einen anderen ans Fenster.

– Was hat diese Wolke für eine Gestalt?

Der andere betrachtete sie lange.

– Sie sieht aus wie ein lächelndes Gesicht, sagte er schließlich.

– So zeige es den anderen hier.

Und alle sahen das lächelnde Gesicht, das der zweite Zeuge sie erkennen ließ, indem er es mit dem Finger nachzeichnete.

Sodann entfernte mein Vater die Gesellschaft von den Fenstern.

– Gebt euch Mühe, euch über das Bild zu einigen, das diese Wolke darstellt.

Doch sie beschimpften einander ohne Erfolg, da den einen das lächelnde Gesicht und den anderen der ruhende Löwe allzu einleuchtend erschien.

– So haben auch die Ereignisse nur die Gestalt, die ihr Schöpfer ihnen zubilligen wird, sagte mein Vater. Und alle Gestalten zusammen sind wahr.

– Bei der Wolke verstehen wir das, wandte man ein, nicht aber beim Leben . . . Denn wenn der Morgen der Schlacht anbricht und dein Heer im Vergleich mit der Macht deines Gegners kümmerlich ist, steht es nicht in deiner Gewalt, den Ausgang des Kampfes zu beeinflussen.

– Gewiß, sagte mein Vater. Wie die Wolke im Raume, so breiten die Ereignisse sich in der Zeit aus. Wenn ich ein Gesicht formen will, brauche ich Zeit. Ich werde an dem, was heute abend seinen Abschluß finden muß, nichts ändern können, aber der Baum von morgen wird aus meinem Samenkorn hervorgehen. Und das Samenkorn ist heute da. Erschaffen heißt nicht, eine Kriegslist in der Gegenwart entdecken, die der Zufall für deinen Sieg versteckt halten könnte. Es wäre dann ohne ein Morgen. Es bedeutet auch nicht, eine Droge ausfindig zu machen, die dir deine Krankheit verschleiert, denn deren Ursache bestünde fort. Erschaffen heißt, daß du den Sieg oder die Heilung ebenso notwendig machst wie das Wachstum eines Baumes.

Sie aber verstanden immer noch nicht.

– Die Logik der Ereignisse ...

Da geschah es, daß mein Vater sie beschimpfte in seinem Zorn:

– Dummköpfe! sagte er zu ihnen. Kastriertes Vieh! Ihr Historiker, Logiker und Kritiker seid Schmeißfliegen auf Kadavern, und nie werdet ihr etwas vom Leben begreifen.

Er wandte sich an den Ersten Minister:

– Der König, mein Nachbar, will uns mit Krieg überziehen. Wir aber sind nicht bereit. Nichts Schöpferisches täte ich, wollte ich mir im Laufe eines Tages Heere bilden, die nicht existieren. Das wäre bloße Kinderei. Doch einen König, meinen Nachbarn, muß ich mir so formen, daß er unserer Liebe bedürftig wird.

– Aber das steht nicht in meiner Macht ...

– Ich kenne eine Sängerin, entgegnete ihm mein Vater, an die ich denke, wenn ich deiner müde werde. Sie sang uns neulich abends von der Verzweiflung eines armen und getreuen Liebhabers, der seine Liebe nicht zu gestehen wagt. Ich sah den obersten Heerführer weinen. Dabei platzt er vor Hoffart, ist steinreich und ein Mädchenschänder. Die Sängerin hatte uns binnen zehn Minuten in jenen Unschuldsengel verwandelt, dessen Ängste und Leiden er miterduldete.

– Ich kann nicht singen, versetzte der Erste Minister.

167

Denn wenn du polemisierst, machst du dir vom Menschen eine einseitige Vorstellung.

Jenes Volk steht hinter seinem König. Er führt es einem Ziel entgegen, das du für menschenunwürdig hältst. So polemisierst du gegen den König.

Es leben aber viele vom König, die deiner Meinung sind. Es kam ihnen bisher nicht in den Sinn, den König in diesem

Lichte zu sehen, denn es gibt andere Gründe, aus denen man ihn lieben oder dulden kann. Und so wiegelst du sie gegen sich selber und gegen das Brot ihrer Kinder auf.

Ein Dritter wird dir widerstrebend folgen, seinem König abschwören und ein schlechtes Gewissen haben, denn es gab andere Gründe, aus denen man den König lieben und dulden konnte; zugleich gehörte es zur Pflicht dieser Menschen, ihre Kinder zu ernähren, und zwischen zwei Pflichten gibt es keine Waage, die dir deinen Frieden wiederschenken könnte. Wenn du nun aber den Menschen anfeuern willst, der sich in Zweifel verstrickt hat und zu keiner Tat mehr fähig ist, mußt du ihn befreien. Und ihn befreien heißt ihm Ausdruck verleihen. Und ihm Ausdruck verleihen heißt ihn jene Sprache entdecken lassen, die der Schlußstein seiner widerspruchsvollen Strebungen ist. Inmitten der Widersprüche wirst du dich niedersetzen und abwarten, bis sie behoben sind. Und daran stirbst du. In diesem Falle nun steigerst du die Widersprüche, und so wird sich jener Mann angeekelt zur Ruhe setzen.

Ein Vierter wird dir nicht folgen. Du aber zwingst ihn, sich vor seinen eigenen Augen zu rechtfertigen, denn deine Argumente haben Gewicht. Und so nötigst du ihn, ebenso stichhaltige Argumente zu ersinnen, die die deinen zunichte machen. Sie sind stets bei der Hand, denn die Vernunft geht dorthin, wo du sie haben willst. Der Geist allein gebietet. Da er sich nunmehr festgelegt, ausgedrückt und mit einem Panzer von Beweisen umgeben hat, kannst du seiner nicht mehr habhaft werden.

Was nun den König angeht, der nur ganz entfernt daran dachte, sein Volk gegen dich aufzuwiegeln, so zwingst du ihn zum Handeln. Und er wendet sich daher an die Vorsänger, Historiker, Logiker, Professoren, Kasuisten und Kommentatoren seines Reiches. So fertigt man ein Bild von dir, das dich als Schielauge darstellt, und das ist jederzeit möglich. Und man legt deine Niedertracht dar, und auch das ist jederzeit möglich. Und wieder ein anderer, der dich studiert hatte, ohne zu einem Entschluß zu kommen, und der voll guten Willens ist, schenkt nunmehr diesem Denkmal der Logik, dessen Errichtung du aufgenötigt hattest, sein Vertrauen. Und deine Schieläugigkeit ruft bei ihm Brechreiz hervor, und so stellt er sich hinter seinen König: endlich durch dieses reine Gesicht einer Wahrheit getröstet.

Doch du hättest nicht gegen, sondern für etwas kämpfen sollen. Denn der Mensch ist nicht einseitig, wie du glaubtest. Und selbst der König ist deiner Ansicht.

168

Du sagst: »Einen, der mein Parteigänger ist, kann ich gebrauchen. Aber den anderen, der sich mir entgegenstellt, zähle ich aus Bequemlichkeit zum feindlichen Lager und gedenke, nur durch den Krieg auf ihn einzuwirken.«

Durch solch ein Vorgehen härtest und schmiedest du deinen Gegner.

Und ich sage, daß Freund und Feind von dir gefertigte Worte sind. Gewiß bezeichnen sie etwas Bestimmtes. So geben sie dir etwa an, was sich ereignen wird, wenn ihr euch auf dem Schlachtfeld begegnet; ein Mensch wird jedoch nicht durch ein einziges Wort beherrscht; und ich kenne Feinde, die mir näherstehen als meine Freunde; andere, die mir nützlicher sind, und andere, die mir mehr Achtung bezeigen. Und meine Einwirkungsmöglichkeiten auf den Menschen sind nicht von seiner Stellung im Worte abhängig. Ich behaupte sogar, daß ich besser auf meinen Feind als auf meinen Freund einwirke, denn einer, der mit mir in gleicher Richtung marschiert, bietet mir weniger Gelegenheiten zu Begegnung und Austausch als der andere, der mir entgegengeht und sich keine meiner Bewegungen – da er ja von ihnen abhängt – und keines meiner Worte entgehen läßt.

Freilich werde ich auf den einen und den anderen nicht eine gleichartige Wirkung ausüben, denn ich habe meine Vergangenheit als Erbteil empfangen, und es steht nicht in meiner Macht, etwas daran zu ändern. Und wenn ich ein Land besetzt habe, das ein Fluß und ein Berg schmücken, und ich darin Krieg führen muß, wäre es widersinnig, wenn ich über die Lage des Berges oder die Richtung des Flusses jammern wollte.

Und du wirst niemals vernommen haben, daß ein Eroberer, wenn er bei Sinnen war, ein solches Klagelied anstimmte. Ich werde vielmehr den Fluß wie einen Fluß und den Berg wie einen Berg verwenden. Und vielleicht wird er mir dadurch weniger von Nutzen sein, daß er gerade hier gelegen ist, als wenn er sich anderswo befände, so wie dich ein mächtiger Gegner gewiß weniger fördern wird als ein Verbündeter. Mit dem gleichen Rechte könntest du aber bedauern, daß du nicht in einer anderen Zeit oder als Herrscher eines anderen Reiches geboren bist, und das wäre die Verwesung des Traumes. Doch angesichts des Bestehenden, dem ich allein Rechnung tragen muß, kann ich davon ausgehen, daß ich auf meinen Gegner ebenso einzuwirken vermag wie auf meinen Freund. Diese Wirkung mag nach der einen Richtung hin mehr oder minder günstig, nach der andern mehr oder minder ungünstig sein. Aber wenn du auf das Zünglein einer Waage einwirken, dich also durch eine Tat oder eine Kraftäußerung zur Geltung bringen willst, so haben die Verrichtungen den gleichen Wert, mit denen du ein Gewicht von der rechten Waagschale fortnimmst oder es auf der linken hinzufügst.

Du aber gehst von einem moralischen Gesichtspunkt aus, der bei deinem Abenteuer nichts zu suchen hat, und wenn dich einer geplagt, gekränkt oder verraten hat, verdammst und verstößt du ihn, wodurch er genötigt wird, dich morgen noch ärger zu plagen, zu kränken oder zu verraten. Ich hingegen benutze gerade den, der mich verraten hat, als Verräter, denn er ist Figur eines Schachspiels und festgelegt; so kann ich mich auf ihn stützen, um meinen Sieg zu planen und herbeizuführen. Denn ist nicht die Kenntnis des Gegners bereits eine Waffe? Und meinen Sieg werde ich schließlich dazu benutzen, ihn aufzuhängen.

169

Wenn du deiner Frau diesen Vorwurf machst:

– Du warst nicht zu Hause, als ich auf dich wartete, so antwortet sie dir:

– Wie hätte ich denn zu Hause sein können, da ich mich bei unserer Nachbarin aufhielt?

Und es trifft zu, daß sie sich bei deiner Nachbarin aufhielt.

Und wenn du dem Arzte sagst:

– Weshalb warst du nicht dort, wo man das ertrunkene Kind wieder ins Leben zu rufen suchte?, so antwortet er dir:

– Wie hätte ich dort sein können, da ich anderswo jenen alten Mann pflegte?

Und es trifft zu, daß er den alten Mann pflegte.

Wenn du irgendeinem Angehörigen des Reiches sagst:

– Warum dientest du hier nicht dem Reiche?, so antwortet er dir:

– Wie hätte ich dem Reiche hier dienen können, da ich dort unten tätig war?

Und es trifft zu, daß er dort unten tätig war.

Wenn du aber den Baum nicht durch die Handlungen der Menschen wachsen siehst, so wisse, daß es an einem Samenkorn fehlt, denn dieses hätte die Gegenwart der Frau, die Tätigkeit des Arztes, den Dienst am Reiche in die gebotene Richtung gelenkt. Und dadurch wäre entstanden, was du entstehen lassen wolltest. Denn wenn ein Mann durch das Schmieden der Nägel der Sache des Nägelschmiedens dient, so kommt es ihm nicht auf den Handgriff an, mit dem er diesen oder jenen Nagel schmiedet. Aber es kann sein, daß es sich um die Nägel des Schiffes handelt. Und für dich, der du Abstand gewonnen hast, um besser sehen zu können, ist dieser Handgriff Geburt und nicht Unordnung.

Denn dem Sein eignet weder Gewandtheit noch Schwäche, und es kann jedem unbekannt sein, der an ihm teilhat, da es an einer Sprache fehlt. Es offenbart sich einem jeden, wie es dessen besonderer Sprache gemäß ist.

Dem Sein fehlt es nicht an Gelegenheiten. Es nährt sich, baut sich auf, bekehrt. Keiner braucht von ihm zu wissen, da jeder nur die Logik seiner eigenen Stufe kennt. (So kennt die Frau den Zeitvertreib, nicht das Verlangen, zu Hause zu sein.)

Es gibt keine Schwäche an sich. Denn jede Handlung läßt

sich rechtfertigen. Sie ist zugleich edel oder gemein, je nach dem Gesichtspunkt, den du einnimmst. Es gibt Schwäche mit Beziehung zum Sein oder Schwäche des Seins. Jeder kann edle Gründe anführen, weshalb er nicht in einer bestimmten Richtung tätig sein will. Edle und logische Gründe. Und sie beruhen darauf, daß er durch das Sein nicht stark genug in diese Richtung gedrängt wurde. So behaut ein anderer Steine, statt Nägel zu schmieden. Und verrät das Segelschiff.

Ich will die Gründe deines Verhaltens nicht von dir hören: Du hast keine Sprache.

Oder genauer gesagt: Es gibt eine Sprache des Herrschers, sodann eine Sprache seiner Baumeister, sodann eine Sprache seiner Werkmeister, sodann eine Sprache der Nagelschmiede, sodann eine Sprache der Arbeiter.

Du bezahlst diesen Mann für seine Arbeit. Du bezahlst ihn so gut, daß er dir nicht so sehr für das materielle Entgelt als für die Anerkennung dankbar ist, die du seinen Verdiensten erweist, denn sein Bildwerk oder der Einsatz seines Lebens hat keinen Preis, den er für übertrieben halten könnte. Das Bildwerk ist das wert, wofür man es kauft.

Und so hast du mit deinem Gelde nicht nur das Bildwerk, sondern die Seele des Bildhauers gekauft.

Es ist in der Ordnung, daß du etwas für löblich ansiehst, das dich am Leben erhält. Denn jene Arbeit ist das Brot deiner Kinder. Und sie ist nicht gar so niedrig, da sie sich in Kinderlachen verwandelt. Auf diese Weise dient einer dem Tyrannen, doch der Tyrann dient den Kindern. So ist über das Verhalten des Menschen Verwirrung entstanden, und du kannst nicht eindeutig über ihn urteilen.

Du kannst nur über den urteilen, der das Sein verrät, das seine Handlungen hätte bestimmen können und das ihn aus all den sich gleichenden Schritten den Schritt hätte wählen lassen, der gelenkt war.

So kittet ein Mann in der Sonne einen Stein an den anderen. Er übt eine bestimmte Verrichtung aus. Es wird dafür ein bestimmter Preis gezahlt. Sie kostet eine bestimmte Anstrengung. Und er erblickt darin ein Opfer, das er für das Kitten der

Steine brachte. Du kannst ihm keinen Vorwurf machen, wenn der Stein nicht Stein eines Tempels ist.

Du hast die Liebe zum Tempel begründet, damit die Liebe zum Kitten der Steine auf den Tempel gelenkt werde.

Denn das Sein strebt danach, sich zu nähren und zu wachsen.

Viele Menschen mußt du sehen, um es kennenzulernen. Und verschiedene. So erkennst du das Schiff durch die Nägel, die Bretter und Segel hindurch.

Das Sein ist der Vernunft unzugänglich. Sein Sinn, ist zu sein und Spannungen zu schaffen. Es wird zur Vernunft auf der Stufe der Handlungen. Doch nicht von vornherein. Sonst könnte kein Kind gedeihen; es ist ja so schwach gegenüber der Welt. Ebenso könnte die Zeder nicht gegen die Wüste aufkommen. Die Zeder entsteht gegen die Wüste, denn sie saugt sie auf.

Du stützest dein Verhalten nicht in erster Linie auf die Vernunft. Du machst ihm deine Vernunft dienstbar. Verlange nicht von deinem Gegner, daß er mehr Vernunft beweisen soll, als du selber aufbringst. Logisch ist dein Werk nur, sobald es sich erst in Raum und Zeit entfaltet hat. Warum aber entfaltet es sich gerade auf diese Weise und nicht auf eine andere? Warum hat gerade dieser Führer den Weg gewiesen und kein anderer? Es gab immer nur ein Spiel des Zufalls. Doch wie geschieht es, daß die Zufälle den Baum, statt ihn in Staub aufzulösen, der Schwerkraft zum Trotze gedeihen lassen?

Du läßt das entstehen, was du betrachtest. Du läßt das Sein entstehen, weil du es umschrieben hast. Und es sucht sich zu nähren, fortzudauern und zu wachsen. Es müht sich, das in sich aufzunehmen, was anders ist. Du bewunderst den Reichtum eines Menschen. Und schon sieht er sich als Reichen an und wird fortan in der Mehrung seines Reichtums aufgehen, während er bisher vielleicht gar nicht daran gedacht hat. Denn der Reichtum wird ihm zum Sinn seiner selbst. Wünsche nicht, einen Menschen in etwas anderes als das zu verwandeln, was er gegenwärtig ist. Denn offenbar zwingen ihn gewichtige Gründe, gegen die du nichts vermagst, so und nicht anders zu sein. Aber du kannst ihn in dem verändern, was er ist, denn der Mensch ist schwer an Substanz: er ist alles in einem. Es steht bei dir, aus ihm auszuwählen, was dir gefällt. Und den Plan aufzuzeichnen, damit er allen und ihm selber einleuchtet. Und wenn er ihn gesehen hat, wird er ihn billigen, denn er hat ihn schon am Tage zuvor gebilligt, als ihm nicht einmal die Leidenschaft zu Hilfe kam. Und sobald der Plan erst in ihm geworden ist, weil er durch die Betrachtung hindurchging und zu einem Teil seiner selbst wurde, wird er das Leben des Seins leben, das fortzudauern und zu wachsen sucht.

Denn da gewährt einer dem Sklavenhalter zu einem Teil Arbeit, und zu einem Teil verweigert er die Arbeit. So ist das Leben, denn gewiß hätte er mehr oder auch weniger arbeiten können. Wenn du nun willst, daß ein Teil den anderen aufzehren soll, daß die Arbeit die Arbeitsverweigerung aufzehren soll, wirst du zu dem Manne sagen: »Wenn du diese Arbeit auf dich nimmst, obwohl es bitter ist, weil du allein in dieser Arbeit deine Würde und die Bestätigung deiner Fähigkeiten wiederfindest, so tust du recht daran, denn du mußt dort dein Werk vollbringen, wo es sich vollbringen läßt. Und es führt zu nichts, wenn du bedauerst, daß du diesem Herrn und keinem anderen dienst. Es ist damit wie mit der Epoche, in der du geboren bist. Oder mit den Bergen deines Landes . . .«

Und du hast nicht von ihm verlangt, daß er mehr arbeiten soll, oder den Streit geschürt, den er mit sich selber austrägt. Doch du hast ihm eine Wahrheit dargeboten, die seine beiden Teile durch das Sein versöhnte, das dir am Herzen lag. Und dieses Sein wird sich entwickeln, wachsen, und der Mann wird sich seiner Arbeit zuwenden.

Oder du wünschst im Gegenteil, daß der Anteil an Arbeitsverweigerung den Anteil an Arbeit aufzehren soll. Und so wirst du ihm sagen:

»Du bist der Mann, der, trotz der Peitsche und obwohl man dir das Brot zu entziehen droht, der von dir geforderten Arbeit nur den unerläßlichen Teil gewährt, ohne den du sterben müßtest. Welch einen Mut beweist dein Verhalten! Und wie sehr bist du im Recht, denn wenn du deinen Herrn treffen willst, wo er verwundbar ist, hast du kein anderes Mittel, als dich im voraus für den Sieger zu halten. Was du im Herzen nicht zugestehst, ist schon gerettet. Und das Schöpferische wird nicht von der Logik beherrscht.«

Und du hast nicht von ihm verlangt, daß er weniger arbeiten soll, oder den Streit geschürt, den er mit sich selbst austrägt. Aber du hast ihm eine Wahrheit dargeboten, die seine beiden Teile durch das Sein versöhnt hat, das dir am Herzen lag. Dieses Sein wird sich entwickeln, wachsen, und der Mann wird sich der Empörung zuwenden.

Deshalb habe ich keine Feinde. Ich suche im Feind den Freund zu erkennen. Und so wird er zum Freunde.

Ich nehme alle Bruchstücke. Ich brauche die Bruchstücke nicht zu verändern. Doch ich verknüpfe sie durch eine andere Sprache. Und das gleiche Sein wird sich anders entwickeln.

All das, was du mir an Baustoffen bringst, werde ich echt nennen. Und das Bild, das sie ergeben, werde ich bedauerlich nennen. Und wenn sich mein Bild besser zu einem Ganzen fügt und es sich nach meinen Wünschen entwickelt, wirst auch du besser daran sein.

Deshalb sage ich, daß du recht hast, wenn du deine Mauer rings um die Quellen baust. Hier aber sind andere Quellen, die nicht von ihr umschlossen werden. Und es ist deinem Sinn gemäß, daß du deine Mauer niederreißt, um sie wieder aufzubauen. Doch du baust sie über mir wieder auf, und ich werde zu Samen im Innern deiner Wälle.

170

Ich verdamme deine Eitelkeit, nicht aber deinen Stolz, denn wenn du besser tanzest als ein anderer, warum solltest du dich verleugnen, indem du dich vor dem schlechten Tänzer demütigst? Es gibt eine Form des Stolzes, die Liebe zum gut getanzten Tanze ist.

Doch die Liebe zum Tanze ist nicht die Liebe zu dir, der du tanzest. Du erhältst deinen Sinn durch das Werk; es ist nicht das Werk, das sich mit dir brüstet. Und du wirst es niemals vollenden, es sei denn im Tode. Nur die Eitle ist mit sich zufrieden, hält inne auf ihrem Wege, um sich zu betrachten, und vertieft sich in die Anbetung ihres Ichs. Sie kann nichts von dir empfangen, außer deinen Applaus. Wir aber verachten solche Gelüste, wir ewigen Nomaden auf dem Wege zu Gott, denn nichts kann uns genügen.

Die Eitle ist in sich selber stehengeblieben, denn sie glaubt, daß man schon vor der Todesstunde ein Gesicht angenommen hat. Deshalb könnte sie weder etwas empfangen noch etwas geben, genau wie die Toten.

Die Demut des Herzens verlangt nicht, daß du dich demütigen, sondern daß du dich öffnen sollst. Das ist der Schlüssel des Austausches. Nur dann kannst du geben und empfangen. Und ich kann nicht das eine vom anderen unterscheiden; diese beiden Worte sind für den gleichen Weg bestimmt. Demut ist nicht Unterwerfung unter die Menschen, sondern unter Gott. So wie der Stein nicht den Steinen, sondern dem Tempel unterworfen ist. Wenn du dienst, dienst du dem Werke. Die Mutter ist demütig angesichts des Kindes und der Gärtner vor der Rose.

Ich, der König, werde mich ohne Bedenken durch den Akkersmann belehren lassen. Denn er weiß weit mehr als ein König vom Pflügen. Und da ich ihm für die Unterweisung erkenntlich bin, werde ich mich dafür bedanken, ohne daß ich mich dadurch zu erniedrigen glaube. Denn es ist natürlich, daß die Wissenschaft des Pflügens ihren Weg vom Ackersmann zum König nimmt. Doch da ich jede Eitelkeit verabscheue, werde ich ihn nicht dazu bewegen, daß er mich bewundert. Denn die Urteile nehmen ihren Weg vom König zum Ackersmann.

Im Laufe deines Lebens bist du der Frau begegnet, die sich selbst anbetet. Was könnte sie von der Liebe empfangen? Alles – sogar deine Wiedersehensfreude – wird ihr zur Huldigung. Die Huldigung aber ist um so wertvoller, je kostspieliger sie ist. Diese Frau würde deine Verzweiflung noch mehr genießen.

Sie verzehrt, ohne sich zu nähren. Sie ergreift von dir Besitz, um dich, ihr zu Ehren, zu verbrennen. Sie gleicht einem Krematorium. In ihrem Geize bereichert sie sich durch eitle Beute, da sie in solch einer Anhäufung ihre Freude zu finden glaubt. Doch sie häuft nur Asche auf. Denn der wahre Gebrauch deiner Geschenke war der Weg des einen zum anderen und nicht die Beute.

Da sie in deinen Geschenken ein Pfand sieht, wird sie sich hüten, dir ihrerseits etwas zu schenken. Da sie keine Aufschwünge kennt, die dich beseligen würden, wird ihre falsche Zurückhaltung dir einzureden suchen, daß die Vereinigung in der Liebe Zeichen überflüssig mache. Dies ist ein Beweis für die Unfähigkeit zu lieben, nicht für die Größe der Liebe. Wenn der Bildhauer den Lehm verachtet, knetet er den Wind. Wenn deine Liebe – unter dem Vorwand, so zum Kern vorzudringen – die Zeichen der Liebe verachtet, ist sie nur noch ein Wörterbuch. Ich will von dir Wünsche und Geschenke und Liebesbezeigungen. Könntest du das Landgut lieben, wenn es der Reihe nach die Mühle, die Herde, das Haus als überflüssig ausschlösse, weil sie zu besonders geartet seien? Wie könnte die Liebe entstehen, die ein Gesicht ist, das du vom gesponnenen Faden abliest, wenn es keinen Faden gibt, auf dem sie sich einzeichnen läßt?

Denn es gibt keine Kathedrale ohne das Zeremoniell der Steine.

Und es gibt keine Liebe ohne das Zeremoniell, das für die Liebe bestimmt ist.

Das Wesen des Baumes erreiche ich nur, wenn er langsam die Erde geformt hat, wie es dem Zeremoniell der Wurzel, des Stammes und der Zweige gemäß ist. Dann ist er eine Einheit: dieser Baum und kein anderer.

Jene Frau aber verschmäht den Austausch, durch den sie erst geboren würde. Sie geht in der Liebe auf Beute aus. Und solch eine Liebe ist ohne Sinn.

Sie glaubt, die Liebe sei ein Geschenk, das man in sich wegschließen könne. Wenn du sie liebst, besagt das, daß sie dich gewonnen hat. Sie verschließt dich in sich, da sie dadurch reicher zu werden glaubt. Nun ist aber die Liebe kein Schatz, den man greifen könnte, sondern eine Verpflichtung zwischen dem einen und dem anderen. Sondern Ertrag eines freiwillig übernommenen Zeremoniells. Sondern Gesicht der Wege des Austausches.

Jene Frau wird niemals geboren werden. Denn geboren wirst du nur in einem Netz von Bindungen. Sie wird ein verkümmertes Samenkorn bleiben, dessen Vermögen ungenutzt bleibt, vertrocknet an Seele und Herz. Sie wird traurig altern, in der Eitelkeit ihrer Eroberungen.

Denn du kannst dir nichts zuteilen. Du bist kein Kasten. Du bist die Verknüpfung deiner Vielfalt. So auch der Tempel, der der Sinn der Steine ist.

Wende dich von ihr ab. Du kannst nicht hoffen, sie zu verschönern oder zu bereichern. Dein Diamant ist ihr Zepter, ihre Krone und das Kennzeichen ihrer Herrschaft geworden. Um etwas bewundern zu können – sei es auch nur ein Schmuckstück –, bedarf es der Demut des Herzens. Sie bewunderte nicht: sie neidete. Die Bewunderung bereitet die Liebe vor, der Neid aber nur die Verachtung. Um des einen Diamanten willen, den sie endlich besitzt, wird sie alle anderen Diamanten der Erde verachten. Und so wirst du sie noch ein wenig mehr von der Welt abschneiden.

Du wirst sie von dir selber abschneiden, da ihr dieser Diamant nicht den Weg von dir zu ihr oder von ihr zu dir, sondern den Tribut deiner Versklavung bedeutete.

Und so wird sie durch jede Huldigung nur noch härter und einsamer werden.

Sage zu ihr:

– Ja, ich eilte dir entgegen, voller Freude, dich zu sehen. Ich ließ die Botschaften überbringen. Ich habe all deine Wünsche erfüllt. Die Süße der Liebe bedeutete für mich jene Wahl, von der ich wünschte, daß du sie mir gegenüber vollziehen solltest. Ich räume dir Rechte ein, um mich gebunden zu fühlen. Ich bedarf der Wurzeln und Zweige. So halte ich es mit dem Rosenstock, den ich pflege. Ich unterwerfe mich also meinem Rosenstock. Meine Würde nimmt keinen Anstoß an den Verpflichtungen, die ich eingehe. Und so schulde ich mich meiner Liebe.

Ich fürchtete nicht, mich zu binden, und spielte den Freier. Aus freien Stücken habe ich mich vorgewagt, denn ich bin keinem in der Welt untertan. Du aber täuschtest dich über meine Aufforderung, denn du sahst darin Abhängigkeit: ich war nicht abhängig, ich war freigebig.

Du hast die Schritte gezählt, die ich dir entgegenging, da du dich nicht von meiner Liebe, sondern von der Huldigung meiner Liebe nährtest. Du hast den Sinn meiner Fürsorge verkannt. So werde ich mich von dir abwenden, um allein die zu ehren, die demütig ist und durch meine Liebe erleuchtet wird. Nur der Frau werde ich wachsen helfen, die wirklich durch meine Liebe wächst. So wie ich den Kranken pflege, um ihn zu heilen, nicht um ihm zu schmeicheln: ich bedarf eines Weges, nicht einer Mauer.

Du strebtest nicht nach Liebe, sondern nach Anbetung. Du hast meinen Weg versperrt. Du hast dich aufgestellt auf meiner Straße wie ein Götzenbild. Ich habe mit dieser Begegnung nichts zu schaffen. Ich ging anderswohin.

Ich bin weder ein Götzenbild, dem man dient, noch ein Sklave, der zum Dienen da ist. Wer mich als sein Eigentum fordert, von dem sage ich mich los. Ich bin keine Sache, die man als Pfand hingegeben hat, und niemand hat eine Forderung gegen mich. Desgleichen habe ich von niemandem etwas zu fordern; ich empfange ständig von der Frau, die mich liebt.

Von wem hast du mich also gekauft, um dieses Eigentum zu beanspruchen? Ich bin nicht dein Esel. Vielleicht schulde ich's Gott, dir die Treue zu halten. Nicht aber dir.

So ist es mit dem Reiche, wenn ihm ein Soldat sein Leben schuldet. Es ist das nicht eine Forderung des Reiches, sondern eine Forderung Gottes. Er gebietet, daß der Mensch einen Sinn haben soll. Es ist aber der Sinn dieses Menschen, Soldat des Reiches zu sein.

So ist es mit den Schildwachen, die mir Ehrenbezeigungen schulden. Ich verlange sie, behalte sie aber nicht für mich. Durch mich als Mittler haben die Schildwachen Pflichten. Ich bin der Knoten, der die Pflicht der Schildwachen schürzt.

So ist es auch mit der Liebe.

Doch wenn ich jener begegne, die errötet und stammelt und die der Geschenke bedarf, um lächeln zu lernen, denn sie bedeuten ihr Meereswind und nicht Beute, dann werde ich mich zum Wege machen, der sie erlöst.

Ich werde mich nicht erniedrigen und auch sie nicht in der Liebe erniedrigen. Ich werde um sie sein wie der Raum und in ihr sein wie die Zeit. Ich werde ihr sagen: »Beeile dich nicht, mich kennenzulernen, denn es gibt nichts an mir, das sich fassen ließe. Ich bin Raum und Zeit oder Werden.«

Wenn sie meiner bedarf, wie das Samenkorn der Erde bedarf, um sich zum Baum zu entfalten, werde ich sie nicht durch meine Überheblichkeit ersticken.

Ich werde sie ebensowenig um ihrer selbst willen ehren. Ich werde sie hart mit den Klauen der Liebe umkrallen. Meine Liebe wird ein Adler mit mächtigen Flügeln sein. Und nicht mich wird sie entdecken, sondern durch mich die Täler, die Berge, die Sterne, die Götter.

Es geht nicht um mich. Ich bin nur der Überbringer. Es geht nicht um dich: du bist nur ein Pfad zu den Wiesen bei Tageserwachen. Es geht nicht um uns: wir sind zusammen nur Durchgang für Gott, der eine Weile unsere Generation benutzt und sie verbraucht.

171

Der Haß gilt nicht der Ungerechtigkeit, denn sie ist ein kurzer Übergang und wird gerecht.

Der Haß gilt nicht der Ungleichheit, denn sie ist sichtbare oder unsichtbare Stufenordnung.

Der Haß gilt nicht der Verachtung des Lebens, denn wenn du dich einer Sache unterwirfst, die größer ist als du selbst, wird das Geschenk deines Lebens zum Austausch.

Der Haß gilt jedoch der beständigen Willkür, denn sie zerstört den wirklichen Sinn des Lebens; er besteht in der Dauer, die eben im Gegenstande deines Austausches enthalten ist.

172

Lies aus der Gegenwart das Sein ab, zu dem du wirst. Gib ihm Ausdruck. Es wird den Menschen und den Handlungen der Menschen ihren Sinn verleihen. Es wird im Augenblick nur das von ihnen verlangen, was sie hergeben und schon gestern hergaben. Weder mehr Mut noch weniger Mut, weder mehr Opfer noch weniger Opfer. Es geht nicht darum, ihnen Opfer zu predigen oder irgend etwas zu brandmarken, was zu ihrem Wesen gehört. Oder von vornherein etwas in ihnen zu verändern. Es geht nur darum, daß du sie ausdrückst. Denn eben aus ihren Bruchstücken kannst du jeden Bau errichten, den du wünschst. Und sie wünschen, daß du sie ausdrückst, denn sie wissen nicht, was sie mit ihren Bruchstücken anfangen sollen.

Doch wem immer du Ausdruck verleihst, dessen Herr bist du. Du gebietest über den, der sein Ziel sucht, solange er seinen Weg oder seine Lösung nicht findet. Denn der Mensch wird beherrscht durch den Geist.

Du betrachtest sie nicht wie ein Richter, sondern wie ein Gott, der sie lenkt. Du weist ihnen ihren Platz an und läßt sie werden. Das übrige kommt dann von selbst. Denn du hast das Sein begründet. Fortan wird es sich nähren und den Rest der Welt innerlich verwandeln.

173

Nichts war zu sehen als eine Barke, die sich fern auf dem ruhigen Meere verlor.

Gewiß, o Herr, es gibt eine andere Stufe, von der aus mir der Fischer dort in seiner Barke, der aus den Wassern das Brot der Liebe für Frau und Kind oder seinen Hungerlohn gewinnt, als Flamme der Inbrunst oder Inbegriff des Zornes erschiene. Oder es könnte sich mir auch das Übel zeigen, an dem er vielleicht stirbt und das ihn erfüllt und ihn brennt. Kleinheit des Menschen? Wo siehst Du die Kleinheit? Du mißt den Menschen nicht mit dem Feldmaß. Hingegen wird alles unermeßlich, sobald ich die Barke betrete.

Damit ich mich kennenlerne, genügt es, Herr, daß Du den Anker des Schmerzes in mir auswirfst. Du ziehst an der Leine, und da erwache ich.

Vielleicht leidet der Mann in der Barke unter der Ungerechtigkeit. Das Schauspiel bleibt unverändert. Die gleiche Barke. Die gleiche Stille über den Wassern. Der gleiche müßige Tag. Was kann ich von den Menschen empfangen, wenn ich mich nicht demütige für sie.

Herr, verbinde mich wieder dem Baume, von dem ich stamme. Ich bin ohne Sinn, wenn ich noch weiter allein bleibe. Gib, daß sie sich auf mich stützen! Daß ich mich auf den anderen stütze! Zwinge mich durch Deine Ordnungen! Hier bin ich aufgelöst und vorläufig.

Ich trage Verlangen, zu sein.

174

Ich sprach dir vom Bäcker, der den Brotteig knetet, und solange dieser nachgibt, bedeutet das, daß nichts daraus entsteht. Aber es kommt die Stunde, in der der Teig gebunden wird, wie sie sagen. Und dann entdecken die Hände in der gestaltlosen Masse Kraftlinien, Spannungen und Widerstände. Im Teig entwickelt sich ein Wurzelgeflecht. Das Brot ergreift Besitz vom Teig wie ein Baum von der Erde.

Du käust deine Probleme wieder, und nichts tritt zutage. Du gehst von einer Lösung zur anderen über, denn keine befriedigt dich. Du bist unglücklich, weil du nicht wirken kannst, denn allein das Fortschreiten begeistert. Und so packt dich der Ekel, weil du dich zersplittert und gespalten fühlst. Du wendest dich an mich, damit ich deine Zweifel behebe. Und gewiß kann ich sie dadurch beheben, daß ich eine Lösung gegen die andere reibe. Wenn du dann ein Gefangener deines Besiegers bist, werde ich dir sagen dürfen: Ja, nun bist du für die Tat bereit, da sich deine Lage durch die Wahl des einen Teils zum Nachteil des anderen vereinfacht hat, doch du findest nur den Frieden des Fanatikers oder den Frieden der Termiten oder den Frieden des Feiglings. Denn das ist kein Mut, wenn du davongehst und den Trägern anderer Wahrheiten Hiebe austeilst. Freilich zwingt dich dein Leiden, dessen Voraussetzungen zu überwinden. Aber du mußt dein Leiden bejahen, um zum Aufstieg getrieben zu werden. So ist es schon beim einfachen Leiden, das durch ein krankes Glied entsteht. Es zwingt dich, dich zu pflegen und deine Fäulnis zu bekämpfen. Wenn aber einer seine Glieder lieber amputiert, als sich um ihre Gesundung zu bemühen, so heiße ich ihn nicht mutig, sondern närrisch oder feige. Ich möchte den Menschen nicht amputieren, ich möchte ihn heilen.

Vom Berge, von dem ich die Stadt überblicke, richtete ich deshalb dieses Gebet an Gott:

Da sind sie, Herr, und begehren von mir ihren Sinn. Sie erwarten ihre Wahrheit von mir, Herr, doch sie ist noch nicht geschmiedet. Erleuchte mich. Ich knete den Brotteig, auf daß sich die Wurzeln zeigen, nichts aber bindet sich bisher, und ich lerne das schlechte Gewissen der schlaflosen Nächte kennen. Aber auch die Muße der werdenden Frucht. Denn alles Erschaffene taucht anfangs ein in die Zeit, um zu werden.

Sie bringen mir den Wirrwarr ihrer Wünsche, Verlangen, Bedürfnisse. Sie stapeln sie auf meinem Bauplatz wie lauter Baustoffe, die ich zusammenfügen muß, damit der Tempel oder das Schiff sie in sich aufnehme.

Ich aber werde nicht die Bedürfnisse der einen den Bedürfnissen der anderen, die Größe der einen der Größe der anderen opfern. Den Frieden der einen nicht dem Frieden der anderen opfern. Ich werde sie alle einander unterwerfen, damit sie Tempel werden oder Schiff.

Denn ich wurde gewahr, daß unterwerfen das gleiche bedeutet wie empfangen und den Platz anweisen. Ich unterwerfe den Stein dem Tempel, und so bleibt er nicht ungeordnet auf dem Bauplatz liegen. Und es gibt keinen Nagel, mit dem ich nicht dem Schiffe diene.

Ich werde nicht auf die Mehrheit hören, denn sie sehen nicht das Schiff, das für sie unerreichbar bleibt. Wenn die Nagelschmiede in der Mehrheit wären, würden durch sie die Brettschneider der für die Nagelschmiede geltenden Wahrheit unterworfen, und so würde nie ein Schiff entstehen.

Ich werde nicht durch eine inhaltlose Wahl und durch Henker und Gefängnisse den Frieden des Termitenhaufens herbeiführen, obwohl alsdann Frieden wäre, denn der durch den Termitenhaufen geschaffene Mensch ist auch für den Termitenhaufen geschaffen. Doch es kümmert mich wenig, ob sich die Gattung fortpflanzt, wenn sie nicht ihr Gepäck mit sich führt. Gewiß ist das Gefäß am dringlichsten, aber es enthält seinen Wert erst durch die Flüssigkeit.

Ich werde aber auch nicht versöhnen. Denn versöhnen heißt sich mit der Schmach eines lauen Gemisches begnügen, in dem sich eisige mit heißen Getränken versöhnt haben. Und ich will die Menschen in ihrer Eigenart bewahren. Denn alles, was sie suchen, ist begehrenswert; all ihre Wahrheiten sind einleuchtend. Es ist meine Aufgabe, das Bild zu erschaffen, das sie in sich aufnehmen kann. Denn das gemeinsame Maß für die Wahrheit der Brettschneider und die Wahrheit der Nagelschmiede ist das Schiff.

Es wird aber die Stunde kommen, Herr, da Du mit meiner Zerrissenheit Mitleid empfindest; habe ich mich ihr doch nicht verweigert. Denn ich trachte nach der Heiterkeit, die über den überwundenen Zwistigkeiten strahlt, und nicht nach dem Frieden des Parteigängers, der zur Hälfte aus Liebe besteht und zur Hälfte aus Haß.

Wenn ich mich entrüste, Herr, so besagt dies, daß ich noch nichts begriffen habe. Wenn ich einkerkere oder hinrichte, bedeutet es, daß ich nicht zu behüten vermag. Denn einer, der sich eine gebrechliche Wahrheit zimmert und etwa die Freiheit dem Zwang oder den Zwang der Freiheit vorzieht, weil er eine eitle Sprache, in der sich die Worte die Zunge zeigen, nicht zu beherrschen weiß – solch einer fühlt den Zorn in sich aufsteigen, sobald man ihm zu widersprechen gedenkt. Wenn Du laut schreist, heißt dies, daß Deine Sprache nicht ausreicht und daß Du die Stimmen der anderen zu übertönen suchst. Doch worüber sollte ich mich entrüsten, Herr, seit ich zu Deinem Berge Zutritt habe und sehe, wie sich die Läuterung mit Hilfe der vorläufigen Worte vollzieht. Wer zu mir kommt, den werde ich aufnehmen. Wer sich gegen mich empört, den werde ich in seinem Irrtum verstehen und ihm sanft zureden, damit er ihn aufgibt. Und nichts in dieser Sanftmut wird Entgegenkommen, Speichelleckerei oder Stimmenfang sein; sie wird nur daraus entstehen, daß ich das Ergreifende seines Verlangens so deutlich in ihm wahrnehme. Ich werde es mir zu eigen machen, da ich auch ihn in mich aufgenommen habe. Der Zorn macht nicht blind; er entsteht durch das Blindsein. Du entrüstest Dich über die Frau, die ihren Mißmut äußert. Sie aber öffnet ihr Kleid vor Dir; so siehst Du ihr Geschwür und vergibst ihr. Warum solltest Du Dich über solche Verzweiflung erregen?

Der Frieden, den ich im Sinne habe, wird durch Leiden erworben. Ich willige in die Grausamkeit der schlaflosen Nächte, denn ich bin auf dem Wege zu Dir, der Du Deinen Ausdruck gefunden hast; ich bin das Verstummen der Fragen und das Schweigen. Ich bin ein langsamer Baum, aber ich bin Baum. Und mit Deiner Hilfe werde ich den Saft aus dem Boden ziehen.

Fürwahr, ich habe es wohl verstanden, Herr, daß der Geist den Verstand beherrscht. Denn der Verstand überprüft die Baustoffe, doch allein der Geist sieht das Schiff. Und sobald ich das Schiff gebaut habe, werden sie mir ihren Verstand leihen, um das von mir erschaffene Gesicht zu kleiden, zu schützen, zu härten und zu erklären.

Warum sollten sie mich abweisen? Ich brachte ihnen nichts, um sie damit zu prellen, sondern ich habe einen jeden in seiner Liebe befreit.

Und warum sollte der Brettschneider weniger Bretter schneiden, wenn sie für das Schiff bestimmt sind?

So werden sich selbst die Gleichgültigen, denen keine Aufgabe gestellt wurde, zum Meere bekehren. Denn jedes Sein sucht zu bekehren und seine Umgebung in sich aufzunehmen. Und wer könnte das Verhalten der Menschen voraussehen, wenn er nicht das Schiff vor Augen hat? Denn die Baustoffe besagen darüber nichts. Sie sind nicht entstanden, solange sie nicht in einem Sein entstanden sind. Sobald aber erst die Steine zusammengefügt wurden, können sie durch das hohe Meer des Schweigens auf das Herz der Menschen einwirken.

Sobald die Erde durch das Samenkorn der Zeder entwässert wurde, kann ich das Verhalten der Erde voraussehen. Und wenn ich den Schiffsbauer gekannt habe, weiß ich, wofür die Baustoffe auf der Werft bestimmt sind; ich weiß, wonach sein Trachten geht und daß sie zu fernen Inseln gelangen werden.

175

Ich wünsche dich beständig und festgegründet. Ich wünsche dich treu. Denn Treue ist vor allem Treue zu sich selbst. Du hast nichts von Verrat zu erhoffen, denn es bedarf langer Zeit, bis die Bande geknüpft sind, die dich lenken, beseelen und dir Sinn und Licht geben werden. So ist es bei den Steinen des Tempels. Ich streue sie nicht jeden Tag wieder wirr umher, um mich an besseren Tempeln zu versuchen. Wenn du dein Landgut verkaufst, um ein anderes zu beziehen, das äußerlich vielleicht schöner ist, hast du ein Stück deines Wesens verloren, das du nicht mehr wiederfinden wirst. Und warum langweilst du dich in deinem neuen Hause? Es ist bequemer und erfüllt besser die Wünsche, die du hegtest, während du in deinem früheren Hause im Elend lebtest. Dein Ziehbrunnen ermüdete dir den Arm, und du träumtest von einem Springbrunnen. Nun hast du deinen Springbrunnen. Doch es fehlt dir fortan das Lied des Flaschenzuges und das Wasser aus dem Bauche der Erde, das dich widerspiegelte, sobald es an die Sonne trat.

Und ich verlange nicht etwa, daß du keinen Berg ersteigen und dich nicht hocharbeiten sollst. Ich möchte, daß du dich weiterbildest und zu jeder Stunde voranschreitest. Aber der Springbrunnen, mit dem du dein Haus verschönst – und der auf dem Sieg deiner Hände beruht –, bedeutet nicht das gleiche, als wenn du dich im Gehäuse eines anderen eingenistet hast. Und die Gewinne, die du hintereinander in der gleichen Richtung erzielst – als wenn du den Tempel ausschmückst – und in denen sich das Wachstum des Baumes äußert, der sich nach seiner Anlage entwickelt, sind etwas anderes als dein liebloser Umzug.

Ich mißtraue dir, wenn du zerschneidest, denn du setzt dadurch dein kostbarstes Gut aufs Spiel, das nicht auf den Dingen, sondern auf dem Sinn der Dinge beruht.

Stets habe ich erfahren, daß Emigranten traurig sind.

Ich verlange, daß du deinen Geist öffnest, denn du läufst Gefahr, dich durch Worte übertölpeln zu lassen. Der eine findet seinen Sinn im Reisen. Und er zieht von Ort zu Ort, und ich behaupte nicht, daß er dadurch ärmer wird. Das Reisen gibt ihm seinen Zusammenhang. Doch der andere liebt sein Haus. Das Haus gibt ihm seinen Zusammenhang. Und wenn er es täglich wechselt, wird er niemals glücklich sein. Wenn ich vom Seßhaften spreche, meine ich nicht den Mann, der vor allem sein Haus liebt. Ich meine den Mann, der es nicht mehr liebt und nicht mehr sieht. Denn auch dein Haus ist ein ständiger Sieg, und deine Frau weiß das wohl, die es bei Sonnenaufgang wieder erneuert.

Ich werde dich also über den Verrat belehren. Denn du bist ein Knoten, der Beziehungen verknüpft, und weiter nichts. Und du bestehst durch deine Bindungen. Deine Bindungen bestehen durch dich. Der Tempel besteht durch jeden seiner Steine. Nimmst du einen weg, stürzt er ein. Du gehörst einem Tempel, einem Landgut, einem Reiche an. Und sie bestehen durch dich. Und es steht dir nicht an, wie ein Richter zu urteilen, der von auswärts kommt und nicht so verknüpft ist wie du. Wenn du urteilst, urteilst du selber. Das ist deine Last, zugleich aber Quell deiner Begeisterung.

Denn ich verachte den Mann, der seinen Sohn anschwärzt, wenn dieser gefehlt hat. Es ist sein eigener Sohn. Er soll ihm einen Verweis erteilen, ihn verdammen – womit er sich selber straft, wenn er ihn liebt – und ihm seine Wahrheiten einbläuen, nicht aber von Haus zu Haus gehen und sich über ihn beschweren. Denn wenn er sich derart von seinem Sohne lossagt, ist er kein Vater mehr und gewinnt dadurch eine Ruhe, durch die er nur verliert und die der Ruhe der Toten gleicht. Stets habe ich erfahren, daß die Menschen armselig daran waren, die nicht mehr wußten, wofür sie einstehen sollen. Ich habe immer beobachtet, wie sie sich eine Religion, eine Gruppe, einen Sinn suchten und um Aufnahme bettelten. Doch sie wurde ihnen nur zum Schein gewährt. Eine wahrhafte Aufnahme erfolgt nur in den Wurzeln. Denn du willst wie ein schöner Baum gepflanzt sein, schwer an Rechten und Pflichten und verantwortlich; hingegen übernimmst du im Leben nicht eine menschliche Aufgabe wie einen Auftrag als Maurer auf einem Bauplatz, wenn du vom Sklavenaufseher angestellt wirst. Siehe, es kommt eine Leere über dich, wenn du abtrünnig wirst.

Mir gefällt der Vater, der sich selber entehrt vorkommt, wenn sich sein Sohn vergangen hat, und der daher Trauer anlegt und Buße tut. Denn sein Sohn ist von ihm. Doch da er mit seinem Sohne verbunden ist und durch ihn gelenkt wird, wird auch er ihn lenken. Denn ich kenne keinen Weg, der nur in einer Richtung verläuft. Wenn du dich weigerst, die Verantwortung für deine Niederlage zu übernehmen, wirst du auch nicht für deine Siege verantwortlich sein.

Liebst du die Frau deines Hauses, die dir angetraut ist, und sündigt sie, so wirst du dich nicht unter die Menge mischen, um sie zu richten. Sie ist deine Frau, und zunächst wirst du über dich selbst zu Gericht sitzen, denn du bist für sie verantwortlich: hat dein Vaterland gefehlt? Ich verlange, daß du dich richtest: du gehörst ihm an.

Gewiß werden fremde Zeugen zu dir kommen, vor denen du erröten mußt. Und um dich von der Schuld zu reinigen, wirst du dich von ihren Verfehlungen lossagen. Doch du brauchst etwas, wofür du einstehen kannst. Sollst du für die Zeugen einstehen, die vor deinem Hause ausspuckten? Sie waren im Recht, wirst du sagen. Vielleicht. Ich aber will, daß du deinem Hause angehörst. Sondere dich von denen ab, die ausspuckten. Das Ausspucken ist nicht deine Sache. Geh nach Hause, um den Deinen ins Gewissen zu reden. »Welch eine Schande!« wirst du dort sagen. »Warum bin ich so häßlich in euch?« Denn wenn sie auf dich einwirken und dich mit Schande bedecken und du deine Schande auf dich nimmst, so kannst auch du auf die anderen einwirken und sie verschönen. Und dadurch verschönst du dich selbst. Wenn du dich weigerst auszuspucken, deckst du damit dennoch die Verfehlungen nicht zu. Du teilst nur die Schuld, um sie zu sühnen.

Es gibt Menschen, die sich lossagen und selber die Fremden aufwiegeln: »Seht diese Fäulnis, sie stammt nicht von mir ...« Und es gibt nichts, wofür sie einstehen möchten. Sie werden dir sagen, daß sie für die Menschen oder die Tugend oder Gott einstehen. Doch das sind nur hohle Worte, wenn sie nicht Bindungen bedeuten. Und Gott steigt bis zum Hause hinab, um zum Hause zu werden. Und für den Demütigen, der die Kerzen anzündet, ist Gott die Pflicht, die das Anzünden der Kerzen verlangt. Und für einen, der für die Menschen einsteht, ist der Mensch nicht nur ein Wort seines Wörterbuches. Der Mensch, das sind alle, für die er Verantwortung trägt. Es ist allzu leicht, sich davonzumachen und Gott vor dem Kerzenanzünden den Vorrang zu geben. Ich aber kenne nicht *den* Menschen, sondern Menschen. Nicht die Freiheit, sondern freie Menschen. Nicht das Glück, sondern glückliche Menschen. Nicht die Schönheit, sondern schöne Dinge. Nicht Gott, sondern die Inbrunst der Kerzen. Und alle, die dem Wesen der Dinge anders als in der Geburt auf die Spur zu kommen suchen, zeigen nur ihre Eitelkeit und die Leere ihrer Herzen. Und sie werden weder leben noch sterben, denn man stirbt nicht und lebt nicht durch Worte.

Einer also, der urteilt und für nichts mehr einsteht, urteilt für sich. Du stößt dich an seiner Eitelkeit wie an einer Mauer. Denn es geht um sein Bild, nicht um seine Liebe. Es geht bei ihm nicht um ein Band, das verknüpft, sondern um ein Ding, das der Betrachtung dient. Und das hat keinen Sinn.

Wenn du dich also der Menschen wegen schämen mußt, die zu deinem Hause, deinem Gute, deinem Reiche gehören, wirst du mir mit der falschen Behauptung kommen, du erklärtest dich für rein, um sie zu reinigen, denn du seist ja einer von ihnen. Gegenüber den Zeugen aber bist du nicht einer von ihnen, sondern wäschst nur dich selber rein. Denn man wird dir mit Recht sagen: »Wenn sie sind wie du, warum sind sie dann nicht mit dir hierhergekommen, um ebenfalls auszuspucken?« Du läßt sie nur noch tiefer in ihrer Schande versinken und nährst dich von ihrem Elend.

Freilich kann einer über die Niedertracht, die Laster, die Schande seines Hauses, seines Gutes, seines Reiches empört sein und aus ihnen ausbrechen, um die Ehre zu suchen. Und da er existiert, ist er ein Zeichen für die Ehre der Seinen. Etwas, das in der Ehre der Seinen lebendig ist, ordnet ihn ab. Er ist ein Zeichen, daß die anderen wieder zum Lichte emporstreben. Doch ist das ein recht gefährliches Unterfangen, denn es bedarf dazu größeren Mutes als im Angesicht des Todes. Er wird Zeugen vorfinden, die ihm sagen: »Du selber gehörst zu dieser Fäulnis.« Und wenn er sich betrachtet, wird er ihnen antworten: »Ja, aber ich habe sie verlassen.«*

Du kannst nur hoffen, Treue zu bewahren, wenn du die Eitelkeit deines Bildes opferst. Du wirst sagen: »Ich denke wie sie, ich mache keine Unterschiede.« Und so wird man dich verachten.

Doch diese Verachtung wird dich wenig bekümmern, denn du gehörst zu diesem Leibe. Und du wirst auf ihn einwirken. Und ihn mit deinem eigenen Streben erfüllen. Und deine Ehre wirst du von ihrer Ehre empfangen. Denn du kannst nichts anderes erhoffen.

Wenn du dich mit Recht schämst, so zeige dich nicht. Sprich nicht. Friß deine Schande in dich hinein. Deine Verdauungsstörung ist vortrefflich, denn sie wird dich zwingen, dich in deinem Hause neu einzurichten. Denn dein Haus hängt von dir ab. Aber da hat einer kranke Gliedmaßen: so schneidet er sich Arme und Beine ab. Er ist ein Narr. Du kannst in den Tod gehen, um den Deinen in deiner Person Achtung zu verschaffen, nicht aber sie verleugnen, denn dann verleugnest du dich selbst.

Ob gut oder schlecht: es ist dein Baum. Nicht alle seine Früchte mögen dir gefallen. Doch es sind schöne darunter. Es ist allzu einfach, sich auf die schönen etwas einzubilden und die anderen zu verleugnen. Denn sie sind verschiedene Seiten des gleichen Baumes. Es ist allzu einfach, einige Zweige auszuwählen. Und die anderen Zweige zu verleugnen. Sei stolz über das Schöne. Und wenn das Häßliche die Oberhand gewinnt, so schweige. Deine Aufgabe ist es, in den Stamm zurückzukeh-

* Und die Richter werden sagen: »U. s. f.«

ren und dich zu fragen: »Was muß ich tun, um diesen Stamm zu heilen?«

Wenn einer mit dem Herzen auswandert, verleugnet ihn sein Volk, und er selbst wird sein Volk verleugnen. Das ist die notwendige Folge. Du hast andere Richter anerkannnt. Deshalb ist es in der Ordnung, daß du einer der Ihren wirst. Aber es ist nicht deine Erde, und du wirst daran sterben.

Dein eigenes Wesen ist es, von dem das Übel herrührt. Dein Irrtum besteht darin, daß du unterscheidest. Es gibt nichts, was du zurückweisen könntest. An dieser Stelle bist du schlecht. Aber das geht auf dich selber zurück.

Den verleugne ich, der seine Frau oder seine Stadt oder sein Land verleugnet. Bist du unzufrieden mit ihnen? Du gehörst dazu. Du bist das in ihnen, was dem Guten zustrebt. Du sollst die anderen mit fortreißen. Nicht von draußen her über sie richten.

Denn zweierlei Urteile sind geboten. Das eine, das du von dir aus als Richter abgibst. Und das andere, das du über dich selber fällst.

Denn es geht nicht darum, einen Termitenhaufen zu bauen. Wenn du ein Haus verleugnest, verleugnest du alle Häuser. Wenn du eine Frau verleugnest, verleugnest du die Liebe. Du wirst diese Frau verlassen, nicht aber die Liebe finden.

176

Du wendest dich gegen die Dinge, sagst du mir. Es gibt jedoch Dinge, die mich wachsen machen. Und du wendest dich gegen die Freude an Ehrungen, und es gibt Ehrungen, die mich reifen machen. Und wo steckt das Geheimnis, da es ja auch Ehrungen gibt, die herabmindern?

– Die Erklärung liegt darin, daß es keine Dinge, keine Ehrungen, keine Sicherheiten gibt. Sie haben nur durch das Licht einen Wert, in dem sie durch deine Kultur erscheinen. Sie gehören von vornherein zu einem Gefüge. Und sie bereichern es. Und wenn du dem gleichen Gefüge dienst, wirst du dadurch bereichert, daß du mehr bedeutest. So ist es bei der Mannschaft, wenn sie eine wirkliche Mannschaft darstellt. Ein Mitglied der Mannschaft hat einen Preis gewonnen, und alle, die zu der Mannschaft gehören, fühlen sich dadurch reicher in ihrem Herzen. Und der Gewinner des Preises ist stolz für die Mannschaft und stellt sich errötend vor, mit seinem Preis unter dem Arm; wenn es aber keine Mannschaft, sondern nur eine Summe von Mitgliedern gibt, wird der Preis nur für den Gewinner eine Bedeutung besitzen. Und er wird die anderen verachten, weil sie ihn nicht erhalten haben. Und jeder der anderen wird den Empfänger des Preises beneiden und hassen. Denn ein jeder ist um seine Hoffnung betrogen. Die gleichen Preise dienen also dazu, die einen zu veredeln und die anderen zu verschlechtern. Denn das allein fördert dich, wodurch dir Wege für deinen Austausch gebahnt werden.

Das gleiche gilt für meine jungen Leutnants, die davon träumen, für das Reich zu sterben, wenn ich sie zu Hauptleuten mache. Du siehst sie voller Stolz, aber kannst du etwas an ihnen entdecken, was sie herabmindert? Ich habe sie tüchtiger und opferfreudiger gemacht. Und indem ich sie veredle, veredle ich etwas, das größer ist als sie selber. So auch der Kommandant, der dem Schiff besser dienen wird. Und am Tage, an dem ich ihn ernannt habe, ist er wie trunken und macht seine Offiziere trunken. So auch die Frau, die über ihre Schönheit glücklich ist, da ein Glanz von ihr ausstrahlt. Siehe, ein Diamant verschönt sie. Und er verschönt die Liebe.

Da liebt einer sein Haus. Es ist unscheinbar. Er aber hat dafür gelitten und die Nächte durchwacht. Es fehlt indes ein Teppich aus langhaariger Wolle. Oder die Silberschale, die dem Tee bei der Liebsten vor dem Liebesspiel dienen soll. Und nachdem er gelitten, sich abgemüht und die Nächte durchwacht hat, tritt er daher eines Abends beim Kaufmann ein und wählt den schönsten Teppich, die schönste Silberschale aus, wie man einen Kultgegenstand auswählt. Und so kommt er vor Stolz errötend heim, denn er wird heute abend ein wirkliches Haus bewohnen. Und er lädt all seine Freunde ein, damit sie mit ihm trinken und die Silberschale feiern. Und er, der Schüchterne, spricht während des Banketts, und ich sehe darin nichts, was mich aufbringen könnte. Denn dieser Mann ist sicherlich gereift und wird seinem Hause noch größere Opfer bringen, da es schöner ist.

Wenn es aber kein Reich gibt, dem du dienst, wenn die Huldigung oder die Ehrung oder der Gegenstand nur für dich bestimmt sind, so ist es das gleiche, als wenn man sie in einen leeren Brunnen geworfen hätte. Denn du verschlingst sie. Und so wirst du immer gieriger, weil du immer weniger gesättigt und getränkt bist. Und du begreifst nicht die Bitterkeit, die des Abends über dich kommt, angesichts der Leere all der Dinge, die du so sehr begehrt hast. Eitelkeit aller Güter, sagst du, Eitelkeit . . .!

Und wenn einer so klagt, heißt das, daß er sich selber zu dienen suchte.

Und freilich hat er sich nicht gefunden.

177

Denn ich werde zu dir reden, und du wirst ein Zeichen von mir erhalten. Ich werde dir deine Götter zurückgeben. Manche haben an die Engel, die Dämonen, die Schutzgeister geglaubt. Und es genügte, daß sie ersonnen wurden, damit sie eine Wirkung ausübten. So wie die Nächstenliebe von der Stunde an, da du sie in Worte faßtest, das Herz der Menschen zu bewohnen beginnt. Du besaßest den Brunnen. Nicht nur jenen Stein am Brunnenrand, den Generationen abnutzten, nicht nur das rauschende Wasser, nicht nur den Vorrat, der schon im Behälter, wie die Früchte im Korb, angesammelt ist (und deine Ochsen gehen zur Tränke, um sich mit dem schon empfangenen Wasser vollzutrinken), nicht nur das Wasser und den Gesang des Wassers und das Schweigen des Wasserbeckens und die Frische des Wassers, das so flink über deine Hände gleitet, und nicht nur die Nacht auf dem sternenglitzernden Wasser – das so lind durch die Kehle rinnt –, sondern du besaßest auch einen Brunnengott, damit der Brunnen in ihm seine Einheit fände und du dich nicht an die verschiedenen Stoffe verlörest, wenn du sein Wasser diesem und jenem Stein, dem Brunnenrand, dieser Leitung und jener Wasserrinne und der schweigenden

Prozession der Rinder zuteiltest. Denn du sollst dich an dem Brunnen erfreuen.

Und ich werde deine Nacht mit ihnen bevölkern. Es genügt, daß ich dich durch sie aufwecke, auch wenn sie ganz fern sind. Und worin wäre ich dabei unvernünftiger, als wenn ich dir den reinen Diamanten oder das goldene Schmuckstück anbieten wollte, die gleichfalls nicht ihren Gebrauch wert sind, sondern für das verheißene Fest oder die Erinnerung an das Fest Geltung haben. So ist auch der Gutsherr (dem sein Gut im Augenblick zu nichts nütze ist) stets derselbe und immer gleich großherzig, wenn er auf seinem Hohlweg durchs Land geht; denn da sind die Herden und die Ställe und die Kätner, die noch schlafen, und die Mandelbäume, die zu blühen beginnen, und die schweren Ernten, die noch bevorstehen; all das ist für ihn im Augenblick unsichtbar, aber er fühlt sich dafür verantwortlich. Und das nur durch den göttlichen Knoten, der die Dinge verbindet und das Landgut mit einem Gott verknüpft, der der Mauern und Meere spottet. Und so will ich, daß dich die Brunnengötter des Nachts besuchen, selbst wenn du in der Wüste verschmachtest oder einen geizigen Brunnen vom Sand befreien mußt, um das Bild deines Lebens zu erlangen. Und wenn ich dir auch nur sage, daß diese Brunnen gleichsam das singende Herz der Apfelbäume, der Orangenbäume und der Mandelbäume sind, die von ihnen leben (und du siehst sie sterben, wenn sie verstummten), so will ich dich dadurch so reich machen wie einen meiner Soldaten, den ich in der Wüste, wohin ich diese Samenkörner für die Saat mitführe, ruhig und selbstsicher sehe, wenn der Morgen graut – und das nur, weil in der Ferne seine Geliebte lebt, die ihm im Augenblick zu nichts nütze ist, die so gut wie tot ist, da sie nicht bei ihm weilt, und vielleicht schläft und deren Stimme wie ein Lied für sein Herz wäre, könnte er sie hören.

Deine schwachen Götter kann ich nicht töten; sie werden lautlos sterben wie jene Tauben, deren tote Leiber du nicht mehr findest. Denn du wirst nichts von ihrem Tode wissen. Stets wird es noch den Brunnenrand geben und das Wasser und das Rauschen des Wassers und das zinnerne Mündungsrohr und das Mosaik – und wenn du alles aufzählst, um zur Erkenntnis zu gelangen, wirst du nicht gewahr werden, was du verloren hast, denn von der Summe der Baustoffe hast du nichts verloren, es sei denn ihr Leben.

Der Beweis dafür ist, daß ich dir dieses Wort in meinem Gedicht wie ein Geschenk darbringen kann. Ich kann es mit anderen Göttern verknüpfen, die sich langsam aufbauen. Denn auch dieses Dorf wird zu einer Einheit, wenn es im Schlafe liegt, mit seinen Vorräten an Stroh und Samenkörnern und Werkzeugen und seiner kleinen Fracht von Wünschen und Gelüsten, Regungen des Zorns und des Mitleids. Da ist die alte Frau, die ihm fortsterben wird, so wie eine reife Frucht den Baum verläßt, von dem sie lebte. Da wird ihm ein Kind geboren werden. Da ist das Verbrechen, das im Dorfe begangen wurde und wie eine Krankheit sein Wesen trübte, und seine Feuersbrunst vom vergangenen Jahr, die du gelöscht hast, und das Haus, in dem die angesehenen Bürger des Rates tagen, die so stolz darauf sind, daß sie ihr Dorf wie ein Schiff durch die Zeiten steuerten, obwohl es nur ein kleines Fischerboot ist, ohne großes Schicksal unter den Sternen. Und so kann ich ». . . der Brunnen deines Dorfes« sagen und dir dadurch das Herz erwecken und dich nach und nach den Weg Gottes lehren, der dich allein zu befriedigen vermag, denn durch Zeichen über Zeichen wirst du Ihn erreichen, Ihn, der aus dem gesponnenen Faden abzulesen ist; Ihn, den Sinn des Buches, dessen Worte ich nannte; Ihn, die Weisheit; Ihn, der *ist*, Ihn, der dir alles zurückgibt, denn von Stufe zu Stufe fügt Er die Baustoffe zusammen, um daraus ihren Sinn zu gewinnen; Ihn, den Gott, der auch der Gott der Dörfer und Brunnen ist.

Mein geliebtes Volk, du hast deinen Honig verloren, der nicht von den Dingen, sondern vom Sinn der Dinge herrührt, und so bist du noch voller Lebensdrang, weißt aber nicht mehr den Weg zu finden. Ich kannte einen Gärtner, der sterbend einen Garten brachliegen ließ. Er sagte zu mir: »Wer wird meine Bäume schneiden? Wer wird meine Blumen säen . . .?« Er bat nur um ein paar Tage, um seinen Garten zu pflanzen, denn er besaß auserlesenen Blumensamen unter seinen Vorräten und in seinem Schuppen Werkzeuge, um die Erde zu öffnen, und hatte das Messer, mit dem man die Bäume verjüngt, an seinem Gürtel hängen, aber es waren nur noch Dinge ohne Zusammenhang, die nicht mehr für einen Kult bestimmt waren. Und dir geht es ebenso mit deinen Vorräten: mit deinem Stroh, deinen Samenkörnern, deinem Neid und deinem Erbarmen und deinen Streitigkeiten, mit den alten Frauen, die sich zu sterben anschicken, mit deinem Brunnenrand und deinem Mosaik und deinem rauschenden Wasser.

Denn du verstandest noch nicht durch das Wunder des göttlichen Knotens, der die Dinge verknüpft und allein Geist und Herz zu tränken vermag, dies alles zusammenzufügen in einem Dorf mit seinem Brunnen.

178

Weil ich sie nicht anhörte, verstand ich sie. Die einen waren klug, die anderen unklug. Und diese taten das Böse um des Bösen willen. Denn sie fanden darin keine andere Freude als die Hitze ihres Gesichts und irgendein dunkles Gefühl, das der Bewegung des Panthers glich. Mit seiner blauen Pranke schlägt er zu, um zu blenden.

Ich sah darin etwas vom Feuer des Vulkans, das Gewalt ist ohne geregelte Verwendung. Es ist aber das gleiche Feuer, das eine Sonne hervorbringt. Und durch die Sonne die Blume. So verleiht auch – da eine Wirkung die andere auslöst – dein Lächeln am Morgen oder die Bewegung zu deiner Geliebten hin einem jeden Ding seinen Sinn. Denn du bedarfst nur eines Pols, der dich um sich sammelt; und von da ab beginnt deine Geburt.

Doch diese da sind nichts weiter als ein Brennen . . .

Und du siehst es genau beim Baum; dem Anschein nach ist er nur Schlaf und Maß und Langsamkeit und Duft, der ihn umgibt wie ein Reich. Und doch kann er dem Blitz oder der Feuersbrunst als Nahrung dienen und dadurch für immer seine Macht vergeuden. So will ich aus dir und deinem neu entflammten Zorn und deiner Eifersucht und deinen Ränken und dieser Glut deiner Sinne, die dir so schwer zu schaffen macht, wenn es Nacht wird, einen friedlichen Baum bilden. Nicht dadurch, daß ich dich amputiere, aber so wie dir das Samenkorn im Baume eine Sonne rettet, die sonst das Eis zerschmölze, wird auch der geistige Samen, der dich in deiner Hülle formt, nichts von dir zurückweisen, dich nicht amputieren, dich nicht verschneiden, sondern deine tausend Lettern zu deiner Einheit zusammenfügen.

Deshalb werde ich dir nicht sagen: »Komm zu mir, damit ich dich stutze oder bändige oder auch nur modelliere«, sondern: »Komm zu mir, damit ich dir zur Geburt deines Wesens verhelfe.« Du übergibst mir das Durcheinander deiner Baustoffe, und ich gebe sie dir als Einheit zurück. Nicht ich schreite in dir fort. Du selber schreitest in dir fort. Ich bin nichts, es sei denn dein gemeinsames Maß. Da ist eine Frau, die Böses stiftet und ausheckt. Denn die Grausamkeit der heißen Nächte macht dich dem Bösen geneigt, wenn du dich von der einen Seite auf die andere wälzt, ohne zu werden, ganz zerschlagen und verlassen und aufgelöst. Die schlechte Schildwache einer geschleiften Festung. Und ich sehe deutlich, wie sie mit dem Wirrwarr ihrer Baustoffe nichts anzufangen weiß. Und sie ruft den Sänger, und er singt. Nein, sagt sie, fort mit ihm. Sie ruft einen anderen und wieder einen anderen. Und sie verbraucht sie. Dann erhebt sie sich müde und weckt ihre Freundin: »Meine Langeweile ist unheilbar. Die Lieder bringen mir keine Zerstreuung . . .«

Also ein Liebhaber und noch einer und noch einer . . . Sie plündert sie nacheinander aus. Denn sie sucht in ihnen ihre Einheit, und wie könnte sie sie finden? Es geht ja nicht um einen Gegenstand, der zwischen anderen Gegenständen abhanden gekommen wäre.

Ich aber werde mich dir im Schweigen nahen. Ich werde eine unsichtbare Naht sein. Ich werde nichts an den Baustoffen verändern, nicht einmal ihren Platz, aber ich werde ihnen ihren Sinn wiedergeben – als unsichtbarer Geliebter, der zum Werden verhilft.

Du bist ein Musikinstrument ohne Musiker und wunderst dich über die Töne, die du erklingen läßt. So habe ich gesehen, wie sich das Kind damit vergnügte, die Saiten zu zupfen, und über die Macht seiner Hände lachte. Doch auf die Töne kommt es mir nicht an; ich will, daß du dich mir mitteilst. Du aber hast nichts mitzuteilen, denn du *bist* nicht, da du dein Werden vernachlässigt hast. Und so zupfst du deine Saiten, wie der Zufall es will, und wartest auf den Ton, der noch absonderlicher ist als die anderen. Denn die Hoffnung läßt dir keine Ruhe, du könntest unterwegs dem Werke begegnen (als ob es eine Frucht wäre, die man außerhalb des eigenen Ich findet) und so dein Gedicht einfangen.

Ich aber will, daß du als ein gut gepflanzter Samen ringsum für dein Gedicht die Säfte aus dem Boden ziehen sollst. Ich will, daß du eine geformte Seele habest, die schon für die Liebe bereit ist, statt im Abendwind nach irgendeinem Gesicht zu suchen, das dich gefangennehmen könnte, denn es ist nichts in dir, was sich gefangennehmen ließe.

So preist du die Liebe.

Du wirst die Gerechtigkeit preisen. Nicht die gerechten Dinge. Und du wirst im Einzelfall leicht ungerecht verfahren, um ihm zu dienen.

Du wirst das Mitleid preisen, aber im Einzelfall leicht grausam sein, um ihn zu dienen.

Du wirst die Freiheit preisen und alle die in die Gefängnisse stopfen, die nicht dein Lied singen.

Ich aber kenne gerechte Menschen, nicht die Gerechtigkeit. Freie Menschen und nicht die Freiheit. Menschen, die durch die Liebe beseelt werden, und nicht die Liebe. Desgleichen kenne ich weder die Schönheit noch das Glück, sondern nur glückliche Menschen und schöne Dinge. Doch zunächst gilt es zu wirken und zu bauen und zu lehren und zu erschaffen. Sodann kommt der Lohn.

Die aber, die auf ihren Paradebetten ruhen, halten es für einfacher, sogleich zum Wesen vorzudringen, ohne zuvor die Vielfalt zu gestalten. So verfährt der Haschischraucher, der sich für ein paar Pfennige schöpferische Trunkenheiten verschafft.

Sie gleichen den Dirnen, die allen Winden offen sind. Und wer wird ihnen jemals die Liebe darreichen?

180

Ich verachte die Feistheit des Schmerbauches und dulde sie nur als Voraussetzung eines anderen, das darübersteht, so wie die übelriechende Ungeschlachtheit der Kloakenreiniger Voraussetzung für den Glanz der Stadt ist. Denn ich habe gelernt, daß es keine Gegensätze gibt und daß die Vollkommenheit der Tod ist. So dulde ich die schlechten Bildhauer als Voraussetzung der guten Bildhauer, den schlechten Geschmack als Voraussetzung des guten Geschmacks, den inneren Zwang als Voraussetzung der Freiheit und die Feistheit des Schmerbauches als Voraussetzung einer Erhöhung, die nicht von ihm ausgeht und nicht für ihn bestimmt ist, sondern nur die betrifft und für die bestimmt ist, die durch ihn genährt werden. Denn wenn er dafür zahlt, daß die Bildhauer ihre Werke ausführen, und die notwendige Aufgabe des Speichers übernimmt, aus dem der gute Dichter das Korn gewinnt, von dem er leben kann – ein Korn, das der Arbeit des Bauern geraubt wurde, da dieser als Austausch nur ein Gedicht erhält, über das er sich lustig macht, oder ein Bildwerk, das ihm häufig nicht einmal gezeigt wird –, da also die Bildhauer nicht bestehen könnten, wenn es keine solchen Räuber gäbe, schert es mich wenig, ob der Speicher einen menschlichen Namen führt. Er ist nur Gefährt, Weg oder Durchgang.

Und wenn du dem Kornspeicher zum Vorwurf machst, daß er seinerseits zum Speicher des Gedichts oder des Bildwerks oder des Palastes werde und auf diese Weise Ohr und Auge des Volkes um ihr Teil bringe, so werde ich dir zunächst antworten, daß ganz im Gegenteil die Eitelkeit des Schmerbauches ihn dazu bewegen wird, seine Wunderdinge zur Schau zu stellen, wie das ganz offensichtlich beim Palast der Fall ist. Denn eine Kultur beruht ja nicht auf dem Gebrauch der erschaffenen Dinge, sondern auf der Glut, die sie hervorbringt; so steht es, wie ich dir schon gesagt habe, bei jenem Reich, das durch die Kunst des Tanzes erstrahlt, obwohl der getanzte Tanz weder in den Vitrinen des Schmerbauches noch im Museum des Volkes eingeschlossen ist, da man davon keine Vorräte anlegen kann.

Und wenn du dem Schmerbauch zum Vorwurf machst, er zeige in zehn Fällen gegen einen seinen gemeinen Geschmack und fördere die Mondscheinpoeten oder die Bildhauer, die nur auf Ähnlichkeit ausgehen, so werde ich dir antworten, daß mich das wenig bekümmert, da ich, wenn ich die Blüte des Baumes begehre, den ganzen Baum bejahen muß; ebenso muß ich mich auch mit den Bemühungen von zehntausend schlechten Bildhauern abfinden, damit ein einziger erscheinen kann, der zählt. Ich fordere deshalb zehntausend Speicher, die den schlechten Geschmack fördern, gegen einen einzigen, der zu unterscheiden weiß.

Aber gewiß: wenn es auch keine Gegensätze gibt und das Meer Voraussetzung des Schiffes ist, so gibt es doch Schiffe, die vom Meer verschlungen werden. Und es kann auch Schmerbäuche geben, die etwas anderes als Gefährt, Weg und Beförderung – und somit Voraussetzung – sind und die nur ihrer Verdauung zuliebe das Volk auffressen. Es darf nicht sein, daß das Meer das Schiff verschlingt, daß der Zwang die Freiheit verschlingt, daß der schlechte Bildhauer den guten Bildhauer auffrißt und daß der Schmerbauch das Reich auffrißt.

Du wirst nun von mir verlangen, ich solle durch meine Logik ein System aufdecken, das mich vor dieser Gefahr bewahrte. Und ein solches gibt es nicht. Du verlangst auch nicht von mir, ich solle die Steine lenken, damit sie sich zur Kathedrale ordnen. Die Kathedrale gehört nicht der Stufe der Steine an. Sie ist Sache des Baumeisters, der sein Samenkorn ausgesät hat, und dieses fügt die Steine zusammen. Ich muß nur *sein*, und mein Gedicht muß den Drang zu Gott erschaffen, dann wird dieser Drang auch die Inbrunst des Volkes und die Körner des Speichers und das Vorgehen des Schmerbauches zu Seinem Ruhme zusammenfügen.

Glaube nicht, die Bewahrung des Speichers liege mir deshalb am Herzen, weil er einen Namen trägt. Den Gestank des Kloakenreinigers bewahre ich nicht um seiner selbst willen. Der Kloakenreiniger ist nur Weg, Gefährt und Beförderung. Glaube nicht etwa, ich interessierte mich für den Haß der Baustoffe, der sich gegen all das richtet, was sich von ihnen unterscheidet. Mein Volk ist nur Weg, Gefährt und Beförderung. Ich verachte die Musik und die Schmeichelei der einen, den Haß und die Beifallsbezeigungen der anderen und diene nur Gott durch sie hindurch auf dem Hange meines Berges, wo ich einsamer bin als der Eber in seiner Höhle und unbeweglicher als der Baum, der im Laufe der Zeit das Felsgeröll in eine Handvoll Blütensamen verwandelt und sie dem Winde übergibt – wodurch sich der blinde Humus in Licht verwandelt; wenn ich mich so in meinem unwiderruflichen Exil außerhalb der falschen Streitigkeiten stelle und weder für die einen gegen die anderen noch für die zweiten gegen die ersteren eintrete; wenn ich über den Sippschaften, den Klüngeln und Parteiungen stehe und allein um des Baumes willen gegen die Elemente des Baumes und um der Elemente des Baumes willen im Namen des Baumes kämpfe – wer könnte dann wider mich sein?

181

Ich wurde den Zwiespalt gewahr, daß ich mein Volk nur durch Taten, nicht aber durch Worte zum Licht führen konnte. Denn man muß das Leben wie einen Tempel bauen, damit es ein Gesicht zeigen kann. Und was würdest du mit Tagen anfangen, die sich wie sauber aufgereihte Steine alle gleich wären? Du sagst aber, wenn du alt geworden bist: Ich habe meines Vaters Fest gefeiert, ich habe meine Söhne gelehrt, dann habe ich sie verheiratet; da mir dann Gott einige von ihnen wieder nahm, als sie herangewachsen waren – denn er verbraucht sie für seinen Ruhm –, habe ich sie fromm zu Grabe getragen.

Denn es ist mit dir wie mit dem wunderbaren Samenkorn, das die Erde in einen Lobgesang verwandelt und sie der Sonne darbringt. Sodann verwandelst du das Getreide in Licht: im Auge der Geliebten, die dir zulächelt; dann formt sie dir die Worte des Gebetes. Und wenn ich Samenkörner aussäe, ist es daher schon wie ein am Abend gesprochenes Gebet. Und ich bin einer, der langsam schreitet und das Korn unter den Sternen ausstreut, und ich kann meine Aufgabe nicht ermessen, wenn ich allzu kurzsichtig bleibe und die Nase allzu dicht daraufdrücke. Aus dem Samenkorn wird die Ähre werden, die Ähre wird sich in Fleisch und Blut des Menschen verwandeln, und aus dem Menschen wird der Tempel zum Ruhme Gottes hervorgehen.

Und ich könnte von diesem Korn sagen, daß es die Macht hat, die Steine zu ordnen.

Damit die Erde zur Basilika werde, genügt ein geflügeltes Samenkorn, mit dem die Winde ihr Spiel treiben.

182

Ich werde meine Furche ziehen, ohne anfangs zu verstehen. Ich werde ganz einfach meinen Weg gehen . . . Ich gehöre zum Reich, und das Reich gehört zu mir, ohne daß ich mich von ihm zu unterscheiden wüßte. Ich habe nichts von dem zu erwarten, was ich nicht zunächst begründet habe; ich bin Vater meiner Söhne, die von mir stammen: weder freigebig noch geizig, weder mich opfernd noch Opfer fordernd, denn wenn ich auf den Wällen falle, opfere ich mich nicht für die Stadt, sondern für mich, der ich der Stadt angehöre. Und so sterbe ich für das, wofür ich lebe. Du aber strebst, wie nach einer Sache, die zum Verkauf steht, nach den großen lebendigen Freuden, die dir vor allem als Lohn gegeben wurden. So wurde dir die Stadt inmitten der Wüste zu einer purpurnen, saftstrotzenden Blume, und du betastetest sie und wurdest nicht müde, dich an ihr zu erfreuen. Du durchwandertest ihre geräumigen Märkte und hattest deine Lust an den großen Haufen der farbenfrohen Gemüse, an den Pyramiden der Mandarinen, die nach Art von Hauptstädten in ihrer Duftprovinz einen festen Sitz haben, und vor allem an den Gewürzen, denen die Kraft des Diamanten eignet; denn auch nur eine Fingerspitze des zarten Pfeffers, den dir die Prozession der schnellen Segler im Schutze ihrer Flagge aus fernen Ländern mitbrachte, erfüllt dich wieder mit dem Salz des Meeres und dem Teer der Häfen und dem Geruch der Lederriemen, der deine Karawanen schwängerte, als du in der endlosen Dürre dem Wunder des Meeres entgegenzogst. Und deswegen sage ich, daß es die Schwielen, die Schrammen, die Beulen, die Auslaugungen deiner eigenen Haut sind, die dir den Gewürzmarkt so ergreifend machen.

Was aber hast du dort zu suchen, wenn es nicht mehr darum geht, nochmals die Siege zu besingen, so wie man Ölvorräte verbrennt?

Oh, daß ich einmal das Wasser des Brunnens vor El Ksur kostete! Ja, mir genügt das Zeremoniell eines Festes, damit mir ein Brunnen zur Hymne werde . . .

So werde ich meinen Weg gehen. Ich werde ohne Inbrunst beginnen, doch wenn ich den Speicher zu einer Durchgangsstation der Körner mache, kann ich nicht mehr das Einfahren vom Verbrauch des eingebrachten Getreides unterscheiden. Ich wollte mich niedersetzen und den Frieden genießen. Und nun zeigt es sich, daß es keinen Frieden gibt. Und nun erkenne ich, daß sich alle die getäuscht haben, die mir auf meinen vergangenen Siegen eine Ruhestatt bereiten wollten und sich einbildeten, man könne einen Sieg einschließen und aufbewahren, während es doch dabei geht wie mit dem Winde, der nicht mehr vorhanden ist, wenn du ihn aufbewahrst.

Der war ein Narr, der das Wasser in seiner Urne verschloß, weil er das Rauschen der Brunnen liebte.

O Herr! Ich mache mich zu Weg und Gefährt. Ich komme und gehe. Ich pflüge mein Feld mit Pferd oder Esel, in zäher Geduld. Ich kenne nur die Erde, die ich umwende, und den Staub der Samenkörner in meiner geknoteten Schürze, der über meine Finger rieselt. An Dir ist es, den Frühling zu erfinden und die Ernten ablaufen zu lassen, gemäß Deinem Ruhme.

Ich gehe also gegen die Strömung an. Ich erlege mir die traurigen Schritte der Ronde auf, die der Schildwache eigen sind, wenn sie mit dem Schlaf kämpft und kaum noch von der Suppe träumt, damit sich der Gott der Schildwachen einmal im Jahr sage: »Wie schön ist doch diese meine Wohnung . . . Wie treu ist sie . . . Wie streng in ihrer Wachsamkeit!« Für die hunderttausend Schritte deiner Ronde werde ich dich belohnen. Ich komme, dich zu besuchen. Und meine Arme werden die Waffen tragen. Doch gleichsam als Lehen und mit deinen Armen vereint. Und du wirst spüren, wie du das Reich behütest. Und meine Augen werden von der Höhe der Wälle den Glanz der Stadt überschauen. Und du und ich und die Stadt werden eins sein. Dann wird dir die Liebe wie ein Brand sein. Und wenn der Glanz der Feuersbrunst so schön zu werden verspricht, daß sich das Holz deines Lebens bezahlt macht, welches du Scheit für Scheit aufschichtetest, werde ich dir erlauben zu sterben.

183

Das Samenkorn könnte sich betrachten und sagen: Wie bin ich doch schön und mächtig und kräftig! Ich bin Zeder. Mehr noch: Ich bin das innerste Wesen der Zeder.

Ich aber sage, daß es noch gar nichts ist. Es ist Gefährt, Weg und Durchgang. Es bewirkt. Es soll nur erst seine Wirkung tun! Es soll nur erst langsam die Erde dem Baum zuführen! Es soll nur erst die Zeder emporwachsen lassen zum Ruhme Gottes! Dann werde ich es nach deren Astwerk einschätzen.

Und sie betrachten sich ebenso. Ich bin der oder der. Sie halten sich für einen Vorrat an Wunderdingen. Es ist eine Tür in ihnen zu wohlgeordneten Schätzen. Sie brauchten nur behutsam ans Werk zu gehen, um sie zu entdecken. Und sie lassen ihre zufälligen Rülpser als Gedichte aufsteigen. Doch du hörst sie rülpsen, und es bewegt dich nicht sehr.

So treibt es der Zauberer eines Negerstammes. Aufs Geratewohl und mit wissender Miene sammelt er einen Haufen Kräuter, Ingredienzien und absonderlicher Eingeweide. All das verrührt er in seinem großen Suppentopf, in einer mondlosen Nacht. Er murmelt Worte, Worte, Worte. Er wartet darauf, daß aus seiner Küche eine unsichtbare Macht aufsteige und dein Heer vernichte, das im Anmarsch auf seine Höhle ist. Nichts aber zeigt sich. Und er beginnt von neuem. Und er wählt andere Worte. Und wählt andere Kräuter. Und sicherlich täuscht er sich nicht über das ehrgeizige Ziel seiner Wünsche. Denn ich habe gesehen, wie durch einen mit einer schwärzlichen Flüssigkeit vermischten Holzbrei Reiche zugrunde gingen. Das war mein Brief, der den Krieg entschied. Ich habe auch Suppentöpfe gekannt, aus denen der Sieg hervorging. Man mischte darin das Pulver für die Gewehre. Ich habe beobachtet, wie eine schwache Erschütterung der Luft, die anfangs von einer einzigen Brust ausging, mein Volk nach und nach wie eine Feuersbrunst entflammte. Denn da rief einer zum Aufstand auf. Ich habe auch Steine in geziemender Anordnung gesehen, die ein Schiff des Schweigens erschufen.

Nie aber habe ich aus zufälligen Stoffen etwas entstehen sehen, wenn sie nicht in einem menschlichen Geist ihr gemeinsames Maß fanden. Und wenn mich auch ein Gedicht bewegt, so hat mir doch nie eine Anhäufung von Buchstaben, aus der Unordnung kindlicher Spiele entstanden, Tränen entlocken können. Denn das Samenkorn ist nichts, das seinen Ausdruck noch nicht gefunden hat und für den Baum Bewunderung heischt, für dessen Aufstieg es noch nichts getan hat.

Gewiß strebst du Gott entgegen. Doch schließe nicht aus dem, was du werden könntest, auf das, was du bist. Wenn der Mittag brennt, spendet mir das Samenkorn keinen Schatten, mag es auch Samenkorn einer Zeder sein.

Die grausamen Zeiten erwecken den schlafenden Erzengel. Möge er durch uns hindurch seine Binden zerreißen und vor aller Augen erstrahlen! Ihr kleinen spitzfindigen Sprachen: daß er euch aufsauge und erneuere! Möge er uns einen wahrhaften Schrei entlocken. Einen Schrei nach der fernen Geliebten. Einen Schrei des Hasses gegen die Meute. Einen Schrei um das Brot. Daß er die Schnitter oder die Ernte oder den Wind, der mit tiefer Hand übers Korn streicht, oder die Liebe oder all das, was erst in die Langsamkeit eintaucht, wieder mit Sinn erfülle!

Du aber, Plünderer, gehst ins Freudenviertel der Stadt und

suchst durch verwickelte Spiele die Liebe auf dich wirken zu lassen, während es doch das Wesen der Liebe ist, nur durch die Hand, die dir die Gattin schlicht auf die Schulter legt, in dir einen Widerhall zu wecken.

Freilich ist alles nur Zauber, und es ist Aufgabe des Zeremoniells, dir eine Beute zuzuführen, die von anderer Substanz als die Fallen ist, die es stellt; so kann es geschehen, daß den Menschen des Nordens einmal im Jahr durch eine Mischung von Harz, gefirnißtem Holz und heißem Wachs das Herz brennt. Doch falschen Zauber und Faulheit und Zusammenhanglosigkeit nenne ich es, wenn du zufällig Ingredienzien in deiner Suppenschüssel zerreibst und ein Wunder erwartest, das du nicht vorbereitet hast. Denn du vergißt so dein Werden und bemühst dich, dir selber zu begegnen. Und fortan gibt es keine Hoffnung mehr. Es schließen sich vor dir die bronzenen Tore.

184

Schwermut befiel mich, denn ich härmte mich um der Menschen willen. Ein jeder ist sich selbst zugekehrt und weiß nicht mehr, was er wünschen soll. Denn welche Güter könntest du dir wünschen, wenn dein Verlangen dahin geht, sie dir zu unterwerfen und durch sie zu wachsen? Gewiß sucht der Baum die Säfte des Bodens, um sich durch sie zu nähren und sie in Eigenes zu verwandeln. Das Tier sucht das Gras oder ein anderes Tier, das es in Eigenes verwandeln wird. Und auch du nährst dich. Was aber könntest du außerhalb deiner Nahrung wünschen zu deinem Gebrauch? Da der Weihrauch deinem Stolze behagt, lobst du die Menschen, damit sie dir zujubeln. Und sie jubeln dir zu. Und sieh, der Jubel erweist sich als eitel. Und da die Teppiche aus langhaariger Wolle die Wohnungen lieblich machen, läßt du sie in der Stadt kaufen. Du überfüllst mit ihnen dein Haus. Und sieh, sie scheinen dir sinnlos. Du beneidest deinen Nachbarn, weil sein Landgut so prächtig ist. Du raubst es ihm. Du läßt dich darin nieder. Und doch hat es dir nichts zu bieten, was dir am Herzen liegt. Du strebst nach einem Amt. Du schmiedest Ränke, es zu erlangen, und du erlangst es. Und auch dieses Amt erweist sich als leeres Haus. Denn um in einem Hause glücklich zu sein, genügt es nicht, daß es üppig ist oder bequem oder voller Zierat und du dich darin ausbreiten kannst, da du es als dein ansiehst. Zunächst, weil es nichts gibt, was dein ist – denn du wirst ja sterben –, dann, weil es nicht darauf ankommt, daß es dein Haus ist, denn dadurch wird ja nur das Haus selbst verschönert oder gemindert. Wesentlich ist vielmehr, daß du dem Hause gehörst, denn dann wird es dich einem Ziele entgegenführen: so etwa, wenn ein Haus zum Obdach wird für deine Dynastie. Du erfreust dich ja nicht an den Dingen, sondern an den Wegen, die sie dir öffnen. Sodann wäre es aber auch allzu einfach, wenn sich irgendein eigennütziger und trüber Vagabund nur dadurch ein üppiges und prunkvolles Leben schaffen könnte, daß er vor dem Palast des Königs hin und her spazierte. »Sieh meinen Palast«, würde er sagen. Und in der Tat ist der Palast in all seiner Pracht auch dem wirklichen Herrn im Augenblick nicht von Nutzen. Er kann sich jeweils nur in einem Saale aufhalten. Es kommt auch vor, daß er die Augen schließt oder liest oder sich unterhält und so nicht einmal diesen einen Saal sieht. Desgleichen kann er im Garten spazierengehen und dem Bauwerk den Rücken kehren. Und doch ist er der Herr des Palastes und voller Stolz und vielleicht in seinem Herzen dadurch geadelt, und er trägt in sich sogar das Schweigen des vergessenen Saales, in dem der Rat tagt, und sogar die Mansarden und sogar die Keller. So könnte es also Spiel eines Bettlers sein – da dieser sich ja nur der Idee nach vom Herrn unterscheidet –, sich als Besitzer zu dünken und langsam hin und her zu stolzieren, als wenn er eine Seele als Schleppe hinter sich hertrüge. Und doch wird das Spiel keinen großen Erfolg einbringen, und die eingebildeten Gefühle werden an der Verwesung des Traumes teilhaben. Nur der schwache Nachahmungstrieb wird ein wenig auf ihn wirken, so wie du die Schultern einziehst, wenn ich ein Gemetzel beschreibe, oder dich an dem unbestimmten Glück erfreust, von dem ein Lied dir erzählt.

Was deinem Leib gehört, nimmst du für ihn in Anspruch und verwandelst es innerlich. Falsch aber ist es, wenn du ebenso mit deinem Geist oder deinem Herzen zu verfahren gedenkst. Denn die Freuden, die dir aus deiner Verdauung erwachsen, sind in Wahrheit wenig ergiebig. Und zudem verdaust du ja weder den Palast noch die Silberschale, noch die Freundschaft deines Freundes. Der Palast bleibt Palast, und die Silberschale bleibt Silberschale. Und die Freunde werden ihr eigenes Leben weiterführen.

Ich aber bewirke, daß aus einem Bettler – der dem Anschein nach einem König gleicht, während er den Palast oder das Meer oder noch Größeres als das Meer, die Milchstraße etwa, betrachtet und doch aus diesem verdrießlichen Blick auf die Weite nichts für sich zu gewinnen vermag – ein wirklicher König wird, obwohl sich äußerlich nichts verändert hat. Und es gibt ja auch äußerlich nichts zu verändern, da Herr und Bettler einander gleich sind. Auch der Liebende und einer, der seine verlorene Liebe beweint, sind einander gleich, wenn sie im Abendfrieden auf der Schwelle ihres Hauses sitzen. Doch der von diesen beiden, der vielleicht der wohlhabendere und gesündere ist und die reicheren Gaben des Geistes und Herzens besitzt, wird sich heute abend ins Meer stürzen, wenn nichts ihn zurückhält. Um also aus dir, der du dem einen von ihnen gleichst, den anderen hervorzuholen, braucht man dir nicht irgend etwas Sichtbares und Stoffliches zu verschaffen oder dich in irgendeiner Weise zu verändern. Es genügt, wenn ich dich die Sprache lehre, die es dir möglich macht, in dem, was um dich und in dir ist, ein neues Gesicht zu lesen, welches dein Herz entflammt; so geschieht es, wenn du verdrießlich bist, mit einigen Figuren aus grobem Holz, die von ungefähr über ein Brett verteilt sind, die aber, wenn ich dich in der Kunst des Schachspiels unterwiesen habe, ihr Problem auf dich ausstrahlen werden. Deshalb betrachte ich die Menschen im Schweigen meiner Liebe, ohne ihnen ihre Langeweile, die nicht von ihnen selber, sondern von ihrer Sprache herrührt, vorzuwerfen, denn ich weiß, daß der siegreiche König, der den Wüstenwind einatmet, und der Bettler, der im gleichen geflügelten Flusse seinen Durst löscht, nur durch eine Sprache voneinander unterschieden sind; daß ich aber ungerecht wäre, wenn ich dem Bettler einen Vorwurf machen wollte – ohne ihn zuvor aus sich selber hervorgeholt zu haben –, weil er in seinem Sieg nicht die Gefühle eines siegreichen Königs empfindet.

Ich schenke die Schlüssel der Weite.

185

Und ich sah den einen wie den anderen inmitten aller Vorräte der Welt und des gesammelten Honigs. Sie glichen jedoch dem Mann, der in der toten Stadt einhergeht – für ihn ist sie tot, doch birgt sie viele Wunder hinter ihren Mauern –, oder auch dem anderen, der ein Gedicht in einer Sprache vortragen hört, die er nicht gelernt hat, oder der die Frau berührt, für die ein anderer freiwillig in den Tod ginge, die er selbst aber zu lieben vergißt . . .

Ich werde euch den Gebrauch der Liebe lehren. Es kommt dabei nicht auf den Gegenstand der Anbetung an. Beim Hinterhalt am Brunnen habe ich gesehen, daß einer, der hätte davonkommen können, sich die Augen mit Finsternis füllen ließ, weil ein Wüstenfuchs, der lange von seiner Zärtlichkeit gelebt hatte, entlaufen war, als der Instinkt in ihm erwachte. Oh, meine Soldaten, deren Ruhe einer anderen Ruhe und deren Elend einem anderen Elend gleicht! – wäre diese Nacht die Nacht einer Heimkehr, dieser Grabhügel ein Hügel der Hoffnung, dieser Nachbar der erwartete Freund, dieser Hammel auf der Glut das Festmahl eines Jahrestages, und bildeten diese Worte ein Lied, so reichte das aus, euch zu begeistern. Es genügte ein Bauwerk, eine Musik, ein Sieg, der euch vor euch selbst einen Sinn verliehe; es genügte, wenn ich euch wie das Kind lehrte, aus euren Kieselsteinen eine Kriegsflotte zu machen; es genügte ein Spiel – und schon würde der Wind der Freude euch wie einen Baum durchwehen. Ihr aber seid aufgelöst und ohne Zusammenhang; ihr sucht nur euch selbst, und so entdeckt ihr die Leere, denn ihr seid eine Verknüpfung von Beziehungen und nichts weiter, und wenn keine Beziehung besteht, werdet ihr in euch selber nur eine Sackgasse entdekken. Und es bleibt keine Hoffnung, wenn nur Selbstliebe in dir ist. Denn ich sagte es dir vom Tempel. Der Stein dient weder sich selbst noch den anderen Steinen. Sondern dem Aufschwung der Steine, den sie alle gemeinsam bewirken und der seinerseits jedem der Steine dient. Und vielleicht könntest du von der Begeisterung für den König leben, denn ihr seid Soldaten eines Königs, du und deine Kameraden.

»Herr«, sagte ich, »schenke mir die Kraft der Liebe. Sie ist der knotige Stecken für die Ersteigerung des Berges. Mach mich zum Hirten, damit ich sie führe!«

Ich werde dir also über den Sinn des Schatzes sprechen. Er ist vor allem unsichtbar, denn er ist niemals von gleicher Beschaffenheit wie die Stoffe. Du hast den abendlichen Besucher gesehen. Der sich einfach niedersetzt in der Herberge, seinen Stecken ablegt und lächelt. Man umringt ihn. Woher kommst du? Du weißt von der Macht des Lächelns.

Mach dich nicht auf, um Inseln der Musik wie ein fertiges Geschenk zu suchen, das dir das Meer anbietet. Und das Meer umstickt sie mit seinem weißen Spitzensaum, denn du wirst sie nicht finden, selbst wenn ich dich auf dem Strand niedersetzte, der sie wie ein Kranz umgibt, und ich dich nicht zuvor dem Zeremoniell des Meeres unterworfen habe. Wenn du mühelos dort erwachtest, würdest du am Busen ihrer Frauen nur lernen können, wie sich dort die Liebe vergessen läßt. Du wirst von Vergessen zu Vergessen, von Tod zu Tod wandern . . . Und so wirst du mir von der Insel der Musik sagen: »Was gab es denn dort, das lebenswert war?«, indes die gleiche Insel, sofern sie gut gelehrt wurde, bewirken kann, daß eine ganze Schiffsmannschaft aus Liebe zu ihr das Leben aufs Spiel setzt.

Dich retten heißt nicht dich reich machen oder dir etwas geben, was für dich selber bestimmt ist. Sondern dich, wie eine Gattin, genau der Pflicht eines Spiels unterwerfen.

Oh, wie spüre ich meine Einsamkeit, wenn mir die Wüste keine Speise anzubieten hat! Was soll ich mit dem Sand anfangen, wenn es keine unerreichbare Oase gibt, die ihm ihren Duft spendet? Was soll ich mit Grenzen des Horizontes anfangen, wenn es keine Grenzen gibt, wo barbarische Bräuche beginnen? Was soll ich mit dem Wind anfangen, wenn er nicht schwanger ist von den fernen Zusammenkünften der Verschwörer? Was soll ich mit den Stoffen anfangen, wenn sie nicht einem Antlitz dienen? Wir aber werden uns auf dem Sande lagern. Ich werde dir von deiner Wüste reden und dir dieses ihr Gesicht und kein anderes zeigen. Und du wirst verwandelt werden, denn du bist abhängig von der Welt. Bleibst du der gleiche, wenn du in der Stube deines Hauses sitzt und ich dir sage, daß es brennt? Wenn du auf einmal den Schritt der Geliebten hörst, selbst dann, wenn sie dir gar nicht entgegengeht? Sage mir nicht, ich predigte Illusionen. Ich verlange nicht, daß du glauben, sondern daß du lesen sollst. Was ist der Teil ohne das Ganze? Was ist der Stein ohne Tempel? Was die Oase ohne die Wüste? Und wenn du inmitten der Insel lebst und dich dort zurechtfinden willst, muß ich schon zugegen sein, um dir vom Meer zu erzählen. Und wenn du im Sande wohnst, muß ich schon zugegen sein, um dir von der Hochzeit im fernen Land und vom Abenteuer, von den befreiten Gefangenen und vom Marsch der Feinde zu erzählen. Und du hast unrecht, wenn du mir sagst, daß jene Hochzeit unter fernen Zelten nicht ihr festliches Licht bis in deine Wüste erstrahlen lasse, denn wo endet ihre Macht?

Ich werde zu dir reden, wie es den Bräuchen und den Linien gemäß ist, die den Drang deines Herzens bestimmen. Und der Sinn der Dinge und der Weg, der sich aus ihnen ablesen läßt, und der Durst, der dich an deinen Weg bindet – sie werden meine Geschenke sein. Und ich, der König, werde dir den einzigen Rosenstock schenken, durch den du Gewinn hast, denn ich werde seine Rose von dir fordern. Fortan ist die Treppe gebaut, die zu deiner Befreiung führt. Zuerst wirst du die Erde aufhacken, die Erde umgraben und frühmorgens aufstehen, um sie zu begießen. Und du wirst über deinem Werke wachen und es vor Würmern und Raupen bewahren. Sodann wird dich die Knospe, die sich an ihm öffnet, im Herzen bewegen, und es wird das Fest herannahen, wenn die Rose aufgeblüht ist, denn dann wird es an dir sein, sie zu pflücken. Und sie mir zu reichen, wenn du sie gepflückt hast. Ich werde sie aus deinen Händen empfangen, und du wirst auf etwas warten. Du hattest dich nur mit einer Rose abgegeben. Du hast sie ausgetauscht gegen mein Lächeln . . . Und so kehrst du heim in dein Haus, durchsonnt vom Lächeln deines Königs.

186

Diese Menschen haben keinen Sinn für die Zeit. Sie wollen Blumen pflücken, die noch nicht geworden sind: und so gibt es keine Blumen. Oder sie finden eine Blume, die anderswo aufgeblüht ist, in der nicht das Zeremoniell des Rosenstrauchs für sie eine Vollendung findet, sondern die lediglich eine Handelsware ist. Und welche Freude könnte sie ihnen gewähren?

Ich aber gehe auf den Garten zu. Er übergibt dem Wind die Spur eines Schiffes, das liebliche Zitronen geladen hat, oder einer Karawane, die nach Mandarinen unterwegs ist, oder auch der Insel, die es zu gewinnen gilt und die das Meer mit ihrem Duft erfüllt.

Nicht einen Vorrat, sondern eine Verheißung habe ich empfangen. Es ist mit dem Garten wie mit der Kolonie, deren Eroberung noch bevorsteht, oder der Frau, die du noch nicht besessen hast, die aber in den Armen schon nachgibt. Der Garten bietet sich mir an. Hinter der kleinen Mauer ist er ein Vaterland von Mandarinen und Zitronen, wo mein Weg sein Ziel finden wird. Es bleibt aber nichts beständig, weder der Duft der Zitronen noch der Duft der Mandarinen und auch nicht das Lächeln. Für mich, der ich das weiß, bewahrt alles seinen Sinn. Ich warte auf die Stunde des Gartens oder die Stunde der Frau.

Jene Menschen aber wissen nicht zu warten und werden kein Gedicht verstehen, denn feindlich ist ihnen die Zeit, die das Verlangen stillt, die Blume kleidet oder die Frucht reifen läßt. Sie suchen ihre Freude in den Dingen, während sie sich doch nur aus dem Wege ergibt, der sich aus diesen ablesen läßt. Ich gehe und gehe und gehe. Und wenn ich den Garten erreicht habe, der für mich ein Vaterland der Düfte ist, setze ich mich auf die Bank nieder. Ich blicke um mich. Es gibt Blätter, die davonfliegen, und Blumen, die welken. Ich spüre alles, was stirbt und sich wieder zusammenfügt. Ich empfinde keine

Trauer deswegen. Ich bin ganz Wachsamkeit, wie auf hoher See. Nicht Geduld, denn es handelt sich nicht um ein Ziel; der Weg ist es, der die Freude gebiert. Wir, mein Garten und ich, wandern von den Blättern zu den Früchten. Und über die Früchte zu den Samen. Und über die Samen zu den Blüten vom nächsten Jahr. Ich täusche mich nicht über die Dinge. Sie dienen immer nur der Anbetung. Ich berühre die Werkzeuge, deren sich das Zeremoniell bedient, und finde, daß sie die Farbe des Gebetes tragen. Doch die Menschen, die die Zeit mißachten, stoßen sich daran. Selbst das Kind wird ihnen zu einem Gegenstand, den sie nicht in seiner Vollkommenheit begreifen, denn es ist Weg für einen Gott, der sich nicht aufhalten läßt. Sie möchten es in seiner kindlichen Anmut festbannen, als ob es Vorräte gäbe. Aber wenn ich einem Kind begegne, sehe ich, wie es ein Lächeln versucht, wie es errötet und fliehen möchte. Ich weiß, was es quält. Und ich lege meine Hand auf seine Stirn, um das Meer zu beruhigen.

Sie sagen dir: »Ich bin der und der. Ich besitze dies oder das.« Sie sagen dir nicht: »Ich bin Brettschneider. Ich bin Durchgang für den Baum, der im Begriff steht, sich dem Meer zu vermählen. Ich bin unterwegs von einem Fest zum anderen. Ich wurde Vater und soll es wieder werden, denn mein Weib ist fruchtbar. Mit Rechen und Spaten bin ich Gärtner für den Frühling, denn er braucht mich. Ich bin einer, der auf ein Ziel zugeht.« Denn diese gehen nirgendwohin. Und der Tod wird ihnen nicht Hafen sein für das Schiff.

Wenn es sie hungert, werden sie dir sagen: »Ich esse nicht. Mein Bauch wird dadurch müde. Und wenn ich meine Nachbarn höre, die von den Mühen ihres Bauches sprechen, ermüdet auch meine Seele.« Denn sie wissen nicht, daß das Leiden ein Weg ist, der zur Genesung führt, oder ein Losreißen von den Toten oder das Anzeichen einer notwendigen Wandlung oder ein inständiger Anruf, der auf die Überwindung eines Zwiespalts hinführt. Es gibt für sie weder Wandlung noch Lösung, noch verheißene Genesung, noch Trauer um die Toten. Sondern nur die Trostlosigkeit des Augenblicks, die vom Leiden herrührt. Ebenso können sie, wenn es ein Augenblick der Freude ist, nur die dürftige Freude kosten, die dir der Augenblick zu geben vermag, wie etwa die Befriedigung deiner Gelüste oder deines Verlangens, nicht aber die Freude, die für den Menschen Wert hat und die plötzlich zutage tritt als Weg, Gefährt und Beförderung für den Lenker aller Dinge.

Der Sinn der Karawane läßt sich nicht aus den eintönigen Schritten ablesen, die aufeinanderfolgen und sich alle gleich sind. Doch wenn du am Strick ziehst, um einen Knoten festzuschnüren, der sich gelockert hat; wenn du die Nachzügler ermahnst, das nächtliche Lager vorbereitest, deinen Tieren zu trinken gibst, so hast du schon teil an den Riten, die das Zeremoniell der Liebe auferlegt; genauso wie später auf deinem Weg, wenn du den Palmenhain betrittst und der Kranz der Oase deiner Reise ein Ende gesetzt hat; genauso, als wenn du bereits die Stadt durchziehst, in der sich dir anfangs die niedrigen Mauern der Armenviertel zeigen, die aber doch schon voller Glanz sind, da sie zur Stadt gehören, in der dein Gott herrscht.

Denn es gibt keine Entfernung, durch die dein Gott seiner Herrschaft müde würde. Und zuerst erkennst du ihn in den Kieselsteinen und Dornen. Sie sind Gegenstand der Anbetung und Baustoffe deines Aufstiegs. Nicht mehr und nicht weniger als die Stufen der Treppe, die zur Kammer der Gattin führt. Nicht mehr und nicht weniger als Worte, die für das Gedicht bestimmt sind. Sie sind Bestandteile deines Zaubers, denn wenn du an sie deinen Schweiß verlierst oder dir an ihnen die Knie wundscheuerst, bereitest du die Erscheinung der Stadt vor. Du merkst schon, daß sie ihr ähnlich sind, so wie die Frucht der Sonne gleicht oder die Abdrücke im Lehm eine Herzensregung des Bildhauers wiedergeben, der den Lehm geformt hat. Du weißt schon, daß am dreißigsten Tag deine Kiesel ihren Marmor, deine Disteln ihre Rosen hergeben werden und daß deine Dürre ihre Brunnen spenden wird. Wie könntest du deines Werkes überdrüssig werden, da du weißt, daß du Schritt für Schritt deine Stadt aufbaust? Ich habe stets meinen Kameltreibern gesagt, wenn sie zu ermatten schienen, daß sie eine Stadt mit blauen Zisternen bauen oder Mandarinenbäume pflanzen, genau wie die Kärrner oder die Gärtner. Ich sagte ihnen: »Ihr vollführt Gesten einer Zeremonie. Ihr beginnt die ferne Stadt zu erwecken. Mit euren Baustoffen formt ihr die zärtlichen Mädchen in ihrer Anmut. Deshalb haftet an euren Kieseln und Dornen schon der Duft der Geliebten.«

Aber die anderen lesen nur das Alltägliche. Weil sie kurzsichtig sind und die Nase allzu dicht daraufdrücken, sehen sie vom Schiff nur den Nagel im Brett. Von der Karawane in der Wüste sehen sie nur diesen Schritt und dann jenen und jenen. Und jede Frau ist ihnen eine Dirne, denn sie nehmen sie hin als Geschenk und Sinngebung des Augenblicks, während sie sie doch über Kiesel und Dornen hätten erreichen sollen, durch die Annäherung an Palmenhaine, durch die Bewegung eines Fingers, der leise an die Tür pocht. Und wenn man aus solchen Fernen kommt, ist dieses Pochen ein Wunder, das Tote erwecken könnte.

Fürwahr, nur dann wird sie dir erblühen und neu belebt aus dem Staub der Zeit hervorgehen, langsam gewonnen aus deinen einsamen Nächten, ein Duft, der sich eben befreit, Jugend der Welt, für dich selbst noch einmal neu gewonnen. Und so wird für euch die Liebe beginnen. Die allein werden durch die Gazellen belohnt, die sie langsam gezähmt haben.

Ich habe ihre Klugheit gehaßt, die nur die Klugheit des Rechenmeisters war. Und die nur achtgab auf die elende Bilanz solcher Dinge, die sich schon im Augenblick erschöpfen. Wenn du die Wälle entlanggehst, siehst du dann einen Stein und noch einen Stein und wieder einen Stein. Doch es gibt andere, die ein Gefühl für die Zeit haben. Sie stoßen sich nicht an diesem Stein oder an jenem. Sie bedauern nicht diesen Stein und hoffen auch nicht, das ihnen Zukommende von einem künftigen Stein inmitten anderer Steine zu empfangen. Sie umschreiten ganz einfach die Stadt.

Ich bin einer, der ein Zuhause hat. Ich nehme euch auf, die ihr nackt auf der kalten Erde liegt.

O trostloses Volk, verirrt in der Nacht, Schimmel in den Rissen der Rinde, die auf dem Hange der Berge, nach der Wüste zu, noch ein wenig Wasser zurückbehalten.

Ich sagte zu euch: »Seht hier den Orion und den Großen Bären und den Nordstern.« Und so habt ihr eure Sterne wiedererkannt, und so sagt ihr nun einer zum anderen: »Das hier ist der Große Bär, das der Orion und das der Nordstern.« Und wenn ihr euch sagen könnt: »Ich bin sieben Tage lang auf den Großen Bären zugewandert«, und wenn ihr einander versteht, seht, dann seid ihr irgendwo zu Hause.

So war es mit dem Palast meines Vaters: »Lauf«, sagte man mir, als ich ein Kind war, »und hole Früchte aus dem Keller . . .!« Und man rief mir seinen Geruch wieder wach, nur dadurch, daß man dieses Wort aussprach. Und ich machte mich auf zum Vaterland der reifen Feigen.

Und wenn ich »Nordstern« zu dir sage, so vollziehst du innerlich eine ganze Wendung wie einer, der sich ausrichtet, und du hörst das Waffengeklirr der Stämme des Nordens.

Und wenn ich die Kalkebene des Ostens für das Fest und das Salzbergwerk des Südens für die Leibesstrafen auswählte – und wenn ich jenes Palmenwäldchen zur Ruhe und Beherbergung der Karawanen bestimmte –, so kennst du dich nunmehr in deinem Hause aus.

Du wolltest jenen Brunnen auf seinen Gebrauch beschränken, der darin besteht, Wasser zu liefern. Doch das Wasser ist nichts, das nicht aus Wassermangel hervorgeht. Und man existiert noch nicht dadurch, daß man nicht an Durst stirbt.

Der wird ein besseres Heim haben, der aus Wassermangel in der Wüste vertrocknet und dabei von einem Brunnen träumt, den er kennt und von dem er in seinen Fieberträumen das Knarren der Zugwinde und das Knirschen des Seiles hört, als der andere, der keinen Durst verspürt und daher gar nicht weiß, daß es zärtliche Brunnen gibt, zu denen die Sterne hinführen.

Ich ehre nicht deshalb deinen Durst, weil er deinem Wasser eine sinnhafte Bedeutung verleiht, sondern weil er dich zwingt, die Sterne und den Wind und die Spuren deines Feindes im Sande zu lesen. Es ist wesentlich für dich, zu begreifen, daß es ein Zerrbild des Lebens wäre, wollte ich dir das Recht zum Trinken verweigern, um dich zu beleben – denn dann steigerte ich lediglich das Verlangen nach Wasser in deinem Leib –, sondern daß es, so du deinen Durst stillen möchtest, allein darauf ankommt, dich dem Zeremoniell der Wanderung unter den Sternen und der verrosteten Kurbel zu unterwerfen, denn diese singt eine Hymne, der deinem Tun die Bedeutung eines Gebetes verleiht, damit die Nahrung für deinen Leib zur Nahrung für dein Herz werde.

Du bist nicht Vieh im Stall. Wenn du den Stall mit einem anderen vertauschst, bleiben Krippe und Streu sich gleich. Und das Vieh lebt darin weder besser noch schlechter. Bei dir aber ist das Mahl, mag es auch deinem Leib dienen, zugleich für dein Herz bestimmt. Und wenn du Hungers stirbst und der Freund dir seine Tür öffnet und dich an seinen Tisch nötigt und den Milchkrug für dich füllt und das Brot bricht, so trinkst du sein Lächeln, denn die Mahlzeit hat die Macht eines Zeremoniells. Gewiß bist du dadurch gesättigt, doch zugleich blüht der Dank für den guten Willen der Menschen in dir auf.

Ich möchte, daß das Brot von deinem Freund und die Milch der Mutterschaft von deinem Stamm herrühren. Ich möchte, daß das Gerstenmehl vom Erntefest herrühre. Und das Wasser vom Gesang einer Zugwinde oder einer Wanderung unter den Sternen.

Ich habe es an meinen Soldaten bemerkt, bei denen ich es schätze, wenn sie, wie die eiserne Nadel auf den Schiffen, voller Leben sind und von einem Pol angezogen werden. Und nicht, um ihnen die Güter der Welt zu nehmen, sehe ich sie lieber an eine Gattin gebunden und maßvolle Keuschheit üben, denn dann unterliegen sie durch ihr Fleisch der Anziehung der Liebsten, und sie wissen den Norden vom Süden und den Osten vom Westen zu unterscheiden, und dann gibt es auch einen Stern, der ihnen die vielgeliebte Richtung weist.

Wenn ihnen aber die Erde als ein großes Freudenviertel erscheint, wo man aufs Geratewohl an die Tür klopft, um den Liebesdrang in sich auszulöschen; wenn ihnen alle Frauen zu Willen sind, weil sie keinen Weg unterscheiden und richtungslos auf der nackten Rinde der Erde hausen, so haben sie nirgendwo ein Heim.

So machte mein Vater seine Berber zu verzweifeltem Vieh, als er sie gesättigt, getränkt und mit Dirnen versorgt hatte.

Ich aber bin einer, der ein Zuhause hat, und du wirst deine Frau erst berühren, sobald deine Hochzeit gefeiert ist, damit dein Bett ein Sieg sei. Und sicher werden manche aus Liebe sterben, weil sie nicht zueinander kommen können, doch so werden die für die Liebe Gestorbenen Voraussetzung der Liebe sein, und wollte ich die Liebenden bedauern und sie daher gegen die Deiche, die Wälle und das Zeremoniell, das das Gesicht der Liebe formt, unterstützen, so würde ich ihnen nicht die Liebe gewähren, sondern das Recht, die Liebe zu vergessen.

Nicht minder töricht handelte ich, wenn ich unter dem Vorwand, nicht alle könnten hoffen, einen Diamanten zu besitzen, etwa gebieten wollte, alle Diamanten in den Schmelzofen zu werfen, um den Menschen vor der Grausamkeit seines Verlangens zu bewahren.

Wenn sie eine Frau zu lieben wünschen, muß ich ihnen schon ihre Liebe retten.

Ich bin einer, der ein Zuhause hat. Ich bin Pol des Magneten. Ich bin Samenkorn des Baumes und Kraftlinie im Schweigen, damit es einen Stamm, Wurzeln und Zweige und diese Blüte und Frucht und keine andere, dieses Reich und kein anderes, diese Liebe und keine andere gebe: gewiß nicht aus Ablehnung oder Verachtung der anderen, sondern weil die Liebe nicht eine Wesenheit ist, die man wie eine Sache unter anderen Sachen findet: weil sie die Krönung eines Zeremoniells darstellt; sie gleicht darin dem Wesen des Baumes, das dessen Vielfalt beherrscht. Ich bin die Bedeutung der Baustoffe. Ich bin Basilika und Sinn der Steine.

Du hast nichts zu erhoffen, wenn du blind bist gegenüber jenem Licht, das nicht von den Dingen, sondern vom Sinn der Dinge herrührt. Und ich finde dich vor deiner Tür:

– Was treibst du dort?

Und du weißt es nicht und klagst über das Leben.

– Das Leben hat mir nichts mehr zu geben. Meine Frau schläft, mein Esel ruht, mein Korn reift. Ich bin nur noch törichte Erwartung, und das verdrießt mich.

Kind ohne Spiel, das du nicht mehr zwischen den Zeilen zu lesen verstehst. Ich setze mich zu dir und lehre dich. Du bist eingetaucht in die verlorene Zeit, und die Angst hält dich gefangen, daß du nicht mehr werden könntest.

Denn andere sagen: Es bedarf eines Zieles. Dein Schwimmen ist schön, wenn es dir ein Ufer erschafft, das langsam das Leichentuch des Meeres abstreift. Und schön ist die knarrende Zugwinde, die dir dein Trinkwasser heraufbringt. Desgleichen das goldene Korn, das Ufer der schwarzen Pflugerde. Desgleichen das Lächeln des Kindes, das Ufer der häuslichen Liebe. Desgleichen das Gewand mit goldenem Filigran, das langsam für das Fest genäht wurde. Und zu was wirst du innerlich, wenn du nur um des Geräuschs der Zugwinde willen die Kurbel drehst; wenn du das Kleid um des Kleides willen nähst; wenn du um der Liebe willen liebst? Schnell erschöpfen sie sich, denn sie haben dir nichts zu geben.

Aber ich sagte es dir von meinem Zuchthaus, wo ich die einschließe, die nicht mehr Menschenart besitzen. Und der Schlag, den sie mit ihrer Hacke führen, hat für die Hacke Geltung. Und sie schenken dir einen Hackenschlag nach dem anderen. Und nichts in ihrem Wesen verändert sich. Ein Schwimmen ohne Strand, das sich im Kreise dreht. Und es wird nichts erschaffen; sie sind nicht Weg und Beförderung, die einem Licht entgegenstreben. Doch laß es die gleiche Sonne sein und die gleiche harte Straße, den gleichen Schweiß: wenn es dir vergönnt ist, einmal im Jahr den reinen Diamanten zu gewinnen, so bist du voller Andacht in deinem Licht.

Denn deinem Hackenschlag eignet dann der Sinn des Diamanten, der nicht von gleicher Beschaffenheit ist. Und so wird dir der Frieden des Baumes und der Sinn des Lebens zuteil, der darin besteht, von Stufe zu Stufe emporzusteigen zum Ruhme Gottes.

Du pflügst für das Korn, und du nähst für das Fest, und du zerschlägst den Gangstein für den Diamanten. Und jene, die dir glücklich scheinen – was besitzen sie mehr als du, außer der Kenntnis des göttlichen Knotens, der die Dinge verknüpft?

Du wirst nicht den Frieden finden, wenn du nichts verwandelst, wie es dir gemäß ist. Wenn du nicht zu Gefährt, Weg und Beförderung wirst. Nur dann kreist das Blut im Reich. Du aber willst um deiner selbst willen geachtet und geehrt sein. Und du trachtest danach, der Welt etwas zu entreißen und es zu greifen, damit es für dich sei. Und du wirst nichts finden, denn du bist nichts.

Und so wirfst du deine Habe in ihrem Durcheinander in die Müllgrube.

Du wartest auf die Erscheinung, die von draußen kommen soll, wie ein dir gleichender Erzengel. Und hättest du von seinem Besuch mehr Gewinn gehabt als vom Besuch deines Nachbarn? Doch ich habe bemerkt, daß einer nicht mehr derselbe ist, der sich auf dem Weg zum kranken Kind, zum leeren Haus, zur Geliebten befindet, obwohl er im Augenblick nicht verändert zu sein scheint; so mache ich mich zum Stelldichein oder zum Ufer, mit Hilfe der bestehenden Dinge, und dann ist alles verwandelt. Ich mache mich zum Korn über das Pflügen hinaus, zum Menschen über das Kind hinaus, zum Brunnen über die Wüste hinaus, zum Diamanten über den Schweiß hinaus.

Ich zwinge dich, in dir ein Haus zu bauen.

Wenn dein Haus fertig ist, wird auch der Bewohner kommen, der dein Herz entflammt.

Mein geliebtes Volk: Eine Streitfrage trat mir vor Augen, als ich mich auf dem Berg ausruhte, der mich wie ein Mantel aus Stein umgab. Es war ein langsamer Brand, von dem mich nur noch der Rauch und der Lichtschein erreichten.

Wohin gehen sie? Wohin soll ich sie führen, Herr? Wenn ich sie regiere, werden sie sich selber gleichen. Ich kenne keine Amtsführung, Herr, die nicht den Gegenstand ihrer Betreuung verhärtet. Und was soll ich mit einem Samenkorn anfangen, wenn es nicht nach dem Baume strebt? Und was soll ich mit einem Flusse anfangen, wenn er nicht nach dem Meere strebt? Und mit einem Lächeln, Herr, wenn es nicht nach der Liebe strebt?

Aber mit meinem Volk?

O Gott, von Geschlecht zu Geschlecht haben sie sich geliebt. Sie haben ihre Gedichte ersonnen. Sie haben sich Häuser gebaut, sie haben sie mit ihren Teppichen aus langhaariger Wolle behängt. Sie haben sich fortgepflanzt. Sie haben ihre Kleinen aufgezogen und die verbrauchten Generationen verwahrt in den Körben Deiner Weinlese.

Sie haben sich an den Festtagen versammelt. Sie haben gebetet. Sie haben gesungen. Sie sind gelaufen. Sie haben sich von ihrem Lauf ausgeruht. Schwielen sind ihnen an ihren Handflächen entstanden. Ihre Augen haben gesehen, waren voller Staunen, dann füllten sie sich mit Finsternis. Sie haben sich auch gehaßt. Sie haben sich untereinander entzweit. Sie haben sich zerfleischt. Sie haben die Fürsten gesteinigt, die ihrem eigenen Stamm entsprossen waren. Dann haben sie deren Plätze eingenommen und einander gesteinigt. O Herr, wie sehr gleicht ihr Hassen, ihr Verdammen, ihr Foltern einer dumpfen und düsteren Zeremonie! O Herr, von meiner Höhe aus erschrak ich darüber nicht, glich diese Zeremonie doch dem Knarren und Krachen des Schiffes. Oder dem Schmerze des Gebärens. Herr, so stoßen auch die Bäume einander und erdrücken und ersticken sich, da sie zur Sonne streben. Gleichwohl kann man von der Sonne sagen, daß sie den Frühling aus dem Boden zieht und sich von den Bäumen verherrlichen läßt.

Und der Wald setzt sich aus Bäumen zusammen, obwohl sich alle darin feind sind. Und der Wind lockt sein Loblied aus dieser Harfe hervor. O Herr, was könnte ich von ihnen in ihrer Vielfalt erfahren, wenn ich kurzsichtig wäre und die Nase allzu dicht daraufdrückte? Nun aber ruhen sie. Aufgespart sind die lügnerischen Worte eine Nacht lang, eingeschlummert die Gelüste und Berechnungen, erschlafft die Eifersüchte. O Herr, nun lasse ich meinen Blick über die Arbeiten wandern, die sie unfertig zurückließen, und wie an der Schwelle der Wahrheit werde ich durch eine Bedeutung verwirrt, die sich mir noch nicht erschlossen hat und die ich freilegen muß, damit sie ins Dasein trete.

Herr, wenn mein Maler malt, was wissen dann seine Finger, sein Ohr oder sein Haar? Oder seine Knöchel oder seine Hüfte oder sein Arm? Nichts. Das kommende Werk zieht ihre Bewegungen an sich und entsteht in seiner Glut aus so vielen einander widerstreitenden Wünschen. Doch einer, der kurzsichtig ist und die Nase allzu dicht daraufdrückt, erkennt nur unzusammenhängende Bewegungen, Kratzer des Pinsels oder Farbflecken. Und was wissen die Nagelschmiede oder die Brettschneider von der Majestät des Schiffes? So auch mein Volk, wenn ich es aufspalte. Was erkennten der Geizhals und der Reiche mit dem schweren Bauch und der Minister und der Henker und der Hirte? Ganz ohne Zweifel: Wenn es einen gibt, der klarer sieht, so ist es der Mann, der die Tiere zur Tränke führt, oder die Frau, die niederkommt, oder jener Sterbende; nicht aber der Gelehrte, nicht der Verkümmerte mit Tintenfingern, denn sie kennen nicht die Langsamkeit. Und sie dienen nichts Wesentlichem, während einer, der sein Brett hobelt, es werden sieht und dadurch wächst.

Da ihre engstirnigen Leidenschaften eingeschlummert sind, sehe ich das Vermögen, das der Geizhals angehäuft hat. Und einer, der nichts taugt und die Reichtümer anderer für sich zusammenrafft, der pflichtvergessene Minister, läßt sie seinerseits in die Hände derer fließen, die Gegenstände aus Gold oder Elfenbein ziselieren. Und so wird Gold und Elfenbein ziseliert und gemeißelt. Und einer, der ungerecht verurteilt, erzeugt die rauhe Liebe zur Wahrheit und zur Gerechtigkeit.

Und einer, der von den Baustoffen des Tempels Einnahmen hat, bemüht sich desto nachdrücklicher um die Errichtung des Tempels.

Ich sah Tempel unter Mißachtung des Herkömmlichen emporwachsen, nur durch die menschlichen Begehrlichkeiten. Ich sah die Sklaven Steine karren, gepeitscht von den Galeerenaufsehern. Ich sah den Führer einer Belegschaft Unterschlagungen an den Löhnen verüben. O Herr, wenn ich kurzsichtig war und die Nase allzu dicht daraufdrückte, habe ich nie etwas anderes gesehen als Feigheit, Torheit und Gewinnsucht. Doch vom Berge aus, auf dem ich niedersitze, gewahre ich jetzt den Aufstieg eines Tempels im Licht.

190

Mir kam die Erkenntnis, daß Bejahung der Todesgefahr und Bejahung des Todes nicht von gleicher Beschaffenheit sind. Und ich habe junge Leute gekannt, die dem Tode hochmütig die Stirn boten. Und im allgemeinen geschah das, weil es Frauen gab, die ihnen Beifall spendeten. Du kehrst aus dem Krieg zurück, und dir gefällt die Hymne, die dir ihre Augen singen. Und so bejahst du die Feuerprobe oder setzt deine Männlichkeit aufs Spiel, denn das allein existiert, was du zum Opfer bringst und bei dem du Gefahr läufst, es zu verlieren. Und die Spieler wissen es wohl, die ihr Vermögen beim Würfeln einsetzen, denn nichts von ihrem Vermögen ist ihnen im Augenblick von Nutzen, nun aber wird es zur Bürgschaft für einen Würfel und voller Erhabenheit in deiner Hand; so wirfst du Goldklumpen auf den rohgezimmerten Tisch, und sie entfalten sich zu den Ebenen, den Weiden und Ernten deines Landgutes.

Der Mann kehrt also zurück und lustwandelt im Licht seines Sieges, die Schulter schwer vom Gewicht der Waffen, die er erbeutet hat und die vielleicht mit Blut geschmückt sind. Und so erstrahlt er vielleicht eine Weile, aber nur eine Weile. Denn du kannst von deinem Sieg nicht leben.

Die Bejahung der Todesgefahr ist somit Bejahung des Lebens. Und die Liebe der Gefahr ist Liebe des Lebens. So war auch dein Sieg die Gefahr, die du liefest, eine Niederlage zu erleiden, und die du durch deine schöpferische Tat überwunden hast; und du hast niemals gesehen, wie ein Mann, der gefahrlos über Haustiere herrschte, sich damit brüstete, daß er Sieger sei.

Ich aber verlange mehr von dir, wenn ich dich als einen Soldaten wünsche, der Frucht trägt für das Reich. Wohl gibt es hier eine schwer zu überschreitende Schwelle, denn eines ist es, die Todesgefahr, und ein anderes, den Tod zu bejahen.

Ich will, daß du einem Baum gehören sollst, dem Baum unterworfen. Ich will, daß dein Stolz im Baum seinen Sitz habe. Und dein Leben, damit es einen Sinn gewinne.

Die Bejahung der Gefahr ist nur ein Geschenk, das du dir selber machst. Du liebst es, in vollen Zügen zu atmen und die Mädchen durch deinen Glanz zu beherrschen. Und du hast das Bedürfnis, von dieser Bejahung der Gefahr zu erzählen; sie ist eine Tauschware. Meine Korporale sind daher ruhmredig. Doch sie ehren wiederum nur sich selber.

Wenn du dein Vermögen beim Würfelspiel verlierst, weil du es deutlich empfinden und mit deiner Hand umschließen wolltest; weil du es mit dem Gewicht vom Stroh und Korn in den Scheunen, mit dem Vieh auf seinen Weiden und mit den Dörfern, die – als ein Zeichen menschlichen Lebens – einen leichten Rauch ausatmen, greifbar und gehaltvoll und ganz gegenwärtig im gleichen Augenblick in deiner Hand spüren wolltest, so ist das etwas anderes, als wenn du dich ebendieser gleichen Scheunen, ebendieser Herden, ebendieser Dörfer entäußerst, um fern von ihnen zu leben. Wenn du dein Vermögen auf einen Wurf setzt und im Augenblick der Gefahr seine Glut entfachst, so ist das etwas anderes, als wenn du darauf verzichtest gleich einem Manne, der sich Stück für Stück seiner Kleider entledigt und verächtlich am Ufer seine Sandalen ablegt, um sich nackt dem Meer hinzugeben.

Du mußt sterben, um dich hinzugeben.

Du mußt überdauern nach Art der alten Frauen, die sich die Augen abnutzen, wenn sie die Kirchengewänder nähen, mit denen sie ihren Gott bekleiden. Sie werden dadurch selber zum Gewand eines Gottes. Und durch das Wunder ihrer Finger wird die Hülle aus Leinen zum Gebet.

Denn du bist nichts als Weg und Durchgang und kannst nur von dem wahrhaft leben, was du verwandelst. Der Baum verwandelt die Erde in Zweige. Die Biene die Blüte in Honig. Und dein Pflügen die schwarze Erde in das Flammenmeer des Getreides.

Es kommt mir daher vor allem darauf an, daß dir dein Gott wirklicher ist als das Brot, in das deine Zähne einbeißen. Dann wird er dich trunken machen, bis du dich opferst und dich dadurch in Liebe vermählst.

Du aber hast alles zerstört und alles vergeudet, da du das Gefühl für das Fest verloren hast und dich zu bereichern glaubst, wenn du deine Vorräte auf die einzelnen Tage verteilst. Denn du täuschst dich über den Sinn der Zeit. Da sind deine Historiker, deine Logiker und deine Kritiker dahergekommen. Sie haben die Baustoffe betrachtet, und weil sie nicht zwischen den Zeilen zu lesen verstanden, haben sie dir geraten, dich an ihnen zu ergötzen. Und du hast das Fasten abgelehnt, das Voraussetzung für das Festmahl war. Du hast es abgelehnt, jenen Teil des Kornes zu opfern, der dem Korn seinen Glanz verlieh, weil er verbrannt wurde für das Fest.

Und du begreifst nicht, daß es einen Augenblick gibt, der das ganze Leben aufwiegt, denn blind gemacht hat dich deine elende Rechenkunst.

191

Ich begann also über die Bejahung des Todes nachzudenken. Denn die Logiker, Historiker und Kritiker haben die Baustoffe, die für deine Basiliken bestimmt sind, um ihrer selbst willen gefeiert; und du hast geglaubt, daß es sich um sie handle, während doch der Henkel einer silbernen Kanne, sofern sein Schwung geglückt erscheint, mehr wert ist als eine ganze Kanne aus purem Gold und dir Geist und Herz besser labt.

Dann glaubst du also, weil du über die Richtung deiner Wünsche schlecht unterrichtet bist, daß du dein Glück aus dem Besitz gewönnest, und so häufst du atemlos Steine aufeinander, die anderswo Steine der Basilika gewesen wären und die du zur Voraussetzung deines Glückes machst. Hingegen erwärmt ein anderer sich Geist und Herz durch einen einzigen Stein, wenn er daraus das Antlitz seines Gottes meißelt.

Du gleichst dem Spieler, der das Schachspiel nicht kennt und daher sein Vergnügen darin sucht, Goldstücke und Elfenbein anzuhäufen, und nichts als Langeweile dabei empfindet, während der andere, dem die Göttlichkeit der Regeln den Sinn für das feinsinnige Spiel weckte, aus einfachen und rohen Holzstücken sein Licht gewinnt. Denn da du alles abzuzählen begehrst, hältst du dich an die Baustoffe und nicht an das Antlitz, das sie bilden und das es vor allem anderen zu erkennen gilt.

Daraus folgt notwendig, daß du derart am Leben hängst, als sei es eine Anhäufung von Tagen. Und doch wärest du töricht, wolltest du bedauern, daß der Tempel mit seinen reinen Linien nicht noch mehr Steine versammelt.

Rechne mir also nicht, um mich zu blenden, die Zahl der Steine deines Hauses vor, der Weiden deines Landgutes, der Tiere deiner Herden, der Schmuckstücke deiner Frau, ja nicht einmal deiner Liebesabenteuer. Mich kümmert das alles wenig. Ich möchte erfahren, ob dein Haus gut gebaut ist, ob du die Pflichten deines Landgutes mit Inbrunst erfüllst und ob am Abend nach vollbrachter Arbeit das Mahl heiter verläuft. Und ich möchte erfahren, welche Liebe du aufgebaut hast und ob du dein Dasein gegen etwas austauschtest, das dauerhafter ist als du selbst. Ich möchte, daß du geworden bist. Ich möchte in dem lesen, was du hervorgebracht hast – nicht in den ungenutzten Baustoffen, aus denen du deinen eitlen Ruhm herleitest.

Aber du kommst mir mit der Streitfrage, die den Instinkt betrifft. Denn er treibt dich, den Tod zu fliehen, und du hast bei jedem Lebewesen beobachtet, daß es zu leben trachtet. Die Berufung zum Überdauern, wirst du mir sagen, geht jeder anderen Berufung vor. Das Geschenk des Lebens ist unschätzbar, und ich bin es mir schuldig, sein Licht in mir zu bewahren. Und sicherlich wirst du mit Heldenmut kämpfen, um dich zu retten. Du wirst bei der Belagerung, der Eroberung oder der Plünderung deinen Mut beweisen. Du wirst dich an der Trunkenheit des Starken berauschen, der gewillt ist, alles in die Waagschale zu werfen, um dadurch zu ermessen, welches Gewicht er hat. Du wirst dich jedoch nicht anschicken, in der Stille zu sterben, im Geheimnis deines freiwillig dargebrachten Geschenkes.

Indessen werde ich dir den Vater zeigen, der dem Ruf des Abgrundes folgt und sich hinunterstürzt, weil sein Sohn darin um sein Leben kämpft und das Gesicht des Ertrinkenden noch von Zeit zu Zeit auftaucht, immer blasser, als wenn der Mond hervortritt zwischen den Wolken. Und ich werde dir sagen: »Dieser Vater wird also nicht vom Lebensinstinkt beherrscht . . .«

– Gewiß, wirst du antworten. Doch der Instinkt führt weiter. Er hat für den Vater und den Sohn Geltung. Er hat für die Garnison Geltung, die ihre Mitglieder abordnet. Der Vater ist an den Sohn gebunden . . .

Und sehr erwünscht, umfassend und bedeutungsschwer ist deine Antwort. Doch um dich zu belehren, werde ich dir wiederum sagen:

– Ja, es gibt einen Instinkt, der sich aufs Leben richtet. Er ist aber nur die eine Seite eines stärkeren Instinktes. Der entscheidende Instinkt ist der der Fortdauer. Und einer, der durch das Leben des Fleisches seinen Inhalt erhielt, sucht seine Fortdauer in der Fortdauer seines Fleisches. Und einer, der durch die Liebe zum Kinde seinen Inhalt erhielt, sucht seine Fortdauer in der Rettung des Kindes. Und einer, der durch die Liebe zu Gott seinen Inhalt erhielt, sucht seine Fortdauer im Aufstieg zu Gott. Du suchst nicht etwas, das du nicht kennst; du suchst die Voraussetzungen deiner Größe in dem Maße zu retten, in dem du sie empfindest. Du suchst die Voraussetzungen deiner Liebe in dem Maße zu retten, in dem du Liebe empfindest. Und ich kann dein Leben austauschen gegen etwas, das es übersteigt, ohne daß dir etwas genommen würde.

Denn nichts hast du von der Freude erraten, wenn du glaubst, der Baum lebe für den Baum, der er selber ist und den seine Hülle umschließt. Er ist Ursprung geflügelter Samenkörner und verwandelt sich und verschönt sich von Geschlecht zu Geschlecht. Nicht auf deine Art und Weise bewegt er sich fort, sondern wie eine Feuersbrunst, den Winden preisgegeben. Du pflanzt eine Zeder auf dem Berg, und sieh: im Lauf der Jahrhunderte begibt sich dein Wald auf langsame Wanderschaft.

Was mag der Baum von sich selber glauben? Er glaubt vielleicht, daß er aus Wurzeln, Stamm und Blätterwerk besteht. Er glaubt vielleicht, er diene sich selber, wenn er seine Wurzeln in den Boden senkt, doch er ist nichts weiter als Weg und Durchgang. Durch ihn hindurch vermählt sich die Erde dem Honig der Sonne, treibt Knospen, öffnet Blüten, bildet Samenkörner, und wie ein vorgerichtetes Feuer, das aber noch unsichtbar ist, trägt das Samenkorn das Leben mit sich fort.

Wenn ich in den Wind hinein säe, setze ich die Erde in Brand. Du aber betrachtest alles mit der Zeitlupe. Du siehst jenes unbewegliche Blattwerk, jenes Gewicht der Zweige, das gut zur Ruhe gekommen ist, und schon glaubst du, der Baum sei seßhaft, lebe von sich selber, sei in sich eingemauert. Da du kurzsichtig bist und die Nase allzu nahe daraufdrückst, siehst du alles verkehrt. Du mußt nur Abstand gewinnen und den Uhrenschlag der Tage beschleunigen, und schon siehst du, wie die Flamme aus deinem Samenkorn herausschlägt, wie aus der Flamme andere Flammen hervorgehen und so die Feuersbrunst vorrückt und die Überreste des verbrauchten Holzes von sich abstreift, denn der Wald brennt schweigend. Nun siehst du nicht diesen Baum oder jenen. So verstehst du wohl, daß die Wurzeln nicht dem einen oder dem anderen, sondern dem Feuer dienten, das verzehrt und gleichzeitig aufbaut; und die Masse dunklen Laubes, die deinen Berg einhüllt, ist nur noch Erde, befruchtet von der Sonne. Und in der Lichtung lassen sich die Hasen nieder und in den Zweigen die Vögel. Und so weißt du von deinen Wurzeln nicht mehr zu sagen, wem sie vor allem von Nutzen sind. Es gibt nur noch Stufen und Übergänge. Und warum solltest du etwas vom Baum glauben, was du nicht vom Samen glaubst? Du sagst nicht: »Der Samen lebt für sich selber. Er ist vollendet. Der Stengel lebt für sich selber. Er ist vollendet. Die Blume, in die er sich verwandelt, lebt für sich selber; sie ist vollendet. Der Samen, den sie gebildet hat, lebt für sich selber; er ist vollendet.« Und du sagst nicht ein weiteres Mal das gleiche. Und so sagst du abermals nicht das gleiche vom neuen Keim, der seinen zähen Stengel zwischen den Steinen emporsprießen läßt. Welche Stufe wirst du mir auswählen und zum Endziel erklären? Ich aber weiß nur vom Aufstieg der Erde zur Sonne.

So ist es auch mit dem Menschen und mit meinem Volk, von dem ich nicht weiß, wohin es geht. Die Scheunen sind geschlossen und die Häuser verriegelt, wenn die Nacht kommt. Es schlafen die Kinder, es schlafen die alten Frauen und die Greise; was wüßte ich von ihrem Weg auszusagen? Er ist so schwer zu entwirren, so unvollkommen festgelegt durch den Lauf einer Jahreszeit, die der alten Frau nur eine Runzel hinzufügt, die der Sprache des Kindes nur einige Worte hinzufügt, die kaum das Lächeln verändert. Die nichts an der Vollkommenheit oder Unvollkommenheit des Menschen verändert. Und doch, mein Volk, sehe ich, wenn ich Generationen überschaue, wie du zum Bewußtsein deiner selbst gelangst und dich erkennst.

Doch gewiß denkt keiner außerhalb seines Ichs. Und das ist gut so. Es kommt darauf an, daß der Ziseleur das Silber ziseliert, ohne sich ablenken zu lassen. Daß der Mathematiker an die Mathematik denkt. Daß der König regiert. Denn sie sind Voraussetzung dafür, daß es vorangeht. Desgleichen sollen die Nagelschmiede die Gesänge der Nagelschmiede und die Brettschneider die Gesänge der Brettschneider singen, obwohl ihnen die Entstehung des Schiffes obliegt. Doch es ist ihnen heilsam, das Segelschiff durch das Gedicht kennenzulernen. Sie werden ihre Bretter und Nägel nicht weniger lieben – ganz im Gegenteil –, wenn sie auf diese Weise begriffen haben, daß sie in jenem langen, geflügelten Schwan, den die Meereswinde hegen, sich selbst wiederfinden und vollenden.

Obwohl es dir also durch dein Ziel, eben wegen seiner

Größe, nicht erspart bleibt, dein Zimmer noch ein weiteres Mal beim Morgengrauen zu kehren oder jene Handvoll Gerste nach so vielen anderen auszusäen oder einen bestimmten Arbeitsvorgang zu wiederholen oder deinen Sohn durch ein Wort mehr oder durch ein Gebet zu belehren – ebenso wie du deine Bretter und Nägel durch die Kenntnis des Segelschiffes liebgewinnen, nicht aber sie verachten sollst –, möchte ich dich dennoch im Genusse der sicheren Erkenntnis sehen, daß weder dein Mahl noch dein Gebet, noch deine Ackerarbeit, noch dein Kind, noch dein Fest bei den Deinen, noch der Gegenstand, mit dem du dein Haus ehrst, entscheidend sind, denn es handelt sich bei ihnen nur um die Voraussetzung, den Weg und den Durchgang. Denn ich weiß, daß ich dich – wenn ich dich hiervon unterrichte – keineswegs dazu bestimme, diese Dinge zu verachten, sondern dich bewege, die einen wie die anderen mehr zu ehren, so wie du den Weg und seine Wirkungen und den Duft seiner wilden Rosen und seiner Felder und seine Steigerungen, die dem Lauf der Hügel folgen, mehr liebgewinnen und besser kennenlernen wirst, wenn er nicht ein sinnloser Umweg ist, sondern eine Straße, die zum Meere führt.

Und ich erlaube dir nicht zu sagen: Wozu dient mir dieses Besenkehren, diese Bürde, die ich mitschleppen, dieses Kind, das ich nähren, dieses Buch, aus dem ich lernen muß? Denn wenn es in der Ordnung ist, daß du einnickst und von der Suppe und nicht vom Reich träumst, wie die Schildwachen zu tun pflegen, so ist es auch geboten, daß du dich für den Besuch bereithältst, der sich nicht ankündigt, aber für einen Augenblick dein Auge und Ohr hell macht und dein trauriges Besenkehren in eine Kulthandlung verwandelt, die sich nicht in Worte fassen läßt.

Jedes Herzklopfen, jedes Leid, jedes Verlangen, jede Schwermut am Abend, jede Mahlzeit, jede Mühe bei der Arbeit, jedes Lächeln, jede Müdigkeit im Laufe des Tages, jedes Erwachen, jedes Wohlbehagen beim Einschlafen – sie alle erhalten ihren Sinn durch den Gott, der durch sie hindurch zu lesen ist.

Ihr werdet nichts finden, wenn ihr seßhaft werdet und den Glauben hegt, ihr selber wäret ein fertiger Vorrat unter euren

Vorräten. Denn es gibt keinen Vorrat, und wer aufhört zu wachsen, der stirbt.

193

Denn deine Gleichheit stürzt dich ins Verderben. Du sagst: Diese Perle soll unter alle verteilt werden. Ein jeder Taucher hätte sie finden können.

Und das Meer ist nicht mehr voller Zauber, nicht mehr ein Quell der Freude und ein Wunder des Schicksals. Und wenn dieser oder jener darin taucht, ist das nicht mehr das Zeremoniell eines Wunders oder voller Zauber wie ein sagenhaftes Abenteuer, um jener schwarzen Perle willen, die im vergangenen Jahr von einem anderen gefunden wurde.

Ich aber möchte, daß du dich das ganze Jahr über einschränkst und dir Entbehrungen auferlegst, um für das Fest zu sparen, das einzig ist und dessen Sinn nicht im langen Feiern liegt – denn das Fest währt nur eine Sekunde: das Fest ist Aufblühen, Sieg, Besuch des Fürsten –, dessen Sinn es vielmehr ist, dein ganzes Jahr mit Vorfreude und Erinnerung an den Lohn zu erfüllen; denn schön ist nur der Weg zum Meer hin. Und du bereitest das Nest im Hinblick auf ein Ausschlüpfen, das nicht von gleicher Beschaffenheit ist wie das Nest. Und du leidest im Kampf im Hinblick auf einen Sieg, der nicht von gleicher Beschaffenheit ist wie der Kampf. Und du rüstest dein Haus das ganze Jahr über für den Fürsten. Zugleich auch ist es mein Wunsch, daß du nicht alle Menschen gleichmachst im Namen einer eitlen Gerechtigkeit, denn du wirst die Alten nicht den Jungen gleichmachen können, und deine Gleichheit wird allezeit hinken. Und mit deiner Aufteilung der Perle wirst du keinem etwas geben. Ich möchte vielmehr, daß du dich deines mageren Anteils begibst, damit der Mann, der die ganze Perle fand, mit strahlendem Lächeln heimgehen und seiner Frau, wenn sie ihn fragt, sagen kann: »Rat einmal!« Dann wird er ihr seine geschlossene Faust hinhalten, um ihre Neugier zu reizen, und sich im stillen eines Glückes freuen, das zu verbreiten in seiner Macht steht, wenn er nur eben die Hand öffnet . . .

Und alle sind reicher geworden. Denn es ist nun erwiesen, daß das Durchwühlen des Meeres noch etwas anderes ist als eine bloße Elendsarbeit. So lehren dich auch die Liebessagen, die meine Erzähler dir vorsingen, Geschmack zu finden an der Liebe. Und die Schönheit, die sie preisen, bezaubert und verschönt alle Frauen, und eine jede verbirgt vielleicht insgeheim den seltenen Schatz einer wunderbaren Perle, gleichwie das Meer.

Und so wirst du dich nie mehr einer von ihnen nähern, ohne daß dir ein wenig das Herz klopft, genau wie die Taucher im Korallengolf, wenn sie sich dem Meere vermählen.

Du bist ungerecht gegen den Alltag, während du das Fest vorbereitest, doch das künftige Fest erfüllt den Alltag mit seinem Duft, und du bist reicher dadurch, daß es kommen wird. Du bist ungerecht gegen dich selber, wenn du nicht die Perle des Nachbarn aufteilst; doch die Perle, die ihm zufällt, wird deinen künftigen Tauchversuchen ihr Licht spenden, gleichwie der Brunnen, von dem ich dir sprach und der inmitten der fernen Oase rinnt, die ganze Wüste bezaubert.

Ach, deine Gerechtigkeit verlangt, daß die Tage den Tagen und die Menschen den Menschen gleichen. Wenn deine Frau keift, kannst du sie verstoßen und eine andere erwählen, die nicht keift. Denn du bist ein Schrank, der für Geschenke bestimmt ist, und du hast das deine nicht empfangen. Ich aber möchte der Liebe Dauer verleihen. Nur dort gibt es Liebe, wo die Wahl unwiderruflich ist, denn man muß Grenzen haben, um werden zu können. Und die Freude am Hinterhalt und an der Jagd und an der Beute ist anderer Art als die Freude an der Liebe. Denn dann besteht dein Sinn darin, Jäger zu sein. Die Frau aber hat den Sinn, dir als Beute zu dienen. Ist sie erst einmal erbeutet, so taugt sie nichts mehr, denn sie hat ihren Zweck erfüllt. Was kümmert den Dichter das geschriebene Gedicht? Sein Sinn besteht darin, weiter zu schaffen. Doch wenn ich hinter der Ehe deines Hauses die Tür geschlossen habe, mußt du wohl oder übel über solch einen Sinn hinausgehen. Du hast den Sinn, Ehemann zu sein. Und die Frau soll Ehefrau sein. Ich habe das Wort mit tieferer Bedeutung erfüllt, und dir ist ernst ums Herz, wenn du sagst: »meine

Frau ...« Doch du entdeckst andere Freuden. Und freilich auch andere Leiden. Sie aber sind Voraussetzung deiner Freuden. Du kannst sterben für diese Frau, da sie dir gehört, so wie du ihr gehörst. Du stirbst nicht für deine Beute. Und deine Treue ist die Treue des Gläubigen und nicht des erschöpften Jägers. Dessen Treue ist anderer Art und verbreitet Langeweile, nicht Licht.

Und gewiß gibt es Taucher, die die Perle nicht finden werden. Es gibt auch Menschen, die in dem Bett, das sie sich erwählt haben, nur Bitterkeit finden. Aber das Elend der ersteren ist Voraussetzung für den Glanz des Meeres. Dieser Glanz hat Geltung für alle, auch für die, die nichts gefunden haben. Und das Elend der zweiten ist Voraussetzung für den Glanz der Liebe, der für alle Geltung hat, auch für die, die unglücklich sind. Denn der Wunsch, die Sehnsucht, die Schwermut, die nach Liebe streben, sind mehr wert als der Frieden des Herdenviehs, dem die Liebe fremd ist. So wie du dich inmitten der Wüste, wo du an Durst und an Dornen leidest, lieber nach Brunnen sehnst, statt sie zu vergessen.

Denn darin liegt das Geheimnis, dessen Verständnis mir vergönnt wurde. So wie du das begründest, womit du dich abgibst, magst du nun dafür oder dagegen kämpfen – darum bist du ein schlechter Kämpfer, wenn du nur aus Haß gegen den Gott deines Feindes kämpfst, und du mußt, um den Tod zu bejahen, vor allem um der eigenen Liebe willen kämpfen –, genauso wirst du durch eben das erleuchtet, genährt und gestärkt, was du ersehnst, herbeiwünschst oder beweinst, ebensosehr wie durch deine Beute. Und die Mutter mit dem zerfurchten Gesicht, in dem die Trauer ihren Sinn fand und zum Lächeln wurde – sie lebt von der Erinnerung an ihr totes Kind.

Wenn ich dir die Voraussetzungen der Liebe zerstörte, um dich nicht unter ihr leiden zu lassen – was hätte ich dir dann geschenkt? Ist eine Wüste ohne Brunnen für jene angenehmer, die die Spur verloren haben und an Durst sterben?

Und du sollst wissen, daß der Brunnen, wenn er richtig besungen wurde und in dein Herz eingegangen ist, dir einmal, wenn du dich schon dem Sand vermählt hast und dich anschickst, deine Hülle abzulegen, ein ruhigeres Wasser spenden wird, das nicht von den Dingen, sondern vom Sinn der Dinge herrührt; und ich werde dir noch ein Lächeln zu entlocken wissen, wenn ich dir vom sanften Gesang der Brunnen erzähle.

Wie solltest du mir nicht folgen? Ich bin dein Sinn. Mit einer Sehnsucht verzaubere ich deine Wüste. Ich öffne dir die Liebe. Aus einem Duft bilde ich ein Reich.

194

Ich will dir die Augen öffnen, denn du täuschst dich über das Zeremoniell. Du hältst es für eine willkürliche Anordnung oder eine zusätzliche Verzierung. Du meinst, ein Liebender werde durch die Regeln belästigt, als wenn sie von einem ein wenig launischen Gott herrührten, der sie nur zu dem Zwecke erließ, um dich – bestenfalls – nach der einen Seite zu begünstigen und auf der anderen einzuengen, so wie es bei einem ewigen Leben der Fall sei, das eine Verstümmelung des Gefühlslebens verlange. In Wahrheit bewirken aber die Regeln, daß du dieser Mensch oder ein anderer bist, und sie formen dich zugleich, während sie dich belästigen, denn wenn du existierst, triffst du auf Grenzen, und der Baum nimmt die Gestalt an, die den Kraftlinien seines Samenkorns entspricht. Ich aber sage es dir schon von dem Bild, wenn es schön ist: es ist Blickpunkt und Gefallen an den Dingen. Und von einem bestimmten Blickpunkt aus hegst du andere Gedanken über die Mahlzeit, über die Rast, über das Gebet, über das Spiel und über die Liebe. Ich kenne keine Schubfächer, denn du bist nicht eine Summe einzelner Stücke, sondern eine Einheit, die alles beherrscht, und du bist nicht teilbar. Und wenn ich in dem Gesicht aus Stein, das mein Bildhauer gemeißelt hat, die Nase verändere, muß ich auch das Ohr verändern, oder, genauer gesprochen, ich habe dadurch seine ganze Macht und zugleich auch die Wirkung des Ohres verändert. Wenn ich dir also einmal im Jahr auferlege, dich angesichts der Wüste niederzuwerfen, damit du darin die singende Oase ehrst, die sie in ihren Falten birgt, wirst du ihr Geheimnis in der Frau oder in der Arbeit oder im Hause wiederfinden. So habe ich dich, da ich dir einen Sternenhimmel schenkte, in deinen Beziehungen zu dem Sklaven, zum König, zum Tod verändert. Du bist die tragende Wurzel des Blattwerks, und wenn ich dich in der Wurzel verändere, verändere ich auch dein Blattwerk. Und ich habe nicht gesehen, daß Menschen durch Argumente der Logiker verwandelt worden wären; ich habe nicht gesehen, daß sie sich durch die Eindringlichkeit des schielenden Propheten von Grund auf bekehrt hätten. Doch weil ich mich kraft eines Zeremoniells an ihren Wesenskern wandte, habe ich sie meiner Einsicht geöffnet.

Du beanspruchst die Liebe im Widerspruch zu den Regeln, die sie untersagen. Und diese Regeln haben die Liebe begründet.

Und die Schwermut, die dich befällt, weil du keine Liebe verspürst – eine Schwermut, die du den Regeln verdankst –, siehe, sie ist schon die Liebe.

Das Verlangen nach Liebe ist Liebe. Denn du könntest nichts verlangen, was dir nicht schon zur Empfindung wurde. Und dort, wo die Brüder nicht geliebt sind, fehlt es an einem Gefüge oder am Brauch, die der Rolle des Bruders einen Sinn geben – und wie könntest du auf Grund einer zufälligen Tischgemeinschaft lieben? Ich habe nicht bemerkt, daß jemand darüber Bedauern empfunden hätte, weil er seinen Bruder nicht stärker liebte. Du bedauerst die empfundene Liebe und die Frau, die dich verläßt; aber keine gleichgültige Vorübergehende wird dich dazu bringen, daß du voller Verzweiflung ausrufst: »Ich wäre glücklich, wenn ich sie liebte . . .«

Wenn du die Liebe beweinst, besagt dies, daß die Liebe geboren wurde. Und ohne Zweifel lassen dich die Regeln erkennen, wenn sie die Liebe begründen, daß du die Liebe beweinst; du aber glaubst, die Liebe könne dich außerhalb der Regeln begeistern, während dir diese doch ganz einfach, indem sie die Liebe begründen, deren Freuden und Qualen darbieten: so läßt dir auch das Vorhandensein eines Brunnens im Palmenhain den trockenen Sand grausam erscheinen, und gewiß geht für dich das Fehlen des Brunnens Hand in Hand mit dem Vorhandensein von Brunnen. Denn du beweinst nicht, was du nicht zu empfinden vermagst. Indem ich Brunnen baue, baue ich zugleich ihr Fehlen mit. Und wenn ich dir Diamanten anbiete, begründe ich zugleich die Armut an Diamanten. Und das Geschenk der schwarzen Perle, die einmal im Jahr geerntet wird, zeitigt unnütze Tauchversuche. Und so erscheint dir das Geschenk der schwarzen Perle als Vergewaltigung, Raub und Ungerechtigkeit, und du zerstörst sie, indem du ihre Macht aufspaltest. Es wäre aber nichts weiter nötig gewesen als Verstehen, denn dadurch, daß sie existiert, selbst dann, wenn sie für einen anderen bestimmt ist, bist du selbst reicher als durch die einförmige Leere der Meere.

Sie haben ihr Elend begründet, da sie Gleichheit der Raufen in ihrem Stall verlangten. Und forderten, daß man ihnen diene. Und wenn du in ihnen die Menge ehrst, begründest du in ihnen die Menge. Doch wenn du in ihnen den Menschen ehrst, begründest du in ihnen den Menschen, und so siehst du sie auf dem Wege der Götter.

Es bereitet mir Sorge, daß sie ihre Wahrheit umgestoßen haben, da sie sich der Einsicht gegenüber blind zeigten, die besagt, daß die Voraussetzung für die Entstehung des Schiffes, also das Meer, dem Schiff Widerstand entgegensetzt und daß die Voraussetzung für die Liebe der Liebe Widerstand leistet, und daß die Voraussetzung deines Aufstiegs den Aufstieg hemmt. Denn es gibt keinen Aufstieg ohne Anstrengung und Beschwernis.

Jene aber sagen: »Unser Aufstieg ist gehemmt! . . .« Sie zerstören dir seine Hindernisse, und ihre Weite hat keine Steigerung mehr. Und so sind sie nichts als ein Jahrmarktshaufen, da sie den Palast meines Vaters zerstörten, in dem alle Schritte einen Sinn hatten.

Deshalb siehst du, wie sie sich über die geistige Nahrung Gedanken machen, die man den Menschen geben müsse, um ihren Geist zu beleben und ihr Herz zu veredeln. Sie haben die Menschen in Unordnung gebracht, indem sie sie an der Raufe nährten, haben sie sie in seßhaftes Vieh verwandelt;

und da sie doch aus Liebe zum Menschen handelten, denn sie wollten ihn zu Adel, Einsicht und Größe befreien, müssen sie sich nun notwendig darüber entsetzen, daß Geist und Herz stumpf geworden sind. Doch was können sie mit einem solchen Haufen anfangen? Sie werden ihnen die Galeerenlieder vorsingen, um sie zu erschüttern, und kraftlose Gespenster in ihnen wecken, die die Galeeren vergessen haben, aber noch aus Angst vor Schlägen unbestimmt den Rücken krümmen; so vermittelst du ihnen einen unbestimmten Eindruck von den Worten des Gedichts. Seine Macht aber wird immer geringer werden. Sie werden bald das Lied der Galeeren hören, ohne noch die vergessenen Schläge zu empfinden; so wird der Frieden des Stalles nicht mehr gestört sein, denn du hast dem Meer seine Macht entzogen. Wenn du dich dann denen gegenübersiehst, die ihren Fraß wiederkäuen, wird dich die Angst befallen, da du nachdenkst über den Sinn des Lebens und die geheimnisvollen Aufschwünge des Geistes, der nun tot ist. Und du wirst deinen verlorenen Zweck suchen, wie wenn er ein Gegenstand unter anderen wäre. So wirst du ein Lied über die Nahrung ersinnen und dich durch den Kehrreim: »Ich esse . . .« heiser schreien, ohne daß es dem Geschmack des Brotes etwas hinzufügte. Du begreifst ja nicht, daß es nicht darum geht, einen Gegenstand von anderen Gegenständen zu unterscheiden oder ihn inmitten der anderen zu preisen, denn das Wesen des Baumes versteckt sich nicht irgendwo im Baum, und wer nur sein Wesen malen möchte, wird nichts malen.

Es kann nicht überraschen, daß du bei der Suche nach einer Kultur der Seßhaften ermattest, denn das gibt es nicht.

Die Kultur schenken, sagte mein Vater, heißt den Durst schenken. Das übrige wird von selber kommen. Du aber versorgst gemästete Bäuche mit fertigen Einheitsgetränken.

Die Liebe ist ein Ruf nach Liebe. So ist es auch mit der Kultur. Sie beruht auf dem Durst selber. Wie aber soll man den Durst pflegen?

Du beanspruchst nur die Voraussetzungen deiner Fortdauer. Einer, den der Alkohol geformt hat, erhebt Anspruch auf Alkohol. Nicht, daß ihm der Alkohol von Nutzen wäre – denn er stirbt daran. Einer, der deine Kultur geformt hat, erhebt Anspruch auf deine Kultur. Es gibt nur den Instinkt der Fortdauer. Dieser Instinkt ist stärker als der Lebenstrieb.

Denn ich habe viele gesehen, die den Tod dem Leben vorzogen, wenn sie ihr Dorf verlassen mußten. Und du hast es sogar an den Gazellen oder den Vögeln gesehen, die sich dem Tod überlassen, wenn du sie einfängst.

Und wenn man dich deiner Frau, deinen Kindern, deinen Bräuchen entreißt oder in der Welt das Licht auslöscht, von dem du lebtest – denn selbst in der Tiefe eines Klosters strahlt es noch –, kann es sein, daß du daran stirbst.

Wenn ich dich dann vom Tode retten will, genügt es, daß ich dir ein geistiges Reich ersinne, wo deine Liebste gleichsam aufbewahrt wird, um dich zu empfangen. So lebst du weiter, denn deine Geduld ist unbegrenzt. Das Haus, aus dem du stammst, hilft dir in deiner Wüste, obwohl es fern ist. Die Liebste hilft dir, obwohl sie fern ist und obwohl sie schläft.

Du erträgst es nicht, wenn sich ein Knoten auflöst und die Gegenstände durcheinandergeraten. Und du stirbst, wenn deine Götter sterben. Denn du lebst von ihnen. Und du kannst allein von dem leben, woran du sterben kannst.

Wenn ich eine erhabene Empfindung in dir wachrufe, wirst du sie von Geschlecht zu Geschlecht weitergeben. Du wirst deine Kinder lehren, jenes Gesicht durch die Dinge hindurch zu lesen, ebenso wie du das Landgut durch die Bestandteile des Landgutes hindurch liest – jenes Gesicht, das allein zu lieben ist. Denn du würdest nicht für die Bestandteile sterben. Sie stehen nicht in deiner Schuld – denn du bist nur Weg und Durchgang –, sondern in der des Landguts. Und du unterwirfst sie ihm. Wenn aber ein Landgut geworden ist, so wirst du zu sterben bereit sein, um seine Unversehrtheit zu schützen.

Du wirst für den Sinn des Buches sterben, nicht aber für dessen Tinte und Papier.

Denn du bist ein Knoten, der Beziehungen verknüpft, und deine Identität beruht nicht auf diesem Gesicht, diesem Fleisch, diesem Besitz, diesem Lächeln, sondern auf einem bestimmten Bauwerk, das sich mit deiner Hilfe aufgebaut hat, auf der Erscheinung eines bestimmten Gesichtes, das von dir stammt und dich begründet. Seine Einheit wird mit deiner Hilfe verknüpft, aber als Gegengabe gehst du aus ihm hervor.

Selten nur kannst du davon sprechen: es gibt keine Worte, es einem anderen zu übermitteln. So auch mit deiner Liebsten. Wenn du mir ihren Namen sagst, haben diese Silben nicht die Macht, die Liebe auf mich zu übertragen. Du mußt sie selber mir zeigen. Und das gehört zum Bereich der Handlungen. Nicht der Worte.

Aber du kennst die Zeder. Und wenn ich sage »eine Zeder«, übertrage ich ihre Majestät auf dich. Denn man hat dich erweckt für die Zeder, die mehr ist als Stamm, Zweige, Wurzeln und Blattwerk.

Um die Liebe zu stiften, kenne ich kein anderes Mittel, als dich der Liebe zu opfern. Sie aber empfangen ihren Fraß auf ihrer Streu; welches sind ihre Götter?

Du gedenkst sie zu stärken, indem du sie mit Geschenken mästest, aber sie sterben daran. Du kannst nur von dem leben, was du verwandelst und woran du täglich ein wenig stirbst, da du dich dagegen austauschst.

Meine alten Weiblein wissen es wohl, die sich durch die Spiele ihrer Nadeln die Augen abnutzen. Du rätst ihnen, ihre Augen zu schonen. Und ihre Augen versagen ihren Dienst. Du hast ihren Austausch zerstört.

Wogegen aber sollten sich diejenigen austauschen, die du zu sättigen gedenkst?

Du kannst den Durst nach Besitz erzeugen, doch der Besitz ist nicht Austausch. Du kannst einen Durst erzeugen, der danach dürstet, gestickte Stoffe aufzuhäufen. Doch du erzeugst nur die Seele eines Warenlagers. Wie vermöchtest du jenen Durst zu erzeugen, der danach dürstet, die Augen durch die Spiele der Nadeln zu verbrauchen? Denn dieser Durst allein ist der Durst nach dem wahrhaften Leben.

Ich aber habe im Schweigen meiner Liebe meine Gärtner und meine Wollspinnerinnen genau beobachtet. Ich habe bemerkt, daß ihnen wenig geschenkt wurde und daß man viel von ihnen verlangte.

Als beruhte auf ihnen das Schicksal der Welt.

Ich will, daß jede Schildwache für das ganze Reich verantwortlich sei. Und ebenso, daß der Mann verantwortlich sei, der am Eingang des Gartens über die Raupen wacht. Und die Frau, die das goldene Meßgewand näht, verbreitet vielleicht nur ein schwaches Licht, aber sie schmückt ihren Gott, und ein Gott, der schöner geschmückt ist als am Abend zuvor, spendet ihr seinerseits seinen Glanz.

Ich weiß nicht, was die Erziehung des Menschen für eine Bedeutung haben sollte, wenn es nicht darum ginge, ihn durch die Dinge hindurch Geschichte lesen zu lehren. Ich lasse die Götter fortdauern. Desgleichen die Freude am Schachspiel. Ich erhalte sie, indem ich die Regeln erhalte; du aber willst ihnen Sklaven liefern, die für sie die Schachpartie gewinnen sollen.

Du willst Liebesbriefe verschenken, da du beobachtet hast, daß manche weinten, wenn sie sie empfingen, und du wunderst dich, daß du ihnen keine Tränen entlockst.

Es genügt nicht, daß du Geschenke hingibst, du hättest ihren Empfänger heranbilden müssen. Für die Freude am Schachspiel hättest du den Spieler heranbilden müssen. Für die Liebe hättest du den Durst nach Liebe heranbilden müssen. So gilt es, zunächst den Altar zu errichten, um den Gott zu empfangen. Ich habe das Reich im Herzen meiner Schildwachen aufgebaut, indem ich sie zwang, auf den Wällen ihre hundert Schritte abzuschreiten.

195

Ein vollkommenes Gedicht, das sich in Handlungen äußert und dich mit allem, was du bist, bis auf die Muskeln vollständig in Anspruch nimmt. So ist mein Zeremoniell.

Schwache Echos, flüchtige Regungen, die ich durch Worte, denen Macht innewohnt, in dir verknüpfe. Ich ersinne das Spiel der Galeeren. Du bist freudig bereit, daran teilzunehmen und ein wenig den Rücken zu krümmen.

Aber die Regeln, aber die Riten, aber die Verpflichtungen, die Errichtung des Tempels, aber das Zeremoniell der Tage: siehe, hier wird etwas anderes wirksam.

Die Schrift war es, die dich dazu bekehrt hat, indem sie dich dazu brachte, dich so unzulänglich zu erkennen, wie du geworden warst, und zu hoffen.

Und freilich kannst du, wie du mich einmal zerstreut liest, ohne zu empfinden, auch das Zeremoniell über dich ergehen lassen, ohne zu wachsen. Und dein Geiz kann sich beliebig in der Großzügigkeit des Rituals einnisten.

Ich aber trachte nicht danach, dich zu jeder Stunde anzuleiten, ebensowenig wie ich etwa von meiner Schildwache erwarte, daß sie in jedem Augenblick mit Inbrunst für das Reich erfüllt sei. Mir genügt es, wenn das bei einer unter vielen der Fall ist. Und von dieser verlange ich nicht, daß sie jeden Augenblick voll Inbrunst sei, sondern daß sie, wenn sie für gewöhnlich von der Stunde der Suppe träumt, wie ein Blitz die Erleuchtungen der Schildwache in sich aufnimmt; ich weiß nur zu gut, daß der Geist schläft und nicht ständig zu sehen vermag – sonst würde dieses Feuer die Augen versengen –, daß aber das Meer durch die einstmals gefundene schwarze Perle, das Jahr durch das einzige Fest und das Leben durch die Vollendung im Tod ihren Sinn erhalten.

Und es kümmert mich wenig, daß mein Zeremoniell bei denen, deren Herz verkümmert ist, einen verkümmerten Sinn annimmt. Im Laufe meiner Eroberungen habe ich beobachtet, daß die schwarzen Völkerstämme und mit ihnen aus schmutziger Gier der Zauberer, der sie kennt, irgendeinen grün bemalten Holzstock mit ihren Gaben überhäufen.

Was kümmert es mich, daß der Zauberer seine Rolle unterschätzt! Der Daumen des Bildhauers erschafft das Leben.

Da verlangt einer Dankbarkeit: er hat für die anderen dies oder jenes getan . . . Aber es gibt ebensowenig ein Geschenk, das sich ernten ließe, wie einen fertigen Vorrat. Dein Geschenk ist Kreislauf zwischen dem einen und dem anderen. Wenn du nicht mehr schenkst, hast du überhaupt nichts geschenkt. Du wirst mir sagen: »Gestern habe ich mich verdient gemacht, und ich hüte diesen Gewinn.« Und ich werde antworten: Nein! Gewiß wärest du im Besitz dieses Verdienstes gestorben, wenn du gestern gestorben wärest, aber du bist nicht gestern gestorben. Das allein zählt, was du in der Sterbestunde bist. Aus dem Freigebigen, der du gestern warst, hast du den Geizhals gemacht, der du heute bist. Der sterben wird, wird ein Geizhals sein.

Du bist Wurzel eines Baumes, der von dir lebt. Du bist an den Baum gebunden. Er ist zu deiner Pflicht geworden. Doch die Wurzel sagt: »Ich habe schon zuviel Saft ausgesandt!« Dann stirbt der Baum. Kann ich der Wurzel schmeicheln, sie habe ein Recht auf die Dankbarkeit des Toten?

Wenn die Schildwache es müde wird, den Horizont zu überwachen, und einschläft, stirbt die Stadt. Es gibt keinen Vorrat schon abgeschrittener Ronden. Es gibt keinen Vorrat der Herzschläge, die dein Herz irgendwo aufspeichern könnte. Selbst dein Speicher ist nicht Vorrat. Er ist nur Zwischenstation. Und du pflügst dein Land, während du es gleichzeitig ausplünderst. Aber du täuschst dich in allen Dingen. Du bildest dir ein, du könntest dadurch von einem Werk ausruhen, daß du die geschaffenen Gegenstände im Museum aufstapelst. Du stapelst sogar dein Volk darin auf. Doch es gibt keine Gegenstände. Es gibt verschiedene Bedeutungen, die diesem gleichen Gegenstand in verschiedenen Sprachen eigen sind. Die schwarze Perle ist nicht die gleiche für den Taucher, die Kurtisane oder den Kaufmann. Der Diamant hat einen Wert, wenn du ihn schürfst, wenn du ihn verkaufst, wenn du ihn verschenkst, wenn du ihn verlierst, wenn du ihn wiederfindest; wenn er eine Stirn für ein Fest schmückt. Ich kenne keinen gewöhnlichen Diamanten. Der alltägliche Diamant ist ein wertloser Kieselstein. Und die ihn verwahren, wissen es wohl. Sie verschließen ihn in der verborgenen Lade, damit er dort schlafe. Nur am Geburtstag des Königs holen sie ihn daraus hervor. Dann wird er zur Regung des Stolzes. Sie haben ihn am Hochzeitsabend empfangen. Er war Regung der Liebe. Er war einstmals ein Wunder für den Mann, als er den Gangstein sprengte, der ihn umschloß.

Die Blumen haben Wert für die Augen. Doch die schönsten sind die, mit denen ich das Meer geschmückt habe, um die Toten zu ehren. Und niemand wird sie je anschauen.

Da spricht einer im Namen der Vergangenheit. Er sagt mir: »Ich bin der Mann, der . . .« Ich bin also bereit, ihn zu ehren, vorausgesetzt, daß er gestorben ist. Aber vom einzigen wahrhaften Mathematiker, meinem Freunde, habe ich niemals gehört, daß er sich mit seinen Dreiecken gebrüstet hätte. Er war Diener von Dreiecken und Gärtner eines Gartens von Zeichen. Eines Nachts sagte ich ihm: »Du kannst stolz sein auf deine Arbeit, du hast den Menschen viel geschenkt . . .« Er schwieg erst, dann antwortete er mir:

– Es geht nicht um Schenken; ich verachte den, der schenkt oder empfängt. Wie sollte ich die unersättliche Begierde des Fürsten verehren, der die Geschenke für sich beansprucht! Und ebenso jene, die sich verschlingen lassen. Auf diese Weise verneint die Größe des Fürsten ihre eigene Größe. Es gilt, zwischen dem einen und dem anderen zu wählen. Doch den Fürsten, der mich erniedrigt, verachte ich. Ich gehöre zu seinem Haus, und er ist es mir schuldig, mich wachsen zu lassen. Und wenn ich wachse, lasse ich meinen Fürsten wachsen.

Was habe ich den Menschen geschenkt? Ich bin einer von ihnen. Ich bin der Teil von ihnen, der über die Dreiecke nachdenkt. Durch mich haben die Menschen über die Dreiecke nachgedacht. Durch sie habe ich jeden Tag mein Brot gegessen. Und die Milch ihrer Ziegen getrunken. Und aus dem Leder ihrer Rinder mein Schuhwerk erhalten.

Ich schenke den Menschen, aber ich empfange alles von ihnen. Worauf beruht der Vorrang des einen über den anderen? Wenn ich mehr schenke, empfange ich mehr. Ich bewirke dann, daß ich einem edleren Reiche angehöre. Du siehst es deutlich an deinen gewöhnlichsten Geldleuten. Sie können nicht von sich selber leben. So beladen sie eine Kurtisane mit ihrem Vermögen an Smaragden. Sie strahlt deren Glanz aus. Fortan gehören sie diesem Glanz. Sie sind nun befriedigt, daß sie so schön leuchten. Und doch sind sie arm: sie gehören nur einer Kurtisane. Ein anderer hat alles dem König geschenkt. »Wem gehörst du?« – »Ich gehöre dem König.« Siehe, dieser ist es, der wahrhaft erstrahlt.

197

Ich habe einen Menschen gekannt, der nur sich selbst gehörte, denn er verachtete sogar die Kurtisanen. Ich habe dir schon von jenem Minister mit dem feisten Bauch und den schweren Augenlidern gesprochen, der mich verraten hatte und in der Stunde der Folter seinen Verrat abschwor und falsche Eide leistete, womit er an sich selbst Verrat beging. Und warum hätte er nicht den einen wie den anderen verraten sollen? Wenn du einem Hause, einem Landgut, einem Gott, einem Reiche angehörst, wirst du durch dein Opfer das retten, dem du angehörst. Das gilt auch von dem Geizhals, der einem Schatze gehört. Er hat aus einem seltenen Diamanten sich seinen Gott gemacht. Er wird im Kampf gegen die Räuber sterben. Aber nicht so jener mit dem feisten Bauch. Er betrachtet sich als Götzenbild. Seine Diamanten gehören ihm und ehren ihn – aber er gehört nicht ihnen. Er ist Grenzstein und Mauer und nicht Weg. Und im Namen welches Gottes wird er sterben, wenn du ihn nunmehr beherrschst und ihn bedrohst? Es ist nichts in ihm als Bauch. Die Liebe, die sich zur Schau stellt, ist gemeine Liebe. Der Liebende sinnt nach über seinen Gott und verkehrt mit ihm im Schweigen. Der Zweig hat seine Wurzel gefunden. Die Lippe hat ihre Brust gefunden. Das Herz gibt sich dem Gebet hin. Ich habe nichts zu schaffen mit der Meinung eines anderen. Verbirgt doch sogar der Geizhals seinen Schatz vor allen anderen.

Die Liebe schweigt. Aber die Feistheit ruft die Trommeln

herbei. Was ist eine Feistheit, die sich nicht zur Schau stellt? Was ist ein Götzenbild ohne Anbeter? Das Bildnis aus gemaltem Holz ist nichts, wenn es unter Gerümpel im Schuppen schlummert.

Mein Minister mit dem feisten Bauch und den schweren Augenlidern pflegte zu sagen: »Mein Landgut, meine Herden, meine Paläste, meine goldenen Kandelaber, meine Frauen.« Er mußte ja existieren. Dem Bewunderer, der sich vor ihm zu Boden warf, gab er reiche Geschenke. So erkennt auch der Wind, der weder Gewicht noch Geruch hat, daß er existiert, wenn er das Korn durchweht. »Ich bin«, denkt er, »weil ich die Halme niederbeuge.«

Mein Minister fand denn auch nicht nur Gefallen an der Bewunderung, sondern ebensosehr am Haß. Er stieg ihm in die Nase als ein Beweis seiner eigenen Person. »Ich *bin,* da ich sie zum Weinen bringe.« Deshalb fuhr er wie ein Wagen über den Leib des Volkes hinweg.

Und es war nichts als ein Wind gemeiner Worte in ihm, die einen Schlauch aufblähten. Denn damit du existierst, muß der Baum aufwachsen, dem du zugehörst. Du bist nur Beförderung, Weg und Durchgang. Ich will deinen Gott sehen, wenn ich an dich glauben soll. Und mein Minister war nur eine Grube für die Aufstapelung von Baustoffen.

Deshalb hielt ich ihm folgende Rede:

– Da ich dich so lange sagen hörte: »Ich . . ., ich . . ., ich . . .«, habe ich mich in meiner Güte der Einladung deiner Trommeln zugekehrt und habe dich angeschaut. Ich habe nichts als ein Warenlager gesehen. Was nützt dir sein Besitz? Du bist Magazin oder Schrank, aber weder nützlicher noch wirklicher als ein Schrank oder ein Magazin. Es behagt dir, wenn man sagt: »Der Schrank ist voll«, aber wer ist er?

Was wird sich dadurch im Reich verändern, wenn ich deinen Kopf abschlagen lasse, um deine Fratze loszuwerden? Deine Truhen werden an Ort und Stelle bleiben. Was hast du deinen Reichtümern geschenkt, das ihnen fehlen könnte?

Jener mit dem feisten Bauch verstand meine Frage nicht, doch da er sich zu beunruhigen begann, atmete er schwer. Ich fuhr daher fort:

– Glaube nicht, daß ich mir um einer Gerechtigkeit willen, die sich schwer bestimmen läßt, Sorgen mache. Der Schatz ist schön, der in deinen Gewölben lagert, und nicht er gibt mir ein Ärgernis. Gewiß hast du das Reich ausgeplündert. Aber auch das Samenkorn plündert den Boden aus, um den Baum hervorzubringen. Zeige mir den Baum, den du aufgebaut hast!

Ich nehme keinen Anstoß daran, wenn das wollene Gewand oder das Weizenbrot als Abgabe vom Schweiße des Hirten oder des Landmannes erhoben werden, damit ein Bildhauer etwas zum Anziehen und zum Essen hat. Ihr Schweiß verwandelt sich, selbst wenn sie nichts davon wissen, in ein Antlitz aus Stein. Der Dichter plündert die Speicher aus, da er sich von den Körnern des Speichers ernährt, ohne zur Ernte beizutragen. Aber er dient einem Gedicht. Ich gebrauche das Blut der Söhne des Reiches, um Siege zu erringen. Aber ich erschaffe ein Reich, dessen Söhne sie sind. Bildwerk, Baum, Gedicht, Reich? Zeige mir, wem du dienst! Denn du bist Gefährt, Weg und Beförderung . . .

Was werde ich von deinem Verhalten erfahren haben, wenn du tausend Jahre lang immer nur »ich . . . ich . . . ich . . .« gesagt hast? Zu was sind die Landgüter, Edelsteine und Goldvorräte durch dich geworden? Glaube nicht, daß ich mir im Namen der Pfützen wegen der Gletscher Sorgen mache. Ich werde nicht hingehen und dem Samenkorn seine gefräßige Plünderung vorwerfen. Es ist nur ein Ferment, das man wieder vergißt, und es wird selber vom Baum ausgeplündert, den es befreit. Du hast geplündert, aber wer, dem du angehörst, plündert dich?

Schön war jene Königin aus einem fernen Königreich. Und die Diamanten aus dem Schweiße ihres Volkes wurden zu Diamanten einer Königin. Und wenn die Strolche und Vagabunden aus ihrem Land ins Ausland kamen, verspotteten sie die Strolche und Vagabunden: »Eure Königin«, sagten sie, »ist nicht mit Diamanten geschmückt! Die unsere hat die Farbe von Mond und Sternen . . .« Doch sieh, wie sich deine Perlen, deine Diamanten und deine Landgüter in dir vereinigen, um nichts als die Feistheit deines schweren Bauches zu preisen! Aus diesen zusammenhanglosen Baustoffen errichtest du einen Tempel, der gemein ist und in keiner Weise den Baustoffen einen höheren Wert verleiht. Du bist der Knoten ihrer Vielfalt, und dieser Knoten löst sie auf. Die Perle, die deinen Finger schmückt, ist weniger schön als die bloße Verheißung des Meeres. Ich werde den Knoten zerhauen, der mir ein Ärgernis ist, und aus deinem Gebäude Streu und Dünger für andere Bäume bereiten. Und was sollte ich mit dir anfangen? Was sollte ich mit dem Samen eines Baumes anfangen, durch den die Erde entstellt wird, wie das Fleisch durch die Eiterbeule?

Ich wollte indes, daß man die hohe Gerechtigkeit, der ich diene, nicht mit einer mageren Gerechtigkeit verwechsle. Der Zufall, der auf einer niedrigen Tätigkeit beruht, so sagte ich mir, hat einen Schatz vereinigt, der aufgeteilt wertlos wäre. Er fördert den, der ihn besitzt, aber es kommt darauf an, daß der, der ihn besitzt, ihn fördert. Ich könnte ihn aufteilen, verteilen und in Brot für mein Volk umwandeln, doch da die Angehörigen meines Volkes zahlreich sind, würden sie durch diesen Zuwachs einer Tagesration wenig gefördert werden. Da der Baum nun einmal entstanden ist, will ich ihn, wenn er schön ist, in den Mastbaum eines Segelschiffes umwandeln, nicht aber als Holzscheite an alle verteilen, damit sie eine Stunde lang Feuerung haben. Denn eine Stunde Feuerung würde sie wenig fördern. Wenn ich ihn aber mit einem Schiff ins Meer hinaussende, werden sie alle ohne Ausnahme dadurch an Schönheit zunehmen.

Ich will aus diesem Schatz ein Bild gewinnen, an dem sich die Herzen erfreuen können. Ich will den Menschen die Freude am Wunder wiedergeben, denn es ist gut, wenn die Perlenfischer, die ärmlich leben – so schwer es auch ist, den Meeresgrund nach Perlen zu durchpflügen –, an die wunderbare Perle glauben. Eine Perle, die ein einziger einmal im Jahr findet und die dessen Schicksal verändert, macht aber reicher als ein bescheidener Zusatz zu ihrer Nahrung, der der gerechten Verteilung aller Perlen des Meeres zu verdanken wäre, denn nur jene Perle, die einzig ist, schmückt für alle den Meeresgrund.

Ich suchte also in meiner hohen Gerechtigkeit nach einer würdigen Verwendung der beschlagnahmten Reichtümer, denn ich rede gewiß nicht den Steinen das Wort gegen den Tempel. Wenig wäre mir daran gelegen, den Gletscher in einen Pfuhl auszugießen, den Tempel in einzelne Baustoffe aufzulösen und den Schatz dem Raube anheimzugeben. Denn der einzige Raub, dem ich Ehre erweise, ist der Raub an der Erde durch das Samenkorn, das sich hierbei selbst ausraubt, denn es stirbt daran, um des Baumes willen. Wenig wäre mir daran gelegen, einen jeglichen spärlich zu bereichern, je nach seinem Stande: durch ein Schmuckstück die Kurtisane, durch einen Scheffel Korn den Landmann, durch eine Ziege den Hirten, durch ein Goldstück den Geizhals. Denn eine solche Bereicherung ist nur kümmerlich. Es kommt mir vielmehr darauf an, die Einheit des Schatzes zu retten, damit er über allen erstrahle, wie es bei der unteilbaren Perle geschieht. Denn wenn es sich fügt, daß du einen Gott begründest, so schenkst du ihn einem jeden als Ganzes und denkst nicht daran, ihn zu zerlegen.

Hier aber regt sich dein Durst nach Gerechtigkeit:

– Erbärmlich daran, sagst du, sind der Landmann und der Hirte. Mit welchem Recht bringst du sie um das, was ihnen zusteht, im Namen eines Vorteils, den sie nicht wollen, oder irgendeines Gottes, der ihnen unbekannt bleiben wird? Ich gedenke über die Früchte meiner Arbeit selbst zu verfügen. Ich werde, wenn es mir gefällt, die Sänger davon ernähren. Ich werde, wenn es mir gefällt, für das Fest sparen. Doch mit welchem Recht willst du deine Basilika, wenn ich sie ablehne, aus meinem Schweiße errichten?

– Eitel, werde ich dir sagen, ist deine vorläufige Gerechtigkeit, denn sie hat nur Geltung für eine bestimmte Stufe. Und man muß wählen. Die Baustoffe ändern ihre Bedeutung, wenn sie von einer Stufe zur anderen übergehen. Du forderst nicht vom Boden, daß er den Wunsch haben soll, Getreide hervorzubringen, denn er wird das Getreide gar nicht gewahr. Er ist Boden, nichts sonst. Du verlangst nicht nach etwas, das du noch nicht wahrgenommen hast. Irgendeine beliebige Frau ist dir gleichgültig. Du verlangst nicht danach, sie zu lieben, obwohl diese Liebe, wenn sie dich entflammte, vielleicht dein Glück sein könnte.

Niemand bedauert es, daß er nicht den Wunsch hat, Mathematiker zu werden. Niemand bedauert dieses Nicht-Bedauern, denn ein solches Verhalten wäre widersinnig. Es ist Sache des Getreides, den Sinn des Bodens zu begründen. Er wird zum Getreideboden. Desgleichen forderst du nicht vom Getreide, daß es Verlangen danach haben soll, Bewußtsein und Augenlicht zu werden. Denn es kennt weder Augenlicht noch Bewußtsein. Es ist Getreide, nichts sonst. Sache des Menschen ist es, sich zu ernähren und das aus dem Getreide gewonnene Brot in Inbrunst und Abendgebet zu verwandeln. Desgleichen fordere ich auch nicht vom Landmann, er solle den Wunsch haben, durch seinen Schweiß zum Gedicht, zur Mathematik oder zum Bauwerk zu werden, denn mein Landmann wird all das gar nicht gewahr. Er wird vielmehr sein Bemühen an die Verbesserung seines Pfluges wenden, denn er ist Landmann, nichts sonst.

Ich aber habe es abgelehnt, mich für die Steine und gegen den Tempel, für die Erde und gegen den Baum, für den Pflug des Landmannes und gegen die Erkenntnis auszusprechen. Ich achte ein jedes Werk, obwohl es sich dem Anschein nach auf Ungerechtigkeit gründet, denn du verneinst den Stein, um den Tempel zu bauen. Sollte ich aber nicht vom Tempel sagen, er sei Sinn des Steines und diene der Gerechtigkeit, wenn das Werk erst getan ist? Sollte ich nicht vom Baum sagen, er sei Aufstieg von der Erde? Sollte ich nicht von der Mathematik sagen, sie veredle den Landmann, der Mensch ist, obwohl er nichts von ihr weiß?

Ich gründe die Achtung vor dem Menschen nicht auf die sinnlose Aufteilung sinnloser Vorräte, die in einer haßerfüllten Gleichmacherei vor sich geht. Soldat und Hauptmann sind im Reich von gleichem Wert. Und ich werde sagen, daß die schlechten Bildhauer an dem Meisterwerk, das der gute Bildhauer geschaffen hat, den gleichen Anteil haben, denn sie dienten ihm als Düngererde für seinen Aufstieg. Sie waren Voraussetzung für seine Berufung. Ich werde sagen, daß der

Landmann oder der Hirte an dem Meisterwerk des guten Bildhauers den gleichen Anteil haben wie dieser selbst, denn sie bilden die Voraussetzung für seine Schöpfung.

Indessen besorgt es dich noch, daß ich jenen Landmann beraube, der nichts als Gegenleistung empfängt. Und du träumst von einem Reich, in dem sich die Steinklopfer auf den Landstraßen, die Hafenarbeiter und die Lagerverwalter an Dichtkunst, Mathematik und Bildhauerei berauschen und sich freiwillig eine zusätzliche Arbeit auferlegen, um deine Dichter, deine Mathematiker und deine Bildhauer zu ernähren.

Wenn du das tust, verwechselst du den Weg mit dem Ziel. Denn gewiß habe ich den Aufstieg meines Landmannes im Auge. Gewiß wäre der schön, der sich an Mathematik berauschte. Doch da du kurzsichtig bist und die Nase allzu dicht daraufdrückst, möchtest du dein Werk während des Ablaufs eines einzigen Menschenlebens abschließen, und doch gedenkst du nichts zu unternehmen, was den einzelnen übersteigt wie die Generationen. Darin belügst du dich selber. Denn du besingst die Männer, die an Bord gebrechlicher Segelschiffe im Kampf gegen das Meer gestorben sind, wodurch sie ihren Söhnen zur Herrschaft über die Inseln verhalfen. Du besingst die Erfinder, die, ohne einen Gewinn davon zu haben, für ihre Erfindungen gestorben sind, damit andere sie vervollkommnen könnten. Du besingst die auf den Wällen geopferten Soldaten, die selber nichts empfangen haben für ihr vergossenes Blut. Du besingst sogar den Mann, der eine Zeder pflanzt, obwohl er alt ist und nichts erhofft von einem fernen Schatten.

Es gibt andere Landleute und andere Hirten, die später einmal ein Gedicht entschädigen wird. Denn das Gedicht kolonisiert langsam, und der Schatten des Baumes wird für den Sohn dasein. Es ist gut, wenn das Opfer so bald wie möglich entgolten wird, jedoch wünsche ich nicht, daß es allzu schnell aufhöre, notwendig zu sein. Denn es ist Voraussetzung, Zeichen und Straße für den Aufstieg. Drei Jahre lang nagele ich mein Schiff und takele es auf. Weder der Geruch der Bretter noch der Lärm der Nägel entschädigen mich. Der Tag des Festes wird erst später kommen. Und es gibt Schiffe, bei denen das

Auftakeln lange währt. Wenn du keine Opfer mehr zu verlangen hast, so besagt dies, daß du durch die gebauten Schiffe, die gewonnenen Erkenntnisse, die gepflanzten Bäume, die geschaffenen Bildwerke befriedigt zu sein glaubst und daß du die Stunde für gekommen erachtest, in der du dich, um die Vorräte aufzubrauchen, als Seßhafter in einem fremden Gehäuse niederlassen möchtest.

Ich aber werde mich von da an auf den höchsten Turm begeben, um den Horizont zu beobachten. Denn die Stunde der Barbaren wird nahe sein.

Ich habe es dir gesagt: Es gibt keinen fertigen Vorrat. Es gibt nur Richtung, Aufstieg und Fortschreiten auf etwas hin. Die Landleute werden die Mathematiker eingeholt haben – um ihre Freude als Gegenleistung für ihren Schweiß zu empfangen –, wenn die Mathematiker kein Werk mehr hervorbringen. Gehst du im gleichen Schritt hinter deinem Freund her, muß er seinen Gang unterbrechen, wenn er einigen Vorsprung hat und möchte, daß du ihn einholen sollst. Ich habe es dir schon gesagt: Du wirst die Gleichheit finden, sobald erst das Fortschreiten nutzlos wurde; dort allein, wo die Vorräte zu etwas gut sind: in der Stunde des Todes, wenn Gott die Ernte einbringt.

Also fand ich es gerecht, den Schatz nicht aufzuteilen.

Denn es gibt nur eine Gerechtigkeit: Ich werde zunächst das retten, dem du angehörst. Gerechtigkeit für die Götter? Gerechtigkeit für die Menschen? Aber der Gott gehört dir, und ich werde dich retten, sofern das möglich ist, wenn er durch deine Rettung größer wird. Doch ich werde dich nicht gegen deine Götter retten. Denn du gehörst ihnen an.

Ich werde das Kind retten und die Mutter opfern, wenn das notwendig ist, denn zunächst gehörte es ihr. Von nun an aber gehört sie ihm. Und ich werde den Glanz des Reiches retten und den Landmann dafür opfern, so wie ich die Erde für das Korn opfere. Ich werde die schwarze Perle retten, der du angehören wirst, selbst wenn sie dir nicht zufällt, denn sie schmückt dir das ganze Meer, und ich werde dafür das lächerliche Perlenbruchstück opfern, das dir sonst gehörte und das kaum bereichern könnte. Ich werde den Sinn der Liebe retten, so daß du durch ihn existieren kannst, und dafür die Liebe opfern, die dir vielleicht wie eine Anschaffung oder ein Recht gehört, denn damit gewännest du niemals die Liebe.

Ich werde die Quelle retten, die dich tränkt, und dafür sogar deinen Durst opfern; sonst stürbest du den geistigen oder den fleischlichen Tod.

Und es ist mir ganz gleichgültig, daß sich die Worte die Zunge zeigen und daß es den Anschein hat, als gedächte ich, dir die Liebe zu gewähren, indem ich sie dir versage, und dich zum Leben einzuladen, indem ich dir den Tod auferlege, denn die Gegensätze sind Erfindung der Sprache, die das verwirrt, was sie zu erfassen glaubt. Und die Ära der großen Ungerechtigkeit beginnt, wenn du vom Menschen verlangst, er solle sich unter Todesstrafe für oder gegen etwas aussprechen.

Es dünkte mich somit gerecht, den Schatz nicht zurückzuerstatten, indem ich ihn als Schutt auseinanderstreute, damit ich der Kurtisane ihr Schmuckstück, dem Hirten seine Ziege, dem Landmann seinen Scheffel Gerste und dem Geizigen sein Goldstück wiedergeben konnte – denn sie waren dieser Dinge beraubt worden –, sondern dem Geist das zu erstatten, was dem Fleisch entzogen war. So verfährst du, wenn du deine Muskeln benutzt, um den Stein auszuhauen, und sodann – sobald erst der Sieg errungen ist – die Hände gegeneinanderschlägst, um dich von ihrem Staub zu befreien, von deinem Werk zurücktrittst, während du die Augen zusammenkneifst, damit du besser sehen kannst, ein wenig den Kopf zur Seite neigst, um endlich das Lächeln des Gottes zu empfangen wie ein Brandmal.

Freilich hätte ich der bloßen Rückerstattung einen besonderen Glanz verleihen können. Denn es ist etwas anderes, wenn du irgendein Schmuckstück, eine Ziege, einen Scheffel Gerste, ein Goldstück besitzt, die dir keinerlei Freude bereiten, als wenn du sie als Abschluß eines Festtages oder Höhepunkt eines Zeremoniells empfängst. Diese bescheidenen Dinge erhalten dann ihre Färbung als Geschenk des Königs, als Gabe der Liebe. Und ich kenne einen Mann, dem zahllose Rosenfelder gehörten und der sie lieber von der letzten Blume entblößt gesehen hätte, statt eine einzige verwelkte, in ein Stück Leinen eingenähte Rose zu verlieren, die er auf seinem Herzen trug. Doch dieser oder jener meiner Untertanen hätte sich täuschen und in seiner Torheit glauben können, er gewinne seine Freude aus dem Korn, der Ziege, dem Gold oder einer in ein Stück Leinen eingenähten verwelkten Rose. Und ich wünschte sie zu belehren. Gewiß hätte ich meinen Schatz in Belohnungen verwandeln können. Den siegreichen General adelst du im Angesicht des Reiches, oder auch den Mann, der dir eine neue Blume oder eine Arznei oder ein Schiff erfand. Und dies wäre ein Handel gewesen, der sich ohne weiteres als vernünftig und angemessen erwiesen hätte; so hätte er deinen Verstand befriedigt, ohne jedoch irgendeine Gewalt auf dein Herz auszuüben. Wenn ich dir einen Lohn auszahle, sobald der Monat abgelaufen ist – siehst du dann irgendeinen Glanz von ihm ausstrahlen? Daher glaubte ich mir von der Wiedergutmachung eines Unrechts, der Verherrlichung einer aufopfernden Tat oder einer Ehrung des Genies wenig versprechen zu können. Du blickst um dich; du sagst: »Gut so.« Alles ist ganz einfach in Ordnung, und so gehst du nach Hause, um dich um andere Dinge zu kümmern. Und keiner empfängt seinen Anteil am Licht, denn es ist ja ganz selbstverständlich, daß die Wiedergutmachung dem Unrecht, die Verherrlichung der Aufopferung und die Ehrung dem Genie zuteil wird. Und wenn dich deine Frau fragt, während du die Tür aufmachst: »Was gibt es Neues in der Stadt?«, wirst du ihr antworten, da du es schon vergessen hast, du habest ihr nichts zu berichten. Denn du denkst auch nicht mehr daran, zu erzählen, daß die Häuser von der Sonne beleuchtet werden oder daß der Fluß ins Meer fließt.

Ich lehnte daher den Vorschlag meines Justizministers ab, der hartnäckig von mir verlangte, ich solle die Tugend verherrlichen und belohnen, da man dadurch einerseits gerade das zerstört, was man zu feiern gedenkt, und da ich ihn andererseits im Verdacht hatte, er interessiere sich für die Tugend, wie er sich für eine Kiste wohlschmeckender Früchte interessiert hätte. Nicht daß er besonders ausschweifend gewesen wäre; aber weil er hierbei Feingefühl zeigte und vor allem die Qualität kostete.

– Die Tugend züchtige ich, antwortete ich ihm. Und da er verdutzt schien, fuhr ich fort:

– Ich habe es dir von meinen Hauptleuten in der Wüste gesagt. Ich belohne sie für ihr Opfer im Sand durch die Liebe zum Sand, die dadurch ihr Herz erfüllt. Und indem ich sie in ihr Elend einschließe, mache ich sie reich.

Wo ist denn die Tugend deiner tugendhaften Damen zu finden, wenn sie die Krone aus goldener Pappe, den Beifall der Bewunderer und das ihnen zufallende Vermögen genießen? Die Mädchen des Freudenviertels lassen sich eine nicht so kärgliche Gabe weniger teuer von dir bezahlen.

Ich lehnte schließlich die Vorschläge der Baumeister ab. Sieh, sagten sie, du kannst diesen nutzlosen Schatz gegen einen einzigen Tempel austauschen, der der Ruhm des Reiches wäre und zu dem im Laufe der Jahrhunderte Karawanen von Reisenden mühselig hinpilgern würden.

Und freilich hasse ich das Gewöhnliche, das dir nichts gibt. Und ich achte das, was Weite und Schweigen den Menschen schenken. Nützlicher als der Besitz eines weiteren Speichers scheint mir der Besitz der Sterne am Himmel – und des Meeres –, obwohl du mir nicht zu sagen weißt, wodurch sie dein Herz erbauen. Doch in dem Elendsviertel, in dem du erstickst, wünschst du sie herbei. Sie rufen dich zu einer wunderbaren Wanderung. Was tut's, daß du sie nicht ausführen kannst! Sehnsucht nach Liebe ist Liebe. Und siehe, du bist schon gerettet, wenn du versuchst, der Liebe entgegenzuwandern.

Indessen glaube ich nicht an solch ein Vorgehen. Du kaufst dir nicht Freude oder Gesundheit oder wirkliche Liebe. Du kaufst nicht die Sterne. Du kaufst nicht einen Tempel. Ich glaube an den Tempel, der dich ausraubt. Ich glaube an die emporwachsenden Tempel, die den Menschen ihren Schweiß abpressen. Sie entsenden Apostel in die Ferne, und diese werden dir im Namen ihres Gottes Lösegeld abverlangen. Ich glaube an den Tempel des grausamen Königs, der seinen Stolz auf Stein gründet. Er treibt die Männer auf seinen Bauplatz.

Und die peitschenbewehrten Aufseher zwingen sie, die Steine zu karren. Ich glaube an den Tempel, der dich ausbeutet und dich verzehrt. Und dich als Gegengabe bekehrt. Nur solch ein Tempel gewährt dir ein Entgelt. Denn der Mann, der die Steine des grausamen Königs karrt, erlangt das Recht, stolz zu sein. Du siehst ihn die Arme verschränken vor dem Bug des Granitschiffes, das die Wüste zu bedrohen beginnt im langsamen Gang künftiger Jahrhunderte. Seine Majestät gehört ihm wie allen anderen, denn sobald erst ein Gott begründet ist, verschenkt er sich ohne Einschränkung an alle. Ich glaube an den Tempel, geboren aus der Begeisterung über den Sieg. Du takelst ein Schiff auf, das der Ewigkeit entgegenfährt. Und ein jeder singt beim Bau des Tempels. Und der Tempel wird Antwort singen.

Ich glaube an die Liebe, die sich in einen Tempel verwandelt. Ich glaube an den Stolz, der sich in einen Tempel verwandelt. Und ich würde, wenn du sie mir zu bauen wüßtest, an die Tempel des Zornes glauben. Denn dann sehe ich den Baum, der seine Wurzeln in die Liebe oder in den Stolz oder in die Siegestrunkenheit oder in den Zorn hineinsenkt. Er entzieht dir deinen Saft, um sich zu nähren. Hier aber bietest du dem Ehrgeiz seiner Wurzeln nur eine elende Höhle an, mag sie auch mit Gold gefüllt sein. Ein solcher Tempel wird nur ein Warenlager zu nähren vermögen. Ein Jahrhundert Wind, Regen und Sand wird ihn dir zum Einsturz bringen.

Da ich es somit verschmäht hatte, den Schatz der Bereicherung dienen zu lassen, es verschmäht hatte, ihn als Belohnung zu verwenden, es verschmäht hatte, ihn in ein steinernes Schiff zu verwandeln, und somit unbefriedigt blieb auf der Suche nach einem strahlenden Gesicht, das das Herz der Menschen verschönt, ging ich meines Weges, um schweigend nachzusinnen.

Er ist nur Mist und Dünger, dachte ich. Ich habe unrecht, wenn ich ihm eine andere Bedeutung abzuverlangen trachte.

Ich betete also zu Gott, er möge mich belehren, und er ließ mich in seiner Güte der Karawanen gedenken, die auf dem Weg zur Heiligen Stadt sind, obwohl ich nicht gleich verstand, inwiefern eine Erscheinung von Kameltreibern im Sonnenlicht meine Zweifelsfrage erhellen könnte.

Ich sah dich, o mein Volk, wie du auf mein Geheiß deine Pilgerfahrt vorbereitetest. Ich habe stets die Geschäftigkeit des letzten Abends genossen wie einen einzigartigen Honig. Denn eine Expedition, die du ausrüstest, gleicht einem Schiff, das du betakelst, wenn sein Bau vollendet ist, und das bisher die Bedeutung eines Bildwerks oder eines Tempels besessen hatte – denn diese nutzen die Hämmer ab und fordern dich heraus, Erfindungen und Berechnungen zu ersinnen und die Kraft deiner Arme zu gebrauchen –, das aber jetzt die Bedeutung der Reise annimmt, denn du kleidest es für den Wind. So ist es mit deiner Tochter, die du aufgezogen und belehrt hast und deren Putzsucht du bisher bestraftest – es dämmert aber der Tag heran, an dem sie der Gatte erwartet; und da sie dir an diesem Morgen nie schön genug vorkommt, richtest du dich zugrunde, um sie mit Linnen und goldenen Armbändern zu schmücken, denn auch für dich geht es darum, ein Schiff ins Meer zu entsenden.

Wenn du nun also das Aufschichten der Vorräte, das Zunageln der Kisten, das Knüpfen der Säcke beendet hast, gehst du zwischen den Tieren einher wie ein König, streichelst das eine, zügelst ein anderes, läßt dich aufs Knie nieder, um einen Lederriemen ein wenig fester zu schnallen, und bist voller Stolz, daß du die Traglasten, sobald sie erst einmal gehißt wurden, weder nach rechts noch nach links gleiten siehst; so weißt du, daß die Tiere, die sie heftig hin und her wiegen, während sie sich schwankend fortbewegen und über die Steine stolpern und in den Marschpausen niederknien, ihre Lasten gleichwohl in einem federnden Gleichgewicht in der Schwebe halten werden, so wie der Orangenbaum im Winde schwankt, ohne die Fracht seiner Orangen zu gefährden.

Ich koste dann deine Wärme, o mein Volk, das du die Verpuppung deiner vierzig Wüstentage vorbereitest, und da ich nicht auf den Wind der Worte höre, habe ich mich nie über dich getäuscht. Denn wenn ich an den Vorabenden des Aufbruchs im Schweigen meiner Liebe einherging, während ringsum die Riemen knirschten, die Tiere grunzten und heftige Wortwechsel über den einzuschlagenden Weg oder die Wahl der Führer oder die jedem zugedachte Rolle im Gange waren, wunderte es mich nicht, daß ich euch nicht die Reise preisen, sondern ganz im Gegenteil den Bericht in den schwärzesten Farben schildern hörte, der von den Leiden der Expedition im vergangenen Jahr erzählte, von den versiegten Brunnen und den glühenden Winden und den Schlangenbissen, die im Sande wie von unsichtbaren Nerven ausgehen, und dem Hinterhalt der Wegelagerer und der Krankheit und dem Tod; ich wußte ja, daß sie alle sich dabei nur ihrer Liebe schämten.

Denn es ist gut, wenn du vorgibst, dich nicht für deinen Gott zu begeistern, und nicht von vornherein die goldenen Kuppeln der Heiligen Stadt lobpreisest, denn dein Gott ist kein fertiges Geschenk, kein Vorrat, der irgendwo für dich aufbewahrt wird, sondern Fest und Krönung des Zeremoniells deiner Nöte.

Wenn sie sich nämlich von vornherein mit den Baustoffen ihrer Begeisterung abgäben, müßte ich ihnen ebenso mißtrauen wie den Erbauern des Segelschiffs, die dir zu früh von den Segeln und dem Wind und dem Meer sprechen; stünde doch zu befürchten, daß sie die Bretter und Nägel vernachlässigen könnten, so wie der Vater, der seine Tochter zu früh auffordert, ihre Schönheit zu pflegen. Ich liebe die Lobgesänge der Nagelschmiede und der Brettschneider, denn sie preisen nicht den fertigen Vorrat, der ohne Inhalt ist, sondern den Aufstieg zum Schiff. Und wenn das Schiff erst betakelt ist, wenn es durch die Reise seinen Sinn erhalten hat, möchte ich von meinen Seeleuten hören, wie sie nicht zunächst die Wunder der Insel, sondern die Gefahren besingen, mit denen das Meer sie umlagert, denn dann habe ich ihren Sieg vor Augen.

Aus ihren Leiden lesen sie selber Weg, Gefährt und Beförderung ab. Und du zeigst dich kurzsichtig und leichtgläubig, wenn dich wegen ihrer Klagen oder ihrer Flüche, mit denen sie ihr Herz begütigen, Besorgnis überkommt und du ihnen deine Süßholzraspler schickst, die die Gefahren des Durstes leugnen und ihnen von den Seligkeiten und Sonnenuntergängen der Wüste vorschwärmen. Denn das gestaltlose Glück lockt mich wenig. Doch mich beherrscht die Offenbarung der Liebe.

Die Karawane setzt sich also in Marsch. Und fortan beginnen der verborgene Stoffwechsel und das Schweigen und die blinde Nacht der Verpuppung und der Ekel und der Zweifel und der Schmerz, denn jede Wandlung ist schmerzlich. Es steht dir nicht mehr an, dich zu begeistern, du hast vielmehr treu zu bleiben, denn es ist nichts von dir zu erhoffen, da ja der Mensch, der du gestern noch warst, sterben muß.

Du wirst nur noch aus Aufschwüngen der Sehnsucht bestehen und nach der Kühle deines Hauses und nach der Silberschale verlangen, die die Stunde des Tees bei der Geliebten vor dem Liebesspiel bedeutete. Grausam wird dir sogar die Erinnerung an den Zweig erscheinen, der sich vor deinem Fenster wiegte, oder auch nur an den Hahnenschrei auf deinem Hof. Du wirst sagen: »Ich hatte ein Heim!«, denn du bist nirgends mehr zu Hause. Von neuem wird dir das Geheimnis des Esels vor Augen stehen, den du wecktest, als der Morgen graute, denn von deinem Pferd oder deinem Hund weißt du etwas, da sie dir antworten. Aber von ihm, der gleichsam in sich selber eingemauert ist, weißt du nicht, ob er auf seine besondere Weise seine Wiese, seinen Stall oder dich selber liebt. Und in der Tiefe deiner Verbannung überkommt dich das Verlangen, ihm noch einmal den Arm um den Hals zu legen oder ihm das Maul zu tätscheln, um ihn vielleicht auf dem Grunde seiner Nacht zu entzücken wie einen Blinden. Und fürwahr: wenn der Tag naht, an dem aus dem versiegten Brunnen kaum noch ein stinkender Schlamm hervorsickert, werden die Geheimnisse deines Springbrunnens dir das Herz verwunden.

So schließt sich die Verpuppung der Wüste über dir, denn vom dritten Tage an beginnen deine Schritte auf dem Pechboden, der sich vor dir ausdehnt, klebenzubleiben. Wer dir widersteht, steigert dich, und die Hiebe des Kämpfers fordern deine Gegenhiebe heraus. Doch die Wüste empfängt die

Schritte, einen nach dem anderen, wie eine endlose Audienz, die deine Worte verschlingt und dich verstummen läßt. Seit Tagesanbruch mühst du dich ab, und das Kreideplateau, das den Horizont zu deiner Linken begrenzt, hat sich nicht spürbar verändert, wenn es Abend wird. Du nützt dich ab wie das Kind, das Spatenstich für Spatenstich ein Gebirge zu versetzen gedenkt. Aber es weiß nichts von seiner Mühsal. Du bist wie verloren in einer Freiheit ohne Grenzen, und schon wird deine Inbrunst erstickt. So habe ich dich, mein Volk, jedesmal im Laufe deiner Wanderungen mit Kieselsteinen genährt und mit Dornen getränkt. Ich habe dich im Nachtfrost erstarren lassen. Ich habe dich Sandstürmen ausgesetzt, die so glühend waren, daß du dich auf dem Boden niederkauern und deine Kleider über den Kopf ziehen mußtest, während dein Mund von Sand knirschte und dein Wasser nutzlos in der Sonne verdampfte. Und die Erfahrung hat mich gelehrt, daß jedes Wort des Trostes vergeblich war.

– Es wird ein Abend kommen, sagte ich dir, der einem Meeresgrunde gleicht. Der abgelagerte Sand wird in stillen Schobern schlafen. Du wirst in der Kühle auf einem harten, federnden Boden wandern. Doch als ich so zu dir sprach, schmeckte es mir nach Lüge auf der Zunge, denn ich forderte dich damit auf, dein Wesen durch Einbildung zu ändern. Und im Schweigen meiner Liebe nahm ich keinen Anstoß an deinen Beschimpfungen:

– Mag sein, Herr, daß du recht hast! Vielleicht wird Gott die Überlebenden morgen in eine Schar von Seligen verkleiden. Doch was gehen uns diese Fremdlinge an! Im Augenblick sind wir nur eine Handvoll Skorpione, eingeschlossen in einen Feuerkreis!

Und so sollte es mit ihnen stehen, Herr, Dir zum Ruhme.

Oder vielleicht erwachte auch der Nordwind in seiner nächtlichen Grausamkeit, der den Himmel reinfegte wie ein Säbelhieb. Der nackte Boden verlor seine Hitze, und die Menschen schlotterten, wie erstarrt durch die Sterne. Was konnte ich ihnen sagen?

– Es wird wieder Tag werden, und das Licht wird wiederkehren. Die Sonnenhitze wird sich sanft wie ein Blutstrom in euren Gliedern ausbreiten. Mit geschlossenen Augen werdet ihr erkennen, daß sie in euch wohnt . . .

Sie aber antworteten mir:

– Vielleicht wird Gott morgen an unserer Stelle einen Garten mit glücklichen Pflanzen gedeihen lassen und ihn düngen in seiner Güte. Doch heute nacht sind wir nichts als ein Roggenfeld, das der Wind peinigt.

Und so sollte es mit ihnen stehen, Herr, Dir zum Ruhme.

Dann entzog ich mich ihrem Elend und betete also zu Gott: »Herr, es muß so sein, daß sie meine falschen Heilmittel zurückweisen. Im übrigen kümmern mich ihre Klagen wenig: ich gleiche dem Chirurgen, der das Fleisch heilt und es schreien macht. Ich kenne den Vorrat an Freude, der in ihnen eingemauert ist, obwohl ich die Worte nicht weiß, die ihn zu entriegeln vermöchten. Gewiß ist er nicht für den gegenwärtigen Augenblick bestimmt. Die Frucht muß reifen, bevor sie ihren Honig spenden kann. Wir gehen durch die Stunde ihrer Bitternis hindurch. Nichts ist in uns als saurer Geschmack. Der verrinnenden Zeit fällt die Aufgabe zu, uns zu heilen und uns in Freude zu verwandeln, Dir zum Ruhme.«

Und ich zog weiter des Weges und fuhr fort, mein Volk mit Kieseln zu speisen und mit Dornen zu tränken.

Wir aber vollendeten den Schritt, der anfangs den anderen glich und sich in nichts von den zahllosen Schritten unterschied, die schon in die Weite ausgegossen waren: den Schritt des Wunders. Das Fest krönte das Zeremoniell der Wanderung. Den Augenblick, gesegnet unter allen anderen Augenblicken, der die Puppe sprengt und ihren geflügelten Schatz in die Freiheit des Lichtes hebt.

So habe ich meine Soldaten zum Sieg geführt, durch die Mühsal des Krieges hindurch. Ich führte sie zum Licht durch die Nacht, zum Schweigen des Tempels durch das Karren der Steine, zum Widerhall des Gedichtes durch die Trockenheit der Grammatik, zum Anblick, der sich von der Höhe der Berge darbietet, durch die Felsspalten und das Geröll schwerer Steine. Wenig kümmert es mich, daß du während des Überganges Mühsal ohne Hoffnung erduldest, denn ich mißtraue dem Rausch der Raupe, die in den Flug verliebt zu sein glaubt. Es genügt, daß sie sich selber verzehrt beim Verdauen ihrer Verpuppung. Und daß du deine Wüste durchquerst.

Du verfügst nicht über die Freudenschätze, die in dir verschlossen sind, und du darfst den Zugang nicht eher entriegeln, bis daß die Stunde gekommen ist. Gewiß ist die Freude lebhaft, die dir aus dem Schachspiel erwächst, wenn der Sieg deine Findigkeit krönt, aber es steht nicht in meiner Macht, dir diese Freude außerhalb des Zeremoniells deines Spiels zu gewähren.

Deshalb möchte ich, daß du auf der Stufe, auf der du mit Brettern und Nägeln zu tun hast, die Lobgesänge der Brettschneider und Nagelschmiede, nicht aber den Lobgesang des Schiffes singst. Denn ich biete dir die bescheidenen Siege, die das blanke Brett und der geschmiedete Nagel gewähren; sie werden dein Herz befriedigen, wenn du ihnen zunächst entgegengewandert bist. Schön ist dein Holzblock, wenn du das blanke Brett erkämpfst. Schön ist dein blankes Brett, wenn du das Schiff erkämpfst.

Ich habe einen gekannt, der sich zwar dem Zeremoniell des Schachspiels unterwarf, dabei aber verstohlen gähnte und seine Erwiderungszüge mit einer fernen Nachsicht verteilte, so wie sich einer mit hartem Herzen dazu herabläßt, die Kinder zu unterhalten.

– Sieh meine Kriegsflotte, sagt der siebenjährige Kapitän, der drei Kieselsteine vor dir aufgebaut hat.

– Wahrhaftig, eine schöne Kriegsflotte, antwortet der Hartherzige und betrachtet die Kieselsteine mit halbem Auge.

Wer es aus Eitelkeit unterläßt, das Zeremoniell des Schachspiels als wesentlich anzusehn, wird seinen Sieg nicht auskosten. Wer es aus Eitelkeit unterläßt, die Bretter und Nägel zu seinem Gott zu machen, wird das Schiff nicht erbauen.

Der Tintenkleckser, der niemals etwas bauen wird, zieht, da er zartbesaitet ist, den Lobgesang des Schiffes dem Lobgesang der Nagelschmiede und Brettschneider vor; desgleichen wird er mir, sobald das Schiff betakelt, vom Stapel gelaufen und vom Winde geschwellt ist, nicht von dem Kampf sprechen, den es unaufhörlich mit dem Meer ausficht, sondern mir schon die Insel voller Musik preisen. Sie verleiht nun zwar den Brettern und Nägeln, sodann dem Kampf mit dem Meer ihren Sinn, doch nur unter der Voraussetzung, daß du keine aufeinanderfolgenden Wandlungen versäumst, aus denen sie hervorgehen wird. Jener aber wird von vornherein in der Fäulnis des Traums herumwaten, sobald er deinen ersten Nagel zu Gesicht bekommt, und mir von den farbigen Vögeln und den Sonnenuntergängen auf dem Korallenriff etwas vorsingen. Diese Lieder werden mich anwidern, denn ich ziehe das knusprige Brot solchen Süßigkeiten vor, und mir überdies fragwürdig erscheinen, denn es gibt regnerische Inseln, auf denen die Vögel grau sind; und erst wenn ich die Insel erreicht habe, möchte ich, um in Liebe zu ihr zu entbrennen, den Lobgesang hören, durch den ich den grauen Himmel mit farblosen Vögeln in mein Herz schließe.

Ich aber gedenke, meine Kathedrale nicht ohne Steine zu bauen, und ich dringe in ihr Wesen nur ein, wenn ich es als Krönung der Vielfalt erkenne; ich begriffe nichts von den Blumen, gäbe es nicht eine besondere Blume, die diese bestimmte Zahl von Blättern und nicht mehr oder weniger, diese bestimmte Farbzusammenstellung und keine andere aufweist; ich habe die Nägel geschmiedet, die Bretter gesägt und die furchtbaren Schulterstöße des Meeres ausgehalten, den einen nach dem anderen. So kann ich dir nun auch die gestaltete und wesenhafte Insel besingen, die ich mit meinen eigenen Händen aus den Meeren hervorgeholt habe.

So ist es auch mit der Liebe. Was erfahre ich von ihr, wenn mir mein Tintenkleckser ihre allgemeine Fülle preist? Aber die Frau von besonderer Eigenart, sie eröffnet mir einen Weg. Sie spricht so und nicht anders. Ihr Lächeln ist so und nicht anders. Niemand gleicht ihr. Und siehe, wenn ich mich des Abends aus meinem Fenster lehne, stoße ich mich keineswegs an der besonderen Mauer, es scheint mir vielmehr, daß ich Gott dadurch entdecke. Denn du brauchst wirkliche Pfade mit gerade diesen Windungen, gerade dieser Erdfarbe und gerade diesen Rosenstöcken an ihrem Rande. Erst dann gehst du einem Ziel entgegen. Einer, der am Verdursten ist, schreitet träumend auf einen Brunnen zu. Aber er stirbt.

So ist es auch mit meinem Mitleid. Da hältst du mir einen empfindsamen Vortrag über die Qualen, die Kinder erdulden, und du ertappst mich dabei, daß ich gähne. Doch du hast mich nirgendwohin geführt. Du sagst mir: »Bei jenem Schiffbruch sind zehn Kinder ertrunken . . .«, aber ich verstehe nichts von Arithmetik und könnte auch nicht doppelt soviel weinen, wenn die Zahl doppelt so groß wäre. Im übrigen geschieht es auch, daß du das Leben genießt und dich glücklich fühlst, obwohl seit Entstehung des Reiches Kinder zu Hunderttausenden gestorben sind.

Ich aber werde über ein bestimmtes Kind weinen, wenn du mich auf einem besonderen Pfad zu ihm hinführen kannst, und so, wie ich durch eine bestimmte Blume den Zugang zu allen Blumen finde, werde ich durch dieses Kind alle Kinder wiederfinden und nicht nur über alle Kinder, sondern über alle Menschen weinen.

Du hast mir eines Tages von dem sommersprossigen, dem lahmen, dem gedemütigten Knaben erzählt, den die Leute des Dorfes haßten; denn er lebte dort als Schmarotzer und völlig verlassen, nachdem er eines Abends, kein Mensch weiß, woher, gekommen war.

Man rief ihm zu:

– Du bist das Ungeziefer unseres schönen Dorfes. Du bist der Schimmel, der auf unserer Wurzel gedeiht!

Doch da du ihn trafst, fragtest du ihn:

– Du Sommersprossiger, hast du denn keinen Vater?

Er aber antwortete nicht.

Oder du fragtest auch, weil er nur die Tiere und die Bäume zu Freunden hatte:

– Warum spielst du denn nicht mit den Jungen deines Alters?

Und er zuckte die Achseln, ohne dir zu antworten. Denn seine Altersgenossen bewarfen ihn mit Steinen, da er ja lahmte und von weit her kam, wo alles schlecht ist.

Wenn er sich an die Spiele heranwagte, bauten sich die schmucken Jungen, jene, die am besten gewachsen waren, vor ihm auf:

– Du gehst wie eine Krabbe, und dein Dorf hat dich ausgespien! Du verunstaltest das unsrige. Es war ein schönes Dorf, das aufrecht seines Weges ging!

Dann konntest du sehen, wie er sofort kehrtmachte und sich entfernte, wobei er das eine Bein hinter sich herzog.

Du fragtest ihn, als du ihm begegnetest:

– Du Sommersprossiger, hast du denn keine Mutter?

Er aber antwortete dir nicht. Er sah dich blitzschnell an und errötete.

Da du dir jedoch vorstelltest, daß er bitter und traurig sein müsse, verwunderte dich seine ruhige Sanftmut. Aber so war er. So und nicht anders.

Es kam der Abend, da ihn die Leute des Dorfes mit Stockschlägen davonjagen wollten:

– Fort mit diesem Samen der Hinkefüße; er soll sich nur anderswo einpflanzen!

Du fragtest ihn, als du ihn in Schutz genommen hattest:

– Du, Sommersprossiger, hast du denn keinen Bruder?

Da erhellten sich seine Züge, und er blickte dir gerade in die Augen:

– Ja, ich habe einen Bruder!

Und ganz rot vor Stolz erzählte er dir von seinem älteren Bruder, von diesem Bruder und keinem anderen.

Er war Hauptmann irgendwo im Reich. Sein Pferd hatte diese Farbe und keine andere, und er, der Lahme, der Sommersprossige, hatte an einem Siegestag hinter seinem Bruder aufsitzen dürfen. Eben an diesem Tag und an keinem anderen. Und der ältere Bruder würde wohl einmal wiederkommen. Und wiederum würde ihn dieser Bruder hinter sich aufsitzen lassen, ihn, den Sommersprossigen, den Lahmen, angesichts des ganzen Dorfes. »Aber diesmal werde ich ihn bitten«, sagte das Kind zu dir, »daß er mich vorne auf den Pferdehals aufsitzen läßt, und er wird es gewiß erlauben! Und dann bin ich es, der Ausschau hält. Und *ich* werde dann sagen: Nach rechts, nach links, schneller! Warum sollte mein Bruder es mir abschlagen? Er ist so froh, wenn er mich lachen sieht. Dann werden wir zu zweit sein.«

Ja, er ist etwas anderes als ein krummbeiniges Ding, durch Sommersprossen entstellt. Er gehört etwas anderem an als sich selber und seiner Häßlichkeit. Er gehört einem Bruder. Und er ist hinter ihm aufgesessen und ausgeritten, auf einem Streitroß, an einem Siegestag!

Und der Morgen der Rückkehr naht heran. Und du siehst den Knaben auf der niederen Mauer sitzen, mit hängenden Beinen. Und die anderen werfen Steine nach ihm.

– He, du da, der nicht laufen kann, du Hinkebein!

Er aber sieht dich an und lächelt. Du bist durch einen Pakt an ihn gebunden. Du bist Zeuge der Unfähigkeit der anderen, die nur den Sommersprossigen, den Lahmen in ihm sehen, während er doch einem Bruder mit seinem Streitroß gehört.

Und heute wird ihn der Bruder reinwaschen von allen Schmähungen und mit seinem Ruhm ihm einen Wall aufbauen gegen die Steine. Und er, der Schwächling, wird durch den stolzen Wind eines galoppierenden Pferdes gereinigt werden von aller Schmach. Und man wird seine Häßlichkeit nicht mehr sehen, denn sein Bruder ist schön. Seine Erniedrigung wird von ihm abgewaschen werden, denn sein Bruder ist siegreich und voller Freude. Und er, der Sommersprossige, wird sich in der Sonne des Bruders wieder erwärmen. Und fortan werden ihn die anderen, nun sie ihn erkannt haben, zu all ihren Spielen einladen: »Du, der du deinem Bruder gehörst, komm und laufe mit uns . . . du bist schön in deinem Bruder.« Und er wird seinen Bruder bitten, er möge auch sie nacheinander auf dem Hals des Streitrosses reiten lassen, damit sie sich gleichfalls am Winde satttrinken können. Denn er wird diesem Völkchen seine Unwissenheit nicht nachtragen können. Er wird sie liebhaben und ihnen sagen: »Jedesmal, wenn mein Bruder wiederkommt, werde ich euch herbeirufen, und dann wird er euch von seinen Schlachten erzählen . . .« So schmiegt er sich nun an dich, denn du weißt Bescheid. Und vor dir ist er nicht so verunstaltet, denn du siehst durch ihn hindurch seinen älteren Bruder.

Aber du kamst, ihm zu sagen, er solle vergessen, daß es ein Paradies, eine Erlösung und eine Sonne gibt. Du kamst, um ihn der Rüstung zu berauben, die ihm unter dem Steinhagel Mut verlieh. Du kamst, um ihn in seinen Schlamm zurückzustoßen. Du kamst, um ihm zu sagen: »Mein Kleiner, versuche auf andere Weise weiterzuleben, denn du kannst nicht mehr hoffen, auf einem Streitroß hinten aufzusitzen und auszureiten.« Und wie vermöchtest du ihm mitzuteilen, daß sein Bruder aus dem Heer ausgestoßen worden ist, daß er in Schimpf und Schande dem Dorf entgegenwandert und daß er so kläglich auf der Straße daherhinkt, daß man ihn mit Steinen bewirft?

Und wenn du mir jetzt sagst:

– Ich habe ihn mit eigener Hand tot aus dem Pfuhl herausgezogen, wo er sich ertränkt hatte; denn er konnte nicht mehr leben, weil es ihm an Sonne fehlte . . .

Dann werde ich über das menschliche Elend weinen. Und dank dieses sommersprossigen Gesichts und keines anderen, dieses Streitrosses und keines anderen, dieses Ausritts auf der Kruppe an einem Siegestag und keinem anderen, dieser Schande auf der Schwelle eines Dorfes und keiner anderen, schließlich auch dank dieses Pfuhls, von dem du mir die Enten und die ärmliche Wäsche beschrieben hast, die an seinem Rande trocknete – siehe, dadurch begegne ich Gott; so weit reicht das Mitleid, das ich durch die Menschen hindurch empfinde, denn du hast mich auf den wahrhaften Pfad geführt, als du mir von diesem Kind und von keinem anderen sprachst.

Suche nicht von vornherein nach einem Licht, das ein Gegenstand unter anderen Gegenständen wäre: das Licht des Tempels krönt die Steine.

Wenn du dein Gewehr einfettest, und dabei mit dem Gewehr und dem Fett achtsam umgehst, wenn du deine Schritte auf dem Wege der Ronde zählst, wenn du deinen Korporal um des Korporals und des Grußes willen grüßt, so bereitest du innerlich die Erleuchtung der Schildwache vor. Wenn du die Schachfigur ziehst und dabei die Regeln des Schachspiels ernst nimmst, wenn du vor Zorn errötest, da dein Gegner beim Spiel betrügt, so bereitest du innerlich die Erleuchtung des Siegers im Schachspiel vor. Wenn du deine Tiere abschindest, wenn du über den Durst jammerst, wenn du die Sandwinde verwünschst, wenn du beharrlich bleibst und schlotterst und in der Sonne verbrennst, nur dann kannst du – vorausgesetzt, daß du nicht der Erhabenheit der Flügel, die im Raupenzustand lediglich schlechte Poesie sind, sondern der Aufgabe, die du in jedem Augenblick zu erfüllen hast, die Treue hältst –, nur dann kannst du auf die Erleuchtung des Pilgers Anspruch erheben; erst später wird dieser spüren, daß er den Schritt des Wunders getan hat, als sein Herz plötzlich zu pochen begann.

Die Macht ist mir versagt – mag ich auch noch so poetisch davon reden –, deine Freudenvorräte zu entriegeln. Aber ich konnte dir helfen, als du dich auf der Stufe der Baustoffe befandest. Ich sprach dir von der Erhaltung der Brunnen, von der Heilung der Blasen auf deinen Handflächen, von der Geometrie der Sterne und ebenso von den Knoten der Stricke, wenn eine deiner Kisten abrutschte. Damit er dir ihr Lob singe, rief ich dir den Mann herbei, der fünfzehn Jahre auf dem Meere gefahren war, bevor er Kameltreiber wurde, und der daher die Anordnung von Blumensträußen oder die Kunst, die Tänzerinnen zu schmücken, nicht als begeisternderen Gegenstand der Dichtung angesehen hätte. Es gibt Knoten, mit denen du ein Schiff festbindest und die eines Kindes Finger auflöst, wenn es sie auch nur streift. Es gibt andere, die einfacher zu sein scheinen als die Wellenlinie eines Schwanenhalses, du kannst jedoch einen von ihnen deinem Kameraden überlassen und gegen seinen Sieg wetten. Und wenn er die Wette eingeht, brauchst du es dir nur bequem zu machen, um nach Herzenslust lachen zu können, denn solche Knoten machen zornig. Und obwohl mein Lehrer einäugig war und eine schiefe Nase sowie übermäßig krumme Beine hatte, vergaß er doch bei der Vervollkommnung seiner Kenntnisse nicht die zarten Schleifen, mit denen du geziemend das Geschenk für die Liebste schmückst. Denn der Erfolg ist dabei nur vollkommen, wenn die Liebste sie mit der gleichen Bewegung aufknüpfen kann, mit der man Blumen pflückt. »Dann«, sagte er, »setzt dein Geschenk sie endlich in Erstaunen, und sie stößt einen Schrei aus!« Und du schlossest die Augen; so abstoßend war er, wenn er den Liebesschrei nachahmte.

Warum sollte ich mir den Blick durch Einzelheiten trüben lassen, die dir fälschlicherweise als wertlos erscheinen? Der Seemann pries eine Kunst, von der er aus Erfahrung wußte, daß sich mit ihrer Hilfe ein einfacher Strick in ein Schlepptau oder eine Rettungsleine verwandeln ließ. Und da es sich ergab, daß es für uns Voraussetzung unseres Aufstiegs war, billigte ich dem Spiel den Wert des Gebetes zu. Doch fürwahr: wenn die Tage dahingehen und deine Karawane sich aufgebraucht hat, kannst du allmählich nicht mehr auf sie einwirken, und es fehlt dir die Macht der einfachen Gebete, die in den Knoten der Stricke oder den Ledergurten oder der Entsandung trockner Brunnen oder dem Lesen der Sterne bestehen. Um einen jeden verdichtet sich der Panzer des Schweigens, und ein jeder wird beißend in seiner Rede und bekommt ein argwöhnisches Ohr und ein hartes Herz. Beunruhige dich nicht! Schon wird die Verpuppung gesprengt.

Du hast irgendein Hindernis umgangen, du hast einen Hügel erklettert. Nichts unterscheidet noch Kiesel und Dornen der Wüste, in der du dich plagst, von den Kieseln und Dornen des gestrigen Tages, und auf einmal rufst du: »Dort ist sie«, während dir heftig das Herz pocht. Die Gefährten deiner Karawane umdrängen dich mit blassen Mienen. Alles wandelt sich auf einmal in euren Herzen wie beim Aufgang der Sonne. Aller Durst, alle Blasen an den Füßen und Händen, alle Erschöpfungszustände unter der Mittagssonne, aller Frost in den Nächten, alle Sandstürme, die auf den Zähnen knirschen und das Augenlicht rauben, alle zurückgelassenen Tiere, alle Kranken und sogar die lieben Gefährten, die ihr begraben habt – all das wird euch mit einem Schlage hundertfach entgolten: nicht durch die Trunkenheit eines Gelages, nicht durch die Kühle schattiger Bäume, nicht durch die schimmernden Farben der jungen Mädchen, die ihre Wäsche im blauen Wasser waschen, nicht einmal durch den Glanz der Kuppeln, die die Heilige Stadt krönen, sondern durch ein unmerkliches Zeichen: nur durch den Stern, mit dem das Sonnenlicht die höchste der Kuppeln segnet. Diese selber ist freilich unsichtbar, da sie noch in solcher Ferne liegt, und es mag sein, daß dich die Risse der Erdrinde von ihr trennen, in die sich der brüchige, in Windungen den Abgrund erreichende Saumpfad eingräbt, daß du sodann Steilwände erklimmen mußt, auf denen dich dein Gewicht nach unten zieht, und daß dich abermals der

Sand und wieder der Sand und, inmitten deiner versiegten Schläuche und deiner Kranken und deiner Sterbenden, eine letzte Mahlzeit in der Sonne von ihr trennen. Die Vorräte an Freude, die in euch eingemauert waren und die keine Rede zu entriegeln vermochte, sie verwandelt euch jetzt plötzlich ein Stern inmitten der Kiesel und Dornen, dort, wo der Sand Schlangen als Muskeln hat – ein unsichtbarer Stern, blasser als der Sirius, wenn man ihn in den Samumnächten beobachtet; so fern, daß die unter euch, die nicht einen Adlerblick haben, nichts von ihm wahrnehmen, und so unbestimmt, daß er sofort erlöschen wird, wenn sich die Sonne ein wenig gedreht hat; sie verwandelt das Aufblitzen eines Sterns und nicht einmal dieses Aufblitzen eines Sterns, sondern – für diejenigen, die kein Adlerauge haben – den Widerschein eines aufblitzenden Sterns in den Augen dessen, der ihn sieht, den Widerschein vom Widerschein eines Sterns. Alle Versprechungen wurden gehalten, alle Belohnungen gewährt, alle Nöte hundertfach vergolten, weil ein einziger unter euch, der wie ein Adler sieht, plötzlich anhielt, mit dem Finger eine Richtung in die Weite wies und sagte: »Da!«

Alles ist überstanden. Dem Anschein nach hast du nichts empfangen. Und doch hast du alles empfangen. Jetzt bist du gesättigt, getränkt, deine Wunden sind verbunden. Du sagst: »Ich kann sterben, ich habe die Stadt gesehen, ich sterbe eines gesegneten Todes!« Es handelt sich hierbei gewiß nicht nur um eine schwache Reaktion, wie sie etwa einträte, wenn du deinen Durst gelöscht hättest. Ich sprach dir von der Gewalt, mit der uns das Elend beherrschte. Und wo siehst du, daß die Wüste schon ihre Umklammerung gelockert hätte? Es geht hier nicht um eine Schicksalswendung, doch das Nahen des Todes, wenn das Wasser fehlt, trennt dich nicht mehr von deiner Freude; vielmehr erweist sich, daß sich das Zeremoniell der Wüste geformt hat und daß du, da du dich ihm bis zum Ende unterwarfst, am Fest teilhast: an der Erscheinung einer goldenen Biene.

Glaube nicht, daß ich übertreibe. Ich entsinne mich eines Tages, da ich mich im unwegsamen Hochland verirrt hatte. Es schien mir süß, inmitten der Meinen zu sterben, als ich wieder menschliche Spuren fand. Doch nichts unterschied die Landschaft von einer anderen, außer der schwachen Spur im Sand, halb verwischt vom Wind. Und alles war verwandelt.

Und was habe ich, der ich mich deiner erbarme, mein Volk, im Schweigen meiner Liebe gesehen? Ich habe dich beobachtet, wie du die Tiere peitschtest; wie du innerlich ausgehöhlt von der Sonne deines Weges zogst; wie du in den Sand spucktest und mitunter deinen Nachbarn schmähtest, sofern du nicht dein Schweigen vorzogst, um einander gleichende Schritte anzusammeln. Ich habe dir nichts geschenkt als kärgliche Mahlzeiten, ständigen Durst, Sonnenbrand und Blasen an den Händen. Ich habe dich mit Kieseln genährt und mit Dornen getränkt. Dann, als die Stunde gekommen war, habe ich dir den Widerschein vom Widerschein einer Biene gezeigt. Und du hast mir deine Dankbarkeit und deine Liebe zugerufen.

Fürwahr, meine Geschenke wiegen dem Anschein nach nicht schwer. Doch was liegt an Gewicht oder Zahl? Ich kann, wenn ich nur die Hand öffne, ein Zedernheer befreien, das die Berge erklettern wird. Es genügt ein einziges Samenkorn.

200

Wenn ich dir ein abgerundetes Vermögen schenkte, so wie es bei einer unerwarteten Erbschaft der Fall ist, worin würde ich dich dann bereichern? Wenn ich dir die schwarze Perle vom Meeresgrund schenkte, ohne das Zeremoniell der Tauchversuche zu wahren, worin würde ich dich dann bereichern? Reicher wirst du nur durch das, was du verwandelst, denn du bist Same. Deshalb will ich dich beruhigen, dich, der du wegen der versäumten Gelegenheiten verzweifelst. Es gibt keine versäumten Gelegenheiten. Der eine schnitzt das Elfenbein und verwandelt das Elfenbein in das Gesicht einer Göttin oder einer Königin, welches das Herz ergreift. Ein anderer ziseliert reines Gold, und vielleicht ist der Gewinn, den er daraus zieht, weniger herzbewegend für die Menschen. Weder dem einen noch dem anderen sind das Gold oder das unbearbeitete Elfenbein geschenkt worden. Der eine wie der andere waren nur Weg und Straße und Durchgang. Es gibt für dich nur Baustoffe einer Basilika, die es zu bauen gilt. Und es fehlt dir nicht an Steinen. So fehlt es auch der Zeder nicht an Erde. Aber der Erde kann es an Zedern fehlen, und so kann sie eine steinige Steppe bleiben. Worüber beklagst du dich? Es gibt keine versäumten Gelegenheiten, denn deine Aufgabe besteht darin, Same zu sein. Wenn du nicht über Gold verfügst, schnitze das Elfenbein. Wenn du nicht über Elfenbein verfügst, schnitze das Holz. Wenn du nicht über Holz verfügst, hebe einen Stein auf.

Der Minister mit dem feisten Bauch und den schweren Augenlidern, den ich aus meinem Volk ausgemerzt habe, fand in seinem Landgut, in seinem Schubkarren voll Gold und in den Diamanten seiner Gewölbe keine einzige Gelegenheit, die er genutzt hätte. Aber ein anderer, der auf einen glatten Kieselstein stößt, stößt auf eine wunderbare Gelegenheit.

Wenn sich einer beklagt, daß die Welt ihn verfehlt habe, so heißt das, daß *er* die Welt verfehlt hat. Wenn sich einer beklagt, daß ihn die Liebe nicht glücklich gemacht habe, so heißt das, daß *er* sich über die Liebe täuscht: die Liebe ist kein Geschenk, das man empfangen könnte.

An Gelegenheit, zu lieben, mangelt es dir nicht. Du kannst Soldat einer Königin werden. Die Königin braucht dich nicht zu kennen, um dich glücklich zu machen. Ich habe gesehen, wie mein Mathematiker in die Sterne verliebt war. Er verwandelte einen Lichtstrahl in ein Gesetz für den Geist. Er war Gefährt, Weg und Durchgang. Er war Biene eines blühenden Sterns, aus dem er seinen Honig gewann. Ich habe gesehen, wie er starb, glücklich um einiger Zeichen und Figuren willen, in die er sich ausgetauscht hatte. So war es auch mit dem Gärtner meines Gartens, der eine neue Rose zum Blühen brachte. Ein Mathematiker kann den Sternen fehlen. Ein Gärtner kann dem Garten fehlen. Aber es fehlt dir weder an Sternen noch an Gärten, noch an runden Kieselsteinen auf den Lippen der Meere. Sage mir nicht, du seist arm.

So begriff ich die Rast meiner Schildwachen, wenn die Stunde der Suppe gekommen ist. Sie sind Menschen, die essen.

Und miteinander scherzen. Und ein jeder versetzt dem Nachbarn einen Rippenstoß. Und sie sind Feinde des Weges ihrer Ronde und der Stunde der Nachtwache. Da die Mühsal zu Ende ging, freuen sie sich. Die Mühsal ist ihr Feind. Gewiß. Doch sie ist nicht nur ihr Feind. Sie ist zugleich ihre Voraussetzung. Dasselbe gilt vom Krieg und von der Liebe. Ich sprach dir vom Krieger, der dem Liebenden seinen Glanz verleiht. Und vom Liebenden, der sich den Kriegsgefahren ausgesetzt hat und der dem Krieger seinen Wert verleiht. Der Mann, der in der Sandwüste stirbt, ist etwas anderes als ein mürrischer Automat. Er spricht zu dir: »Sorge für meine Liebste oder für mein Haus oder für meine Kinder . . .« Du besingst alsdann sein Opfer.

Ich habe es auch bei den Flüchtlingen aus der Berberei genau beobachtet, daß sie nicht miteinander zu scherzen wußten und sich keine Rippenstöße versetzten. Glaube nicht, es handle sich hier nur um eine Reaktion, wie etwa bei der Befriedigung, die dem Ausziehen eines faulen Zahnes folgt. Arm und von geringer Macht sind solche Reaktionen. Gewiß kannst du die Wirkung des Wassers, das dir nichts gibt, wenn du deine kleinen Durstgefühle eines nach dem anderen befriedigst, dadurch beleben, daß du dir auferlegst, nur einmal am Tag zu trinken. Dein Vergnügen hat dann zugenommen. Doch es bleibt Vergnügen des Bauches und verdient nur geringes Interesse. Nicht anders stünde es mit dem Mahl meiner Schildwachen in ihrer Freizeit, wenn es nur Entspannung nach der Mühsal bedeutete. Du würdest dann lediglich einen lebhafteren Appetit der Esser feststellen. Aber es würde mir allzu leichtgemacht, könnte ich das Dasein meiner Berber einfach dadurch beleben, daß ich ihnen auferlegte, nur noch an den Festtagen zu essen.

Ich habe jedoch meine Schildwachen geformt, während sie Wache hielten. Und es steckt etwas in ihnen, wenn es ans Essen geht. Ihr Mahl ist etwas ganz anderes als die Pflege, die man dem Vieh angedeihen läßt, um den Bauchumfang zu vergrößern. Das Abendbrot der Schildwachen ist eine Teilhabe. Und freilich weiß es keiner von ihnen. Aber so wie sich der Weizen des Brotes durch sie hindurch in Wachsamkeit und den Blick über die Stadt verwandelt, so wird auch die Wachsamkeit und der Blick, der die Stadt umfängt, durch sie hindurch zum Kult des Brotes. Es ist nicht stets das gleiche Brot, das man verzehrt. Wenn du das Geheimnis, von dem sie selber nichts wissen, von ihnen ablesen möchtest, so geh und überrasche sie im Freudenviertel, wenn sie den Frauen den Hof machen. Sie sagen zu ihnen: »Dort stand ich, auf dem Wall, ich hörte, wie mir drei Kugeln ums Ohr pfiffen. Ich duckte mich nicht, denn ich hatte keine Angst.« Und voller Stolz graben sie ihre Zähne in das Brot ein. Und du Dummkopf, der du ihre Worte hörst, verwechselst die Scham der Liebe mit der Prahlerei eines Haudegens. Denn wenn der Soldat auf diese Weise von seiner Wache erzählt, ist ihm weit weniger daran gelegen, großartig zu tun, als sich in einem Gefühl zu gefallen, das er nicht aussprechen kann. Er weiß die Liebe zur Stadt sich selbst nicht einzugestehen. Er wird sterben für einen Gott, dessen Namen er nicht zu nennen vermag. Er hat sich ihm schon hingegeben, doch er verlangt von dir, daß du nichts von ihm wissen sollst. Er fordert die gleiche Unwissenheit von sich selber. Es schiene ihm erniedrigend, so dazustehen, als ob er sich durch große Worte betören ließe. Da er sich nicht auszudrükken vermag, lehnt er es instinktiv ab, seinen zerbrechlichen Gott deiner Ironie auszusetzen. Desgleichen seiner eigenen Ironie. Und so siehst du, wie sich meine Soldaten als Eisenfresser und Haudegen gebärden – und sich an deinem Irrtum ergötzen –, damit sie irgendwo auf dem Grunde ihres Herzens und gleichsam wie durch Betrug die wunderbare Freude genießen können, die die Hingabe an die Liebe gewährt.

Und wenn das Mädchen ihnen sagt: »Viele von euch werden im Kriege fallen, und das ist doch recht hart«, so hörst du sie lärmend ihre Zustimmung äußern. Aber sie äußern ihre Zustimmung durch Knurren und Fluchen. Das Mädchen erweckt jedoch in ihnen das geheime Verlangen nach Anerkennung. Sie sind jene, die aus Liebe sterben werden.

Und wenn du von Liebe sprichst, werden sie dir ins Gesicht lachen: Du siehst sie wohl gar für Tölpel an, denen man durch schönfärberische Reden das Blut abzapfen möchte! Gewiß sind sie mutig aus Eitelkeit. Sie gebärden sich als Eisenfresser, da sie sich ihrer Liebe schämen. So sind sie im Recht, denn du möchtest sie ja zu Tölpeln machen. Du bedienst dich der Liebe zur Stadt, während du deine Soldaten im Grunde zur Rettung deiner Speicher bewegen willst. Sie machen sich weidlich lustig über deine schäbigen Speicher. Da sie dich verachten, werden sie dich glauben machen, daß sie dem Tod aus Eitelkeit trotzen. Du begreifst nicht, was in Wahrheit die Liebe zur Stadt ist. Das wissen sie von dir, dem Satten. Sie werden die Stadt aus Liebe retten, ohne es dir zu sagen, und da deine Speicher in der Stadt liegen, werden sie dir verächtlich, wie dem Hund einen Knochen, deine geretteten Speicher vor die Füße werfen.

201

Du bist mir von Nutzen, wenn du mich verurteilst. Freilich habe ich mich getäuscht, als ich das Land beschrieb, das ich nur undeutlich gesehen hatte. Ich habe die Lage dieses Flusses falsch angegeben und jenes Dorf vergessen. Da kommst du nun lärmend und triumphierend daher, um mir meine Irrtümer zu widerlegen. Und ich billige deine Mühe. Habe ich denn Zeit, alles zu messen, alles abzuzählen? Es kam mir darauf an, daß du die Welt von dem Berge aus, den ich gewählt hatte, beurteilen solltest. Du vertiefst dich leidenschaftlich in diese Arbeit, du gehst weiter als ich in meiner Richtung. Du stehst mir dort bei, wo ich schwach war. So bin ich's zufrieden.

Denn du täuschst dich über mein Vorgehen, wenn du mich zu verneinen glaubst. Du gehörst zu der Rasse der Logiker, der Historiker und der Kritiker, die die Bestandteile des Gesichts erörtern und das Gesicht gar nicht kennen. Was scheren mich die Gesetzestexte und die speziellen Verordnungen? Es ist an dir, sie zu ersinnen. Wenn ich den Drang zum Meer in dir begründen möchte, beschreibe ich das fahrende Schiff, die Sternennächte und das Reich, das von einer Insel im Meer durch das Wunder der Düfte erbaut wird. Es kommt der Morgen, sage ich dir, an dem du in eine bewohnte Welt eintrittst, ohne daß sich für die Augen irgend etwas verändert hätte. Die noch unsichtbare Insel richtet ihren Markt auf dem Meer ein, wie einen Korb voller Gewürze. Du siehst, wie deine Matrosen nicht mehr störrisch sind, sondern von zärtlichen Gelüsten entbrennen, sie wissen selber nicht, warum. Denn man denkt an die Glocke, bevor man sie läuten hört; das große Bewußtsein verlangt viel Lärm, während die Ohren bereits unterrichtet sind. Und so bin ich schon glücklich, wenn ich auf den Garten zugehe, an den Grenzen des Rosenlandes ... Deshalb überkommt dich auf dem Meer, je nachdem wie die Winde wehen, ein Verlangen nach Liebe oder nach Ruhe oder nach dem Tode.

Du aber tadelst mich. Das Schiff, das ich beschrieben habe, sei nicht wetterfest, und es müsse daher in dieser oder jener Einzelheit abgeändert werden. Und ich pflichte dir bei. So ändere es doch! Es ist nicht meine Sache, die Bretter und Nägel zu kennen. Sodann leugnest du mir die Gewürze, die ich verheißen habe. Deine Wissenschaft weist mir nach, daß sie anders sein werden. Und ich pflichte dir bei. Es ist nicht meine Sache, die Probleme zu kennen, die dir die Botanik aufgibt. Mir kommt es ausschließlich darauf an, daß du ein Schiff baust und mir ferne Inseln inmitten der Meere pflückst. Du wirst dich also einschiffen, um mich zu widerlegen. Du wirst mich widerlegen. Ich werde deinen Triumph ehren. Hernach aber werde ich mich im Schweigen meiner Liebe langsam aufmachen, um nach deiner Heimkehr die Gäßchen des Hafens zu besuchen.

Geformt durch das Zeremoniell der Segel, die du hissen, der Sterne, die du ablesen, der Schiffsbrücke, die du bei großem Seegang säubern mußtest, wirst du heimkehren, und im Schatten, in dem ich mich verborgen halte, werde ich hören, wie du deinen Söhnen die Hymne von der Insel vorsingst, die ihren Markt auf dem Meer einrichtet, damit auch sie zu Seefahrern werden. Und zufrieden werde ich wieder fortgehen.

Du kannst nicht hoffen, mich auf einem Fehler zu ertappen oder mich wirklich in der entscheidenden Frage zu widerlegen. Ich bin Ursprung und nicht Folge. Gedenkst du dem Bildhauer nachzuweisen, daß er lieber jenes Frauengesicht statt dieser Büste eines Kriegers hätte meißeln sollen? Du findest dich mit der Frau oder dem Krieger ab. Sie existieren ganz einfach vor deinen Augen. Wenn ich mich den Sternen zuwende, vermisse ich nicht das Meer. Ich denke Sterne. Wenn ich etwas erschaffe, überrascht mich dein Widerstand wenig, denn ich habe deine Baustoffe genommen, um aus ihnen ein anderes Gesicht zu formen. Und anfangs wirst du Einspruch erheben. Dieser Stein, wirst du mir sagen, gehört zu einer Stirn und nicht zu einer Schulter. Das ist möglich, werde ich dir antworten. So ist es gewesen. Dieser Stein, wirst du mir sagen, gehört zu einer Nase, nicht zu einem Ohr. Das ist möglich, werde ich dir antworten. So ist es gewesen. Diese Augen, wirst du mir sagen . . ., doch durch das viele Widersprechen und Vor- und Zurücktreten und nach rechts und nach links Beugen, das dir zur Kritik meiner Arbeiten dient, wird schließlich der Augenblick kommen, in dem sich die Einheit meiner Schöpfung in ihrem Licht zeigen wird; du wirst dieses Gesicht und kein anderes sehen. Dann wird es still in dir werden.

Wenig kümmern mich die Irrtümer, die du mir vorwirfst. Die Wahrheit ist jenseits zu Hause. Die Worte kleiden sie schlecht, und jedes von ihnen unterliegt der Kritik. Die Unzulänglichkeit meiner Sprache war häufig die Ursache, daß ich mir widersprach. Doch ich habe mich nicht geirrt. Ich habe die Falle nicht mit der Beute verwechselt. Diese ist das gemeinsame Maß für die Bestandteile der Falle. Nicht die Logik verknüpft die Baustoffe, sondern der gleiche Gott, dem sie gemeinsam dienen. Meine Worte sind unbeholfen und dem Anschein nach ohne Zusammenhang: nicht ich selber in der Mitte. Ich *bin* ganz einfach. Wenn ich einen wirklichen Körper bekleidet habe, brauche ich nicht besorgt zu sein um die Wahrheit der Falten des Kleides. Ist die Frau schön, so zerfallen, während sie schreitet, die Falten und fügen sich wieder zusammen, doch sie entsprechen einander mit Notwendigkeit.

Ich kenne keine Logik der Falten eines Kleides. Aber dieser Faltenwurf und kein anderer läßt mein Herz höher schlagen und erweckt mein Verlangen.

Mein Geschenk wird zum Beispiel darin bestehen, dir – indem ich dir von ihr spreche – die Milchstraße anzubieten, welche die Stadt beherrscht. Denn meine Geschenke sind vor allem einfach. Ich habe dir gesagt: »So sind die Behausungen der Menschen unter den Sternen aufgeteilt.« Das ist wahr. In der Tat: wenn du dort, wo du lebst, nach links gehst, findest du den Stall und deinen Esel. Gehst du nach rechts, das Haus und die Gattin. Vor dir liegt der Olivengarten. Hinter dir das Haus des Nachbarn. Das sind die Richtungen deiner Schritte in der Bescheidenheit deiner ruhigen Tage. Wenn du das Schicksal eines anderen kennenlernen möchtest, damit das deine dadurch wachse – denn dann gewinnt es einen Sinn –, klopfst du an die Tür deines Freundes. Und sein genesenes Kind weist die Richtung für die Genesung deines eigenen Kindes. Und sein Rechen, der ihm des Nachts gestohlen wurde, verdunkelt die Nacht aller Diebe auf samtenen Sohlen. Und deine Nachtwache wird zur Wachsamkeit. Und der Tod deines Freundes macht dich sterblich. Doch wenn du die Liebe genießen möchtest, kehrst du zurück in dein eigenes Haus, und du lächelst, weil du als Geschenk den Stoff aus goldenem Filigran oder die neue Kanne oder irgend etwas anderes mitbringst, das sich in Lachen verwandeln läßt, so wie man die Heiterkeit eines Winterfeuers dadurch nährt, daß man das stumme Holz hineinwirft. Und wenn du zur Arbeit aufbrechen mußt, da der Tag anhob, gehst du ein wenig schwerfällig von dannen, den Esel im Stall zu wekken, der im Stehen eingeschlafen ist, und wenn du seinen Hals gestreichelt hast, treibst du ihn vor dir her, auf den Weg zu.

Wenn du jetzt auch nur Atem schöpfst und weder von diesem noch von jenem Gebrauch machst, weder zum einen noch zum anderen hinstrebst, bist du doch von einer magnetischen Landschaft umschlossen, in der es Triebe und Rufe, Lockungen und Weigerungen gibt. In der die Schritte verschiedene Zustände in dir hervorbringen können. Du besitzt im Unsichtbaren ein Land mit Wäldern und Wüsten und Gärten, und du gehörst, obwohl dein Herz im Augenblick anderswo weilen mag, zu diesem Zeremoniell und zu keinem anderen.

Wenn ich jetzt deinem Reich eine Richtung hinzufüge – denn du blicktest nach vorn, nach hinten, nach rechts und nach links –, wenn ich dir jenes Gewölbe der Kathedrale erschließe, das dir in deinem Elendsviertel, in dem du vielleicht am Ersticken bist, die Geisteshaltung eines Seefahrers erlaubt; wenn ich eine Zeit entfalte, langsamer als jene, die deinen Roggen reifen läßt, und dir so das Alter von tausend Jahren oder die Jugend einer Stunde unter den Sternen schenke, dann wird eine neue Richtung zu den anderen hinzutreten. Wenn du dich der Liebe zuwendest, wirst du erst an dein Fenster treten, um dein Herz zu reinigen. Aus der Tiefe des Elendsviertels, in dem du am Ersticken bist, wirst du deiner Frau zurufen: »Hier sind wir allein, du und ich, unter den Sternen.« Und solange du atmest, wirst du rein sein. Und du wirst Zeichen des Lebens sein: wie die junge Pflanze, die im wüsten Hochland zwischen dem Granit und den Sternen gedeiht, einem Erwachen gleich und gebrechlich und bedroht, doch trächtig von einer Macht, die sich über die Jahrhunderte erstrecken wird. Du wirst Glied einer Kette und von deiner Aufgabe erfüllt sein. Oder wenn du dich wiederum bei deinen Nachbarn am Feuer niederkauerst, um auf den Lärm zu lauschen, den die Welt hervorbringt – ein ach so bescheidener Lärm, denn die Stimme des Nachbarn wird dir von seinem Hause oder von der Heimkehr irgendeines Soldaten oder der Heirat irgendeines Mädchens erzählen –, dann werde ich eine Seele in dir gebildet haben, die geeigneter ist, diese Geständnisse entgegenzunehmen. Die Heirat, die Nacht, die Sterne, die Heimkehr des Soldaten, das Schweigen werden für dich eine neue Musik sein.

203

Du sagst mir, diese steinerne Hand, die grob und knorrig ist, sei häßlich. Ich kann dir nicht zustimmen. Ich möchte die Statue kennen, bevor ich die Hand beurteile. Ist es ein junges Mädchen in Tränen? So hast du recht. Ist es ein stämmiger Schmied? Dann ist die Hand schön. Ebenso ist es mit einem Mann, den ich nicht kenne. Du kommst, mir seine Schande nachzuweisen: »Er hat gelogen, er hat verleugnet, er hat geplündert, er hat verraten . . .«

Doch es ist Sache des Polizisten, auf Grund von Taten zu entscheiden, denn diese stehen, geschieden nach Schwarz und Weiß, in seiner Dienstvorschrift. Und du verlangst von ihm, daß er eine Ordnung sichern, nicht, daß er urteilen soll. Das gleiche gilt für den Sergeanten, der deine Tugenden auf Grund deiner Fähigkeiten beim Kehrtmachen einschätzt. Und sicherlich stütze ich mich auch auf den Polizisten, denn der Kult des Zeremoniells beherrscht den Kult der Gerechtigkeit, da es dem ersten obliegt, den Menschen heranzubilden, den die Gerechtigkeit beschützen wird. Zerstöre ich das Zeremoniell im Namen der Gerechtigkeit, so zerstöre ich den Menschen, und meine Gerechtigkeit hat dann keinen Zweck mehr. Ich bin zunächst gerecht um der Götter willen, denen du angehörst. Aber es zeigt sich, daß du mich nicht bittest, über die Züchtigung oder Begnadigung eines mir unbekannten Menschen zu entscheiden – denn dann würde ich das Durchblättern der Dienstvorschrift meinem Polizisten überlassen –, sondern wünschst, ich solle etwas mißbilligen oder gutheißen, was von anderer Art ist. Denn es kommt vor, daß ich achte, was ich verurteile, oder verurteile, was ich achte. Habe ich nicht viele Male meine Krieger gegen den vielgeliebten Feind geführt?

Ebenso wie ich nun glückliche Menschen kenne, obwohl mir das Glück völlig unbekannt ist, so weiß ich auch nichts von der Plünderung, dem Mord, der Verleugnung, dem Verrat, die du begangen hast, wenn sie nicht eine bestimmte Handlung eines bestimmten Menschen sind. Und das Wesen des Menschen wird nicht durch den schwachen Wind der Worte übermittelt, sowenig wie durch ihn eine Statue demjenigen nahegebracht wird, der sie nicht sieht. Jener Mensch fordert also deine Feindschaft heraus oder deine Entrüstung oder deinen Abscheu aus vielleicht undurchsichtigen Gründen, wie das der Fall ist, wenn du eine bestimmte Musik fliehst. Und wenn du mir eine bestimmte Tat als Beispiel vor Augen geführt hast, so geschah das, um deine Mißbilligung darin unterzubringen und sie auf andere Taten zu übertragen. Denn ebenso wird mein Dichter »Oktobersonne« sagen, wenn er die Schwermut eines

Schicksals empfindet, das schon zu Tode getroffen ist, obwohl es noch in seinem Glanz steht. Und gewiß wird es sich dabei weder um die Sonne noch um einen bestimmten Monat unter anderen Monaten handeln. Und wenn ich dir ein nächtliches Blutbad schildern will, bei dem ich schweigend auf federndem Sand meinen Feind überfiel und ihn in seinem eigenen Schlaf ertränkte, werde ich ein bestimmtes Wort mit einem anderen verknüpfen und zum Beispiel von »schneeweißen Säbeln« sprechen, um eine Behutsamkeit, die sich nicht in Worte fassen läßt, in meiner Schlinge einzufangen – und dabei wird es sich weder um Schnee noch um Säbel handeln. Ebenso wählst du mir die Tat eines Menschen aus, der die gleiche Bedeutung wie dem Bild eines Gedichts zukommt.

Dein Groll muß wohl oder übel zur Beschwerde werden. Er muß wohl oder übel ein Gesicht annehmen. Niemand erträgt es, wenn Gespenster in ihm hausen. Was will deine Frau heute abend? Sie möchte ihre Vertraute an ihrem Groll teilhaben lassen. Sie möchte ihren Groll um sich verbreiten. Denn du bist so beschaffen, daß du nicht für dich allein leben kannst. Und du mußt dir, indem du dichtest, eine Gemeinde bilden. Deshalb wird sie mit beredter Zunge deine Schandtaten aufzählen. Und wenn sich herausstellt, daß ihre Freundin die Schultern zuckt, da ihre Vorwürfe ganz offensichtlich belanglos sind, wird sie das nicht besänftigen. Dann gibt es eben andere. Sie hat nur nicht die rechten Worte gefunden. Sie hat ihre Bilder schlecht gewählt. An ihrem Gefühl kann sie nicht zweifeln, da es vorhanden ist.

So ist es auch mit dem Arzt, wenn du krank bist. Du hast ihm diese oder jene Ursache vorgeschlagen. Du hast eine bestimmte Vorstellung davon. Er weist dir nach, daß du dich täuschst. Das ist möglich. Daß du überhaupt an gar keinem Übel leidest. Doch da erhebst du Einspruch. Du hast das Übel falsch dargestellt, aber an seinem Vorhandensein kannst du nicht zweifeln. Dein Arzt ist also ein Esel. Und du wirst durch Beschreibung über Beschreibung Klarheit erlangen. Und der Arzt wird nicht imstande sein, dein Übel durch Verneinen über Verneinen aus der Welt zu schaffen, da es ja existiert. Deine Frau schwärzt deine Vergangenheit, deine Wünsche, deine Überzeugungen an. Es hilft nichts, wenn du dich gegen ihre Beschwerden zur Wehr setzt. Bewillige ihr das Armband mit Smaragden. Oder peitsche sie.

Ich aber beklage dich in deinen Zwistigkeiten und Aussöhnungen, denn sie stehen auf einer anderen Stufe als die Liebe. Die Liebe ist vor allem ein Lauschen im Schweigen. Lieben heißt nachsinnen. Es kommt die Stunde, in der sich meine Schildwache der Stadt vermählt. Es kommt die Stunde, in der du dich mit deiner Liebsten vereinigst, was nicht auf dieser oder jener Geste, nicht auf dieser oder jener Einzelheit des Gesichtes oder diesem oder jenem Wort, das sie ausspricht, sondern auf *ihr* beruht.

Es kommt die Stunde, da allein ihr Name genügt als ein Gebet, denn du hast nichts hinzuzufügen. Es kommt die Stunde, in der du nichts mehr verlangst. Weder die Lippen noch das Lächeln, noch den zärtlichen Arm, den Hauch ihrer Gegenwart. Denn es genügt dir, daß *sie* da ist.

Es kommt die Stunde, in der du dich nicht mehr zu fragen brauchst, was jener Schritt, jenes Wort, jene Entscheidung, jene Weigerung, jenes Schweigen bedeuten, um sie zu verstehen. Da *sie* ja da ist.

Doch diese Frau verlangt, daß du dich rechtfertigen sollst. Sie eröffnet eine Untersuchung über deine Taten. Sie verwechselt Liebe und Besitz. Was hilft's, wenn du ihr antwortest? Was wirst du finden, wenn sie dir Gehör schenkt? Du wolltest vor allem aufgenommen sein im Schweigen, nicht um dieser oder jener Geste, dieser oder jener Tugend, dieses oder jenes Wortes willen, sondern in deinem Elend, so wie du bist.

204

Ich empfand Reue, weil ich die dargebotenen Geschenke, die immer nur Weg und Bedeutung sind, nicht maßvoll genutzt, und da ich sie um ihrer selbst willen begehrte, nichts als die Wüste in ihnen gefunden hatte. Denn ich hatte das Maßhalten mit Knausrigkeit des Fleisches oder des Herzens verwechselt und nicht gewünscht, mich darin zu üben. Mir gefällt es, den Wald anzuzünden, um mich eine Stunde daran zu wärmen, denn das Feuer erscheint mir dadurch majestätischer. Und wenn ich hoch zu Roß im Krieg die Kugeln pfeifen höre, liegt mir wenig daran, mit meinen Tagen zu geizen. In jedem Augenblick bin ich das wert, was ich bin, und die Frucht kann nicht reifen, die irgendeine Stufe überspringen wollte.

Lächerlich erscheint mir deshalb ein gewisser Tintenkleckser, der es ablehnte, sich während einer Belagerung seiner Stadt auf den Wällen zu zeigen: aus Verachtung des physischen Mutes, wie er sagte. Als hätte es sich hierbei um einen Zustand und nicht um einen Durchgang, um ein Ziel und nicht nur um eine Voraussetzung für die Fortdauer der Stadt gehandelt.

Denn ich verachte ebenso die niedrige Eßlust und habe nicht für das Verdauen von Speckseiten gelebt. Doch ich habe die Speckseiten im Glanz meiner Säbelhiebe auftragen lassen, und ich habe meinen Säbelhieb der Fortdauer des Reiches geweiht.

Und obwohl ich es freilich ablehne, während des Kampfes aus Geizen mit meinen Muskeln oder aus weinerlicher Angst meine Hiebe zu bemessen, mißfiele es mir doch, wenn die Geschichtsschreiber des Reiches ein Hammerwerk aus mir machten, denn ich lebe nicht in meinem Säbel. Und wenn ich auch die Mäkler nicht schätze, die ihr Mahl mit geschlossenen Nasenflügeln schlucken wie eine Medizin, mißfiele es mir doch, wenn mich meine Geschichtsschreiber zu einem Fleischfresser machten, denn ich lebe nicht in meinem Bauche. Ich bin ein Baum, wohlgegründet auf seinen Wurzeln, und verachte nichts von dem Teig, den sie kneten. Ich bringe dadurch meine Zweige hervor.

Doch es schien mir, daß ich mich hinsichtlich der Frauen täuschte.

Es kam die Nacht meiner Reue, in der ich erkannte, daß ich sie nicht zu gebrauchen verstand. Ich glich dem Plünderer, der nichts vom Zeremoniell weiß und daher die Figuren des Schachspiels mit trockener Hast bewegt, weil er an dieser Unordnung keine Freude finden kann und sie in alle vier Winde verstreut.

In jener Nacht habe ich mich zornig von ihrem Lager erhoben, da ich begriffen hatte, daß ich Vieh im Stall war. Ich bin Herr, kein Diener der Frauen. Es ist etwas anderes, wenn dir das Ersteigen eines Berges glückt, als wenn du dich in einer Sänfte tragen läßt, um von Landschaft zu Landschaft das Vollkommene zu suchen. Denn kaum hast du die Konturen der blauen Ebene ermessen, als dich schon die Langeweile befällt und du deinen Führer bittest, dich anderswohin zu tragen.

Ich habe in der Frau das Geschenk gesucht, das sie mir gewähren konnte. Die eine habe ich begehrt wie einen Glockenklang, dessen Heimwehmelodie ich genossen hätte. Was aber kannst du Tag und Nacht mit dem gleichen Glockenklang anfangen? Du verwahrst die Glocke gar bald auf dem Speicher und verspürst kein Bedürfnis mehr, sie zu hören. Eine andere Frau begehrte ich wegen einer feinen Schwankung in ihrer Stimme, wenn sie »Du, mein Gebieter« sagte, aber bald bist du das Wort müde und träumst von einem anderen Lied.

Und gäbe ich dir zehntausend Frauen, so würdest du bei einer nach der anderen ihre besonderen Vorzüge aufbrauchen, und du hättest noch eine weit größere Zahl nötig, um dich glücklich zu machen, denn du bist je nach den Jahreszeiten, den Tagen, den Winden verschieden.

Und doch war ich stets der Meinung, daß nie jemand zur Kenntnis einer einzigen Menschenseele vordringen könne und daß in einem jeden eine innere Landschaft verborgen sei, mit unbetretenen Ebenen, mit Schluchten des Schweigens, mit lastenden Bergen, mit geheimen Gärten, und daß du über diesen oder jenen ein ganzes Leben lang sprechen kannst, ohne zu ermüden; daher begriff ich die Ärmlichkeit des Vorrats nicht, den mir die eine oder die andere meiner Frauen mitbrachte; genügte er doch kaum für das Mahl eines einzigen Abends.

O Herr, ich habe sie nicht als Ackerland betrachtet, zu dem ich mich das ganze Jahr über mit meinen schweren schlammbespritzten Stiefeln und meinem Pflug und meinem Pferd und meiner Egge und meinem Sack voller Samenkörner und meiner Voraussicht von Wind und Regen und meiner Kenntnis des Unkrauts und vor allem mit meiner Treue begeben muß, um von ihnen zu empfangen, was für mich bestimmt ist; ich habe sie vielmehr auf die Rolle jener Gliederpuppen beschränkt, die dich willkommen heißen und die die Ältesten des einfachen Dorfes, das du auf deiner Rundreise durch das Reich besuchst, vor dich hinschieben, damit sie ihren Glückwunsch vortragen oder dir in einem Korb die Früchte des Landes darbringen. Und sicher empfängst du etwas, denn das Lächeln ist rein in seinen Linien, die Geste bezaubernd, mit der sie die Früchte darbieten, und die Reden sind treuherzig gemeint, doch du hast ihre Gaben schon erschöpft und durch einen einzigen Schluck ihres Honigs entleert, sobald du ihre frischen Wangen tätscheltest und mit den Augen den Samtglanz ihrer Verwirrung genossest. Gewiß sind selbst diese Mädchen – auch sie – Ackerland mit weiten Horizonten, in dem du dich vielleicht für immer verlieren würdest, wenn du wüßtest, auf welchem Weg man es betritt.

Ich aber suchte den fertigen Honig zu ernten, indem ich von Bienenkorb zu Bienenkorb ging, und nicht in jene Weite einzudringen, die dir zunächst nichts zu bieten hat und Schritte und Schritte von dir abverlangt, denn du mußt lange Zeit schweigend den Herrn des Landguts begleiten, wenn du dir daraus ein Vaterland machen willst.

Ich habe den einzigen wahrhaftigen Mathematiker, meinen Freund, gekannt, der mich Tag und Nacht belehren konnte und dem ich meine Zweifelsfragen vorlegte: nicht um ihre Lösung, sondern um seine Auffassung darüber zu erfahren, wodurch sie bereits ein anderes Gesicht erhielten; denn da es dieser bestimmte Mensch war – er selbst und kein anderer –, hörte er jene Note nicht wie ich, sah er jene Sonne, kostete er jenes Mahl nicht wie ich, sondern bereitete aus den Stoffen, die ihm zu Gebote standen, eine bestimmte Frucht mit einem bestimmten Geschmack und keine andere – eine Frucht, die ganz einfach da war, weder wägbar noch meßbar, sondern als ein sich entfaltendes Vermögen von dieser Beschaffenheit und keiner anderen, das dieser Lenkung und keiner anderen unterstand; ich habe die Weite in ihm gekannt oder die Einsamkeit und ging zu ihm, wie man den Meereswind sucht –, was hätte ich aber von ihm empfangen, wenn ich mich nicht an den Menschen, sondern an die Vorräte, an die Früchte und nicht an den Baum gewandt und danach getrachtet hätte, meinen Geist und mein Herz durch ein paar geometrische Lehrsätze zu befriedigen? Herr, die Frau, die ich in mein Haus nahm, gibst Du mir, damit ich ihr Feld bestelle und sie begleite und sie entdecke.

Herr, sagte ich mir, für den allein, der seine Erde umgräbt, der den Ölbaum pflanzt und die Gerste sät, schlägt die Stunde der Verwandlungen, an denen er sich nicht erfreuen könnte, wenn er sein Brot beim Händler kaufte. Für ihn schlägt die festliche Stunde der Ernte. Es schlägt die festliche Stunde, da das Korn eingebracht wird und er langsam mit der Schulter das Tor aufstößt, das unter dem Vorrat an Sonne ächzt. Denn die Sonne gebietet, wenn die Stunde gekommen ist, über die Macht, deine großen Felder aus schwarzer Erde und den Hügel des Saatkorns in Brand zu setzen, den du soeben eingebracht hast und über dem noch der Glanz einer Kleiewolke schwebt, die sich nicht völlig gelegt hat.

O Herr, sagte ich mir, ich habe mich über den Weg geirrt. Ich habe mich unter den Frauen abgehastet wie auf einer Reise ohne Ziel.

Ich habe mich unter ihnen abgemüht wie in einer Wüste ohne Horizont, da ich die Oase suchte, die nicht in der Liebe, sondern jenseits von ihr zu finden ist.

Ich habe einen Schatz gesucht, der in ihnen verborgen sein sollte, wie ein Ding, das es unter anderen Dingen zu entdecken gäbe. Ich habe mich über ihren kurzen Atem gebeugt wie ein Ruderer. Und ich ging nirgendwohin. Ich habe mit den Augen ihre Vollkommenheit abgemessen, ich kannte die Anmut der Gelenke und den Henkel des Ellenbogens, den man beim Trinken halten will. Ich habe eine Angst ausgestanden, die eine Richtung hatte. Ich habe einen Durst verspürt, gegen den es ein Heilmittel gab. Doch da ich mich im Weg geirrt hatte, sah ich Deiner Wahrheit ins Gesicht, ohne sie zu verstehen.

Ich glich jenem Narren, der nachts inmitten der Ruinen auftaucht, ausgerüstet mit Schippe, Hacke und Meißel. Und so trägt er die Mauern ab. Und er dreht die Steine um und beklopft die schweren Steinplatten. Er plagt sich ab, von einem düsteren Eifer erfaßt, denn er täuscht sich, Herr, er sucht einen Schatz, der ein schon fertiger Vorrat ist und jahrhundertelang – wie eine Perle in ihrer Muschel – in einem Kästchen verborgen ruht: als Jungbrunnen für den Greis, als Unterpfand des Reichtums für den Geizhals, als Unterpfand der Liebe für den Verliebten, als Unterpfand des Stolzes für den Stolzen und des Ruhmes für den Ruhmsüchtigen – und doch ist er nur Asche und Eitelkeit, denn es gibt keine Frucht, die nicht von einem Baum stammt, keine Freude, die Du nicht erarbeitet hast. Unfruchtbar ist es, inmitten der Steine nach einem Stein zu suchen, der Dich mehr begeistern soll als die anderen. Und wenn er sich derart in den Ruinen abplagt, wird er weder Ruhm noch Reichtum, noch Liebe erlangen.

Gleich jenem Narren also, der des Nachts hingeht, um unfruchtbaren Boden umzuhacken, habe ich nichts in der Wollust gefunden, das etwas anderes als ein Vergnügen des Geizhalses und vollkommen nutzlos gewesen wäre. Ich habe nur mich selber darin gefunden. Ich habe nur mit mir zu tun, o Herr, und der Widerhall meiner eigenen Lust ermüdet mich.

Ich möchte das Zeremoniell der Liebe aufbauen, damit mich das Fest anderswohin führe. Denn nichts von dem, was ich suche und wonach ich dürste und wonach die Menschen dürsten, gehört jener Stufe an, auf der sie über die Baustoffe verfügen. Und der geht in die Irre, der unter den Steinen sucht, was nicht ihres Wesens ist, indes er sie nutzen könnte, um seine Basilika damit aufzubauen, denn seine Freude kann er nicht aus einem Stein unter anderen Steinen, sondern nur aus einem bestimmten Zeremoniell der Steine gewinnen, sobald die Kathedrale gebaut ist. Und ich zerstöre den Einklang einer Frau, wenn ich nicht durch sie hindurch lese.

O Herr, wenn ich diese meine Frau nackt dort schlafen sehe, so wird es mich erfreuen, wenn sie schön ist und feine Gelenke und warme Brüste hat, und warum sollte ich mir meinen Lohn nicht holen?

Ich aber habe deine Wahrheit verstanden. Es kommt darauf an, daß die Schläferin, die ich bald dadurch aufwecken werde, daß ich nur meinen Schatten über sie neige, nicht die Mauer bedeutet, an die ich stoße, sondern die Tür, die anderswohin führt – und daß ich sie nicht in verschiedene Bestandteile zerstreue, während ich den unerreichbaren Schatz suche, sondern sie wohlgefügt und als Einheit berge im Schweigen meiner Liebe.

Und weshalb sollte ich enttäuscht werden? Gewiß ist die Frau enttäuscht, die ein Schmuckstück empfängt. Es gibt einen Smaragden, der schöner als dein Opal ist. Es gibt einen Diamanten, der schöner als dein Smaragd ist. Es gibt den Diamanten des Königs, der schöner ist als alle anderen. Nur dann habe ich es mit einem Gegenstand zu tun, der um seiner selbst willen geliebt wird, wenn er nicht Sinnbild der Vollkommenheit ist. Denn ich lebe nicht von den Dingen, sondern vom Sinn der Dinge.

Jener schlecht geschnittene Ring indessen oder jene verwelkte Rose, die in ein Stück Leinen eingenäht ist, oder jene Kanne – mag sie auch nur aus Zinn sein –, die für den Tee bei ihr vor dem Liebesspiel bestimmt ist: all diese Dinge sind unersetzlich, da sie zu einem Kult gehören. Nur von Gott allein verlange ich Vollkommenheit, und wenn der Gegenstand aus rohem Holz fortan zu seinem Kult gehört, hat auch er an seiner Vollendung teil.

So ist es auch mit der schlafenden Gattin. Wenn ich sie um ihrer selbst willen betrachten wollte, würde ich sofort ihrer müde werden und anderswo auf die Suche gehen. Denn sie ist weniger schön als eine andere oder hat einen schlechten Charakter, und selbst wenn sie scheinbar vollkommen ist, bleibt doch bestehen, daß sie nicht jenen Glockenton erklingen läßt, dessen Sehnsucht ich spüre; es bleibt bestehen, daß sie die Worte »Du, mein Gebieter« ganz verkehrt ausspricht – diese Worte, die auf den Lippen einer anderen zu einer Musik für das Herz wurden.

Aber schlafe nur getrost in deiner Unzulänglichkeit, du meine unvollkommene Gefährtin. Ich stoße mich nicht an einer Mauer. Du bist nicht Ziel und Belohnung oder ein Schmuckstück, das man um seiner selbst willen verehrt und das mich sofort langweilen würde: du bist Weg und Gefährt und Beförderung. Und ich bin es niemals müde, zu *werden*.

Ich wurde auf diese Weise über das Fest aufgeklärt, das dem Augenblick angehört, da du von einem Zustand in den anderen übergehst, wenn sich die Einhaltung des Zeremoniells auf eine Geburt vorbereitet hat. Und ich sagte es dir schon vom Schiff. Weil es lange Zeit im Stadium der Bretter und Nägel ein Haus war, das es zu bauen gilt, wird es, sobald du es betakelt hast, dem Meere vermählt. Und du vermählst es. Das ist der Augenblick des Festes. Doch du richtest dich nicht etwa häuslich im Stapellauf des Schiffes ein, um darin zu leben.

Ich sagte es dir auch von deinem Kind. Der Augenblick des Festes ist seine Geburt. Aber du reibst dir nicht Tag für Tag und jahrelang die Hände, weil es geboren wurde. Um ein anderes Fest zu feiern, wirst du eine bestimmte Veränderung deiner Lage abwarten, wie sie der Tag mit sich bringt, an dem die Frucht deines Baumes zum Stamm eines neuen Baumes wird und dein Geschlecht weiter fortpflanzt. Ich sagte es dir vom geernteten Samenkorn. Es kommt das Fest der eingebrachten Ernte. Sodann die Aussaat. Sodann das Fest des Frühjahrs, das, wie ein Becken frischen Wassers, deine Saat in zartes Gras verwandelt. Sodann wartest du wiederum, und es kommt das Fest der Reife und abermals das Fest des Einfahrens der Ernte. Und so geht es fort, von Fest zu Fest bis zum Tode, denn es gibt keine Vorräte. Und ich kenne kein Fest, an dem du nicht teilhast, wenn du irgendwoher kommst, und durch das du nicht irgendwohin gehst. Du bist lange gewandert. Die Tür öffnet sich. Es ist der Augenblick des Festes. Aber du wirst ebensowenig von diesem Saal wie von einem anderen leben. Indessen will ich, daß du dich freuen sollst, wenn du die Schwelle überschreitest, die einem Ziel entgegenführt. Und spare deine Freude für den Augenblick auf, an dem du deine Verpuppung sprengst. Denn du bist ein Herd von schwacher Brennkraft, und die Erleuchtung der Schildwache begibt sich nicht in einer Minute. Ich spare sie möglichst auf für die Tage des Hörnerschalls und der Trommeln und des Sieges. Es muß sich erst etwas in dir erneuern, das dem Verlangen gleicht und viel Schlaf erfordert.

Ich aber durchschreite langsam, indem ich langsam einen Fuß auf die goldene Fliese, langsam einen Fuß auf die schwarze Fliese setze, die Tiefen meines Palastes. Er erscheint mir am Mittag wie eine Zisterne, wegen der Kühle, die er eingefangen hat. Und mich wiegt mein eigener Schritt: ich bin ein unermüdlicher Ruderer, meinem Ziel entgegen. Denn ich gehöre nicht mehr diesem Vaterland.

Langsam fließen die Wände der Vorhalle vorüber, und wenn ich die Augen zum Deckengewölbe hebe, sehe ich es sanft schwanken wie einen Brückenbogen. Langsam setze ich einen Fuß auf eine goldene Fliese, langsam einen Fuß auf eine schwarze Fliese; so verrichte ich langsam mein Werk, wie die Arbeiter, die einen Brunnen bohren und den Schutt nach oben befördern. Sie skandieren den Ruf des Seiles mit geschmeidigen Muskeln. Ich weiß, wohin ich gehe, und ich gehöre nicht mehr diesem Vaterland.

Von Vorhalle zu Vorhalle setze ich meine Wanderung fort. Und dies sind die Wände. Und dies sind die Ornamente, die die Wände bedecken. Und ich umschreite den großen silbernen Tisch, auf dem die Kandelaber stehen. Und ich gleite mit der Hand über einen Marmorpfeiler. Er ist kalt. Allezeit. Doch nun betrete ich die bewohnten Gefilde. Die Geräusche dringen zu mir wie in einem Traum, denn ich gehöre nicht mehr diesem Vaterland.

Lieblich ist mir indessen der häusliche Lärm. Stets gefällt dir das vertrauliche Lied des Herzens. Nichts schläft ganz und gar. Und selbst wenn dein Hund schläft, kommt es vor, daß er im Schlaf kläfft, wobei er schwache Laute von sich gibt und sich ein wenig bewegt, weil er sich an etwas erinnert. So ist es mit meinem Palast, obwohl ihn mein Mittag eingeschläfert hat. Und es gibt eine Tür, die in der Stille schlägt, man weiß nicht, wo. Und du denkst an die Arbeit der Dienerinnen, der Frauen. Denn gewiß gehört das zu ihrem Bereich. Sie haben dir das frische Linnen in ihren Körben gefaltet. Sie sind zu zweien und zweien gewandert, um es zu tragen. Und da sie es jetzt eingeordnet haben, schließen sie die hohen Schränke wieder zu. Eine Verrichtung hat dort ihren Abschluß gefunden. Eine Verpflichtung wurde geachtet. Etwas hat sich soeben vollendet. Gewiß herrscht nun Ruhe, doch was weiß ich davon? Ich gehöre nicht mehr diesem Vaterland.

Von Vorhalle zu Vorhalle, von schwarzer Fliese zu goldener Fliese wandernd, umschreite ich langsam den Bezirk der Küchen. Ich erkenne das Lied der Porzellane. Sodann eine Silberkanne, die man mir gestoßen hat. Dann jenes schwache Geräusch einer Kellertür. Dann die Stille. Dann der Lärm überstürzter Schritte. Etwas hat man vergessen, das plötzlich deine Gegenwart erfordert, wie etwa die Milch, die überkocht, oder das Kind, das einen Schrei ausstößt, oder auch nur das unerwartete Ausbleiben eines vertrauten Gesummes. Irgendein Teilstück hat sich in der Pumpe, dem Bratspieß oder der Mühle für das Mehl verkeilt. So eilst du herbei, um das unscheinbare Gebet wieder in Gang zu setzen . . . Aber der Lärm der Schritte ist verstummt, denn die Milch wurde gerettet, das Kind getröstet; die Pumpe, der Bratspieß oder die Mühle haben das Hersagen ihrer Litanei wieder aufgenommen. Eine Bedrohung wurde beseitigt. Eine Wunde geheilt. Ein Versehen behoben. Welches? Ich weiß es nicht. Ich gehöre nicht mehr diesem Vaterland.

Nun dringe ich ein in das Reich der Gerüche. Mein Palast gleicht einem Speisekeller, der langsam den Honig seiner Früchte, die Blume seiner Weine vorbereitet. Und ich durchschiffe gleichsam ruhende Provinzen. Hier sind reife Quitten. Ich schließe die Augen, ihr Einfluß setzt sich weithin fort. Hier ist das Sandelholz der Truhen. Hier sind nur frisch gescheuerte Steinplatten. Jeder Geruch hat sich seit Generationen ein Reich zugeteilt, und der Blinde könnte sich darin zurechtfinden. Und zweifellos herrschte schon mein Vater über diese Kolonien. Doch ich gehe, ohne recht darüber nachzudenken. Ich gehöre nicht mehr diesem Vaterland.

Der Sklave hatte sich, wie es dem Ritual der Begegnungen entspricht, an die Wand gedrückt, als ich vorüberging. Aber in meiner Güte sagte ich zu ihm: »Zeige mir deinen Korb«, damit er sich wichtig in der Welt fühlen sollte. Und mit dem Henkel seiner glänzenden Arme nahm er ihn behutsam von seinem Kopf herab. Und mit niedergeschlagenen Augen brachte er mir die Huldigung seiner Datteln, Feigen und Mandarinen dar. Ich sog den Duft ein. Dann lächelte ich. Da erweiterte sich sein Lächeln, und er blickte mir gerade in die Augen, entgegen dem Ritual der Begegnungen. Und mit dem Henkel seiner Arme hob er seinen Korb wieder hoch, während er mich fest im Auge behielt. »Wie steht es mit dieser angezündeten Lampe?« sagte ich mir da. Denn die Rebellionen oder die Liebe greifen um sich wie eine Feuersbrunst! Was ist das verborgene Feuer, das in den Tiefen meines Palastes hinter diesen Mauern schwelt? Und ich betrachtete den Sklaven, als sei er der Abgrund der Meere. »Wahrhaftig«, sagte ich mir, »groß ist das Geheimnis des Menschen!« Und ich setzte meinen Weg fort, ohne dieses Rätsel zu lösen, denn ich gehöre nicht mehr diesem Vaterland.

Ich durchquerte den Saal der Ruhe. Ich durchquerte den Saal des Rates, in dem sich mein Schritt vervielfachte. Sodann ging ich mit langsamen Schritten, Stufe um Stufe, die Treppe hinab, die zur letzten Vorhalle führt, und als ich sie zu durchmessen begann, hörte ich einen großen dumpfen Lärm und Waffengeklirr. Ich lächelte in meiner Nachsicht; gewiß schliefen meine Schildwachen, da mein mittäglicher Palast einem schlafenden Bienenhaus glich; alles hatte sich in ihm verlangsamt, und kaum bewegte ihn die kurze Unruhe der launischen Frauen, die keinen Schlaf finden; der Vergeßlichen, die hinter dem Vergessenen herlaufen, oder jenes ewigen Wirrkopfes, der dir ständig etwas ausbessert, vervollständigt und auseinandernimmt. Und so gibt es auch in der Herde stets eine Ziege, die meckert; aus der schlafenden Stadt steigt stets ein unverständlicher Ruf auf, und in der erstorbensten Gräberhalde gibt es noch den Nachtwächter, der umherwandert. Mit meinem langsamen Schritt setzte ich also meinen Weg fort, mit geneigtem Kopf, um nicht meine Schildwachen zu sehen, die sich eilig wieder herrichteten, denn das kümmerte mich wenig: ich gehöre nicht mehr diesem Vaterland.

So grüßen sie mich, da sie sich wieder gestrafft haben, öffnen mir das Tor mit seinen beiden Flügeln, und ich blinzele in der Grausamkeit des Sonnenlichts und bleibe einen Augenblick auf der Schwelle stehen. Denn dort sind die Fluren. Die runden Hügel, die in der Sonne meine Reben wärmen. Meine

Erntefelder, als Gevierte zugeschnitten. Der Kreidegeruch des Bodens. Und eine andere Musik, die von den Bienen, den Heupferdchen und Grillen herrührt. Und ich gehe von einer Kultur in eine andere Kultur über. Denn ich habe soeben den Mittag über meinem Reich eingeatmet.

Und ich bin neu geboren.

206

Von meinem Besuch bei dem einzigen wahrhaften Mathematiker, meinem Freund.

Denn es rührte mich, als ich sah, welche Aufmerksamkeit er dem Tee und der Kohlenglut und dem Kochkessel und dem Gesang des Wassers schenkte, sodann dem Geschmack einer ersten Probe, sodann dem Abwarten, denn der Tee gibt sein Aroma nur langsam her. Und es gefiel mir, daß er während dieses kurzen besinnlichen Tuns durch den Tee mehr abgelenkt wurde als durch ein geometrisches Problem.

– Du, der du Bescheid weißt, du verachtest die niedere Arbeit nicht . . .

Doch er antwortete nicht. Erst als er, ganz zufriedengestellt, unsere Gläser eingeschenkt hatte, sagte er:

– Ich, der ich Bescheid weiß . . ., was verstehst du darunter? Warum sollte der Gitarrenspieler das Zeremoniell des Tees nur aus dem Grunde verachten, weil er etwas von den Beziehungen zwischen den Noten weiß? Ich weiß etwas von den Beziehungen zwischen den Linien eines Dreiecks. Und doch gefällt mir der Gesang des Wassers und das Zeremoniell, das den König, meinen Freund, ehren wird . . .

Er besann sich, dann fuhr er fort:

– Was weiß ich . . .? Ich glaube nicht, daß mich meine Dreiecke sehr über die Freude am Tee erleuchten. Aber es kann sein, daß mich die Freude am Tee ein wenig über die Dreiecke erleuchtet . . .

– Was sagst du mir da, Mathematiker!

– Wenn ich etwas empfinde, verspüre ich das Bedürfnis, es zu beschreiben. Wenn ich eine Frau liebe, werde ich dir von ihren Haaren und von ihren Wimpern und ihren Bewegungen erzählen, die Musik sind für das Herz. Würde ich dir von den Bewegungen, den Lippen, den Wimpern, den Haaren erzählen, wenn es nicht jenes Frauengesicht gäbe, von dem ich all das ablas? Ich zeige, inwiefern ihr Lächeln lieblich ist. Im Anfang aber war das Lächeln . . .

Ich werde doch nicht hingehen und einen Steinhaufen umwälzen, damit ich darin das Geheimnis meiner Meditationen finde. Denn die Meditation bedeutet nichts für die Stufe der Steine. Dazu bedarf es eines Tempels. Dann hat sich auf einmal mein Herz gewandelt. Und ich werde meines Weges gehen und über die Macht der Beziehungen zwischen den Steinen nachdenken . . .

Ich werde nicht hingehen und in den Erdsalzen die Erklärung für den Orangenbaum suchen. Denn der Orangenbaum hat keine Bedeutung für die Stufe der Erdsalze. Doch indem ich den Aufstieg des Orangenbaumes verfolge, werde ich durch ihn den Aufstieg der Erdsalze erklären.

Zunächst muß ich Liebe empfinden. Muß ich die Einheit betrachten. Sodann werde ich darangehen, über die Baustoffe und ihre Zusammenstellung nachzudenken. Aber ich werde keine Untersuchungen über die Baustoffe anstellen, wenn sie nicht etwas beherrscht, dem ich zustrebe. Zuerst habe ich die Dreiecke betrachtet. Dann habe ich im Dreieck nach den Gesetzen gesucht, welche die Linien beherrschen. Aber du hast zuerst ein Bild vom Menschen mit einer bestimmten inneren Glut geliebt. Und du hast daraus dein Zeremoniell abgeleitet, damit jenes Bild darin enthalten sei, wie die Beute in der Falle, und dergestalt im Reich verewigt werde. Welcher Bildhauer aber wird sich für Nase, Augen und Bart um ihrer selbst willen interessieren? Und welchen Ritus des Zeremoniells wirst du um seiner selbst willen auferlegen? Und was kann ich aus den Linien herleiten, wenn sie nicht einem Dreieck angehören?

Zuerst gebe ich mich der Meditation hin, sodann werde ich erzählen, wenn ich es vermag. Ich habe somit niemals die Liebe abgelehnt. Ablehnung der Liebe ist nichts als Anmaßung. Freilich habe ich diese oder jene Frau geehrt, die nicht über die Dreiecke Bescheid wußte. Doch sie wußte weit mehr als ich über die Kunst des Lächelns. Hast du gesehen, wie sie lächeln?

– Gewiß, Mathematiker ...

– Mit den Fibern ihres Gesichtes, mit ihren Wimpern, ihren Lippen, die noch Baustoffe ohne Bedeutung sind, baute dir jene Frau mühelos ein unvergängliches Meisterwerk auf, und dadurch, daß du Zeuge eines solchen Lächelns warst, lebtest du im Frieden der Dinge und in der Ewigkeit der Liebe. Sodann zerstörte sie dir ihr Meisterwerk in der Zeit, die du brauchst, um eine Geste anzudeuten und dich in einem anderen Vaterland zu verschließen, wo dich das Verlangen überkam, die Feuersbrunst zu erfinden, von der du, der Befreier, sie dann gerettet hättest; so ergreifend zeigte sie sich. Und warum hätte ich sie deshalb verachten sollen, weil ihre Schöpfung keine Spuren hinterließ, mit denen man die Museen hätte bereichern können? Ich weiß etwas über die gebauten Kathedralen auszusagen, sie aber baute mir Kathedralen ...

– Was aber lehrte sie dich über die Beziehungen zwischen den Linien?

– Es kommt wenig auf die verbundenen Gegenstände an; zunächst muß ich lernen, wie man die Beziehungen abliest. Ich bin alt. So habe ich gesehen, wie die Frau, die ich liebte, starb oder genas. Es kommt der Abend, an dem die Liebste, die ich liebte, starb oder genas. Es kommt der Abend, an dem die Liebste den Kopf auf die Schulter neigt und die ihr angebotene Milchschale zurückweist, nach Art des Neugeborenen, das schon von der Welt abgeschnitten ist und die Brust verweigert, denn die Milch ist ihm bitter geworden. Sie hat gleichsam ein entschuldigendes Lächeln, denn du tust ihr leid, weil sie sich nicht mehr von dir nährt. Sie bedarf deiner nicht mehr. Und du trittst ans Fenster, um deine Tränen zu verbergen. Und dort sind die Fluren. Da spürst du, gleich einer Nabelschnur, das Band zwischen dir und den Dingen. Den Gerstenfeldern, den Weizenfeldern, dem blühenden Orangenbaum, der die Nahrung deines Leibes vorbereitet, und der Sonne, die seit dem Anbeginn der Zeiten die Brunnenräder sich drehen läßt. Und der Lärm der Fuhrwerke dringt zu dir herüber vom Bau des Aquädukts, das an Stelle eines alten, das die Zeit abgenutzt hat, den Durst der Stadt stillen wird, oder du hörst auch nur den Handwagen oder den Schritt des Esels, der den Sack trägt. Und du spürst den allgewaltigen Saft kreisen, der den Dingen Dauer verleiht. Und mit langsamen Schritten kehrst du zum Bett zurück. Du wischst das Gesicht ab, das vom Schweiß glänzt. Noch ist sie da, aber ganz abgewandt in ihrem Sterben. Die Fluren singen für sie nicht mehr ihr Lied vom Bau des Aquädukts oder vom Handwagen oder vom trippelnden Esel. Der Duft der Orangenbäume ist für sie nicht mehr da und auch nicht deine Liebe.

Dann kommen dir zwei Kameraden in den Sinn, die sich liebten.

Der eine kam den anderen suchen, mitten in der Nacht, bloß weil er seine Späße, seine Ratschläge oder auch einfach nur seine Gegenwart nötig hatte. Und der eine vermißte den anderen, wenn einer von ihnen auf Reisen war. Aber ein törichtes Mißverständnis ließ sie sich entzweien. Und nun tun sie, als sähen sie sich nicht, wenn sie einander begegnen. Das Seltsame ist in diesem Fall, daß sie nach nichts mehr Sehnsucht haben. Die Sehnsucht nach Liebe ist Liebe. Was sie voneinander empfingen, werden sie indessen von niemandem sonst auf der Welt empfangen. Denn ein jeder scherzt, erteilt Ratschläge oder atmet auch nur auf seine eigene Art und auf keine andere. Nun sind sie also eines Teils ihres Wesens beraubt, sind herabgemindert, jedoch unfähig, etwas davon zu erkennen. Und sie sind gar noch stolz und wie bereichert durch die Zeit, über die sie nun verfügen. Und so schlendern sie vor den Auslagen einher, jeder für sich. Sie verlieren ihre Zeit nicht mehr mit einem Freund. Sie werden jede Bemühung zurückweisen, die sie wieder dem Speicher zuführen könnte, aus dem sie ihre Nahrung schöpften. Denn der Teil ihres Wesens, der davon lebte, ist gestorben, und wie könnte dieser Teil eine Forderung stellen, da er nicht mehr vorhanden ist?

Du aber, du gehst als Gärtner vorüber. Und du siehst, was dem Baum fehlt. Nicht vom Gesichtspunkt des Baumes aus, denn vom Baum aus gesehen, fehlt ihm nichts; er ist vollkommen. Aber von deinem Gesichtspunkt aus, der du ein Gott für den Baum bist und die Zweige dort beschneidest, wo es nötig ist. Und du knüpfst die zerrissenen Fäden und die Nabelschnur wieder zusammen. Du versöhnst wieder. Und siehe, so beginnen sie von neuem in ihrer Inbrunst.

Auch ich habe mich wieder versöhnt, und ich habe den frischen Morgen erlebt, da die Liebste die Ziegenmilch und das weiche Brot von dir erbittet. Und so neigst du dich über sie und stützt mit der einen Hand ihren Nacken und hebst mit der anderen die Schale zu den blassen Lippen und siehst ihr zu, wie sie trinkt. Du bist Weg, Gefährt und Beförderung. Du hast nicht die Empfindung, als ob du sie nährtest, nicht einmal, als ob du sie heiltest; es dünkt dir vielmehr, als ob du sie an die Dinge wieder anknüpftest, denen sie angehörte; an diese Fluren, diese Ernte, diesen Brunnen, diese Sonne. Fortan läßt die Sonne das singende Brunnenrad sich ein wenig für sie drehen. Fortan baut man das Aquädukt ein wenig für sie. Fortan ertönt die Schelle des Handkarrens ein wenig für sie. Und du sagst ihr, denn sie erscheint dir kindlich an diesem Morgen und nicht erpicht auf tiefe Weisheit, sondern mehr auf häusliche Neuigkeiten, auf Spielsachen und Freunde – du sagst ihr also: »Höre doch . . .« Und sie erkennt den trippelnden Esel. Da lacht sie und kehrt sich dir zu, ihrer Sonne, denn sie hat Durst nach Liebe.

Und ich, der ich ein alter Mathematiker bin, ich bin auf diese Weise in die Schule gegangen, denn es gibt nur Beziehungen, wenn du über sie nachgedacht hast. Du sagst: »Es ist dasselbe wie . . .« Und die Frage stirbt. Ich habe einem Mann den Durst nach dem Freund wiedergegeben: ich habe ihn wieder versöhnt. Ich habe einer Frau den Durst nach Milch und nach Liebe wiedergegeben. Und ich sagte: »Ich heilte sie. Es ist dasselbe wie . . .« Und was tat ich anderes, wenn ich eine bestimmte Beziehung zwischen dem fallenden Stein und den Sternen kundtat? Ich sagte: »Es ist dasselbe wie . . .« Und wenn ich eine bestimmte Beziehung zwischen den Linien kundtat? Ich sagte: »Im Dreieck ist dieses oder jenes dasselbe wie . . .« Und so wandere ich vom Tod einer Frage über den Tod einer anderen Frage langsam Gott entgegen, in dem keine Frage mehr gestellt wird. –

Und als ich meinen Freund verließ, ging ich mit langsamen

Schritten davon – ich, der ich meine Zorneswallungen überwinde, da sich von dem Berge aus, den ich ersteige, ein wahrhafter Friede einstellt, der nicht aus Versöhnung, Verzicht, Vermischung oder Aufteilung besteht. Denn ich sehe dort Voraussetzung, wo sie Streit sehen. Und so ist es auch mit meinem Zwang, der Voraussetzung meiner Freiheit ist, oder mit meinen Geboten gegen die Liebe, die Voraussetzung der Liebe ist, oder mit meinem vielgeliebten Feind, der Voraussetzung meines eigenen Wesens ist, denn das Schiff hätte keine Form ohne das Meer.

Und so wandere auch ich von einem versöhnten Feind über den anderen versöhnten Feind – aber von einem neuen Feind über den anderen neuen Feind – auf dem Hang, den ich ersteige, langsam der Ruhe in Gott entgegen; denn ich weiß, daß es beim Schiff nicht darum geht, dem Ansturm des Meeres nachzugeben, und daß es beim Meer nicht darum geht, sich gegenüber dem Schiff sanft zu zeigen, denn im ersten Fall wird das Schiff untergehen, und im zweiten wird es zu einem flachen Floß für Wäscherinnen verkümmern – ich weiß hingegen, daß es darauf ankommt, nicht zu wanken und im Verlauf eines erbarmungslosen Krieges, der Voraussetzung des Friedens ist, nicht aus falscher Liebe zu paktieren; ich weiß, daß man Tote, die Voraussetzung des Lebens sind, auf dem Weg zurücklassen muß, daß man Verzichte, die Voraussetzungen des Festes sind, Lähmungen der Schmetterlingspuppen, die Voraussetzung der Flügel sind, in Kauf nehmen muß; denn es zeigt sich, daß Du mich – wie es Deinem Willen entspricht – mit etwas verknüpfst, was höher ist als ich selber, und daß ich keinen Frieden und keine Liebe außerhalb Deiner erfahren werde. In Dir allein wird jener Herrscher, der im Norden meines Reiches regierte und den ich liebte, mit mir selber versöhnt sein, weil wir uns dann vollendet haben; in Dir allein wird einer, den ich züchtigen mußte, obwohl ich ihn hochschätzte, mit mir versöhnt sein, weil wir uns dann vollendet haben. Denn es erweist sich, daß in Dir allein, Herr, die Liebe und die Voraussetzungen der Liebe zu guter Letzt in ihrer Einheit ohne Streit miteinander verschmelzen werden.

Freilich ist die Stufenordnung ungerecht, die dich plagt und dich am Werden hindert. Du wirst jedoch, wenn du gegen diese Ungerechtigkeit ankämpfst, ein Bauwerk nach dem anderen zerstören, bis du bei dem ebenen Pfuhl anlangst, in dem die Gletscher zerschmolzen sein werden.

Du wünschst, daß die einen den anderen gleich sein sollen, und verwechselst deine Gleichheit mit Übereinstimmung. Ich aber werde sie gleich nennen, weil sie auf gleiche Weise dem Reich dienen. Und nicht, weil sie sich so ähnlich sind.

So ist es auch mit dem Schachspiel: es gibt einen Sieger und einen Besiegten. Und es kommt vor, daß der Sieger ein schalkhaftes Lächeln aufsetzt, um den Besiegten zu demütigen. Denn so sind die Menschen. Und du kommst daher, um in deiner Gerechtigkeit die Siege im Schachspiel zu untersagen. Du sprichst: »Was ist denn das Verdienst des Siegers? Er war klüger oder kannte die Spielregeln besser. Sein Sieg ist nur der Ausdruck eines Zustandes. Sollte er etwa gefeiert werden, weil er röter im Gesicht oder gelenkiger ist, oder weil er behaarter oder weniger behaart ist . . .?«

Ich aber habe gesehen, wie der im Schach Unterlegene jahrelang gespielt hat in der Hoffnung auf das Fest seines Sieges. Denn du bist dadurch reicher, daß es den Sieg gibt, selbst wenn er nicht für dich bestimmt ist. So ist es auch mit der Perle auf dem Meeresgrund.

Denn täusche dich nicht über den Neid: Er ist Zeichen einer Kraftlinie. Ich habe eine bestimmte Auszeichnung geschaffen. Und die Auserwählten stolzieren mit meinem Kieselstein auf der Brust einher. Und du beneidest den, den ich auszeichne. Und du kommst daher, wie es deiner Gerechtigkeit entspricht, die nur den Ausgleich im Sinn hat. Und du entscheidest: Alle sollen Kieselsteine auf ihrer Brust tragen. Und freilich: Wer wird sich fortan noch mit solch einem Kleinod herausputzen? Du lebtest nicht für den Kieselstein, sondern für seine Bedeutung. Und hier zeigt es sich, wirst du sagen. Ich habe die Nöte der Menschen verringert. Habe ich sie doch vom Durst nach Kieselsteinen befreit, welche die meisten nicht beanspruchen konnten. Denn du urteilst im Hinblick auf den Neid, der schmerzhaft ist. Der Gegenstand des Neides ist also ein Übel. Und du läßt nichts bestehen, was unerreichbar ist.

Das Kind streckt die Hand aus und ruft nach dem Stern. Also will deine Gerechtigkeit es sich zur Pflicht machen, ihn auszulöschen.

Genauso willst du mit dem Besitz von Edelsteinen verfahren. Und du lagerst sie in einem Museum ein. Du sagst: »Sie gehören der Allgemeinheit . . .« Und sicher wird dein Volk an Regentagen an den Vitrinen vorbeiziehen. Und es wird die Sammlung der Smaragde angähnen, denn es gibt kein Zeremoniell mehr, das ihnen einen Sinn verleiht und sie so verklärt. Und inwiefern glänzen sie stärker als geschnittenes Glas?

Du hast sogar noch den Diamanten seines besonderen Wesens entkleidet. Er hätte für dich bestimmt sein können. Du hast den Glanz ausgemerzt, der ihm eignete, weil er begehrenswert war. So geht es mit den Frauen, wenn du sie verbietest. Sie mögen noch so schön sein, sie werden dann zu Wachspuppen. Ich habe nie jemand für eine Frau sterben sehen, die das Relief eines Sarkophages bis zu ihm hin verewigt hatte, mochte ihr Abbild auch noch so bewundernswert sein. Solch eine Frau strömt die Anmut der Vergangenheit oder ihre Schwermut aus, nicht aber die Grausamkeit der Begierde.

So wird auch dein unerreichbarer Diamant nicht mehr der gleiche sein. Einst erstrahlte er durch den Glanz seiner Unerreichbarkeit, und damals verherrlichte und ehrte und erhöhte er dich durch seinen Glanz. Nun aber hast du die Diamanten in Zierstücke einer Vitrine verwandelt. Sie werden den Vitrinen Ehre bringen. Doch da du nicht wünschst, eine Vitrine zu sein, wünschst du auch den Diamanten nicht.

Und wenn du nun einen verbrennst, um den Festtag durch dieses Opfer zu veredeln und so seine Ausstrahlung auf deinen Geist und dein Herz zu vervielfachen, wirst du nichts verbrennen. Denn nicht du wirst den Diamanten opfern. Er wird das Geschenk deiner Vitrine sein. Und sie macht sich nichts daraus. Du kannst nicht länger mit dem Diamanten spielen, der zu keinerlei Gebrauch mehr dient. Und wenn du ihn des Nachts im Pfeiler des Tempels einmauerst, um ihn den Göttern zu spenden, so spendest du nichts. Der Pfeiler ist nur ein etwas verborgenerer Aufbewahrungsort als die Vitrine; und auch diese ist ebenso versteckt, wenn die Sonne dein Volk einlädt, die Stadt zu meiden. Dein Diamant hat nicht den Wert eines Geschenkes, da er ja kein Gegenstand ist, den man verschenkt. Er ist ein Gegenstand, den man aufbewahrt. Hier oder dort. Er hat nicht mehr die Anziehungskraft eines Magneten. Er hat seine göttlichen Kraftlinien eingebüßt. Was hast du dabei gewonnen?

Ich aber untersage, daß sich diejenigen rot kleiden, die nicht vom Propheten abstammen. Und worin habe ich die anderen verletzt? Keiner kleidete sich rot. Dem Rot fehlte es an einer Bedeutung. Seither träumen sie alle davon, sich rot zu kleiden. Ich habe die Macht des Rots begründet, und du bist dadurch reicher, daß es da ist, auch wenn es nicht für dich bestimmt ist. Und der Neid, der dich überkommt, ist Zeichen einer neuen Kraftlinie.

Aber das Reich erscheint dir vollkommen, wenn sich inmitten der Stadt ein Mann mit gekreuzten Beinen hinsetzt und dort vor Hunger und Durst stirbt. Denn er gibt keiner Neigung den Vorzug, die ihn nach rechts oder nach links, nach vorn oder nach hinten zieht. Und er empfängt keine Befehle, wie er auch keine erteilt. Und weder der unerreichbare Diamant noch der Kieselstein an der Brust, noch das rote Gewand besitzen für ihn eine Anziehung. Und so wirst du ihn sehen, wie ihn beim Verkäufer der bunten Stoffe das Gähnen überkommt, während er darauf wartet, daß ich seinen Wünschen durch die Bedeutung, die ich ihnen beilege, eine Richtung weise.

Aber weil ich ihm das Rot untersage, liebäugelt er nun mit dem Violett . . ., oder, wenn er widerspenstig und unabhängig ist und die Ehrungen verabscheut und über alle Konventionen erhaben ist und ihm der Sinn der Farben, die in meinem Ermessen stehen, völlig gleichgültig ist, siehst du ihn auch, wie er sich alle Gestelle des Ladens ausräumen läßt und in den Vorräten kramt, um die Farbe herauszufinden, die – wie ein grelles Grün – dem Rot am meisten entgegengesetzt ist, und wie er die Nase rümpft, solange er nicht das Allervollkommenste gefunden hat. Hernach gewahrst du ihn, wie er voller Stolz auf sein grelles Grün durch die Stadt schreitet, weil er meine Rangordnung der Farben mißachtet. In Wahrheit aber habe ich ihn den ganzen Tag über angefeuert. Sonst hätte er, rot gekleidet, in einem Museum gegähnt, denn es regnet.

Ich, sagte mein Vater, ich stifte ein Fest. Aber es ist nicht ein Fest, das ich stifte, es ist eine bestimmte Beziehung. Ich höre die Widerspenstigen mich verhöhnen, die mir alsbald ein Gegenfest stiften. Und die Beziehung ist die gleiche, die sie behaupten und verewigen. Ich sperre sie daher für eine Weile ein, um ihnen zu gefallen, denn sie nehmen ihr Zeremoniell ernst. Und ich das meine.

208

Es wurde Tag. Und ich stand da wie der Seemann mit gekreuzten Armen, der das Meer einatmet. Jenes Meer, das es zu pflügen gilt, und kein anderes. Ich stand da wie der Bildhauer vor dem Lehm. Jenem Lehm, den es zu formen gilt, und keinem anderen. So stand ich auf dem Hügel und richtete dieses Gebet an Gott:

»Herr, der Tag hebt an über meinem Reich. Er bedeutet für mich diesen befreiten Morgen, der für das Spiel bereit ist wie eine Harfe. Herr, dieser Anteil an Städten, an Palmenhainen, an Ackerland und an Orangenpflanzungen wird dem Licht geboren. Und hier, zu meiner Rechten, liegt der Meeresgolf für die Schiffe. Und hier, zu meiner Linken, das blaue Gebirge, mit seinen von Wollschafen gesegneten Hängen, das die Klauen seiner letzten Felsen in die Wüste gräbt. Und jenseits davon der scharlachrote Sand, wo allein die Sonne blüht.

Mein Reich hat dieses bestimmte Gesicht und kein anderes. Und sicherlich steht es in meiner Macht, die Biegung eines Flusses ein wenig in ihrer Richtung zu verändern, um so den Sand zu bewässern, nicht aber in diesem Augenblick. Es steht in meiner Macht, hier eine neue Stadt zu gründen, nicht aber in diesem Augenblick. Es steht in meiner Macht, allein dadurch, daß ich auf seine Samenkörner blase, einen Wald siegreicher Zedern zu befreien, nicht aber in diesem Augenblick.

Denn ich erbe im gleichen Augenblick eine abgelaufene Vergangenheit, die so und nicht anders ist. Eine Harfe, bereit zum Gesang.

Worüber sollte ich mich beklagen, Herr – ich, der ich in meiner patriarchalischen Weisheit dieses Reich abwäge, wo alles an seinem Platze ist, gleichwie die bunten Früchte im Korb. Warum sollte ich Zorn, Bitternis, Haß oder Rachedurst empfinden? Dies ist mein Leitfaden für meine Arbeit. Dies ist mein Feld für mein Pflügen. Dies ist die Harfe für meinen Gesang.

Wenn der Gebieter des Landguts bei Tagesanbruch über seine Felder geht, siehst du, wie er einen Stein aufsammelt und die Dornen ausreißt, falls er welche findet. Er ist weder über die Dornen noch über die Steine erzürnt. Er verschönert sein Land und erleidet nichts, es sei denn die Liebe. Wenn jene Frau ihr Haus bei Tagesanbruch aufschließt, siehst du sie den Staub fortkehren. Sie ist nicht erzürnt über den Staub. Sie verschönert ein Haus und erleidet nichts, es sei denn die Liebe.

Soll ich mich darüber beklagen, daß ein bestimmtes Gebirge eine bestimmte Grenze schirmt und keine andere? Es weist hier, mit der Ruhe einer ausgestreckten Hand, die Stämme ab, die aus der Wüste emporsteigen. Das ist gut so. Ich werde weiter unten, wo das Reich ohne Schutz ist, meine Zitadelle bauen. Und weshalb sollte ich mich über die Menschen beklagen? Ich empfange sie in dieser Morgenröte, so, wie sie sind. Gewiß gibt es manche darunter, die ihr Verbrechen vorbereiten, die über ihren Verrat nachsinnen, die ihre Lügen verbrämen, aber es gibt andere unter ihnen, die sich für die Arbeit oder das Mitleid oder die Gerechtigkeit wappnen. Und sicherlich werde auch ich, um mein Ackerland zu verschönen, den Stein oder die Dornen verwerfen, ohne aber Stein oder Dornen zu hassen, denn ich erleide nichts, es sei denn die Liebe.

Denn im Laufe meines Gebetes, o Herr, habe ich den Frieden gefunden. Ich komme von Dir. Ich fühle mich als Gärtner, der langsam seinen Bäumen entgegenschreitet.«

Freilich habe auch ich im Laufe meines Lebens Zorn, Bitternis, Haß und Rachedurst verspürt. In der Dämmerung der verlorenen Schlachten wie der Rebellionen: jedesmal, wenn ich mein Unvermögen gewahr wurde und mich gleichsam in mich selbcr eingeschlossen sah, da ich nicht, wie es mein Wille war, auf meine aufgelösten Truppen, die mein Wort nicht mehr erreichte, auf meine aufsässigen Generäle, die sich Kaiser erfanden, auf die wahnsinnigen Propheten, die Trauben von Gläubigen in blinden Fäusten zusammenballten, einzuwirken vermochte – dann habe ich die Versuchung des Zornigen erfahren.

Du aber willst die Vergangenheit berichtigen. Zu spät ersinnst du die glückliche Entscheidung. Du beginnst den Schritt von vorn, der dich gerettet hätte, der aber, da seine Stunde abgelaufen ist, an der Verwesung des Traumes teilhat. Und sicherlich gibt es einen General, der dir auf Grund seiner Berechnungen den Rat erteilt hat, im Westen anzugreifen. Du ersinnst den Geschichtsablauf von vorn. Du läßt den Ratgeber unversehens verschwinden. Du greifst im Norden an. Es ist das gleiche, wie wenn du dir dadurch einen Weg bahnen wolltest, daß du den Granit eines Berges anhauchst. Ach, sagst du dir in der Verwesung deines Traumes, hätte jener nicht gehandelt, hätte jener nicht gesprochen, hätte jener nicht geschlafen, hätte jener nicht geglaubt oder sich geweigert zu glauben, wäre jener zugegen gewesen, hätte sich jener anderswo befunden, dann wäre ich jetzt Sieger.

Doch sie verspotten dich, weil sie sich nicht auslöschen lassen wie der Blutflecken des schlechten Gewissens. Und dich überkommt das Verlangen, sic durch Hinrichtungen zu Staub zu zermahlen, um dich ihrer zu entledigen. Aber wenn du auch alle Mühlsteine des Reiches aufschichtetest, könntest du doch nicht verhindern, daß sie existiert haben.

Schwach bist du und feige zugleich, wenn du derart im Leben auf Verantwortliche Jagd machst, indem du in der Verwesung deines Traumes eine abgelaufene Vergangenheit von neuem ersinnst. Und es zeigt sich, daß du durch Säuberung über Säuberung dein ganzes Volk dem Totengräber überliefern wirst. Die einen waren vielleicht Gefährte, die in die Niederlage führten, doch warum haben andere, die Gefährte für den Sieg hätten sein können, nicht die ersteren beherrscht? Etwa, weil das Volk sie nicht unterstützte? Warum hat dann dein Volk die schlechten Hirten vorgezogen? Weil sie logen? Aber Lügen werden stets ausgesprochen, denn immer wird alles gesagt, sowohl die Wahrheit wie die Lüge. Weil sie dafür bezahlten? Aber das Geld wird stets angeboten, denn es gibt immer Sittenverderber.

Wenn die Menschen eines Reiches festgegründet sind, entlockt ihnen mein Sittenverderber ein Lächeln. Die Krankheit, die ich ihnen anbiete, ist nicht für sie bestimmt. Wenn die Menschen eines anderen Reiches innerlich verbraucht sind, wird die Krankheit, die ich ihnen anbiete, durch diesen oder jenen ihren Einzug halten, die ihr als erste erliegen werden. Und wenn sie vom einen auf den anderen übergreift, wird sie alle Menschen des Reiches verderben, denn meine Krankheit war für sie bestimmt. Sind die zuerst Befallenen für das Verderben des Reiches verantwortlich? Auch vom gesündesten Reich wirst du nicht behaupten, daß es darin keine Krebserreger gäbe. Sie sind vorhanden, aber gleichsam im Hinterhalt, für die Stunden des Verfalls. Dann erst wird sich die Krankheit ausbreiten, die ihrer nicht bedurfte. Sie hätte auch andere gefunden. Wenn die Krankheit eine Wurzel nach der anderen im Weinberg verdirbt, klage ich nicht die zuerst befallene Wurzel an. Hätte ich sie im Jahre zuvor verbrannt, so hätte eine andere Wurzel dem Verderben als Eingang gedient.

Wenn das Reich zerrüttet ist, so haben alle an dem Verderben mitgewirkt. Ist denn die große Mehrheit nicht verantwortlich, wenn sie es duldet? Ich nenne dich einen Mörder, wenn das Kind in deinem Pfuhl ertrinkt und du es versäumst, ihm beizustehen.

Unfruchtbar bin ich also, wenn ich in der Verwesung des Traumes versuche, nachträglich eine abgelaufene Vergangenheit zu gestalten und den Sittenverderbern als Helfershelfern der Sittenverderbnis, den Feigen als Helfershelfern der Feigheit, den Verrätern als Helfershelfern des Verrates den Kopf abzuschlagen, denn so werde ich, wenn ich von Folgerung zu Folgerung schreite, sogar die Besten vernichten, weil sie keinen Erfolg gehabt haben und es mir überlassen bleibt, ihnen ihre Faulheit oder ihre Nachlässigkeit oder ihre Dummheit vorzuwerfen. Letztlich werde ich danach gestrebt haben, all das vom Menschen auszumerzen, was von Krankheit befallen sein und einem bestimmten Samen einen fruchtbaren Boden bieten könnte, und krank können alle werden. Und alle sind fruchtbarer Boden für jeden Samen. Und so werde ich sie alle beseitigen müssen. Dann wird die Welt vollkommen sein, da sie vom Übel gesäubert wurde. Ich aber sage, daß die Vollkommenheit eine Tugend der Toten ist. Der Aufstieg gebraucht schlechte Bildhauer als Dünger, genau wie den schlechten Geschmack. Ich diene nicht der Wahrheit, wenn ich den hinrichte, der sich irrt, denn die Wahrheit kommt durch Irrtum über Irrtum zustande. Ich diene nicht der Erschaffung des Werkes, wenn ich jeden hinrichte, der das seine verfehlt, denn die Erschaffung des Werkes kommt durch Mißlingen über Mißlingen zustande. Ich zwinge nicht eine bestimmte Wahrheit auf, wenn ich den hinrichte, der einer anderen dient, denn meine Wahrheit ist ein Baum, der erst heranwächst. Und ich kenne nichts als das Ackerland, das meinen Baum noch nicht genährt hat. Ich bin im Kommen, ich bin gegenwärtig. Ich empfange die Vergangenheit meines Reiches als Erbteil. Ich bin der Gärtner, der seiner Erde entgegenschreitet. Ich werde ihr nicht vorwerfen, daß sie die Kakteen und Dornen gedeihen läßt. Kakteen und Dornen sind ihr völlig gleichgültig, wenn ich der Same der Zeder bin.

Ich verwerfe den Haß, nicht aus Nachsicht, sondern weil mir – der ich von Dir komme, Herr, in dem alles gegenwärtig ist – das Reich in jedem Augenblick gegenwärtig ist. Und in jedem Augenblick beginne ich.

Ich gedenke der Lehre meines Vaters: Lächerlich ist das Samenkorn, das sich darüber beklagt, daß die Erde durch es hindurch lieber Salat als Zeder wird. Denn es ist nur Salatsamen.

Er sagte auch: Der Schieläugige hat das junge Mädchen angelächelt. Sie hat sich denen zugewandt, deren Blick gerade ist. Und der Schieläugige geht umher und erzählt, jene, die einen geraden Blick hätten, verdürben die jungen Mädchen.

Recht selbstgefällig sind die Gerechten, die sich einbilden, sie hätten den Tastversuchen, den Ungerechtigkeiten, den Irrtümern, der Schande, die ihre Begriffe übersteigen, nichts zu verdanken. Lächerlich ist die Frucht, die den Baum verachtet!

209

Das gleiche gilt von dem Mann, der seine Freude im Reichtum aufgehäufter Dinge zu finden glaubt und der – da es ihm unmöglich ist, die Freude daraus zu gewinnen, denn sie beruht nicht hierauf – seine Reichtümer vervielfacht und die Dinge zu Pyramiden aufstapelt und zwischen ihnen in ihren Gewölben hin und her läuft; er gleicht jenen Wilden, die die Trommel in ihre Bestandteile zerlegen, um den Lärm einzufangen.

Das gleiche gilt von den Menschen, die erfahren haben, daß dich die Beziehungen zwischen zwingenden Worten meinem Gedicht unterwerfen, daß dich die zwingenden Anordnungen der Linien dem Bildwerk meines Bildhauers unterwerfen, daß dich die zwingenden Beziehungen zwischen den Noten der Gitarre der Rührung unterwerfen, die mein Gitarrespieler hervorruft, und die daher des Glaubens sind, diese Macht beruhe auf den Worten des Gedichts, auf den Bestandteilen des Bildwerkes, auf den Noten der Gitarre; so rufen sie mit ihnen ein unentwirrbares Durcheinander hervor, und da sie diese Macht nicht darin finden, denn sie beruht nicht hierauf, übertreiben sie ihr Getöse, um sich Gehör zu verschaffen, und übermitteln dir, wenn es hochkommt, die Gemütsbewegung, die du auch durch einen Haufen Geschirr, das entzweigeht, verspürtest – eine Gemütsbewegung, die einmal von zweifelhaftem Wert ist und die ferner nur eine zweifelhafte Macht ausübt und eine ganz andere Wirkung erzielen, dich auf ganz andere Weise lenken, beherrschen, anreizen könnte, würde sie dir durch die Schwere meines Polizisten zuteil, der dir die große Zehe zermalmte.

Und wenn ich dich dadurch lenken möchte, daß ich »Oktobersonne« oder »schneeweißer Säbel« zu dir sage, so muß ich wohl oder übel eine Falle bauen, die eine Beute von anderer Beschaffenheit mit einschließt. Wenn ich dich aber durch Gegenstände ergreifen möchte, die zur Falle selbst gehören, und es nicht wage, »Schwermut«, »Abenddämmerung«, »Geliebte«, also im Kaufhaus fertig gekaufte poetische Worte auszusprechen, die dich speien machen, so werde ich doch nicht minder auf die schwache Wirkung des Nachahmungstriebes angewiesen sein, der dich nicht so sehr jubilieren läßt, wenn ich »Kadaver« wie wenn ich »Rosenkorb« sage, obwohl weder das eine noch das andere Wort dich in der Tiefe bewegen; so werde ich die üblichen Bahnen verlassen und die Folterqualen in ihrer letzten Verfeinerung beschreiben. Und ich werde im übrigen auch dadurch keine Gemütsbewegung hervorrufen, da diese nicht hierauf beruht. Denn die Macht der Worte ist schwach, und sie lassen dir kaum etwas sauren Speichel zusammenrinnen, wenn ich den Mechanismus der Erinnerung spielen lasse; und wenn ich beginne, mich wie ein Rasender zu gebärden und die Martern und die Einzelheiten über die Folterung und deren Gerüche zu vervielfachen, werde ich letztlich weniger auf dir lasten als der tüchtige Fuß meines Polizisten.

Wenn ich dich auf diese Weise durch die geringe Macht der plötzlichen Erschütterung, die das Ungewöhnliche mit sich bringt, zu überraschen suche, und freilich werde ich dich überraschen, wenn ich im Krebsgang in den Audienzsaal eintrete, in dem ich dich empfange, oder wenn ich, allgemeiner gesprochen, irgend etwas Unzusammenhängendes und Unerwartetes hervorrufe – wenn ich mich derart gebärde, bin ich nur ein Plünderer und bewirke meinen Lärm durch Zerstörung, denn bei der zweiten Audienz wirst du dich gewiß nicht mehr über mein Eintreten im Krebsgang verwundern, und wenn du erst einmal nicht nur an diese unsinnige Geste, sondern an das Unvorhergesehene, das im Unsinnigen liegt, gewöhnt bist, wirst du über nichts mehr erstaunt sein. Und bald wirst du dich stumpf und wortlos hinkauern, da dir eine verbrauchte Welt gleichgültig geworden ist. Und die einzige Dichtung, die dir noch eine Regung der Klage entlocken kann, wird in dem gewaltigen Nagelstiefel meines Polizisten bestehen.

Denn es gibt keinen Widerspenstigen. Es gibt keinen Einzelmenschen, der allein wäre. Es gibt keinen Menschen, der sich wirklich von den anderen abschließt. Und jene sind einfältiger als die Hersteller von Rohrflöten, die die Dichtung zum Vorwand nehmen und die Liebe, den Mondschein, den Herbst, die Seufzer und das Säuseln des Windes durcheinandermischen.

Ich bin Schatten, sagt dein Schatten, und ich verachte das Licht. Aber er lebt davon.

210

Ich nehme dich so, wie du bist. Es kann sein, daß dich die Krankheit plagt, goldene Nippsachen, wenn sie dir vor Augen kommen, in die Tasche zu stecken, und daß du außerdem Dichter bist. Ich werde dich also aus Liebe zur Dichtkunst empfangen. Und aus Liebe zu meinen goldenen Nippsachen werde ich sie wegschließen.

Es kann sein, daß du nach Art einer Frau die Geheimnisse, die dir anvertraut wurden, wie Diamanten ansiehst, die für deinen Putz bestimmt sind. Sie geht auf das Fest. Und der seltene Schmuck, den sie zur Schau trägt, macht sie ruhmredig und wichtigtuerisch. Vielleicht bist du außerdem Tänzer. Ich werde dich daher aus Achtung vor dem Tanz empfangen, aber aus Achtung vor den Geheimnissen werde ich diese verschweigen.

Aber es kann sein, daß du ganz einfach mein Freund bist. Ich werde dich also aus Liebe zu dir empfangen, so, wie du bist. Wenn du trinkst, werde ich nicht von dir verlangen, daß du tanzen sollst. Wenn dir dieser oder jener verhaßt ist, werde ich sie dir nicht als Tischgenossen aufnötigen. Wenn du der Speise bedarfst, werde ich dich bedienen.

Ich werde dich nicht zergliedern, um dich kennenzulernen. Du bist weder diese oder jene Tat noch deren Summe. Weder dieses oder jenes Wort noch deren Summe. Ich werde dich weder nach diesen Worten noch nach diesen Taten beurteilen. Aber ich werde diese Worte und diese Taten beurteilen, wie es dir gemäß ist.

Ich werde als Gegengabe verlangen, daß du mir Gehör schenkst. Ich habe mit dem Freund nichts zu schaffen, der mich nicht kennt und ständig Erklärungen begehrt. Ich habe nicht die Fähigkeit, mich im schwachen Wind der Worte mitzuteilen. Ich bin Berg. Den Berg kann man betrachten. Aber der Schubkarren wird ihn nicht zu dir bringen.

Wie sollte ich das je erklären, was nicht zuvor schon durch die Liebe verstanden wurde? Und häufig fragt es sich, wie ich sprechen soll. Es gibt unschickliche Worte. Ich habe es dir von meinen Soldaten in der Wüste erzählt. Ich betrachte sie schweigend, an den Vorabenden des Kampfes. Das Reich ruht auf ihren Schultern. Sie werden für das Reich sterben. Und ihr Tod wird ihnen in diesem Austausch entgolten werden. Daher kenne ich ihre wirkliche Inbrunst. Was könnte der Wind der Worte mich lehren? Daß sie über die Dornen klagen, daß sie den Korporal hassen, daß die Verpflegung kärglich, daß ihr Dienst bitter ist? ... So sollen sie reden! Ich mißtraue dem allzu lyrischen Soldaten. Wenn er für seinen Korporal zu sterben wünscht, wird er wahrscheinlich überhaupt nicht sterben, weil er allzusehr damit beschäftigt ist, seine Verse aufzusagen. Ich mißtraue der Raupe, die in ihre Flügel verliebt zu sein glaubt. Eine solche Raupe wird in der Verpuppung nicht sich selber ersterben. Doch taub für seinen Wind der Worte, sehe ich durch meinen Soldaten hindurch das, was er ist, nicht das, was er sagt. Und solch einer wird im Kampf seinen Korporal mit der eigenen Brust decken. Mein Freund hat seinen eigenen Gesichtspunkt. Ich muß ihn sprechen hören, von wo aus er spricht, denn darin besteht sein besonderes Reich und sein unerschöpflicher Vorrat. Er kann schweigen und mich immer noch glücklich machen. Ich betrachte dann die Welt auf seine Weise und sehe sie anders. Desgleichen erwarte ich von meinem Freund, daß er zunächst einmal wissen muß, von wo aus ich rede. Nur dann wird er mich verstehen. Denn die Worte zeigen sich stets die Zunge.

Abermals suchte mich jener Prophet mit den harten Augen auf, der Tag und Nacht einen heiligen Zorn ausbrütete und der überdies schielte.

– Es ist angezeigt, sagte er mir, die Gerechten zu retten.

– Gewiß, antwortete ich ihm, es gibt keinen einleuchtenden Grund für ihre Züchtigung.

– Es gilt, sie von den Sündern zu unterscheiden.

– Gewiß, antwortete ich ihm. Der Vollkommenste muß als Beispiel hingestellt werden. Du suchst für den Sockel des Denkmals die beste Statue, den besten Bildhauer aus. Du liest den Kindern die besten Gedichte vor. Du wünschst die schönste Frau zur Königin. Denn die Vollkommenheit ist eine Richtung, auf die man hinweisen muß, obwohl es nicht in deiner Macht steht, sie zu erreichen.

Doch der Prophet erhitzte sich:

– Und wenn der Stamm der Gerechten erst einmal ausgelesen ist, gilt es, ihn allein zu retten, und so ein für allemal die Verderbnis zu vernichten.

– Halt, sagte ich ihm, da gehst du zu weit. Denn du gedenkst, mir die Blüte vom Baum zu trennen. Du möchtest die Ernte veredeln, indem du den Dünger beseitigst. Die großen Bildhauer retten, indem du den schlechten den Kopf abschlägst. Und ich kenne nur Menschen, die mehr oder minder unvollkommen sind, und, vom gemeinen Haufen bis zur Blüte, nur den Aufstieg des Baumes. Und ich sage, daß die Vollkommenheit des Reiches auf den Schamlosen beruht.

– Du ehrst die Schamlosigkeit?

– Ich ehre ebensosehr deine Dummheit, denn es ist gut, wenn die Tugend als ein Zustand der Vollkommenheit angepriesen wird, der durchaus wünschenswert und erreichbar ist. Und wenn der tugendhafte Mensch ersonnen wird, obwohl er nicht existieren kann: zunächst, weil der Mensch gebrechlich ist, und sodann, weil die absolute Vollkommenheit, wo sie auch ihren Sitz haben mag, den Tod in sich birgt. Aber es ist gut, wenn die Richtung die Gestalt eines Zieles annimmt. Anderenfalls würdest du es müde werden, einem unerreichbaren

Gegenstand entgegenzuwandern. Ich habe in der Wüste schwer gelitten. Es erscheint anfangs unmöglich, sie zu besiegen. Aber aus jener fernen Düne mache ich eine glückliche Zwischenstation.

Und ich erreiche sie, und sie verliert ihre Macht. Alsdann mache ich aus einer Wellenlinie am Horizont eine glückliche Zwischenstation. Und ich erreiche sie, und sie verliert ihre Macht. Nun wähle ich mir einen anderen Zielpunkt. Und indem ich einen Zielpunkt nach dem anderen erreiche, tauche ich aus dem Sand auf.

Die Schamlosigkeit ist entweder ein Zeichen von Einfalt und Unschuld, wie das bei den Gazellen der Fall ist – und dann wirst du sie, wenn du die Güte hast, sie aufzuklären, in tugendhafte Reinheit verwandeln –, oder sie gewinnt ihre Freuden durch den Angriff auf die Scham. Und dann beruht sie auf der Scham. Und sie lebt von ihr und begründet sie. Und wenn betrunkene Soldaten vorüberziehen, siehst du, wie die Mütter ihren Töchtern nachlaufen und ihnen verbieten, sich zu zeigen. Hingegen wären die Soldaten deines utopischen Reiches, die die Augen keusch niederzuschlagen pflegen, so gut wie nicht vorhanden, und so hättest du nichts dagegen einzuwenden, wenn die Mädchen in deinem Land nackt badeten. Aber die Schamhaftigkeit meines Reiches besteht in etwas anderem als im Mangel an Schamlosigkeit (denn dann wären die Schamhaftesten die Toten). Sie ist verborgene Inbrunst, Zurückhaltung, Selbstachtung und Mut. Sie ist Schutz des angesammelten Honigs, um ihn für eine Liebe zu hüten. Und wenn irgendwo ein betrunkener Soldat vorübergeht, so zeigt es sich, daß er in meinem Land den Wert der Scham festigt.

– Du wünschst also, daß die betrunkenen Soldaten ihre Zoten herausschreien sollen . . .

– Es zeigt sich im Gegenteil, daß ich sie züchtige, um ihre eigene Schamhaftigkeit zu festigen. Doch es erweist sich zugleich, daß der Angriff auf diese um so reizvoller wird, je besser ich sie gefestigt habe. Es bereitet dir größere Freude, die hohe Bergspitze zu ersteigen als einen runden Hügel. Einen Gegner zu besiegen, der dir Widerstand leistet, als einen Tölpel, der sich nicht wehrt. Nur dort, wo die Frauen verschleiert gehen, entbrennst du in dem Verlangen, in ihren Gesichtern zu lesen. Und ich beurteile die Spannung der Kraftlinien meines Reiches nach der Härte der Züchtigung, die darin der Begierde die Waage hält. Wenn ich im Gebirge einen Fluß eindämme, gefällt es mir, die Dicke der Mauern abzumessen. Sie ist Zeichen meiner Macht. Denn freilich genügte mir gegen den dürftigen Pfuhl ein Damm aus Pappe. Und weshalb sollte ich mir kastrierte Soldaten wünschen? Ich will, daß sie gegen die starke Mauer ihren Mann stehen, denn dann allein werden sie groß sein im Verbrechen oder im Erschaffen, das das Verbrechen übersteigt.

– Du möchtest sie also geschwollen vom Verlangen nach Schändung sehen . . .

– Nein. Du hast nichts verstanden, antwortete ich ihm.

212

Meine Polizisten kamen in ihrer strotzenden Dummheit und wollten mich hinters Licht führen:

– Wir haben die Ursache für den Verfall des Reiches entdeckt. Es handelt sich um eine bestimmte Sekte, die man ausrotten muß.

– Sieh einer an, sagte ich. Woran erkennt ihr, daß sie untereinander verbunden sind?

Und sie erzählten mir von der Übereinstimmung in ihren Handlungen, von ihrer Zusammengehörigkeit, die aus diesem oder jenem Zeichen hervorgehe, und von dem Ort ihrer Zusammenkünfte.

– Und woran erkennt ihr, daß sie eine Bedrohung darstellen für das Reich?

Und sie schilderten mir ihre Verbrechen und die Erpressungen, die sich einige hatten zuschulden kommen lassen, und die Vergewaltigungen, die andere begangen hatten, und die Feigheit einer Anzahl von ihnen oder ihre Häßlichkeit.

– Wahrhaftig? sagte ich. Ich wiederum kenne eine Sekte, die noch gefährlicher ist, denn es ist niemals jemand eingefallen, sie zu bekämpfen . . .

– Welche Sekte? beeilten sich meine Polizisten zu fragen.

Denn da der Polizist dazu geboren ist, Prügel auszuteilen, siecht er dahin, wenn es ihm an solcher Nahrung fehlt.

– Die Sekte der Menschen, antwortete ich ihnen, die einen Leberfleck an der linken Schläfe tragen.

Da meine Polizisten nichts begriffen hatten, drückten sie mir durch ein Grunzen ihre Zustimmung aus. Denn der Polizist kann prügeln, ohne etwas zu verstehen. Er prügelt mit seinen Fäusten, die ja kein Hirn in sich haben.

Einer von ihnen jedoch, der früher Zimmermann gewesen war, räusperte sich ein- oder zweimal.

– Sie zeigen ihre Zusammengehörigkeit nicht. Sie haben keinen Versammlungsort.

– Gewiß, antwortete ich ihm. Darin gerade liegt die Gefahr. Denn sie schlüpfen unbemerkt durch. Aber sobald ich erst die Verordnung verkündet habe, die sie dem öffentlichen Zorn preisgibt, wirst du erleben, wie sie einander suchen, wie sie sich zusammenschließen, ein gemeinsames Leben führen und wie sie dadurch, daß sie sich gegen die Volksjustiz zur Wehr setzen, das Bewußtsein ihrer Kaste erlangen.

– Das ist nur allzu wahr, pflichteten meine Polizisten mir bei.

Der frühere Zimmermann aber räusperte sich wiederum.

– Ich kenne einen von ihnen. Er ist liebenswert. Er ist edelmütig. Er ist ehrlich. Er wurde bei der Verteidigung des Reiches dreimal verwundet . . .

– Gewiß, antwortete ich ihm. Doch ziehst du daraus, daß die Frauen unverständig sind, den Schluß, es gebe keine einzige unter ihnen, die sich als verständig erwiese? Ziehst du daraus, daß die Generäle wohltönende Reden halten, den Schluß, es gebe nicht einen Schüchternen unter ihnen? Halte dich nicht bei den Ausnahmen auf. Sobald erst alle die Träger des Zeichens aufgegriffen sind, durchstöbere ihre Vergangenheit. Sie sind der Ursprung von Verbrechen, von Entführungen, Vergewaltigungen, Erpressungen, Verrat, Gefräßigkeit und Schamlosigkeit. Behauptest du etwa, sie seien frei von diesen Lastern?

– Gewiß nicht, riefen die Polizisten, denn schon zuckte es begehrlich in ihren Fäusten.

– Wenn nun ein Baum faule Früchte hervorbringt, machst du dann die Fäulnis den Früchten zum Vorwurf oder dem Baum?

– Dem Baum, riefen die Polizisten.

– Und kann man ihm um einiger gesunder Früchte willen Verzeihung gewähren?

– Nein! Nein! schrien die Polizisten, die erfreulicherweise ihren Beruf liebten; und der besteht ja darin, keine Verzeihung zu gewähren.

– Wäre es also nicht recht und billig, das Reich von diesen Trägern eines Leberflecks an der linken Schläfe zu säubern?

Doch der frühere Zimmermann räusperte sich abermals.

– Bringe nur einen Einwand vor, sagte ich zu ihm, indes seine Gefährten, vom Instinkt geleitet, bedeutungsvolle Blicke auf seine Schläfe richteten.

Einer von ihnen faßte sich ein Herz, während er den Verdächtigen musterte.

– Sollte nicht etwa der Mann, von dem er sagt, daß er ihn gekannt habe, sein Bruder sein . . . oder sein Vater . . . oder sonst einer der Seinen?

Und alle miteinander stimmten brummend zu.

Da flammte mein Zorn auf:

– Gefährlicher noch ist die Sekte derer, die einen Leberfleck an der rechten Schläfe tragen! Denn an sie haben wir nicht einmal gedacht. Sie hält sich also noch besser verborgen. Noch gefährlicher ist die Sekte derer, die überhaupt keinen Leberfleck tragen, denn sie haben sich getarnt. Sie sind unsichtbar wie Verschworene. Und schließlich, wenn ich eine Sekte nach der anderen durchgehe, verurteile ich die Sekte der Menschen in ihrer Gesamtheit, denn sie ist ganz offensichtlich der Ursprung von Verbrechen, von Entführungen, Vergewaltigungen, Erpressungen, Gefräßigkeit und Unzucht. Und da Polizisten, abgesehen davon, daß sie Polizisten sind, auch Menschen sind, werde ich mit ihrer Hilfe, indem ich eine solche Gelegenheit ausnütze, die notwendige Säuberung durchführen. Daher erteile ich dem Polizisten, der in euch steckt, den Befehl, den Menschen, der in euch steckt, im Gefängnis meiner Zitadelle auf den Misthaufen zu werfen.

Und meine Polizisten gingen ihres Weges, schnaufend vor Verblüffung, und sie dachten nach, ohne zu großen Ergebnissen zu gelangen, denn sie sind es gewohnt, nur mit den Fäusten nachzudenken.

Ich aber hielt den Zimmermann zurück, der die Augen niederschlug und den Bescheidenen spielte.

– Dich muß ich entlassen, sagte ich ihm. Die Wahrheit für den Zimmermann, die feinsinnig und widerspruchsvoll ist, wegen des Holzes, das ihr widersteht, ist keine Wahrheit für den Polizisten. Wenn die Dienstvorschrift die Träger eines Leberflecks auf den Schläfen zu den schwarzen Schafen zählt, so wünsche ich mir, daß meine Polizisten, wenn sie nur hören, daß von ihnen die Rede geht, ihre Fäuste wachsen spüren. Ich wünsche auch, daß der Sergeant dich auf Grund der Kenntnisse einschätzt, die du von einer halben Kehrtwendung besitzt. Denn wenn der Sergeant befugt wäre zu urteilen, würde er deine Ungeschicklichkeit damit entschuldigen, daß du ein großer Dichter bist. Genauso würde er deinem Nachbarn verzeihen, weil er fromm ist. Und dem Nachbarn dieses Nachbarn, weil dieser ein Muster der Keuschheit ist. So wird die Gerechtigkeit herrschen. Aber es braucht sich nur plötzlich im Krieg die Finte einer halben Kehrtwendung als notwendig zu erweisen, so geraten schon meine Soldaten unter großem Getöse durcheinander und ziehen ein Blutbad auf sich herab. Die falsche Hochschätzung seitens ihres Sergeanten wird ihnen dann ein schöner Trost sein!

Darum schicke ich dich zu deiner Zimmermannsarbeit zurück, denn ich muß befürchten, daß deine Gerechtigkeitsliebe dort, wo sie nichts zu suchen hat, eines Tages zu einem nutzlosen Blutvergießen führen könnte.

213

Aber es kam einer zu mir und befragte mich über die Gerechtigkeit.

– Ach, sagte ich ihm, wenn ich auch gerechte Handlungen

kenne, so weiß ich doch nichts über die Gerechtigkeit. Es ist gerecht, daß man dich ernährt, wie es deiner Arbeit entspricht. Es ist gerecht, daß man dich pflegt, wenn du krank bist. Es ist gerecht, daß du dich in Freiheit befindest, wenn du ehrlich bist. Doch der Augenschein reicht nicht weit ... Gerecht ist, was dem Zeremoniell entspricht.

Ich verlange vom Arzt, daß er die Wüste durchquert, sei es auch auf seinen Händen und Knien, um einen Verwundeten zu verbinden, selbst dann, wenn es sich bei diesem Menschen um einen Ungläubigen handelt. So und nicht anders begründe ich die Achtung vor dem Menschen. Wenn aber das Reich mit dem Reiche der Ungläubigen im Krieg liegt, verlange ich von meinen Soldaten, daß sie diese selbe Wüste durchqueren, um die Eingeweide des gleichen Ungläubigen unter der Sonne auszustreuen. Denn so festige ich das Reich.

– Herr ..., ich verstehe dich nicht.

– Ich liebe es, wenn die Nagelschmiede, die die Hymnen der Nagelschmiede singen, den Brettschneidern Werkzeuge zu stehlen versuchen, um den Nägeln zu dienen. Ich liebe es, wenn die Brettschneider die Nagelschmiede ihrer Arbeit abspenstig zu machen suchen, um den Brettern zu dienen. Ich liebe es, wenn der leitende Baumeister die Brettschneider plagt, um die Nägel zu schützen, und die Nagelschmiede plagt, um die Bretter zu schützen. Denn aus dieser Spannung der Kraftlinien wird das Schiff entstehen, und ich verspreche mir nichts von den Brettschneidern ohne Leidenschaft, die die Nägel verehren, und von den Nagelschmieden ohne Leidenschaft, die die Bretter verehren.

– Du ehrst also den Haß?

– Ich verdamme den Haß und überwinde ihn, ich ehre allein die Liebe. Aber die Liebe knüpft sich nur in dem, was über Brettern und Nägeln steht: im Schiff.

Und nachdem ich mich zurückgezogen hatte, richtete ich dieses Gebet an Gott:

– Ich bejahe als vorläufige Wahrheiten, Herr, und obwohl es nicht meiner Stufe gemäß ist, ihre Grundlagen zu unterscheiden, die einander widersprechenden Wahrheiten des Soldaten, der zu verwunden, und des Arztes, der zu heilen sucht. Ich versöhne nicht eisige und glühend heiße Getränke in einem lauen Gemisch. Ich wünsche nicht, daß man nur maßvoll heile oder verwunde. Ich züchtige den Arzt, der seine Hilfe verweigert, ich züchtige den Soldaten, der Hieb und Stoß verweigert. Und es kümmert mich wenig, ob sich die Worte die Zunge zeigen. Denn es zeigt sich, daß allein diese Falle, die sich aus verschiedenen Bestandteilen zusammensetzt, meine Beute in ihrer ganzen Einheit zu erfassen vermag – meine Beute, die aus diesem bestimmten Menschen von dieser bestimmten Eigenheit besteht und aus keinem anderen.

Ich forsche, im Finsteren tappend, nach Deinen göttlichen Kraftlinien. Und da es mir an Beweisen fehlt, die nicht meiner Stufe angemessen sind, sage ich, daß ich mit der Wahl der Riten des Zeremoniells im Recht bin, wenn sich herausstellt, daß ich mich dadurch befreie, und daß ich darin atme. So ist es mit meinem Bildhauer, Herr, den ein bestimmter Daumendruck nach links hin befriedigt, obwohl er nicht weiß warum. Denn nur auf diese Weise meint er seinem Lehm Macht zu verleihen.

Ich komme zu Dir nach Art des Baumes, der sich entwickelt, wie es den Kraftlinien eines Samenkorns entspricht. Der Blinde, Herr, weiß nichts vom Feuer. Aber es gibt beim Feuer Kraftlinien, die man mit den Handflächen spürt. Und er wandert durch Dornen hindurch, denn jede Wandlung ist schmerzlich. Herr, ich komme zu Dir, gemäß Deiner Gnade, auf dem Hange, der mir zum Werden verhilft.

Du steigst nicht hinab zu Deiner Schöpfung, und ich kann auf nichts anderes hoffen, mich zu belehren, als auf die Glut des Feuers oder die Spannkraft des Samenkorns. So ist es auch mit der Raupe, die nichts von den Flügeln weiß. Ich hoffe nicht, durch das Puppenspiel der Erzengelerscheinungen unterrichtet zu werden, denn es könnte mir nichts sagen, was der Mühe wert wäre. Es ist unnütz, der Raupe von Flügeln oder dem Nagelschmied vom Schiff zu sprechen. Es genügt, daß durch die Leidenschaft des Schiffsbauers die Kraftlinien des Schiffes entstehen. Daß durch den Samen die Kraftlinien der Flügel entstehen. Daß durch das Samenkorn die Kraftlinien des Baumes entstehen. Es genügt einfach, o Herr, daß Du bist.

Eisig, o Herr, ist zuweilen meine Einsamkeit. Und ich begehre nach einem Zeichen in der Wüste meiner Verlassenheit. Doch im Laufe eines Traumes hast Du mich belehrt. Ich habc begriffen, daß jedes Zeichen eitel ist, denn gehörtest Du meiner Stufe an, so zwängest Du mich nicht zum Wachsen. Und was vermag ich anzufangen mit mir, o Herr, so, wie ich bin?

Darum wandere ich und forme Gebete, auf die keine Antwort erteilt wird, und habe als Führung, so blind bin ich, nur eine schwache Wärme auf meinen zerschundenen Handflächen, und doch lobe ich Dich, Herr, weil Du mir nicht antwortest, denn wenn ich gefunden habe, was ich suche, Herr, wird mein Werden vollendet sein.

Wenn Du in all Deiner Gnade mit dem Schritt des Erzengels auf den Menschen zugingest, würde der Mensch vollendet sein. Er würde nicht mehr sägen, nicht mehr schmieden, nicht mehr kämpfen, nicht mehr die Kranken pflegen. Er würde nicht mehr seine Stube kehren und nicht mehr die Geliebte lieben. O Herr, würde er so weit abschweifen, daß er Dich durch den Nächsten hindurch mit seiner Liebe ehrte, wenn er Dich auch nur anschauen dürfte? Ist der Tempel einmal gebaut, so sehe ich den Tempel und keine Steine.

Herr, alt bin ich nun und spüre die Schwäche der Bäume, wenn der Winter stürmt. Müde meiner Feinde wie meiner Freunde. Unbefriedigt in meinem Denken, weil ich gezwungen bin, zugleich zu töten und zu heilen, denn von Dir kommt mir das Bedürfnis, alle Gegensätze zu beherrschen, und das macht mein Los so grausam. Und doch bin ich auf diese Weise genötigt, durch immer weniger Fragen über den Tod allen Fragens hinweg Deiner Stille entgegenzusteigen.

Herr, habe die Gnade, aus jenem, der im Norden meines Reiches ruht und der mein vielgeliebter Feind war, und aus dem einzigen wahrhaften Mathematiker, meinem Freund, und aus mir selber, der ich, weh mir, den Grat überschritten habe und meine Generation hinter mir zurücklasse, wie auf dem fortan überwundenen Hang eines Berges –: habe die Gnade, aus uns die Einheit zu bilden für Deine Herrlichkeit und laß mich schlafen in der Tiefe jener Sandwüsten, darin ich gute Arbeit vollbracht habe!

214

Deine Verachtung der Düngererde ist überraschend. Du achtest nur die Gegenstände der Kunst:
– Warum gehst du zu so unvollkommenen Freunden? Wie erträgst du diesen, der solch einen Fehler hat, oder jenen, der solch einen Geruch hat? Ich kenne die Menschen, die deiner würdig sind . . .

Desgleichen sagst Du dem Baum: Warum senkst du deine Wurzeln in den Dung? Ich für mein Teil achte allein die Früchte und Blüten.

Ich aber lebe nur von dem, was ich verwandle. Ich bin Gefährt, Weg und Beförderung. Und du bist unfruchtbar wie ein Toter.

215

Unbeweglich seid ihr, denn nach Art eines Schiffes, das nach dem Anlegen seine Ladung herschenkt und dadurch die Hafenkais mit lebhaften Farben umkleidet – in der Tat gibt es dort Goldstoffe und rote und grüne und elfenbeinfarbene Gewürze –, geradeso führt hier die Sonne den Tag herauf, wie ein Honigstrom auf dem Sand. Und ihr verharrt reglos, überrascht durch die Schönheit des Morgenrots, auf den Hängen des Hügels, der den Brunnen beherrscht. Und auch die Tiere mit ihren großen Schatten rühren sich nicht. Keines bewegt sich. Sie wissen, daß sie nacheinander trinken werden. Doch eine Kleinigkeit schiebt die Prozession noch hinaus. Das Wasser ist noch nicht verteilt. Es fehlen die großen Tröge, die man heranbringt. Und die Hände in die Hüften gestemmt, blickst du in die Ferne und sagst: »Wo bleiben sie nur?«

Die Männer, die du aus den Eingeweiden des vom Sande befreiten Brunnens wieder hochgezogen hast, haben ihre Werkzeuge abgelegt und verschränken ihre Arme über der Brust. Ihr Lächeln hat es dir gezeigt. Es gibt Wasser. Denn der Mensch in der Wüste ist ein Tier mit unbeholfenem Maul, das tastend nach der Zitze sucht. Darum hast du beruhigt gelächelt. Und die Kameltreiber, die dich lächeln sahen, lächelten auch. Und so ist überall Lächeln. Der Sand lächelt in seinem Licht und dein Gesicht und das Gesicht deiner Leute und vielleicht sogar etwas in den Tieren, unter ihrer Vermummung, denn sie wissen, daß sie trinken werden, und stehen da, reglos, ganz hingegeben an ihre Freude. Und diese Minute gleicht dem Augenblick auf dem Meer, wenn eine Wolkenlücke die Sonne ausgießt. Und du spürst auf einmal die Gegenwart Gottes, ohne recht zu wissen, warum, vielleicht, weil sich die Freude an der Belohnung überall verbreitet hat (denn es ist mit einem lebendigen Brunnen in der Wüste wie mit einer Gabe, die nie völlig vorausberechnet, nie völlig versprochen wurde), und zugleich auch, weil die Erwartung der bevorstehenden Vereinigung mit dem Wasser euch noch immer reglos verharren läßt. Denn die Männer, die die Arme auf ihrer Brust verschränkten, haben sich nicht bewegt. Denn du, der du die Hände in die Hüften stemmst, du blickst noch immer vom Gipfel des Hügels auf den gleichen Punkt am Horizont. Denn die Tiere mit ihren großen Schatten, die auf den Sanddünen zur Prozession geordnet wurden, haben sich noch nicht in Gang gesetzt. Denn jene, die die großen Tröge mitführen, aus denen getrunken werden soll, erscheinen noch nicht, und du fragst dich weiter: »Wo bleiben sie nur?« Alles ist noch aufgeschoben, und dennoch ist alles verheißen.

Und ihr wohnt im Frieden eines Lächelns. Und gewiß werdet ihr euch bald am Trinken erfreuen, aber das wird dann nur noch ein Vergnügen sein, während es jetzt um die Liebe geht. Während jetzt Menschen, Sand, Tiere in ihrer Bedeutung durch ein einfaches Loch zwischen den Steinen gleichsam verknüpft sind und rings um dich her in ihrer Vielfalt nur Gegenstände eines gleichen Kultes, nur die Bestandteile eines Zeremoniells, nur die Worte eines Lobgesangs erscheinen.

Und du, der Hohepriester, der dem vorstehen wird, du, der General, der befehlen wird, du, der Zeremonienmeister, bleibst unbeweglich, die Hände in die Hüften gestemmt; und während du deine Entscheidung noch zurückhältst, befragst du den Horizont, von wo man dir die großen Tröge herbeibringt, aus denen getrunken werden soll. Denn es fehlt noch ein Gegenstand für den Kult, ein Wort für das Gedicht, ein Bauer im Schachspiel für den Sieg, ein Gewürz für das Festmahl, ein Ehrengast für die Zeremonie, ein Stein für die Basilika, auf daß sie vor aller Augen erstrahle. Und irgendwo wandern die Männer, die als Krönung des Werkes die großen Tröge heranbringen; und sobald sie erscheinen, wirst du ihnen zurufen: »Heda, ihr dort hinten, sputet euch doch!« Sie werden nicht antworten. Sie werden den Hügel ersteigen. Sie werden niederkauern, um ihre Gerätschaften herzurichten. Dann wirst du nur noch deine Hand erheben. Und schon wird der Strick zu knirschen beginnen, der der Erde zu ihrer Geburt verhilft, werden die Tiere langsam ihre Prozession in Gang setzen. Und die Männer werden beginnen, sie durch Schläge mit ihren Knütteln in die vorgesehene Ordnung zu lenken, und ihnen in Kehllauten ihre Befehle zurufen. Und so wird sich die Zeremonie der Spendung des Wassers vollziehen, wie es ihrem Ritual entspricht, unter dem langsamen Aufstieg der Sonne.

216

Es suchten mich also die Logiker, Historiker und Kritiker auf, um zu begründen und zu beweisen und ihre Systeme durch Schlußfolgerung über Schlußfolgerung herzuleiten. Und alles war von unerbittlicher Genauigkeit. Um die Wette konstruierten sie mir Gesellschaftsordnungen, Kulturen und Reiche, die den Menschen auf bewundernswerte Weise förderten, befreiten, ernährten und bereicherten.

Als sie lange Zeit geredet hatten, fragte ich sie ganz einfach:

– Damit ihr mit so hochtrabenden Reden etwas Gültiges über den Menschen aussagen könnt, wäre es wohl zunächst angebracht, daß ihr mitteiltet, was vom Menschen und für den Menschen wichtig ist . . .

Sie verlegten sich abermals, und mit Wollust, auf neue Konstruktionen, denn wenn du solchen Leuten die Möglichkeit gibst, lange Reden zu halten, fassen sie sie beim Schopf und stürzen sich auf die Bahn, die man ihnen unvorsichtigerweise eröffnete, wie eine heranstürmende Kavallerie mit Waffengetöse, goldstaubendem Säbel und dem stürmischen Wind des rasenden Ritts.

Doch sie gelangen nirgendwohin.

– Also, sagte ich ihnen, als sie ihren Lärm eingestellt hatten und auf Beifallsbezeigungen warteten (denn solche Leute laufen nicht, um einer Sache zu dienen, sondern damit sie bei ihren Seiltänzerkünsten gesehen, gehört und bewundert werden; und wenn ihre Kapriolen beendet sind, nehmen sie im voraus eine bescheidene Haltung ein), also wenn ich recht verstehe, gedenkt ihr mir das zu fördern, was vom Menschen und für den Menschen das Wichtigste ist. Doch ich habe genau verstanden, daß eure Systeme seinen Bauchumfang förderten – das ist gewiß nützlich, aber es ist das nur ein Mittel und kein Ziel, denn sein Knochengerüst hat die gleiche Bedeutung wie die Standfestigkeit eines Gefährts – oder daß sie seine Gesundheit begünstigten – doch auch dies ist ein Mittel und kein Ziel, da die Erhaltung seiner Organe die gleiche Bedeutung hat wie die Erhaltung des Gefährts – oder daß sie seine Zahl vermehrten, doch auch dies ist immer nur ein Mittel und kein Ziel, denn es geht da nur um die Anzahl der Gefährte. Und freilich wünsche ich mir für das Reich viele gesunde Menschen, die gut genährt sind.

Wenn ich aber solche offenkundigen Gemeinplätze ausspreche, ist noch nichts über das Entscheidende ausgesagt, außer daß der Mensch ein Stoff ist, aus dem sich etwas gestalten läßt. Was aber soll ich mit ihm anfangen, wohin soll ich ihn führen, und was soll ich ihm zukommen lassen, damit er wachse? Denn er ist hier nur Gefährt, Weg und Beförderung.

Sie redeten mir lang und breit über den Menschen, wie man über Salat redet. Und sie ließen von all dem nichts aus, was erwähnenswert wäre; sie führten alle die Generationen der Salatköpfe an, die in meinem Gemüsegarten aufeinandergefolgt sind.

Aber zu antworten vermochten sie nicht. Denn da sie kurzsichtig waren und die Nase allzu dicht daraufdrückten, kümmerten sie sich immer nur um die Güte der Tinte und des Papiers und nicht um den Sinngehalt des Gedichts.

Ich fügte daher hinzu:

– Ich, der ich ein Freund des Wirklichen bin und die Verwesung des Traumes verachte. Ich, der ich die Insel der Musik nur als einen festgefügten Bau begreife. Ich, der ich nicht wie die Geldleute völlig trunken vom Durst der Einbildung bin. Ich, der ich die Erfahrung ehre und aus ganz natürlichen Gründen die Kunst des Tänzers höher stelle als die Kunst der Erpressung, des wucherischen Zusammenraffens von Reichtümern und der Untreue, weil sie eine größere Freude bereitet und ihre Bedeutung klarer ist, denn für die Reichtümer, die du anhäuftest, mußt du wohl oder übel eine Verwendung finden, und da der Tanz die Menschen ergreift, wirst du irgendeine Tänzerin kaufen, doch da du nichts vom Tanz verstehst, wirst du sie ohne Talent auswählen und nichts besitzen. Ich, der ich sehe und verstehe, weil ich im Schweigen meiner Liebe nicht auf die Worte höre – ich habe erkannt, daß nichts für den Menschen den gleichen Wert hat wie der Duft des Wachses an einem bestimmten Abend, wie eine goldene Biene in einer bestimmten Morgenröte, wie eine schwarze Perle auf dem Meeresgrund, die du nicht besitzt. Und sogar bei den Geldleuten wurde ich gewahr, wie sie zuweilen ein Vermögen, das sie mühsam durch Erpressung, Untreue, wucherisches Zusammenraffen, Ausbeutung der Sklaven und in schlaflosen, mit Prozeßvorbereitungen und zermürbenden Rechenarbeiten verbrachten Nächten erworben hatten, gegen eine Haselnuß von der Breite eines Fingernagels austauschten, die wie geschliffenes Glas aussah – eine Haselnuß, die, weil sie sich Diamant nannte und aus dem Zeremoniell der Grabung aus Erdentiefen hervorgegangen war, die Eigenschaft duftenden Wachses oder des Glanzes der Biene erlangt hatte und wert war, daß man sie, selbst unter Lebensgefahr, gegen Räuber verteidigte.

Hieraus folgt, daß die entscheidende Gabe im Geschenk des Weges besteht, den du einschlagen mußt, um am Fest teilzuhaben. Und daß ich, um über deine Kultur urteilen zu können, zunächst von dir wissen will, welches deine Feste sind und welche Freude sie für das Herz bedeuten, und auch wissen will – da sie den Augenblick des Übergangs, das durchschrittene Tor, das Auskriechen aus der Schmetterlingspuppe nach der Entpuppung darstellen –, woher du kommst und wohin du gehst.

Dann nur werde ich erkennen, was für ein Mensch du bist und ob es sich lohnt, daß du zunimmst an Gesundheit, an Bauchumfang, an Zahl.

Und da es sich zeigt, daß du, um einem bestimmten Weg zuzustreben, einen Durst verspüren mußt, der dich in diese Richtung und keine andere führt, und daß solch ein Durst für deinen Aufstieg ausreicht, denn er wird deine Schritte leiten und deinen Geist fruchtbarer werden lassen – wie es auch mit dem Drang nach dem Meere ist, bei dem es mir genügt, daß ich dich durch ihn steigere, um Schiffe von dir zu erhalten –, so wünsche ich, daß du mich über die Beschaffenheit des Durstes unterrichtest, den du in deinem Land bei den Menschen erweckst.

Denn es zeigt sich, daß die Liebe ihrem Wesen nach Durst nach Liebe ist, daß die Kultur Durst nach Kultur ist und daß die Freude am Zeremoniell, welches der schwarzen Perle gilt, im Durst nach der schwarzen Perle besteht, die auf dem Meeresgrund ruht.

217

Du sollst nicht nach der Summe urteilen. Von diesen Menschen, sagst du mir, sei nichts zu erwarten. Sie bestünden aus Plumpheit, Gewinnsucht, Eigennutz, Mangel an Mut, Häßlichkeit. Doch das gleiche kannst du mir von den Steinen erzählen, die aus Rauheit, Härte, stumpfer Schwere und Dichte bestehen; nicht aber von dem, was du aus ihnen hervorbringst: Statuen und Tempel. Allzu häufig habe ich gesehen, daß ein Wesen so gut wie nie die Verrichtungen ausübte, die seine Teile hätten voraussehen lassen – und gewiß kannst du bei den Angehörigen der benachbarten Volksstämme, wenn du einen jeden für sich betrachtest, feststellen, daß ein jeder den Krieg haßt, daß er sein Heim nicht verlassen möchte, daß er seine Kinder und seine Frau und die Geburtstagsessen liebt, daß er kein Blut vergießt, da er ein guter Mensch ist, und seinen Hund füttert und seinen Esel liebkost; daß er keinen anderen ausplündern möchte, denn du beobachtest, wie er nur sein eigenes Haus liebt und seinen Holzboden blankreibt und seine Wände neu anstreicht und seinen Garten mit Blumendüften erfüllt – und daher wirst du mir sagen, sie verkörperten in der Welt die Friedensliebe . . . Und doch ist ihr Reich ein großer Suppentopf, in dem der Krieg brodelt. Und ihre Güte und ihre Milde und ihr Mitleid mit dem verletzten Tier und das Entzücken, das sie über Blumen empfinden, sind nur die Ingredienzen eines Zaubers, der das Waffengetöse vorbereitet; es ist damit ebenso wie mit einer bestimmten Mischung aus Schnee, gefirnißtem Holz und heißem Wachs, die dein Herz klopfen macht, obwohl die Beute hier wie anderswo nicht von gleicher Beschaffenheit ist wie die Falle.

Beurteilst du den Baum nach seinen Bestandteilen? Sprichst du mir vielleicht vom Orangenbaum, wenn du an seiner Wurzel oder dem Geschmack seiner Fasern oder an der Klebrigkeit oder den Rissen seiner Rinde oder dem Aufbau seiner Zweige Kritik übst? Es kommt nicht auf die Bestandteile an. Du beurteilst den Orangenbaum nach der Orange.

So ist es auch mit denen, die du verfolgst. Für sich betrachtet, sind sie dieser oder jener. Das kümmert mich wenig. Ihr Baum bringt mir von Zeit zu Zeit Schwertseelen hervor, die bereit sind, ihren Leib unter der Folter zu opfern, womit sie die Feigheit der Mehrheit widerlegen, und Hellsichtige, die die Wahrheit, wie eine Frucht ihrer Schale, ihrer unwesentlichen Eigenschaften entkleiden – Menschen, die die niedrigen Gelüste der Menge widerlegen, die von ihrem Mansardenfenster aus die Sterne beobachten und von einem Lichtstrahl leben: siehe, dann bin ich getröstet. Denn ich sehe dort Voraussetzung, wo du Widerstreit siehst. Der Baum ist Voraussetzung der Frucht, der Stein Voraussetzung des Tempels, und die Menschen sind Voraussetzung der Seele, die auf das ganze Volk ausstrahlt. Und so wie ich denen bedenkenlos meine Ferse auf den Nakken setze, die die Güte, die sanfte Träumerei und die Liebe zum Heim pflegen, da es sich hierbei, dem äußeren Anschein zum Trotz, nur um etliche Zutaten im Suppentopf handelt, worin Pest, Verbrechen und Hungersnot brodeln – ebenso werde ich den anderen ihren Mangel an Güte oder ihre Ablehnung der Träumerei oder ihre schwache Liebe zum Heim (denn vielleicht waren sie eine geraume Zeit lang Nomaden) verzeihen, wenn sich erweist, daß diese Zutaten die Voraussetzung dafür sind, daß einige von ihnen edel werden. Und hiervon ahne ich nichts, wenn ich Wort an Wort reihe, denn es gibt keine Logik, die uns übergehen ließe von einer Stufe zur anderen.

218

Denn jene fallen in Ohnmacht und möchten dich glauben machen, daß sie Tag und Nacht von der Flamme verzehrt werden. Aber sie lügen.

Es lügt der Wachtposten auf den Wällen, der dir Tag und Nacht seine Liebe zur Stadt vorsingt. Er zieht dieser Liebe seine Suppe vor.

Es lügt der Dichter, der dir Tag und Nacht von der Trunkenheit des Gedichts erzählt. Es kommt vor, daß er an Leibschmerzen leidet und ihm dann alle Gedichte gleichgültig sind.

Es lügt der Liebende, der dir vorgibt, daß Tag und Nacht das Bild seiner Geliebten in ihm wohne. Ein Floh lenkt ihn davon ab, denn der Floh sticht. Oder auch nur die Langeweile, denn dann gähnt er.

Es lügt der Reisende, der dir vorgibt, daß er Tag und Nacht von seinen Entdeckungen trunken sei, denn wenn der Wellengang zu groß ist, wird er speien.

Es lügt der Heilige, der dir vorgibt, daß er Tag und Nacht Gott anschaue. Gott zieht sich zuweilen von ihm zurück wie das Meer. Und dann ist er trockener als ein Sand voller Kieselsteine.

Es lügen alle, die Tag und Nacht ihren Toten beweinen. Warum sollten sie ihn Tag und Nacht beweinen, da sie ihn nicht bei Tag und Nacht geliebt haben? Sie kannten die Stunden des

Haders oder der Müdigkeit oder der Zerstreuungen abseits der Liebe. Und gewiß ist der Tote gegenwärtiger als der Lebende, da er abseits der Streitigkeiten betrachtet wird und zu einer Einheit geworden ist. Du aber bist ungetreu, selbst deinen Toten.

Es lügen alle, die ihre Stunden der Dürre ableugnen, denn sie haben nichts begriffen. Und sie lassen dich an dir selber zweifeln, denn wenn du hörst, wie sie ihre Inbrunst beteuern, glaubst du an deren Beständigkeit, und so errötest du selber nun über deine Dürre und veränderst Stimme und Gesicht, wenn du um jemanden trauerst, sobald man dich anschaut.

Ich aber weiß, daß nur die Langeweile dich beständig zu begleiten vermag. Sie rührt von der Schwäche deines Geistes her, da du kein Gesicht durch seine Bestandteile hindurch lesen kannst. So ist es mit einem, der die Vorrichtungen des Schachspiels betrachtet, ohne zu ahnen, daß ein Problem darin steckt. Doch wenn dir von Zeit zu Zeit als Belohnung für die Treue, die du in der Verpuppung bewahrst, die Sekunde der Erleuchtung zuteil wird, wie sie der Wachtposten oder der Dichter oder der Gläubige oder der Liebende oder der Reisende erfährt, so klage nicht darüber, daß du nicht ständig das Gesicht, das begeistert, vor Augen hast. Denn es gibt deren so brennende, daß sie den verzehren, der sie anschaut. Das Fest ist nicht für alle Tage bestimmt.

Du täuschst dich also, wenn du die Menschen wegen ihrer zur Gewohnheit gewordenen Regungen verdammst, nach Art des schieläugigen Propheten, der Tag und Nacht einen heiligen Zorn ausbrütete. Denn ich weiß nur zu gut, daß das Zeremoniell leicht in Langeweile und Gewöhnung ausartet. Denn ich weiß nur zu gut, daß die Ausübung der Tugend leicht in Zugeständnisse an die Polizei ausartet. Denn ich weiß nur zu gut, daß die hohen Regeln der Gerechtigkeit leicht in einen Wandschirm ausarten, der schmutzigen Augen zugute kommt. Doch was tut das? Ich weiß vom Menschen auch, daß er zuweilen schläft. Sollte ich mich dann über seine Trägheit beklagen? Ich weiß vom Baum auch, daß er nicht Blüte, sondern Voraussetzung der Blüte ist.

Ich wünschte die Liebe zum Bruder in dir zu wecken. Und habe zugleich die Trauer über die Trennung vom Bruder in dir erweckt. Ich wollte die Liebe zur Gattin in dir wecken. Und habe zugleich die Trauer über die Trennung von der Gattin in dir erweckt. Ich wünschte die Liebe zum Freund in dir zu wekken. Und habe zugleich die Traurigkeit über die Trennung vom Freund in dir erweckt, wie einer, der Brunnen baut, deren Abwesenheit mitbaut.

Aber da ich gewahr wurde, daß dich die Trennung mehr quält als jedes andere Übel, wollte ich dich heilen und dich über die Gegenwart belehren. Denn der ferne Brunnen ist für den Verdurstenden noch süßer als eine Welt ohne Brunnen. Und selbst wenn du für immer in die Ferne verbannt bist, weinst du, wenn dein Haus brennt.

Ich kenne manch eine Gegenwart, freigebig wie die Bäume, die ihre Zweige weit ausbreiten, um Schatten zu spenden. Denn ich bin einer, der ein Heim hat, und werde dir deine Wohnung zeigen.

Entsinne dich des Genusses, den dir die Liebe bereitet, wenn du dein Weib küßt, dieweil die Morgendämmerung den Gemüsen ihre Farbe wiedergeschenkt hat und du deren ein wenig schwankende Pyramide auf deinem Esel aufbaust; machst du dich doch auf den Weg, um sie zum Markt zu bringen. Deine Frau also lächelt dir zu. Sie bleibt dort auf der Schwelle stehen, gerüstet für ihre Arbeit gleich dir, denn sie wird nun das Haus fegen und den Gerätschaften Glanz verleihen und sich um die Bereitung deines Mahles kümmern; dabei denkt sie an dich, weil schon dein Lieblingsgericht im Topf schmort, mit dem sie dich überraschen will, und sagt im stillen: »Daß er nur nicht zu früh heimkommt, denn mir wäre die ganze Freude verdorben, wenn er mich ertappte . . .« Nichts trennt sie also von dir, obwohl du scheinbar in die Ferne ziehst, und sie wünscht, du mögest dich verspäten. Und mit dir steht es ebenso, denn deine Reise wird dem Hause dienen; mußt du doch seine Abnutzung beheben und zu seiner Heiterkeit beitragen. Und du hast von deinem Erlös einen Teppich aus langhaariger Wolle und für dein Weib ein silbernes Armband vorgesehen. Daher singst du unterwegs und bist im Frieden der Liebe zu Hause, obwohl du scheinbar in die Verbannung gehst. Du baust dein Haus, indes du gemächlich mit deinem Stecken ausschreitest, deinen Esel führst, die Körbe zurechtrückst und dir die Augen reibst, denn es ist noch früh am Tag. Du bist enger mit deiner Frau verbunden als in den Mußestunden, wenn du dich von der Schwelle deines Hauses her dem Horizont zukehrst und nicht einmal daran denkst, dich umzuwenden, um irgend etwas aus deinem Reich zu kosten, denn du träumst dann von einer Hochzeit in der Ferne, zu der du dich begeben möchtest, oder von einer drückenden Arbeit oder von einem Freund.

Und wenn ihr jetzt ein wenig wacher geworden seid und es deinem Esel einfällt, etwas Eifer zu zeigen, hörst du auf seinen nicht sehr beständigen Trab, der wie ein Gesang der Kieselsteine anmutet, und sinnst über deinen Morgen nach. Und du lächelst. Denn du hast schon den Laden ausgesucht, in dem du um das silberne Armband feilschen wirst. Du kennst den alten Ladenbesitzer. Er wird sich über deinen Besuch freuen, denn du bist sein bester Freund. Er wird sich nach deinem Weib erkundigen. Er wird dich nach ihrer Gesundheit befragen, denn dein Weib ist zierlich und ein wenig anfällig. Er wird soviel Gutes und abermals Gutes von ihr sagen, und das mit einer so überzeugten Stimme, daß ein Vorübergehender, der solche Lobreden hörte, auch wenn er nicht sehr schlau ist, dein Weib eines goldenen Armbandes für wert halten würde. Du aber wirst einen Seufzer ausstoßen. Denn so ist das Leben. Du bist nicht König. Du bist Gemüsegärtner. Und der Kaufmann wird ebenfalls einen Seufzer ausstoßen. Und wenn ihr zu Ehren des unerreichbaren Armbandes genügend geseufzt habt, wird er dir gestehen, daß er silberne Armbänder vorzieht. Ein Armband, wird er dir erklären, ist es sich vor allem schuldig, schwer zu sein. Und die goldenen sind immer leicht. Das Armband hat eine mystische Bedeutung. Es ist das erste Glied der Kette, die euch aneinanderbindet. Und süß ist es, wenn du beim Liebesspiel das Gewicht der Kette spürst. An dem anmutig erhobenen Arm, wenn die Hand den Schleier wieder zurechtzieht, muß das Schmuckstück Gewicht haben, denn so gibt es dem Herzen Kunde. Und der Mann wird aus dem Hinterraum seines Ladens mit dem schwersten seiner Reifringe zu dir zurückkehren und dich bitten, die Wirkung seines Gewichts zu erproben, indem du ihn mit geschlossenen Augen in der Hand wiegst und über den Gehalt deiner Freude nachsinnst. Und du wirst dich dieser Erfahrung unterziehen. Du wirst ihm beipflichten. Und dann einen weiteren Seufzer ausstoßen. Denn so ist das Leben. Du bist nicht Herr einer reichen Karawane. Sondern Eselstreiber. Und du wirst auf den Esel deuten, der vor der Tür wartet und keineswegs kräftig ist, und dann sagen: »Meine Reichtümer sind so gering, daß er heute morgen unter ihrer Last zu traben vermochte.« Der Kaufmann wird also gleichfalls einen Seufzer ausstoßen. Und wenn ihr beide genügend zu Ehren des unerreichbaren schweren Armbandes geseufzt habt, wird er dir gestehen, daß die leichten Armbänder schließlich durch den Wert ihrer Ziselierung, die eine feinere Arbeit ist, den Sieg davontragen. Und er wird dir jenes zeigen, nach dem dein Verlangen geht. Denn seit Tagen hast du in deiner Weisheit deinen Entschluß gefaßt, wie ein Staatsoberhaupt. Einen Teil deiner monatlichen Einnahmen mußt du für den Teppich aus langhaariger Wolle aufsparen und einen anderen für den neuen Rechen und schließlich einen weiteren für das tägliche Brot . . .

Und nun beginnt der wirkliche Tanz, denn der Kaufmann ist ein Menschenkenner. Wenn er errät, daß sein Angelhaken gut gefaßt hat, wird er dich nicht von der Leine lassen. Du aber sagst ihm, das Armband sei zu teuer, und empfiehlst dich. Er ruft dich daher zurück. Er ist doch dein Freund. Der Schönheit deines Weibes zuliebe wird er sich zu einem Opfer bereit finden. Es würde ihm ja solchen Kummer bereiten, wenn er seinen Schatz etwa hergeben müßte, um ihn in die Hände eines häßlichen Frauenzimmers zu legen. Du kommst also zurück, aber langsamen Schritts. Du richtest es so ein, daß sich dein Umkehren wie ein Schlendern ausnimmt. Du schmollst. Du wiegst das Armband in der Hand. Es hat ja keinen Wert, wenn es nicht schwer ist. Und das Silber glänzt kaum. So schwankst du noch zwischen einem so dürftigen Schmuckstück und dem schönen bunten Stoff, den du in einem anderen Laden bemerkt hast. Doch du darfst auch nicht allzusehr den Verächtlichen spielen, denn wenn er die Hoffnung aufgibt, dir etwas zu verkaufen, wird er dich gehen lassen. Und du errötest schon über den fadenscheinigen Vorwand, in den du dich dann verwickeln müßtest, um zu ihm zurückzukehren.

Und einer, der die Menschen nicht kennt, wird glauben, hier werde der Tanz des Geizes getanzt, während es doch der Tanz der Liebe ist; er würde annehmen, wenn er dich vom Esel und vom Gemüse sprechen oder über Gold und Silber, über die Menge oder die Feinheit philosophieren hörte und wenn er sieht, wie du auf diese Weise deine Heimkehr durch langwierige und abgelegene Unternehmungen hinauszögerst, daß du nun deinem Hause sehr fern seist, während du es doch eben in diesem Augenblick wirklich bewohnst. Denn es gibt keine Abwesenheit, die dich vom Haus und von der Liebe entfernt, wenn du die Schritte tust, die das Zeremoniell der Liebe oder des Hauses vorschreiben. Deine Abwesenheit trennt dich nicht, sondern verbindet dich, sie läßt dich nicht ausscheiden, sondern vereinigt dich. Und kannst du mir sagen, wo die Grenze liegt, hinter der die Abwesenheit einen Schnitt bedeutet? Wenn das Zeremoniell gut geknüpft ist, wenn du den Gott gut anschaust, in dem ihr euch vereinigt, wenn dieser Gott glühend genug ist – wer wird euch dann vom Haus oder vom Freund trennen? Ich habe Söhne gekannt, die mir sagten: »Mein Vater ist gestorben, als er den linken Flügel seines Hauses noch nicht fertig gebaut hatte. Ich baue ihn. Als er seine Bäume noch nicht fertig gepflanzt hatte. Ich pflanze sie. Als mein Vater starb, gab er mir den Auftrag, für die Fortsetzung seines Werkes zu sorgen. Ich führe es fort. Oder seinem König die Treue zu halten. Ich halte ihm die Treue.« Und in solchen Häusern habe ich nie empfunden, daß der Vater gestorben wäre.

Wenn du bei deinem Freund und bei dir selber, anderswo als in dir und anderswo als in ihm, die gemeinsame Wurzel suchst, wenn es für euch beide einen göttlichen Knoten gibt, der sich aus der Zusammenhanglosigkeit der Baustoffe ablesen läßt und die Dinge verknüpft, so gibt es keine Entfernung und keine Zeit, die euch trennen könnte, denn jene Götter, auf die sich eure Einheit gründet, spotten aller Mauern und Meere.

Ich habe einen alten Gärtner gekannt, der mir von seinem Freund erzählte. Beide hatten lange Zeit wie Brüder zusammengelebt, bevor das Leben sie trennte; sie hatten ihren Abendtee miteinander getrunken; sie hatten die gleichen Feste gefeiert und einander aufgesucht, um sich Rat zu holen oder sich ins Vertrauen zu ziehen. Im Grunde hatten sie sich wenig zu sagen, und weit häufiger sah man sie nach getaner Arbeit miteinander spazierengehen und, ohne ein Wort zu reden, die Blumen, die Gärten, den Himmel und die Bäume anschauen. Wenn aber einer von ihnen nickte, während er mit dem Finger eine Pflanze betastete, beugte sich auch der andere nieder und nickte ebenfalls, da er die Spuren der Schnekken erkannte. Und die schön geöffneten Blumen bereiteten ihnen beiden die gleiche Freude.

Nun geschah es, daß ein Kaufmann, der den einen von beiden in seine Dienste genommen hatte, diesen für einige Wochen seiner Karawane zuteilte. Doch die Karawanenräuber und die übrigen Wechselfälle des Daseins sowie die Kriege zwischen den Reichen, die Stürme und die Schiffbrüche und die Untergänge, die Trauerfälle und die Berufe, mit denen er sein Leben verdiente, warfen jenen jahrelang hin und her, so wie das Meer ein Faß hin und her schleudert. Sie trieben ihn von Garten zu Garten bis ans Ende der Welt.

Schließlich aber, nachdem all die Zeit in Schweigen dahingegangen war, empfing mein Gärtner einen Brief seines Freundes. Gott weiß, wie viele Jahre dieser Brief gereist sein mochte. Gott weiß, welche Postkutschen, welche Reiter, welche Schiffe, welche Karawanen ihn nacheinander mit einer Zähigkeit, wie sie den zahllosen Meereswellen eigen ist, bis in seinen Garten befördert hatten. Und da er an diesem Morgen sein Glück ausstrahlte und wünschte, daß man daran teilnehme, bat er mich, ihm den Brief vorzulesen, den er empfangen hatte, so wie man darum bittet, man möge ein Gedicht vorlesen. Und er betrachtete forschend mein Gesicht, um die Rührung darin zu erkennen, die mir das Lesen verursachte. Und freilich standen da nur einige Worte, denn die beiden

Gärtner wußten gewandter mit dem Spaten umzugehen als mit der Feder. Und ich las nur diese Worte: »Heute früh habe ich meine Rosenstöcke beschnitten ...« Dann sann ich über die Hauptsache nach, von der es mir schien, daß sie nicht in Worte zu fassen sei, und nickte stumm, so wie diese beiden es getan hätten.

Mein Gärtner kannte nun keine Ruhe mehr. Ihr hättet ihn sehen sollen, wie er sich über die Geographie, die Schiffahrt, die Kuriere und die Karawanen und die Kriege zwischen den Reichen unterrichtete. Und drei Jahre später wollte es der Zufall, daß ich eine Gesandtschaft zur anderen Seite der Erde ausrüstete. Da ließ ich meinen Gärtner rufen: »Du kannst deinem Freund schreiben.« Und meine Bäume litten ein wenig Not und die Kräuter des Gemüsegartens auch, während die Schnecken Feste feierten, denn er verbrachte ganze Tage daheim, um zu kritzeln, zu radieren und sein Werk wieder von vorn zu beginnen, und er streckte die Zunge heraus, wie ein Kind über seiner Arbeit, denn er wußte, daß er etwas Dringendes zu sagen hatte, und verlangte danach, sich seinem Freund in seiner ganzen Wahrheit mitzuteilen. Er mußte seine eigene Brücke über den Abgrund schlagen und sich über Raum und Zeit hinweg mit dem anderen Teil seiner selbst vereinigen. Er mußte ihm seine Liebe sagen. Und so kam er, über und über errötend, und zeigte mir seine Antwort, um abermals aus meinem Gesicht einen Widerschein der Freude abzulesen, wie sie den Empfänger erhellen würde, und so an mir die Macht zu erproben, die seinen vertraulichen Nachrichten innewohnte. Und es gab in Wahrheit nichts Wichtigeres, was er kundtun konnte, da es für ihn dabei um das ging, worin er sich vor allem austauschte, nach Art der alten Frauen, die im Spiel der Nadeln ihre Augen verbrauchen, um ihren Gott mit Blumen zu schmücken. Ich las, daß er seinem Freund mit seiner sorgsamen und unbeholfenen Handschrift, wie ein Gebet, von dem er ganz durchdrungen war, doch mit bescheidenen Worten anvertraute: »Heute früh habe auch ich meine Rosenstöcke beschnitten ...«

Und ich verstummte, während ich las, und sann über die Hauptsache nach, die sich mir nun besser zu offenbaren begann, denn sie verherrlichten Dich, o Herr, indem sie sich über die Rosenstöcke hinweg in Dir vereinigten, ohne davon zu wissen.

O Herr, nachdem ich mein Volk nach besten Kräften unterwiesen habe, will ich nun für mich selber beten. Denn ich habe von dir zuviel Arbeit empfangen, um mich diesem oder jenem bestimmten Menschen anzuschließen, den ich hätte lieben können, und ich mußte mich schon solchen Umgangs entwöhnen, der allein die Freuden des Herzens gewährt. Denn hier und nicht anderswo sind Wiedersehen süß und die Klänge besonderer Stimmen und die kindlichen Geständnisse einer Frau, die ihr verlorenes Schmuckstück zu beweinen glaubt, während sie doch schon den Tod beweint, der von allen Schmuckstücken trennt. Aber Du hast mich zum Schweigen verurteilt, damit ich jenseits des Windes der Worte deren Sinn erfasse; da es ja meines Amtes ist, mich der Angst der Menschen anzunehmen, von der ich beschloß, sie zu heilen.

Gewiß, Du hast mir die Zeit, die ich sonst im Geschwätz zugebracht hätte, und die Hölle der Worte über das verlorene Schmuckstück ersparen wollen – und niemand wird je von solchen Zwisten befreit werden, geht es doch dabei nicht um ein Schmuckstück, sondern um den Tod.

So ist es auch mit den Worten über die Freundschaft oder die Liebe. Denn Liebe oder Freundschaft verknüpfen sich wahrhaftig nur in Dir allein, und es beruht auf Deiner Entscheidung, daß ich nur durch Dein Schweigen an ihnen teilhaben kann.

Was werde ich empfangen, da ich weiß, daß es Deiner Würde nicht ansteht, ja nicht einmal Deiner Fürsorge, mich auf meiner Stufe zu besuchen, und da ich mir nichts vom Puppenspiel der Erzengelerscheinungen verspreche? Denn ich, der ich mich nicht an diesen oder jenen wende, sondern an den Ackersmann wie an den Hirten – ich habe viel zu geben, aber nichts zu empfangen. Und wenn es sich auch erweist, daß mein Lächeln die Schildwachen trunken macht, weil ich der König bin und in mir das Reich sich verknüpft, das aus ihrem Blut gemacht ist, und weil so durch mich hindurch das Reich ihr eigenes Blut mit meinem Lächeln vergilt – was habe ich, o Herr, von ihrem Lächeln zu erwarten? Von den einen wie von den anderen verlange ich für mich keine Liebe, und es kümmert mich wenig, ob sie mich nicht kennen oder mich hassen, sofern sie mich nur als den Weg achten, der hinführt zu Dir. Denn die Liebe, ich fordere sie allein für Dich, dem sie gehören, wie ich Dir gehöre, und für den sie die Regungen der Anbetung zur Garbe knüpfen und Dir überantworten, so wie ich dem Reiche, nicht aber mir selber, den Kniefall meiner Schildwache überantworte, denn ich bin nicht Mauer, sondern Tätigkeit des Samenkorns, das aus der Erde Blätter und Zweige hervortreibt für die Sonne.

Mich überkommt daher zuweilen, da es ja für mich keinen König gibt, der mich mit einem Lächeln entlohnen könnte, und es mir obliegt, derart weiterzuwandern bis zu der Stunde, da Du die Gnade haben wirst, mich zu empfangen und mich mit denen zu vereinen, die ich liebe – mich überkommt daher zuweilen die Müdigkeit des Alleinseins und das Bedürfnis, mich wieder zu den Menschen meines Volkes zu gesellen, denn ich bin ohne Zweifel noch nicht rein genug.

Da ich den Gärtner für glücklich halte, der mit seinem Freund verbunden war, befällt mich manchmal das Verlangen, mich so, im Einklang mit ihrem Gott, den Gärtnern meines Reiches anzuschließen. Und es kommt vor, daß ich langsamen Schrittes, kurz bevor es zu tagen beginnt, die Stufen meines Palastes zum Garten hinuntersteige. Ich gehe auf die Rosenstöcke zu. Prüfend betrachte ich dies und das, neige mich aufmerksam über einen der Stengel, ich, der ich, wenn der Mittag gekommen ist, über Gnade oder Tod, über Krieg oder Frieden, über Fortbestand oder Zerstörung des Reiches entscheiden werde. Dann richte ich mich mühsam auf von meiner Arbeit, denn ich werde alt, und sage ganz einfach in meinem Herzen, um mich auf dem einzigen wirksamen Weg mit ihnen zu vereinigen, zu allen Gärtnern, den lebenden und den toten: »Auch ich habe heute früh meine Rosenstöcke beschnitten.« Und bei solch einer Botschaft kommt es weniger darauf an, ob sie jahrelang unterwegs ist oder nicht, ob sie diesen oder jenen erreicht oder nicht. Darin besteht das Ziel der Botschaft nicht.

Um mich mit meinen Gärtnern zu vereinen, habe ich nur ihren Gott gegrüßt: den Rosenstock beim Anbruch des Tages.

Herr, so ist es auch mit meinem vielgeliebten Feind, den ich erst jenseits meiner selbst wiederfinden werde. Und für den dasselbe gilt, da er mir gleicht. Ich übe daher Gerechtigkeit entsprechend meiner Weisheit. Und er übt Gerechtigkeit entsprechend seiner Weisheit. Beide scheinen einander zu widerstreiten, und wenn sie sich die Stirn bieten, nähren sie unsere Kriege. Doch er und ich, wir folgen auf entgegengesetzten Wegen mit unseren tastenden Händen den Kraftlinien des gleichen Feuers. In Dir allein, Herr, finden sie sich zusammen.

Mein Werk ist also getan, ich habe die Seele meines Volkes verschönt. Sein Werk ist getan, er hat die Seele seines Volkes verschönt. Und ich, der ich an ihn denke, und er, der an mich denkt, obwohl keine Sprache sich uns darbietet für unsere Begegnungen – wenn wir gerichtet oder das Zeremoniell bestimmt oder gestraft oder vergeben haben, dann können wir sprechen, er für mich wie ich für ihn: »Heute früh habe ich meine Rosenstöcke beschnitten . . .«

Denn Du bist, o Herr, das gemeinsame Maß für den einen wie für den anderen. Du bist der Knoten, der alles vielfältige Tun bestimmt.